新潮日本古典集成

與謝蕪村集

清水孝之　校注

新潮社版

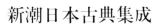

目次

凡例

本書は、日本文学史上稀に見る独創的詩人であった與謝《よさ》蕪村の、優れた文学的業績の大概を示したものである（他方で池大雅《いけのたいが》とともに近世南画の大成者でもあった）。その作品を読みやすく味わいやすい形で、読者に提供する意図のもとに編集注解を試みた。

〔本文〕『蕪村句集』『新花つみ』のほか、俳詩三篇と俳文十三篇を収めた。それぞれ初版と思われる刊本ないし自画賛・写本に拠って忠実に翻刻することに努めた。ただし仮名遣いは歴史的仮名遣いに、漢字・仮名の字体は通行の字体に改め、また明らかな誤字を訂正した。

一、発句（俳句）・俳詩の表記は、清濁を分ち、漢字に振仮名をつけたが、作者の意図、詩としての視覚的効果を配慮して、送り仮名は底本のままである。

一、『蕪村句集』と『新花つみ』発句の部には、各句頭に通し番号をつけて頭注に対応させた。俳詩には各聯の頭部に通し番号をつけたが、主として注解の便宜のためである。

一、文章（俳文）は、もっぱら読みやすさを考慮し、送り仮名を補い、段落を分けた。また、わかりにくい個所には傍注（色刷り）として口語訳を掲げた。『新花つみ』は、底本の振仮名や本文改訂のさまを、すべては示し得なかった。影印本『新註新花摘』（大儀義雄・清水共編、昭和二十八年刊）を参照されたい。

〔注解〕本文の解釈と鑑賞の手引として、蕪村の文学的魅力を掘り起すよう心がけたが、特に印象批評に陥らぬよう、客観的考証に努めた。
一、頭注欄に発句（俳句）の現代語訳を、句番号（アラビア数字）の下に色刷りで掲げた。俳句や詩の直訳は無意味だから、なるべく簡潔に意訳を心がけたが、全句には及ばなかった。
一、鑑賞注は、鑑賞の要点、和漢の典拠を挙げることに努めた。また推敲過程を考える参考として句形の異同を注した。その場合、句下の出典欄に記したものには「　」『　』を省いた。
一、頭注欄に多く引用した書名を挙げる。俳諧辞書『俳諧類船集』（『類船集』と略称、梅盛著）、中村俊定校訂『芭蕉俳句集』（岩波文庫、昭和四十五年刊）、其角『五元集』（旨原編、延享四年刊）、召波『春泥句集』（蕪村編、安永六年刊）、几董『井華集』（几董編、寛政二年刊）等である。
一、本文の下欄には、主としてその句が『蕪村句集』にまとめられる以前に発表されている句稿・撰集等を「出典」として記した。一般読者には作品の初出年次を知る手掛りとして利用されたい。
明和三年以降の三菓社・夜半亭社中句会記録（主として百池筆録。寺村家蔵）のうち主なものは次の通りである。

「夏より」（三菓社中）明和三・6・2～6・10、明和五・5・6～七・9・26。「高徳院発句会」（夜半亭社中）明和七・10～八・11・3。「月並発句帖」安永三・8・10～六・5・10、天明三・4・24～10・10。「耳たむし」安永元・8・4～11・3、安永二・1・27～4・4、天明三・2・23。「紫狐庵聯句集」明和八年（『明和辛卯春』）、安永元～四年歳旦吟。「夜半亭発句集」（安永五年発句集）は安永五年度の蕪村発句四〇句。右は未刊稿本であり、京都大学潁原文庫に写本が存する。潁原博士は創元社版『蕪村全集』（第一巻、昭和二十三年刊）において、年次の明確なものを年次句稿として表示された。例えば「夏より」明和六年三月十日召波亭句会の個所に出る『蕪村句集』四六の句は「明和三年句稿」とする。

寺村家蔵「落日庵句集」「夜半叟句集」（略称「落日庵」「夜半叟」）は乾木水編『未刊蕪村句集』（昭和七年刊）に拠った。蕪村個人の句集である。田中王城編『召波居士に宛たる蕪村翁の墨蹟』（大正八年刊）はすべて明和八年召波没前のものだから、年次を知る便宜として本集では「召波資料」と略称した。また「蕪村遺稿」（稿本）は水落露石刊本（明治三十三年刊）もあるが、塩屋忠兵衛輯稿本（写本。河東碧梧桐編『蕪村新十一部集』に翻刻、昭和四年刊）に拠った。また最近紹介された尾形仂編『蕪村自筆句帳』（昭和四十九年刊）は「句帳」と略称し、同書に集録された諸家蔵「断簡」と「武田本」所収句は「(句帳)」として区別した。

「几董句稿」（天理図書館蔵、俳書叢刊第三期に翻刻）のうち、「日発句集」は明和七・八年の几董句集だが、その最初に蕪村の二三句が記録されていて、すべて明和七年六月以前の作である。また「几董句稿二」は安永二・三年、「同四」は安永五・六年、「同五」は安永六年の句稿であり、「連句会草稿」は安永八・4・20〜九・12・5に至る檀林会の句録である。

その他、三宅嘯山編『俳諧古選』（『古選』と略称、宝暦十三年刊）、同『俳諧新選』（『新選』と略称、安永二年刊）、朝陽館五晴編『津守船』初篇（『津守船一』と略称、安永五年刊）三篇（『津守船三』と略称、安永九年刊）。後世の類題集は嘉会室亭編『新五子稿』（寛政十一年自序）以外は誤りが多いので省略した。

〔参考文献〕

一、発句（俳句）に関しては、次の諸書を参照した。岩間乙二『蕪村発句解』『発句手爾葉草』（天保四年刊）、正岡子規ら輪講『蕪村句集講義』（『講義』と略称、刊本、明治三十三〜三十六年刊）、木村架空『蕪村夢物語』（大正九年再版）、潁原退蔵『蕪村全集』（『全集』と略称、昭和二十三年刊、創元社版）。最近のものでは最も句数の多い暉峻康隆氏「蕪村集」（昭和三十四年刊、日本古典文学大系58）のみを参照した。かつて先人の評釈書を年次順に検討することによって、蕪村俳句を解釈し鑑賞する作業を行ったので、その他の諸家の説も冥々の裡《うち》に影響しているかもしれない。御海容を乞う。

一、文章（俳文）については、ほとんど評釈書類はない。傍注・頭注ともに松尾靖秋氏『近世俳文集』（昭和四十七年刊、日本古典文学全集42）の業績に負うところが多い。

〔解説〕　本文篇の後に二章の解説を付載した。第一は『蕪村句集』が通説のように門人几董の編集ではなく、蕪村の自撰と編集に成るものであったことの論証である。今後『蕪村句集』は自撰句集として、トータルな解読と研究が行われるべきかと思う。第二は『新花つみ』の背景を調査することによって、詩人蕪村の稀有《けう》な方法と主題とを解明しようとしたものである。そのうち最後の「夏発句の深層心理」は、「国文学解釈と鑑賞」昭和五十三年三月号に発表した拙稿「『新花つみ』試論」に基づく。

蕪村は、宋阿―其角―芭蕉と遡《さかのぼ》る歴史的系譜において、明和・安永（十八世紀後半）期の蕉風復古運動の中心人物として位置づけられる。しかし俳詩三篇や『新花つみ』の素晴らしい創造性を考えると、俳諧師蕪村は「当時の職業俳諧師とは異質の、異端孤高の俳諧師であった」（富山奏氏校注『芭蕉文集』凡例）と言えよう。

なお解説にはなるべく蕪村書簡を引用すべく心懸けた。書簡は『蕪村集』（昭和四十七年刊、古典俳文学大系12）の書簡編（大谷篤蔵氏担当）を利用させて頂いた。

〔付録〕　巻末に付録として「蕪村略年譜」と「季題一覧」を付載した。本文と照合することにより、読解を深める一助にもと思って作成した。「略年譜」は穎原退蔵校註・清水増補『與謝蕪村集』（日本古典全書、昭和三十二年刊）の年譜を修訂したもの。索引を兼ねた「季題一覧」は今回新しく試みたもので、蕪村の季題観や素材の中の季題を考える資料になろうかと思う。

與謝蕪村集

蕪村句集

初版本の題簽《だいせん》は「蕪村句集」（内題「蕪翁句集」）とあったと思われる。半紙本二冊。蓼太《りょうた》序、田福跋《でんぷくばつ》。「几董《きとう》著」とあるが著とあることについては解説参照。本文板下《はんした》は几董筆。句数八六八句。天明四年（一七八四）十二月一周忌に当り京都寺町五条上ル町汲古堂《きゅうこどう》刊。大阪塩屋忠兵衛版は後刷り、明治に至るまでかなり版を重ねた。昭和四十六年山本唯一氏の『蕪村句集影印翻刻索引』も刊行された。藤井乙男博士は「蕪村の傑作は総《す》べて網羅《まうら》したかの観あるまでに、その編選は正鵠《せいこく》を得てゐる」（改造社版『俳句講座』六、昭七）と評された。

正岡子規の俳句革新は明治二十六年（一八九三）板本『蕪村句集』の発見から始まり、やがて『俳人蕪村』（明三二）前後には全俳壇に蕪村ブームを巻き起した。『蕪村句集』の翻刻も旧派の春秋庵幹雄評点『校訂蕪村句文集』（明二九）を最初として、阿心庵雪人編『校註蕪村全集』（明三〇）は頭注を加え、秋声会編『頭註蕪翁句集拾遺』（明三〇）は三〇九句を補遺、大野洒竹編「蕪村句集後編」（『蕪村暁台《きょうたい》全集』明三一）は五七五句と増加された。『蕪村遺稿』（明三三）については解説に触れるが、蕪村発句《ほっく》の補遺作業は岩本梓石《しせき》編『標註蕪村俳句全集』（明三九）に集成され、大正末期の河東碧梧桐《かわひがしへきごとう》・乾木水《いぬいぼくすい》らの本格的蕪村研究期の成果として頴原《えばら》退蔵博士の画期的な『蕪村全集』（大一四）が完成した。最近の『蕪村集』（昭四七）の発句篇（大谷篤蔵氏担当）はすべて二八五二句を登録した。

蕪村発句の評解は天保期の岩間乙二《おつに》に始まり、明治に渡部霞江女の『夜半亭蕪村句解の緒』（明三〇）があるが句数は二〇二句に過ぎない。明治三十一年（一八九八）一月開始の『蕪村句集講義』は、子規の死にもめげず、輪講は三十六年四月に完了した。その後現在に至るまで、『蕪村句集』の全評釈はない。

一洛 夜半亭蕪村《らくのやはんていぶそん》老人、とし頃（長い年月）海に対し山に嘯《うそぶ》き（吟じ）、花に眠《ねむり》、鳥に寐覚《ねざめ》て、句を吐《はく》事十万八千二、その秀《ひいで》たるものは、ひとの耳底《じてい》にとゞまり、諸集にあらはる。惜《をし》むべし、去年《こぞ》の冬（天明三年冬）、衰病（老衰）終《つひ》に三夜台《やだい》に枕《まくら》して四一字不説《いちじふせつ》。高弟五几董《きとう》頓《やが》て六金婆羅華《きんばらげ》をつたへて（奥義を伝えて）、門人のため一集を撰《えらび》、七書肆佳棠《しよしかたう》にちからをあはせて、ことし八小祥忌辰《せうしやうきしん》の永慕《えいぼ》とす。はた《また》予《よ》と九亡叟《ばうそう》とまじはりひさしきまゝに（交遊が長かったので）、一〇遥《はるか》に武江《ぶかう》に告《つげ》て、それが（この句集の）序を需《もと》む。予又わすれめや（忘れられようか）、旧識《きうしき》一一五十余年。

一二雪中庵《せつちゆうあん》　蓼太《りやうた》

一「洛」は京洛の約。明和七年春、京都において蕪村は師宋阿の亭号「夜半亭」二世を継いで宗匠となった。
二 非常に数の多いこと。十万億土等を意識して言った。現在知られる発句《ほつく》数は約二千八百句余り。
三 死んで仏となって。「夜台に枕して」は墓穴に土葬にされて。
四 もはや一句も吐くことはない。仏は八万四千の法を説いたが、仏の悟りの内容は文字では説明できないことをいう。
五 高井几圭《きけい》の子。明和七年蕪村に入門。春夜楼を号し、天明五年江戸に下り蓼太の後見で夜半亭三世を襲名。寛政元年没、四十九歳。「頓て」は、すぐにの意。
六 梵語《ぼんご》Kambalaの漢訳。衣服。ここは衣鉢《いはつ》を伝えて。
七 京都の寺町五条上ル町の書店汲古堂《きゆうこどう》の主人、田中庄兵衛。「佳棠」は俳号で晩年の蕪村門人。跋文《ばつぶん》参照。
八 一周忌に当り末長くその法を慕う形見とする。「小祥忌」は一周忌。「祥」は凶服をぬいで吉服に着かえる意。「忌辰」は忌日。
九 故翁。「叟」は老人の敬称。
一〇 遠く江戸の私の所へ手紙をよこして。
一一 日付はないがこの序の執筆は天明四年。五十年前として享保《きようほ》十九年の頃江戸で両者は交遊があった。「蕪村を悼《いたむ》　ちからなき山の端《は》見たり朧月《おぼろづき》　蓼太」。
一二 芭蕉の門人服部嵐雪《はつとりらんせつ》の庵号。延享四年大島蓼太が三世を名乗り、中興期の江戸俳壇を牛耳《ぎゆうじ》った。天明七年没、七十歳。

蕪翁句集[一]　巻之上

几《き》董《とう》著

春之部

1 ほうらいの山まつりせむ老《おい》の春

安永四句稿
紫狐庵聯句集
五車反古・句帳

2 日の光今《け》朝《さ》や鰯《いわし》のかしらより

3 三椀の雑《ざふ》煮《に》かゆるや長者ぶり

句帳

一　内題。蕉翁に準じて几董がかく名づけたもの。

1　年老いてめでたい春を迎えるのだから、蓬萊《ほうらい》の山祭をして不老不死の仙人にあやかりたい。
日本の民間習俗の山遊びを念頭におき、中国の神仙思想により正月にふさわしい蓬萊の「山まつりせむ」と興じた洒脱《しやだつ》な句。安永四年六十歳の作。季題は「初春」。◇ほうらい　蓬萊山。中国の伝説で東方海上に浮び神仙の住む霊山。それを型どった正月の飾り物、蓬萊飾。

2　年も明けて初日が輝きそめた。それも今朝は、節分に插した門口の鰯の頭から、一きわ神々しい光が家中に満ちわたってきた。
上方《かみがた》のいろはかるたの文句「鰯の頭も信心から」(『せわ焼草』に「いわしの頭《かしら》も信仰《しんがう》から」)の絵解きを句にした即興。明るいユーモアがある。季題は「初日」。◇鰯のかしら　柊《ひいらぎ》に鰯の頭を刺して、門口や窓に插すのは節分の習俗で、厄鬼払《やくおにはら》いの縁起。節分は古くは大《おお》晦《みそ》日《か》に行われた(『日本永代蔵』巻六参照)。

3　貧しいその日暮しでも、一家息災で新年の雑煮を祝うのはおめでたい。三杯もおかわりして満腹すると、長者らしい大らかな気持になることよ。
『続俳家奇人談』の評に「風姿卓然」。清貧の理想境。◇かゆる　「換ふ」「換ふる」が「換ゆ」「換ゆる」と転じた。◇長者ぶり　長者(福徳者)らしい振舞い。

二　まがき。竹や柴の垣。「日長《ク》籬落無《シ》㆓人《ノ》過《グル》㆒」(范《はん》石《せき》湖《こ》「初夏」、『聯珠詩格《れんじゆしかく》』)等漢詩に頻出《ひんしゆつ》。底本の「離落」は誤り。漢詩ふうの句題。

4　籬《りニ》落《らく》
うぐひすのあちこちとするや小家《こいへ》がち
新選・続明烏
落日庵・句帳
古今句集

5　鶯《うぐひす》の声遠き日も暮《くれ》にけり
落日庵

6　うぐひすの麁相《そさう》がましき初音《はつね》哉《かな》
明和辛卯春
落日庵

7　鶯を雀歟《か》と見しそれも春
明和辛卯春
落日庵

4　一羽の鶯《うぐいす》があちらの生垣《いけがき》へ飛びこちらへ移りして楽しげに遊んでいる。この辺りはほとんど小家ばかりで、多少の高低のある生垣も清らかである。「遠近山河浄《シ》」（李頎《りき》、『唐詩選』三）といった清潔感にあふれる理想郷を描いた秀作。乙二《おつに》は「小家がち」の止め方が老成、と賞揚した（『発句手爾葉草《ほっくてにはぐさ》』）。

5　遠い鶯の声を聞くともなく耳にしているうちに、永い春の日もいつしか暮れてしまった。
「遠き」は声と日の両方へ掛かる。「遠き日」に春日遅遅たる夕暮の感じもある。鶯の声がいつまでも耳に残るような幽遠閑雅の世界。類句の「鶯に終日《ひめもす》遠し畑の人」（安永五几董初懐紙）は、鶯と農人との疎遠なようで親近な離俗境。

6　鶯の初音そのものを意識し、稚拙なその初音を「麁（粗）相がまし」と軽妙に評した飄逸《ひょういつ》の作。次句と同じ明和八年の作。
◇麁相がまし　「麁相」はそそっかしいこと。軽率。「がまし」（接尾語）は、……のきらいがある、の意。

7　いつもの雀かと気にもとめなかったのに、それは鶯だった。そんな間違いも春の一興だわい。
まだ鶯が来鳴くとは思ってもみない時期、正調で鳴けない初音の頃である。春たけて鶯が珍しくないので見誤ったとする説もある。下五、箇にして的確な表現。
◇歟　疑問の終助詞。半ばその実を推定しようとする意に用いる。「和語の『か』は少し軽い」（皆川淇園《きえん》『助辞詳解』）。

画賛[一]

8 うぐひすや賢《かしこ》過《すぎ》たる軒の梅

明和九春慶引

9 鶯の日《ひ》枝《え》をうしろに高《たか》音《ね》哉《かな》

10 うぐひすや家内揃《そろ》うて飯《めし》時《じ》分《ぶん》

句帳

11 鶯や茨《いばら》くゞりて高う飛ぶ

安永九几董初懐紙
連句会草稿
句帳

一「鶯宿梅《おうしゅくばい》」(季題)の図に賛したのであろう。

8 「勅なればいともかしこし鶯の宿はとはばいかが答へむ」(貫之女《つらゆきむすめ》、『拾遺集』・『大鏡』六)の故事を逆用して、勅命を受けるほどの軒端の梅に、藪《やぶ》鶯などの来鳴くのは、もったいなさすぎる、の意。この絵は、梅は無難に描けていて、鶯が拙劣だったか。

9 どっしりとした比叡山《ひえいざん》を背景に、我が世の春が来たとばかり、鶯が高らかに鳴く。「うぐひすの高音あたらしき心地」(安永三年十二月廿六日付書簡)と自讃《じさん》した。比叡山(八四三メートル)の大に均衡《きんこう》する小さい鶯の高音。「哉」止めがよく据わっている。平明で朗らかな句。

10 一家揃って朝飯の膳につく頃になると、鶯がやってきて美声を張りあげて鳴く。毎朝の爽《さわ》やかな楽しさ。平和な一家団欒《だんらん》の一時である。一句の意想は早春の清《せい》爽《そう》感にあるから昼飯説はよくない。「飯時分」の語が、昨日も今日も明日もという時間の継続性をよく表現し作為性を感じさせない。

11 鶯が茨の茂みをサーッとくぐり抜けて、一きわ高く飛び上がった。鶯は一般に美声を賞されるが、動作も敏捷《びんしょう》で軽快なのを指摘した着想。この句に作意的技巧臭を見る人もあるが、当らない。写実ふうの観察で「高う飛ぶ」に九の「高音」に対応する新味がある。

12　其角《きかく》の「鶯の身を逆《さかさま》にはつねかな」の奇巧を、より自然な生態描写ふうに修正した句。後半の声調はホーホケキョを形象化している。四と同じく写生句ではない。「小さき口明ィて」(落日庵・句帳)、「小ｻい口明て」(夜半叟)、「ちいさき口明て」(はなごのみ)と表記が変った。

13　青柳よ、お前は我が大君の草というべきかそれとも木というべきか、どうもはっきりしないな。宮廷の情景を詠《よ》んだ詩意を転じて俳諧《はいかい》化し、和歌を踏まえた機知的な句作り。青柳の瑞々《みずみず》しさに「草か木か」という疑問を投げるのは実感的で説得力がある。
二「……禁城春色暁蒼蒼、千条弱柳垂青瑣《せいさ》……」(賈至《かし》、『唐詩選』七)。詩句を題にした句。「千条弱柳」から「青柳や」と発想した。「蒼々」は薄暗いこと。詩句を〈禁裡《きんり》(御所)の春景色はまだ暁方《あけがた》で薄暗く、柳も黒っぽくぼうっとしている〉。
◇我大君の　天智朝に叛臣《はんしん》藤原千方《ちかた》が四鬼を使役して王命に従わぬので、紀朝雄《きのともお》が「草も木も我が大君の国なればいづくか鬼の栖《すみか》なるべき」と詠むと、鬼どもは感銘して退散し、千方は滅亡した(『太平記』十六)。

14　若草が生《お》い茂って地面を覆ってしまったので、「根をわすれた」柳と見立てた感興。

15　兄妹のような梅と柳、兄が散ってしまったので柳のみがいかにも淋《さび》しそうに枝を垂れている。「梅」(花の兄)と「柳」は付合《つけあい》(連歌・俳諧で前句《まえく》の語と関係深い連想語)。初案は上五「梅散ッて」(夜半叟)。

12　うぐひすの啼《なく》やちいさき口明《あい》て　　はなごのみ　落日庵・夜半叟　句帳

禁城春色暁蒼々

13　青《あを》柳《やぎ》や我《わが》大君の艸《くさ》か木か　　句帳

14　若草に根をわすれたる柳かな　　夜半叟

15　梅ちりてさびしく成《なり》しやなぎ哉　　夜半叟　句帳

16 捨《すて》やらで柳さしけり雨のひま

安永四句稿
句帳

17 青《あを》柳《やぎ》や芹《せり》生《ふ》の里のせりの中

句帳
名所小鏡

18 出《で》る杭《くひ》をうたうとしたりや柳かな

明和辛卯春
落日庵

19 草《さう》菴《あん》
二もとの梅に遅《ち》速《そく》を愛す哉

甲午仲春むめの吟

16　花瓶《かびん》に生けてあった柳の枝を捨てずに、春雨の止むのを待って挿し木にした。雨の止み間を待つ間の楽しさ。白楊《はこやなぎ》は挿し木がよくつき生長し易い。早春肥えた湿地に挿し枝をする。楊《よう》枝《じ》・器物・箕《み》など用途は多い。

17　一四では若草の勢いを強調し、これは香草の中の青柳の、しとやかさを主題とする。優雅な地名と「せり」とを繰返して用いた声調も軽快である。◇芹生　セリョウと発音。大原郷の歌枕。京都市右京区大原草生《くさお》町（寂光院付近）の古称。

18　水際に抜け出る杭を打ちこもうとしたら、春風になびく柳の枝が邪魔をする。父が子供を折檻《せっかん》すると、母親が傍からやんわりかばうかのように。柳の優婉《ゆうえん》さを女性に見立てたイメージ豊かな句。俗諺《ぞくげん》「出る杭は打たれる」（『北条五代記』）を活用し、俗語仕立てで飄逸《ひょういつ》な味を出している。◇したりや　「したれば」の俗語「したら」の訛《なまり》。

19　わが草庵《そうあん》の狭い庭の二本の梅には、咲くにも散るにもおのずから速い遅いがある。そこが自然で面白いのだ。上五をやわらかく打ち出した和漢両調の併用は非凡。安永三年正月の三浦樗《ちょ》良宛蕪村書簡によると、口さがない京雀の流言など気にせず、お互い相競って個性的な新風を開花させよう、多少の遅速は問題にはならぬ、と両人を「二もとの梅」に喩《たと》えているようだ。◇遅速　「東岸西岸之柳、遅速不レ同《ジカラ》。南枝北枝之梅、開落已《すでニ》異《ナリ》」(慶滋保胤《よししげのやすたね》、『和漢朗詠集』早春)による。

20　力をこめて梅花一枝を折りとったが、さてその清新な花の薫は、老いぼれの皺手に不服顔だ。

「折て」で小休止。「梅」が「皺手」に不足をいう擬人《ぎじん》法仕立て。老人の皺手と清新な薫との対照である。

21　庭前に白梅が薫る頃、唐土の賓客を迎えた鴻臚館内には、詩文の応酬が始まったのであろう、高雅な唐墨の香が漂ってくる。

支那(文人)趣味と王朝趣味を兼ねた高雅な空想句。

◇鴻臚館　律令制《りつりようせい》以来、京都、太宰府《だざいふ》に設けられた外国使臣の迎賓館。玄蕃寮《げんばのりよう》の管轄。底本の「鸕」は誤り。

22　垣の内なら所属は明白だが、いつ誰があんな垣外に白梅を植えたのだろう、不可解なことだ。

人間の所有欲などとは無関係に、古木の梅が美しく咲くさま。「しら梅」に「知らぬ」を言い掛けた。初案は中七「いつの頃より」(安永四年山肆《さんし》宛書簡)であり、女人の幻影説は見当違いだ。

23　幸若舞《こうわかまい》の簡素な舞台が、折からチラホラ咲き初めた梅の木のあたりに設けられた。

新奇な題材による、鄙《ひな》びた農村の早春風景。初懐紙に「舞まひが場」の左に訓読符号を付す。

◇舞〱　烏帽子《えぼし》・直垂《ひたたれ》・大口袴《おおくちばかま》を着用した謡《うた》い手が、勇壮な歌詞の武家の物語を扇拍子で謡い舞う舞曲。室町から江戸時代中頃まで多く武家の間に行われた。その名残りは、正月に農村を巡行し農事の予祝等をして米銭を乞う門付け芸となる(『嬉遊笑覧《きゆうしようらん》』等)。

20
うめ折《をり》て皺手《しわで》にかこつ薫《かをり》かな　句帳

21
白《はく》梅《ばい》や墨《すみ》芳《からば》しき鴻《こう》臚《ろ》館《くわん》　句帳

22
しら梅や誰《たが》むかしより垣の外　句帳

23
舞《まひ》〱《まひ》の場《には》まうけたり梅がもと　安永五几董初懐紙　句帳

24 出《いづ》べくとして出《で》ずなりぬうめの宿　　句帳

25 宿の梅折《をり》取《とる》ほどになりにけり　　句帳

26 一擂子木《すりこぎ》で重箱を洗ふがごとくせよとは、政《まつりごと》の厳刻《げんこく》なるをいましめ給ふ、賢き御代《みよ》の春にあうて

隈《すみ》〳〵《ずみ》に残る寒さやうめの花　　安永十几董初懐紙

27 しら梅や北野《きたの》ゝ茶店《ちやや》にすまひ取《とり》　　落日庵句帳

24 外出すべき用事がないわけではなかったが、わが家の梅が咲き続き、余寒の日もあったりしてその間とうとう出ずじまいになった。其角《きかく》の「曲《まが》れるを曲《ま》げてまがらぬ柳哉《かな》」(『五元集拾遺』)の俗っぽい言語遊戯を、高雅な文人趣味へ転換した。梅を愛する隠者の風懐。

25 わが家の梅も枝を張り、折りとって観賞してもよいほど見事に生長したことよ。『全集』は『講義』の内藤鳴雪《めいせつ》説を受けて「娘の成人した意など含むか」とする。

一 松崎尭臣《たかおみ》「窓のすさみ」(享保九年自序)にある土井大炊頭《おおいのかみ》利勝の語「丸き木にて角なる器の中をかきまはす如くにあれば事よき事なり、丸き器の内をまはすがごとく隅々までさがせば事の害出来《しゅったい》候ぞ」による。

26 春に先がけて梅が咲いたが、なおすみずみに余寒が残っている。ありがたい大らかな御代なんだから、それくらいは我慢しなければなるまい。「残る寒さ」は泰平への戒め、天明飢饉《ききん》を予感するか。初懐紙に「隈〳〵に」と表記。

27 梅に力士の取り合せ。凛然《りんぜん》たる風姿と清爽《せいそう》感が共通する。几董《きとう》宛書簡に元とともに「別に趣向をもとむる句」と自注。坐っているだけの無言の人物が生動している。

◇北野ゝ茶店　京都北野天満宮梅林の茶店。◇すまひ取　相撲《すもう》取。相撲は「争《すま》ふ」の名詞形「すまひ」の音便で「すまう」となる。

28　黒檀《こくたん》製か、唐《から》渡りの黒光りする卓上に先刻散りしいた梅花は、そのまま螺鈿をはめこんだかのように青白く輝いている。几董宛書簡に「よのつねおもひよる句」とするが、蕪村ならではの視覚的な文房愛玩《あいがん》趣味の句。◇螺鈿　器物に鸚鵡《おうむ》貝《がい》などで図案をはめこむ工芸。京・江戸・大阪等に工人がいた。◇卓　ショクは唐《とう》音。

29　梅が咲いて活気づいた港町。姫路方面から来た商人を取りまいて、嬌声《きようせい》をあげながら室君《むろぎみ》（室の津の遊女）たちが新しい帯の品定めに夢中である。早春の景気と室の遊女たちの花やいだ心情の配合だが、群像描写が躍動している。優艶《ゆうえん》な佳作。◇室　播磨国室津《はりまのくにむろのつ》（兵庫県揖保《いぼ》郡御津《みつ》町）。奈良時代から内海航路の要港として遊女町も栄えた。

30　川風の寒い源八の渡しをあがり、わが物顔に梅林を逍遙《しようよう》する。まるで梅の主になったようだ。従僕ふうの地名に対して縁語「あるじ」を使った巧妙な措辞《そじ》。六四の「菊の奴」と好一対。◇源八　摂津国西成郡天満《てんま》源八町から東成郡中野村への渡しで九十間（二七〇メートル）あった。梅林のことは見えない（『淀川両岸一覧』）。

31　暮れてゆく梅咲く家に、いつまでも燈火がつかぬ。人のいるような気配もするから、静かに梅花の詩案に耽《ふけ》っているのでもあろうか。「暗香浮動月黄昏《くわうこん》」（林逋《りんぽ》「山園小梅」、『宋詩別裁集』）の詩趣を転じて、山園の隠士を主題に詠《よ》んだ。

28　うめ散《ちる》や螺《ら》鈿《でん》こぼるゝ卓《しよく》の上　　落日庵　句帳

29　梅咲《さい》て帯《おび》買ふ室《むろ》の遊女かな　　落日庵　句帳

30　源《げん》八《ぱち》をわたりて梅のあるじ哉　　安永九几董初懐紙　句帳

31　燈《ひ》を置《お》ヵで人あるさまや梅が宿

あらむづかしの仮名遣ひやな。[一]字義に害あらずんば、アヽまゝよ[二]

32 梅咲《さき》ぬどれがむめやらうめぢやら

33 しら梅の枯木にもどる月夜哉　日発句集　落日庵

34 小豆《あづき》売《うる》小家《こいへ》の梅のつぼみがち　夜半叟

35 梅遠《をち》近《こち》南《みんなみ》すべく北すべく　夜半叟　句帳

一 本居宣長《もとおりのりなが》の『字音仮字用格《じおんかなづかい》』（安永五年刊）以後、上田秋成との間に上代の音韻についての論争があり、その一つにんの音の有無論があった。宣長の『呵刈葭《かがいか》』参照。近世期は一般に仮名遣いは乱れた。　二 底本「字儀」と誤る。

32 梅が咲いた。学者がやかましく論争しているが、どれがむめでどれがうめだというのか。どちらにしろ梅そのものに変りはないさ。学者の詮索癖《せんさくへき》を諷刺《ふうし》した滑稽《こっけい》句。底本でも「ぢや」を「じや」と誤る。

33 白色が同系統の光線によって相殺《そうさい》される視覚現象。㐧三二参照。「枯木にもどる」という大胆な見方が面白い。

34 小豆と梅の莟《つぼみ》との色・艶・形の相似性による配合。王維の「紫梅発《ひらキテ》 初《メテ》 遍《あまネシ》、黄鳥歌 猶渋《フモホシ》」（『王維詩集』）の連想か。初案は下五「つぼみ哉」（夜半叟）。

35 春めいた野外に出ると、あっちにもこっちにも梅が咲いている。南へ行こうか、それとも北の梅林に杖を向けようか、思い迷うことだ。霞夫《かふ》宛書簡に前書《まえがき》「野径ノ梅」とあり、梅花の頃の野遊びの興趣を、中国の成句を活用して叙べた。類想句に「野辺の梅白くも赤くもあらぬ哉」（明和六句稿）。◇南すべく北すべく 「楊子見《テ》二逵路《きろヲ》一而哭《こくス》レ之。為《ナリ》下其可《ク》二以南《テス》一可《キガ》中以北《テス》上」（『淮南子《えなんじ》』説林訓・『蒙求《もうぎゅう》』楊朱泣岐）による。龍草盧《りゅうそうろ》「短歌行」（『草盧集』初篇）に「可《ク》レ南可《スシ》レ北或如《スハシ》二路岐《ノえだみちノ》一」。

36 京の余寒がこたえるのは、暖かい大阪から参詣に来たから。「御忌の衣裳くらべ」ともいわれる。言葉や態度から京女とは識別できる難波女《なにわおんな》の一団に、華麗な御忌の風俗を活写した秀吟。◇御忌 法然上人《ほうねんしょうにん》の忌日。正月十九日から七日間、浄土宗総本山知恩院で厳修された。正月だから参詣客は新調の着物で参集した。現在は四月。

37 御忌初めの十九日に知恩院の大鐘をつく。その響きが東山の谷々に伝わって厚い氷を溶かす。この頃から京は春めき行楽シーズンに入るので「弁当初め」ともいう。切字「や」の用法が効果的である。

38 藪入りで生家にくつろいだ子は、何よりもまず寝てしまう。楽しげな夢見のようだが、それも牡丹餅《ぼたもち》用の小豆の煮える僅《わず》かな間のことだ。人生栄華のはかなさを喩《たと》えた「黄粱一炊夢《こうりょういっすいのゆめ》」(『枕中記』)の故事を転じて、庶民的な哀感の句に仕立てた。「春の夜の盧生《ろせい》が裾《すそ》に羽織かな」(落日庵)とともに男子。落日庵では原句「夢中小豆のにゑる音」を「夢も小豆のにゑるうち」と改作。◇やぶ入 一月十六日奉公人が暇を貰《もら》って生家に帰ることをいう。宿下《やどさが》りとも。貞享《じょうきょう》・元禄頃から七月十六日にも行われた(正徳五年刊『和漢三才図会《ずえ》』)。

39 鎮火の神として京人の崇敬篤い愛宕サンへの土俗的感情を視覚的に把握した佳作。「よそ目ながらの」が藪入りの男にふさわしい。愛宕山(九二四メートル)は市中のどこからでも西北方に見える。

早春

36 なには女《め》や京を寒がる御《ぎょ》忌《き》詣《まうで》
明和六句稿
日発句集・其雪影
新 選・落日庵

37 御忌の鐘《かね》ひゞくや谷の氷まで
安永四句稿
紫狐庵聯句集
句 帳

38 やぶ入の夢や小豆の煮《にえ》るうち
落日庵
句 帳

39 藪《やぶ》いりやよそ目ながらの愛《あ》宕《たご》山《さん》
句 帳

40　やぶいりや守《まもり》袋《ぶくろ》をわすれ草　　夜半叟

40　心こめて縫ってくれた守袋を母そのものと思って、辛《つら》い奉公も耐え忍ぼうと大切に持ち帰る。
◇わすれ草　萱草《かんぞう》の古名。憂《う》さ忘れ草の意。母を萱堂《けんどう》というから、守袋即ち母の意となる。「わすれ草」と「北堂」（母親）は付合《つけあい》（『類船集』）。

41　養《や》父《ぶ》入《いり》や鉄漿《かね》もらひ来る傘の下《した》　　夜半叟

41　嫁入り話も決った藪入りの娘が、春雨の中を近所の家々から歯黒め用の鉄漿を貰《もら》ってくる。傘の下でカネ壺の重味を身にしみて感じている風情《ふぜい》だ。七トコガネ（七軒貰い）という、嫁入り前の京の風習を詠《よ》んだ句。婚期の近づいた蕪村の娘の俤《おもかげ》か。
◇鉄漿　歯黒め。おはぐろ。歯を黒く染める液で、多く自家製。十七世紀頃には民間（特に西日本）に普及した。十三カネツケは成女式。十七カネ・十八カネは未既婚にかかわらずカネをつけて成年とする風習。

42　やぶ入は中《なか》山《やま》寺《でら》の男かな

42　少し間の抜けた、好人物の中山寺の寺男がいそいそと里帰りするさま。年輩になっても独身の寺男の嬉《うれ》しそうな、それだけに哀れな藪入り。係助詞「は」は特例を示す。ペーソスのある佳作。
◇中山寺　摂津国川辺郡（宝塚市長尾地区）の紫雲山中山寺《ちゅうざんじ》。聖徳太子創立の西国第二十四番札所。

人《じん》日《じつ》

43　七くさや袴《はかま》の紐《ひも》の片むすび　　句帳

43　平常は袴などはくこともない貧しい男が、無雑作な片結びのまま、袴を着けて七草粥を祝う。
一　正月七日。古代中国で、七日に人間の吉凶を占《うらな》ったことからいう。日本では平安朝から、万病を防ぐというので七草を祝う風習が始まり、後には粥《かゆ》に入れて食した。「七種打ち」「薺《なずな》はやす」。

七草の品位ある伝統的な行事を搦《から》め手から情趣的に描き出した句。貧乏書生の風采《ふうさい》が躍如としている。
◇片むすび　片方を輪にする帯・紐《ひも》の結び方。真結《まむすび》の対。「真結びの足袋《たび》はしたなき給仕哉」（明和五句稿）。
44　野中の小道をゆくと芹が目につく。やがてその道は青い芹の群生の中に行き詰ってしまった。芳草を踏んで立ち去りかねる境地。k音による整調が成功し、明るい野面《のづら》に心のわびしさを捉《とら》えている。
45　割れた炮烙《ほうろく》を無雑作に投げこむさま。古寺と対照的に盛んな芹の新生。赤茶けた薄っぺらな土器の破片を瑞々《みずみず》しい緑の世界が包容してしまう。
◇はうろく　底本「ほうろく」は誤り。煎《い》ったり蒸《む》し焼きにしたりする素焼《すや》きの薄い土鍋《どなべ》。「いりなべ」とも。
二　神戸市の東端、葺合《ふきあい》区の海岸。脇浜村と岩屋村との間を敏馬浦《みぬめのうら》という（『兵庫名所記』）。二人は安永七年三月同所へ遊び井筒屋に泊った。
46　なまめいた春の宵。師弟二人はいい気持に酔いも廻り、はすかいになった蒲団《ふとん》の中で頭を寄せあっていつまでも閑談に興じる。不規則なところに、くつろいだ旅情を表現して軽妙。初案は「すじかひにふとん敷けり」（夜半叟）。
47　一人の僧が机にもたれ頬杖《ほおづえ》ついてうたた寝している。肘の白さが春宵の闇の中に浮き上がる。女気のない僧院の春宵の静けさに、一抹《いちまつ》の優婉《ゆうえん》さがただよう。闇の中ににじむような水墨調の白。「かり寝」は仮眠。横臥《おうが》では自堕落《じだらく》に過ぎる。

44
これきりに径《こみち》尽《つき》たり芹《せり》の中　落日庵

45
古《ふる》寺《でら》やはうろく捨《すて》るせりの中　夜半叟句帳

46
几董とわきのはま二にあそびし時
筋《すぢ》違《かひ》にふとん敷《しき》たり宵《よひ》の春　夜半叟句帳

47
肘《ひぢ》白き僧のかり寝《ね》や宵の春　落日庵

48
春の夜に尊き御《ご》所《しよ》を守《もる》身《み》かな

明和六句稿
落日庵

49
春《しゆん》月《げつ》や印《いん》金《きん》堂《だう》の木《この》間《ま》より

安永四句稿・句帳
名所小鏡

50
一春夜聞クレ琴ヲ

瀟《せう》湘《しやう》の鴈《がん》のなみだやおぼろ月

句帳

51
折《をり》釘《くぎ》に烏《え》帽《ぼ》子《し》かけたり春の宿

句帳

48　春のおぼろ夜に何か異変が起るかもしれない。尊い御所を守る衛士《えじ》なのだから、こんな夜こそ一きわ心を引きしめてかかろう。心気もたるみそうなもの憂《う》い春の夜、守衛する立場からの、妖怪でも出そうな情調の句。「尊き」がよく効《き》いている。「春の夜の」(落日庵)。

49　木の間に上る春月の清艶《せいえん》な輝きが、堂内の印金のイメージを連想させた、大らかな名所俳句。◇印金堂　京都市右京区鳴滝《なるたき》の妙光寺(臨済宗)境内に遺存する。明暦年間、敦賀《つるが》の商人糸屋九右衛門が堂内総印金押しの小堂を建立。「印金」は紗《しや》・絽《ろ》の染織物の上に金箔《きんぱく》を置いて織地に金文を表した技法。

50　湘君の神霊が弾く瑟《こと》の音の清怨さに堪えずして、瀟湘の雁《がん》は一度は飛び帰ったという。感受性の強いその雁の涙が、今この日本の朧月《おぼろづき》をもたらしたのであろう。一「二十五絃弾ゼバ二夜月ニ一、不シテレ勝《たへ》二清怨《せいゑん》ニ一却ツテ飛《と》来バン」(銭起《せんき》「帰雁」、『唐詩国字弁』)による題。二十五絃は瑟《しつ》(大琴《おおごと》)。「春夜聞レ琴」からの、自在にして華麗な幻想。◇瀟湘　中国の瀟水《しようすい》と湘江《しようこう》とが合流して洞庭湖《どうていこ》に流入する地方。八景で名高い。

51　王朝の官人が馴染《なじ》みの賤《いや》しい女のもとへ通う春の夜のこと。柱の折り釘に烏帽子を掛けたまま、艶《なまめか》しいむつごとが続く。「折釘」一つで、この「春の宿」の茅屋《ぼうおく》のさまや女の身分などに的確なイメージを与える。

52 公《きん》達《だち》に狐《きつね》化《ばけ》たり宵《よひ》の春

夜半叟

53 二もろこしの詩客《しかく》は千金の宵を〻しみ、三我朝の歌人はむらさきの曙《あけぼの》を賞す

春の夜や宵あけぼの〻其《その》中《なか》に

安永二句稿・あけ烏・紫狐庵聯句集

54 女《をんな》倶《ぐ》して内《だい》裏《り》拝《をが》まんおぼろ月《づき》

評巻・句帳

55 薬《くすり》盗《ぬす》む女やは有《ある》おぼろ月

52　夜半叟の別案に上五「上臈に《じやうらう》」とあり、男か女かに揺れていたが、とがり顔の青白い「公達」のほうが、変化《へんげ》狐にふさわしく凄味《すごみ》もある。k音の頭韻は声調もよいが、通俗的情趣に流れている。

53　春の夜は、何となく落着かぬ宵と、夜明け前で眠たい曙《あけぼの》の中間にあって、詩人も歌人も見逃したが、長くて静かで一番興趣の深い時間だ。二 中国の詩人蘇東坡《そとうば》が「春夜」の詩に「春宵一刻値千金」と詠《よ》んだことを指す。三 あけ烏の前書に「〻刻の宵……あけぼのを賞せり」とする。三 清少納言は『枕草子』第一段に「春はあけぼの。……」と記した。「詩客」に対して「歌人」といった。

夜を中心とする時間区分は、夕—宵—夜—暁（曙、まだ暗いうち）—朝《あした》。独自な着想と表現に俳諧の自在性を誇る卓抜な作。評巻・句帳の中七「宵あかつきの」。

54　現実は酒宴の席に侍る美妓《はべぎ》を誘い出そうという酔興。それを「女倶して内裏拝まん」と見事に王朝の幻想世界に転化した。朧月《おぼろづき》のもとにけむる御所はまさに夢のような別世界である。

55　神秘のとばりのかかる朧月夜。姮娥《こうが》のように仙薬を盗み羽化《うか》登仙《とうせん》する女がどこかに居そうだ。不幸な現実から夢幻の世界に逃れることはすべての封建女性の悲願であり、蕪村の衆生済度《しゆじようさいど》の本願である。◇薬盗む女　羿《げい》が西王母《せいおうぼ》から得た不死薬を、その妻姮娥（嫦娥《じようが》）は盗み飲んだので仙化して月に奔《はし》り、月の精となった（『淮南子《えなんじ》』）。◇やは　疑問を表す連語。

56 よき人を宿す小《こ》家《いへ》や朧《おぼろ》月《づき》　句帳

57 さしぬきを足でぬぐ夜や朧月　夜半叟 句帳

野望

58 草《くさ》霞《かす》み水に声なき日ぐれ哉《かな》

59 指《し》南《なん》車《しゃ》を胡《こ》地《ち》に引《ひき》去《さ》ル霞《かすみ》哉　句帳

56　小家に貴人を泊めるというのだから、この朧月は何とも艶《なまめか》しい。『源氏物語』など王朝物語の濃艶《のうえん》な場面を思わせる。五一と類想。

◇よき人　高貴の人。有徳の人。三六参照。「能《よ》き人の醴《あまざけ》三たび替《かへ》にけり」（落日庵）。

57　「足でぬぐ」という自堕落《じだらく》な動作が、ほの明るい朧月夜の艶情を的確に描写して、前後の情況を十分に推察させる。蕪村が得意とした王朝趣味の句。

◇さしぬき　指貫。袴《はかま》の一種。裾《すそ》に組み緒《お》を通し、くるぶしの上でくくるようにしたもの。平安時代、布《ほう》袴《こ》・衣冠または直衣《のうし》・狩衣《かりぎぬ》のとき着用。

一　李中《りちゅう》「春日野望」（『三体詩』）等による詩題。「野外登臨《シテ》望《メバ》、蒼蒼《トシテ》煙景昏《くらシ》、……故人不レ可《カラ》レ見《ル》、倚《よリテ》レ杖ニ役《えき》ス二吟魂《ぎんこん》ヲ一」。

58　右の漢詩の俳句訳に近いが、大観山水図の世界よりも眼前の実景のようだ。「水に声なき」は魚のはねる音ではなく、語るべき友なき孤独感であろう。短い句ではそこまで抒情《じょじょう》の深意を表現し得ていないかもしれぬが、「声」は単なる音ではあるまい。

59　広漠たる胡地の辺境へ向う遠征軍。その先頭の指南車も模糊《もこ》とした深い霞の中に消え去った。正名宛書簡に「此句けやけく（作意が際立ちすぎること）候へども折ふしは致度《いたしたく》候。去ルと云《いふ》字にて霞とく居《すわ》り候歟《か》」と自注。軍隊が引き去った指南車を、大きく霞が引き去ったかのようにも受けとれる重層的表現。弱小な人間よりも自然の限りない壮大さ。

60　高麗舟《こまぶね》のよらで過《すぎ》ゆく霞かな　　新選・果報冠者　落日庵

61　橋なくて日暮《ひぐれ》んとする春の水　　句帳

62　春《しゅん》水《すい》や四条五条の橋の下　　句帳

63　足よわのわたりて濁《にご》るはるの水　　夜半叟

◇指南車　車上の人形が常に南を指す機械。黄帝或いは周公の創始という（『和漢三才図会《ずえ》』）。◇胡地　秦《しん》漢時代には匈奴《きょうど》、漢族は北辺民族の住む地を汎称《はんしょう》した。

60　寄港を期待していたのに、遂に寄らずに霞の中に消え去った異国の大船。非現実的な浪曼《ろうまん》的幻想を絵に描いたような、離俗の代表作。春愁《しゅんしゅう》の詩情もあり、五九とともに蕪村詩の構造を明らかにする佳作。◇高麗舟　古代朝鮮、高麗国の大船を空想的にいう。◇よらで　寄らないで。

61　目の及ぶ限りどこにも橋は見えず、永い春の日も暮れようとしている。刻々と変化する夕空を映す一条の野川が豊かに音もなく流れてゆく。人工の橋すらも排除して、暮色の中に融けこむ幽遠の詩情。水のみが流れる生動感。声調もよい。

62　春水に託して青楼や芝居小屋の立ち並ぶ歓楽地の人心を明るく描き出した佳作。「天津橋下陽春水、天津橋上繁華子」（劉庭芝《りゅうていし》、『唐詩選』二）の転化。◇四条五条　作者の位置は四条橋上。「四条五条の橋の上」（謡曲「熊野《ゆや》」）。「はる風や四条五条の橋のうへ」（芋月《うげつ》、明和六年刊『おもかげ集』）は先行作か。

63　小川にさしかかったら若い女。裾《すそ》をはしょりこわごわと足探りで渡ってゆくので、その跡はたちまち春の水が濁りをあげた。「濁る」という結果を述べて、「足弱《よわ》（女、子供をいう）」の艶な姿態を、サラリと活写して、春水の本情を描き出した。底本「足よは」は誤。

64　春の水背戸《せど》に田作らんとぞ思ふ　　夜半叟

65　春の水にうたゝ鵜縄《うなは》の稽古《けいこ》哉《かな》　　夜半叟

66　蛇《へび》を追ふ鱒《ます》のおもひや春の水　　夜半叟

67　一西の京にばけもの栖《すみ》て、久しくあれ果《はて》たる家有けり。今は其《その》さたなくて

春雨や人住ミて煙《けぶり》壁を洩《も》る　　新選・五車反古 句帳

64　表口でなく背戸（家の後方）に田を作ろうと思うのは、現実に背を向けてひそかに隠れ住む隠者の境涯《きょうがい》である。

65　雪解けのため増水した春の川。やがて鵜飼シーズンも近づくので、若い鵜匠《うしょう》が多くの鵜を使って縄さばきの練習に励んでいる。
季題「春の水」に「鵜縄の稽古」を連想した作者の想像力は新鮮である。上五の字余りは、う音の重畳《ちょうじょう》による以下の軽快さに対応する。
◇うたゝ　いよいよ。ますます。◇鵜縄（季題・夏）鵜飼は一般に十二羽の鵜を一人の鵜匠がもつれぬよう操作する。呑んだ魚の吐かせ方も修練を要する。

66　充満する春水のエネルギーとその川を遡《さかのぼ》る鱒の異常な精力との上下逆の取り合せ。「おもひ」は精悍《せいかん》な鱒にしても容易に達し得ない欲望をいうか。
◇鱒　鮭《さけ》よりやや小、北洋の魚。三、四月頃河口に集まり、五、六月頃産卵のため川を遡る。淡水産もある。蛇を食うことについては『講義』参照。

一　西の京は朱雀《すざく》大路より西、右京。『源氏物語』時代でも低湿地で開発が遅れていた。

67　雨空に消えてゆく薄青い煙は印象的で美しい。妖怪など信じない作者の庶民的な人間観と美意識とが、崩れかかった壁穴から洩れ出る、生き物のような炊煙《すいえん》をとらえた。乙二《おつに》はての字は老練で「けぶり」との続けがらもよいと評した（『発句手爾葉草《てにはぐさ》』）。

68 春の雨が種物の袋を濡《ぬ》らしたとは、いよいよ種蒔《ま》きの季節も近づいた、の意。万物生成の早春の和《やわ》らぎが匂うような、平淡にして余情のある句。◇物種　種物。穀物の種はよく乾燥させ冬じゅう紙袋や瓢《ひさご》に入れて保存し、彼岸から八十八夜までに蒔く。

69 上島鬼貫《うえじまおにつら》は春雨を「ものごもりてさびし」（『独言』）と言った。春雨をいとい、人目構わず古頭巾をかむる老人の閉鎖的な孤独感。「ふる」は「降る」「古」を掛ける。落日庵の「身のふる」は初案。

70 細い銀の糸のような春雨がシトシトと降り出した。人気《ひとけ》のない小磯の砂に散らばっている小貝が、濡れ色も艶《えん》に光りだした。「しぐるゝや田のあらかぶの黒む程」（芭蕉）「陽炎《かげろふ》や小磯の砂も吹きたてず」（其角《きかく》）の転換であろう。想像に成る句だが、浪曼《ろうまん》的で繊細な情感が光る。初案は下五「ぬれにけり」（落日庵）。◇小貝　桜貝か。「小萩ちれますほの小貝小盃《こさかづき》」（芭蕉）。◇ほど　時の推移につれて変化する物事の様子・具合・度合・程度。五〇一参照。

71 春雨に降りこめられた御所の奥に、早くも夕闇が重く垂れこめる。折から滝口のあたりで「早く御明《みあか》しを」と呼ぶ大声が静寂を破った。具体的な場面の設定がうまいので、季題趣味の平板さを脱し、物語ふうの奥行と余情の深い佳作となった。◇滝口　清涼殿の東北、御溝水《みかわみず》の流れ落ちる所。蔵人《くろうど》所《どころ》に属する禁中警固の武士の詰所があった。

68 物《もの》種《だね》の袋ぬらしつ春のあめ　　落日庵　句帳

69 春雨や身にふる頭《づ》巾《きん》着たりけり　　落日庵　句帳

70 春雨や小《こ》磯《いそ》の小《こ》貝《がひ》ぬるゝほど　　落日庵

71 滝《たき》口《ぐち》に燈《ひ》を呼《よぶ》声や春の雨　　句帳

72 ぬなは生《お》ふ池の水《み》かさや春の雨

安永四句稿
津守船一
十三興・句帳

夢中吟 一

73 春雨やもの書《かけ》ぬ身のあはれなる

句帳

74 はるさめや暮《くれ》なんとしてけふも有《あり》

天明二几董初懐紙
夜半叟・句帳

75 春雨やものがたりゆく簑《みの》と傘《かさ》

小刷物
夜半叟・句帳

72 深そうな古池は晩春の雨に降りこめられて、水量も豊かだ。水面には、ぬなわの若葉が丸い小さな緑を点々と浮べて、雨脚に打たれている。七二と同じく上五中七が主題で、「春の雨」は背景。鋭い色彩感覚の句である。堀麦水《はくすい》は「格調正しい蕉風」(十三興、上五は「蓴生《ぬなはお》ふる」)と評した。
◇ぬなは 蓴菜《じゅんさい》。古い池沼に自生するヒツジグサ科の多年生水草。若芽・若葉は食用として珍重された。和歌の題材。
一 夢中に得た句。古来、作法書は夢を恋の部に入れる。「大かたは恋に成也《なるなり》」(『をだまき綱目』)。

73 降り続く春雨。つのる思いに恋文を書こうとするが、あせればあせるほど文字が書けない。われながら哀れになって、遂には涙が頬をつたう。怖いものに追われて逃げようとしても足が動かぬ夢中の強迫観念と同じく、欲求不満による恋の焦心。夢の内容を句にした点で興味深い深層心理の表現である。

74 「けふも暮なんとして有」を倒置して、「けふも有」を強調、時間の連続性を表現し、暮れなずむ春雨の無限感を意図した。作者独自の作風。初案は「春の雨日暮《ひぐれ》むとしてけふもあり」(初懐紙)。

75 簑と傘という服装で人を表現したユーモア。一三四の句を記した小刷物《こすりもの》の自画(『日本古典文学大系』口絵)に描いた簑と傘の人物は、二人とも男。漁樵《ぎょしょう》問答ふうの超俗化によるおかしみで男女ではあるまい。身分・職業意識は認められない。

76 柴《ふし》漬《づけ》の沈みもやらで春の雨　　夜半叟

77 春雨やいざよふ月の海半《なから》　　句帳

78 はるさめや綱《つな》が袂《たもと》に小《こ》でうちん　　落日庵

79 ある隠士のもとにて
古庭に茶《ちゃ》筌《せん》花さく椿かな　　落日庵

76　水さびの着いた黒い柴漬が、細かい春雨に打たれながら沈みもせずに浮いている。下には魚が多く潜んでいそうだ。同じ位置に在って沈没も流失もしない柴漬に着目して冬から春への時間の推移を、ほのかな哀感をもって描き出した。自然の把握に深みのある佳吟。
◇柴漬　冬、束ねた柴を水中に入れ、春になって柴をあげ網で魚をとる。淀川・宇治川で行われた漁法。

77　春雨の厚い雲の中ではっきりしないが、十六夜《いざよい》の月はすでに海の真中辺に上っているらしい。海景の雨雲の中に十六夜月を設定し、もどかしさを一層強調した新趣向。
◇海半　海景の視野の中間あたり。

78　春雨にふけ行く京の夜。酔客を送り出す妓女《ぎじょ》の綱が袂《たもと》に小提灯《こぢょうちん》をさげ、なよなよと道案内してくれるのが、暗い夜道に心強いことだ。この綱女は謡曲「羅生門」や戻り橋伝説に名高い渡辺《わたなべの》綱《つな》に因《ちな》む源氏名で、勇士のイメージと重なるところに滑稽《こっけい》感があり、作者の愛憐《あいれん》の情もみえる。七〇七と同一人だろう。其角《きかく》の「綱が立《たち》てつなが噂《うはさ》の雨夜哉」（前書「春雨」）を先行作品として意識している。

79　古びた茶庭に咲くあざやかな椿を、茶筅《ちゃせん》が花に咲いたと喩《たと》え（雄蕊《おしべ》が茶筅状）、茶事に隠れ住んでいても、常に新しみを求めてやまぬ主人の風流をたたえた挨拶《あいさつ》吟。

80 あぢきなや椿落《おち》うづむにはたづみ

句帳

81 玉人《たますり》の座右にひらくつばき哉

夜半叟
句帳

82 初《はつ》午《うま》やその家《や》〳〵《そのや》の袖《そで》だゝみ

日発句集
落日庵・句帳

83 はつむまや鳥《と》羽《ば》四《よつ》塚《づか》の鶏《とり》の声

夜半叟
五車反古・句帳

80 急雨のため忽ち水がたまり流れができた。それも束《つか》の間、椿がボタボタと落ちてきてその水流をうめ尽してしまった。いやあ、これは驚いた。◇あぢきなや 事の度合いがひどく甚だしいこと。ここは、奇観に驚き、感嘆するてい。◇にはたづみ 行潦。地上にたまり流れる雨水。

81 玉と椿との色の配合、形の類似などの説を否定して、正岡子規は花の堅い感じが玉に調和するとした（『講義』）。この椿は白色であろう。◇玉人 底本に「タマスリ」と振仮名。眼鏡・数珠《じゅず》玉などを金剛砂で磨く職人。京・大阪に集団で住んだ。

82 初午参詣の群衆が続く。沿道の家々はいずこも清掃され、衣類も小綺麗《こぎれい》に袖畳《そでだた》みにしてある。参道の民家の神に奉仕する情景を、衣類の袖畳みという小道具で描き出した。祭の日の清浄感。◇初午 旧二月最初の午の日、五穀の神稲荷《いなり》神社へ参詣する。伏見が本社、真如堂の稲荷へも参詣した（『京羽二重織留』）。◇袖だゝみ 衣類の背を内へ二つに折り、両袖を揃《そろ》え、更に袖付けの辺で折り返す畳み方。

83 暗いうちに起きて今日は初午参り。鳥羽の入口四塚あたりで夜もほのぼのと明け、威勢よく一番鶏《どり》が鳴く。東に稲荷山も見えてきた。京都の西郊から東に向う道中記ふうの句だが、夜明けて稲荷山を遠望する景観は印象的だ。地名の扱い方が秀逸で、中七以下の声調は軽快そのもの。◇鳥羽四塚 東寺の西の野にあった五三昧（三昧は墳墓地のこと）の一。京都市南区八条四ッ塚町。山崎や淀に通ずる村落。

84　お稲荷さんは農業の神様だから、初午の参道には物種売りの露店が並ぶ。春の光が紙袋にやわらかな陰影をつけ、店番の老爺の皺《しわ》にも戯れている。雑踏の中の閑散を主題とし、明るくなごやかな光景を描く。景情備わる秀吟。

85　いつも開花前に酒飲みどもに食われてしまい、汝自身も花の莟とは知らぬことであろうよ。洒脱滑稽《しゃだつこっけい》な着想の句。莟のうちにつみ取られてしまう蕗の薹《とう》を言い得て妙。
◇蕗のたう　早春、根茎から卵形の花穂を生じ、鱗《うろこ》状の苞《ほう》で幾重にも包まれる。香りとほろ苦さが珍味。

86　「ある人」の家族か親族に命婦がいる場合。折から里帰りの命婦様御手製のお彼岸のぼた餅を御馳走になり、さすがに格別の美味と称讃《しょうさん》する挨拶《あいさつ》句。バ行音を重ねた声調は面白く、中七が特に成功。
◇命婦　宮廷女官のうち中級の女房。◇ぼた餅　宮廷勤めの女房たちに賞美された（『屠龍工《とりゅうこう》随筆』など）。
◇たばす　「たぶ」に尊敬語「す」の付いた形。

87　遠近からお上りさんが京見物にやってくる頃になった。見すぼらしい田螺《たにし》売りは、売り終ると花の都を見過してそそくさと姿を消してしまった。御忌《ぎょき》を遊山《ゆさん》初めとして、京の春は寺参りを名目に遊楽客で賑わう。その繁華の陰に生きる、しがない田螺売りのかもし出すペーソス。優れて情感的な観察の句。

84
初《はつ》午《うま》や物《もの》種《だね》うりに日のあたる
都枝折
落日庵・（句帳）

85
莟《つぼみ》とはなれもしらずよ蕗《ふき》のたう
句帳

86
ある人のもとにて
命《みやう》婦《ぶ》よりぼた餅《もち》たばす彼《ひ》岸《がん》哉

87
そこ〳〵に京見《み》過《すご》しぬ田にし売
落日庵

88 なつかしき津守《つもり》の里や田螺《たにし》あへ　句帳

89 静《しづか》さに堪《た》へて水澄《すむ》たにしかな　句帳

90 鴈《かり》立《たち》て驚破《そよや》田にしの戸を閉《とづ》る　句帳

91 鴈《かり》行《ゆき》て門《かど》田《た》も遠くおもはるゝ　左比志遠理 浪速住・句帳 蟻のすさみ

88　ここは摂津国津守の里、田螺のあえものの野趣あふれる味は遠い古代の昔を懐かしく思わせることよ。

「われ見ても久しくなりぬ住の江の岸の姫松いく世経ぬらむ」(『古今集』)など、『万葉集』『古今集』『新後撰集』(別名『津守集』)に住吉の和歌は多い。歌枕である「住吉」という地名を避けて「津守の里」と鄙《ひな》めかし、田舎だから田螺も多かろうと俳諧化して「田螺あへ」とした。

◇津守の里　摂津国西成郡津守郷(『和名抄』)。住吉神社付近の一名。津守氏は住吉の神主家。

89　春の日永の澄んだ水底に、田螺はよくも退屈せずに転《ころ》がっているものだ。人間にとられようなどとは、夢にも思わずに。

田螺が動けば水は濁る。春昼の静寂にひそむ、ほのかな滑稽《こっけい》感。

90　田の面《も》の雁が北へ帰ろうと飛び立った。その大きな羽音に、鈍感な田螺も「ああそうか」とようやく蓋《ふた》を閉じた。

「鉦《かね》カン〳〵驚破《そよや》郭公《かっこう》草の戸に」(其角《きかく》)の転換。蕪村のはさすがに語意ともに無理がない。季題は「田螺」。

◇驚破　底本に「ソヨヤ」と振仮名。ふと思い当っていう感動詞。ああそうだ。

91　今までは雁に親近感を抱いていたのに、今は広い門田に見すえる焦点もなく、うつろで淋しくなった、の意。上五「鴈落《おち》て」(浪速住)は誤り。

92　田毎の月が朧《おぼろ》に曇る夜、雁は北へ帰ってゆく。
月が朧に曇るのは、その雁が名残りを惜しんで流す涙のせいだ。

暗に、来る時は秋の月が清く輝いていたことを対照させる。五〇と同工異曲。このほうが単純明快である。
◇田ごとの月　長野県更埴市冠木《かむりき》山（伝説の姨捨山）麓の山田毎に映る月影。芭蕉『更科紀行』参照。

93　昨日も今日も雁列が北方へ去って、今夜はもう雁の声も聞えぬ暗い夜となってしまった。
哀愁感を時間の流れの内にこめた蕪村独自の詩境。
◇去ニ　「いぬ」の連用形。「花に去ぬ雁の足跡よめかぬる」（句帳に前書「懐旧」）。

94　「名もしらぬ虫」は白色の蛾《が》などではなく、陽炎がキラキラと連続してきらめくさまそのものをいう。「白き虫の飛」を倒置表現したのも、「虫」よりも「白き」ものに重点がおかれているからである。白昼の春愁だが、陽炎の新しい見方に眼目がある。

95　陽炎もえる野辺でもっこに一杯の土を盛った人は、期待通りの良質の土を得た喜びに、握ったりこぼしたりして、その土をいつくしんでいる。
園芸家が土を熱愛するさま。蕪村の郷里毛馬村の上手は赤川土の産地として有名（『淀川両岸一覧』）。『花壇地錦抄』（元禄八年刊）に園芸用の土を説く。正名宛書簡に「簣に土を愛《あい》す人」、安永四年樗良《ちょら》、春興俳諧発句に「むめが香や……愛《めづ》る人」。
◇簣　土など運ぶ用具。もっことも。

92　帰る鴈《かり》田ごとの月の曇る夜に

93　きのふ去《い》ニけふいに鴈《かり》のなき夜哉《かな》

日発句集
落日庵

郊外

94　陽炎《かげろふ》や名もしらぬ虫の白き飛《とぶ》

安永四句稿
句帳

95　かげろふや簣《あじか》に土をめづる人

春興俳諧発句
句帳

芭蕉菴会[一]

96 畑うつやうごかぬ雲もなくなりぬ　　夜半叟句帳

97 はた打《うち》よこちの在《ざい》所《しよ》の鐘が鳴《なる》　　夜半叟句帳

98 畑《はた》打《うつ》や木《この》間《ま》の寺の鐘《かね》供《く》養《やう》　　夜半叟句帳

小原にて[二]

99 春雨の中におぼろの清水哉　　夜半叟

一　京都東山金福《こんぷく》寺境内の芭蕉庵（現存）。文章篇「洛東芭蕉庵再興ノ記」参照。これは安永六年四月二十日、第三回の写経社会と推定される。

96　いつしか白雲の消え去った浅葱《あさぎ》空には春の光が燦々《さんさん》と満ちているのみ。「衆鳥高ク飛ビ尽シ、孤雲独リ去テ間ナリ」（李白「独坐二敬亭山一」、『唐詩選』六）の転換。静かな田園の早春賦である。余情深い秀句。「畑打や」（夜半叟）は初案。

97　畑打ちの何兵衛よ。おらが在郷で夕暮を知らせる入相《いりあい》の鐘が鳴り出した。いい加減に仕事をやめたらどうかね。「あち」に対する「こちの在所」は作者（作中の主人公）の住む場所を指す。軽快な声調。夜半叟に上五「畑うちよ」と表記。

98　無心に働く農夫は寄付もできない水呑《みずのみ》百姓だ。しがない農民と華麗な儀式との対比。遠近法による構成で、鐘の音よりも重点は供養の儀式にある。◇鐘供養　鐘楼に設置した新しい鐘の撞《つき》初《ぞ》めの法要。

二　正しくは大原《おはら》。京都市左京区大原町。「おおはら」の約。

99　歌人たちは古来朧《おぼろ》の清水に秋の月ばかり歌ったが、春雨のヴェールを通してもなお清水が澄んでいる情景のほうが、名実ともにふさわしいよ。歌人とは全く異質の新しい見方。◇おぼろの清水　寂光院の東南にある泉。歌枕。「ひとり住む朧の清水友とては月をぞやどす大原の里」（寂然、『玉葉集』。建礼門院の伝説もある（『雍州府志《ようしゅうふし》』）。

100　時間の停止したような遅日感を破る一発の銃声。やがて何事もなかったかのように、山の辺《べ》は夕闇の中にとざされて行く。「春の山辺」の晩景が主題で、「雉子うつ」は従属的な一些事《さじ》。人事を包みこんで運行する自然の摂理に作者は思いをひそめる。

101　戦《いくさ》も小休止らしい。砦を守る兵卒が春の山に柴刈りに出かける。するとすぐに雉子が警戒してけたたましく鳴きたてる。軍記物にありそうな一節だが、メルヘンふうな創作だろう。無事の兵士を警《いまし》める「雉の声」に寓意《ぐうい》がある。

102　嵐山を借景とする壮大な亀山殿造営のため、京から毎朝木工《こだくみ》の一団が通う。それを励ますかのように雉子が鋭く鳴きかける。俊敏な棟梁《とうりょう》たちと雉子の威勢との取り合せ。一〇一と全く同じ構造の句だが、これは歴史物語ふうの華麗さ。『徒然草』五十一段の亀山殿の水車の話（宇治の里人の伝統技術により完成）からの連想であろう。◇亀山　嵯峨《さが》天龍寺の背後の小山。建長年間、後嵯峨・亀山両院の離宮が造営された。

103　春草が山肌を覆っているのみで、樹木はほとんどない兀山に、近々と聞く雉子の声。一体どこにひそみ隠れているのだろうか。旅人の接近を警戒する鳴き声である。中七はその雉子を見つけたいという強い願望の表現でもある。

100
日くるゝに雉子《きじ》うつ春の山辺《やまべ》かな　　夜半叟句帳

101
柴《しば》刈《かり》に砦《とりで》を出《で》るや雉《きじ》の声　　夜半叟句帳

102
亀《かめ》山《やま》へ通《かよ》ふ大《だい》工《く》やきじの声　　夜半叟句帳

103
兀《はげ》山《やま》や何にかくれてきじのこゑ　　日発句集・誹諧拾遺譜・耳たむし・新選・落日庵（句帳）・俳論・独喰

104
むくと起《おき》て雉追ふ犬や宝《たから》でら

105
木瓜《ぼけ》の陰《かげ》に貌《かほ》類《たぐ》ひ住《す》ムきゞす哉《かな》

安永四句稿

106
一 琴心モテ挑《いどム》二美人ニ一

妹《いも》が垣根さみせん草の花咲《さき》ぬ

安永九几董初懐紙

107
紅梅や比《び》丘《く》より劣る比《び》丘《く》尼《に》寺《でら》

句帳

104　高所にある宝寺の、春昼の閑寂さ。「むくと起て」の描写力が鋭い。鶏と犬は漢詩に多く出るが、「雉追ふ犬」は俳諧の味。◇宝でら　京都府大山崎町、天王山の中腹にある補陀《ふだ》落《らく》山宝積寺《ほうしゃくじ》（真言宗）の通称。

105　緋《ひ》木瓜は晩春、葉が出る前に花が咲く。花に見まがうような雉子の紅《あか》い顔がのぞく。複雑な光景を描写しているようだが、両者の取り合せは作者の俳眼であろう。◇きゞす　きじの古名。雄の頭は紫黒色だが、顔は鮮紅色。◇類ひ住ム　似たものが二つ揃《そろ》って一つ所に落ちついている。句稿に中七「貌類《タグ》ひ住」。

106　恋しい人の垣根には三味線草《ぺんぺんぐさ》（薺《なずな》）の白い花が風に揺れている。出てこないかなあ。
一 司馬相如《しばしょうじょ》が富豪卓王孫の娘文君に琴をひいて誘いかけた故事（『漢書』・『史記』）。「琴心」を「三味線草」（子供が実を擦り合わせて鳴らす）に転じた俳諧。農村少年の素朴な恋の回想句。「卯の花や妹《いも》が垣根のはこべ草」（落日庵）は初案か。ともに「むかし見し妹が垣根は荒れにけりつばなまじりの菫《すみれ》のみして」（『堀川百首』）に拠《よ》る。『徒然草』二十六段参照。

107　比丘より劣るこの比丘尼寺に、優艶な紅梅が咲いている。それがいかにも尼寺にふさわしい。白梅と紅梅を「比丘よりは比丘尼は劣り」（『徒然草』百六段）の語を借りて品評した機知的な句。

108 紅梅の落花燃《もゆ》らむ馬の糞《ふん》

夜半叟
天明三几董初懐紙

109 垣越《かきごし》にものうちかたる接木《つぎき》哉

夜半叟

110 裏門の寺に逢着《ほうちやく》す蓬《よもぎ》かな

夜半叟

111 畑うちや法三章の札《ふだ》のもと

落日庵
夜半叟

108 明るい路上の真新しい馬糞に紅梅の花が落ちたところを想定した奇想。「淤泥解《ス》レ作《スコトヲ》ニ白蓮藕《ぐうヲ》一、糞壌能《ク》開《ク》ニ黄玉花《ヲ》一」(黄山谷「水仙花」、『聯珠詩格』)の如く、汚穢《おわい》を美化する造化自然の離俗法(「春泥句集序」参照)。諺《ことわざ》「牛糞に火のついたよう」(『続鳩翁道話』)の連想もある。一三参照。

109 中七「咄《はな》しながら」(夜半叟)という初案は稚拙だから、「ものうちかたる」と改作して一句が緊《し》まってきた。のどかな接木風景。五〇六参照。

110 春草を尋ね歩いてある寺の裏門に行き当る。そこに瑞々《みずみず》しい蓬がいっぱい生えていた。「僧房逢《ニ》着款冬花《すくわんとうくわ》、出《テ》レ寺《ヲ》吟行《スレバ》日已斜《ニナリ》」(張籍「逢《フ》ニ賈島一」、『三体詩』)を踏み、「逢着(出くわすこと)」の字義から蓬を連想し、「款冬花《かんどう》(蕗《ふき》のとう)」を転じて蓬とした俳諧。漢詩は寺を出て街に行くが、句はその逆。漢詩との関係は複雑だが、句意は明快。技巧に過ぎてそれほど秀《すぐ》れた句ではない。

111 戦乱もおさまり、悪政に苦しんだ人々も平和の再来を喜んだ。真新しい法三章の高札のもと、百姓たちは脇目もふらず一心に畑を打っている。簡にして要を得た詠史句の代表作。初案の「耕《たがやす》や法を約する」(落日庵)、再案の「畠打や法を約する」(夜半叟)と比べると、「法三章」がいかに見事な飛躍であるかが理解できる。◇法三章　漢の高祖が咸陽《かんよう》に入り、殺人・傷人・盗以外の秦《しん》の苛法を廃止した故事(『史記』高祖本紀)。

112 きじ啼《なく》や草の武蔵《むさし》の八平氏《はちへいじ》

安永二句稿
句帳・物の親

113 きじ鳴《なく》や坂を下《くだ》リの駅舎《たびやどり》

句帳

一 西山遅日《せいざんちじつ》

114 山鳥の尾をふむ春の入日《いりひ》哉《かな》

落日庵
句帳

115 遅キ日や雉子《きじ》の下《お》りゐる橋の上

天明二几董初懐紙
夜半叟・句帳

112 草深い武蔵野の一隅で雉子が鋭く鳴きあう。折から何かの作戦開始か、坂東八平氏が広茫《こうぼう》たる平野のあちこちから烽火《のろし》をあげて蜂起する。呼応して鳴き交す雉子から八平氏の蜂起を連想した、源平時代の雄壮な詠史句。余情も深い。◇八平氏　平家系の上総《かずさ》・千葉・三浦・土肥《とい》・秩父《ちちぶ》・大庭《おおば》・梶原・長尾の八豪族（『節用集』・『貞丈雑記』）。

113 長い山道もようやく下り坂になって、駅舎のある聚落《しゅうらく》も見えてきた。夕べを知らせ顔に雉子が鳴きたてる。旅情をそそる夕雉子の声にホッとした安心感。正名宛書簡に下五「たびやどり」（傍書「客舎」）と表記。◇駅舎　宿駅。うまや。令制《りょうせい》以来の交通機関として継立て用の人馬を備え宿泊等にも応じた公的施設。

一 漢詩ふうの題。『上方俳星遺芳』所収の扇面に「後人逐《ヒ》ニ前人《ヲ》一、百歩尚百歩、下《リ》レ堤《ヲ》還《また》上《ル》レ堤《ヲ》、欲《シテ》レ暮《レント》日未《ダ》レ暮」（古楽府体《こがふたい》の自作詩と推定）を前書《まえがき》とする。

114 柿本人麻呂の「足引の山鳥の尾のしだりをのながながし夜をひとりかもねん」（『百人一首』）により、人々がそれぞれ長い夕日影を踏んで帰るのを、「山鳥の尾をふむ」と洒落《しゃれ》て言った。「西山遅日」の詩興の観念的抽象化のようで、巧みな比喩《ひゆ》によって具象化した。初案は下五「春の夕かな」（落日庵）。

115 山間の橋上に斜陽を受けた雉子の、目覚めるような美しさ。雉子を最も美しい場面に設定した。

二 『和漢朗詠集』「懐旧」に「往事《わうじ》眇茫《トシテ》都《すべテ》似《タリ》レ夢《ニ》、旧

懐ニ
旧

116 遅き日のつもりて遠きむかしかな

句帳

117 春の海終日《ひめもす》のたり〳〵哉

古選・其雪影・日
発句集・耳たむし
落日庵・金花伝
発句小鑑・句帳

118 畠《はた》うつや鳥さへ啼《なか》ぬ山かげに

続明烏
句帳

119 耕《たがへし》や五《ご》石《こく》の粟《ぞく》のあるじ貌《がほ》

句帳

遊零落シテ半バ帰ル泉《せん》ニ」(白居易) 等故人を思う詩を収める。

116 今日のような遅日が積り積って私もこんなに年老いたが、昔を語るべき友は大方故人になってしまった。思えば若き日も遙《はる》かに遠い昔になったよ。和歌の素材の花月でなく、遅日の春愁として「懐旧」が発想されたところに新味がある。従来萩原朔太郎の郷愁説が定説化していたが、『和漢朗詠集』の「懐旧」に基づき、『伊勢物語』八十八段の和歌も意識されたか。

117 三宅嘯山《みやけしょうざん》が「平淡ニシテ而逸《いつ》」(『古選』)と評して以来、自他共に許す代表作。正岡子規一派の『講義』以後賛否が分れ、肯定する評家は「のたり〳〵」の擬態語《ぎたいご》の音律的効果を賞讃《しょうさん》する。原初的な大らかさと童心の純情さを認めたい。
◇終日　ヒネモス・ヒメモス(『名義抄』)。朝より夕まで。一日中。几董は「ひめもす」(「晋明集二稿」)。

118 日当りの悪い山かげの畠を打つ農夫。人里離れていて鳥の声すらしない。時々小石を打つ鍬《くわ》の音が響くのみ。「一鳥不レ啼カ山更ニ幽ナリ」(王荊公「鐘山」、『聯珠詩格《れんじゅしかく》』)の発句《ほっく》化だが、ここは荒地の光景だろう。初案は「耕《たがへし》や」(続明烏)。「耕とせず、畑うつと俗に遣《つか》ひて詩をこなしたるを味ふべし」(乙二《おつに》『発句手爾葉草《てにはぐさ》』)。

119 五石程度の収穫しかなさそうな狭い畠を耕す男。我こそ五石の粟の主だという顔つきで。俗に屈しない自給自足の隠士の風貌。㐂と同想。
◇五石の粟　一石は十斗。この粟は穀物の総称。

120 飛《とび》かはすやたけごゝろや親雀
連句会草稿
句帳・新五子稿

121 大津絵に糞《ふん》落しゆく燕《つばめ》かな
落日庵
句帳

122 大和路《やまとぢ》の宮もわら屋もつばめ哉
句帳

123 つばくらや水田《みづた》の風に吹《ふか》れ貌《がほ》
句帳

120 覚束《おぼつか》ない子雀の周辺を飛び交す真剣な親雀が、ぶつかりそうなところを巧みに誘導するさま。面倒みのよい「親雀」（季題）の「やたけごゝろ」が主題。写生ではないが、巧みな表現により緊張感が出る。◇やたけごゝろ　勇んで物おじしない心。猛々《たけだけ》しくはやる心。「やたけにはやる」等とも使う。

121 舞いこんできた燕が、店頭に並べてある大津絵の上に、ポタリと糞を落して飛び去った。大津絵は大津追分で売られ、寛文頃からの初期は仏画中心。宝永五年刊俳書『追分絵』によると世俗画中心に藤娘・鬼の念仏など四十二種があった。泥絵具による土俗的な戯画だから、胡粉《ごふん》めく燕の糞が落ちても何の支障もない。のどかな店頭風景。「糞」の美化。

122 「世の中はとてもかくても同じこと宮もわら屋も果てしなければ」（蟬丸、『和漢朗詠集』述懐）に拠《よ》り、社寺の多い大和路のどこへ行っても、燕が宮もわら屋も差別せずに、楽しげに飛び廻っているさま。無常の世に差別観はむなしいとする、原歌の「述懐」を、燕の自在さに具体化した寓意《ぐうい》の佳作。「つばめ」と「わら屋」とは付合《つけあい》（『類船集』）。

123 田植あとの、満々と水を張った水田を渡る風が快い。その風に吹かれながら、いかにもお気に召したかのように、ゆっくり止っている一羽の燕。西行法師に多い「……貌」は二九・八三〇参照。それぞれ意味や用法を異にする。ここも簡にして意を尽した巧妙な使い方である。

124
燕《つばめ》啼《ない》て夜《よる》蛇《へび》をうつ小《こ》家《いへ》哉
新虚栗・句帳
春秋稿三篇

125
無為庵《むゐあん》会
曙《あけぼの》のむらさきの幕《まく》や春の風
夜半叟

126
野ばかまの法師が旅や春のかぜ
夜半叟

127
片《かた》町《まち》にさらさ染《そむ》るや春の風
夜半叟

124　夜更けて燕が鳴き騒ぐ。家人は飛び起きて蛇退治をする。小家のことだから、そのどたばた騒動が外からも手にとるように分る。闇夜に浮び上がる小家はスポットをあてられた舞台さながら。きびきびした漢詩調は簡潔に情景を活写。

一　無為庵は三浦樗《ちょ》良の庵号。安永五年六月伊勢山田から京都木屋町三条に移した。

125　薄暗い春の曙は紫の幕が垂れこめている感じ。やがて春風がその幕を静かにとりのけてゆく。二つののを重ね、ゆったりした調子で曙から朝への推移を描き出す。春風の始動を示す二句目で切れる「や」が効果的である。

126　「野ばかま」は裾に黒ビロードの広縁《ふち》をつけた袴《はかま》で、上級武士が旅行などに着用（『歴世服装考』）。ここは「法師」だから、本願寺の役僧《やくそう》が野袴・背《せ》割《わり》羽《ば》織《おり》・大小という武士さながらの扮装で旅行する場合。一種異様で滑稽《こっけい》な感じだったという（『講義』）。

127　片側町の向いの空地には、異国ふうの色調に染め上がった更紗《さらさ》が乾してあり、それに春風が戯れている。若草も萌え出ているだろう。花やかな色彩感の句だが、淡泊に仕立てられている。中七の現在形が絶妙。

◇片町　片側だけに屋並みのある町。多くは場末。

◇さらさ　ポルトガル語。五彩で文様を平描きまたは捺《おし》染《ぞめ》した金巾《かなきん》または絹布。インド・シャム・中国から輸入。和製ものは洗うと文様が消え易い。

128
のうれんに東風《こち》吹《ふく》いせの出店《でみせ》哉《かな》　夜半叟 句帳

129
河内路《かはちぢ》や東風吹送《ふきおく》る巫女《みこ》が袖　夜半叟 句帳

几董《きとう》が一蛙合《あはせ》催しけるに

130
月に聞《きい》て蛙《かはづ》ながむる田面《たのも》かな　句帳

131
閣《かく》に座《ざ》して遠き蛙をきく夜《よ》哉　句帳

128　奥行きの深い、町中の商家の紺のれん。「いせ」と「東風」とが小気味よくきいている。
◇のうれん（暖簾）　唐音《とういん》。ノンレンとも。もと禅家から始まり、商家は家号を染めぬき店先にかけた。
◇いせの出店　デダナとも。出張店・支店。伊勢松阪の木綿商人などが江戸や京阪に多く出店を出した。

129　広々とした河内平野をそよそよと東風が吹きわたる。白い練絹の袖《そで》を翻しながら、朱《あか》い袴《はかま》の巫女がこちらへ吹き送られてくる。絵のように華麗な光景。風をはらんで近づくさまを「東風吹送る」と、擬人《ぎじん》法で簡潔的確に表現した。初案は下五「巫子の袖」（夜半叟・句帳）。
◇巫女《みこ》　ここは神社に付属して神楽《かぐら》・湯立《ゆだて》などを行う神楽巫女をいうか。

一「蛙合」は蛙の句を左右に並べて優劣を競う句合《くあわせ》。貞享《じょうきょう》三年仙花編『蛙合』が名高い。几董主催の「蛙合」は年次も内容も明らかでない。

130　月は見るもの、蛙は聞くもの。それを蛙声は空へ澄み上るから「月に聞て」といい、月影は水田に映るから「蛙ながむる」と、上下逆転した表現で意表に出た趣向（木村架空による）。

131　「閣」は二階造りの楼閣。また「閣々」は蛙の鳴く形容。位置が高いから遠い蛙を聞き得る。理窟《りくつ》におちていないのは、直叙体の「哉」止めにある。

132　青々とした方形の苗代《なわしろ》田の畦《あぜ》にちょこなんと小首かしげている蛙は、『古今集』序の蛙のように和歌でも案じているのかもしれぬよ。
色紙《しきし》型の苗代田に遊ぶ蛙を、『古今集』仮名序により歌よみの蛙と見たてた滑稽《こっけい》句。

133　朝から晩まで水田に蛙の声が絶えない。日のあるうちは早く日暮れよとわめきたて、夜は夜で早く夜明けよと催促するかのようだ。
天地に充満する蛙声のすさまじさを、対句仕立てで形象化した。音律感覚にすぐれた秀吟の一。「夜は夜明けよ日は日暮れよと……」(新雑談集)は誤りか。

134　春雨そぼ降る暗い鳥羽田の細道に踏み迷った夜の不安感。蕪村の自注に「哉」止めが安定しないところに、かえって哀れ深い趣を得た、「法外の法」というべき作という(小刷物)。松永貞徳の墓所・実《じっ》相寺《そうじ》(京都市南区上鳥羽)で連歌の会が催された帰途の吟であろう。
◇鳥羽　四ッ塚の南。賀茂川をはさみ北を上鳥羽(南区)南を下鳥羽(伏見区)。旧紀伊郡に属した。

135　水中の蛙が負けず劣らず鳴きたてるさまは、顕昭が独鈷をふりかぶり、寂蓮が鎌首をもたげて、水掛け論をしているようなものよ。
故事に取材した比喩《ひゆ》の妙味。
◇独鈷鎌首　左大将家六百番歌合の時、寂蓮と顕昭が激論をかわした故事(『井蛙抄《せいあしょう》』)による。「独鈷」は独鈷杵《しょ》の略。銅・鉄製の密教仏具。正智《しょうち》を現し魔を払う標識。三鈷・五鈷もある。「鎌首」は鎌のように曲った首つき。蛇・かまきり等が頭をもたげたさま。

132
苗《なは》代《しろ》の色《しき》紙《し》に遊ぶかはづかな

133
日《ひ》は日ぐれよ夜《よ》は夜明《あ》ケよと啼《なく》蛙《かはづ》

新雑談集

134
連《れん》歌《が》してもどる夜鳥《と》羽《ば》の蛙哉

小刷物
新蛙合

135
独《とっ》鈷《こ》鎌《かま》首《くび》水かけ論のかはづかな

136　どこからともなく美しい胡蝶が舞い下りて、ふわりと草葉にとまる。静かに羽を収めた姿は、わが魂が抜け出したかとも思われ、その草葉をつまむ感じも、うつつなき夢心地のようだ。『荘子』を踏まえ、「蕪村夢為ル二胡蝶ト一」の夢幻境。◇うつゝなき　正気でない。物狂おしい感じ。『徒然草』百十二段に「物狂《ものぐるひ》ともいへ、うつゝなし、情なしとも思へ」。◇つまみごゝろ　㈠作者が蝶の羽をつまんだ時の心持、㈡蝶が物をつかんだうつつなき夢心、㈢作者がつまんでみたくなる心、等の諸説がある。

137　暁の春雨が降りしきる。明るくなるにつれ、野焼きあとの、穂先が黒焦げになった薄原が雨に打たれているのがあらわになる。眼前の無惨さもやがて萌え出ずるものへの期待感となる。季題「すぐろの薄」に力がある。◇すぐろ（末黒）　野焼きあと草木の先端が黒くなること。「粟津野のすぐろのすすき角《つの》ぐめば冬立《たち》なづむ駒ぞいばゆる」（『袖中抄《しゅうちゅうしょう》』）。

138　種池に漬《つ》けた種俵に音もなくしみこむ春雨の快さ。万物生成の自然感。余情の深い佳吟。◇種俵　彼岸前十日、選んだ種籾《もみ》を俵に入れて池沼につけ発芽を促す（種浸し）。彼岸後十日して取り出して苗代《なわしろ》に蒔《ま》く（種おろし）。六、七日で苗は生長する。

139　諺《ことわざ》に「古河の水絶えず」（『毛吹草』）という。古河からの取水は旱《ひでり》のためだ。初案「流引《ひき》つゝ種ひたし」（連句会草稿）を、意志的な動作の完了を

136
うつゝなきつまみごゝろの胡《こ》蝶《てふ》哉《かな》

安永二句稿
句帳

137
暁の雨やすぐろの薄《すすき》はら

句帳

138
よもすがら音なき雨や種《たね》俵《だはら》

句帳

139
古《ふる》河《かは》の流《ながれ》を引《ひき》つ種おろし

連句会草稿
句帳

示す「流を引つ」と改作して、農民の深い安堵《あんど》感を出す。このあと田植までしばらく小閑がある。

140　風のない曇り日を選んで野焼きをした夜明け方静かに小雨が降り出してきた。

◇しのゝめ　東雲。東の空が白む明け方。

一 藤原節信のこと。「加久夜」は鹿児矢《かごや》（狩猟用の大矢）の転か。「長帯刀」は天皇・東宮を警備する下級官人の上位者。帯刀先生《せんじよう》とも。節信と能因が初対面の時、能因は長柄《ながら》橋の鉋屑、節信は井手の蛙《かわず》の干物《ひもの》を見せあった好事家《こうずか》ぶりが『袋草紙』に見える。二 高槻市古曾部。能因法師が隠棲《いんせい》していた所。三 ゲンザン（見参）とも。対面。四 饗宴の時など、主人から客への贈物。ここは奇物を見せあうだけ。

141　今を盛りと山吹の咲く井手の玉川を鉋屑が流れてくる。能因法師秘蔵の長柄橋のそれかもしれないよ。そんな幻想にひたるのも春暖のせいかな。山吹から井手の蛙、さらに『袋草紙』所伝の能因の鉋屑へと連想が飛躍する趣向。現実に農家の普請などで鉋屑が玉川を流れていることはあり得る。奇想だが、イメージの転回に無理はない。山吹咲く春昼の幻想。◇井手　井堤とも。京都府綴喜《つづき》郡玉水町の東部。井手の玉川は六玉川《むたまがわ》の一。山吹と蛙の名所。◇鉋　底本「鉇」。

142　浅瀬にすわって動かぬ川舟から岸（或いは中州）へ上がってみると、川風はまだ冷たいのに、春告げ顔にすみれが咲いているよ。

◇居り　坐り。一つの物体が他の物体の上に静止する。

140
しのゝめに小《こ》雨《さめ》降《ふり》出《だ》す焼《やけ》野《の》哉

落日庵（句帳）

一加《か》久《く》夜《や》長《のをさ》帯刀《のたちはき》はさうなき数寄《すき》もの也《なり》けり。二古曾部《こそべ》の入道はじめてのげざん三に、四引出物《ひきでもの》見すべきとて、錦《にしき》の小袋をさがしもとめける風流などおもひ出《いで》つゝ、すゞろ春色にたへず侍れば

141
山吹や井《ゐ》手《で》を流るゝ鉋《かんな》屑《くづ》

天明三几董初懐紙

142
居《すわ》りたる舟を上《あが》ればすみれ哉

143
骨《こつ》拾ふ人にしたしき菫《すみれ》かな
夜半叟
句帳

144
わらび野やいざ物《もの》焚《たか》ん枯《かれ》つゝじ
落日庵
句帳

145
野とゝもに焼《やく》る地蔵のしきみ哉
落日庵

146
つゝじ野やあらぬ所に麦畠《ばたけ》
氷餅集
いしなとり

143 野天の火葬場に肉親のお骨を拾う。萌《も》え初《そ》めた若草の中、うつむき加減に紫のすみれが咲いていて、それがいかにも親しげに慰めかけるようだ。「人にしたしき」がやや概念的で嫌味《いやみ》になる。「顔あげぬ娘の旅やすみれぐさ」(涼袋)よりは遙《はる》かによい。◇骨　火葬にした人骨。「骨《コツ》ひろふ」(『類船集』)。

144 蕨刈《わらびが》りの野に、枯木めくつつじの枝で野外炊事をしよう、と軽く興じた句。季題は「蕨(野)」。◇枯つゝじ　早蕨《さわらび》の頃には花も葉も出ていないさま。

145 野焼きの火焔《かえん》にあおられて、路傍の石地蔵に供えてあった樒《しきみ》がパチパチと音立てて焼ける。地蔵さまは平然と微笑をたたえて見守っておられる。地蔵信仰と縁深い少年的感覚の句。季題は「野焼き」。◇地蔵　地蔵菩薩の略。釈尊入滅から弥勒仏《みろくぶつ》の出現まで六道の衆生《しゅじょう》を済度される菩薩。説話文学にその霊験《れいげん》譚《たん》が多い。近世期には全国的に石地蔵が祭られ地蔵盆が普及した。子安・身代《みがわり》・類焼など多くの地蔵名がつけられ、この句も火消地蔵を連想させる。◇しきみ　モクレン科の常緑喬木《きょうぼく》。枝を仏前に供える(花は春季)。

146 つつじ野は痩せ地が多いから、「あらぬ所」は思いがけぬ所に、麦畠を発見した意外感をいう。眼前の実景のようだが、実は真直ぐ伸びる青麦と赤い花との色彩・形態の対照が計算されている。

147 小庭につつじが咲いた。苦労したが、花の傍に石を移しておいてよかった。側に石があってこそ花も落着きいっそう見栄《みば》えがする。

「つゝじ咲て」の助詞が開花後に石を移したように受け取られる欠点があるが、それは実情に合わない。

148　危ぶみながらも近道をたどると、間違いなく目的地の嬉野の原へ出た。何という壮観、今しも赤・白のつつじが一面に咲き広がっているよ。

近道か否かは無事目的地へ到達して初めて判明する。嬉野という架空の地名を利用して、つつじ野へ早く辿《たど》り着き歓声をあげる童心を歌う。三八参照。

◇うれし野　「うれし」と地名の「嬉野」とを掛ける。『発句題叢』（名所之部）山城国に本句を出すが、どこであるか不明。播磨《はりま》・肥前などに同じ地名がある。

149　つつじ咲く晩春、片山里に招かれ、白い米飯を供された都会人の感慨。赤と白の反映する眼前の実景だが、芭蕉の「花にうき世我《わが》酒白く食《めし》黒し」を意識してその人生的詠嘆に及ばない。

◇片山里　「辺土の山里」（『和歌八重垣』）。一方だけ山を負う山里。深い山家《やまが》ではない。

150　ゆったりと岩に腰をおろして赤く燃えさかるつつじを眺めていると、勇名高いわが頼光が鬼を退治した時、飛び散った血潮ではないかと思われる。

「岩に腰」かけるは作者であり、また「我頼光」でもある。現実と幻想の二重像。「雲峰に肱《ひぢ》する酒呑童子《しゆてんどうじ》哉」（夜半叟）もあり、大江山鬼退治の説話に血潮を湧かせた少年の空想世界である。「我頼光」は我らの英雄・我らのアイドルといった語調。『今昔物語集』・お伽草子「酒呑童子」参照。

147　つゝじ咲《さい》て石移したる嬉《うれ》しさよ　　句帳

148　近道へ出《で》てうれし野《の》ゝ躑躅《つつじ》哉　　句帳

149　つゝじ咲《さい》て片山里の飯《いひ》白し　　句帳

150　岩に腰我《わが》頼《らい》光《くわう》のつゝじ哉　　落日庵

上巳《じやうし》 一

151 古雛《ふるびな》やむかしの人の袖《そで》几《ぎ》帳《ちやう》　落日庵 夜半叟

152 箱を出《で》る貌《かほ》わすれめや雛《ひな》二《に》対《つい》　落日庵 新五子稿

153 たらちねのつまゝずありや雛《ひな》の鼻《はな》　落日庵 五車反古

154 出《で》代《かはり》や春さめ〲と古葛《つ》籠《づら》

一 ジャウミとも。五節句の一。三月最初の巳《み》の日に雛形を川へ流して祓《はら》い清めた。寛文頃から三月三日児女の祝日として雛祭をするようになる（『貞丈雑記』）。

151 素朴な古雛を見ていると、若き日の老妻が恥ずかしそうに袖几帳で顔を隠した可憐《かれん》な姿態がさまざまと思い浮ぶよ。◇むかしの人 作者が亡妻を懐旧するともとれる。その場合は五〇八の「亡妻の櫛」と同じく虚構。◇袖几帳 袖で顔を隠すこと。袖屛風とも。

152 「雛二対」は当然二組の内裏雛。持主の幼い姉妹が忘れずによく覚えている心情を雛に転化し、「箱を出る」と擬《ぎ》人《じん》法を用いた。雛に対する女の子の異常な執着心を反語の助詞「や」によって表している。一五二と同じく幼少年心理を描いた秀吟。

153 お雛様のお鼻は低くチョボッとついている。世の親は高くなることを願って子供の鼻をつまむというから、このお雛様はきっと親がつまんでやらなかったせいでしょう。おかわいそうに。大人の俗説に影響された少女の口ぶりで、上品なユーモア。「たらちめはかかれとてしもうば玉のわが黒髪をなでずやありけん」（遍照、『後撰集』）の転化。中七「抓《つま》までありや」（五車反古）。◇たらちね（垂乳根） 母。親。たらちめ。

154 古葛籠に僅《わず》かな荷物をまとめて主家を去る出代りの下女。別れの悲しみにさめざめと泣き続ける。春雨は止みそうもない。

155 雛見《み》世《せ》の灯《ひ》を引《ひく》ころや春の雨　落日庵

156 雛祭る都はづれや桃の月

157 喰《く》うて寝て牛にならばや桃《ももの》花《はな》　落日庵　新五子稿

158 商人《あきんど》を吼《ほえ》る犬ありもゝの花　安永二句稿

◇出代（季題）　奉公人が年季を終って交代する日。早くは二月二日、後に三月五日。上方《かみがた》は元禄以前から後者。◇春さめ〴〵と古　「春雨」と「さめざめ」、「降る」と「古」を掛ける。「鶯の春さめざめとなきゐたる竹のしづくや涙なるらん」（西行『山家集』）。

155　宵の口から崩れそうな空が持ちこたえていたが、人足も絶え雛店の灯を消す頃になって、ようやく雨が音をたてて降り出してきた。

三月二日の夜景。景情共に備わる余情深い句。季題「春の雨」は主題でもある。三つの「ひ」の押韻もすぐれた声調。初案は下五「雨の音」（落日庵）。◇雛見世　二月二十五日から三月二日まで雛市が立った。江戸は大路の両側に中店を設けた。京都では四条・五条の東に店が並ぶ（『江戸鹿子』・『守貞漫稿《もりさだまんこう》』）。

156　雛祭る都はずれの小家。まだ明るい西空に夢のような三日月がかかる、清婉《せいえん》な夕景である。

157　俗に食うてすぐ寝ると牛になるという。桃花の春はたけなわ、牛になるのも悪くないよ。

金銭や名誉にあくせくする人間界にいるよりも、いっそ牛になってしまいたい、という神仙願望。◇牛　牛の異名を桃林処士《とうりんしょし》といい、俳諧では「桃林」と付合《つけあい》。◇桃　西王母《せいおうぼ》の持ち物で三千代草ともいう。

158　「奇犬吠ユレ花ニ声流ル二於紅桃之浦ニ一」（都良香、『和漢朗詠集』仙家）、「寥々一犬吠ユ二桃花ニ一」（劉長卿「過鄭山《ていさん》人居」、『聯珠詩格《れんじゅしかく》』）等に詠《よ》まれた仙境を転じて、商人に吠《ほ》える犬を点出した俳諧化。

159　小家には桜より桃のほうがふさわしい。桃の木ぶりや花の色から、何となく田舎娘《いなかむすめ》のうぶな感じを連想する。「桃」と「賤屋《しずや》」は付合《つけあい》（『類船集』）。

160　御家中の侍衆が大勢城下から草深い村へ桃の花見にやってきた情景。酒宴用に粗末な手製のむしろを出し尽して接待するところが鄙《ひな》びていて面白い。これも三五とともに宮津滞留中の見聞か。◇家中衆　大名の家来の総称。藩士。◇さむしろ　さは接頭語。むしろは藁《わら》など植物で編んだ敷物。◇振ふ　ある限りを人前に出す。

161　青い空に染めぬかれたような凧《たこ》、昨日も同じところに上がっていた凧、遠い昔から永遠に白く光っているような凧。少年の日への郷愁がつのる。◇几巾　国字「凧」に同じ。京で「いかのぼり」、田舎で「たこのぼり」（『類船集』）。◇ありどころ　物のある所。蕉風時代から用例がある。近くは「茨野《いばらの》や乏しき梅のあり所」（移竹『乙御前《おとごぜ》』）と同じ使い方。

162　今年は凧上げ仲間とも遊べない藪入《やぶい》り少年の哀愁。「またいで過ぬ」に無量の感慨がこもる。

一　底本「馬蹄軽」と誤る。杜甫《とほ》「房兵曹《ぼうへいそう》胡馬《こば》」（『唐詩選』三）の詩句。

163　花吹雪のあわただしさを、名馬木の下の吹き起した蹄の風によるものと奔放《ほんぽう》に空想した二重のイメージの句。浪曼《ろうまん》的な華麗さ。落日庵の別案「馬の名も木の下影やちる桜」では平凡な説明に終る。◇木の下　源三位頼政男仲綱の愛馬（『平家物語』四）。

159
さくらより桃にしたしき小家哉《かな》

160
家《か》中《ちゅう》衆《しゅ》にさむしろ振《ふる》ふもゝの宿

夜半叟・句帳
九日

161
几巾《いかのぼり》きのふの空のありどころ

落日庵
（句帳）

162
やぶいりのまたいで過《すぎ》ぬ几《い》巾《か》の糸《いと》

夜半叟

164　花見疲れの手枕のうたた寝に見た絶世の美人。目が覚めてみれば、頭に桜の小枝を插頭《かざ》したままである。夢中の美人はこの桜の精だったのだ。桜を「かざし草」ともいい、「手枕」は「かひなくたたん名」と付合（『類船集』）。花の精の現れる謡曲「西行桜」などからの着想。和歌の伝統による恋の句。◇手まくら　テマクラとも。『万葉集』以来多く共寝の相手の場合にいう。◇かざし　髪にさした花枝。

165　重荷を背負う剛力は、職業がらとはいえ、山桜をただ見るだけで和歌も発句《ほつく》も作らず、あわれなことよ。行尊大僧正は「諸共に哀れと思へ山桜花よりほかに知る人もなし」と歌われたのに。大峰修行中の行尊の「百人一首」の歌を踏み、行尊付きの剛力（山伏などの荷を運ぶ従者）は歌を詠んだのであろうか、と思いやる、やや皮肉な諧謔《かいぎやく》。◇徒に　底本振仮名「タヾに」。むだに。むなしく。
二　加藤暁台は名古屋の俳人。蕪村との交渉は安永三年四月から。この事実は同六年以後か。　三　伏見に同じ。桃の名所。伏見から嵯峨《さが》までは約十六キロ。

166　伏見の桃山に遊んだあと、昨夜のうちに嵯峨へ来て、今朝はもう暗いうちから起きて嵯峨の花見の人となっている。天下の佳興なるかな。著しい破調だが、初句の漢詩調と中七以下の和語調がよく調和して昂然《こうぜん》たる気分の表出に成功している。◇桜人　季題。催馬楽《さいばら》から出て「花人」をほめた詞、また桜の辺にいる人もいう（安永二年『俳諧新々式』）。

一 風入《リテ》四蹄軽《シ》

163　木《こ》の下《した》が蹄《ひづめ》のかぜや散《ちる》さくら　　落日庵

164　手《た》まくらの夢はかざしの桜哉　　句帳

165　剛《がう》力《りき》は徒《ただ》に見《み》過《すぎ》ぬ山ざくら　　句帳

二 暁台《けふたい》が三 伏水《ふしみ》嵯峨《さが》に遊べるに伴《ともな》ひて

166　夜《よる》桃林を出《いで》てあかつき嵯《さ》峨《が》の桜人《さくらびと》　　句帳

167
暮《くれ》んとす春をゝしほの山ざくら　句帳

168
銭《ぜに》買《かう》て入《い》るやよしのゝ山ざくら　句帳

169
一糸桜賛
ゆき暮《くれ》て雨もる宿やいとざくら　句帳

170
歌《うた》屑《くづ》の松に吹《ふか》れて山ざくら　連句会草稿　句帳

167　小塩山に「春を惜し」を掛けた単純な技巧の句。上五が実感的な発想。
◇をしほの山　洛西乙訓《おとくに》郡大原野の小塩山。歌枕。山《さん》麓《ろく》に春日《かすが》社（大原野神社）・花の寺・金蔵寺などがある名所。京都市右京区大原野小塩町。

168　花の吉野山に登るのに、まず麓《ふもと》で小銭に両替して入らねばならぬとは、けったいなことよ。
「歌書よりも軍書に悲し吉野山」（各務《かがみ》支考、『古選』）と麓での銭買いという俗事との対照の面白さ。
◇銭買て　吉野山には蔵王堂《ざおうどう》など多くの寺社があり、その賽銭《さいせん》や茶代等のため一文銭に両替して入山した。

169　古い宿に泊って雨漏りのするさまを、昼間みた糸桜が枝垂《しだ》れかかっているのに見立てた苦笑。
一　糸桜は枝垂《しだ》れ桜。彼岸桜の変種。当時、知恩院・蓮台寺のものが有名。糸桜の絵に賛句したのである。
「行きくれて木の下陰を宿とせば花やこよひの主《あるじ》ならまし」（平忠度《ただのり》、『平家物語』九・謡曲「忠度」）を踏む。

170　松が風を起し、その風に山桜が吹かれて散る。憎い「歌屑の松」よ。
桜は優美、松は剛強、しかも「松」と「吹《ふく》あらし」「花さそふ風」は付合《つけあい》（『類船集』）だから、「歌屑の松」は憎いという言語遊戯ふうの狂句。初案は下五「遅ざくら」（連句会草稿）。
◇歌屑の松　「冬の来て山もあらはに木の葉ふり残る松さへ峰にさびしき」は『新古今集』の歌屑とされた（『徒然草』十四段）。

171 まだきとも散リしとも見ゆれ山桜

夜半叟・句帳
遺稿稿本

171 山桜は花とほぼ同時に葉が出る。まだ咲きそろわぬようでもあり、散りかけたようにも見える。一体、どちらなのであろうか。精細な観察による着想の新しさと表現の自在さ。◇まだき（副詞） その時期よりも早く。◇とも見ゆれ 「とも」は「と」を強めた言い方。係り結びふうに使った。

172 嵯峨《さが》ひと日閑院様のさくら哉《かな》

夜半叟
句帳

172 嵯峨《さが》の花見ののどけさを閑院家（閑院右大臣冬嗣の系統）の栄華に思い寄せた句。忠仁公良房が、娘（文徳天皇の皇后、清和天皇の母、染殿の后）を花に喩《たと》えた和歌、「年ふればよはひは老いぬしかはあれど花をし見れば物思ひもなし」（『古今集』・『大鏡』）による着想。何の物思いもないわが世の春。

173 みよし野《の》ゝちか道寒し山桜

夜半叟
句帳

173 夜半叟に中七以下、別案として「ぬけ道寒し初ざくら」、「近道寒し花一木」（これは抹消）の句形もみえるが、大らかな「山桜」に落着した。「初ざくら」では「寒し」と付き過ぎる。◇ちか道 下市《しもいち》—六田《むつだ》から吉野山へのコースでなく、高取—壺坂《つぼさか》越え—六田の山道などであろう。

174 旅人の鼻まだ寒し初ざくら

夜半叟
句帳

174 薄ら寒い山道を行く旅人の鼻先は、余寒に赤らんでいる。初桜もようやく咲きそめ、旅もこれからは一段と楽しくなるであろう。初桜咲く頃の余寒に鼻を赤らめて急ぐ旅人。同音の「花」の色に思い寄せて、花見への期待感もこめる。さすがの蕪村も花・桜の秀吟に乏しい中で、この句は佳作。中七の観察に俳味がある。

175
海《うみ》手《て》より日は照《てり》つけて山ざくら　句　帳

吉　野

176
花に遠く桜に近しよしの川　無名集

177
花に暮《くれ》て我《わが》家《いへ》遠き野道かな　小刷物

178
花ちるやおもたき笈《おひ》のうしろより　夜半叟

175　海岸には朝の波が静かに寄せては返す。海上高く上った太陽が、満開の一本の桜を斜めに照射している。花は匂うように美しく輝く。山桜の最も美しい場面を設定して、後の本居宣長の「朝日に匂ふ山ざくら花」を重厚に描き出した。油彩画のような光と美の発見。二六五と好一対の写実ふうの秀吟。場所は海に近い丘の上の一木であろう。
◇海手　ウミデとも。「手」は方向・方面。

176　「花」は、一団となって爛漫《らんまん》と咲くイメージ。「桜」は、一、二本ずつ離れて咲く個別の相をいう。この句は吉野川岸の景であろう。上市の宿《しゅく》（桜の渡し）から口の千本まで約四キロ。遠い花（中・奥の千本）への期待感もあろうが、遠近法が確立されていて季題は「桜」である。類句に「ちるはさくら落《おつ》るは花のゆふべ哉」（夜半叟・句帳）もある。「花に吉野つくる事嫌《きらふ》也。よし野に花は不レ苦《シカラ》」（『俳諧御傘《ごさん》』）のような連俳の作法や式目《しきもく》を無視した俳諧自由の痛快さ。

177　花見に行き暮れて遊び疲れた足は鉛のように重い。帰りの平坦《へいたん》な野路、我が家の遠いことよ。往路と違う帰路の実感をもこめて、実は「花」（雅）と「我家」（俗）との対照がテーマで、「我家遠き」がこの句の眼目である。『全集』によると、二、三の門人が出した小《こ》刷物《すりもの》に、前書《まえがき》を付けてこの句を寄せた。

178　大きな笈を背負う行脚僧（或いは山伏）の歩き疲れた晩景。重たげな黒っぽい笈に、背後から白い桜の花びらが散りかかる。重と軽の対照。

179 花の御《お》能《のう》過《すぎ》て夜を泣ク浪《な》花《には》人《びと》　夜半叟

180 阿《あ》古《こ》久《く》曾《そ》のさしぬきふるふ落花哉　夜半叟　句帳

181 [一]高野を下《くだ》る日
かくれ住《すみ》て花に真《さな》田《だ》が謡《うたひ》かな　夜半叟

182 玉川に高《たか》野《の》ゝ花や流れ去《さる》　夜半叟

179　夫と離別して浪花《なにわ》から京に奉公（或いは再婚）にきている女が、花時の御能に「芦刈」をみて身につまされ、一夜を泣きあかした。◇花の御能　初案「花の能」（夜半叟）。ここは一般的な花時の演能をいう。「芦刈」は、難波《なにわ》の浦で芦刈り人夫に零落した夫を、都に奉公して栄えた妻が都へつれ帰るという内容。

180　降りしきる落花の道をやってきた内教坊の阿古久曾が、今その花びらのついた指貫《さしぬき》を大人びた物腰でふり払っている。颯《さつ》爽《そう》たる秀才少年貫之《つらゆき》の俤。すきのない詠史句。◇阿古久曾「源氏の抄に貫之童名、内教坊のあごく（ママ）そ」（『和訓栞《わくんのしおり》』）。一般に子供を親しみ呼ぶ語。「あこくその心もしらず梅の花」（芭蕉）。一　高野山《こうやさん》（和歌山県伊都郡）の麓《ふもと》の九度山《くどやま》は関ヶ原役に敗れた真田《さなだ》昌幸・幸村《ゆきむら》の隠棲地《いんせいち》。

181　前書の事実から、智謀の名将真田幸村を懐旧した詠史句。桜花の淡泊さの連想もある。

182　全山の花が玉川の水流に乗って忽ち流れ去ってしまうという詠嘆。落花に愁《うれ》いを感ずるひまもない無常迅速を「沅湘《げんしやう》日夜東流去《シテ》、不下為《ニ》二愁人《ノ》一住《とどまるコト》少時《しばらくモセ》上」（戴叔倫《たいしゆくりん》「湘南即事」、『三体詩』）によって、高野山にふさわしい無常観に仕立てた佳吟。◇玉川　高野山奥の院の大師廟《びよう》前を東流し、急流をなして落下する渓流。六玉川《むたまがわ》の一。◇高野　和歌ではタカノと詠《よ》む。

183 奈良街道ぞいの当帰畑の辺に桜が一本だけ美しく咲いている、物わびしい農村風景。
◇なら道　京から木津川べりの玉水・木津を経て奈良へ行く奈良街道。◇当帰　ヤマセリ・オホセリ（『延喜式』）。「山城久世郡《くぜ》産が最佳、大和《やまと》産これに次ぐ」（『和漢三才図会《ずえ》』）。セリ科の多年草。夏、茎頂に多数の白色五弁の小花をつけ香気を放つ。根は薬用。

184 夕暮れて漸《ようや》く嵐山を離れる。今頃嵯峨へ帰ってくる人はどこの花に遊び暮したのか。京広しといえど、嵯峨に勝る花の名所はないはずだのに。
京へ帰る人と嵯峨へ帰る人とを行き合わせて、花の都の壮麗さを地理的に描く。句帳に「人はいづちの」。

185 「匂ひも、物の音も、ただ夜ぞひときはめでたき」（『徒然草』百九十一段）の詩情。名所俳句としても佳作。「華《はな》の香《か》や夜半過行《よなかすぎゆく》嵯峨の町」（夜半叟）は初案か。「夜半過行」では説明的で拙劣である。
一 自賛の詞に、「嵐山雨中花と云《いふ》題にて門人俵雨すり物しける時」と前書。

186 保津川下りの筏が千鳥ヶ淵あたりで一陣の嵐に花吹雪をかむる。雨に濡れた筏士の蓑はたちまち白い花衣と変幻する。
筏士の花衣が水上に舞う華麗な幻想。自賛の詞によると、後に『袋草紙』を読み、「朝まだきあらしの風の寒ければちるもみぢ葉をきぬ人ぞなき」（藤原公任《きんとう》）と同趣であることを知り、自句のほうが「風情まさりて……眼中に奇景を得たり」と自賛した。

183 なら道や当帰《たうき》ばたけの花一木《ひとき》
夜半叟
句帳

184 日暮るゝほど嵐山を出《いづ》る
嵯峨《さが》へ帰る人はいづこの花に暮《くれ》し
夜半叟
句帳

185 花の香《か》や嵯峨《さが》のともし火消《きゆ》る時
花七日・笠やどり
花の翁・夜半叟
句帳

186 一 雨日《うじつ》嵐山にあそぶ
筏士《いかだし》の簑《みの》やあらしの花衣《はなごろも》
寺村氏蔵自賛の詞
雪の声・まだら雁

187
傾城《けいせい》は後《のち》の世《よ》かけて花見かな
連句会草稿　句帳

188
花に舞ハで帰《かへ》さにくし白《しら》拍子《びやうし》
連句会草稿　句帳

189
花に来て花にいねぶるいとま哉
連句会草稿　句帳

190
なには人の木や町[二]にやどりゐしを訪《と》ひて
花を踏《ふみ》し草履《ざうり》も見えて朝寝《あさい》哉
新五子稿

187　籠の鳥の傾城の身では、思うように花見もできぬ。この世でかなわぬものなら、来世には人並に花見のできる身分に生れ変ってきたいであろうよ。遊女の気持を憶測して、花見を無上の楽とする日本人の心情を強調した発想。◇傾城　遊女の意味で『宇治拾遺物語』に出るが、『守《もり》貞漫稿《さだまんこう》』によると、江戸時代の遊女・傾城・浮かれ女《め》等は文章語。◇かけて（副詞）　目標として心にかけて。

188　花見の群衆の中に美しい白拍子もまじる。人に媚びるでもなく、一さしも舞わずに帰るそのさまが、一きわ心にくいばかりだ。風儀正しく気骨あった祇王《ぎおう》（『平家物語』一）の俤《おもかげ》か。◇白拍子　平安末期に興った遊女の歌舞、また歌舞する遊女。慶長頃までは中世の風儀正しい白拍子が残っていたという（『守貞漫稿』）。

189　花のもとに瓢酒《ひさご》くみかわせば、遠路の疲れで寝入ってしまう者もいる。花などそっちのけで眠りこけるとは、さぞよい気持であろう。洒落《しゃらく》自在は作者の理想、羨望《せんぼう》の気持もある。

二　木屋町通。北は二条から南は五条に至る。高瀬川の東岸で、宿屋・料亭が多かった。

190　宿のくつぬぎに桜の花びらのついた草履がみえ、昨夜の花見疲れの朝寝と推察される。裏に孟浩然の「春暁」（『唐詩選』六）の「春眠不レ覚《エ》レ暁《ヲ》……花落《ツルコト》　知《ンヌ》多少《ソ》」を踏み、京住の自分は雑事に追われ、風流な浪花人の草履に落花を知るという趣向。

夜ふけて花見からもどり、疲れた身を居風呂に
つかっていると、夜半を知らせる後夜の鐘がし
っとりとした春の夜空を伝わってくる。
快い疲労感と満足感の一時。もうそんな時間になるの
か、今宵の夜桜の美しさと楽しさを反芻する。下五
「帰哉」(連句会草稿)は初案。
◇居風呂 水風呂とも。下にかまどを取りつけ湯をわ
かして入る風呂。◇後夜きく 後夜(真夜中の十二時)
の鐘をきく。「時の鐘は夜半 五ツを初夜、九ツを後夜
とて撞つ」《見た京物語》。捨鐘弐ツ〃なり《鐘ハ式ツ〃ナリ》

192

春たけた花盛りの山にたまたま鳴いた鶯は「花
の山」(季題)の一点景である。鶯は夏になる
と山地に帰り営巣する。これは「残鶯」で、「老鶯」
といえば夏の季題。

193

◇御室の花 京都市右京区御室の仁和寺境内の遅咲き
の八重桜。根元から枝が分岐し、樹高は約三メートル。
晩春の眠たさは御室の花時から始まる。「仁和
寺や足もとよりぞ花の雲」(召波)と好一対。
杜甫「曲江」《杜少陵詩集》冒頭の一句。「減却」
は減らすこと。花が一片散れば、それだけ春が残り少
なくなる意。

194

いつもはすましこんでいる美人も、花見の今日
はいかにも疲れて腹ペコらしく、草履を引きず
りながら歩いているよ。
杜甫の「減却」の語意を転用し、美人を生身の人間に
引きもどしてみせた滑稽句。磊落な秀吟。

191
居風呂に後夜きく花のもどりかな
連句会草稿
句帳

192
鶯のたまく 啼や花の山
連句会草稿
句帳

193
ねぶたさの春は御室の花よりぞ
句帳

194
一片花飛減却春ヲ
さくら狩美人の腹や減却す
句帳
安永七山伏硯物

195
花の幕《まく》兼好を覗《のぞ》く女あり
明和六句稿
落日庵

196
二やごとなき御《おん》かたの三かざりおろさせ給ひて、かゝるさびしき地にすみ給ひけるにや
小《こ》冠《くわ》者《じや》出て花見る人を咎《とがめ》けり
句帳

197
にほひある衣《きぬ》も畳《たた》まず春の暮
落日庵
句帳

198
誰《たが》ためのひくき枕ぞはるのくれ
落日庵
句帳

195　花見幕の中に有名な兼好法師が招かれているらしく、手きびしく女性を批判した兼好とはどんな坊主かと、執念深い女どもが覗き見している。「覗く」の語感は好意的ではなく、「女の性《しやう》は皆ひがめり」（『徒然草』百七段）と言った人物への敵意と好奇心からである。すぐれた想像力に成る奇趣。

二「やむごとなし」の転。身分・格式が第一流の人をいう。三「かざりおろす」は剃髪《ていはつ》して僧尼になること（落飾《らくしよく》）。

196　桜にひかれて荒れた山荘に入りこむ。無住と思ったのに威張った若者が現れて、恐れ多くも某《なにがし》法親王様のお住居ぞ……と追い出されてしまった。

◇小冠者　元服して冠をつけ一人前となった若者。親愛または軽蔑して若者を呼ぶ語。ここは後者。

197　物見遊山《ゆさん》から帰った女の晴着が脱ぎすててあり残り香が春の夕影の中に仄《ほの》かにただよう。宮廷の艶情《えんじよう》をよんだ宮体の詩の発句《ほつく》への転換。これはいかにも上品な艶詩である。

◇春の暮（季題）　和歌では「暮春」、『続山井』は「三月尽」（ゆく春）に分類するが、後の歳時記類は概して春の夕暮の意とする。

198　身も心も蕩《とろ》けそうな春の夕暮。このくくり枕は誰のためでもない、わが転び寝用の低い枕だ。「ひくき枕」は高い木製の箱枕に対し、くくり枕（坊主枕）をいう。眠気さす懶《らん》惰《だ》を暗示する。晩年の蕪村画像はいずれも禿頭《とくとう》である。

199
閉《へい》帳《ちやう》の錦《にしき》たれたり春の夕《ゆふ》

夜半叟
句帳

200
うたゝ寝のさむれば春の日ぐれたり

夜半叟
句帳

201
春の夕《ゆふ》たえなむとする香《かう》をつぐ

夜半叟

202
花ちりて木《この》間《ま》の寺と成《なり》にけり

落日庵
（句帳）

199　秘仏参詣の善男善女で春の日永も一日中賑わったが、夕方には閉帳になり、香煙こもる中に錦の幕がおごそかに垂れさがっている。閉帳後の神秘感を描いて、霊験あらたかな秘仏開帳の賑わいを暗示する手法。華麗な情調の句である。夜半叟・句帳に下五「春のくれ」と表記。◇閉帳　秘仏の開帳をやめ、厨子《ずし》の扉を閉じること。

200　ほのかな夕冷えも感じられる。散文的な平叙がそのまま淡々たる詩境となっている。

201　物音もしない静かな春の夕べ。しばし物憂《ものう》い疲労感に襲われる。絶えようとする香をつぎ足すと、また安らかな力が仄《ほの》かによみがえってくる。「等閑《なほざり》に香たく春の夕《ゆふべ》かな」（安永四年春慶引《しゆんけいびき》）の無為とは違って、静かな意志が感じられる。僧房における夕の勤行《ごんぎよう》の場合か。夜半叟の「春のくれ……香を盛る」は初案。「盛る」よりも「つぐ」のほうが継続性が表れていてよい。

202　桜の盛りには華やかにみえた寺も、花が散ると訪れる人もなく、もとのように木の間に埋もれた、目立たぬ寺となってしまった。「花散《ちり》て又しづかなり園城寺《をんじやうじ》」（鬼貫）を反転した句。単に「しづか」でなく、「木間の寺」と客観的に叙して、寺院の本来性を取戻したとみる、作者の仏教観もうかがえる。

203　緑の苗代が目覚めるように美しい。つい近頃まで咲き残っていた鞍馬の雲珠桜《うずざくら》も散り果て山はすっかり緑に覆われてしまった。

「苗代や」は近景を提示した使い方。遠近法による晩春の風景描写が的確である。「むき蜆《しじみ》石山のさくら散《ちり》にけり」（遺稿稿本）は異質のものを取り合せた佳作。
◇鞍馬　鞍馬寺のある鞍馬山。紅色・重弁の雲珠桜（『袖中抄《しゆうちゆうしよう》』等）が名高い。「これやこの音にききつつうず桜くらまの山にさけるなるべし」（権中納言定頼、『夫木《ふぼく》集』）。

204　甲斐の国に山梨の花が白く咲き続く。和歌に決って詠《よ》まれる甲斐が嶺《ね》に、白雲よかかれ。
和歌・漢詩を踏まえ、簡潔に壮大に白の世界を描いた佳吟。梨の花を白雲に喩《たと》えた漢詩は多いが、ここは比喩《ゆ》ではない。
◇甲斐がね　「甲斐の白根」とも。甲斐国（山梨県）は山梨の産地。「かひがねに咲きにけらしな足引の山なし岡の山なしの花」（能因、『万代集』）。

205　梨の花が咲く月の下で、窓べによって書《ふみ》を読む女。清艶《せいえん》な中国美人の俤《おもかげ》。「梨花院落溶溶ノ月」（晏珠《あんじゆ》「寓意《ぐうい》」、『宋詩別裁集』五）、「海棠《かいだう》の花のうつゝやおぼろ月」（其角）を踏まえた句か。

206　訪れる人もない閑散な一日。藤の根元に施肥《せひ》や盛土など、手入れに余念のない法師。
この法師は一寺の住職。俗を離れた閑雅の境地。
◇培ふ　種子や苗に土をかけて植物を培養すること。冬期、酒糟《さけかす》や米のとぎ汁を根元に注ぐと藤はよく繁茂する（『和漢三才図会《ずえ》』）。

203　苗《なは》代《しろ》や鞍《くら》馬《ま》の桜ちりにけり　　あけ烏（句帳）

204　甲《か》斐《ひ》がねに雲こそかゝれ梨の花　　安永五句稿

205　梨の花月に書《ふ》ミよむ女あり

206　人なき日藤に培《つちか》ふ法師かな

207
山もとに米《こめ》踏《ふ》ム音や藤のはな

落日庵

208
うつむけに春うちあけて藤の花

落日庵

春景

209
菜の花や月は東に日は西に

宿の日記・仏の座
続明烏・落日庵
句帳

210
なのはなや笋《たけのこ》見ゆる小風呂敷

夜半叟
句帳

207　緑の濃くなった山麓《さんろく》に踏臼《ふみうす》の鈍い連続音が聞え花を微《かす》かにゆさぶるようだ。その近くに垂れ下がる藤の花房に気づく。音は晩春のけだるい空気を見事に描き出した佳作。

◇米踏ム　石製の踏臼による米麦の精白法。初めは人が踏み、のち水車を動力とした。ここは無人の水車。

208　これでもう花の春も終りとばかり、うつむけに春の精華をぶちまけたように、藤の花が咲く。絶妙な比喩《ひゆ》。初案は中七「春打《ぶ》ッちやけて」(落日庵)。

209　月と日が同時に見られるのは、陰暦十五日前後の一、二日のみ。しかし写実ではなく、印象に基づく蕩遥《とうよう》たる夕景を抽象的に構成した名作。蕪村が生れた淀川左岸の菜種作地帯の印象であろう。陶淵明の詩の内容を丹後の歌謡調で一句にまとめた。

◇月は東に……　陶淵明「雑詩其二」に「白日淪《しづ》ミ二西《せい》阿《あ》一、素《そ》月《げつ》ハ出ツ二東嶺一、遥遥タリ万里ノ輝、蕩蕩タリ空中ノ景」、李白「古風五十九首」のうちに「日ハ西ニ月復《また》東」、「稲妻やきのふは東けふは西」(其角、蕪村書簡にも引用)、『山家鳥虫歌』(安永元年刊)に「月は東に昴《すばる》は西に、いとし殿御《とのご》は真中に」(丹後)等を意識する。

210　茶店の腰掛けか農家の縁側か、小風呂敷からはみ出した二、三本の竹の子。印象的な静物画趣。「洛外のけしき」(乙二《おつに》『蕪村発句解』)。

211　鄙《ひな》びた漁村は菜の花盛り。鯨のきたという情報もなく、海原は静かに夕暮れてしまった。暮れなずむ菜の花の雌黄《しおう》も闇《やみ》の中に吸いこまれてゆく。

211　菜の花や鯨もよらず海暮《くれ》ぬ　夜半叟 句帳

一春夜盧会
212　炉《ろ》塞《ふさい》で南《なん》阮《げん》の風呂に入《いる》身《み》哉《かな》　夜半叟 句帳

213　炉ふさぎや床《とこ》は維《ゆい》摩《ま》に掛《かけ》替《かへ》る　落日庵

暮春
214　ゆく春や逡《しゆん》巡《じゆん》として遅ざくら　夜半叟

「十六夜《いざよひ》やくぢら来そめし熊野浦」（夜半叟・句帳）もあり、紀州太地《たいじ》あたりの想像句。菜の花に鯨を連想するのは、蕪村ならではの奇想。三段切れも余韻に富む。

一 春夜楼では茶事にふさわぬので盧《ろ》（庵）とした。

212　わが家の炉を塞いできて同じ貧乏人同士の春夜盧で炉塞ぎの句会があり、「南阮の風呂」のような簡素な居《すゑ》風呂に入れてもらった。すがすがしい。師弟を清貧の南阮に喩《たと》えて風調高雅。「入身哉」に実感がある。

◇炉塞で（季題）　茶炉・囲炉裏《いろり》などを三月末に塞ぐこと。茶炉は四月から風炉《ふろ》を用いる。◇南阮　晋《しん》の阮《げん》咸《かん》は性仁達、物に拘《こだわ》らず、叔父阮籍《げんせき》と道南に住む。一族の北阮は富み栄え、南阮は清貧であった（『晋書』）。

213　冬の間長く親しんだ炉の口を塞いで心さびしいので、床の間の掛け軸は、「黙然無言《もくねんむごん》」の維摩《ゆいま》居士《こじ》像にかけかえてみた。

炉塞ぎと黙然無言の居士との取り合せ。

◇維摩　維摩羅詰《らきつ》の略。中インドの毘耶離《びやり》城の長者で在家《ざいけ》のまま菩薩道を行じた人物（『維摩経』）。

214　野山の緑は日増しに濃くなる。春のほうでも名残りを惜しむのか、あとじさりするかのように濃艶な遅桜を咲かせているよ。

「ゆく春のとゞまる処遅ざくら」（召波）の改作。内容も擬人《ぎじん》法も全く同じで、漢語「逡巡」（ためらうこと）に反転したのみ。上五「行春を」（夜半叟）は初案。『花鳥篇』（上五「行く春の」）に作者金篁《きんこう》とあるのは代作。

215
行《ゆく》春や撰者をうらむ歌《うた》の主《ぬし》

明和六句稿
平安二十歌仙
落日庵・続明烏

216
洗《せん》足《そく》の盥《たらひ》も漏りてゆく春や

其雪影
落日庵・句帳

217
けふのみの春をあるいて仕《し》舞《まひ》けり

日発句集・新選
落日庵・句帳

一召波の別業《べつげふ》に遊びて

218
行春や白き花見ゆ垣のひま

夜半叟
句帳

215　勅撰集落選歌人の愚痴《ぐち》っぽい心情と逡巡《しゅんじゅん》たる行く春の哀感との観念連合。春は哀れな歌人を置き去りにして去ろうとしている。王朝取材の名作。

216　名残りの行楽に一日野山を歩き疲れて、汚れた足を洗っていると、盥の継目《つぎめ》から水が洩《も》れ音もなく大地に吸いこまれてゆく。ああ、春も終りか。惜春の野山歩きの後の、日常的な事象に行く春の哀感を形象化した、新しく卓抜な着想の句である。

◇洗足　センゾクとも。足を洗うこと。またその湯水。

217　西行の「けふのみと思へば長き春の日もほどなく暮るる心地こそすれ」(『山家集』)等による、和歌的発想の抒情句《じょじょうく》。季題は「三月尽」。「歩《あり》き〳〵物おもふ春のゆくへかな」(落日庵・句帳)もある。

一　召波は黒柳清兵衛(明和八年没、四十五歳)。春《しゅん》泥舎《でいしゃ》を号し、家集『春泥句集』(安永六年刊)は蕪村の編集。「別業」は別荘。洛西等持院付近にあった。

218　春も去ろうとするある日、わずかに白い花(卯の花らしい)が生垣《いけがき》の間からつつましやかに覗《のぞ》いていて、主《あるじ》の風懐にふさわしい。夏も近いようだ。「白き花」は夏の象徴。召波の別荘を讃えた挨拶《あいさつ》吟。

219　風雅な座主の聯句の会に召されたうれしさ。その寺の景観や庭園も「春をしむ」にふさわしい場所であろう。この「聯句」は当世風の俳諧《はいかい》の連句でなく、古風な聯詩の会をいう。

◇座主　寺の事務を総理する僧職の首座。宮門跡《みやもんぜき》の座主は青蓮院宮《しょうれんいんのみや》(粟田口)・曼珠院宮《まんしゅういんのみや》(竹ノ内)・妙法院《みょうほういん》宮《のみや》（大仏）等があった（『和漢三才図会』）。◇聯句　複数の人が一篇の長詩を作る聯詩。または連歌と組み合わせた漢和（和漢）聯句。

220　蕪村は関東在住時代に結城《ゆうき》・下館《しもだて》を根拠地として筑波山に親しんだから、その頃の印象に基づく作。「むらさきさむる」は春の象徴・紫色があせ、夏の緑色が濃くなる意。嵐雪の「雪は申さずまづ紫の筑波山」（『玄峰集』）と師宋阿《そうあ》の「若竹や筑波に雲のかゝる時」（『夜半亭発句帖』）との中間の景をねらった。◇筑羽山　筑波とも。『風土記』以来の茨城県の名山。八七六メートルの独立峰。新花つみ文章篇参照。

221　二一七と同類の和歌的発想。「長うなる」と「限り」との相反する意味の言葉の面白味をねらい、抑揚のある声調がすぐれて俳諧味を発揮している。◇春の限り（季題）「行く先に成りもやすると頼みしを春の限りはけふにぞ有ける」（紀貫之、『後撰集』）等、過ぎ去る春をとどめ得ぬ惜春の情。

222　春のうち都に疱瘡《ほうそう》が流行。春も去ろうとしてようやく下火になったのは、疱瘡神《いものかみ》が元三大師《がんさん》に呼びつけられ、すごすごと横河へ登ったからだろう。疱瘡神送りの習俗を奇抜な着想で詠んだ諧謔《かいぎゃく》。蕪村の類句に「ゆく春や川をながるゝ疱《いも》の神」（無名集）。◇横河　横川とも。楞厳院《りょうごんいん》がある。延暦寺根本中堂の北約四キロ。慈恵大師《じえだいし》（俗に元三大師）の廟《びょう》がある。大師の夜叉形《やしゃぎょう》の影像を民家に貼《は》れば、特に疫病神を防ぐ効験あらたかで庶民に信仰された（『塵添壒嚢鈔《じんてんあいのうしょう》』）。

219
春をしむ座主《ざす》の聯句《れんぐ》に召《めさ》れけり
句帳

220
行春やむらさきさむる筑羽山《つくはやま》
句帳
名所小鏡

221
まだ長うなる日に春の限りかな
句帳

222
ゆく春や横河《よかは》へのぼるいもの神
句帳
句雙紙

ある人に句を乞はれて

223 返《へん》歌《か》なき青《あを》女《にょう》房《ばう》よくれの春

224 春惜しむ宿やあふみの置《おき》火《ご》燵《たつ》

223 高貴の方から恋歌を贈られた青女房が、身分違いに当惑して返歌もさしあげぬうちに、もう暮春になってしまった、それと同じような次第で、未《いま》だにお望みの句ができないでおります。
王朝時代に取材した「ゆく春」の句として、二五と双《そう》璧《へき》であろう。屈折した恋愛心理のイメージを利用したところが面白い。
◇青女房　官位の低い女官（『安斎随筆』）。青侍の対。

224 余寒きびしい湖畔の近江路。湖水を望んで行く春を惜しみながら、一人置《おき》火《ご》燵《たつ》を抱いて蕉翁の句境を探るのが、後世の俳人にとって最も意義深いことだ。
秋（六七四）冬（八六八）の巻も芭蕉敬慕の句で終る。これも芭蕉の「望湖水惜春　行春《ゆくはる》を近江の人とをしみける」「住《すみ》つかぬ旅のこゝろや置火燵」を踏まえた句と思われる。

夏之部

225 絹着せぬ家《か》中《ちゅう》ゆゝしき更衣《ころもがへ》

古選・落日庵句帳

226 辻《つじ》駕《かご》によき人のせつころもがへ

落日庵句帳

227 大《だい》兵《ひやう》の廿《はた》チ《ち》あまりや更衣

落日庵句帳

225 藩財政再建のため厳しい絹物御法度《はっと》が出て、怒り肩張る御家中衆の綿服姿がいかにも無骨《ぶこつ》さ丸出しの更衣。それがかえって剛健ですがすがしい。丹後縮緬《ちりめん》の集散地・宮津（青山藩）滞在中（宝暦四～七年）の実況か。カ行音の多用が耳ざわり。初案「家中ゆゝしや」（古選・落日庵）。五九八参照。◇家中　一六〇参照。◇ゆゝし　おそれ多くはばかられる意から転じて、すべて程度の甚《はなは》だしい意。◇更衣　季語。陰暦四月一日、綿入れを脱いで袷《あわせ》（裏地のついた着物）に着換えること。

226 辻駕（町駕籠）は流しのタクシーに相当したから、貴人が拾うことは滅多にない。駕籠かきの柄《がら》も一段悪かったかもしれぬ。更衣で気楽に行動する、リラックスした貴人の姿。◇よき人　高貴の人。有徳の人。五六参照。

227 二十歳《はたち》過ぎの眉目《びもく》秀麗な大男。そのたくましい肩に、いかにも軽そうに着ている袷の折り目が一きわ目立つ。二十二、三歳といえば、体力・気力ともに充実した年輩。しかも大柄でたくましい青年の颯爽《さつそう》たる更衣の情景。風俗画ではなく、好個の人物図。落日庵に上五「大兵は」を改作。◇大兵　タイヒヤウとも。「小兵《こひやう》」の対。身体の大きくたくましいこと、またその人。六九四参照。

228 ころもがへ印《いん》籠《ろう》買《かひ》に所《しよ》化《け》二人

落日庵
句帳

眺望

229 更衣野《の》路《ぢ》の人はつかに白し

落日庵
句帳

230 たのもしき矢《や》数《かず》のぬしの袷《あはせ》哉《かな》

耳たむし
落日庵・句帳

231 瘦《やせ》臑《ずね》の毛に微《び》風《ふう》あり更衣

落日庵
句帳

228　軽快な夏衣になった修行中の若い僧が二人、専門店であれこれと印籠の買物に熱中している。僧侶だから装身具に個性を出せる物は少ない。印籠買いに熱が入るわけだ。ここは二人でなければならぬ。更衣を心理的背景とした、新鮮で絶妙な人物描写。◇印籠　古くは印と印肉を入れたが、近世では携行用薬箱として腰に下げた。◇所化　大寺で学業修行中の僧。また住持に対し役僧をいう。

229　日射しも夏めく更衣の季節。はるか緑の野路を行く袷の人が一点ほのかに光ってみえる。緑の平野を渡る微風も快い。「春日野《かすがの》の雪間を分けて生《お》ひ出くる草のはつかに見えし君はも」（壬生忠岑《みぶのただみね》、『古今集』）を転換した清爽感が主題で、写生句ではない。初案は「わづかに白し」（落日庵）。

230　袷（季題）に衣がえした偉丈夫「矢数のぬし」（「袷のぬし」の転位）の頼もしさ。新記録に挑戦する若者への期待感もある。初案「矢数の人も」（耳たむし）では平板である。◇矢数　一昼夜の通し矢の競技。近世京都三十三間堂などで行われた。新花つみ二三以下参照。

231　病後か老体か、更衣の微風に吹かれる臑毛《すねげ》は生命の象徴である。初案「瘦脚《やせあし》の毛に瀬風有《あり》更衣」（落日庵）はその微風を小波《さざなみ》立つ瀬風と見立てた。

232　不義は御家の御法度《はつと》、御手討になるはずの若い男女が、奥方の特別の御仁慈で、裏町の侘《わび》住居に秘かな夫婦暮しをしている。洗いざらしの粗末な袷に、身も心もはずむ新生の喜び。時間表現を含む、複雑な小説的趣向の代表作。
◇夫婦　妻夫。ミョオトと発音。「藤の茶屋あやしき夫婦休《やすみ》けり」（落日庵）。
一　知人の老婆。「おうな（嫗）」は「おみな」の音便。其角に「あひしれる女の塔の沢に入て、ふみこしたるに」（『五元集』）と前書《まえがき》する句がある。

233　古衣の綿を抜いて仕立てた袷を、亡夫の形見としてある老婆が贈ってくれたが、長々と由緒来歴が記してあり、その言いわけがましい言葉に、おのろけがにおっていて、ひとしお哀れを催すことよ。
◇かごとがまし　かこつけ言《ごと》を言いたげな様子だ。「橘の香」に掛ける。「さつきまつ花橘の香《か》をかげば昔の人の袖の香ぞする」（紀貫之、『古今集』）。橘に古くから懐旧や恋の意を託す。

234　五月五日袷を布衫《かたびら》に着かえる。僅かな端銭《はした》でも尊いものよ、銭五百文で帷子《かたびら》が買えるのだ。各務《かがみ》支考の「帷子のねがひはやすし銭五百」（『古選』）を転換した滑稽《こつけい》。

235　夜半の時鳥《ほととぎす》の鋭い無気味な鳴き声を、気象烈しい友切丸が自ら鞘走って他の刀の先を切り落した状況に思い寄せた想像句。
◇友切丸　義経が箱根権現に寄進し、別当が曾我五郎に与えた太刀。源家の重宝。為義の時、六寸ほど長い太刀を添えておいたのを六夜目に切り落したので名づけられた（『曾我物語』八・『諸国道中袖鏡』）。

232　御《お》手《て》討《うち》の夫婦《めをと》なりしを更衣　落日庵（句帳）

233　一 しれるおうなのもとより、ふるき〻ぬのわたぬきたるに、ふみ添《そへ》ておくりければ
橘《たちばな》のかごとがましきあはせかな　（句帳）無名集

234　更衣いやしからざるはした銭《ぜに》　落日庵 句帳

235　鞘《さや》走《ばし》る友《とも》切《きり》丸《まる》やほとゝぎす　落日庵 句帳

236
ほとゝぎす平安城を筋違《すぢかひ》に
落日庵
句帳

237
子規《ほととぎす》柩《ひつぎ》をつかむ雲《く》間《ま》より
落日庵
（句帳）

238
春過《すぎ》てなつかぬ鳥や杜鵑《ほととぎす》
此あかつき
落日庵・耳たむし

239
ほとゝぎす待《まつ》や都《みやこ》のそらだのめ
安永五句稿
続明鳥・津守船三
落日庵・句帳

236　闇夜の空に時鳥《ほととぎす》が一声鋭い鳴き声を落して、碁《ご》盤目《ばんめ》の平安京をはすかいの方向へ飛び去った。京都の東北に当る比叡山《ひえいざん》方面から御所の森に向って鳴き去る例が多い実況を巧みに表現した地理的考察。「乾《いぬゐ》の方へすぢかひに飛び越え飛び越え焼け行けば」（『平家物語』四）を踏むか。

237　黒雲の陰に一声鳴き過ぎる時鳥の凄《すご》さから、雲間に腕のみ出して死者の柩《ひつぎ》を奪う鬼をイメージした怪奇趣味の句。源三位頼政や渡辺綱《わたなべのつな》からの連想。

238　持統天皇の「春すぎて夏来にけらし……」（『百人一首』）の歌に拠《よ》り、夏が来ても人になつかず、一向に鳴いてくれぬ時鳥を揶揄《やゆ》した滑稽《こっけい》句。

239　京都に少ない時鳥を、「長安古来名利地」を嫌い避ける隠士に見立てた寓意《ぐうい》の句。落日庵・自画賛（『蕪村遺芳』）に「長安元《（マヽ）》是名利ノ地、空手無《ク》レ金行路難《シ》」（『白楽天詩集』）を前書《まえがき》し、士朗宛書簡に「右の句は京の実景、愚老京住二十有余年、杜鵑《ほととぎす》を聞《きく》こと纔《わづか》に両度」と自注する。清韻洒落《しゃらく》な佳作。
◇そらだのめ　あてにならぬことを頼みに思わせること。「都の空」と言い掛ける。

一　大徳寺は臨済宗大徳寺派大本山。京都市北区にある。菅の風に前書「紫野に遊《あそび》てひよ鳥の妙手を思ふ」。

240　ここ紫野の大徳寺には古《こ》法眼《ほうげん》元信（幼名四郎次郎）の名高い鵯《ひよどり》の絵がある。時鳥よ、それに負けずに鳴け。東の空もしろじろ（四郎次郎とかける）と明けてきて、画中の鵯も鳴くであろうから。

画中の鴨が鳴くという伝説から、元信の俗名を利用して歌いあげた時鳥願望の句。構成は精巧、作風は雄健。

241　時鳥よ、お前の鳴き声はけたたましくて意味も分らぬが、何かに恋い焦《こが》れているようだ。兼好も「女の性《しやう》は皆ひがめり」といったから、無心の岩倉の狂女に恋するのが、お前には一番ふさわしかろう。

五車反古に「数ならぬ身はきゝ侍《はべ》らず」（『徒然草』百七段）の前書がつく。放心の狂女と時鳥との親近性を発見し、擬人《ぎじん》法による組み合せにペーソスがある。

◇岩倉　京都市北区北岩倉にある不動堂の滝は狂気の治療場（『名所都鳥』）。岩倉には時鳥も多い。

242　美濃三人衆の筆頭稲葉伊予守一鉄が信長の茶室で殺害されそうになったが、床の虚堂墨蹟《きどうぼくせき》を解説しながら自己の無実を述べた故事（『寛政重修諸家譜』巻六〇六）による句。

◇たぶ　賜う。ここは「賜わる」意に用いた。

二『伊勢物語』十一段の歌「忘るなよほどは雲ゐになりぬとも空ゆく月のめぐりあふまで」を踏まえる。

243　雲助風情に箱根山中で世話になっているからこそ、あれほど都人が恋いこがれる時鳥も、ほしいままに聞くことができるのだ、ということをよく考えてみて下さい。

『伊勢物語』の転換《パロディ》。原歌の「ほど」は距離、蕪村は身分の意に転用、「雲助」から「雲居の時鳥」へ続ける（「峰の雲」は「時鳥」の付合）。旅に出れば、時鳥（風雅）が聞かれる、という離俗のすすめ。ほの押韻が軽快。

240
一大徳寺にて
時鳥《ほととぎす》絵になけ東《ひがし》四《し》郎《ろ》次《じ》郎《らう》
菅の風
落日庵・句帳

241
岩倉の狂女恋せよ子規《ほととぎす》
安永二句稿
五車反古・句帳
名所小鏡

242
稲《いな》葉《ば》殿《どの》の御茶たぶ夜《よる》や時鳥
句帳

243
二箱根山を越《こゆ》る日、みやこの友に申遣《まをしつかは》す
わするなよほどは雲助ほとゝぎす

244
歌《うた》なくてきぬ〴〵つらし時鳥《ほととぎす》

落日庵・句帳

245
草の雨祭の車過《すぎ》てのち

落日庵・句帳
新五子稿

246
牡《ぼ》丹《たん》散《ちり》て打《うち》かさなりぬ二《に》三《さん》片《ぺん》

新選・付合小鏡
あけ烏・神こゝろ
桃李・落日庵

247
波《ノゴトク》翻《シテ》㆓舌本《ヲ》㆒吐《ク》㆓紅蓮《ぐれんヲ》㆒

閻《えん》王《わう》の口や牡丹を吐《はか》んとす

落日庵
句帳

244 後朝《きぬぎぬ》の別れの折から時鳥が鳴き去る。悲痛な心を和歌に託することもできぬ遊女のつらさ。西行に歌を詠《よ》みかけた江口の遊女（『撰集抄』）などを踏み、和歌の詠めぬことに俳諧味を出した句。

245 葵祭《あおいまつり》の車の行列が賑《にぎ》やかに通り過ぎたあと、緑の草葉を濡らす雨が静かに降ってきた。華美な祭の行列だけが見物《みもの》ではない。『徒然草』百三十七段の審美観による句作り。江戸人の目には、京の草は「細《こま》かにして唐絵の如く奇麗なり」（『見た京物語』）と映じた。新五子稿に中七「あふひの車」。◇祭 賀茂神社の祭。葵祭。四月の中の酉《とり》の日が祭日。

246 根元に散り重なっている二三片の白い花びらが、ほの暗い有明月に見える幽玄の情景。真昼間ではない。優美なものの最も典雅な散り方。「いさぎよさ」（几董宛書簡）と自注。離俗の理想美である。

一 波のように舌を翻して熱烈に論弁するさまをいう。出典不明。「舌根如《シ》㆓紅《ぐ》蓮《れんノ》㆒」（『白楽天詩集』）、「導師称揚ノ舌ヲノベテ玉ヲ吐《ハキ》給ヘバ」（『太平記』二十）。

247 前書《まえがき》は閻魔大王がきびしく罪人に論告求刑するさまの比喩《ひゆ》。転じて、紅い牡丹が開花しようとするさまを喩《たと》えた。二重の比喩はイメージの重層性をねらい、二句一章の句勢は強烈な色感を出す。◇閻王 閻魔大王の略。梵語《ぼんご》の漢訳。死者の魂を支配し生前の善悪を審判する地獄の王。近世の庶民には最も身近な仏像で各地に小堂があり、一月・七月の十六日に閻魔堂に参詣した。

248
寂《せき》として客の絶間《たえま》のぼたん哉《かな》

句帳

249
地車《だんじり》のとゞろとひゞく牡丹かな

句帳

250
ちりて後《のち》おもかげにたつぼたん哉

安永五句稿
夜半亭発句集
春秋稿初篇
落日庵・句帳

251
牡丹切《きつ》て気《き》のおとろひし夕《ゆふべ》かな

安永五句稿
写経社集・落日庵
句帳

248　花見客で賑わう牡丹園。束《つか》の間の客の絶え間、その一時こそ牡丹は王者のような本然《ほんねん》の美に輝く。喧騒な俗臭を絶ったところに離俗の理念を見出した句。室内の切花では、「寂として」(王維《おうい》「澗戸《かんこ》寂《トシテ》無《シ》レ人」『王維詩集』)という強い形容にふさわしくない。

249　鉦《かね》と太鼓の音が遠くから聞え、やがて勇ましくも賑やかに祭礼の地車《だんじり》が近づいてきた。その重重しい地響きに、庭先の牡丹の花がさゆらぐ。豪華な地車と豊麗な花とを地響きを介して結びつけた一種の取り合せ法だが、牡丹の立体感が出ている。◇地車　「浪花の夏祭に囃子《はやし》ものゝ屋形を作り車もて曳《ひく》をだんじりと呼ぶ。地車共《とも》いふ。其屋形には金襴錦《きんらんにしき》の幕、水引やうの物を飾る」(『摂陽奇観』四)。京に「大八車なし」(『見た京物語』)。

250　「うすみどりまじるあふちの花見れば面影に立つ春の藤浪」(永福門院、『玉葉集』)に類似する美の幻影。牡丹の精そのものへの愛情である。春秋稿初篇に上五「ちりてのちも」。

251　丹精こめた牡丹花を、今日の夕方、身を切る思いで切った。わが身もぐったりと気抜けしてしまい、夕闇迫るなかにいつまでも立ち尽している。牡丹を切る時刻は晴天の夕方である。長い時間そのことにこだわっていた花作りの、緊張と放心の心理が巧みに表現される。鈍い母音oのうめきを基調として、三つの金属的なk音が冴える。

252
山《やま》蟻《あり》のあからさま也《なり》白《はく》牡《ぼ》丹《たん》

新花つみ

253
広《ひろ》庭《には》のぼたんや天《てん》の一《いっ》方《ぱう》に

五車反古

254
一 柴《さい》庵《あん》の主人、二 杜《と》鵑《けん》・布《ふ》穀《こく》の二題を出《いだ》して、いづれ一題に発《ほ》句《く》せよと有《あり》。されば雲《くも》井《ゐ》に走《はしり》て王《わう》侯《こう》に交《まじは》らむよりは、三 鶉《じゆん》衣《い》被《ひ》髪《はつ》にして山中に名《みやう》利《り》をいとはんには

狂《きやう》居《こ》士《じ》の首にかけた歟《か》羯《かっ》鼓《こ》鳥《どり》

安永五句稿
写経社集
落日庵・(句帳)

252　白牡丹の花弁の上を一匹の黒い山蟻が静かに這《は》っている。花弁に黒い穴があいたようにもみえ、大きな山蟻の触角や四肢の動きすら見える。雪上の鴉《からす》などは陳腐だが、これは新奇で生彩がある。◇あからさま　白地。あらわ。むき出し。六四参照。

253　広庭の遠くに今しも牡丹が咲いている。この世ならぬ麗人を天の一角に見つけたかのように、すべてを忘却して花に心を奪われてしまった。牡丹を天上の花とみる陶酔感。成句を生かして絶妙。◇天の一方　『文選《もんぜん》』「古詩」に「相去《ルコト》万余里、各在《リ》天《ノ》一方《ニ》」。蘇《そ》東《とう》坡《ば》「前赤壁賦《せきへきのふ》」の「望《ム》美人《ヲ》天《ノ》一方《ニ》兮」の美人は天子（君子）の意。蕪村は麗人の意に転じ、牡丹の風格を讃《たた》えた。

一「柴庵の主人」は写経社集に「自在庵主」。共に樋《ひ》口道立《くちどうりゆう》の庵号。「洛東芭蕉庵再興ノ記」参照。二「杜鵑」は時鳥《ほととぎす》。「布穀」は鳲鳩《しきゆう》の異名。かんこどり。よぶこどり。郭公とも。三「鶉衣」はウズラの姿から、つぎはぎの破れ衣。「被髪」は乱れたまま結ばぬ髪。

254　閑古鳥の鳴く音は、鶉衣被髪で踊り狂う東岸居士が首にかけて鳴らす羯鼓の音というべきか。風狂離俗の句。「かけた歟」にテッペンカケタカの連想もあるか。初案は上五「自然居士《じねんこじ》の」（句稿）。◇狂居士　東山雲居《うんご》寺の東岸居士（自然居士の弟子）を指す。有髪《うはつ》俗衣で羯鼓（二本の撥《ばち》で両面を打ち鳴らす鼓）を打って踊った説教者。謡曲「東岸居士」「自然居士」参照。◇羯鼓鳥　閑古鳥のもじり。

255 閑居鳥《かんこどり》寺見ゆ麦林寺《ばくりんじ》とやいふ

安永五句稿
落日庵・句　帳

256 山人《やまびと》は人也《ひとなり》かんこどりは鳥なりけり

安永五句稿
落日庵・句　帳

257 食次《めしつぎ》の底たゝく音《おと》やかんこ鳥

召波資料
新　選・耳たむし
落日庵・句　帳

258 足跡《あしあと》を字にもよまれず閑居鳥

平安二十歌仙
落日庵・句　帳

255　閑古鳥がわびしく鳴いていて、麦畠の向うの森に寺の屋根が見える。あれは麦林寺とでもいうのであろうか。伊勢派の麦林舎乙由《おつゆう》の「閑古鳥われも淋しいか飛んでゆく」(『古選』)により、麦畠の中にある閑寂な「麦林寺」の名を虚構した軽妙洒脱《しゃだつ》な句。

256　山人や閑古鳥の正体については古来諸説があり、閑古鳥＝猿説すらあるが、煩瑣《はんさ》な考証をいとい、要するに山人は仙人ではなく人間で、閑古鳥は鳥だ、と喝破《かっぱ》した句。士朗宛書簡に前書《まえがき》「四明山下の古寺にあそぶ」、上五「山人は人」は初案。◇山人　山で働く人または仙人。「あしひきの山に行きけむやまびとの心も知らず山人や誰」(『万葉集』)。

257　カッコンカッコンと鳴く閑古鳥の音は、まるで残り少なくなった飯櫃《めしびつ》の底に杓子《しゃくし》があたる音のようだ。わびしい。一粒も無駄にしない貧家の飯櫃のわびしさが「底たゝく音ト」の描写に生きる。明和年間の召波資料に「飯《めし》つぎの」、新選に「飯櫃の」、耳たむし・落日庵に「飯《めし》継《つぎ》の」、句帳に「めしつぎの」とする。

258　黄帝の臣蒼頡《そうけつ》が鳥の足跡を見て文字を創ったというが、閑古鳥の足跡は不鮮明で字に読めなかったので文字に洩《も》れたらしい。昔から正体不明の閑古鳥の性情を面白くひねった句。中七「字にも見られず」(平安二十歌仙)は初案。「花に去《い》ぬ雁の足跡よめかぬる」(句帳)もある。

259
うへ見えぬ笠置《かさぎ》の森やかんこどり

明和六句稿
落日庵・句帳

260
むつかしき鳩《はと》の礼儀やかんこどり

落日庵
句帳

261
閑《かん》居《こ》鳥《どり》さくらの枝《えだ》も踏《ふん》で居《ゐ》る

明和八句稿
耳たむし

262
かんこどり可《か》もなく不《ふ》可《か》もなくね哉《かな》

句帳

259　道歌《どうか》「上見れば及ばぬ事の多かりき笠着てくらせ己《おの》が心に」により、頂上の城も見えぬほど繁茂した笠置の森は閑古鳥の住みかにふさわしい、との意。落日庵に中七「笠置の城や」を改作した。◇笠置　京都府最南部の山、二八九メートル。山上の笠置城は後醍醐天皇の行在所《あんざいしょ》（『太平記』三）。

260　諺《ことわざ》「鳩に三枝《さんし》の礼あり」により、仁義を重んずる儒者のような鳩を嘲《あざけ》り、無為を道とする老荘の隠士のような閑古鳥を賞賛する。底本「礼義」。

261　閑古鳥の奴《やつ》、その名も隠逸めかしているのに、あの世間を騒がせたスターの桜の枝にもとまっているとは、案外色気の多い、俗な鳥だな。似て非なる隠者に対する痛烈な批判。

262　閑古鳥の鳴く音は、格別どうということもない。世の捨てざまも、可もなく不可もない、中くらいというところだ。カッコー・カッコーの音に擬《ぎ》した成語の使い方が秀逸。四つのか音による声調も計算ずみ。磊落《らいらく》な句。◇可もなく不可もなく　『論語』微子十八の「我《ハ》則《チ》異《ナリ》二於是《ニ》一、無《ク》レ可《モ》無《シ》二不可《モ》一」。「無く」に「鳴く」を掛ける。一「さぐりだい」とも。詩歌の会で席上幾つか出された題の中から探りあてた題を詠むこと。「実盛」は斎藤別当実盛。『平家物語』七実盛最期参照。

263　実盛が手塚の太郎に討たれたここ篠原《しのはら》に、今雨が篠突くように降っている。時鳥よ、実盛の鎮

263
一 探題《たんだい》実盛《さねもり》
名のれ〳〵雨しのはらのほとゝぎす　落日庵 名所小鏡

264
かきつばたべたりと鳶《とび》のたれてける　落日庵 句帳

265
宵《よひ》〳〵《よひ》の雨に音なし杜若《かきつばた》　落日庵 句帳

266
二 雲裡房《うんりばう》に橋立《はしだて》に別《わか》る
みじか夜《よ》や六里《ろく り》の松に更《ふけ》たらず　句帳

魂のために一声鳴いてみてくれ。謡曲の文句どり、地名を詠みこんだ掛け詞は技巧的だが、明晰《めいせき》にこなした秀句。
◇名のれ〳〵　「名のれ名のれとせむれども終《つひ》に名のらず、こゑは坂東声にて候ひし」（謡曲「実盛」）。時鳥の鳴くことを「名のる」という例は古歌に多い。
◇しのはら　加賀国篠原《しのはら》と「篠突く雨」と掛ける。

264　杜若《かきつばた》は紫色が普通だが、変咲《かわりざき》の白花（『和漢三才図会』）のさまを、鳶の糞が天空からべたりと垂れ落ちたと見立てた豪快な滑稽《こつけい》句。言い得て妙。「今朝見れば白きも咲けり杜若」（落日庵）は平凡。

265　昨日の宵も今日の宵も梅雨が降り続き、音もなくその雨の闇に杜若が吸いこまれてゆく。翌日はまた美しく開花するであろう紫の杜若の風趣。初案は「夜な〳〵の」（落日庵）。

二 句帳の前書「青飯法師に……」。三五一参照。雲裡房は尾張の人。支考門、伊勢風化して東西に行脚《あんぎや》した。**延享《えんきよう》四年春義仲寺《ぎちゆうじ》に入り粟津に幻住庵《げんじゆうあん》を再興した。**

266　別離の名残り惜しさは、この六里ある天の橋立を渡り切らぬうちに、短か夜が明けてしまったようなものよ。若い時からかなり意気投合した雲裡房に対する送別句。「更たらず」は「六里の松に更けわたる」の逆とみれば理解し易い。奇抜な比喩《ひゆ》の、機知的な句。
◇六里の松　六町一里（唐制）の計算による天の橋立の長さ。「月夜よし六里の松の中ほどに」（素堂）。

267 鮎《あゆ》くれてよらで過《すぎ》行《ゆく》夜《よ》半《は》の門《もん》

明和五句稿
日発句集・落日庵
句帳

268 みじか夜や毛むしの上に露の玉

落日庵
句帳

269 短夜や同《どう》心《しん》衆の川《かは》手水《てうづ》

耳たむし・落日庵
句帳

270 みじか夜や枕にちかき銀屏風《ぎんびやうぶ》

召波資料
耳たむし・落日庵
句帳

267　夏の夜ふけ門を叩《たた》く音に、今ごろ誰かといぶかりながら出てみる。「大漁だから少し置いてゆく」と、言葉少なに友は闇の中に消え去った。数尾の鮎を手にしたまま、しばらく夜半の門に佇《たたず》んでいた。思いがけぬ贈り物に喜ぶよりも、寄らずに去った淡泊な友情が主題。「夜半の門」に新鮮な香魚の香がただよう離俗の詩である。「大雪の夜、友人を憶い小船に乗って行ったが、門に至って訪れずに帰った。人が問うと、興に乗じて行き興尽きて返ったまでと答えた」（「王子猷《わうしいう》訪ニ戴安道《たいあんだう》ヲ一」、『世説』一七）の俳諧化。

268　短い夏の夜明けのさわやかさ。見れば気味の悪い毛虫の上にも露が美しい玉を結んでいるよ。毛虫をも美化する自然の営みに、作者の唯美《ゆいび》主義が強く認められる。即物的な写実ふうの句。新花つみ兵・八一参照。

269　昨夜、何か事件があって市中に出役した二、三人の同心衆が、番所へも帰らず、無言のうちに川手水を使う夏の夜明けの情景。小説ふうの内容を、応挙の写生派ふうの淡彩人物図で処理した画趣。
◇同心　江戸時代、幕府の諸奉行・京都所司代等の配下に属し、与力の下で警察等の事務を分担した小吏。
◇川手水　川水で手や顔を清めること。

270　明け易い夏の夜はまた寝苦しく覚め易い。ふと目覚めると、枕もとの銀屏風《ぎんびょうぶ》は早くも夜明けの鈍い光を宿している。金屏風ではなく、的確に銀屏風の個性を生かした句。

271　短夜や芦《あし》間《ま》流るゝ蟹《かに》の泡《あわ》　落日庵句帳

272　みじか夜や二尺落《おち》ゆく大《おほ》井《ゐ》川《がは》　落日庵句帳

探題老犬

273　みじか夜を眠らでもるや翁《おきな》丸《まろ》　明和八句稿

274　短夜や浪《なみ》うち際《ぎは》の捨《すて》篝《かがり》　落日庵句帳

271　夏の夜明けの芦の間に、ブクブクと湧いては、漂い流れる水の泡。早くも水底で蟹が活動を始めたのだ。『方丈記』ふうの無常観の象徴である泡を《うたかた》、「蟹の泡」と認識した時、見事な俳諧の詩が成立した。「芦」の付合語として、「蛍《ほたる》・鷗《かもめ》・鷺《さぎ》」（『類船集』）などでなく、蟹を発見したのは、作者の俳諧自由の心だ。落日庵に中七「芦に流るゝ」。

272　今も渡月橋の下流に井堰《いぜき》がある。「二尺落ゆく」は暗い嵐山の渓間を流れてきた水が、一段と低く明るい平野へ流れゆくさまを、短か夜の明けきった感じに言う。繊細な感覚の句。別案「みじか夜の闇より出《いで》て大井川」（幣袋《ぬさぶくろ》・句帳）は説明的で平板。

◇大井川　大堰川とも書くのは古く秦《はた》氏が井堰を設けたからという。上流は保《ほ》津《つ》川、下流は桂川。

273　『枕草子』六段に、馬命婦《うまのみようぶ》の命令を信じて主上の愛猫を追いかけ、勅勘を蒙《こうむ》って追放された翁丸という犬の話がある。その愚直さを可憐《かれん》とみる讃美《さんび》の句。意は平明だがやや平凡。初案は「みじか夜や睡らで守る」（句稿）。

274　短い夏の夜もしらじらと明け、さざ波が静かによせる波うち際に、放置された篝火《かがりび》がちらちらとなお燃え残っている。

鵜川《うかわ》（鵜飼）の篝火の燃え残りで、物はかない情感の句。初案は中七「さゞら浪よる」（落日庵）。

◇捨篝　「篝」は国字。「本かがり」に対し焚き捨て用。

275 みじか夜やいとま給《たまは》る白拍子《しらびやうし》

五車反古
（句帳）

276 みじか夜や小見世《こみせ》明《あけ》たる町はづれ

安永五句稿
落日庵・句帳

277 東都の人を大津の駅《うまや》に送る

短夜や一つあまりて志賀の松

句帳

278 みじか夜や伏見《ふしみ》の戸ぼそ淀《よど》の窓

（句帳）

275　仏御前に清盛の寵《ちよう》を奪われた祇王《ぎおう》の俤《おもかげ》。仏御前が、祇王の心中を推量して「今日は暇《いとま》を賜《たま》はらん」と清盛にいう場面が『平家物語』一にある。二七三とともに古典に取材した句。

276　街道筋の町はずれ。早立ちの旅人目当てか、薄暗いうちから小店をあける物音がする。宿場の短か夜はその物音から明けてゆく。この旅情には庶民的な感覚と観察がある。「みじか夜や暁しるき町はづれ」（安永五句稿）よりも、描写が具体的で成功している。中七「小見せあけたる」（落日庵）。

277　江戸へ帰る人を見送る作者が、友におくれて一人大津に留まることを、志賀唐崎の名勝一つ松が、そこだけ明け残ったように黒々と繁茂しているさまに喩《たと》えた。
◇一つあまりて　道中双六《すごろく》の「一つ余つて大津へ戻る」による。志賀の「一つ松」にも掛ける。

278　伏見の京橋で乗船の時は、店の表戸はおろされていたのに、淀まで下ると早くも短か夜は明けきって、家々の窓が開かれている。夜の明け易さを二つの地名を使って軽快にまとめた。
◇伏見・淀　伏見の船場は大阪八軒家まで、十三里の乗合船の発着点。朝と夜の二便があった。淀小橋までは約五十町。「伏見」に「臥す」の意を含む。◇戸ぼそ　扉。戸。

279
卯の花のこぼるゝ蕗《ふき》の広葉哉　落日庵 句帳

280
来て見れば夕《ゆふべ》の桜実《み》となりぬ　安永四句稿（句帳）

一円位上人の二所願にもそむきたる身の、いとかなしきさま也

281
実ざくらや死《しに》のこりたる菴《いほ》の主《ぬし》　（句帳）

282
しのゝめや雲見えなくに蓼《たて》の雨　安永六句稿（句帳）

279　初案「卯の花や蕗の広葉にこぼれけり」（落日庵）の季題は「卯の花」。この改作形の季題は「蕗の広葉」。卯の花は初夏、雅趣豊かな白い花が十数センチの穂状に咲く。色彩感豊かな、眼前の実景。

280　「山里の春の夕暮きてみればいりあひの鐘に花ぞ散りける」（能因、『新古今集』）を踏み、その次の状況を簡潔によむ。能因の落花は無常観だが、この実桜は時運の推移を素直に受けとめた俳諧の美。秀吟。句稿によると探題「実桜」の作。

一「円位」は西行法師の法名。　二「願はくは花の下にて春死なむそのきさらぎの望月のころ」（『山家集』）の所願通り建久元年二月十六日に示寂《じじゃく》。

281　同じ草庵住まいでも西行上人の風雅に及ばず、花が散って実桜の頃になってもなお無為に生きのびている、老残の身の恥ずかしさ。ある老僧の述懐か、作者自身を架空の庵主に仮託した感懐か、いずれとも解される。

282　まだ外は暗くて雨雲の空は見えぬのに、物わびしくも蓼に降る雨の音がする。後朝《きぬぎぬ》の別れのつらさよ。
中国の故事により、和歌的情調を俳諧化した恋の句。◇しのゝめ（東雲）　明け方。暁。和歌に後朝の別れに歌われる例が多い。◇蓼の雨　楚《そ》の襄王《じょうおう》が巫山《ふざん》の神女と交わった巫山の夢の故事（宋玉「高唐賦」、『文選《もんぜん》』）により、朝雲と行雨の俳諧化。「人妻の暁起《おき》や蓼の雨」（落日庵）もある。

283 砂《すな》川《がは》や或《あるい》は蓼《たで》を流れ越《こ》す　　落日庵句帳

284 蓼の葉を此《この》君《きみ》と申せ雀《すずめ》鮓《ずし》　　夜半叟

285 三《み》井《ゐ》寺《でら》や日は午《ご》にせまる若楓《かへで》　　新花つみ

286 あらたに居《きよ》を卜《ぼく》したるに

釣《つり》しのぶ蝸《かや》にさはらぬ住《すま》居《ゐ》かな

283　夕立のため急に増水した砂川の水。ある所では可憐《かれん》な蓼をも没せんばかりに威勢よく流れる。◇砂川　京都東北郊外の一名所。「砂川や野分《のわき》にかくす雲峰《くものみね》」（嵐臥《らんが》、「几董《きとう》句稿」五）、「洛東砂川のあたりにて　涼風や魚釣人の薄羽織」（埜《や》行《こう》、『半日行脚』天明四年刊）、『京図鑑綱目』（宝暦四年刊）参照。

284　晋の王子《おうし》猷《ゆう》が竹を愛し「何《ソ》可《ベケンヤ》三一日《モ》無《カル》二此《ノ》君《ノ》一」と言った（『世説』十四）のを転用して、竹に雀の縁もあり、雀鮓に添える蓼《たで》の葉をこそ、日本では「此君」と申すべきだ、と興じた諧謔《かいぎやく》。◇蓼の葉　柳蓼を香辛料として食用にする。◇雀鮓　摂津福島村の名物。江鮒《えぶな》（鯔《いな》の小さいもの）の腹に飯をつめた鮓。ふくら雀の形に似るからいう（『毛吹草』等）。「かさもあり芸に実もある口中のしよりしよりしたる雀鮓」（近松門左衛門『今宮心中』）。

285　琵琶《びわ》湖に臨む斜面にある三井寺。折から正午に近く、中天から陽光を受けて深い影を持つ若楓が、透明な輝きに炎《も》えながら静もりかえる。油彩画ふうの重量感のある傑作。「日は午にせまる」が眼目。「日当《ル》レ午《ニ》　風なくてかげろひ落《おつ》る桜哉」（蚊足、『続虚栗《ぞくみなしぐり》』）などを意識した独創的表現。◇日は午にせまる　「午」は正午。午《うま》の刻。

286　一烏丸東へ入ル町（明和五年刊『平安人物志』）から仏光寺烏丸西へ入ル町（安永四年十一月刊同書）へ転居（安永四年春か）した頃のこと。四年四月十二日夜半亭月並《つきなみ》の探題は「蝸」（月並発句帖）。

やや広い家に転居してのびのびした感じを、釣忍《つりしのぶ》に蚊帳《かや》もさわらぬ広さ、と具象的に空間を描き出したので、隠逸臭がない。季題（主題）は「釣忍」。

287　青垣山に囲まれ、大寺院の多い奈良は蚊も多い。初案「奈良を立けり夏木立」（都枝折《みやこのしおり》・落日庵・新五子稿）の暗さよりも「若葉」の明るさのほうが、道々の実景に即して軽快である。視覚的な句。

288　あけ放った窓から二階の燈火が斜めにのぼり美しい若葉を照らし出している。

逆の場合の句「たかどの、灯影《ほかげ》にしづむ若葉かな」（新五子稿）に比べると、「のぼる」がやや曖昧《あいまい》だが、燈火に浮び上がる新緑は、画人らしい句だ。謝春星《しやしゆんせい》（明和〜安永の画号）描く「漁舟夜光図」もある。「月引テ二庭花一影ヲ上リレ窓《まど》ニ」（許梅屋《きよばいおく》「閨怨《けいえん》」、『聯珠詩格《れんじゆしかく》』）。

289　若葉の威勢を以てしても、富士の高嶺《たかね》のみは埋み残したが、お山をとり巻く麓《ふもと》の若葉の素晴らしさ。

日本の名山の壮麗さに対応する若葉の旺盛な美しさ。正岡子規以来、中七が小主観で月並調と批判されたが天空から若葉を量塊として把《と》えた視覚的手法とみればすぐれて斬新な句である。「不二颪《おろし》十三州の柳かな」（落日庵）も視点は上空にある。三七六参照。

290　全山若葉に燃える絶頂に仰ぎみる山城の景。若葉の生命感が要害堅固さを盛りあげる。漢詩に多い「絶頂」の語を生かした句。麦水《ばくすい》の「絶頂の二階灯《び》光る柳中《やなぎなか》」（明和九年成『古河わたり集』）は生硬。

287

蚊屋《かや》を出て奈良を立《たち》ゆく若葉哉

落日庵・都枝折
句帳・不二煙集
新五子稿

288

窓の燈《ひ》の梢《こずゑ》にのぼる若葉哉

召波資料
耳たむし・落日庵
句帳

289

不二《ふじ》ひとつうづみ残してわかばかな

耳たむし・あけ烏
棚さがし・落日庵
句帳

290

絶頂《ぜつちやう》の城たのもしき若葉かな

句帳

291　近くの樹々は生々とした若葉に覆われ、彼方《かなた》へ流れ去る水は白く光り、対岸の麦は早くも黄熟してきた。若葉を近景として遠ざかる色の諸調は、蕪村好みの淡彩調だが、南宗画《なんしゅうが》の山水とはいささか異質の、近代的風景画に近づく。眼前の実景だからであろう。◇黄ゝ「黄ばむ」は黄色をおびる。

292　嵐山あたりの大井川の実景か。作者舟中説よりも、中七の語感からすると、第三者として岸の若葉に接近する小舟を眺めている場合か。若葉の力に惹《ひ》きつけられるのである。

293　漢の高祖が夜、沢中を行くと路に大蛇が横たわっていた、「乃《すなはチ》前《すすミテ》抜レ劒《ヲ》撃《チテ》斬レ蛇《ヲ》、蛇遂《ニ》分《レテ》為《リ》レ両《ふたつト》、径開《ク》」（『史記』高祖本紀）という故事による勇壮な詠史句。高祖の鬱勃《うつぼつ》たる気力を若葉に象徴的に表現する。

294　暑さに安眠もできぬ夏の夜。宵のうちにとってきた螢を蚊帳の中に放ってみる。螢光の明滅の美しさに暑気も疲労もふっ飛んでしまう。アアこの世ならぬ楽園だ。「放して」までが直叙的、最後を口語調でずばり「アヽ楽や」と締めくくったのは磊落《らいらく》な句法。西鶴『好色一代男』五「欲の世の中に是《これ》は又」に、秋まで残る螢を蚊帳の中に飛ばす場面がある。物欲を否定する理念よりも、ここは童心的心境であろう。初案の「蚊屋の内螢はなしぬあら楽や」（落日庵）では間延《まの》びする。

291
若葉して水白く麦黄《きば》ゝたる

292
山に添《そ》うて小舟漕《こぎ》ゆく若ば哉
そのしをり

293
虵《だ》を截《きっ》てわたる谷《たに》路《ぢ》の若葉哉

294
蚊《か》屋《や》の内《うち》にほたる放《はな》してア、楽《らく》や
落日庵句帳

295　京の田舎には尼寺が多い。薄明るい宵月夜に、上等の蚊帳が垂れているのがほの見える。静寂の中に、尼寺らしい多少の艶情が「能キ幮」と調和する。優雅な句。新花つみ六〇参照。
◇能キ幮　幮《かや》はトバリ・タレヌノ。カヤは特殊な訓。上等の蚊帳は紗《しゃ》・絽《ろ》製など。縁や環などの装飾品も華《きゃ》奢《しゃ》作り。庶民は近江産の粗布（麻・木綿）製。染色は萌黄《もえぎ》色が多く、稀に素地もあった（『守貞漫稿《もりさだまんこう》』）。

296　蚊帳の裾が風に吹かれて、ふわふわと動くさまを「根なし草」（浮草）に喩《たと》えた。兼題「納涼」の作（句稿）。「あら涼し」の口語調は芭蕉・鬼貫《おにつら》以来多くの用例がある。「乾きたる虫籠《むしこ》の草やあら無沙汰」（召波）は女の子の語調。

297　眠られぬ夜、蚊帳を抜け出して家を出たら、やがてわが身一人に短か夜が白じらと明けかかってきた。
一つ蚊帳の家族から離脱した開放感。人っ子一人いない路上のすがすがしさ。四八参照。

298　明け易い夜空もほのじらむと、東山が黒々と横たわる姿を、「東山が夜を隠す」と見立てた。
一　三本樹は賀茂川の西岸、二条の北四町の間を言い、上三本木町と下三本木町。水楼は賀茂川に臨んだ料亭。「東を見渡せば如意嶽《にょいがたけ》に月待山、あるは神楽岡《かぐらをか》のみやしろ、新黒谷の寺院も木の間木の間にあらはれ、近くは東の堤をゆきゝする人々までも、只此水亭を饗応《もてなす》に似たり」（『拾遺都名所図会』二）。

295
尼《あま》寺《でら》や能《よ》キ幮《かや》たるゝ宵《よひ》月《づき》夜《よ》

296
あら涼し裾《すそ》吹《ふく》蚊屋も根なし草
明和八句稿
耳たむし

297
蚊屋を出て内に居ぬ身の夜は明《あけ》ぬ
落日庵
句帳

298
よすがら一三本樹《さんぼんぎ》の水楼に宴《えん》して
明《あけ》やすき夜《よ》をかくしてや東山
（句帳）

299 古井戸や蚊に飛ぶ魚《うを》の音くらし

日発句集・其雪影
落日庵・句帳

300 うは風に蚊の流れゆく野《の》河《がは》哉

落日庵
句帳

301 蚊やりしてまゐらす僧の坐《ざ》右《いう》かな

落日庵
句帳

302 一 嵯峨《さが》にて
三《さん》軒《げん》家《や》大《おほ》坂《ざか》人《びと》のかやり哉

句帳

299 古井戸の闇の底で、蚊を喰おうと飛び上がる魚の音。そのひんやりとした無気味さを「音くらし」と形容した感覚的な句。「牛部屋に蚊の声くらき残暑かな」等、芭蕉の作風を学ぶが、及ばない。明るい所から暗い井戸の底に落ちる「古井戸のくらきに落《おつ》る椿哉」(落日庵)も音がテーマである。

300 水流は上風《うわかぜ》を伴う。野川の上風に蚊柱が吹き流され、だんだんと遠ざかってゆく。実景に基づく写実的な眼が上風の流れを把《と》えた佳作。

301 暗い仏間《ぶつま》には蚊がひそむ。読経《どきよう》に余念ない僧の座右に、蚊遣り火をたいてそっとすすめる。写実的な人事句。「まゐらす(さしあげる)」の一語が描写を達成した。抑揚のある句調もよい。

一 嵯峨は京都市右京区嵯峨町。愛宕《あたご》山の山麓から大井川に臨む右京区の西北一帯。嵯峨野とも。

302 蚊の少ない大阪から来た人が、嵯峨の蚊に苦しみながらも、蚊遣りを焚《た》いて一夜を過すさま。大げさに悲鳴をあげるのだろうが、描写力不十分。◇三軒家　渡月橋《とげつきよう》北畔、少し上手《かみて》にあった休み茶屋。

303 繁茂した青葉の中、蔓《つる》に伸びた忍冬《すいかずら》の白い小花が、風もないのにハラハラと散る。その度に葉陰にひそむ蚊の群が低く鋭いうなり声を立てて舞い上がる。三つめののは字余りで、意識した声調の妙。夏の夕暮の物憂さを鋭い感覚で把握した抒情《じよじよう》的な名句。新五子稿の「蚊の声や忍冬の花の散毎に」は初案か。

303 蚊の声す忍冬《にんどう》の花の散ルたびに

安永六句稿　夜半叟・(句帳)　新五子稿

諸子比枝《ひえ》[二]の僧房に会す。余はいたつき[三]のために此行《このかう》にもれぬ

304 蚊屋つりて翠微《すゐび》つくらむ家の内

句帳

305 若竹や橋本《はしもと》の遊女ありやなし

続明烏

306 筍《たけのこ》の藪《やぶ》の案《あ》内《ない》やおとしざし

落日庵　句帳

二 比叡山延暦寺《ひえいざんえんりやくじ》の僧房。 三 病気。

304 わが家に青い蚊帳を釣ってこれを比叡山の翠微《すいび》と見なし、その中にひとり寝ころんで自ら慰めとしよう。塵外《じんがい》の境に遊ぶ諸君の行は羨《うらや》ましいが、我は胸中の山岳に詩画の想を練ろうという意。比喩《ひゆ》が適切で、漢語の活用も老練な佳作。◇翠微 「山ノスソ也。又山色ノ青キヲ云《いふ》。盧朗渓詩『翠微ノ烟樹暖ニシテ 羊羊』ト在リ」(『詩林良材』)。

305 淀川下りの三十石船から、若竹萌える橋本の遊廓《ゆうかく》を望み、昔馴染《なじ》みの遊女が生きて無事でいるかどうかを思いやった。遠い青春への回想的抒情。竹に幽艶《ゆうえん》な神女幻想(四四〇)を託した和漢の詩画は多い。「若竹図自画賛」もあり、近来注目されてきた一句。◇橋本 大阪街道の駅。男山八幡への登り口として繁昌《はんじょう》し、古くから遊廓もあった。京都府綴喜《つづき》郡八幡町。◇ありやなし 「名にし負はばいざ言《こと》とはむ都鳥わが思ふ人はありやなしやと」(『伊勢物語』・『古今集』)。

306 筍《たけのこ》の案内をする侍《さむらい》が大刀を落し差しにしても、何度も竹の幹に引っかけてしまう。丸腰になればよいのに。嵯峨あたりの竹林の情景。格式ばった公卿侍《くげざむらい》の滑稽《こっけい》な挙動。落日庵に中七「藪のあないや」と表記。◇筍 タカムナの転じたタカウナとも。新花つみ六九参照。◇おとしざし 刀の鞘《さや》の鐺《こじり》が物にあたらぬよう、身体にそうて腰にさすこと。

307
若竹や夕日の嵯《さ》峨《が》と成《なり》にけり
瓜の実
句帳

307 嵯峨野は大竹藪《たけやぶ》が続く。路傍の若竹は思い思いに傾き、長短さまざまに伸びて、萌黄《もえぎ》色の穂を爽《さわ》やかにひろげる。この夕日の一時こそ、若竹の嵯峨は一番美しい季節だ。

竹林を愛し、生涯竹林を描き続けた画人蕪村は確信を以てこう断言する。「嵯峨は夕日と成にけり」という単なる事実の叙述ではなく、若竹の本質を見すえて「夕日の嵯峨」が抒情《じょじょう》されている。「や」「けり」の併用も、この場合深い余韻をかもし出す。含蓄に富む秀吟。

308
筍《たけのこ》や甥《をひ》の法師が寺とはん
安永二句稿
評巻・句帳

308 筍料理の御馳走になりに、甥の法師が住持している田舎の寺を訪問しよう、との意。広い寺域には大てい竹藪があった。世俗を厭離《おんり》した「甥の法師」とは、明和年間の四〇以来、作者胸中の理想的人物にほかならない。初案は中七「甥の法師の」(句稿)。

309
けしの花籬《まがき》すべくもあらぬ哉
落日庵
句帳

309 芥子《けし》の花は散り易いから、わざわざ生け垣などしなくても、誰も折り取る不心得者はいない。花の主《あるじ》としては至極《しごく》気楽なものだよ。

『徒然草』十一段の、柑子《こうじ》の周囲を厳しく囲ってある山里の庵《いおり》に興ざめする話を踏まえ、これは市中に隠栖《いんせい》する自由人の心境を讃えた離俗の句。中七下五の声調がすぐれている。

310
垣越《こえ》て蟇《ひき》の避《さけ》行《ゆく》かやりかな
落日庵
句帳

310 俗界の蚊遣《かや》りの煙を嫌って、蟇《ひきがえる》がのそのそと垣を越えて這《は》い出してゆく。

蟇の醜さと鈍さにしたたかな隠逸の本性がある。季題「かやり」は背景で、俳味豊かな蟇が主題である。

◇蟇　蟾蜍。ヒキ・ヒキガエル・ヒキガイル。

一 雅因は島原吉文字屋《きちもんじ》の主人。山口羅人《らじん》門、初号牙《が》院《いん》。嵐山に望楼のある宛在楼《えんざいろう》を営んで西山隠士と号した。晩年は市中に住み、安永六年十一月没。

311 お互いにこうして気楽に寝転んで話しあっていても、枕元に近い麦畠を吹く上風《うわかぜ》は、音も聞えないほど閑静だねえ。

閑雅な雅因の別荘を訪うた時の挨拶《あいさつ》句。青麦の印象的な感じを、手の届くような「麦を枕もと」と端的に言い切ったのがよい。田園の風趣。

◇麦 この句の季題は「青麦」。麦を夏に許容するのは「青麦」「麦秋（麦刈）」の心（『滑稽雑談《こっけいぞうだん》』）。

「駕なき村」は駕籠《かご》などあるはずもない純農村。

312 狭い街道ぞいの農家はいずこも刈入れに忙しい。長旅の疲労感をあおる麦埃《ぼこり》。旅中の実景。

313 麦の刈入れ最中を掛声も高く走り去る急病人の駕籠。働く人々には気にとめるゆとりもない。現代なら救急車である。多忙な麦秋との対照が面白いが、やや季題趣味に陥る。下五「夏木立」（落日庵）が初案。新花つみ三〇参照。

314 舞台では旅芝居一座の熱演。観客はかたずを呑んで静まり返っている。楽屋裏にはやや黄ばんだ穂麦を映して、鏡台が冷たい光をはね返している。麦刈り前の農民の一時の憩《いこ》い、鄙《ひな》びた舞台裏の夕景が確かなデッサンで描写されている。動・静の対照というより、人間の心の底の孤独感を「鏡たて」に発見した秀吟。さめきった鋭い写実。

嵯峨の雅《が》一因《いん》が閑《かん》を訪《とひ》て

311 うは風に音なき麦を枕もと　落日庵　句帳

312 長旅や駕《かご》なき村の麦ぼこり　落日庵　句帳

313 病人の駕も過《すぎ》けり麦の秋　落日庵　句帳

314 旅芝居穂《ほ》麦《むぎ》がもとの鏡《かがみ》たて　句帳

一 金福寺《こんぷくじ》で安永五年以後毎年夏と秋の二回、写経社会が催された。この句は天明元年の作か。五車反古の前書《まえがき》「洛東芭蕉庵にて」。「洛東芭蕉庵再興ノ記」参照。

315　ここ洛東の芭蕉庵から眺めると、蕉翁が「蕎麦と俳諧とは都の風土にあわぬ」と言われた、京の町を隠すかのように穂麦がスクスクと伸びている。「蕎麦切《そばきり》・誹諧《はいかい》は都の土地に応ぜず」（雲鈴「蕎麦切頌《しょう》」、『風俗文選《ふうぞくもんぜん》』）を踏まえた非凡の作。金福寺の洛東芭蕉庵鑽仰《さんぎょう》の句である。

316　河内平野には黄熟した麦の香が立ちこめ、彼方《かなた》の山麓《さんろく》に青い狐火がちらつく。あれはどこだろうか。

この暗い田園の夜景には恐ろしさと懐かしさが複合する。幼少年期への郷愁の詩であろう。同じ構成の「笠島やいづこさ月のぬかり道」（芭蕉）を意識するか。

◇狐火　暗夜、山野に見える怪火。鬼火・燐火《りんか》の類。狐の口から吐くという俗説に基づく。『本朝廿四孝《ほんちょうにじゅうしこう》』狐火の段など、歌舞伎にもよく扱われる。七〇六参照。

二 吉分大魯《よしわけたいろ》（安永七年没）は蕪村門。安永二年大阪に芦陰舎を営み、同六年夏兵庫（神戸市）へ移る。この事実は五年四月か。　三 布引滝は神戸市布引山中にある名所。生田川の上流に雄滝《おだき》、下流に雌滝《めだき》がある。

四「かへるさ」の転。帰る折。帰る途中。

317　夕日が西山に落ちようとして空は茜《あかね》色に映える。あたり一面黄ばんできた麦畠の中に、黒ずんだ水車がゆったりと廻っている。

315

一洛東のばせを菴《あん》にて、目前《もくぜん》のけしきを
申出侍《まうしいではべ》る

蕎《そ》麦《ば》あしき京をかくして穂麦哉《かな》

五車反古
句帳

316

狐《きつね》火《び》やいづこ河《か》内《はち》の麦《むぎ》畠《ばたけ》

落日庵
句帳

317

二大魯《たいろ》・几《き》董《とう》など、三布引滝《ぬのびきのたき》見にまかりて
四かへさ、途中吟

舂《うすづく》や穂麦が中の水《みづ》車《ぐるま》

几董句稿五
（句帳）

色彩感豊かな田園風景。水車が静中の動として働く。◇春　夕日が地平線や山に入ること。「隔《テ》レ渓《ヲ》遙《カニ》見《ル》二夕陽《ノ》春《ヲ》一」（薛能《せつのう》「游《ブ》二嘉陵《ノ》後渓《ニ》一」、『三体詩訓』）等、漢詩を訓読した語。

五　底本の「丹波」は「丹後」の誤り。加悦は京都府与謝《よさ》郡加悦町、丹後縮緬《ちりめん》の中心地。丹後滞在中の懐紙（俳人真蹟全集『蕪村』所収）に白道上人訪問の句文に続け、「前に細川のありて、潺湲《せんくわん》と流れければ」と前書。

318　冷たい底砂を踏んで浅い川を渡ってゆくうれしさ。尻まくりして手には草履を持ちながら。「うれしさよ」の率直さ、「手に草履」の具体的描写が成功した天真流露の少年詩。丹後時代の佳作。

319　少々馴《な》れすぎた一夜鮓。主《あるじ》はしきりに弁解やら陳謝やらをくどくどと続ける。日常の些事《さじ》を漢語「遺恨」によって大げさに言った俳諧味。落日庵に「一夜鮓馴て主の遺恨哉」を併記。

320　涼しい樹下に初めから床几が置いてあったのを、大将ぶっておどけてみせた滑稽《こつけい》。『義経千本桜』の梶原景時の俤《おもかげ》。◇鮓桶　東海道の小吉田は昔から鮓の名所で、小さい鮓桶に入れて客に供した（内藤鳴雪）。魚の押鮓。◇床几　折畳み式の携帯用腰掛。陣中や狩場に用いた。

321　俗世間との交際を絶った境涯。押鮓は冷たい純潔な感じで隠士にふさわしい。「鮓圧して我は人待つ男かな」（召波）に比べると、中七下五の声調にそこはかとない孤独感が漂う。

五丹後の加悦《かや》といふ所にて

318 夏河を越すうれしさよ手に草履《ざうり》　　懐紙　句帳

319 なれ過《すぎ》た鮓《すし》をあるじの遺《ゐ》恨《こん》哉　　落日庵　句帳

320 鮓桶《をけ》をこれへと樹《じゆ》下《か》に床《しやう》几《ぎ》哉　　落日庵

321 鮓つけて誰《たれ》待《まつ》としもなき身哉　　明和八句稿

322 鮒《ふな》ずしや彦根が城《じやう》に雲かゝる

新花つみ
（句帳）

323 麦刈《かり》ぬ近道来ませ法《のり》の杖《つゑ》

一兎足《とそく》三周の正当《しやうたう》は文月中《ふみづきなか》の四日なるを、卯月《うづき》のけふに二しゞめて、追善いとなみけるに申遣《まうしつかは》す

324 かりそめに早百合《さゆり》生《い》ケたり谷の房《ばう》

夜半叟

325 花いばら故郷《こきやう》の路《みち》に似たる哉

三かの東皐《とうかう》にのぼれば

五車反古・落日庵
句　帳

322　琵琶湖畔の茶店に鮒ずしを賞美しながら眺めると、先ほどまではなかった一筋の白雲が彦根城の肩にかかっている。空は碧《あお》く澄んでいる。爽《さわ》やかな旅情の句。「此句解すべく解すべからざるもの」（大魯宛書簡）と自注。即ち詩の奥妙《おうみよう》を得たと自負する秀吟。初案は「彦根の城に」（新花つみ）。

◇鮒ずし　近江名物。製法は新花つみ𠮷参照。

323　麦刈りの終った後は畠も通行できる。法の杖を曳《ひ》きながら近道をして早く帰ってきて下さい。

一　伝不詳。安永二年七月十四日没。三周忌は同四年四月十四日に修された。二　縮めて。日を繰り上げて。七月の祥月命日を四月に繰り上げた意を「近道」に寓《ぐう》した招魂の追善句。

◇法の杖　亡者は仏になった人だからいう。

324　山百合が谷間の僧房に無造作に生けてある清楚《せいそ》可憐《かれん》の美。何も趣向などこらさなくても、そのままで一輪挿しになる「かりそめ」の簡素な風趣。

◇かりそめ　仮初。一時的なこと。

三　陶淵明「帰去来辞」の「登《ツテ》ニ東皐《ニ》一以《テ》舒《おもむろニ》嘯《うそぶキ》、臨《ンデ》ニ清流《ニ》一而賦《ふス》レ詩《ヲ》」による。「皐」は水辺の地。「かの」は詩の「東皐」を指示。蕪村の故郷毛馬《けま》村は淀川左岸。

325　清流のほとりの東の丘に登ってみると、花茨《いばら》咲く小路は懐かしい故郷のそれとそっくり。望郷の思いは遠く白雲の彼方《かなた》へと飛ぶ。陶淵明を踏まえた郷愁の名句。花茨が淀川堤に遊んだ幼少年期を想起させる。「うき哉（軽い感じの「哉」で

連体形を受ける）の様なれども少しも不レ苦《シカラ》候。句もたけ高くひろぐ〜と可《ベク》レ然《しかる》候」（几董《きとう》宛書簡）と自注。

326 山路が行き止って芳香が辺りに漂う。息づまるような夏草の間になだれかかる茨の花の白さ。上五と中七が不可分に照応し、緩やかな下五の「かな」止めも効果的である。写実的なようで、極めて浪《ろう》曼《まん》的な佳作。◇せまり咲「せまる」は狭くなる。行き詰る。

327 花茨に青春の憂愁を託した詩情豊かな句。愁・岡（古丘）・花（花草）は李白の「登《ル》二金陵鳳凰《ほうわう》台一ニ」（『唐詩選』五）の転換。舞台を花茨の岡に限定し、甘美な抒情《じよじよう》を短詩型にまとめた技量は抜群だ。

四 天明元年五月二十八日。

328 芭蕉翁の開かれた蕉風俳諧を敬慕する、われらの身も心もこの芭蕉庵に籠《こ》められていて、玉巻く芭蕉がやがて広葉をひらくように、同志たちの俳諧の将来も洋々たるものがあろう。芭蕉庵落成の喜びと抱負を象徴的な方法で表現した。◇耳目肺腸 一身全体のこと。司馬温公「独楽園記《どくらくゑんき》」（『古文真宝』）の「耳目肺腸、巻《キテ》為《ス》二己有《ガト》一、踽々《くく》焉《タリ》、洋々焉《タリ》」による。◇玉巻ばせを 初夏、新葉を生じてなお開かぬものを巻葉、玉巻芭蕉という。玉は美称。

329 一句の生命は中七の表現にある。「眉をよせたる」では弱く、「眉ひそめたる」では露骨にすぎる。「美人捲《マキ》二珠簾《しゆれんヲ》一、深坐《シテ》嚬《ひそむ》二蛾眉《がびヲ》一」（李白「怨情」、『唐詩選』六）の転換。すぐれた人物画になっている。

326 路たえて香《か》にせまり咲《さく》いばらかな

安永四句稿（句帳）

327 愁《うれ》ひつゝ岡にのぼれば花いばら

328 四 洛東芭蕉菴落成ノ日

耳《じ》目《もく》肺《はい》腸《ちやう》こゝに玉《たま》巻《まく》ばせを庵《あん》

落日庵

329 青梅に眉《まゆ》あつめたる美人哉

明和五句稿
落日庵・五車反古
句帳

330 青うめをうてばかつ散る青葉かな　（句帳）

331 かはほりやむかひの女房《にようばう》こちを見る　召波資料・落日庵　句帳

332 夕風や水青《あを》鷺《さぎ》の脛《はぎ》をうつ　幣袋・宿の日記　片折・落日庵　句帳

333 たちばなのかはたれ時や古《ふる》舘《やかた》　句帳

330　葉隠れの青梅を棹《さお》で叩《たた》くと、実も落ちるが、それよりも無数の葉が、同時にハラハラと舞い落ちる。
「青うめ」「青葉」等、同語の重複は、蕪村には比較的少ない手法。四三七等参照。二つの作用の継続を表す副詞「かつ」が成功した佳作。

331　蝙蝠《こうもり》飛びかう夏の夕方、向いの家の小粋《こいき》な女房が流し目をくれた、というありふれた市井の艶情詩の一齣《ひとこま》。新花つみ九七参照。
◇かはほり　コウモリ。◇こちを見る　こちらを見る意だが、ここは流し目をする。

332　夕風立ちそめた水辺に、身じろぎもせず立ち尽す一羽の青鷺。小波《さざなみ》がその脛《はぎ》を打ち続ける。
「波」でなく実質的な「水」、「脚《あし》」と説明せず「脛」と擬人《ぎじん》化した具象化に注目される。安永三年四月、名古屋の暁台《きようたい》一門を迎えて東山の紋阿弥《もんあみ》亭で催した連句の発句《ほつく》。宰馬《さいば》が「蒲《がま》二三反《たん》凄々《すごすご》と生《お》ふ」と脇付けしたように、凄みのある清涼感。四条派ふうの内容を漢詩的声調に盛る。「沙汀《しやてい》鷺立《テ》微風動《ク》」（清絢《せいけん》、『孔雀楼《くじやくろう》文集』）と類似するが、詩句は断片に過ぎない。

333　昔懐かしい橘《たちばな》の香《か》しるき夜明け方、新緑の木立の中から由緒ある古館が姿を現す。
掛け詞の技巧は単純だが、薄明の中に浮び出る映画的手法の造型力が新鮮。作者好みの「古舘」も成功。
◇かはたれ時　彼誰《かはたれ》時。夜が白む明け方。「たそがれ（誰彼《たそかれ》）時」（夕方）の対。「橘のか（香）」に掛ける。

334
一 浪花《なには》の一本亭《いっぽんてい》に訪《とは》れて
粽《ちまき》解《とい》て芦《あし》吹《ふく》風の音聞《きか》ん

全集（遺草）
句帳

335
夏山や通ひなれたる若狭人《わかさびと》

安永五句稿
落日庵・（句帳）

336
述懐
椎《しひ》の花人もすさめぬにほひ哉

安永五句稿
写経社集・落日庵
（句帳）

337
水深く利《とき》鎌《かま》鳴らす真《ま》菰《こも》刈《がり》

一『蕪村全集』によると、懐紙に「一本亭の主人にはじめて訪《とは》れて」と前書《まえがき》、一本亭の脇句「畳のうへも涼し此庵」を併記。一本亭は松濤《まつなみ》氏。通称平野屋清兵衛。大阪の人。狂歌師・芙蓉花《ふようか》。この初対面は安永三年か。

334　早速《さっそく》お土産に頂いた粽の苞《つと》を解いて、名高い難《な》波《わ》の芦《あし》吹く風の音を聞いてみたいものです。「芦吹風の音」は即ち相手の風雅をも意味する。風韻に富む挨拶《あいさつ》吟だが、「音聞ん」は六五六と類想。

335　険しい山道（途中峠《とっちゅうとうげ》など）をスタスタと行く若狭商人の健脚を、中七に描写し尽している。「通ひなれにし」（句帳）では弱い。

◇若狭人　若狭国小浜の海産物商人か。

336　椎の花は特異な臭気を放つので嫌われる。これは「山高み人もすさめぬ桜花いたくなわびそ我《われ》見はやさむ」（『古今集』）に拠《よ》り、「我見はやさむ」（私が引き立て役になってあげよう）の心で、椎の花の一般的ではない俳諧味をもてはやす。芭蕉に「旅人のこゝろにも似よ椎の花」がある。六九九参照。

337　鎌が水を離れる時、切れ味鋭い音が鳴って、丈《たけ》高い真菰が次々と倒されてゆく。「水深く」がきいており、六つのk音の声調もよい。

◇真菰　沼沢・小川に自生し高さ二メートルぐらいになる。葉は葦《あし》より柔らかい。盂蘭盆《うらぼん》前に刈られ、干して菰蓆《こもむしろ》や菰馬などを作る。

338 しの〵めや露の近江《あふみ》の麻《あさ》畠《ばたけ》 （句帳）

338　明けゆく近江平野の麻畠にしとどにおりた露。整然と真直ぐに伸びた麻畠の爽快《そうかい》さ。この「露」に伝統的な無常の観念は全くない。「の」の重畳による整調がリズミカルである。◇露の近江　琵琶湖畔は水蒸気が多いので、「露の多い」と掛けた。◇麻（季題）「麻刈ヲ夏トシ、二番刈ヲ秋トス」（『華実年浪草』）。麻は近江国の名産。

339 採《さい》蓴《じゅん》を諷《うた》ふ彦根の傖《さう》夫《ふ》哉 （句帳）

339　彦根の漁師たちが湖上に蓴菜《じゅんさい》（ぬなわ）をとりながら鄙《ひな》びた民謡を歌う情景。楽府《がふ》の採蓮《さいれん》曲・採菱《さいりょう》曲を転用してわざと漢詩調に表現してみた俳諧。◇諷ふ　諷詠《ふうえい》する。◇傖夫　傖は鄙賤《ひせん》のさま。田舎漢《でんしゃかん》。

340 藻《も》の花や片われからの月もすむ 夜半叟

340　ひっそりと藻の花の咲く水面には、澄んだ半月が映っていて、藻の裏にはワレカラも住んでいるであろう。誰を恨むということもなく。「あまの刈る藻に住む虫のわれからと音《ね》をこそ泣かめ世をば恨みじ」（藤原直子《なおいこ》、『古今集』）を踏まえ、物皆安住する自然の摂理を言う。単なる叙景句ではない。◇片われ　割れた一片。「片割月」は半月。「われから」を掛ける。◇われから　ワレカラ科の節足動物。海藻などに付着する。古歌では、自分ゆえ、わが心からの意に使う。◇すむ　「住む」「澄む」を掛ける。

341 路《みち》辺《のべ》の刈《かる》藻《も》花さく宵《よひ》の雨 夜半叟

341　路傍に積まれ萎《しお》れかかっていた刈藻が、降り続く雨をたっぷり吸いこんで、今宵の雨の中に可《か》憐《れん》な小花を咲かせているよ。◇刈藻　刈りとった藻。夏繁茂するので刈って干し肥料とする。「恋ひわびぬ海人《あま》の刈る藻に宿るてふわれから身をもくだきつるかな」(『伊勢物語』五十七段)。「海人の刈る藻」と慣用するうちに、「刈藻」が独立。

342　柿の白い花が落下し続ける。こんなにたくさん落ちるのはただごとではない。虫害のためだというがその通りかもしれない。理詰めにならず、かえって詩情をたたえる妙趣。

一 旧国は大伴大江丸《おおともおおえまる》の前号。大阪の飛脚問屋の主人。几董句稿二(安永二年)に「諸国の騒客《さうかく》にいざなはれて下河原の辺なる睡虎亭《すいこてい》に会す」と前書《まえがき》し、脇以下に、呑溟《どんめい》・旧国・丈芝《じょうし》・几董・一音《いっとん》・西羊《せいよう》の七吟歌仙を記す。二 京都市東山区円山町。知恩院の南、もと安養寺があったが、今は円山公園のうち。

343　諸国の行脚《あんぎゃ》俳諧師たちを萍《うきくさ》に、その俳席を色彩も美しい花莚《むしろ》に喩《たと》え、今日の俳席の多彩さと意気盛んなさまを讃《たた》えた。季語は「うき草の花」。

344　老人の耳鳴りは、うつほ柱に籠《こも》る五月雨《さみだれ》の音が絶え間なく、いつまでも続くようなものだ。頑固な耳鳴りの不快感を、奇抜な比喩《ひゆ》で表現した句。◇うつほ柱　中がうつろな柱。大内裏にある箱形の雨樋《あまどい》をいう。落日庵に「五月雨の更行《ふけゆく》うつほ柱かな」と併記。

345　五月雨《さつきあめ》(梅雨)がすさまじく降り続くさまから、孝霊天皇五年近江の国の地が裂けて湖水を湛《たた》え、同時に富士山が湧出したという伝説を想起して、富士山も再びもとの湖水へ流し戻されそうだ、と大胆に誇張した句。

342
虫のために害《そこな》はれ落ッ柿の花

343
浪華《なには》[一]の旧国《ふるくに》あるじゝて、諸国の俳士を集めて円山《まるやま》[二]に会莚《かいえん》しける時
うき草を吹《ふき》あつめてや花むしろ
几董句稿二
句帳

344
さみだれのうつほ柱《ばしら》や老《おい》が耳
落日庵・句帳
遺稿稿本

345
湖《みづうみ》へ富士《ふじ》をもどすやさつき雨
句帳

346 さみだれや大河《たいが》を前に家二軒

安永六句稿（句帳）

347 さみだれや仏《ほとけ》の花を捨《すて》に出《で》る

348 小田原で合《か》羽《っぱ》買《かう》たり皐《さっ》月《き》雨《あめ》

新花つみ

349 さみだれの大《おほ》井《ゐ》越《こし》たるかしこさよ

新花つみ

346 五月雨《さみだれ》に増水した大河のすさまじさ。対岸には今にも押し流されそうな二軒の小家が、寄りそうように傾いてみえる。「家二軒」は一見客観的だが、孤立無援の不安感を表現する構図上の均衡が意識される。五月十日夜半亭兼題「五月雨」の作。新花つみの夏《げ》行《ぎょう》中絶後、五月二十四日付まさな・春作宛書簡にも記された。一人娘の離婚という悲痛な家庭状況を暗示するか。解説参照。

347 句意は平明だが、裏に雨に洗われた新鮮な花を折り取ってくる意もある。「五月雨」と「仏の花」の取り合せが、平凡のようで新しい。

348 五月雨に降りこめられた箱根八里の山越え。やはり小田原で合羽を買ってきたのがよかった。次の三四九と同想。「合羽」の語の面白さを生かした句。◇小田原　東海道の宿駅。神奈川県小田原市。箱根へ四里、箱根から三島へ三里二十八町。◇合羽　ポルトガル語。宣教師のマントにまねた防水用雨具。

349 五月雨の頃は増水で川止めになることが多い。何のためらいもなく、急いで大井川を越えてよかった。昨夜の雨で今日はもう川止めとのことだ。「かしこさよ」は予測と決断の自讃。◇大井　島田と金谷の間を流れる駿河《するが》・遠江《とおとうみ》国境の大河。江戸時代には架橋・渡船は禁止されていた。

350 五月雨が降り続いて、どこの田も「田毎の月」ならぬ暗い「田毎の闇」となってしまったよ。安永四年八月十日夜半亭句会の兼題句として上五「落水」(秋季)と詠んだ句を、五年夏上五を「さみだれや」と改作し、それを新花つみに収め、ここには更に「さつき雨」と改めて出した。新花つみ一〇五参照。
◇田毎の闇　信濃《しなの》の姨捨《おばすて》山の名所「田毎の月」を暗夜に転じた新造語。

一　青飯法師は二六六の雲裡《うんり》房のこと。この初対面は江戸通町《とおりちょう》の中橋にあった雲裡の仮寓《かぐう》を釈蕪村が訪問した延享《えんきょう》頃のこと(『桐の影』)。

351　初対面にも拘《かかわ》らず、古くからの友人であるかのように、お互いにうなずきあう。まるで水桶の中に投げこまれた瓜と茄子とがぶつかり合うようだ。当時二人とも僧体であり、その意気投合の気合いを水桶の中の瓜(雲裡)・茄子(蕪村)に喩《たと》えた。はずんだ気持を生々と描き出した軽妙洒脱《しゃだつ》な挨拶《あいさつ》句。「ぬか味噌にとしを語らむ瓜茄子」(『其角《きかく》発句集』)の反転か。

352　見通しのきかぬ、繁茂した夏木立の中。相手の見えぬ無気味さ。一箇の礫を投じて動きを与え、夏木立の深さと静けさを表現した句だが、いささか変化《へんげ》趣味がある。『桃李』の連句参照。

353　十頭の馬に積まれた十駄の酒が、ひんやりとする長い夏木立の中を揺られてゆく。樽《たる》の中に揺られる酒の音も聞える。味もよくなることだろう。夏木立の立体化を意図した新趣向の句。
◇十駄　駄は馬に荷を載せて送ることから、馬一頭の荷を数える語。ここの一駄は四斗《しと》樽二つをいう。◇もて行　だんだん……してゆく。

350
さつき雨田毎《たごと》の闇《やみ》となりにけり
安永四句稿・新花つみ・津守船三

一青飯《せいはん》法師にはじめて逢《あひ》けるに、旧識のごとくかたり合《あひ》て

351
水《みづ》桶《をけ》にうなづきあふや瓜《うり》茄子《なすび》
落日庵句帳

352
いづこより礫《つぶて》うちけむ夏木《こ》立《だち》
落日庵句帳

353
酒十《じふ》駄《だ》ゆりもて行《ゆく》や夏こだち
落日庵句帳

354　笈を下ろして休んでいる時、四つ足の笈の震動によって地震を知る。その瞬間の不安感。四角い笈に焦点を置くことにより、茫莫《ばうばく》たる夏野を立体化した新奇な着想の句。落日庵に中七「笈に地震《ぢしん》の」とし、また別案に「笈の身に地震しり行《ゆく》夏野哉」も出す。

355　◇地震　底本の振仮名「ナヘフル」は誤り。『文選《もんぜん》』「古詩」の「行々《キキ》重《ネテ》行々《キク》、与《と》レ君生《キテ》別離《ス》」、『和漢朗詠集』行旅の「行々《かうかうトシテ》重《ネテ》行々《タリ》、明月峡《かう》之暁《あかつきノ》　色不レ尽《キ》」（源順《したがふ》）により、行けども行けども緑に覆われる夏野を大観した旅情。

一「みちのく」は陸奥。吾友《ごゆう》は宮城県中新田《なかにいだ》の俳人。『封の儘』参照。二 草庵の粗末な門扉。

356　わざわざ草庵をお尋ね下さっても、何のおもてなしもできません。その辺の畠《はたけ》で葉隠れの真桑《まくわ》瓜《うり》を探し出して枕とし、気楽に一休みして下さい。草庵の野趣を描きだした亭主ぶり。田園の隠士の心境になって詠《よ》んだ挨拶《あいさつ》吟。相手も淳朴《じゅんぼく》な東北の若者か。

357　村の共同作業だから我儘《わがまま》は許されぬ。今日は離別された先夫の家の田植え。つらくもあり恥ずかしくもあり、いろいろ思い悩んだ末、ついに意を決してその泥田の中に足を踏入れた。複雑な小説的趣向の佳作。宝暦八年以前の作。落日庵・句帳に「去られたる」と表記。◇踏込で「踏みこむ」の音便。水中や或る特定の場面へ意を決して入りこむ。「この上は身共《みども》が踏込んで御盃をいただいて見せう」（狂言「老武者」）。

354
おろし置《おく》笈《おひ》に地震《なゐふる》なつ野哉
落日庵
句帳

355
行《ゆき》々《ゆき》てこゝに行《ゆき》々《ゆく》夏野かな
落日庵
句帳

356
一みちのくの吾友《ごいう》に草扉《さうひ》をたゝかれて
二
葉がくれの枕さがせよ瓜ばたけ
句帳

357
離《さ》別《ら》れたる身を踏《ふん》込《ごん》で田植哉
咄相手・日発句集
落日庵・句帳

358　産卵のため水田に入りこんだ大鯰を手取りにした田植えの男。労せずして得た獲物を手にさげて、意気揚々とわが家へ帰ってゆく。新花つみ一三五の「もどる」よりも、「帰る」のほうが昂《こう》然《ぜん》たる気持にふさわしい語調である。

359　螢《ほたる》狩りから帰った貴公子。半透明の狩衣の袖の裏に青く光りながら明滅する螢光《けいこう》の美しさ。光源氏が螢を薄紙に包んで玉鬘《たまかずら》を訪《と》う話（『源氏物語』玉鬘）などがあるが、これは王朝趣味の見残した、裏の美の発見であろう。◇狩衣　平安朝貴族の略服。もと活動的な狩猟用。平《ひら》絹《ぎぬ》・綾《あや》など製。「狩衣の袖より捨《す》つる扇かな」（夜半叟）。

三　其雪影・新選には「書窓懶眠《らんみん》」、落日庵には「一書生の閑窓に戯る」。

360　諺《ことわざ》「尻から抜ける」（聞くそばから忘れる意）を中七に挿入した諷刺《ふうし》的な諧謔《かいぎゃく》の句。佳作。単純な比喩《ひゆ》だが、下五の「ほたる哉」で窓外の闇に飛びから螢を描き出し、「車胤聚螢《しゃいんしゅうけい》」（『蒙求《もうぎゅう》』）の故事をもきかす。観念臭を脱した自在な詠風。

361　角を長く短く動かしながら、蝸牛《かたつむり》がはったあとには、まるでにじり書きのようにあとがつく。比喩が適切で、「角文字」の語が意味からも視覚的にも上下によく働いている。ユーモラスな佳作。◇角文字　「い」。牛の角に似る。『徒然草』六十二段「ふたつ文字牛の角文字」の歌による。◇にじり書　にじるように筆を紙に押えつけて書いた下手な筆跡。

358
鯰《なまづ》得て帰る田植の男かな　　新花つみ

359
狩《かり》衣《ぎぬ》の袖《そで》のうら這《は》ふほたる哉　　明和五句稿　落日庵・句帳

三書生の閑窓に書す

360
学問は尻《しり》からぬけるほたる哉　　其雪影・新選　落日庵

361
でゝむしやその角《つの》文字《もじ》のにじり書《がき》　　句帳

362 蝸《でで》牛《むし》の住《すみ》はてし宿やうつせ貝《がひ》

安永四句稿
（句帳）

363 こもり居《ゐ》て雨うたがふや蝸牛《かたつぶり》

364 雪《せつ》信《しん》が蠅《はへ》うち払《はら》ふ硯《すずり》かな

明和六句稿
落日庵

一画賛

365 こと葉多く早《はや》瓜《うり》くるゝ女かな

連句会草稿
夜半叟・（句帳）

362 蝸牛の中身のない殻《から》は生涯を住み果てた宿であり、これもまた空《むな》しい「うつせ貝」であるよ。一生を完了したことへの感慨。初案は「蝸牛住はてぬ」（句稿）。句帳に上五「でゝむしの」と表記。◇うつせ貝　中身が空《から》の貝殻。むなしいことの喩《たと》え。

363 蝸牛は雨が好きなくせに、殻の中に閉じ籠《こも》っていて、降雨を疑うかのように、なかなか角《つの》を出さぬ。その疑い深さ。早く角を出せ。童詩ふうの佳吟。人間が疑われているのだ。

364 古典美人画も描いた女流画家雪信が、硯にたかる蠅を打ち払う優艶《ゆうえん》な姿。蠅叩《たた》きなどではなく、袂《たもと》か何かで追うのである。雪信の作品からの印象か。上五「雪信の」（句稿）は初案。◇雪信　ユキノブとも読むか。「守景女《ノ》《ニシテ》而探幽姪孫《ノてつそん》也。能《クシ》レ画《ヲ》倣《ならフ》二探幽《ニ》一、為《ル》二清原氏妻《ノト》一」（『扶桑名公画譜《ふそうめいこうがふ》』）というが、伝不詳。加賀掾正本《かがのじようしようほん》『女絵師狩野雪姫《おんなえしかのうゆきひめ》』（正徳二年刊）がある。落款《らつかん》例「寛文六年十月中旬、清原氏女雪信筆」（『古画備考』）。五三四参照。一　連句会草稿の探題句。後に画賛句に転用したか。

365 この早瓜を召し上がると、よい句ができるとか、長生きするとか、自讃交りの話を一くさりまくし立てて、女が早瓜を一つくれた。中年女性らしい饒舌《じようぜつ》と押しつけをついた含蓄ある句。◇早瓜　わせうり。普通より早く熟する瓜。種類は甜《まくわ》瓜であろう。東寺産が甘くて有名、上賀茂辺の賀茂田瓜はやや味が落ちた（『雍州府志《ようしゆうふし》』）。

366
関の戸に水雞《くひな》のそら音なかりけり
句帳

367
蝮《うはばみ》の鼾《いびき》も合《ね》歓《む》の葉《は》陰《かげ》哉
句帳

368
蠅《はへ》いとふ身を古《ふる》郷《さと》に昼寝かな
夜半叟

369
春泥舎会、東寺山《やま》吹《ぶき》にて有《あり》けるに
誰《たれ》住《すみ》て樒《しきみ》流るゝ鵜《う》川《かは》哉
明和六句稿
落日庵・句帳

366 函谷関《かんこくかん》の関守は鶏の空音《そらね》にだまされたが、日本には水鶏《くいな》の空音で関守をだますような人非人《ひとでなし》はいなかった。今、関の戸を叩《たた》くのは確かに水鶏。『史記』の孟嘗君《もうしょうくん》の故事を踏まえた清少納言の「夜をこめて鶏《とり》のそら音ははかるとも世に逢坂《あふさか》の関はゆるさじ」(「百人一首」・『枕草子』)による転換。逢坂の関には通用しなかった「鶏の空音」から「水鶏」へと転じた機知。日本の俳人は水鶏の戸を叩く音を決して聞きのがすはずはないと自負する。

367 恐ろしい大蛇《おろち》をも鼾をかいて眠らせてしまうほど、合歓の葉と花は優雅であることを強調した意想。和歌の「野猪《やちょ》に萩」の配合の転換で、奇想だがやや難解の弊がある。四九二と類想。

368 久しぶりに故郷に帰ってのんびりと昼寝をする。ごみごみした都会と違って、清潔な農村だから嫌《いや》な蠅も少ない。せいせいする。うるさい蠅は、名利を追う都会の俗物の象徴である。農民出身の蕪村の故郷は、蠅もいない理想郷として描き出された。季題は「昼寝」。三三五・五七七・六九二参照。

369 殺生《せっしょう》を業とする「鵜川」(季題)に、仏に手向けた樒が流れてくるのを見て、川上に住む人(僧)を床《ゆか》しく思う。句稿の漢詩句の反転。配合がやや陳腐。〓句稿に「六月十五日不夜庵ニ而八文舎《はちもんしゃ》興行」の兼題「鵜」の作で前書《まえがき》「不レ知白雲ノ屈スルヲ、尚有リ二六朝ノ僧一」。東寺山吹は東寺付近にあった召波の別荘。句集の前書は誤りか。二八参照。

370　昨夜の鵜川の鵜の口を逃れた魚が、夜も明けると、何事もなかったかのように無心に水面に浮び上がっている。修羅場《しゅらば》だった「鵜川」の夜明けの平和な光景。季題（鵜川）は全く背景に過ぎない。中七「鵜にのがれたる」（落日庵）は初案。◇魚浅し　魚が水面に浮上する状態。新花つみ（六四）参照。

371　今年は老鵜匠《うしょう》の姿が見えない。去年は舳先《へさき》でまだ甲斐がいしく鵜を使っていたのに。

老鵜匠の病・死を思わせる仏教的無常観の句。鵜・鮎を悲しむ句は多いが、鵜匠を詠《よ》んだ句は少ない。

372　岐阜長良川の鵜飼見物の一場面。都会人ふうの風采《ふうさい》やわが物顔の態度から、御三家筆頭の尾張藩士と推断する「名古屋貌」の妙味。◇殿原　複数の貴人や男子への敬称。◇名古屋貌　俗に瓜ざね顔をいうか。岐阜は尾張藩岐阜奉行の所管。

373　下流では鵜舟で魚獲、上流では照射で狩猟。ともに火光を利用して殺生《せっしょう》する点が共通する。諺「窮すれば通ず」（『易経《えききょう》』）の意をきかせ、人間の悪智恵を諷《ふう》した観想の句。初案は「鵜舟さす」（落日庵）。◇水窮まれば　「行キテ到リ二水窮ルノ処一ニ、坐シテ看ル二雲起ルノ時一ヲ」（王維「終南別業《しゅうなんべつぎょう》」、『三体詩《たいまつ》』）による。◇照射（季題）夏の夜、山中に篝火《かがりび》・松明《たいまつ》をたき（火串《ほぐし》という）、その火に鹿などが寄ってくるのを射取ること。

374　心が正しければ、する墨もゆがまぬ、という戒めを体して、夏百日の間写経に精進する。

370
しのゝめや鵜をのがれたる魚《うを》浅《あさ》し　落日庵 句帳

371
老《らう》なりし鵜《う》飼《かひ》ことしは見えぬ哉　蟻のすさみ 新雑談集

372
殿《との》原《ばら》の名古屋貌《がほ》なる鵜川かな　新花つみ

373
鵜舟漕ぐ水窮《きは》まれば照射《ともし》哉　落日庵（句帳）

初案「墨をゆがめぬ」（落日庵）では、墨にこだわり、句柄が小さくなる。三七五と一対の句。◇夏百日　夏安居《げあんご》・夏行《げぎよう》。一夏《いちげ》は九十日ないし百日間、僧が安居して他出せず修行すること。比叡山では四月八日から始める。新花つみは夏行の作品集。

375　唐子西「古硯銘《こけんめい》」（『古文真宝』）により、毎日一本の筆を書きつぶす夏書（写経）の精進ぶり。初案は中七「かぞへる筆の」（落日庵）。

一　慶子は大阪の名女形中村富十郎の俳号。明和七年六月望《もち》の富士自画賛（『上方俳星遺芳』）に「慶子いせのくにゝありて癘鬼《れいき》にをかされ、既《すで》に世になき人の員《かず》にも入《いる》べかりけるを、稀有《けう》にして更生しければ」と前書。

376　女形の慶子の大病が癒《い》え、新たに化粧して二十歳の娘に若返ったことを、六月の望の夜富士に新雪が降り懸《かか》るのに比べて祝福した。古典を自在に利用した、巧緻《こうち》な技巧。季題は「富士の雪」、「夏雪」。◇降かへて　「富士の嶺《ね》に降り置く雪は六月《みなつき》の十五日《もち》に消ぬればその夜降りけり」（『万葉集』）。◇日枝を廿チ　『伊勢物語』九段により富士山をいう。

二　門人馬南は安永二年夏剃髪《ていはつ》して大魯《たいろ》と改号した。

377　蟬は梢に殻を脱いで鳴きしきり、馬南は賀茂川のほとり三本樹に俗衣を棄て法衣に着換える。旧態を改めて新生の門出を励ます意。三本樹―梢―蟬―せみの小河（賀茂川）へと連関してゆく。◇せみの小河　下賀茂神社境内の小川。賀茂川に流入するので賀茂川の一名ともなる。「瀬見・蟬」を宛てる。

374
夏《げ》百《ひやく》日《にち》墨もゆがまぬこゝろかな
落日庵　句帳

375
日を以て数《かぞ》ふる筆の夏《げ》書《がき》哉
落日庵　句帳

376
一 慶子《けいし》病後不二《ふじ》の夢見けるに申遣《まうしつかは》す
降《ふり》かへて日《ひ》枝《え》を廿チ《はたち》の化粧《けはひ》かな
富士自画賛　句帳

377
二 馬南剃髪《ばなんていはつ》、三本樹《さんぼんぎ》にて
脱《ぬぎ》かゆる梢《こずゑ》もせみの小《を》河《がは》哉
落日庵　句帳

378 石工《いしきり》の鑿《のみ》冷《さま》したる清《し》水《みづ》かな

新選・果報冠者
落日庵・句帳

379 落《お》合《あ》うて音《おと》なくなれる清水哉

落日庵・句帳
宿の日記
新五子稿

380
一丸山主水《もんど》がちひさき亀《かめ》を写《うつ》したるに賛《さん》せよとのぞみければ、二仕官懸命の地に栄利をもとめむよりは、三しかじ尾を泥中に曳《ひか》んには

銭《ぜに》亀《がめ》や青《あを》砥《と》もしらぬ山清水

(句帳)

378 石と鉄の摩擦熱で鑿が熱くなるから時々清水につけて冷す石切場の光景。清冽《せいれつ》な清水の中に白く光る鑿の重量感。派手な「石工《いしきり》の飛火流るゝ清水哉」(落日庵・句帳)よりも、金属そのものの立体感を重厚に表現した佳作。果報冠者に中七「鑿冷し置《おく》」。

379 山清水が谷川へ音たてて落ちる。幾筋か合流して水量も増すと、音もなく豊かに流れてゆく。地理的考察のようで、実景・実状を踏まえた、余韻に富む大らかな名作。初案「音なくなりし」(宿の日記・新五子稿)では調子が切断される。「いづちよりいづちともなき苔《こけ》清水」(夜半叟)は同想の失敗作。

一 主水は円山応挙《まるやまおうきよ》の通称。六〇三参照。 二 官途に仕えて知行として賜わる地。 三 楚王《そおう》が荘子を宰相たらしめんとした時、荘子は神亀の死して骨を宗廟《そうびよう》に蔵せられるよりも、「吾将《まさニ》レ曳《ひカント》二尾《ヲ》於塗中《とちゆうニ》一」と辞退した故事(『荘子』秋水篇)。二五四参照。

380 滑川《なめりがわ》ではなく、この山清水に隠れ住む銭亀は、さすがの青砥にも探し出されず、心安かろう。隠逸志向を最も鮮明に打出した一句。中七は巧妙な諧《かい》謔《ぎやく》。蕪村は自分の信念を述べたので、前書《まえがき》も応挙を嘲《あざけ》ったのではない。底本「ちいさき」。「懸命」。句帳に下五「谷清水」を「山清水」と改める。

◇青砥　鎌倉の滑川で落した銭十文を探すのに、五十文を費やした北条家の臣青砥左衛門《さえもん》藤綱《ふじつな》(『太平記』三十五)。「火燵《こたつ》から青砥が銭を拾けり」(其角)。

381 二人《ふたり》してむすべば濁《にご》る清水哉　蔦もみぢ

382 我《わが》宿《やど》にいかに引《ひく》べきしみづ哉

383 草いきれ人死《しに》居《ゐ》ると札《ふだ》の立《たつ》　夜半叟

384 昼がほやこの道唐《たう》の三十里　落日庵句帳

381　暑い山路をあえぎつつ登ってきた若い男女が山清水を見つける。二人は争って冷たい水をすくって飲む。水量が少ないからたちまち底から濁ってしまう。「二人して」は和歌の伝統では恋の意、ここも相愛の男女とみてよい。一人ずつなら濁らぬのに、という因果論的表現は渇きの烈しさと水量の少なさを的確に示して、無理も嫌味《いやみ》もない。乙二《おつに》は「順流直下の作」（『蕪村発句解』）と称讃した。

382　離れた所にきれいな清水が湧いている。わが家に引きたいのだが、さてどうしたらよかろう。清水は実用的な効能もあるが、隠逸趣味の象徴である。一直線に言い下《くだ》した調子が引き締っていてよい。

383　炎暑の野道に行倒れた死人、身元不明の旅人のこととて遺体の処理もできず、真新しい立札のみが夏草の烈しい草いきれの中に目立つ。夏草の無気味さを視覚的に拡大してみせた意想。新花つみ七四参照。
◇草いきれ　晩夏の季題。「夏草」「草茂る」ともいう。烈日に夏草もしおれ、むせるような湿気を発する。

384　唐制は六町一里で、日本ふうの三十六町一里にすれば五里。相当な距離である。長い道中、質朴で単調な昼顔が路傍に咲き続く退屈さ。暑さも加わる。その長く感ぜられる道程を「唐の三十里」と強調したところが面白い。二六六参照。

385
ゆふがほや黄《き》に咲《さき》たるも有《ある》べかり　夜半叟

386
夕《ゆふ》貌《がほ》の花嚙《か》ム猫や余《よ》所《そ》ごゝろ　明和六句稿／落日庵・句帳

387
一律院《りつゐん》を覗《のぞ》きて
飛《とび》石《いし》も三つ四つ蓮《はす》のうき葉哉

388
蓮の香《か》や水をはなるゝ茎《くき》二寸

385　夕顔の花は白ばかり、黄花もあってよさそうなのに、どうしてないのであろうか。黄花は菜の花・河骨《こうほね》・黄菊など、白・紅に比べると少ない。「茶の花のわづかに黄なる夕《ゆふべ》かな」（落日庵）等、色彩画家蕪村の黄色（或いは白と黄の諧調）に対する関心は極めて深い。

386　恋猫が、嚙むともなく無意識に夕顔の花を嚙むさま。牡丹に唐獅子《からじし》、蘭に狐の配合から、夕顔に猫を思い寄せ、何となく冷たい花の感じをふられた猫のうつろな心に喩《たと》えた。

一　浄土宗の律院。仏祖の戒律を敬慕し律制を厳しくすることを理想として享保期《きょうほ》から起った。武蔵《むさし》の正《しょう》定院《じょういん》、洛東の聖臨庵《せいりんあん》・長時院等が早い。釈蕪村と縁故のあった弘経寺の大玄上人は江戸目黒の長泉院の開山となる。司馬江漢も『春波楼筆記』に讃美している。

387　律院の境内には塵一つなく、丸い飛石の三つ四つが、まるで清らかな極楽の蓮池の浮葉のようにみえるよ。奇石を使う枯山水《かれさんすい》の禅的庭園観ではなく、ここは本堂前のありふれた円形の飛石に浄土宗律院の特質をとらえ、その清浄な戒律と閑雅な風韻を讃嘆《さんたん》した佳句。

388　花の位置は高すぎず、水面から二寸出ている。そこからこの世ならぬ蓮の芳香が薫ってくる。蕪村門人月居《げっきょ》の「折《をり》とれば茎三寸の野ぎくかな」を、蕪村は「茎三寸と決したる、俳諧の神卒《しんそつ》（霊妙な力の意か、「真率」の誤りか）といふべし」（「十番左右句合」天明元年）と評した。「茎二寸」と言い切ったところに、詩的な観察と表現の巧みさがある。

389　巨椋《おぐら》池（京都府宇治市の西にあった大池。昭和十六年干拓された）などの蓮見舟の小景。はたいた煙管《きせる》の灰が浮き葉の上でしばし細い煙をあげる。新選の下五「蓮哉《はちすかな》」は誤りか。

390　早朝の池に白蓮が清らかに咲く。僧は長いためらいの末、そのうちの一花を切ろうとする。単なる行動や事象ではなく、僧の心理を推断したところに新味がある。初案「切らんと思ふ」（落日庵）に比べ中七の字余りが見事に成功している。

391　濃緑の葉の繁茂するわりに花数は少ない。黄金色の椀《わん》形の花も、花としてはそれほど鑑賞に値しない。しかしこの句が発見したように、雨によく調和し、見違えるように生々とする。相対応する二花で、画面は安定した。

二 二九参照。　三「あなかま」は物音や人声を制していう語。ああ、やかましい。

392　座主《ざす》の法親王様が「なかなか賑《にぎ》やかだね」とおっとりと御出座《おでまし》になった様子がたいそう尊く思われて、その高貴さを物に喩《たと》えるならば、折から池に咲く蓮の香が薄物の中に籠《こも》っているといった感じだ。言語・薄物を着用した容姿・挙動、すべてにおのずから備わる高貴さを讃嘆した句。前書《まえがき》と句とは一体である。四二参照。初案は「蓮《れん》のかほりかな」（句稿）。

◇羅　地の薄い絹織物。薄物。羅《ら》・紗《しゃ》・絽《ろ》の類。

389
吹殻《すひがら》の浮葉《うきは》にけぶる蓮見《はすみ》哉
明和五句稿・新選
落日庵・句　帳

390
白蓮《びやくれん》を切らんとぞおもふ僧のさま
明和五句稿
落日庵・句　帳

391
河骨《かうほね》の二もとさくや雨の中
句　帳

座主《ざす》二のみこの、あなかまとて三、やをらたち入《いり》給ひける、いとたうとくて

392
羅《うすもの》に遮《さへぎ》る蓮《はす》のにほひ哉
安永五句稿
落日庵・（句帳）

夏日三句[一]

393 雨乞《あまごひ》に曇る国司《こくし》のなみだ哉　落日庵・句帳

394 負《まけ》腹《ばら》の守《しゆ》敏《びん》も降らす旱《ひでり》かな　落日庵・句帳

395 大粒な雨は祈《いのり》の奇《き》特《どく》かな　明和五句稿・落日庵

396 夜《よ》水《みづ》とる里《さと》人《びと》の声や夏の月　落日庵・句帳・遺稿稿本

一 この三句は三九五（明和五年六月召波亭における句会の作）と同時と推定できる。落日庵には四句併記。

393 雨乞いをする百姓と憂いを同じゅうする国司の顔が曇り、涙をこぼす。為政者のそのような誠意に感応して、天も曇り雨を降らしたもうのだ。農民蕪村の支配者への心情がよく出ている。「曇る」から「なみだ」への意味的関連性を活用した。初案は「国守の泪《なみだ》かな」（落日庵）。

394 弘法大師との雨乞い競争に負けた守敏も、この大旱《おおひでり》にはその悔し涙を雨に転じて、何とか面目を保ったようだ。伝説に取材した奔放《ほんぽう》な想像になる滑稽《こつけい》句。◇負腹「負腹を立つ」（『太平記』六）は負けて腹をたてること。◇守敏　天長元年大旱のとき、空海と雨乞《あまごい》の祈禱《きとう》を競って負けた京都西寺《さいじ》の僧（『本朝高僧伝』）。

395 祈禱の効験が現れたのだろう、大粒な雨がパラパラと落ちてきた。農民の歓声があがる。一本調子に詠《よ》み下《くだ》しても、語の選択が適切だから、分り易い平明な佳作になっている。◇奇特　神仏などのあらわす不思議のしるし。

396 「里人の声や」では一人か複数か不明。初案に「里人ひとり」（落日庵）とあり、ここも一人であろう。炎暑を避けて月明下に、何か歌いながら、我が田へ水を引く、変った百姓の風狂。

397 堂の番人が、眺めるともなく雑草の葉を見ている、という無念無想（離俗）の境涯である。薄《すすき》に限らず、伸びた草の穂には自然の造型美がある。

398 佐々木盛綱《もりつな》が備前児島で平家を攻めた時、「月の末には西にある」河瀬のような浅瀬を教えてくれた漁夫を殺害して先陣の功とした説話（謡曲「藤戸」）による。夜ふけの夏の月にきらめく浅瀬を単騎ひそかに渡る抜け駆けのさま。明け易い夏の夜よりも、月のほうが早くも白々とした朝影を浅瀬に映している。その光景を、月の抜け駆けと見た。重層するイメージの複雑な統合が十分成功しているとは言えない。

399 夢幻的な夏の月が深い淵を照らしていて、昼よりもいっそうもの凄《すご》い。河童《かっぱ》が恋人の所へ通うのもこんな夜であろう。

「宿」が水中か地上（相手は川岸の一軒家の娘）かは、この幻想世界では鑑賞者の自由であろう。怪談調ではなく、童話ふうの名作の一。

◇河童　水陸両棲の想像上の動物。相撲《すもう》を好み或いは化けて婦女を姦婬《かんいん》すると恐れられた。かっぱ・えんこう・かわたろう。「京にてかはたろ」（『俚言集覧』）。

400 月明下の瓜小屋に番人がいらっしゃるようだ。あれは富貴などを超越した隠君子に相違ない。

瓜小屋の番人を漂泊の隠君子に見立てた諧謔《かいぎゃく》。

◇月にやおはす　初案「月におはすや」（句稿）の転。「や」は切字、疑問の意は軽い。「おはす」は「居り」の尊敬語。◇隠君子　世を避けて隠れ住む有徳の高士。ここは東陵侯召平《しょうへい》が秦《しん》の破れた後、長安城の東に瓜作りとなった故事（『史記』蕭相国世家）による。

397 堂《だう》守《もり》の小《を》草《ぐさ》ながめつ夏の月　明和五句稿　落日庵・句帳

398 ぬけがけの浅瀬わたるや夏の月　落日庵

399 河《かは》童《たろ》の恋《こひ》する宿《やど》や夏の月

400 瓜《うり》小家《ごや》の月にやおはす隠君子　明和六句稿

401
雷《かみなり》に小《こ》家《や》は焼《やか》れて瓜の花

句帳

402
あだ花は雨にうたれて瓜ばたけ

天明三句稿
落日庵

403
あるかたにて一

弓取の帯の細さよたかむしろ

明和三句稿
耳たむし・落日庵
句帳

404
細《ほそ》脛《はぎ》に夕風さはる簟《たかむしろ》

召波資料
落日庵・句帳

401　番小屋は落雷に焼かれて惨状をとどめているが、瓜の花は何事もなかったかのように、清楚《せいそ》な花を咲かせているよ。小さな植物の、生命力の強さ美しさを強調した作意が強い。初案は「小家焼《やか》れけり」(召波宛書簡)。

402　瓜畑のあだ花は、あわれ雨に打たれて萎《しお》れている。小さい実をつけた花は誇らしげに咲いているというのに。はかないむだ花を主題とする生と死の対照。人生に対する晩年の感慨が吐露されているか。ア行音による頭韻が意識されており、すぐれたリズムを持つ。

一「かた」は多少の敬意をこめていう。

403　格式高い相当な身分の武士が、細帯しめて簟《たかむしろ》の上にうちくつろぐさまに清涼感がある。耳たむしの上五「武士《もののふ》の」は初案か。◇弓取　弓を射る名手。弓矢取。武士。◇たかむしろ(季題)　竹を細く割り莚《むしろ》のように編んだ夏向きの敷物。涼しく見せるため水草などを織り出した。

404　簟に坐って病後の痩《や》せ細ったすいねをかかえていると、涼しい夕風が次々と軽く触れてゆく。あたかも愛撫《あいぶ》してくれるかのように。「夕風さはる」は一度のみでなく持続的である。この擬《ぎ》人《じん》法が、何でもないような句を生動させている。

二　箱根名物の甘酒店は、旧街道双子《ふたご》山《やま》の南麓《なんろく》・老《おい》が平《だいら》にあって繁昌した。大田《おおた》南畝《なんぽ》「改元紀行」参照。

箱根にて

405 あま酒の地獄もちかし箱根山

落日庵・句帳
名所小鏡

406 御《み》仏《ほとけ》に昼供《そな》へけりひと夜《よ》酒《ざけ》

夜半叟

407 愚《ぐ》痴《ち》無《む》智《ち》のあま酒《ざけ》造る松が岡

明和五句稿
落日庵・句帳

寓居

408 半《はん》日《じつ》の閑《かん》を榎《えのき》やせみの声

明和三句稿
句帳

405　甘酒が湯気を立てて煮えたつさまを、温泉の大地獄・小地獄（今の大涌谷《おおわくだに》・小涌谷《こわきだに》）に見立てて、甘酒地獄の茶店も近いと洒落《しゃれ》た軽妙洒脱な句。

406　仏前に花や水などを供えるのは早朝のこと。酒でない甘酒を、夜でなく「昼供へけり」に諧謔《かいぎゃく》があり、尼たちが大好物にくつろぐ午後の明るさが思われる。底本「備へけり」と誤る。◇ひと夜酒　甘酒。一夜のうちに熟するのでいう。

407　愛欲に迷った無智の尼たちが、憂世《うきよ》の愚痴をこぼしながらも、松が岡東慶寺の庫裡《くり》で楽しそうに甘酒を造っている。「甘酒」に「尼」を掛けたのも効果的であり、四〇六とともにペーソスのある佳作。◇愚痴　三毒煩悩《ぼんのう》の一。真理を理解する能力がなく、多くの惑いの根本となる愚かさ。◇松が岡　鎌倉市松が岡の東慶寺。有名な駆込み寺。三年間修行すれば離縁も許されたので縁切り寺とも。「鎌倉誂物《あつらへもの》尼寺や十夜に届く鬢葛《びんかつら》」（宰町、元文三年『卯月庭訓《うづきていきん》』）。

408　俗事多忙の今日この頃、珍しく半日の閑を得ることができた。暑くても、くつろいだ夕のひと時、庭の榎に鳴く蟬を心静かに聞くのも楽しい。「閑を得」と「榎」と掛け詞。明和初年の離俗境。中七以下「閑を榎《え》の木に蟬のあり」（句稿）は初案。◇半日の閑　「因下過《よぎ》リテ竹院ヲ二逢テレ僧ニ話スニ上、又得タリ二浮世半日ノ閑ヲ一」（李渉《りしょう》「題ス二鶴林寺ニ一」、『三体詩』）、芭蕉『嵯峨日記』、召波宛書簡等参照。

409　大《だい》仏《ぶつ》のあなた宮様せみの声　　落日庵句帳

409　大仏殿の向うに法親王様がお勤めになる妙法院があり、そこから蟬の声がかしましく聞える。大屋根にふり注ぐような蟬時雨《しぐれ》。大仏と宮様との調和にユーモアがある。◇大仏　秀吉創建、秀頼再建の方広寺（天台宗）の大仏殿（現存しない）。◇宮様　方広寺の東、東山山麓《さんろく》の宮門跡《みやもんぜき》妙法院（天台宗）をさす。『都名所図会』参照。

410　蟬《せみ》鳴《なく》や行《ぎやう》者《じや》の過《すぐ》る午《うま》の刻《こく》　　句帳

410　油照りの暑熱をかきたてるように蟬が鳴きしきる。人気《ひとけ》のない道を、スタスタと修行者が通りすぎてゆく。日は頭上にあって、まさに午の刻だ。◇行者　仏法の修行者や修験道《しゅげんどう》の山伏をいう。当時の京都では山伏をあまり見かけない（『見た京物語』）。

411　蟬啼《なく》や僧《そう》正《じやう》坊《ばう》のゆあみ時　　夜半叟

411　昼寝もすんだ老僧正のゆあみ時に、蟬も涼しく鳴きたてる光景。夕風たつ頃で、動き出した坊中の気配と蟬の声の照応。書簡にこの句を「いさゝか蟬の実景を得たるこゝ地」と自讃《じさん》した。◇僧正坊　僧正は最上位の僧官。ここは大勢の弟子も同宿する僧正の住坊をいう。

412　かけ香《がう》や何にとゞまるせみ衣《ごろも》

412　透けた薄い夏衣のどこに掛け香の匂いがとどまる余地があるのか。この人の蟬の羽衣からこの世ならぬ薫香がもれてくるよ。衣裳の主（女性）の奥床しさを讃美した。◇かけ香（季題）　悪臭を除くため、香を小袋に入れ緒をつけ首にかけて懐中に入れる。◇せみ衣　紗《しゃ》・絽《ろ》など上等の布で作った夏向きの涼しい衣。蟬の羽のように透ける。歌語「蟬の羽衣」の略。

413　年頃に成長した唖の娘が、掛け香をしていて奥ゆかしい香がにおってくる。身だしなみもよく、色白で綺麗《きれい》な子なのに、どこかさびしい翳《かげ》りがある。唖だから嗅覚《きゅうかく》が発達した潔癖さもあろうかと、不具の娘の天性を不憫《ふびん》に思う。自在な表現力による個性的な女性描写。四二一・七二九参照。句帳に下五「成長」と表記。

414　袖畳み（八二参照）にした帷子《かたびら》の残り香のあるかなきかの状態を、慣用の「……貌」で表現したのだが、これはやや安易である。二九・一三・四二八参照。

一　砂岡《いさおか》雁宕。下総結城《しもうさゆうき》の素封家《そほうか》で関東時代の蕪村の親友。宝暦八年巴人《はじん》十七回忌に上京、以後は不明。この句は安永初年頃の作。「おとづれ」は書信の意。

415　何か描かれているようだが、はっきりとは見えぬ扇の裏絵の覚束《おぼつか》なさに喩《たと》えて、久しく消息の絶えた親友の生死の定かでない不安を述べた句。安永二年七月の死を予感したような語気がある。佳作。◇有と見えて「ありと見て頼むぞかたき空蟬《うつせみ》の世をばなしとや思ひなしてむ」（『古今集』）を踏む。◇裏絵　古くは扇面の裏にも絵を描いた（『本朝画史』）。

416　いささかもて余し気味に扱っていた扇も、晴れ上がってくると暑さに耐えかねて笠代りに頭上にかざした。曇りから晴れへと天候の推移を表現した。具体的状況は分らぬが、扇の句としては類のない着想の妙。◇とかく　かれこれ。なにやかや。「とかくして一把に折《をり》ぬ女郎花《をみなへし》」（宝暦九年、咄相手《はなしあいて》）の先例がある。

413
かけ香や唖《をし》の娘《むすめ》のひとゝなり
召波資料・新選
落日庵・句帳

414
かけ香やわすれ貌《がほ》なる袖だゝみ

一雁宕《がんたう》、久しくおとづれせざりければ
415
有《あり》と見えて扇《あふぎ》の裏《うら》絵《ゑ》おぼつかな
句帳

416
とかくして笠になしつる扇哉
召波資料・落日庵
句帳

417 絵《ゑ》団《うちは》のそれも清十郎にお夏かな　　落日庵 句帳

418 手すさびの団《うちは》画《ゑが》かん草《くさ》の汁《しる》　　明和五句稿 落日庵・句帳

419 渡《わた》し呼《よぶ》草のあなたの扇哉　　召波資料 句帳

七日[一]

420 祇《ぎ》園《をん》会《ゑ》や真《ま》葛《くず》原《がはら》の風かをる　　句帳

417 「それも」ただの絵ではない。恋に殉《じゅん》じたあのお夏に清十郎の艶《えん》な大首絵《おおくびえ》だ。言外に、持ち主が恋する年頃の美少女であることを思わせる巧妙な表現力。下五「お夏かな」に主題がある。◇絵団　錦絵ふうの版画であろう。◇清十郎にお夏　西鶴『好色五人女』参照。

418 庭前の夏草の中に咲く可憐《かれん》な花の姿を連想させる。野趣を帯びた俳画風の即興句。句稿に「手すさみの」、落日庵に「手すさみに」とする。◇手すさび　転じて「てずさみ」とも。手慰み。◇草の汁　薄彩色の時、絵具代りに使う草の汁。

419 渡し舟を呼ぶのに白い扇で合図をしている。夏草茂る対岸は遠いので、声は全く届かない。簡潔で的確な用語の妙。印象鮮明な句である。

一 陰暦六月七日の祇園御霊会《ごりょうえ》。京都市東山区祇園町の八坂《やさか》神社（祇園社）の祭礼で、山鉾《やまぼこ》の出る最も賑やかな日。

420 町内は雑踏を極めているのに、人影も稀なここ真葛原には、緑樹を吹きぬけてくる薫風が快い。繁華の裏の静閑。瀟洒《しょうしゃ》な名所俳句の佳作である。◇真葛原　「祇園林《ばやし》の東、知恩院の南」（『都名所図会』）。今の円山公園の南、雙林寺《そうりんじ》の旧地一帯。昔、真葛が生い茂っていたという歌枕。

421 喧騒《けんそう》を嫌《きら》い、祇園さまのお膝《ひざ》もとの、かえって静かな梶の茶屋に女歌人を訪《と》う歌僧。梶女《かじじょ》との交遊を、軽いタッチで描いた人物図。下五「梶が茶屋」（落日庵）の初案では僧と梶女との関係がぼやける。
◇梶　宝永頃、祇園鳥居の南にあった名高い茶店の女主。和歌をよくし家集『梶の葉』（宝永四年刊）がある。蕪村の好敵手・池大雅《いけのたいが》の妻玉瀾《ぎょくらん》はその孫。

422　二「加茂の西岸」は賀茂川の右岸、三本樹の水楼をいう。三七七参照。「榻」は「しぢ」、狭くて長い涼み台。
「渡らじな……」の歌を詠《よ》んで賀茂川の西へ行かなかった丈山は、ちと口が過ぎたのだ。三本樹の川涼みはこんなに涼しく楽しいものだのに。
◇丈山　石川氏。近世初期の漢詩人・書家。三河武士で家康に仕えたが、晩年洛東一乗寺村の詩仙堂に隠栖《いんせい》した。禁裡《きんり》よりのお召しに「渡らじな瀬見の小川の浅くとも老の浪そふ影も恥かし」と詠《よ》んで辞退した。

423　川岸に涼んでいると、投網《とあみ》打ちの人はだんだんと遠のいてゆき、終《つい》には深い闇の中に見えなくなってしまう。
「見えずなり行」時間的経過に情緒がある。

424　暑い都を竪に貫流する賀茂川の清涼感。川岸のみではなく満都に涼味を吹き送る。京の町割りの用語を生かした地理的考察の名吟。
◇竪にながれ川　京都では南北を竪通り、東西を横通りという。タツと訓む慣習があった（狂言「佐渡狐」・『犬筑波集』）。「竪に流れ」と「流れ川」と掛け詞。「流れ川」は涸《か》れることなく水が絶えず流れている川。「蓮池や願《ねが》はくならば流れ川」（友元《ゆうげん》、『古選』）。

421　ぎをん会や僧の訪《とひ》よる梶《かぢ》が許《もと》　　落日庵　夜半叟

422　二加茂の西岸に榻《たふ》を下《くだ》して
丈《ぢやう》山《ざん》の口が過《すぎ》たり夕すゞみ　　句帳

423　網《あみ》打《うち》の見えずなり行《ゆく》涼《すずみ》かな　　耳たむし・落日庵　句帳

424　すゞしさや都を竪《たつ》にながれ川　　耳たむし・落日庵　新五子稿

一伝不詳。初盆か一周忌の追善句。

425　この河床は極楽の蓮の台《うてな》から娑婆《しゃば》へ一またぎするのにちょうどよい踏み台ですよ。作者は豪快《ごうかい》な故人葛圃に招かれて河床に遊んだことがあったのだろう。ユーモラスだが哀情こもる招魂句。◇河床　床・床涼み・納涼床《すずみゆか》。京では四条河原の川床が名高い。川に張り出した桟敷《さじき》または床几《しょうぎ》をいう。祇《ぎ》園会《おんえ》の六月七日から十八日まで設置を許された。

426　紅燈緑酒に近寄るべきでない出家の法師が、俗人に立ちまじっての立居振舞いはにっくき限り。官僧・俗僧を批判した兼好流の発想。当時「遊女町を出家のそそりありく事、少しも遠慮の躰《てい》なし」(『見た京物語』)と批判された。

427　上五「短夜や」(落日庵)の初案によると、夏の明《あけ》六つの鐘である。中七下五は打音(二秒)―高音(遠音になる音、一〇秒)―余韻(二分半―三分)の振動の連続性を見事に把握し、夜明けの清涼感を描く。同語の繰返しによる驚嘆すべき表現。「遠《とほ》う来る鐘のあゆみや春霞《はるがすみ》」(鬼貫)は逆の立場だが、音の波形を分析的に表現しようとした先例であろう。

428　楼上の妓《こ》は川狩りの男の馴染《なじみ》らしい。先ほどからそわそわとして、何度も川面《かわも》を見下ろし、落着かぬ風情《ふぜい》だ。「楼上の人」の挙動(主題)によって、「川狩」(季題)の男との関係を推理する面白さ。時刻はまだ明るい夕方であろう。中七「楼《たかどの》の人の」(夜半叟)は初案。

[一]葛圃《かつぽ》が魂《たま》をまねく

425 河《かは》床《ゆか》や蓮《はす》からまたぐ便《たより》にも　　句帳

426 川《かは》床《ゆか》に憎《にく》き法師の立《たち》居《ゐ》かな　　句帳

427 涼しさや鐘《かね》をはなるゝかねの声　　落日庵　夜半叟

鴨河にあそぶ

428 川狩や楼《ろう》上《じやう》の人の見しり貌《がほ》　　夜半叟

◇川狩　瀬干し・川干し・投網《とあみ》などで、夏季の河川池沼の魚を大量にとること。賀茂川の三本樹辺は川狩の名所であった。

429　雨後の月光にほんのり白い男の脛。誰だろう、わしより早く夜振りに来ている奴《やつ》は。魚の多い雨後、先手を打たれた無念さ。下五が印象的。◇夜ぶり（季題）　火振《ひぶ》り・川ともし。夏の夜松明《たいまつ》をともし、魚を驚かせてとる漁法。

430　東山に上った夏の月に立ち尽す川岸の君子を驚かす投網《とあみ》の水しぶき。無粋《ぶすい》なたくましいスポーツマンと風雅に耽《ふけ》るインテリとの対照。これまた京の夏の夜の一興だが、後者を揶揄《やゆ》する意もある。

431　川風が清涼を増す頃、闇の中から不漁をかこち顔に「帰去来《きこらい》兮（もう帰ろう）」と洒落《しゃれ》た中国音の声がする。流行語を取入れたハイカラな俳諧。◇帰去来　陶淵明の「帰去来辞」から出た流行語。ここは浄瑠璃『国姓爺合戦《こくせんやがっせん》』の「きこらい〳〵」による。

二　雙林寺は高台寺の北にある時宗《じしゅう》（現、天台宗）の寺。宝暦二年三月練石《れんせき》主催の『雙林寺千句』に蕪村も参加したが、これはまた別時の興行。「独吟千句」は一人で連句を千、連ねよむこと、またその作品。

432　折からの夕立のように、執筆《しゅひつ》は筆を休める間もなく次から次へと独吟千句が成就、御見事。実際夕立のあった千句から「一千言」と取りなした。実況に拠《よ》る比喩《ひゆ》が適切。

429
雨後の月誰《た》ソや夜《よ》ぶりの脛《はぎ》白き　　夜半叟

430
月に対《たい》す君に唐《と》網《あみ》の水煙　　夜半叟

431
川狩や帰《き》去《こ》来《らい》といふ声す也　　明和五句稿　落日庵・句帳

雙林寺独吟千句[二]

432
ゆふだちや筆《ふで》もかわかず一《いっ》千《せん》言《ごん》　　句帳

433　白雨《ゆふだち》や門《かど》脇《わき》どのゝ人だまり

安永五句稿
落日庵・(句帳)

434　夕だちや草葉をつかむむら雀

安永五句稿
続明烏・落日庵
(句帳)

施米《せーまい》　水粉《みづのこ》

435　腹あしき僧こぼし行《ゆく》施米哉

明和五句稿
落日庵・句　帳

436　水《みづ》の粉《こ》のきのふに尽《つき》ぬ草の菴《いほ》

明和五句稿
落日庵・句　帳

433　「門脇どの」は、六波羅《ろくはら》の惣門《そうもん》の脇に邸のあった門脇の宰相、清盛の弟平教盛《のりもり》。婿の丹波《たんばの》少将成経《なりつね》が鹿ヶ谷《ししがたに》の陰謀に参加し、六波羅の清盛邸へ出頭を命ぜられた場面。「さて今朝の如く同車して帰られたれば、……死にたる人の生きかへりたる心地して、皆悦泣《よろこびなき》をぞせられける」(『平家物語』二)による詠史の空想句。胸をなでおろした感じを、「白雨」で含蓄深く表現した。

434　突如、車軸を流すような夕立。逃げ遅れた群雀《むらすずめ》が強い雨足に打たれて草むらに落ちる。ゆらめく草葉にしがみつく、その必死の姿。「つかむ」の現在形により、切迫のさまが活写された。「草」でなく「草葉」の語による具象性も写実的手法。一　以下三句の類題。三九三の「夏日三句」に対応する。「施米」は平安時代に毎年六月京周辺の不便な山寺に住む貧窮孤独な僧侶に米塩を官給した公事《くじ》。「水粉」は、麦こがし・はったい粉。夏の季題。

435　官のやり方に不満たらたら、穴のあいた米袋から道々施米をこぼしてゆく、怒りっぽい老僧。袋に穴があいていてこぼれるのも知らぬしみったれた老僧の滑稽《こっけい》さ。兼好ふうの諷刺《ふうし》句。◇腹あしき僧　怒りっぽい僧。『徒然草』四十五・百六段参照。

436　「水の粉もきのふに尽るやどり哉」(句稿)、「水の粉のきのふに尽る舍《やどり》哉」(落日庵)は初案・再案。それを「きのふに尽ぬ」と完了形に改めて強調し、「舎」を「草の菴」と具体化した草庵趣味の句。

437　世なれた後家さんのもてなし上手。客をくつろがせるのみでなく、御手製の水の粉がまた素晴らしい逸品だよ。

三句のうちこれのみ当世風俗の句。作者得意の女性描写に精彩がある。

438　宝暦元年夏、江戸から中仙道経由上京（百三十五里余）の旅行の回想句。「雲峰」には不安感も籠《こも》るが、さまざまな思い出も折り重なっている。

◇廿日路　廿日行程の旅路。一日七里として百四十里の行程。この句の直後、讃岐《さぬき》へ旅立つが距離は短い。

439　一日中、空と水ばかり眺めてきたが、雲の峰に夕日が射《さ》す頃になって、ようやく目ざす揚州の港の大厦《たいか》高楼も見えそめてきた。

これは空想になる旅情の句。他の中国名所に取材した句（五九・二一・八〇五）ほど目立たぬが、余情に富む佳作。

◇揚州　中国江蘇省。揚子江より天津に通ずる大運河に臨む商港で、明《みん》・清《しん》時代に繁栄した文化都市。

440　巫山《ふざん》の雲は多情多恨で、夕べには雨となって恋を解するが、日本の炎天に立つ雲の峰は乾ききって夕方になっても崩れず、一向雨になりそうもない。

複雑な意味を持たせた、卓抜な故事取りの技量。中七「恋はしらずや」（句稿）は初案。

◇雨と成恋　二六三参照。楚《そ》の襄王《じようおう》、高唐に遊び神女と会う。別れに際し、神女は我は巫山の陽《よう》にあって旦《あした》には朝雲となり暮には行雨となると言った故事による。

437
水の粉やあるじかしこき後家《ごけ》の君《きみ》
落日庵
句帳

旅意

438
廿日路《はつかぢ》の背《せ》中《なか》にたつや雲《くもの》峰《みね》
明和三句稿
句帳

439
揚《やう》州《しう》の津《つ》も見えそめて雲の峯《みね》

440
雨と成《なる》恋はしらじな雲の峯
明和七句稿
（句帳）

441　今、もくもくと雄大に湧きたつ雲の峰は、春の水が四方の湖沼に満ち、やがてその水が涸《か》れてから後に生成したものだ。陶淵明の「春水満《チ》二四沢《ニ》一、夏雲多《シ》二奇峰《ニ》一」（「四時」、『古文真宝』）の発句化。雲の生成原理まで知らなかったと思われるが、春から夏への季節の推移を天文・地理的に大観して積乱雲の壮大さを見事に表現した。

442　初夏の空に富士山がそびえる。もやもやと中空に何かがかたまって動いているようだ。裾野の部落の一軒の荒れた小家から、なおどんどんと羽蟻《はあり》の群が舞い上がって煙のように空中へ拡《ひろ》がってゆく。視線は㈠富士山、㈡空中の羽蟻群、㈢裾野の小家へと下り、再び逆にもどる。数千匹の羽蟻は空中で集団交尾する。そのもやもやしたものの正体は㈢によって確認された。珍しい素材を、計算された平明な表現ですっきりとまとめあげた佳作。

443　日は傾いたがまだ高い。木陰もない兀山を日帰りに越える暑熱の耐えがたいこと。荷物も投げ出してしまいたいほどよ。句稿によると兼題「苦熱」の作。疲労も加わり焦熱地獄の感がある。初案「日がへりに」（句稿・落日庵）より「の」のほうが、自然で句調もよい。
◇日帰り　その日のうちに行って帰ってくること。

444　河口の浅瀬に乗りあげた小舟。満潮になるまではどうしようもない。じっと寝ているのだが、その暑いこと、暑いこと。

441
雲のみね四《し》沢《たく》の水の涸《かれ》てより

442
飛《は》蟻《あり》とぶや富士の裾《すそ》野《の》ゝ小家より

443
日帰りの兀《はげ》山《やま》越《こゆ》るあつさ哉

明和六句稿
落日庵・句帳

444
居《すわ》りたる舟に寝てゐる暑《あつさ》かな

落日庵
句帳

潮の干満の影響が著しい河口であろう。四三と同じく「苦熱」を主題とした句。「引汐《ひきしほ》に動かぬ舟の暑さかな　百里」（『華摘』）の先例もあり、季題趣味の弊に陥る。

一扇を武者にことよせて詠む探題。句稿によると、もとの探題は「士扇」、一般に分り易く改めた。

445　暑い夏の戦陣に鎧武者《よろいむしゃ》が大刀は傍に置いて、軍扇一本で指揮をとるさま。この句の主題は「暑熱」で、季題は「扇」である。

446　近衛の大臣龍山公は、餓鬼のように痩《や》せ衰えた山崎の宗鑑を慰問され、「飲もうとしても夏の沢水は涸《か》れてありません」と即答した宗鑑に、うまい葛水を賜わった。まことに風流なお方だ。

其角に拠《よ》り、龍山公の風流を讃美《さんび》した詠史句。◇大臣　龍山公近衛前久《さきひさ》（左大臣、のち太政大臣《だいじょうだいじん》）の「宗鑑の姿をみよやかきつばた」（「餓鬼」に掛ける）に対し、宗鑑が「のまんとすれば夏の沢水」（「夏」に「無し」を掛ける）と答えた話が其角の『雑談集《ぞうだんしゅう》』に出る。安永九年の「葛の翁図賛」参照。◇葛水　「葛の粉、夏日冷水に入れ、かきたてて飲む。よく渇を解き胃を傷《やぶ》らず。功 尤《もっとも》多し」（『大和本草《やまとほんぞう》』）。

447　良い清水に遠いのが残念。

上等の吉野葛を手に入れたが、町中のこととて人里離れた吉野山の清水（西行庵趾のとくとくの清水）を思いやる作意。「葛（の葉）」と「うらみ」は縁語で、和歌に常用されたのを俳諧に転じた。

一探題、寄《スル》二扇武者《ニ》一

445　暑き日の刀にかゆる扇かな　明和八句稿（句帳）

446　宗鑑に葛《くず》水《みづ》給ふ大臣《おとど》かな

447　葛を得て清水《しみづ》に遠きうらみ哉　夜半叟

448　みずから逃げ出して端居する貧居のさまを、「妻子を避る」と述べた隠逸志向の句である。

一　花頂山は東山の一峰。その西麓《せいろく》にある知恩院の山号でもある。院内の一坊における句会の探題の意。

449　道心堅固な龐居士と、そのひさぐ竹婦人（抱籠）の艶味《えんみ》を対照させたユーモア。◇龐居士　龐蘊《ほううん》。唐の襄陽《じようよう》の人。江西の馬祖《ばそ》に謁して禅に洞達《どうたつ》し、中国の維摩居士《ゆいまこじ》と称された。家産を川に沈め、娘の霊照女と竹器をひさいで暮した。底本「龐」と誤る。◇竹婦人（季題）　夏日、寝る時に抱いたり足を載せたりして涼をとる長い竹籠《たけかご》。

450　「訪ふ」は「会ふ」以前で、暑い奈良坂を越え木立の茂る東大寺転害門《てがいもん》あたりにたどり着いたところ。天平の大寺に対する懐古感と久しく会わぬ甥に対する親愛感。目的は虫干の宝物拝観だが、実は俗を離れた「甥の僧」を持つ誇らしさが主題である。

451　皿の心太《ところてん》を一気にすすり上げると、銀河三千尺を逆さに吸い上げたような豪快な味だよ。「雅因亭探題」（召波宛書簡）の句。三〇八参照。卑小なものを壮大化した機知的なユーモア。◇ところてん　心太《こころぶと》とも。テングサから製した清涼食品。心太突きで突出し、酢・醤油・蜜などかけて食べる。乳白色で半透明。◇銀河三千尺　「飛流直下《ス》三千尺、疑《フラクハ》是《レ》銀河《ノ》落《ツルカト》二九天《ヨリ》一」（李白「望《ム》二廬山《ノ》瀑布《ヲ》一」）、「酒の瀑《たき》布冷麦の九天より落《おつ》るならむ」（其角）。

二　安芸国の宮島（広島県佐伯《さえき》郡宮島町）。厳島《いつくしま》神社

448
端《は》居《し》して妻子を避《さ》る暑《あつさ》かな　　夜半叟

449
一 花頂山《くわちやうざん》に会して探題
龐《はう》居《こ》士《じ》はかたい親《お》父《やぢ》よ竹《ちく》婦《ふ》人《じん》

450
虫干や甥《をひ》の僧訪《と》ふ東大寺　　句帳

の鎮座する神の島。祭神は市杵島姫命《いちきしまひめのみこと》。日本三景の一。

452　海上の廻廊を薫風が吹きぬける。燈籠《とうろう》に灯を奉納しようとするのだが、思うようにいかぬ。
潮がヒタヒタと打ち寄せる厳島神社は日本列島の代表的風景である。松島・天の橋立と日本三景の二つを見てきた蕪村は、明和四年夏再度讃岐《さぬき》へ渡る海路、宮島まで足をのばしたか。幾度も失敗したことを強調する中七の完了形に実感がこもる佳作である。

453　生れたままの真っ裸、飾らず正直なところが神ながらの道なのだから、神よ、その裸身に乗り移って少年たちを守護し給え。
川遊びの悪童たちが、神楽の鉦《かね》の音にひかれて神妙に居並ぶさま。少年の息災を祈る愛情は四六と好一対。
◇夏神楽　名越《なごし》の神楽。夏の神事に奏される神楽。河べに祭場を設け（河社《かわやしろ》という）、川瀬に榊《さかき》を立て篠竹《しのだけ》で神棚を作って供物をささげ、庭火を焚《た》き「河社」の神歌をうたう。その川を祓川《はらいがわ》という。

454　正装の禰宜がちょっとしゃがんで、モソモソと短い祝詞《のりと》を唱えたのみで事がすむ御祓。
その簡潔さがかえって神意にかなうのかもしれぬ。儀式は心が籠《こも》っておれば十分、という反俗的な思想もみえるが、ユーモラスな句だ。
◇御祓　古くは六月と十二月、後には六月晦日《みそか》の夕べ行われた神事。水辺などで行い、「茅の輪《ちわ》」をくぐったり、人形や形代《かたしろ》（撫物《なでもの》）を体に触れたり息を吹きかけて、麻の葉とともに川に流し、穢《けが》れを祓い長寿を祈る。

451 ところてん逆《さか》しまに銀河三千尺　夜半叟

452 宮ニ島
薫風《くんぷう》やともしたてかねついつくしま　夜半叟

453 裸《はだか》身《み》に神うつりませ夏神楽《かぐら》　夜半叟

454 つくばうた禰《ね》宜《ぎ》でことすむ御祓《みそぎ》哉　召波資料・落日庵句帳

455 灸《きう》のない背《せ》中《なか》流すや夏はらへ　　明和六句稿

456 出《いで》水《みづ》の加《か》茂《も》に橋なし夏《なつ》祓《はらへ》

一鴨河のほとりなる田中といへる里にて

457 ゆふがほに秋風そよぐみそぎ川　　句帳

蕪村句集上巻終

455　灸跡のないのは健康な人。そのきれいな背中に川水を流して身を浄め穢《けが》れを流す。上方《かみがた》では少年時代から灸《やいと》をすえる慣習があったから、稀少価値もあり、いささか矛盾するおかしみ。句稿に下五「夏はらひ」。

◇はらへ　古くは「祓《はら》へ」。「祓ひ」とも。神に祈り、災いや罪・穢れを除くこと。またその行事。

456　洪水に橋が流されて常よりも広々とした賀茂の川原での夏祓い。出水の翌年のことでもあり、無事息災を祈る人々で賑やかだ。

◇加茂に橋なし　『京都坊目誌下』によると、安永七年七月二日の洪水で四条橋が流失、その翌年の作。

一　田中の里は中世下賀茂神社の神領地。高野川を隔てて下賀茂の東一帯の広い地域をいう。京都市左京区。

457　もはや、秋風というべき涼風が白い夕顔の花を吹きそよがせる晩夏の夕べ、川べりでは厳《おごそ》かに夏の終りの御祓の神事がとり行われている。

「風そよぐならの小川の夕暮は御そぎぞ夏のしるしなりける」（藤原家隆、『新勅撰集』）を踏まえ、「夏のしるし」を「御祓」よりも夕顔に具象化し、「夏と秋と行きかふ空」（凡河内躬恒、『古今集』）の推移を地上に捉《とら》えた。夏の巻末にふさわしい秀句。句帳に中七「はやし」の右傍に「そよぐ」と併記。最終的に句集の形に決定された。「はやし」では「夕顔」にふさわしくない。

◇みそぎ川　御祓をする川。『増補和歌題林集』に名所として紀《ただす》・賀茂川・鳴滝・桂などを挙げる。

蕪翁句集　巻之下

几《き》董《とう》著

秋之部

458 秋来《き》ぬと合《が》点《てん》させたる嚔《くさめ》かな

落日庵・新選（句帳）

459 秋たつや何《なに》におどろく陰《おん》陽《みやう》師《じ》

耳たむし
句帳

460 貧乏に追《おひ》つかれけりけさの秋

明和八句稿
耳たむし・句帳

458 「秋来ぬと目にはさやかに見えねども風の音にぞ驚かれぬる」（藤原敏行、『古今集』）を踏まえ、風という語は抜いて、その結果である嚔が合点させてくれたという擬人《ぎじん》法による滑稽《こつけい》。落日庵・新選の中七「合点のいたる」は初案。

459 立秋の朝、一心に占いをしていた陰陽師がふと何かに感応《かんのう》したのか、身を震わせて驚きの表情をみせた。風の音にもただならぬ気配が動く。王朝舞台の劇的趣向。安倍晴明《あべのせいめい》の俤《おもかげ》だろう。敏行の和歌を踏まえ、季節の推移に異変を感得した瞬間を把《と》らえた。季節感のぼやけた上五「今日の秋」（耳たむし）を尖鋭な「秋たつや」に改作した。類句に「天文《てんもん》の博《はか》士《せ》ほのめく冬至哉」（召波）がある。

◇陰陽師　中古、陰陽寮《おんみようのつかさ》に属した職員で天文・占《せん》筮《ぜい》・相地《そうち》などを掌《つかさど》る。「をんやうじと唱ふ、然《しかれ》どもをんみやうじとよむ也」（『物類称呼《ぶつるいしようこ》』）。晴明は最も名高い平安中期の陰陽家、天文博士。享保《きようほ》以後、浮世草子・浄瑠璃《じゆう》にも取材された。

460 夏中画業に励んだが、思うようにはかどらぬ。この分では貧乏神に追いつかれたらしい。暑熱も去って爽《さわ》やかな今朝、疲労と倦怠《けんたい》を覚えることだ。諺《ことわざ》「稼《かせ》ぐに追付く貧乏なし」（『毛吹草《けふきぐさ》』）よりも「稼ぐに追付く貧乏神」（『日本新永代蔵《えいたいぐら》』）による。「追付かれたり」（句稿・耳たむし）→「追つかれけれ」（句帳）→「追つかれけり」（句集）と、中七の句形に晩年まで苦心したことからも、実感をこめた境涯句のようだ。

461　味も色もない透明な素湯に、「秋立つ」季感との調和を見出した新感覚の句。秋の色は素（白）だが、施薬院の奇想によって独自性を得た。薬湯の残り香ではなく、素湯そのものの平淡味であり、昼でなく早朝（けさの秋）であろう。高雅清爽《せいそう》な句。◇施薬院　奈良時代貧窮者に施薬・治療した官立の施設。王朝時代に組織も完備し、後世幕府や寺院も設けた。◇香しき　カグハシ（『万葉集』）の転じた王朝風のカウバシと訓《よ》むのがよい。

462　一きわ澄み渡ってきた初秋の西空は残照に明るい。余所の家の灯がキラキラと輝く宵の口は、燈火の美しさと人恋しさを感じさせることよ。「秋は夕ぐれ」（『枕草子』）の新しい観照である。初秋の宵の口の、燈火の美しさを見事に抒情《じょじょう》している。

463　安永以後の晩年、親しい人の死を指おり数えて追悼《ついとう》した秀吟。「露ながら」に深い余韻が籠る。露に濡れるにまかせることは、感傷の涙を超えた宿命の抒情である。幽暗の光に哀愁が深い。◇とうろう（季語）精霊《しょうりょう》を迎え供養する盂蘭盆会《うらぼんえ》の燈籠。「かゝげぬ」だから江戸ふうの高燈籠だろう。家の外や中庭に高い杉丸太の柱を建て、その上に燈籠を釣りあげる。七回忌まで七月朔日《ついたち》から晦日《みそか》に至る毎夜点《とも》したので七月燈籠といった（柳亭種彦『用捨箱《ようしゃばこ》』）。

464　幾たびも親しい人の死に出あった果てにまた新たに掲げる高燈籠。何度も夜風に吹き消されそうになっては、細々と燃え続けるかすかな燈火。

461
秋立《たつ》や素《さ》湯《ゆ》香《かうば》しき施《せ》薬《やく》院《ゐん》　夜半叟

462
初《はつ》秋《あき》や余《よ》所《そ》の灯《ひ》見ゆる宵《よひ》のほど　夜半叟句帳

463
秋夜閑窓のもとに指を屈《くつ》して、世になき友を算《かぞ》ふ
とうろうを三たびかゝげぬ露ながら　（句帳）

464
高《たか》燈《どう》籠《ろ》滅《きえ》なんとするあまたゝび　落日庵・句帳　都枝折・あみだ坊

叙法は客観的だが心象風景。哀傷が無常観の象徴となっている晩年の佳吟。

465　即興的に流した、優雅な古典趣味の句。◇梶の葉（季語）　七枚の葉に手向けの和歌を書き、七夕の星にささげる風習があった。◇朗詠集　藤原公任《きんとう》撰『和漢朗詠集』。集中、七夕の漢詩のほか和歌三首を収める。◇しをり哉　栞《しおり》とする哉、の意。

466　美しい少女たちが技芸と恋の成就を祈って織女星に五色の色糸を供える。白から始まる色糸もとりどりに美しいが、清純な彼女たちもやがてさまざまな恋の道をたどることであろう。幸多かれよ。「墨子悲《シム》レ糸《ヲ》」（『蒙求《もうぎゅう》』）の故事を踏まえた複雑な内容に人間的な祈りをこめた秀作。◇願の糸　「憶《ヒ》得《タリ》　少年長乞《クフ》レ巧《ヲ》、竹竿頭上《ノ》願糸《ぐあんし》多《シ》」（白居易、『和漢朗詠集』七夕）。

467　全く知らぬ家のつもりが、思いがけず顔見知りの人に出くわした具合の悪さ。◇つと入　陰暦七月十六日に限り平素見たいと思う他家の什器《じゅうき》や妻女などを無断で見に入ることが許された、山田（伊勢市）の風習。正徳頃には絶えた。

468　祖霊にすまぬが、魂棚《たまだな》を祀《まつ》った部屋にも蚊屋を釣って寝る。出入りするたびにその蚊屋の裾《すそ》を踏まねばならぬ、狭いわが家のわびしさ。◇魂祭　死者を慰霊する祭。仏教の盂蘭盆行事と習合し、旧暦七月十二日精霊棚（魂棚）を飾って祖霊を迎えた。

七夕

465 梶《かぢ》の葉を朗《らう》詠《えい》集《しふ》のしをり哉《かな》　句帳

466 恋さまぐ願《ねがひ》の糸も白きより　夜半叟

467 つと入《いり》やしる人に逢ふ拍子《ひやうし》ぬけ　夜半叟

468 あぢきなや蚊《か》屋《や》の裙《すそ》踏《ふむ》魂《たま》祭《まつり》　落日庵 句帳

469 魂《たま》棚《だな》をほどけばもとの座敷哉

耳たむし・落日庵
句帳
新花摘(騏道)

470 十六日の夕、加茂河の辺りにあそぶ

大《だい》文字《もじ》やあふみの空もたゞならね

耳たむし
句帳

471 相《さう》阿《あ》弥《み》の宵《よひ》寝《ね》起すや大《だい》文《もん》字《じ》

夜半叟
新五子稿

472 摂《せつ》待《たい》にきせるわすれて西へ行《ゆく》

落日庵
句帳

469　盆の精霊棚を仕舞うのは、江戸では旧暦七月十六日早朝であった。初案は中七「仕廻へばもとの」(耳たむし・落日庵)。事務的な「仕廻ふ」を、経過的な「ほどく」へ改作して習俗としての落着きを得た。

470　山向うの近江国(滋賀県)すなわち裏を想像して、眼前の火力の盛大さを暗示した機知的な句作り。初案は下五「唯ならぬ」(耳たむし)。◇大文字　京都の盂蘭《うら》盆《ぼん》行事。陰暦七月十六日夕(現在は八月)東山如《によ》意《い》ヶ《が》嶽《たけ》の大の字など数カ所で送り火をたく。◇ただならね　ただごとでない。「花のない木による人ぞたゞならね」(『鬼貫句選』)の「ぞ」を省略した形、上田秋成等に用例は多い。七〇四参照。

471　酒でも過ぎたのか、銀閣寺に滞在中の相阿弥は宵寝をしてしまった。点火された大文字がやがて燃えさかる。起されて寝起きの目をこする相阿弥の鼻先もほの明るい。芸術家肌で無頓着《むとんじやく》な相阿弥が主題で、季題は背景。◇相阿弥　名は真相。唐物鑑定の同朋衆《どうぼうしゆう》として足利義政に仕えた。華道・香道・水墨画にも通じた万能の芸術家。銀閣の庭園も相阿弥作と伝えられるゆえにこの一句を空想した。如意ヶ嶽は銀閣のほぼ真上に当る。

472　摂待の折に、大切な煙管《きせる》を忘れて西へ向う恍惚《こうこつ》の人の足どり。この老人も長くないなあ。◇摂待　門茶《かどちや》とも。陰暦七月寺社詣での人に湯茶を施す民間習俗。盆の供養と関連する(『滑稽雑談《こつけいぞうだん》』)か

ら、「西」すなわち西方《さいほう》極楽浄土へ行くと言った。「人は雨夜の月なれや、雲晴れねども西へゆく、阿弥陀仏《あみだぼとけ》やなまうだと……」（謡曲「百万」）。

一　芭蕉とも交友のあった江戸の狩野《かのう》派画家。三宅島遠島の後、多賀朝湖《たがちょうこ》を英一蝶と改め享保《きょうほ》九年没、七十三歳。初期の蕪村は一蝶の風俗画風の影響を受けた。

473　夜更けても忘我無心に踊り続ける四、五人の男女。傾いた盆の月光が降り注ぎ長い影を曳《ひ》く。抽象化のきいた名句だが、画賛句としては平板。

474　踊り手に一途《いちず》に吠《ほ》えかかる犬と暗い町を行く盆踊りの一団。「越えて」は集団が町単位に組まれ、別の町を踊り越えてゆく気持。犬の描写が真に迫る。中七「鳴町過て」（続明烏）を晩年初案形に戻す。◇躍　盆踊り。「大人は湯衣《ゆかた》、紺の足袋、手拭を頭に巻く。一群づゝ挑灯《ちゃうちん》をともし、拍子木を扣《たた》きありく」（『見た京物語』）。

475　萍のように浮いた恋もあるかもしれぬが、若者たちは浮々と誘いあわせて盆踊りに出かける。「たぎつ瀬にねざしとゞめぬ浮草のうきたる恋も我はするかな」（壬生忠岑《みぶのただみね》、『古今集』）を踏まえた恋の句。

二　神奈川。東海道の宿駅。横浜市付近。

476　稲妻が神奈川沖から八丈島方面へかけて閃《ひらめ》くのを、菊多摺《きくたずり》のジグザグ模様に見立て、遥《はる》か南海の八丈絹の縁語をたち入れた洒落《しゃれ》。◇八丈　伊豆七島の八丈島。◇きくた摺　福島県磐城《いわき》菊多の特産小紋《こもん》の模様。八丈縞《じま》の一種で、稲妻文様。
473
英《はなぶさ》一蝶が画に賛望《のぞま》れて
四五人に月落《おち》かゝるをどり哉
落日庵・句帳
無名集

474
ひたと犬の啼《なく》町《まち》越えて躍《をどり》かな
耳たむし・落日庵
続明烏・句帳

475
萍《うきくさ》のさそひ合《あは》せてをどり哉
明和八句稿
耳たむし・句帳

476
かな河浦にて
いな妻や八丈かけてきくた摺《ずり》
句帳

477 いな妻の一網うつやいせのうみ　落日庵（句帳）

478 いなづまや堅田《かた》泊《どま》リの宵《よひ》の空　安永三句稿　句帳

479 稲妻にこぼるゝ音や竹の露

一 春夜に句をとはれて

480 日ごろ中よくて恥《はぢ》あるすまひ哉　落日庵　句帳

477 伊勢阿漕《あこぎ》が浦は大神宮調進の漁場。謡曲「阿漕」に、禁を破って沖に沈められた漁師阿漕の霊が現れて救済を求める。稲妻の一閃《いっせん》を「一網うつ」と喩《たと》え、阿漕が浦の神秘性を表現しようとしたか。落日庵に原形「一網うてや」を改める。

478 穏やかな初秋のある日、堅田に泊ってくつろぐ。湖畔の宵の空に稲妻が時々明滅し、その度に山の稜線《りょうせん》が映し出されては、またもとの闇に戻る。初秋の稲妻は晴天に多く、風雨を伴わない。俗伝に稲妻により稲が実《みの》るという。「遠山の嶺立ちのぼる雲間よりほのかにめぐる秋の稲妻」（京極為家、『夫木《ふぼく》集』）に近い旅愁の句。琵琶湖畔堅田の辺鄙《へんぴ》な位置がよい。

479 「稲光」と「田面《たのも》の露」は付合《つけあい》。電光の烈《はげ》しさと竹の揺れ易《やす》さとを心理的に結びつけ、電光石火から露命という観念を連合させた。「竹の露」が主題。

一 門人高井几董の別号春夜楼の略。その人を指す。

480 平生親近な間柄だけに、さて力を競うとなると、いい加減な句を示して恥をかくわけにはいかぬ。催促されてもそう気軽にはできないよ。◇すまひ「相撲《すまひ》の節会《せちゑ》」は毎年七月宮中で催されたので秋季。動詞「すまふ」（抵抗する意）の名詞形が「すまひ」。ここは句合の句を所望された場合。

481 見も知らぬ飛入りの力士が次々と相手を倒す。さては天狗《てんぐ》の化身かとあやしまれ、群衆はあっけにとられて成り行きを見守っている。択《えら》びぬかれた言葉による、隙《すき》のない緊迫した声調。

482　「当時歌舞地《ノ》、不《レ》説《ニ》草《カ》離《リ》離《リタルヲ》、今日歌舞尽《キ》、満園《ノ》秋露垂《ル》」（無名氏「金谷園」、『古文真宝』）の見事な転換。伏見という地名を使ったのみで、漢詩臭は霧消してしまう。歓楽のあとの哀情という時間の推移も短い詩形に十分表現され、実在感の強い「夕露」（主題）の象徴性を創造した秀吟。絶妙な名所感覚。◇伏見の角力　伏見稲荷の勧進《かんじん》相撲か。宮相撲は都鄙《とひ》とも秋の行事であった（『諸国年中行事』）。

483　負けるはずのない相手に不覚の黒星を喫した力士が、その夜の寝物語に愚痴《ぐち》をこぼす。それをやさしく慰める妻。

豊かな情感を独自な抑揚にこめてペーソスが漂う。

二　宝暦二年の反古衾《ほごぶすま》に「神無月はじめの頃ほい下野《しもつけ》の国に執行《しゆぎやう》して遊行柳とかいへる古木の影に目前の景色を申出《まうしいで》はべる」と前書《まへがき》、句形は平仮名交りで李井《りせい》・百万《ひやくまん》との三吟歌仙を掲げる。

484　早くも名高い遊行柳は散ってしまい、道のべの清水も涸《か》れ果て、その川床にところどころ露出した石のみが秋の薄日に照らされている。

西行・謡曲「遊行柳」・芭蕉と伝統する古典的風景を「山高月小《クニ》、水落石出《テツ》」（蘇子瞻《そしせん》「後赤壁賦《のちのせきへきのふ》」）の詩心によって捉《とら》えた、新しい漢詩調開眼《かいげん》の画期的な一句。三宅嘯山《みやけしようざん》は「老成鍛練、是《これ》素堂之風骨」（『古選』）と評した。当時独学で模索していた文人画風の荒寥《こうりよう》感がこの句にも認められる。下五を「ところどこ」と読むのは、乙二《おつに》の『蕪村発句解』による。五六九参照。

481　飛《とび》入《いり》の力者《りきしや》あやしき角力《すまひ》かな

落日庵
句　帳

482　夕露や伏見の角力《すまふ》ちり〴〵に

明和五句稿・句帳
古今句集

483　負《まく》まじき角力《すまひ》を寝ものがたり哉

日発句集・続明烏
落日庵・（句帳）
古今句集

484　[二]遊行柳《ゆぎやうやなぎ》のもとにて
柳散《ちり》清水《しみづ》涸《かれ》石処《ところ》々《どこ》

反古衾・古　選
耳たむし・落日庵
句　帳・新五子稿
名所小鏡

485　狐の顔のあたりにも萩の枝がある心持だが、小狐が萩の花の香にむせたと言いきらずに、「何に」とぼかして雅趣をかもし出した手法。句稿等すべて上五「子狐の」。

486　先ほど薄を見たのだから、この辺りに萩が咲いていないはずはない。ああ、あった、あった。四辺を探す趣向に重点を置けば「薄」が主題、予想通り萩の花を発見したと解すれば、季題は「萩」である。四九一とともに「薄」と「萩」の併立季題と考えてよいのではないか。三二一参照。

487　黒ずむ遠山を背景に白くゆらぐ薄野の黄昏。典型的な秋景を、空間（山と野）と時間（暮と黄昏）の二重遠近法によって構成した近代的な風景画。◇黄昏　「誰《た》そ、彼」の意で、黄昏時の略。

488　女郎花はそれにしても茎はスラリと細く、花もしおらしく、そのままで名称と実態とがピタリと一致していることよ。「ながら」（……のままで）という助詞の繰返しがリズミカルで成功している。技巧的な表現の面白さ。「そも花ながら茎ながら」（封《ふう》の儘《まま》）は初案か。

489　見慣れているので、可憐《かれん》に美しい女郎花を見ても、百姓たちはそれほどにも思わぬ。「里人」から「さとも」へ同音を重ねてまとめた。一 伝未詳。二 双《なら》びなき。三 好事家《こうずか》。四 三回忌。

490　永西法師が示寂《じじやく》されてから秋は二度めぐってきた。折から「ますほの薄」を見ると、あの登蓮《とうれん》

485
小《こ》狐《ぎつね》の何にむせけむ小萩はら

明和五句稿
耳たむし・落日庵
句　帳

486
薄《すすき》見つ萩やなからむ此《この》ほとり

此ほとり
宿の日記・（句帳）
続四歌仙

487
山は暮《くれ》て野は黄昏《たそかれ》の薄《すすき》哉《かな》

（句帳）

488
女郎花《をみなへし》そも茎《くき》ながら花ながら

封の儘
句　帳

法師にも比すべき、双びなき風流人が、この世の人でない悲しみをしみじみと思わせられることだ。

一周忌の昨秋より悲愁が強まることを、「増す」の掛け詞仕立てで滑らかに述べ、法師の生前の風格をも暗示した。「秋ふたつ」の大局的な詠嘆が新しい。

◇ますほの薄　登蓮法師が「ますほ」「まそほ」の区別を知るべく雨中を冒して出かけた話（『徒然草』百八十八段）による。前者は真赭《まそほ》の転、穂が赤味を帯びた薄で、両者は同一のものという。

491　茨はとっくに花時過ぎて老残の醜さをさらけ出し、傍の痩せ薄の穂は貧相きわまる。その陰に一本の萩があるが、まだ若木のせいか、これも株は小さく、いかにも心もとなげに咲いているよ。

荒地の嘱目吟《しよくもくぎん》のようだが、安永初年婚期の近づいた一人娘を中心とする家庭状況の不安を暗示する。「茨」（夏季）はいらいらする老境の作者、「痩せた薄」はおろおろするばかりの老妻、「萩おぼつかな」はうぶな娘の頼りない姿である。父親蕪村のうめきが聞えるような切実な境涯句として注目されよう。

◇おぼつかな　心細そうに見えるさま。不安な様子。

492　折られたままの女郎花にも露がおりているよ。「伏猪《ふすゐ》の床《とこ》」（猪の寝床）となったため、哀れ、猪が可憐《かれん》な上にも可憐な情景を作り出したとみる。

◇折かけて　折ってそのままにしておく。軍記物に多い。「射向けの袖に立ちたる矢ども折り掛け」（『保元物語』一）。

489　里人はさともおもはじをみなへし　句帳

[一]永西法師《えいさいほふし》は[二]さうなき[三]すきもの也《なり》し。世[四]を去りてふたとせに成《なり》ければ

490　秋ふたつうきをますほの薄《すすき》哉　句帳

491　茨《いばら》老《おい》すゝき瘦《やせ》萩おぼつかな　句帳

492　猪《ゐのしし》の露折《をり》かけてをみなへし　句帳　新五子稿

493 訪問先で素晴らしい白萩を見て、来春その株分けの約束ができたことを、訪問先の主を出さず萩そのものと約束したように擬人《ぎじん》化した。「ちぎり」に重点があり、白萩の美を強調する心持。萩の株分けは春秋、插し木は陰暦三、四月頃（『花壇地錦抄《かだんじきんしょう》』）。

494 生け垣を潜ってこちらへ一本薄がスイと伸びている。それも穂の赤い「ますほの薄」であるよ。初案は上五「垣くゞる」(夜半叟)。「真すほなる」(句帳の表記) と言い放った表現が状況・趣向に適切だ。季語は「真蘇枋の薄」(『華実年浪草《かじつとしなみぐさ》』)。

495 店頭には秋草咲き乱れる花屋の薄暗い仏間。仏壇に紫色の桔梗《ききょう》が供えられているのが見える。奥ゆかしさを具象化したような句だが、花の持つ沈静と寂寥《せきりょう》をもねらいとしている。

◇きちかう　桔梗の古名。「秋の草は荻・薄・きちかう・萩・女郎花……」(『徒然草』百三十九段)。「扇子《あふぎ》桔梗はるり紺色、牡丹桔梗はうす鼠色」(『草花絵前集』)。一『碧巌録《へきがんろく》』八十二則に「山花開キテ似レ錦ニ、澗水湛《かんすいたた》ヘテ如シレ藍ノ」(『禅林句集』にも)。「澗水」は谷川の水。

496 色とりどりの朝顔が露を帯びて咲いている。そのうちの一輪は、底知れぬ深淵のような藍色。禅の公案を題したのは、上島鬼貫が俳眼を問われて、「庭前に白く咲たる椿かな」(『鬼貫句選』) と即答した前例によるか。前書《まえがき》の「藍」を抜いた機知的手法だが、意は平明で色彩感が強く、禅の悟りの味わいは弱い。落日庵に中七の別案「一輪深し」ともある。

493 白萩を春わかちとるちぎり哉

安永五句稿・落日庵・夜半亭発句集・夜半叟・句帳

494 垣ね潜《くぐ》る薄《すすき》ひともと真《ま》蘇《す》枋《ほ》なる

安永五句稿・落日庵・夜半叟・句帳

495 きちかうも見ゆる花屋が持《ぢ》仏《ぶつ》堂《だう》

夜半叟

一澗水湛《かんすいたた》ヘテ如シレ藍ノ

496 朝がほや一《いち》輪《りん》深き淵《ふち》のいろ

落日庵・(句帳)・新五子稿

497 朝顔が手拭のはしの藍染を見て、わが濃紺色にまぎらわしい、そいつは偽物《にせもの》だ、と不平をいう。精細な色彩感に基づくが、実は擬人法による滑稽《こっけい》句。

498 暗い闇の中から蘭の清香がただよい、熟視していると白い花がほんのりと見えてきた。中七の表現は花よりも香の強さを強調したのである。白い花は風蘭《ふうらん》・白蘭《しろばならん》（『花壇地錦抄』）。

499 夕暮とともに蘭の香《こう》が強くあやしくにおう。それに負けない香といえば、そうだ、いつか狐がくれた伽羅《きゃら》をたくほかにはあるまい。狐を友とする神仙の幻想世界。「蘭」と「狐」は付合《つけあい》。◇奇楠　普通は「伽羅」（梵語《ぼんご》の音訳）と書く。本朝では香木の惣名《そうみょう》で、沈香《じんこう》の最上品種ともいうが定説はない（安永五年、関真卿《しんけい》著『香道真伝』）。

二 源義経の臣武蔵坊弁慶。文章篇「弁慶ノ図賛」参照。その中に前書「梅翁が風格にならひて」とするのは「いろはにほへの字形なる薄哉《すすきかな》」（『梅翁宗因発句集』）を指す。

500 武蔵坊よ、そう堅いことは言わずに一夜くらいは辻君《つじぎみ》に靡《なび》いてもよいではないか、宗因によれば、花薄は「色は匂へ」と風に靡くというのだから。いろは歌の「色は匂へど」は仏教の教理による歌だから、宗因流に曲解すれば辻君に靡いても破戒とはならぬ。「花すゝき」が重層的に活用された巧妙な句。

497
朝貌《あさがほ》や手拭《てのごひ》のはしの藍《あゐ》をかこつ　　夜半叟

498
夜《よる》の蘭《らん》香《か》にかくれてや花白し　　夜半叟　句帳

499
蘭《らん》夕《ゆふべ》狐のくれし奇楠《きやら》を炷《たか》む　　句帳

500
二 弁慶賛
花すゝきひと夜はなびけ武蔵坊《むさしばう》　　句帳　関清水物語　日本名画鑑

501 しら露やさつ男《を》の胸毛《むなげ》ぬるゝほど
安永四句稿 句帳

501 早朝猟師が狩りに出かける。そのたくましくあらわな胸毛も濡《ぬ》れるほど、しとどにおりた白露。伝統的な露の概念を打破して、荒々しい露を造型した新鮮な句境。白露の質感と色彩感が目覚ましい。

502 ものゝふの露はらひ行《ゆく》弭《ゆはず》かな
句帳

502 縦に一列となって進む武士団の先頭の一人が、弓弭《ゆはず》を高々と振りあげては、草葉におりた露を払いながら進んで行く。意想は爽快《そうかい》感にあり、五〇一の大写しに比しこれはやや遠望であろう。小道具の「弭かな」がよくきいていて印象的である。調子の整え方も絶妙。

妙義山
503 立《たち》去《さ》ル事一里眉毛《まゆげ》に秋の峰寒し
落日庵・夜半叟 句帳

503 妙義山を下山して一里ほど遠ざかった。顧みると秋天のもとに聳《そび》える黒ずんだ奇峰が、眉に迫るように連なっていて、疲れた身に夕暮の秋冷がこたえる。鮮明な奇峰を顧みる秋寒の情感を、字余りの漢詩調で叙した麦水《ばくすい》流の新虚栗《しんみなしぐり》調である。作者は寛保二年（二十七歳）頃、常盤潭北《ときわたんぼく》と上野《こうずけ》国（群馬県）を旅行したから、妙義山（白雲山とも）へ登ったであろう。その時の回想句。初案は下五「山寒し」（落日庵）。夜半叟に「白雲山眺望」と前書《まえがき》する。

504 白露や茨《いばら》の刺《はり》にひとつづゝ
落日庵（句帳）

504 「理窟《りくつ》めいた感じはなく、繊細な美しい景色で愉快な感じ」（高浜虚子）。接写的な対象把握で、新しい造型感覚が認められる。落日庵に中七「茨の針に」と表記。類想の句に「冬の雨柚《ゆ》の木の刺《はり》の雫《しづく》かな」（夜半叟）は「冬の雨」が説明に終っている。

505 狩《かり》倉《くら》の露におもたきうつぼ哉　夜半叟

506 市《いち》人《びと》の物うちかたる露の中　夜半叟 句帳

507 身にしむや横《よ》川《かは》のきぬをすます時　夜半叟（句帳）

508 身にしむや亡《なき》妻《つま》の櫛《くし》を閨《ねや》に踏《ふむ》　夜半叟

505　狩場の夜営も明けて、露に濡れた皮うつぼの重重しさ。早朝出猟のてい。素材が新奇である。
◇狩倉　普通狩座と書く。狩をする場所。『曾我物語』に頻出。◇うつぼ　空穂・靫《ゆき》。矢を入れて背負う道具。雨露を避けるため、矢全体が隠れるように作られた筒形の容器。皮うつぼ・塗うつぼなどがある。

506　露しとどな野天《のてん》の朝市。在郷から出てきた百姓同士、客の集まる前の一時《ひととき》の立話がはずむ。素朴な人情を「露」が象徴し、「物うちかたる」明朗さがよい。夜半叟に別案「百性《ママ》の」。六二五参照。

507　比叡山横川の僧房に僧衣を洗い清める時、一きわ秋冷が身にしみることだ、の意。やや平凡。
◇身にしむ（季題）　秋冷が身にしみる感じをいう。
◇横川　三三参照。◇すます　すすぎ洗うこと。

508　秋冷の身にしみる夜、暗い閨《ねや》の片隅に何か固いものを踏みつける。拾いあげてみれば亡妻愛用の櫛であった。どうして今頃までこんな所にあったのか、不審なことだ。生前の妻の俤《おもかげ》も浮んできて、気味の悪いような冷気が背筋を走る。
正岡子規は小説的趣向を激賞したが、以後の諸家は概して写生的立場からその虚構性を否定した。『発心集《ほつしんしゆう》』「亡妻現身《げんしん》、夫の家に帰り来たる事」、或いは『雨月《うげつ》物語』「浅茅《あさぢ》が宿」の影響か、ないし芝居の一場面。『五車反古』の連句「小春の月の雨暗き夜に」「亡妻《なきつま》の子を懐《ふところ》に通ひ来し」と同じ怪奇趣味。なお蕪村の妻は健在であった。夜半叟に「なき妻の」。

509 露の朝、ふと髪の毛が抜け落ちた。それがまだ白髪でもないのを「霜しらぬ」と言って、「露」と対せしめた縁語仕立ての観想句。

510 一 葛の葉が棚状に生い重なって茂るさま。
秋の長雨に降りこめられ、秋風に思う存分葉裏を返し得ぬのを、葛の葉は恨み顔のようだ。「葛の棚葉」と「細雨」の両方に閉じこめられた作者の鬱情《うつじよう》を、葛の葉に託した感情移入。「秋風の吹きうらがへす葛の葉のうらみても猶うらめしきかな」（平貞文、『古今集』）を踏む。

511 朝顔は古くは牽牛子《けにごし》（今の朝顔）・木槿《むくげ》・桔梗《ききよう》の花を指す、などの諸説があるが、木槿の薄紫の花を見ていると、色といい花の命のはかなさといい、まんざら朝顔と縁のない花でもないよ。「蕣《あさがほ》は朝の間、木槿は槿花《きんくわ》一日ノ栄とて朝《あした》に咲てゆふべに凋《しぼ》むゆゑにうすきゆかりありとつくりたり。俗俳のたのしみ所にあらず」（乙二《おつに》『蕪村発句解』）。「ゆかりの色」は紫色をいうから、木槿の淡紫色をも暗示する高踏的な言語遊戯の句作り。なお現今の朝顔は平安朝に渡来し、栽培が盛んになったのは近世という。

512 深い朝霧の中にこもる大集落の市のざわめき。杜甫《とほ》の「千家ノ山郭静《ナリ》二朝暉《てうき》ニ一」（「秋興四首」、『唐詩選』五）の転換だろうが、「村千軒」が曖昧《あいまい》で落着かぬ。「霧ながら大きな町に出でにけり」（田河移竹『乙御前《おとごぜ》』）のほうが自然で無理がない。

509
朝露やまだ霜しらぬ髪の落《おち》
夜半叟句帳

510
葛《くず》の棚葉《たなば》しげく軒端《のきば》を覆《おほ》ひければ、昼さへいとくらきに
葛の葉のうらみ貌《がほ》なる細雨《こさめ》哉《かな》

511
朝《あさ》貌《がほ》にうすきゆかりの木槿《むくげ》哉

512
朝霧や村千軒の市の音
落日庵句帳

513 朝霧や杭《くひぜ》打《うつ》音丁《たう》々《たう》たり

落日庵
(句帳)

514 もの焚《たい》て花火に遠きかゝり舟

明和六句稿
落日庵・続明烏
(句帳)

515 花火せよ淀《よど》の御《お》茶《ちゃ》屋《や》の夕《ゆふ》月《づく》夜《よ》

夜半叟

516 八《はっ》朔《さく》や扨《さて》明《あ》日《す》よりは二日月

明和七句稿
落日庵・(句帳)

513 『詩経』や杜甫の名句を転換し、霧中の深々とした音感を詩化して新鮮瀟洒《しょうしゃ》な句である。落日庵に中七「杭セ打ッ音」と表記。◇丁々 『詩経』に「椓《クヒウツコト》レ之《ヲ》丁丁」、また「伐《ルコトヲ》レ木丁丁《トシテ》山更幽《ナリ》」(杜甫「題《ス》二張氏隠居《ニ》一」)を引用する。謡曲「山姥《やまうば》」には「伐木丁丁。鳥鳴《クコト》嚶嚶《あうあう》」。

514 暗い川岸にもやっている舟の上に黒い人影がうごめき、夕餉《ゆうげ》の支度らしい火が小さく燃えている。晴れた夜空に時々遠花火が開いては消える。遠近法による構成の句。遠花火の哀愁は背景であり、歓楽の虚《むな》しさを象徴する。離俗の詩だが、ひそやかな漁夫の生活の火を主題とした愛情に注目される。◇かゝり舟 停泊している舟。

515 ほのかな夕月夜の下、松林に囲まれた淀城のお茶室は余りにもわびしい。あの悲劇の女性淀君供養のため、誰か花火を打ち上げてくれないかなあ。花火は魂祭《たままつり》に供養の心であげた。繊月に花火のイメージが調和し、情感の深い鎮魂の詩となっている。◇淀の御茶屋 秀吉が淀君のために建てた淀城内の茶室。『淀川両岸一覧』に描かれている。◇夕月夜 か細い月の出ている日暮。夕方だけ月のある夜。

516 八朔(陰暦八月一日)は稲作の厳しい労働が終り、収穫を予祝する行事を行う。二日月以後、一夜一夜と十五夜に近づく。名月を心待ちにする意。初案は中七「明日《みやうにち》よりぞ」(句稿)、再案は「八朔の明日よりぞ」(落日庵)、「扨」を入れて漸く完成した。

517　海が近いらしく磯の香が漂い、ひたひたと大潮が満ちてくる。その潮に追われるように、川上へと上ってゆく小魚の群れがはっきりと見える。澄明な水辺の仲秋の気が生きいきと把《とら》えられ、中七の因果論的表現もすっきりとしている。
◇初汐　汐は潮《あさしお》に対し「夕しほ」。「初汐」（季題）は旧暦八月十五日の大潮をいう。

一　戸難瀬滝。嵐山より大井川（桂川）に落ちる小滝（『京羽二重』）。和歌に落花・納涼・紅葉を詠《よ》む。

518　戸難瀬の滝水が一筋、水晶のように輝きながら桂川に落ちている。それはこの世ならぬ月世界の水を桂川に流しこんでいるかのようだ。月光に輝く小滝の詩的表現を企てたが失敗作か。「月」と「桂」は縁語。「うつす」は「写す」「移す」の掛け詞。

519　虫は悲しみ恨むように夜中鳴き通していたが、逆にその虫売は虫どものせいだとばかり、言いわけがましく朝寝を貪《むさぼ》っている。「虫の音かごとがましく」（『徒然草』四十四段）と、虫に専属の言葉を虫売に転用した機知に滑稽《こっけい》がある。
◇かごとがまし　虫の立場からは「恨むかのようだ」。虫売の立場では「言い訳めく」。

520　大和《やまと》から河内《かわち》（大阪府東南部）へ道は幾筋もあるが、高安へは十三峠《じゅうさんとうげ》越え。近松門左衛門の『井《い》筒業平《づつなりひら》河内通《がよい》』等が取材した『伊勢物語』二十三段の貞女の話を踏む。嘱目吟《しょくもくぎん》の形で古典を連想させる佳吟。「小でうちん」に庶民的な俳諧味がきいている。

517
初《はつ》汐《しほ》に追《おは》れてのぼる小魚哉　　夜半叟

518
水一《ひと》筋《すぢ》月よりうつす桂《かつら》河《がは》　　（句帳）
一となせの滝

519
虫売のかごとがましき朝《あさ》寝《い》哉　　落日庵（句帳）

520
むし啼《なく》や河内《かはち》通《がよ》ひの小《こ》でうちん　　夜半叟句帳

521 みのむしや秋ひだるしと鳴《なく》なめり　夜半叟

522 蠹《むしばみ》て下《した》葉《は》ゆかしきたばこ哉　夜半叟

523 小百姓鶉《うづら》を取《とる》老《らう》となりにけり　夜半叟

524 鬼《ほほ》灯《づき》や清《きよ》原《はら》の女《ぢよ》が生《しやう》写《うつ》し　夜半叟（句帳）

521　蓑虫《みのむし》は秋も半《なか》ばになると、「父よ父よ」と置き去りにした父を恋うて鳴くというが、薄情な親を慕うのではなく、実は空腹に耐えかねて「乳よ乳よ」と鳴くものらしい。

『枕草子』四十段のパロディ。子供の抱く素朴な疑問を食欲の秋に関連させて「秋ひだるし」と表現した。初案は「みのむしの……啼音かな」（夜半叟）。六五三参照。

522　特に目立つ煙草《たばこ》の葉の虫害は「ゆかしき」理由について、（高浜虚子）等の諸説があるが、その不可思議な自然の造型美をさすか。

523　老人の小百姓が、今日この頃美しく紅葉した野山を鶉を求めてさまよっている。

腰も曲って、まともに農作業もできなくなった小百姓の生涯の変化をあっさり叙して哀れがある（内藤鳴雪）。内心では、美しい自然の中に生きる老人の生活を羨《うら》やんでいるようだ。中七の字余りは下五の詠嘆調を抑制している。

◇鶉　古俳書で椋鳥《むくどり》・鶉《うずら》に両用。夜半叟に「鶉」。関東では玉網を投げて取るのを鶉突きという（木村架空）。

524　絹本《けんぽん》着色の鬼灯図。清原氏の女《むすめ》雪信描くところ。女流だから、幼時から親しんだ鬼灯の絵はさすがに描写も精細、神《しん》を得ていることよ。

◇清原の女　三六四参照。「国華」六〇五号の清少納言、左右鶉図三幅対に「清原氏女雪信筆」と落款《らつかん》。◇生写し　「まことの物のやうをよく見てまねびかく、これを生《しやう》うつしとかいふ」（本居宣長『玉勝間』）。

525　秋の日は斜めに傾いたが、関所の閉門にはまだ間がある。常備用の鎗に一匹のとんぼがとまり左右二枚ずつの羽を平行にひろげてじっと動かない。穏やかに一日も暮れてゆこうとしている。秋の午後もたけて閑散とした関所風景。「日は斜」の発想は漢詩調で、想像に成る構成的な句である。初案の中七「関路の鎗に」（夜半叟）では、場所が曖昧《あいまい》。一「なきに」が正しい。続明烏に前書《まえがき》「……方もなく、訪《とひ》来る……」。

526　一人ぽっちだからこそ、かえって月を友として心静かに名月を楽しむことができる。なまじっか騒々しい俗人にわずらわされなくて幸いだよ。「中〳〵に」は蕪村に用例多く、ここは前書から続く独自の発想で、独居の閑逸を強調し、平凡な内容を躍動させた。几董《きとう》は、蕪村の隠逸性の代表作とした（から檜葉《ひば》）。中七の初案は「ひとり居ればぞ」（落日庵）、再案は「独なればぞ」（続明烏）。

527　明るい名月の夜道を、遠くへ犬の子を捨てに行く下男。その大きな影の前後を喜び勇んで走り廻る子犬の無心さ。名月に奇抜な取り合せが面白い。「捨る」は命ぜられて捨てに行く途中と解する。下男の複雑な心理の葛藤（主題）が、明暗のくっきりした月光下に描き出された。落日庵に「狗子《ゑのころ》すつる僕《しもべ》かな」と表記。

528　明るい名月の夜だというのに、月も見ずに頭巾眉深《まぶか》に忍びゆく人もある。世はさまざまだ。

525
日は斜《ななめ》関屋の鎗《やり》にとんぼかな　　夜半叟

526
良夜とふかたもなくに、訪来《とひく》る人もなければ
中〳〵にひとりあればぞ月を友　　落日庵・続明烏 句帳・から檜葉

527
名月にゑのころ捨《すつ》る下部《しもべ》哉　　落日庵（句帳）

528
身の闇の頭巾《づきん》も通る月見かな　　明和五句稿 落日庵・（句帳）

529 月天心貧しき町を通りけり

落日庵・句帳
新五子稿

二忠度古墳、一樹の松に倚《よ》れり

530 月今宵《こよひ》松にかへたるやどり哉

落日庵・（句帳）
新五子稿

531 名月や雨を溜《ため》たる池のうへ

明和八句稿
耳たむし・句帳

532 名月やうさぎのわたる諏訪《すは》の海《うみ》

明和八句稿
耳たむし・句帳
水鷹刈・名所小鏡

◇身の闇　一身上の悩みや悲しみによる暗い境遇。

529　上五「名月や」（落日庵）の初案形では、月の位置、下界の状況も明確でない。邵康節《しようこうせつ》「清夜吟」（『古文真宝』）の「月到ル二天心ニ一処」の用語を活用して成功した。「天心は更《ふけ》たるけしき、月更てとありては俳諧なし」（乙二《おつに》『蕪村発句解』）は名評である。月光による俗界の美化がねらいで、これも離俗の句。

二　平忠度《ただのり》の塚は神戸市長田区駒ケ林にあり、塚に松を植えてあった。底本「忠則」と誤る。

530　「行暮れて木の下かげを宿とせば花やこよひの主《あるじ》ならまし」（『平家物語』九）と詠《よ》んだ平家の歌人忠度の塚に詣でると、名月のもと、今は花陰を松陰にかえて今宵の月見をしているよ。忠度の風雅にふさわしい塚のたたずまいを喜ぶ心。中七以下「松にかへたき宿り哉」（落日庵）の初案形によると当時松がなかったか。机上の名所俳句か。

531　名月の頃満水になった満足感。月に禁物《きんもつ》の雨を巧みに活用した意想（木村架空）。中七「雨を集めた」（句稿・耳たむし）は初案。

532　山国の名月は清澄に照りわたり、諏訪湖は白銀《しろがね》色に輝いている。キラキラする湖面を白兎《しろうさぎ》が次々と走ってわたる。謡曲「竹生島」に「月海上に浮んでは兎も波を走るか」（僧自休の詩句による）とあるのを、狐渡りの伝説に名高い諏訪湖に転じ、夢幻的で清純な童詩に仕立てた佳作。月の異名「玉兎《ぎよくと》」からの連想もあろう。

533 探題《たんだい》雨月

旅人よ笠《かさ》嶋《しま》かたれ雨の月

句帳

534 月今宵《こよひ》あるじの翁《おきな》舞《まひ》出《いで》よ

月の夜
安永五句稿
落日庵・夜半叟
栗庵句集・句帳

535 仲《なか》丸《まろ》の魂《たま》祭《まつり》せむけふの月

安永五句稿
落日庵・夜半叟
句帳

536 名月や夜は人住《すま》ぬ峰の茶屋

安永五句稿
落日庵・夜半叟
句帳

533 誰か笠島に参詣した旅人がいるなら、今宵の雨月の徒然《つれづれ》にその様子を語って聞かせてほしい。芭蕉翁も「よそながら」望見されたのみだから。雨の縁で笠のついた地名を連想した機知的な句作り。作者自身が回想談を語って聞かせ、実方《さねかた》や芭蕉の霊を慰めよう、の意を含む。

◇笠嶋　奥州名取郡（宮城県）の歌枕。道祖神の社、藤中将実方の墓もある。『おくのほそ道』参照。

534 『源氏物語』花宴《はなのえん》の「翁もほと〴〵まひ出ぬべき心地なんし侍りし」を踏み、花を月に転じ、主の翁の舞も今宵の月にこそふさわしいとすすめる。

535 今宵は中秋の名月。丸い大きな月が山の端《は》を離れ、明るく輝いている。「天の原ふりさけみれば春日《かすが》なる三笠の山に出でし月かも」と遥《はる》かに望郷の悲歌を詠《よ》んで異国の土と化した、あの仲麻呂の魂を慰めてあげよう。萩原朔太郎が評した郷愁の詩人ならではの、奇抜な趣向。高雅な品格を持つ鎮魂の名句。初案は「仲麿が」（句稿・落日庵・夜半叟）。

◇仲丸　阿部仲麻呂。養老元年（七一七）遣唐留学生となり、滞留五十余年、遂に唐土に客死した。

536 昼間だけ店を開き、夜は下山する峠《とうげ》の茶屋。その人影もない寂然たる茶屋で、自分一人が素晴らしい今宵の名月を独占する愉快さ。

537 山の端がポッと明るくなる。さては今宵の名月が、今海を離れて上ったなあ。

地理的状況は山の向うが海（木村架空）。「稲妻や浪もてゆへる秋津島」（明和五句稿）、「野路の月海と山とのちまたかな」（古今句集）もあり、蕪村には地理的関心があった。これも同類の奇抜な着想の句。

538　賈島《かとう》の「尋《ネテ》ニ隠者《ヲ》一不レ遇《あハ》」（『唐詩選』六）の「松下問《フ》ニ童子《ニ》一、言《フ》師《ハ》採《リ》レ薬《ヲ》去《ルト》」を踏む俳諧化（内藤鳴雪）。採薬の隠者は雪深うして蹤跡《しようせき》不明、芋掘りの道心者は待てば帰る。「芋名月という季題から芋掘りを連想した日本人の発句」（木村架空）。『徒然草』六十段の盛親僧都《じようしんそうず》の俤《おもかげ》であり、「五六升芋煮る坊の月見哉」（夜半叟）の作もある。底本「芋堀に」と誤る。

539　「勝間田の池は吾知る蓮《はちす》なし然《しか》言ふ君がひげなきがごと」（『万葉集』十六）は、蓮があるのを知りながら、わざと無いように言った戯歌。これを踏み、句は枯蓮に覆われて月の映る余地がないのを「闇也」といい、明暗を対照せしめた戯句。
◇かつまたの池　奈良市西の京にある勝間田之池。
一　大阪の俳優中村粂太郎《くめたろう》。安永六年七月十五日没。
二　『世説』に竹林の七賢の一人嵆叔夜《けいしゆくや》の酔った形容を「傀俄《くわいがトシテ》若《ごとシ》ニ玉山之将《まさニ》一レ崩《レント》」とある。

540　七月十五日は玉山が崩れるように亡くなった故人の命日。盆の月を見ると涙があふれ、涙の玉に月光が映り、それは千々《ちぢ》にくだけ散ってしまう。一周忌追悼句であろう。「月みればちぢに物こそかなしけれわが身ひとつの秋にはあらねど」（大江千里、『古今集』）による。

537
山の端《は》や海を離るゝ月も今
安永五句稿
落日庵・夜半叟
句帳

538
庵《いほ》の月主《あるじ》をとへば芋掘に
夜半叟
句帳

539
かつまたの池は闇《やみ》也《なり》けふの月
夜半叟
句帳

一鯉長《りちやう》が酔《よへ》るや、二嵬峨《くわいが》として玉山《ぎよくざん》のまさに崩れんとするがごとし。其俤《そのおもかげ》今なほ眼中に在《あり》て

540
月見ればなみだに砕《くだ》く千々《ちぢ》の玉

541
花守は野守に劣るけふの月

542
雨のいのりのむかしをおもひて
名月や神《しん》泉《せん》苑《ゑん》の魚《うを》躍る

安永四句稿
句帳
都林泉名勝図会

543
探題《たんだい》雁字
一《いつ》行《かう》の鴈《がん》や端《は》山《やま》に月を印《いん》す

夜半叟・句帳
五車反古

544
紀《き》の路《ぢ》にも下《お》りず夜を行《ゆく》鴈《かり》ひとつ

541　柳女《りゅうじょ》・賀瑞《がずい》宛書簡に前書《まえがき》「良夜」とし自解がある。『徒然草』百六段の「比丘よりは比丘尼《びくに》は劣り」（一〇七参照）を踏まえ、花守は富豪の別荘など預かる者で花やかな趣があるが、貧しい孤屋の野守のほうが風雅に富むと荷担した意。春秋比較論の句。類句に「山守の月夜野守の霜夜鹿の声」（句帳）がある。

542　名月が照りわたって神泉苑の池は昼のように明るい。魚が水面にはねると金波が散り、一瞬、金色の龍王が出現したという弘法大師の貴い修法《ずほう》のさまも思われる。魚も月明に感応したのだろう。神秘的なロマンチシズムの句。緊張した声調。
◇神泉苑　シンゼンエンとも。平安京大内裏の禁苑。天皇の遊園地で雨乞いの修法道場でもある。空海の故事は三四参照。小野小町請雨の霊験伝説もある。「神泉苑の跡を見れば池あり。池のむかひに善女龍王の宮、御苑天満宮あり。乾臨閣《けんりんかく》のいにしへなど思ひいでらる」（享和元年、大田南畝《おおたなんぽ》「改元紀行」）。

543　一行の雁が飛来し、間もなく山の端《は》に満月が出た。まるで雁たちが月を運んできたようだ。
雁列を文字に喩《たと》えた詩歌は珍しくないが、これは天外の奇想である。「一行《いつかうノ》斜雁雲端滅《ニきえヌ》」（源 順《したがう》、『和漢朗詠集』眺望）を踏む。一行・印に音読符号。『都林泉名勝図《ず》会《え》』（寛政十一年刊）に「南谷師《なんこくし》の一行を見て」と前書《まえがき》。南谷は東山大中寺中興で書聖と称された。
◇月を印す　丸い月が山の端に出たところを、書画に丸い印を捺《お》すことに喩《たと》えた。

544　正名宛書簡に「紀は日のもとの南方のかぎり、なほそれにもおりず、只一羽友を尋ねていづちをさして啼《なき》わたることにや。千万里の波濤《はたう》、孤雁のあはれをおもひつゞけ候」と自解。孤高の文人的境涯。

545　恋にやつれた雨中の鹿のさまを、雄々しく立派な角だけは雨にも恋にも朽ちぬ（不変の意）、と滑稽《こつけい》に叙した。前書は後に加えられたものか。「恨みわびほさぬ袖だにあるものを恋に朽なむ名こそ惜しけれ」（相模《さがみ》、『後拾遺集』）を踏む。初案は上五「鳴鹿や」（落日庵）。

546　鹿の姿がいかにも寒く感ぜられる。その角も、身に添う枯木のようで一層寒々としている。
鹿の角を枯木に喩《たと》えるのは平凡。明和七年九月二十六日倚松亭《いしようてい》における兼題「鹿」の作（句稿）。

547　物悲しく鹿の鳴く秋の山辺には、コナラの木末が荒々しく紅葉してきた。
「柞《ははそ》」も「荒れ」も「鹿」の付合《つけあい》（『類船集』）。鹿鳴く秋の嘱目《しよくもく》の景。古雅な感じの深い句（河東碧梧桐《かわひがしへきごとう》）。夜半叟の別案に中七以下「はゝその林うら枯ぬ」。
◇はゝそ（柞）　ブナ科のコナラの異名。一説にナラやクヌギの総称。銅色に紅葉する。『万葉集』『古今集』に多く歌われた。木の名に母を言い掛けた例が多いが、この句では母の意味はかかわらぬであろう。

548　鹿の鳴く夜、燈火をさげて外へ出てみると、菜畠には早くも霜がおりていて、そぞろに寒い。
鹿の声の哀れさを、菜畠の霜夜に客観した句。

545
雨中の鹿といふ題を得て
雨の鹿恋に朽《くち》ぬは角《つの》ばかり
落日庵
句帳

546
鹿寒し角《つの》も身に添ふ枯《かれ》木《き》哉
明和七句稿
耳たむし・落日庵
句帳

547
鹿啼《なき》てはゝその木《こ》末《ずゑ》あれにけり
夜半叟
（句帳）

548
菜《な》畠《ばたけ》の霜夜は早し鹿の声
夜半叟
（句帳）

549 三《み》度《たび》啼《なき》て聞えずなりぬ鹿の声　（句帳）

一残照亭晩望

550 鹿ながら山《さん》影《えい》門《もん》に入《いる》日哉　句帳

ある山寺へ鹿二聞《きき》にまかりけるに、茶を汲沙弥《くむしゃみ》の夜《よ》すがらねぶらで有《あり》ければ、三晋子《しんし》が狂句をおもひ出《いで》て

551 鹿の声小坊主に角なかりけり　落日庵　夜半叟

552 折《をり》あしく門《かど》こそ叩《たた》け鹿の声　夜半叟　句帳

549 下五「雨の鹿」（正名宛書簡）では余韻に乏しいので改作したか。後続の声を心待ちする長い時間が暗示される。平凡なようだが、「三度」がよく決る。安永五年九月二十日第二回写経社会の兼題の句。

一 京都市左京区一乗寺才形町金福寺内にある。山門の左手に現存。蕪村一派の写経社会は当初ここで開催された。「晩望」は詩題で、夕暮の眺め。

550 秋の日が西山に落ちて、折から山頂の鹿の影もそのまま門の枠《わく》の中に収まっている。

謡曲「三輪《みわ》」に「山影門に入つて推《お》せども出でず、月光地に鋪《し》いて払へども又しやうず」を踏み、「門に入」と「入日」を掛ける。機知的な興趣の句で、円山《まるやま》派の瀟洒《しょうしゃ》な墨絵を思わせる。額縁《がくぶち》を意識したところが新鮮な視覚。山・影・門に音読符号。

二 当時の鹿の名所は、八瀬《やせ》・鞍馬《くらま》・西加茂・北白川山ばな・嵯峨《さが》・鹿ヶ谷《ししがたに》等（『及瓜漫筆《きゅうかまんぴつ》』）。三 其角《きかく》の「菜の花の小坊主に角なかりけり」（『五元集』）。

551 山寺へ鹿の声を聞きにきた。夜中眠らぬお茶当番の小坊主が愛らしい牡鹿《おじか》の化身かと思われたが、熟視していても一向角《つの》は生えてこなかった。

其角の句は、紅葉に鹿、菜の花に小坊主の配合という（自解）。その上五のみを転じて仔鹿《こじか》の精のような雛僧《ひなそう》のイメージを描いた即興句。幻想的だが童詩的な味わいが豊か。初案「角はなかりけり」（落日庵・夜半叟）。

552 山がかった住居で一人静かに鹿の声に耳を澄ませている。ちょうど鹿が鳴き出したのに、折悪《あ》

しく来訪者が門を叩く。気のきかぬ奴《やつ》だ。訪われたほうは迷惑でも、訪隠の句だから、相手次第で感興は倍加するであろう期待もある。

四 年老いた感慨。

553 年々衰老の感を、去年にも増して淋《さび》しいと嘆く。「去年」に眼目がある。夜半叟の別案に「再《さい》唫《ぎん》 秋のくれ去年よりまた淋しくて」（安永丙申秋九月の小刷物もこの句形）とある。底本「さびしひぞ」。

554 俗で何の趣味もない句だが、いや味もない（内藤鳴雪）。老懐に浮ぶ両親の俤《おもかげ》。「父母のしきりに恋し雉子《きじ》の声」（芭蕉）を意識するか。

555 「心なき身にもあはれはしられけり鴫《しぎ》たつ沢の秋の夕暮」（西行、『新古今集』）を踏まえ、情が通じないわびしさを「秋の暮」の孤独感として把《とら》えた俳諧。初案は中七「立鴫斗《ばかり》」（句稿・落日庵）。逆の趣向に「こちら向に立つ鴫はなし秋のくれ」（安永五年刊『蓮華会集』）もある。

五 「おくやまに紅葉踏分けなく鹿の声きくときぞ秋は悲しき」（『百人一首』）の作者。『本朝遯史《ほんちょうとんし》』参照。

556 秋の暮の孤独の淋しさのあまり、おのが手をあげておのれを招くような所作《しょさ》をしてみる。猿丸大夫の「秋は悲しき」の孤愁《こしゅう》を意識した俳諧化。趙居《ちょうきょ》（宝暦年間の蕪村の画号）落款《らっかん》の自画賛（『全集』）に、「結城《ゆうき》の雁宕《がんとう》が所蔵に、破笠《はりつ》が画たる猿丸大夫の図あり、そのかたち如シレ此ノ。その画に賛せよとのぞみければ、頓《やが》て」と前書《まえがき》し、上五「我が手に」。

四 老《らう》懐《くわい》

553 去年より又さびしいぞ秋の暮

安永五小刷物
夜半叟・五車反古
句帳・新五子稿

554 父母のことのみおもふ秋のくれ

耳たむし・落日庵
句帳

555 あちらむきに鴫《しぎ》も立《たち》たり秋の暮

明和六句稿
落日庵・句帳

五 猿丸太夫《さるまるたいふ》賛

556 我《われ》がでに我をまねくや秋の暮

百歌仙・句帳
新五子稿

557　一歩わが家の門を出れば、われもまた旅人。秋の暮の行人にまぎれて景中の人となるのだ。劇中劇ふうの重層的表現に面白味がある。『おくのほそ道』の冒頭参照。了角《りょうかく》・乙総《おとふさ》宛書簡に「門《モン》」と振仮名。類句に「秋の暮京を出で行人見ゆる」（安永五句稿）、「門を出て故人に逢《あ》ひぬ秋のくれ」（句帳）。

558　平常は剛強を誇る武士も、秋の暮にはさすがに物の哀れを感じたのであろう、和歌（風雅一般）のことを問われた、という軍記物ふうの哀感。

559　老残孤独の淋しさにいつも手離さぬ愛用の杖をどうしたことか忘れて出た。その頼りない足どり、不安な気持に一入《ひとしお》秋の暮のわびしさを覚える。晩秋の老懐を「杖わすれたり」に具象化。夜半叟に原句「淋し身の杖わすれたり」を「に」「たる」に改作。

一『題苑集』に「斗藪《とそう》雲水の時」と前書《まえがき》し、上五「木曾行て」。「故人」は親しい友人。

560　秋冷の木曾路を一人たどることによって、蕉翁の風雅の道を味わうべく、その深い老境のさび心を体得したいものだ。宝暦元年秋、中仙道経由上京の時、江戸の友達に示した留別吟。「からびたるさまは老杜《ろうと》が粉骨をさぐり、西行の山家に分入りし芭蕉翁の口質ならん」と几董《きとう》が評すると、蕪村は肯定したという（新雑談集《しんぞうだんしゅう》）。◇としよらん　芭蕉の「けふばかり人も年よれ初時雨」、「此秋は何で年よる雲に鳥」に拠《よ》る。「年よる」は年をとる意だが、人生体験と芸境の深化をいう。

557
門《もん》を出《いづ》れば我も行《ゆく》人《ひと》秋のくれ

句帳
新五子稿

558
弓《ゆみ》取《とり》に歌とはれけり秋の暮

句帳

559
淋し身に杖《つゑ》わすれたり秋の暮

夜半叟・句帳
新五子稿

560
一故人《こじん》に別る
木曾路行《ゆき》ていざとしよらん秋ひとり

落日庵・五車反古
新雑談集・水鷹苅
新五子稿

561 かなしさや釣の糸吹《ふく》あきの風

落日庵・(句帳)
新雑談集

562 秋の風書《ふみ》むしばまず成《なり》にけり

(句帳)

563 金《きん》屛《びやう》の羅《うすもの》は誰《た》ガあきのかぜ

安永五句稿
夜半亭発句集
落日庵・夜半叟
句帳

564 秋風や干《ひ》魚《うを》かけたる浜《はま》庇《びさし》

安永五句稿
落日庵・句帳

561 大江《たいこう》のほとりに釣糸を垂れていると、身にしみいるような秋風が音もなく吹き来たり、細い釣糸を吹きたわめては、どこへともなく去ってゆく。その糸を眺めていると、そぞろ物がなしさを覚える。欧陽修《おうようしゅう》「秋風賦」(『古文真宝』)の「噫《あ》嘻《あ》悲《シィ》哉。此レ秋ノ声也」に拠り、また上五を「江渺々《べうべう》」と改めたが、几董の強い勧めで原形に復したという(新雑談集)。

562 秋風が吹き初《そ》めて天地に蕭殺《しょうさつ》の気がみなぎり、書中の紙魚《しみ》も活動しなくなった。これで落着いて読書に打ちこめるというものだ。

◇むしばまず 「むしばむ」は紙魚が紙を食って穴をあける。「虫払い(虫干し)」は夏の土用に行う夏の季題。

563 きらびやかな金屛風に、透きとおる薄絹の衣が掛け捨てにしてあり、空しく秋風に吹かれている。君王の寵《ちょう》衰えて去って行ったのは誰であろう。秋風は恋の情熱をさます。君寵を失った漢の班婕妤《はんしょうよ》など宮廷女性の俤《おもかげ》。杜牧「宮詞」(『聯珠詩格』)の「紅燭秋光冷《すさマジ》ニ画屛ニ、軽羅小扇撲ツ流蛍ヲ」などの転換。

◇羅 ウスモノ。薄絹。三九二参照。

「羅もの丶銀屛はたが秋の風」(九老画「俳画屛風」)。

564 人気のない漁家の軒に干魚が掛けてある。それを乾かすのは透明な秋の風。五六三とは対蹠《たいしょ》的な庶民生活の風物詩である。

◇浜庇 「浜ノ家居ニ庇ノアル家」(『わくがせわ』)。『万葉集』の「浜久木《ひさき》」を『伊勢物語』(百十六段)が誤って以来、浜べの家、またその庇の称となる。

565
古人移竹《いちく》をおもふ
去来去《さり》移竹移《うつ》りぬいく秋ぞ
明和五句稿
句帳

566
順礼の目鼻書《かき》ゆくふくべ哉《かな》
松島道の記
耳たむし・落日庵
句帳

567
腹の中へ歯はぬけけらし種ふくべ
（句帳）

568
四十《よそぢ》にみたずして死《しな》んこそめやすけれ
あだ花にかゝる恥なし種ふくべ
句帳

一 田河氏。京の人。松木竿秋《かんしゅう》門で初号来川《らいせん》。烟舟亭《えんしゅうてい》を号し、去来の風韻を慕った。宝暦十年九月十三日没、五十一歳。遺句集『乙御前《おとごぜ》』（明和元年刊）。九月十四日大来堂で移竹九年忌を催した時の句（句稿）。

565 去来の「去」、去来を慕った移竹の「移」を巧みに詠《よ》みこんだ追悼《ついとう》句。六五と同手法、これは技巧的だが平明。

566 順礼の少女が垂れさがる瓢簞《ひょうたん》に目鼻を落書《らくが》きしてゆく洛外小景。淡泊な味の句である。◇順礼 ここは洛中・洛外の社寺を順拝する子供の順礼。「楽書」と付合《つけあい》（『類船集』）。◇ふくべ 瓢《ひさご》。京の産地は田中村・伏見・松ヶ崎・深草（『及瓜漫筆《きゅうかまんぴつ》』）。

567 人は老化すると歯が抜け落ちる。軒下につるされた種瓢《たねふくべ》は自分の腹の中に歯が抜けたらしく、秋風に揺られてからびた音を立てている。瓢の種が人間の歯に酷似するところからの着想で、上品なユーモア。

二『徒然草』七段に「命長ければ辱《はぢ》多し。長くとも四十《よそぢ》にたらぬ程にて死なんこそめやすかるべけれ」。

568 種瓢がいつまでもブラリと垂れ下がってさらしものになっているのを、「命長ければ恥多し」のさまと見た。老醜を自戒する気持がよく出ており、真面目《まじめ》な人生観照の句。兼好の「もののあはれ知らずなりゆくなん浅ましき」を意識しているであろう。

569 炭取になった尻ぶとの瓢は尻に敷物をあてられて安坐している。人の世はあくせくと落着かないのに、この瓢はどっしりと尻を据えているよ。有用な器物として、俗世間に安坐している瓢を、離俗の寓意《ぐうい》をこめて讃嘆する。次の句と対照的。

570　収穫も終って無用になった案山子。着物は破れ、自分の一本足に大事な頭をさえ抜かれる、という惨めなありさま。大切な御用を果したのに、無用になれば放置されるとは、人間さまも薄情なものよ、と案山子をあわれむ意。

571　収穫の秋である。柿も赤く熟してきた。今は用済みのかかしは御所の警固でも頼まれたかのように、神妙な顔をして梢《こずえ》の御所柿を見上げている。武装の武者一人が描かれた、武者絵の賛句として作られた諷刺《ふうし》的滑稽《こっけい》句。句によれば忠誠一途《いちず》の間抜け顔であろう。高い梢に来る鳥をおどす役には立たない。
◇御所柿　柿の一品種。奈良県御所《ごせ》市原産の甘柿で美味。

572　高貴を慕わず、貧賤を憂えず、人のために田を守って風雨霜雪をもいとわない。案山子くらい隠徳のある者はいまい。歴とした姓名字号あって然《しか》るべきだのに、人は案山子という別号を唱えるのみ。それもまたよしとして深く沈黙して不平も洩《も》らさぬ。案山子を巌窟《がんくつ》の隠君子に見立てた句。右の解は蕪村の自解（無宛名書簡）によった。「哉」は疑いの哉で歟《か》という心、「不用意にして得たる句」（技巧をこらさず、口をついて出た句）と自讃。

569　人の世に尻を居《す》ゑたるふくべ哉　　耳たむし・落日庵　句帳

570　我《わが》足《あし》にかうべぬかるゝ案山子《かがし》哉　　百歌仙・耳たむし　落日庵・句帳

571　武者絵賛
御《ご》所《しよ》柿《がき》にたのまれ貌《がほ》のかゞし哉　　句帳

572　姓名は何《なに》子《し》か号は案山子哉　　句帳

573 三輪《みわ》の田に頭巾《づきん》着て居るかゞしかな　夜半叟

574 山陰《やまかげ》や誰《たれ》呼《よぶ》子《こ》鳥《どり》引《ひ》板《た》の音　夜半叟 句帳

一雲裡房《うんりばう》、つくしへ旅だつとて我に同行をすゝめけるに、えゆかざりければ

575 秋かぜのうごかして行《ゆく》案山子哉　（句帳）

576 水落《おち》て細脛《はぎ》高きかゞし哉　句帳

573　大和《やまと》国三輪の田を守る案山子は頭巾《ずきん》眉深《まぶか》に顔を隠しているよ。三輪明神が顔を見られぬよう、夜ばかり女の許《もと》に通われた故事に倣《なら》ったのであろう。謡曲「三輪」に出る玄賓僧都《げんぴんそうず》の「山田もるそほづの身こそ悲しけれ秋はてぬれば訪ふ人もなし」（『続古今集』）の「そほづ」（僧都）は案山子のことだから、玄賓僧都の俤《おもかげ》をも踏むか。ユーモラスな佳作。

574　人気《ひとけ》のない山陰である。呼子鳥と引板の音とがかわるがわる相似た甲高《かんだか》い声で呼びあっているが、一体誰を呼んでいるのだろう。

◇誰呼子鳥　「誰を呼ぶ」に掛ける。呼ばれるのは隠士であろう。◇引板　鳴子。鳥追いの道具。

575　秋風が案山子を揺り動かして吹き去る。そのように私の心をいささか動揺させて、あなたは気軽に西国へ旅立ってゆく。うらやましいことだ。

一　雲裡房の筑紫行脚は宝暦十年秋、翌年四月病没。秋風を雲裡房に、作者を一本足の案山子に喩《たと》えた。同行できない理由は、すでに独身でなく一家を構えていたからであろう。淡泊な送別の名作。

576　水田の水が落ちてしまうと、案山子の一本足があらわに露出して、思ったよりその細い脛が高く目立ってみえるよ。

露出の主因は、風雨にさらされた衣裳がちぎれ飛んだからでもある。中七は擬人《ぎじん》法。

◇水落て　季語「落し水」は稲刈の一と月ほど前に無用になった田の水を落して田を干すこと。

577 故郷《ふるさと》や酒はあしくとそばの花

安永三句稿
句　帳

578 宮城野《みやぎの》ゝ萩更科《さらしな》の蕎麦《そば》にいづれ

夜半叟
句　帳

579 道のべや手よりこぼれて蕎麦《そばのはな》花

夜半叟

580 落《お》つる日のくゞりて染《そむ》る蕎麦の茎

五車反古
夜半叟・（句帳）

577　蕪村の故郷は淀川左岸、摂津国毛馬村《けま》だから、蕎麦《そば》が名産とも思われぬ。上五中七「帰去来《かへんなん》酒はあしくも」（句稿）の初案形によれば、陶淵明ふうの理想郷であって、特定の地ではない。六九二参照。◇あしくと　「あしくとも」の略。

578　宮城野の萩（紅紫色）と更科の蕎麦の花（白）との比較優劣論。前者は名高い歌枕、後者は蕉風俳諧に格別珍重された。この句の季題・主題は「蕎麦の花」、結実・収穫後の「花より団子」を推賞するところに俳諧の妙味がある。芭蕉の「蕎麦もみてけなりがらせよ野良の萩」を踏むか。

579　山道を歩いていると、白い蕎麦の花が咲いている。それはまるで私の手からこぼれて咲いたかのように、小さく可憐《かれん》な風情である。「細少な白花の簇《むらが》りは、物のこぼれかかった趣もある。途上の即事といい、花の形容といい名吟」（木村架空）。花咲爺《はなさかじじい》ふうの幻想。夜半叟に下五「そばの花」。

580　西の山に落ちかかる夕陽が真横から射《さ》しこんで赤味を帯びた蕎麦の茎の群列を真紅《しんく》に染める。むろん白い花も紅《あか》く染まるが、主題は高山帯の蕎麦の茎を、夕陽が真横から射して紅く染め上げている特殊な光景。写実ではなく、蕪村らしい視覚的な色彩感覚の句。初案は「落日の潜リて」（夜半叟・五車反古）、句帳に「くゞりて」と濁音を表記。従って「からくれなゐに水くくるとは」（在原業平《ありわらのなりひら》、『古今集』）の絞《くく》り染《ぞ》めの意ではない。

一題白川

581 黒《くろ》谷《だに》の隣《となり》はしろしそばのはな　(句帳)

582 なつかしきしをにがもとの野菊哉《かな》　安永五句稿　几董句稿四　落日庵・夜半叟　句帳

583 綿つみやたばこの花を見て休む

584 三《さん》径《けい》の十《じっ》歩《ぽ》に尽《つき》て蓼《たで》の花　夜半叟

一　正名宛書簡に「探題　山城の名所づくし　白河」と前書《まえがき》。「一休の白河黒谷《ハ》隣《ノ》、紫野《ハ》丹波《ニ》近《シ》。右の語を用ひ申候」と付記。安永五年九月二十日第二回金福寺《こんぷくじ》写経社会の探題句。

581　対句を求められた一休は、言下に「白河黒谷隣」と答えたという。蕪村の句は隣を比べるのみでなく、具体的に俳諧の景物・蕎麦《そば》の花を出した機知。◇黒谷　岡崎の北、新黒谷。吉田山の南、東に鹿ヶ谷《ししがたに》、北隣は白川。浄土宗鎮西派の金戒光明寺《こんかいこうみょうじ》がある。

582　懐かしい故里《ふるさと》に帰ってみると、今を盛りの紫苑《しおん》の下《もと》には、可憐《かれん》な野菊さえ咲いているよ。◇なつかしきしをに　『古今集』巻十物名「ふりはへていざ故里の花見むと来しをにほひぞうつろひにける」による「故里の花」である。◇しをに（紫苑）　キク科の大形多年草。茎の高さ約二メートル、秋、その上部に多くの小枝を出し淡紫色の小花が群れ咲く。この句の季題は「野菊」。

583　煙草も吸わぬ綿つみの女たちが、ただその花を見て休んでいるさま。「煙草」の縁で「一服する」即ち「休む」の語を引き出した、洒落《しゃれ》た趣向の句。◇たばこの花　初秋、淡紅色の花をつける。種とり用の花か、観賞用の花煙草。

584　荒れ放題の小庭に三筋の小道がついているが、十歩も行けばどれも行き止り、雑草の中に鄙《ひな》びた蓼の花が一面に乱れ咲いている。陶淵明の「三径就《つキ》レ荒《くわうニ》、松菊猶存《ス》」（「帰去来辞《ききょらいのじ》」）を転じ野趣横溢《おういつ》する蓼の花こそ貧乏な日本の隠者にふさわしいと見る。高雅な漢詩的声調の句。◇三径　前漢の蔣詡《しょうく》以来、隠士の居宅をいう（「蔣詡三逕」、『蒙求《もうぎゅう》』）。『源氏物語』蓬生《よもぎう》にも「三つのみち」。

585　遠く甲斐の山嶺《さんれい》が連なり、可憐な蓼の花が咲き乱れる道を塩車が音たてて山国へ向ってゆく。絵画的な遠近法による印象明瞭《めいりょう》の句。眼前の実景。◇甲斐がね　二四参照。◇塩車　越後の上杉謙信が甲斐の武田信玄に塩を送った故事の連想もある。

586　水亭の窓前に沙魚釣り舟が沢山《たくさん》漕ぎ出していてその眺めを一望わが物とする快事。「窓の前」が一句の主眼である。額縁《がくぶち》意識があるか。五五〇参照。

587　百日の夏の間、毎日鯉を料理し尽してきた。さあ、秋になったからこんどは鱸だ。夏の鯉の次は初秋の鱸が美味、料理の包丁の振いがいもあろうという意。中七に気勢があふれる。◇百日の鯉　『徒然草』二百三十一段に園《その》の別当入道が料理修業に「百日の鯉をきり侍るを、今日欠き侍るべきにあらず」と言った話が出ている。

588　「釣あげてい」（落日庵・夜半亭発句集）では間が置かれ、直後の生動感は「釣上し」でなくてはならぬ。「玉や吐」の切字の使い方も凜然《りんぜん》たる響きを出し、鱸の威勢の理想化に成功した。◇鮩　鱸の略字。「巨口細鱗、状如《シ》二松江《しょうかうノ》鱸一」（「後《のちの》赤壁賦《せきへきのふ》」）とあるが、天下の美味とされた松江産の鱸は日本で「すずき」と言っている魚とは別種。

585
甲斐《かひ》がねや穂蓼《ほたで》の上を塩車

夜半叟・句帳
新五子稿

586
沙魚《はぜ》釣《つり》の小舟《こぶね》漕《こぐ》なる窓の前

句帳

587
百日の鯉切《きり》尽《つき》て鱸《すずき》かな

588
釣《つり》上《あげ》し鮩《すずき》の巨《きよ》口《こう》玉《たま》や吐《はく》

安永五句稿・夜半亭発句集・落日庵
夜半叟・句帳

589
ひとり一大原野《おほはらの》ゝほとり吟行しけるに、二田疇荒蕪《でんちうくわうぶ》して千ぐさの下葉霜をしのぎ、三つれなき秋の日影をたのみて、はつかに花の咲出《さきいで》たるなど、ことにあはれ深し

水かれ〳〵蓼《たで》歟《か》あらぬ歟蕎麦《そば》歟否《いな》歟

落日庵句帳

590
小鳥来る音うれしさよ板びさし

落日庵句帳

591
此《この》森もとかく過《すぎ》けり鵙《もず》おとし

落日庵句帳

一 京都西郊、乙訓《おとくに》郡大原野村（京都市右京区）、小塩《しお》山の麓《ふもと》の景勝地。 二 田畑が荒れはてて。 三 ここは秋の陽《ひ》の淡々しいさまをいう。

589 川水はほとんど涸《か》れ、草も霜のために下葉が枯れてしまったので、僅《わず》かに咲き残る花を見ても蓼であろうか、それとも蕎麦か、容易に判別がつかぬ。晩秋の野辺の荒寥《こうりょう》感を破調で表現した四〇四の系列の句。立ち尽して四辺に目をこらすすい。着想も韻律も「秋風の吹きあげに立てるしら菊は花かあらぬか浪のよするか」（菅原道真《すがわらのみちざね》、『古今集』）に拠《よ》る。◇かれ〳〵 涸れ尽したのでなく、秋の川の衰えたさま。◇蓼歟あらぬ歟 蓼であろうか、違うかな。この「歟」は『古今集』の用例通り、自問自答を表す。

590 作者は一室に籠《こも》っていて、板庇《いたびさし》を踏む微《かす》かな小鳥たちの足音や楽しげな鳴き声に耳を澄ませている。音を聞いて感じたこの「うれしさ」は、作者の深い心のときめきをすら表現している秀吟。初案は下五「孫庇」（落日庵）。

591 鵙おとしを森の周辺の畑に仕掛けようと、あちこち探し廻っていたが、適当な場所が見つからぬので、この森をあきらめて行ってしまった。「とかく」（あれこれ）という副詞が活用されている。物騒《ぶっそう》な仕掛け人が去って、野鳥の天国森の平和を喜ぶ。季題「鵙おとし」は、北村季吟撰『山の井』以下の季題解説書に、八月、目を縫った囮《おとり》を使い、森の周辺の畑などに仕掛ける、とある。

592　山雀は籠《かご》の中で飼いならすと、よく反転したり飛舞したり、児女の弄《もてあそ》び物になる。胡桃《くるみ》を好んで食うから、榧の実（食用になる）も好物であろう。遊びほうけた山雀が、夕方榧の老木のねぐらにもどってくる、という無邪気な童謡調。

四　丹後宮津（京都府宮津市）見性寺《けんしょうじ》（浄土宗）の住職（新花つみ文章篇参照）。この事実は宝暦二、三年。断簡句帳には「上人」と書いて「法師」に改める。

593　旅に「たつ鴫」は竹渓法師、「眠る鴫」は東山の僧房に閑居する釈蕪村、ともに僧形《そうぎょう》だから「ふた法師」と言う。見性寺住職として丹後へ赴任する法師に対する送別句であろう。

594　田面《たのも》から一斉に舞い立った鴫の群舞。晴れ上がった秋空もそんなに高くないようにみえる。天高き秋日の概念を破る奇巧を漢詩的声調に託した。初案は「秋天ひくき」（夜半叟）。「高し」の対語「ヒキシ」は室町頃から「ヒクシ」となったがここは古体。

595　渡り鳥が寺林を休み場所とするであろうことは自明のことだから、誰に「聞かずとも」ここを鳥の音の聞き場所としよう。夜半叟に「せに似せよ」と誤る。句帳に「せにせよ」。◇せにせん　「聞かずともここを瀬にせむ時鳥《ほととぎす》山田の原の杉の群立《むらだ》ち」（西行、『新古今集』）に拠《よ》る。「瀬にする」はある目的の場所にすること。◇寺林　寺の森。「人の世やのどかなる日の寺林」（其角）。

592
山《やま》雀《がら》や榧《かや》の老《おい》木《き》に寝にもどる　　句帳

593
四 竹渓《ちくけい》法師丹後へ下るに
たつ鴫《しぎ》に眠る鴫ありふた法師　　（句帳）

594
鴫立《たち》て秋《しう》天《てん》ひきゝながめ哉《かな》　　夜半叟

595
わたり鳥こゝをせにせん寺林　　夜半叟　句帳

596　錦《にしき》のように美しい夕焼空の果てから、渡り鳥が群をなして渡ってきたよ。

◇雲の機手　雲の果て。「渡り鳥を雲の錦の織りなす浮き模様の見立て」とする内藤鳴雪・木村架空説もある。「夕ぐれは雲のはたてにものぞ思ふ天《あま》つ空なる人を恋ふとて」(『古今集』)に関しては顕昭の注釈以来「旗手(長い旗の先端の風に翻るところ)」説もある。

597　瀬田にはまだ秋雨が降っている。湖を隔てて西北、志賀の里あたりには夕日が赤々と照り映えてきた。今しも雨中の瀬田川では江鮭が、銀鱗をひらめかしながら漁師の網にたくさんあがった。

「瀬田夕照」がひろがる時点を設定して、仲秋の名産江鮭(琵琶鱒《びわます》とも。体側に鮮紅の点がある)を生動させた句。近江八景の一を具象化した名作。漁の実況は「捨る程とれて又なし江鮭」(几董《きとう》)。「残雨斜日照シ。夕嵐飛鳥還ル」(『王維詩集』)の転換。

598　王朝時代東国の御牧《みまき》で育てた駒を選び、陰暦八月都に上せた。貢上馬を逢坂山《おうさかやま》まで迎える儀式が「駒迎え」。選りすぐった駒の中でも、特に額白が勇ましく立派である、の意。印象鮮明な句。

◇額白　額のみ白い馬。月白・戴星馬《たいせいば》ともいう。

599　秋の暮と地蔵との配合は陳腐だが、「油さす(燈油を入れる、また補充する)」という働きがこの句を救っている。『見た京物語』(天明元年刊)に京の名物として辻地蔵の多いことを指摘している。

596
わたり鳥雲の機手《はたて》のにしき哉
夜半叟

597
瀬田降《ふり》て志賀の夕日や江鮭《あめのうを》
夜半叟
句帳

598
駒《こま》迎《むかへ》ことにゆゝしや額《ひたひ》白《じろ》
夜半叟

599
秋の暮辻《つじ》の地蔵に油さす

600
秋の燈《ひ》やゆかしき奈良の道具市

601
追《おひ》剝《はぎ》を弟《で》子《し》に剃《そり》けり秋の旅
夜半叟

602
秋《あき》雨《さめ》や水《みな》底《そこ》の草を踏《ふみ》わたる
明和五句稿
落日庵・句　帳

一丸山氏が黒き犬を画《ゑがき》たるに、讃《さん》せよと
望みければ
603
おのが身の闇より吼《ほえ》て夜《よ》半《は》の秋

600　古都奈良の、とある路傍に油灯をかかげる古道具の市。さまざまな器物の中に、深い陰影を持つ仏像や仏具もある。ほの暗い秋燈下に、いずれも古い都がゆかしく思われるものばかり。芭蕉の「菊の香や奈良には古き仏達」を裏返しにした句。菊も仏も表面に出さずに、庶民風景へ転換した。「ゆかし」の形容がよく効《き》いている。

601　高僧の俤《おもかげ》。木村架空は、松島瑞巌寺《ずいがんじ》の中興・雲《う》居《ご》禅師が熱海から北越へ赴かれる途中、強盗に遇《あ》われたが諭して剃髪《ていはつ》させ、弟子にしたという逸事(「大悲円満国師年譜」)を引く。類似の話は松崎観瀾《かんらん》『窓のすさみ』などにも多い。柳女《りゅうじょ》・賀瑞《かずい》宛書簡によると、「探題《さぐりだい》、秋旅」の作。

602　深みに落ちぬよう、水没した水底の草の根を踏み踏み注意深く渡ってゆくさま。実況を忠実に描いた写実的な佳句。新花つみ一〇七は類想句。

一　丸山氏は円山応挙《まるやまおうきょ》のこと。三八〇参照。

603　秋の夜ふけ、闇の中から犬が吼える。よくよく見ると黒犬らしい。まるでおのが身は闇黒の中に隠れて見えぬつもりで吼え続ける。涅槃経《ねはんぎょう》を出典とする諺《ことわざ》「煩悩《ぼんのう》の犬は追えども去らず」の寓意《ぐうい》よりも、芭蕉の「行雲《ゆくくも》や犬の逃《にげ》ぼえむらしぐれ」に近い。描写力があるので、観念臭は露骨ではない。応挙そっくりの黒犬などを描いた謝長庚《しゃちょうこう》(蕪村の明和から安永にかけての画号)写す狗子《くし》図(小襖《こぶすま》四枚)があった。

604
甲《かふ》賀《か》衆《しゅ》のしのびの賭《かけ》や夜《よ》半《は》の秋
落日庵句帳

605
枕《まくら》上《がみ》秋の夜を守《も》る刀かな
新選（句帳）

606
身の秋や今宵《こよひ》をしのぶ翌《あす》もあり
秋風六吟歌仙（句帳）

607
我《がー》則《そく》あるじゝて会催しけるに
小《こ》路《うぢ》行《ゆけ》ばちかく聞《きこ》ゆるきぬた哉
新五子稿

604　秋の夜長の徒然《つれづれ》に、二、三人の忍者姿の甲賀衆が難所への忍びの術が成るか成らぬか、賭《か》けをしている。夜も静かに更《ふ》けてきた。実演中というより、頭つき合せて談合中とみる。ドラマチックな想像の句。
◇甲賀衆　近江《おうみの》国甲賀《こうか》郡の郷士《ごうし》で江戸幕府に仕え同心を勤めた。伊賀者とともに忍術で名高い。甲賀者。

605　寝所に刺客《しかく》が忍びこんでも、すぐ応戦できるよう、秋の夜を守る枕太刀《まくらだち》が、手の届く所に横たえられている。
前句と類似の着想。歌舞伎などの情景であろう。
◇枕上　枕元。枕べ。枕元の太刀を「枕太刀」という。

606　寂しさの身にしみる秋の宵。今は憂悶《ゆうもん》にうち沈むわが身も、後になってこの苦悩を笑って懐《おも》う日が必ず来ると思わねば、とても耐えられない。
「長らへばまたこの頃や忍ばれむ憂しと見し世ぞ今は恋しき」（藤原清輔、『新古今集』）を巧みに要約した俳諧の妙味。中七下五の断定は、和歌の上句に相当する。娘の離婚問題に関《かか》わるとすれば安永六年秋の作。

607　大路を歩いていたうちは、どこか遠くに砧《きぬた》の音がしていたが、さて小路へ入ってゆくと、近くの家から確かに聞える。ああ、この家だったのか。砧の音の高低を意識した音源探索の興味。新五子稿に前書なく上五「こみちゆけば」と表記。
一　京の俳人。蕪村門。『あけ烏』に一句、『続明烏』に四句入集。前書《まえがき》の事実は安永後半期だろう。

608

「相住や砧に向ふ比丘比丘尼《びくびくに》」（召波）もあり、ここは向いあって打つ二人砧。片恋の男女の場合で、いささか滑稽《こつけい》の響きがある。「手をうたれた」のは過失であろうが、打たれた男はそうは受け取らぬ。◇うき人　和歌に恋につれない人をいう。◇砧　木槌《きづち》で布を打ちやわらげること。女の夜なべ仕事とされた。古来、詩歌にも多く詠《よ》まれた。

609 静かな秋の宵、母と娘と向いあって砧を打っているらしく、「おち」「こち」「おち」「こち」と交互に遠く近く聞える。「娘より嫁の音よわき砧かな」（去来）もあり、音質の強弱高低を擬音《ぎおん》化した句。「おち」は遠く柔らかく、「こち」は近く固い響きで、前者は経験豊かな打ち手であろう。上五を四音の破調にして、音の断続性をも捉《とら》えた新鮮な表現である。初案は下五「衣かな」（召波資料・耳たむし・落日庵）。

610 憂き身をもて余していると、どこからか砧の音が聞えてきた。その哀感に心慰められたのも束の間、単調な同音の繰返しがじれったく、ああ、もう止めてしまえ。芭蕉の「うき我を淋しがらせよ閑古鳥」、李白「烏夜啼」（『唐詩選』二）の「停《とどメテ》レ梭《ひヲ》悵然《ちやうぜんトシテ》憶《おもヘバ》二遠人《ヲ》一、独《リ》宿《シテ》二空房《ニ》一涙如《シ》レ雨《ノ》」等を転換して、心理描写を成就した。

611 狐が人家に小石を投げ込む、村中警戒に当ると現れない、そんな山村騒動の一コマ。砧に狐よけの効用を付与したところが新しい。

608 うき人に手をうたれたる砧《きぬた》かな

遠《を》近《ち》《こち》をちこちとうつきぬた哉

610 うき我に砧うて今は又止《や》みね

611 石を打《うつ》狐守《もる》夜《よ》のきぬた哉

明和五句稿
新　選・句　帳

609

召波資料・新　選
耳たむし・落日庵
（句帳）

続明烏・新虚栗
句　帳

夜半叟
句　帳

612 鳥羽殿《とばどの》へ五六騎いそぐ野分《のわき》哉

明和五句稿
落日庵・(句帳)

613 門前《もんぜん》の老婆子《らうばし》薪貪《たきぎむさぼ》る野分かな

(句帳)

614 禁《ふもと》なる我蕎麦《わがそば》存《そん》す野分哉

夜半叟
冬瓜汁

615 市人《いちびと》のよべ問《とひ》かはすのわきかな

夜半叟

612 野分の吹き荒れる中を、物々しく武装した五、六騎の武者が現れ、かなたの鳥羽殿さして疾駆してゆく。五、六騎また五、六騎と。ただならぬ兵馬の変の気配を描いた、絵巻物ふうの詠史句の佳吟。中七の現在形に連続性と迫真力がある。『保元物語』の一場面であろう。◇鳥羽殿　白河・鳥羽両帝が造営された城南《せいなん》離宮。紀伊郡下鳥羽にあった。『保元物語』『平家物語』参照。◇野分　野の草を吹き分ける風の意で、二百十日・二百二十日頃の暴風をいう。今の台風。

613 老先短いはずの門前の老婆が、野分に落ち散った木の枝を一本でも多くと貪《むさぼ》り拾っている。習わぬ経を読むどころか、それでなければ金は溜《たま》らぬ。後生《ごしよう》を願うべき老婆にあるまじき強欲《ごうよく》ぶりは、「東家ノ一老婆、富来《ミルコト》三五年」(『寒山詩』)の俳諧化であろう。句は字余りの虚栗《みなしぐり》調である。

614 野分の翌朝の光景。上五「けさ見れば」(夜半叟・冬瓜汁《とうがじる》)を「禁《ふもと》なる」と改作して地形を明確にした。これで収穫も確かという安堵《あんど》感である。「我蕎麦」は一一九・八二七参照。

615 台風一過の翌朝、町住みの商人たちが、被害の有無を問いかわすさま。六二四とは異質の句。夜半叟に下五「秋のくれ」とあるのを改作。五〇六参照。◇市人　市で商いをする人。「市人に此笠うらう雪の傘」(芭蕉)。◇よべ　夜部。昨夜。

616 ある在家《ざいけ》の二階に泊った旅僧が、一晩中ミシミシと揺れる台風の強さに、無気味さと不安を覚え、遂に家族たちのいる階下へ下りてくる。俗を脱したはずの僧が階下へ避難するさまにユーモアがある。野分の烈《はげ》しさを側面から描いた優作。
◇客僧　修行中の旅僧。謡曲では山伏。八五七参照。
一　大津の三井寺（園城寺《おんじようじ》）のある山。書簡に前書《まえがき》「三井山上得皮亭《とくひてい》よりみかみ（三上）の山をのぞみて」。
二　滋賀県野洲《やす》郡野洲町の東南にある円錐《えんすい》状の小山。
617 晩秋の冷気を切って、俵藤太秀郷《たわらとうだひでさと》の鏑矢が勇壮な響きを発しながら飛び去る。豪快《ごうかい》な詠史句。
◇藤太　藤原秀郷。将門《まさかど》の乱を平げた平安中期の武将。弓に秀で、三上山のむかで退治等の伝説が多い。
618 今夜は十二夜、よく晴れて月も明るいから、さあ太秦《うずまさ》に牛祭を見に行こう。
◇角文字　『徒然草』六十二段に、幼い延政門院が父後《ご》嵯峨《さが》上皇に「ふたつ文字牛の角文字直《す》ぐな文字歪《ゆが》み文字とぞ君は覚ゆる」という謎歌《なぞうた》を贈られた話により、「い」の枕詞ふうに使った。「角」は牛の縁語。◇牛祭　陰暦九月十二日夜行われた太秦《うずまさ》の広隆寺の奇祭。
619 痛い目を見た漆の木も晩秋の凋落《ちようらく》の中で、漆液をとるため樹肌を幾たびも掻《か》き荒され、一きわ衰兆が目立つ。
◇漆　古代からの塗料。近世諸藩も栽培を奨励した。四月の末、幹に初掻きをし八、九月までの間に十度ほど掻取ると枯死する（『農業全書』）。

616
客僧《きやくそう》の二階下《お》り来る野分哉

[一]三井《みゐ》の山上より[二]三《み》上山《かみやま》を望《のぞみ》て

617
秋寒し藤《とう》太《だ》が鏑《かぶら》ひゞく時

618
角《つの》文《も》字《じ》のいざ月もよし牛祭　新選・落日庵句帳

619
うら枯《がれ》やからきめ見つる漆《うるし》の樹《き》　（句帳）

620 物《もの》書《かく》に葉うらにめづる芭《ば》蕉《せう》哉　夜半叟

一 斗《と》文《ぶん》、父の八十の賀をことぶくに、申《まうし》贈る

621 稲かけて風もひかさじ老《おい》の松　（句帳）

二 広沢

622 水かれて池のひづみや後《のち》の月

620 蕉翁も愛された芭蕉の葉に何か墨書《ぼくしょ》してみたい気になる。表と裏を見較《くら》べると、白っぽい葉裏のほうが美しく、物を書くにはふさわしいようだ。池西言水《ごんすい》に「神楽歌《かぐらうた》かゝむばせをの広葉哉」（『八重桜集』）の先例もある。「に」が重なっても句法は渋滞しない（内藤鳴雪）。物の裏を賞する俳趣。上五「物書て」（夜半叟）は初案。

一 斗文は『明和辛卯春《しんぼう》』に入集する門人。この父は安永二年七月十四日に没した（几董《きとう》句稿二）。「八十の賀を寿《ことぶき》て天数尽《つき》ぬ。惜しむべし洛北の陳人」と前書《まえがき》する几董の悼句《とうく》もある。安永元年秋の作か。

621 豊かに実った稲束を老松の枝もたわわに掛ける。そのように孝子斗文は風邪もひかすまいと、老父の日常を注意深くいたわっている。老父を邸内の老松に喩《たと》え、「寝起」「身」と付合の「稲」を取り合わせて斗文の孝心を讃《たた》えた。重層的な技巧の句。斗文の家は洛北の大農であろう。

二 洛西広沢池。宇多野の西、古来月見の名所。

622 「斜《ひづみ》」（『書言字考』）は、ゆがみ・いびつで、斜めにゆがんでみえること。池の浅い所は底が露出して、水面が斜めに見える意であろう。少しゆがんだ、いびつな後の月との調和。◇後の月　陰暦八月十五夜（満月）のあと、九月十三夜の月を賞する日本独自の習俗。宮廷では宇多天皇の時から始まるという（『中右記』）。

623 山茶花《さざんくわ》の木間《このま》見せけり後の月　長月集

624 泊《とま》る気《き》でひとり来ませり十三夜　夜半叟句帳

625 十月《じふぐわつ》の今宵《こよひ》はしぐれ後の月

十三夜の月を賞することは、我日《わが》のもとの風流也《なり》けり

626 唐人《からびと》よ此《この》花過《すぎ》てのちの月　落日庵句帳

623　少し欠けた十三夜の月が上った。小暗い山茶花垣の辺りにくると、白い花も咲いていて、木の間が影絵のように透けてみえる。

光源が斜め向うにあるので、木の間が透視できる状況。常人の思い及ばぬ微妙な「後の月」の季感を特異な視点から捉《とら》えた句。京都には大樹もあった（『京都民俗志』）から、その場合かもしれぬ。

624　八月十五夜の頃は気温も高いが、一カ月後はかなり冷えこむ。「来ませり」と敬語だから、年輩の侘《わ》び人《びと》が、泊る気で一人で来られたところ。その静かで物わびた様子が、うそ寒い十三夜にふさわしい。訪隠の句。初案は中七「独《ひとり》わせたり」（夜半叟）。

625　一と月後の今頃は時雨《しぐれ》が降るだろう。今宵の後の月を存分に堪能《たんのう》したのだから、来月は時雨れてくれることこそ望ましい。ほとんど確信的な願望と期待の心。

626　唐土《とうど》の人よ、「此花」と愛された重陽《ちょうよう》の菊の後にも、日本にはなお「後の月」の風流があるよ。漢詩より俳諧を愛する作者のお国自慢。芭蕉の「菊の後大根の外更になし」を意識するか。落日庵に前書《まえがき》なく上五中七「から人は此花去《さり》て」を改作。◇此花　「不ニ是《これ》ノ花中ニ偏《ひとへ》ニ愛スルノミニアラレ菊ヲ、此ノ花開ケテ後更ニ無ケレバナリレ花」（元稹《げんじん》、『和漢朗詠集』菊）により菊花をいう。「のちの月」の「のち」字は、嵯峨《さが》の隠君子に元稹の霊が飛び来って「後ノ字不可也」と詫《わ》びたという伝説をも踏むか（『本朝遯史《とんし》』）。

627　夏から秋にかけての大旱《おおひでり》にもあまり影響を受けず、美しく咲いた伏見の小菊を貰《もら》った、との意。普通は伏見と書く地名を、宇治川沿いの河港として繁栄する京都の南の水郷だから、ここは伏水とした。「日でり」と「水」は縁語。六三七参照。

628　一 前書《まえがき》は句稿・落日庵に小異がある。二「取《と》う出《で》て」はトリイデテの転。取り出して。三 発句《ほっく》。延年の徳ある菊、それも丹精こめた御見事な菊の露を受けて、この硯の寿命も久遠《くおん》のものとなるでしょう。そのように貴翁の御長寿を祈ります。主の翁に対する挨拶《あいさつ》吟。「仙宮に菊をわけて人のいたれるかたをよめる　ぬれてほす山路の菊の露のまにいつかちとせを我はへにけむ」(素性法師、『古今集』)を踏まえる。菊は中国神仙思想による仙花。

629　さあそれでは花瓶を持って参りますから、菊の花を矢に見立てて投壺を楽しんでください。菊花を投壺の矢に見立てた風流。上五「水桶《みづをけ》に」(落日庵)の初案では、水桶代りに投壺を持って参りましょう、の意。句帳の中七「投壺まゐらん」は再案。◇投壺　中国周代からの遊戯。壺《つぼ》に十二本の矢を投げこむ。明和・安永頃、京から江戸にかけて流行した。

630　雨風をよけるためとはいえ、菊に古笠を覆っては、呉山の雪とも賞すべき白菊が、笠の下になってしまって、折角《せっかく》の花をめでることができないよ。「笠きたる西行の図に　菊を着てわらぢさながら芳《かんば》しや」(其角)の転換。呉山の雪のような高雅な白菊が

627
日でりどし伏水《ふしみ》の小菊もらひけり
落日庵
句帳

628
[一]山家の菊見にまかりけるに、あるじの翁《おきな》、紙硯《しけん》をとうで[二]丶、ほ句[三]もとめければ
きくの露受《うけ》て硯《すずり》のいのち哉《かな》
明和六句稿
落日庵・(句帳)

629
いでさらば投壺《とうこ》まゐらせん菊の花
落日庵
(句帳)

630
菊に古笠《ふるがさ》を覆《おほひ》たる画に
白菊や呉山《ごさん》の雪を笠《かさ》の下
句帳

古笠の下に隠されて奥ゆかしい、とも解される。◇呉山　中国呉（浙江省《せつこう》）地方の山の総称。『詩人玉屑《ぎよくせつ》』の「笠《ハ》重《シ》呉山《ノ》雪、鞋《わらぢハ》香《バシ》楚《そ》地《ちノ》花」による。

631　手燭の赤黄色い光で見ると、確かに黄菊のはずが、白菊に変成《へんじよう》しているではないか。嵐雪の「黄菊白菊其外《そのほか》の名はなくも哉《がな》」（『古選』）を踏まえ、わが家の黄菊は一花にして二色と興ずる。光学的相殺《そうさい》現象に着眼した、色彩画家らしい観察。

632　一村あげての菊作りの盛況。「近年本邦菊を種《う》うること盛んなり。ゆゑに菊経を著してその養育の法詳《つまび》らかなり」（天明三年『華実年浪草《かじつとしなみぐさ》』）。貞享《きよう》・元禄期に多くの栽培書が刊行された。千秋楽後篇（寛政九年刊）に「門はなかりけり」。

633　「桃之《ノ》夭夭《えうえうタル》、其葉蓁蓁《しんしんタリ》」（『詩経』巻一）と、若く美しい全盛を謳《うた》われた桃の零落の惨めさに比べて、今しも菊畠の菊の葉は何と威勢よく茂っていることよ。桃の落葉を憐《あわ》れんで、主題は菊畠の繁茂するさま。それでこそ名花も期待されるというもの。

634　「けふ菊の奴僕《ぬぼく》となりし手入れ哉」（其角）の句もあるように、土作り・根分け・肥料・摘芽・虫取り・日除け・雨覆い等、菊作りの苦労は大変。まさに「菊の奴僕《ぬぼく》」にならねば名花を咲かせ得ない。「菊の奴」となり終った人を憐れむよりも、一途《いちず》に打ち込むさまを羨《うらや》む気持。句帳の下五「やつこなる」は初案。

631
手《て》燭《しよく》して色失へる黄菊哉　　夜半叟

632
村百戸菊なき門《かど》も見えぬ哉　　千秋楽後篇

633
あさましき桃の落葉よ菊畠

634
菊作《づく》り汝《なんぢ》は菊の奴《やつこ》かな　　句帳

高雄《一》

635 西行の夜具も出て有《ある》紅葉哉《かな》

636 ひつぢ田に紅葉ちりかゝる夕日かな

637 谷水の尽《つき》てこがるゝもみぢ哉

638 よらで過《すぐ》る藤沢寺のもみぢ哉

一 京都市右京区梅ヶ畑高雄町。神護寺《じんごじ》(真言宗)があり、近くの槇尾《まきのお》・栂尾《とがのお》と共に紅葉の名所。

635 西行着用という薄汚い夜具が寺宝として陳列してあるが、観光客は美しい高雄山の紅葉に目を奪われて、誰一人足をとめようとする者もいない。法華会《ほっけえ》に参会した西行を、文覚《もんがく》が一夜饗応して無事に帰したという『井蛙抄《せいあしょう》』の所伝をもとに空想した興味深い佳吟。「出て有《ある》」に、見る人もない虚《むな》しい寺宝のさまが完璧《かんぺき》に描写される。

636 青と赤の補色関係をわきまえたような色彩感覚の句。夕陽の照射はその最も美しい光景を描き出した。「紅葉」と「峰の夕日」は付合《つけあい》で、和歌にも多く歌われた。穭田《ひつじだ》(刈り稲の切株から芽が出ている田)を舞台にしたところが俳諧。

637 紅葉狩りで谷深くまでやってきた。ここまでくると、谷川の水も涸《か》れ尽きて紅葉も焦げ色に赤茶けている。水分が不足しているからであろうか。落葉寸前のさま。紅葉の美も水あってこその意。◇こがるゝ 焦げ色になる。赤茶ける。水に「思いこがる」の意も掛ける。◇哉 疑いの「哉」。

638 遊行寺《ゆぎょうじ》境内の僅《わず》かな紅葉など、わざわざ立ち寄ってみるよりは、「よらで過ぎる」ほうが趣が深い。『徒然草』ふうの審美観の応用。上五「よらで過グ」(夜半叟)は初案。◇藤沢寺 時宗《じしゅう》の総本山遊行寺(神奈川県藤沢市)。

639 北国の全山斑《むら》なく紅葉する光景には及ばぬが、暖かいこの辺りの山も斑《まばら》に紅葉してきて、かつて旅で出会った機敏な会津商人が懐かしく思われる。若き蕪村は東北行脚《あんぎや》で会津商人と会ったはずである。◇むら紅葉　物事がそろっていない意の斑《まだら》と解する。「むら雨に音行違ふ鵆《ちどり》かな」（落日庵）。◇会津商人　会津若松（福島県）の商人。漆器・晒蠟《さらしろう》・木綿等を売る。

二 神戸市須磨区にある上野山福祥寺の通称。

640 若くして戦死した平敦盛《あつもり》の小枝《さえだ》の笛の哀音にひかれて寄ってくるのは、鹿のみではない、須磨の秋の波もそうなのだ。静かな秋の波音に敦盛鎮魂の曲を聞く蕪村の詩心。『徒然草』九段に女の足駄で作った笛の音には秋の鹿が必ず寄ってくるとあるのを踏み、名器霊能説話を生かした。初案の下五「須磨の鹿」（落日庵）では平凡。

641 この落し水は、その昔雨乞いの詠歌によって小野小町が降らせた雨の果てであろうか。零落の小町を誰も顧みなかったように、用ずみの落し水に誰も関心を持たない。神泉苑における小町雨乞い伝説は『都名所図会』などにみえる。「雨乞いの果ての落し水」と「小町の果」のイメージを重層させた面白さ。中七「小町の果や」（句稿）は初案。「落し水」は五六参照。

642 どの村もみな寝静まって夜のふけゆくさま。「寝ごゝろ」に農民の長い労苦の終った熟睡のさまが表現された。農民蕪村の同情心がうかがわれる。

639
むら紅葉会津《あひづ》商人なつかしき
夜半叟　句帳

640
須磨寺にて[二]
笛の音《ね》に波もより来る須磨の秋
落日庵・句帳　新五子稿

641
雨《あま》乞《ごひ》の小町が果《はて》やおとし水
明和六句稿　其雪影・落日庵（句帳）

642
村〳〵の寝ごゝろ更《ふけ》ぬ落し水
落日庵　句帳

643 毛《け》見《み》の衆《しゅ》の舟さし下《くだ》せ最上川　夜半叟　名所小鏡

644 新米の酒田は早しもがみ河《がは》　（句帳）

645 落《おち》穂《ぼ》拾《ひろ》ひ日あたる方《かた》へあゆみ行《ゆく》　（句帳）

山家[一]

646 猿どのゝ夜《よ》寒《さむ》訪《とひ》ゆく兎《うさぎ》かな　古今短冊集　百歌仙・落日庵　句帳

643　役人風を吹かせて威張りちらす毛見の衆を、最上川の稲舟に乗せ早く下流へ下してしまえ。

◇毛見　室町以降、収穫前に役人を派遣し稲の豊凶を調べさせて年貢《ねんぐ》を定めたこと。検見。けんみ。◇さし下せ　「棹《さお》さし下せ」の略。◇最上川　日本三急流の一。『古今集』以来「稲舟」が名高い。

644　酒田に集まる新米の早さと最上川の急流とを言い掛ける。急流に乗って下るから、新米が酒田に集まるのも早い、という因果関係。底本「坂田」。

645　みすぼらしい一人の農夫が、人影もない刈田跡にせっせと落穂を拾いながら、次第に遠く日のあたるほうへと歩み進んでゆく。生物の向日性のような、寂寥《せきりょう》の中に一縷《いちる》の明るさを描き出した秀吟。農夫に対する愛憐《あいれん》の情もあり、余情が深い。ひ・あ・ゆ音の綯交《ないま》ぜの整調がすぐれている。

一　古今短冊集・百歌仙に前書《まえがき》「山家にやどる」。『和漢朗詠集』に仙家・山家・田家・隣家と分類され、俳諧でも早くから隠逸趣味の意を持つ。「煎薬《せんやく》をしらぬ山家や菊の花」（明和八句稿）。六三八参照。

646　深まる秋色は美しいが、大変な山家に来たものだ。お猿どんは元気かねと、人里離れた友の夜寒を訪ねゆく兎になったような気がする。山家を仙境と見た童話ふうの発想。初案は中七「夜さむ訪《おとな》ふ」（百歌仙）。宝暦元年以前の作。

◇猿　「山居の僧に　雪を汲《くみ》て猿が茶を煮けり太山寺」（其角《きかく》）を踏む。八二〇参照。

647　壁一つ隔てた長屋の隣家で、何をしているのかゴトゴトと物音をたてるのがわびしく聞え、晩秋の夜寒が一きわつのるようだ。
貧乏長屋の夜寒小景。八三一のように隣家の俗物性を指弾したのではなく、これは客観的である。芭蕉の「秋深き隣は何をする人ぞ」を意識して及ばない。

648　満月（十五夜）も過ぎると、一夜一夜と月の出が遅くなり、ガクリガクリと月が欠けてゆく。月影の暗さとともに一入《ひとしお》夜寒も感じられる。やがて月も見られなくなるであろう。
十七夜頃から下弦の月が夜遅く出て、目立って欠けて暗くなる。長い時間の推移の間に、ひそかに訪れる夜寒の感覚を言い尽して絶妙、秀吟である。初案の上五「更《ふけ》〳〵て」（句稿、乾猷平《いぬゆうへい》による）から「欠〳〵て」と具体的に描写したのが成功した。

649　「寝る」の持つ、睡眠と横臥《おうが》の二つの意味を使った言葉の洒落《しゃれ》のようで、実は早く眠りたいが夜寒で寝つかれぬ状況の俳諧化。正名宛書簡に、子細《しさい》らしい句作りの多い「近来の流行」に反撥《はんぱつ》した、と自注。

650　新五子稿には「ながき夜や物うき官者《くわじゃ》が北枕」とあり、こういう別案があったとすれば、念者《ねんじゃ》（衆道《しゅどう》における兄分。新花つみ一四参照）がそうっと少年の寝間を窺《うかが》った場合（内藤鳴雪）であろう。◇小冠者　一六参照。◇北枕　釈迦《しゃか》の涅槃《ねはん》像にまねて死人は北枕に寝かすので、普通は嫌《きら》い避ける。

647
壁隣《どなり》ものごとつかす夜さむ哉《かな》
落日庵
句　帳

648
欠《かけ》〳〵《かけ》て月もなくなる夜寒哉
明和六句稿
日発句集・其雪影
新　選・落日庵
（句帳）

649
起《おき》て居てもう寝たといふ夜寒哉
几董句稿四
夜半叟・句　帳

650
夜を寒み小《こ》冠《くわ》者《じゃ》臥《ふし》たり北枕
夜半叟・五車反古
句　帳・新五子稿

651
長き夜や通《つ》夜《や》の連《れん》歌《が》のこぼれ月

夜半叟

652
山鳥の枝踏《ふみ》かゆる夜長哉《かな》

明和六句稿
落日庵・秋山家
蓮華会集・（句帳）

653
子《こ》鼠《ねずみ》のちゝよと啼《なく》や夜《よ》半《は》の秋

句帳

654
秋《しう》風《ふう》や酒《しゅ》肆《し》に詩うたふ漁《ぎょ》者《しゃ》樵《せう》者《しゃ》

（句帳）

651 秋の長い夜も更《ふ》け、通夜の連歌の巻も満ちようとして、月を定座《じょうざ》より後にこぼした。折から暁も近く残月が出ているよ。◇通夜の連歌　古く北野天満宮で興行した徹夜の連歌会。◇こぼれ月　連俳で定座の後に月の句を出すこと。

652 片脚で立ちながら眠る山鳥も、あまりに秋の夜が長いので、夜半《よなか》には脚を踏みかえることであろう。「百人一首」の「足引の山鳥の尾のしだりをのながながし夜をひとりかもねん」（柿本人麿）を踏まえた滑稽《こっけい》句。脚でなく「枝踏かゆる」の具象的な表現が面白い。

653 『枕草子』四十段の、親に捨てられた蓑虫が「八月ばかりになれば、ちちよ〳〵とはかなげに鳴く」を「子鼠」に、山口素堂の「蓑虫説」（『本朝文選《ほんちょうもんぜん》』）に使い古された「父よ」を「乳よ」に転換した機知と滑稽の句。柳女《りゅうじょ》・賀瑞《かずい》宛書簡に「みのむしのなく音よりはまさりたる心地し侍《はべ》る」と自讃《じさん》する。五二一参照。

654 秋風が落莫《らくばく》と吹きわたり、海にも山にも近い田舎の居酒屋ののれんがハタハタと鳴る。薄暗い小店の中では、今しも漁師《りょうし》と木こりとがうらぶれた小《こ》唄《うた》を口ずさみながら地酒を酌《く》みかわしている。杜牧《とぼく》「江南春」の「水村山郭酒旗風」（『三体詩』）を転じ、地酒を酌み交わしながら微吟低唱するさま。ありふれた庶民風景を高踏的な漢詩調で詩化した離俗境。画題に「漁樵問答」もあり、晩年の謝寅《しゃいん》（最晩年の画号）は日本人らしい農夫や樵夫を描いた。

655 秋はもの丶そばの不作もなつかしき

夜半叟・句帳
秋の衣付録

幻住菴[一]に暁台《けうたい》が旅寝せしを訪ひて

656 丸盆の椎《しひ》にむかしの音聞《きか》む

新五子稿

657 椎拾ふ横《よ》河《かは》の児《ちご》のいとま哉

夜半叟(句帳)

探題[二]

658 餉《かれいひ》にからき涙やたうがらし

安永五句稿
夜半叟・句帳

655 「もの丶」の上に、「さびしき」とか「哀れなる」が省略され、秋は哀れに決っているが、の意。「秋はもの丶月夜烏はいつもなく」(『鬼貫句選』)。なぜ「そばの不作もなつかしき」なのか解し得ない。

一 延享四年無名庵《むみようあん》五世を継いだ雲裡房《うんりぼう》が、国分山《こくぶやま》の椎を移植し義仲寺《ぎちゆうじ》の隣に幻住庵《げんじゆうあん》を再建した。蕪村師弟が暁台《きようたい》・臥《が》央《おう》を訪問したのは安永八年秋(尾形仂説)。

656 これは芭蕉翁ゆかりの椎の実ですね。簡素な丸盆の動きにつれ黒い小粒の実がからびた音を立てます。幻住庵に御滞在になって、あなたも蕉風の誠に通う立派な作品を作られたことでしょう。まずそれをおもらし下さい。

芭蕉の「先《まづ》たのむ椎の木も有《あり》夏木立」(『幻住庵記』)を踏まえた、暁台に対する優れた挨拶《あいさつ》吟。六二七も同時の作。懐旧と期待をこめて三四と同じ手法。

657 学問や勤行《ごんぎよう》から解放され、本来の少年らしく無心に椎の実を拾う横川山中の稚児《ちご》の美しさ。

◇横河 三二参照。◇児 寺院で貴族・武士の子供を預かり、学問させたり給仕させたりした俗体の少年。

二 兼題の句(句稿)を、「探題」と改めたか。

658 はるばる旅をしてきて乾飯《かれいい》(弁当)の上に涙をこぼしたのは、唐辛子《とうがらし》の効きすぎのためで、決して古女房が恋しいからではない。

『伊勢物語』九段八橋の条のもじり。新花つみ一三〇参照。女房の計算ずくとも解し得られる。かの押韻《おういん》が軽快。下五「高麗胡椒《こまごせう》」(夜半叟)は初案。

659　唐の元載が賄賂《わいろ》を貪《むさぼ》り、「至《ル》レ蔵《スルニ》二胡椒八百斛《こくヲ》一」という故事を転じ、大量に乾燥した薬用の蕃椒を何俵も収める農家のさま。実が赤くなる「鷹の爪」など、辛い香辛料には俗気を吹きとばす効能がある。丹羽嘉言《にわよしのぶ》の『福善斎書画譜』(天明元年刊)に蕃椒の佳品三十余種を描いている。底本「番椒」は誤り。

660　実ってはぜた梅もどきの実はこぼれ易い。折ってくれた人の親切を仇《あだ》にせず、こぼさぬように大事に持ちかえろう。駅道宛書簡に六六〇・六六二など四句をあげ、当今の「高邁《かうまい》洒落《しやらく》」な作風と違い、「しほからき」句(理窟《りくつ》による構成句)をわざと試みた、初心者の稽古《けいこ》になるし、万芸とも片よりはよくない、と自注。

661　前句と類想。「念珠」に拝礼の意をこめ、数珠《じゆず》をかけ連ねたような梅もどきを、こぼさぬよう祈りながら枝を折る。「念珠」の語を眼目とした句。

662　妙齢の娘がいないから誰も錦木《にしきぎ》を立てないこの家の垣根には、それを憐《あわ》れむかのように錦木もどきの蕃椒が赤い実と青い葉で色どりをつけている。蕃椒の姿を錦木に見立てたユーモラスな句である。◇にしき木　植物ではなく、男の恋が受容されるかどうかを試すため、五色に彩色した一尺ほどの木片を娘の家の門口にたてる、東北地方の古い婚姻習俗。

663　寺にはよく大銀杏《いちよう》があった。子供はその黄葉を拾って遊んだから、寺を懐かしむのである。上五中七「子共《ママ》気に寺おもひ出る」(召波資料・耳たむ

659　俵《たはら》して蔵《をさ》め蓄《たくは》へぬ蕃椒《たうがらし》

夜半叟
句　帳

660　折《をり》くる丶心こぼさじ梅もどき

夜半叟・句　帳
忘れ花

661　梅もどき折《をる》や念《ねん》珠《じゆ》をかけながら

夜半叟
句　帳

662　にしき木を立《たて》ぬ垣根や蕃椒

明和八句稿
耳たむし・句　帳

し)、「子供気《げ》に寺思ひ出す」(落日庵)は初・再案。

一 鳴滝は京都市右京区。御室《おむろ》の西に接する郊外。御室・鳴滝ともに茸狩りの名所(『及瓜漫筆《きゆうかまんぴつ》』)。

664 疲れた足をとめ松に倚って仰ぐと、峰の上には明るい空に月が懸かっている。もう帰る時刻か。家人はこの見事な松茸の土産を喜ぶことだろう。李白「静夜詩」(『唐詩選』六)の「挙《ゲテ》レ頭《ヲ》望《ミ》ニ山月《ヲ》一、低《たテ》レ頭《ヲ》思《フ》ニ故郷《ヲ》一」の結句の意も汲んで解した。

665 茯苓は土中深く伏しかくれ、海岸の松林に生ずる松露は秋になってまた世にあらわれた。菌《きのこ》という同類の二物がその性に従って隠顕するのを、「茯」と「露」の字面《じづら》にすがって表現した(五六五と同手法)かのようだが、隠逸も時機がくれば世に現れるべきだとする寓意《ぐうい》があるか。

◇茯苓 「松柏脂入《ノ》レ地《リ》、千年化《ニ》為《シテなル》ニ茯苓《ト》一、茯苓化《シテ》為《ル》ニ琥珀《こはく》一」(『博物志』)。サルノコシカケ科の菌類。薬用。◇松露(秋季) ショウロ科の菌。食用として珍重される。『滑稽雑談』『華実年浪草』等に詳しい。

666 「うれしさを昔は袖につつみけり今宵は身にもあまりぬるかな」(『和漢朗詠集』慶賀)を踏まえ、むかごを箕(身)に余るほどたくさん貰《もら》ったという喜悦の情。「箕にて受《うけ》たる」(夜半叟)は初案。

◇箕 穀物をあおり上げて殻などをより分ける竹製の道具。「身」に掛ける。◇むかご(季題) 零余子《ぬかご》。秋自然薯《じねんじよ》や長薯《ながいも》の葉腋《ようえき》にできる肉芽で青褐色《せいかつしよく》の丸い粒。炒《い》ったり茹《ゆ》でたりして食べ、また零余子飯《むかごめし》にもする。

663 稚子《をさなご》の寺なつかしむいてふ哉《かな》 召波資料 耳たむし・落日庵(句帳)

几董と一鳴滝《なるたき》に遊ぶ

664 茸《たけ》狩《かり》や頭《かうべ》を挙《あぐ》れば峰の月 (句帳)

665 茯苓《ぶくれう》は伏《ふし》かくれ松露《しようろ》はあらはれぬ (句帳)

666 うれしさの箕《み》にあまりたるむかご哉 夜半叟

667　新酒気分にひたる伊丹《いたみ》の町、その片隅の貧家に孤高の俳人鬼貫は独り静かに句を練っている。

蕉門外で早く「誠」の俳諧を悟って上方《かみがた》俳壇に気を吐いた、淡泊洒脱《しゃだつ》な作風の上島《うえじま》鬼貫を、新酒の香漂う町の片隅に描き出した清貧の人物図。「新酒」「貧に処ス」と押韻《おういん》した漢詩調が成功している。

◇鬼貫　摂津国伊丹（大阪府伊丹市）の酒造家油屋の一族。元文三年没、七十八歳。炭太祇《たんたいぎ》編『鬼貫句選』があり、その蕪村跋《ばつ》は、其角・嵐雪・素堂・去来とともに鬼貫を五人の俳人（五子）に数えた。◇新酒　新米の収穫後すぐに醸造した酒。「升飯《ますのみ》の価《あたひ》はとらぬ新酒哉」（夜半叟）という風習もあった。

668　恵《え》心僧都《しんそうず》御作の本尊阿弥陀《あみだ》如来《にょらい》座像の御前に、艶《つや》のよい大粒の栗が供えられている。本堂の外は明るい穏やかな秋日和である。

作者が栗をお供えするところとも解し得る。浄土宗寺院には伝恵心作の阿弥陀像が多く安置され、釈蕪村と関係の深い結城《ゆうき》（茨城県結城市）の弘経寺《ぐぎょうじ》の本尊も恵心作であった。まどかな佳吟。底本「栗備ふ」。

◇栗　「栗といふ文字は西の木と書きて西方浄土に便りあり」（『おくのほそ道』）と関《かか》わる。◇恵心　一条天皇頃の天台宗の高僧。『往生要集』の編著がある。

669　背の高いにしき木は台風に吹き倒され、一年生草本の低い鶏頭花が艶美《えんび》に咲き残っている。

この「にしき木」は六三のそれと違い、紅葉と実《み》の美しい落葉喬木《きょうぼく》で庭園に植えて観賞される。鶏頭花の色

667
鬼《おに》貫《つら》や新《しん》酒《しゅ》の中の貧に処ス

夜半叟

668
栗《くり》供《そな》ふ恵《ゑ》心《しん》の作の弥《み》陀《だ》仏《ぼとけ》

夜半叟

669
にしき木は吹《ふき》たふされて鶏《けい》頭《とう》花《げ》

夜半叟
句帳

は赤であろう。色彩感の強い句である。

670　朝廷の故事でどうしても分らぬことがあったので、さる名高い有職家を訪《と》うと、幸い隠遁《いんとん》の老人は在宅していて疑問は氷解した。疑問が解けたという一種の快感がテーマであり、晩秋という時点が慎重に選ばれている。兼好法師流の古典趣味の句。菅原道真《すがわらのみちざね》が献策した時、一事不通のことを、万巻の書を読破した嵯峨《さが》の隠君子を訪れて問うた故事（『本朝遯史《とんし》』）を踏まえるか。

671　小額でつい忘れていた負債を人から催促されたわびしさが、晩秋の淋しみに調和する。季題趣味による取り合せ。底本「をいめ」に「価」と傍書する。

672　もとは時めいた人が零落し、今は人の世話になっている。それでも上等の衣裳を着た立居振舞に、おのずから高貴な面影が認められ、一入《ひとしお》行く秋のわびしさをそそる。初案は「秋行《ゆく》やよき絹著たる」（句稿）であった。「行く春」の句に比し、「行く秋」「暮の秋」の四句は、蕪村らしい精彩を欠き著しく見劣りがする。

673　『発心集』の「玄賓《げんぴん》僧都、遁世《とんせい》逐電の事」の俤《おもかげ》。「いかなる事か有りけむ、過ぎぬる比《ころ》、かき消《け》つ様に失《う》せて、行方《ゆきがた》も知らずと語るに、くやしく、わりなく覚えて」に拠《よ》る。初案「師はいづちへぞ」（夜半叟）は「同人伊賀の国郡司に仕はれ給ふ事」に拠った。「いまそかりし師の坊にあふ枯野かな」（几董《きとう》）も同想。

670 ある方にて

くれの秋有職《いうそく》の人は宿に在《おは》す　夜半叟

671 いさゝかなおひめ乞《こは》れぬ暮の秋　夜半叟

672 行《ゆく》秋やよき衣《きぬ》きたる掛《かか》リ人《うど》　明和五句稿　句帳

673 跡かくす師の行方《ゆきがた》や暮の秋　夜半叟

一洛東ばせを庵にて

674 冬ちかし時雨《しぐれ》の雲もこゝよりぞ

落日庵

一 落日庵に前書《まえがき》「祖翁の碑前に詣《まうで》て」とあり、祖翁の碑（墓の意）が洛東金福寺《こんぷくじ》に建立された当日、安永六年九月二十二日の作。三八参照。

674 冬も近い。やがて時雨が降るであろうが、京の時雨の雲はここ金福寺丘上の芭蕉庵から湧き起るにちがいない。時雨をこよなく愛された蕉翁ゆかりの地なのだから。

蕪村の芭蕉追慕の句はいずれも強い調子のもので佳作が多い。そこに芭蕉を尊敬すると同時に、何とかして芭蕉を超えようとする気持の張りも認められる。七四〇・八六八参照。「洛東芭蕉庵再興ノ記」参照。

冬之部

675　みのむしの得《え》たりかしこし初時雨《はつしぐれ》

蓑虫説
句帳

676　初しぐれ眉《まゆ》に烏《え》帽《ぼ》子《し》の雫《しづく》哉《かな》

句帳

677　楠《くす》の根《ね》を静《しづか》にぬらす時雨哉

明和五句稿
句帳

675　蓑虫《みのむし》は蓑をしっかりまとっているから、初時雨が降っても物ともしない。それこそ我が意を得たりとばかり、得意げにぶらさがっている。我が世を謳《おう》歌《か》する意味の「得たりかしこし」という軽妙な語を巧みに活用して、芭蕉の「初しぐれ猿も小蓑をほしげ也」等、時雨に託した蕉風の寂栞《さびしおり》を、俳諧味豊かに吟じた秀作。其角《きかく》の「蓑を着て鷺《さぎ》こそ進め夕しぐれ」は奇抜だが、不自然な着想である。六歯を受け芭蕉忌（時雨忌）を意識して初時雨の句を冬之部の初めに置く。『五元集』の配列は芭蕉十三回忌の句だが、季題は「霜」。以下神無月・時雨の句。

676　野中の小社の祭事が厳かに執り行われている。急に降ってきた初時雨、祝詞《のりと》をあげる神主の烏帽子を伝ってその雫が眉に落ちかかる。痩《や》せた老神官がふさわしい。仄《ほの》かにユーモアが漂う。

677　ひとしきり降り続く時雨。こんもりと茂った楠の巨木のかげはまだ乾いている。やがて地上にわだかまる太い鱗《うろこ》状の肌がだんだんと濡れ色に変ってゆく。音もなく降る時雨がひときわ静けさを増し、強い楠の香が匂う。「静にぬらす」は音もなく滲み入るように降る時雨の形容で、時間の経過をも表現している。寂《さび》の概念でなく、静寂そのものを感覚的に捉《とら》えているところが新しい。芭蕉の「閑《しづか》さや岩にしみ入蟬《いるせみ》の声」とは異質の静寂感である。

678 時《し》雨《ぐ》るゝや蓑《みの》買ふ人のまことより

落日庵
句帳

679 しぐるゝや鼠《ねずみ》のわたる琴《こと》の上

蓑虫説
（句帳）

680 古《ふる》傘《かさ》の婆《ば》娑《さ》と月夜の時《し》雨《ぐれ》哉《かな》

（句帳）

681 しぐるゝや我も古人の夜に似たる

句帳

678　神無月《かんなづき》（陰暦十月）になるときまって時雨が降る。それを待望して毎年蓑を買う風流人の誠に感応して、天が時雨を降らせるのであろうよ。人間界とは違って、自然の営為には絶対に虚偽はない意を寓《ぐう》する。「いつはりと思ふものから今さらに誰《た》がまことをか我はたのまむ」（『古今集』）を本歌とする、「偽《いつはり》のなき世なりけり神無月誰がまことより時雨そめけむ」（藤原定家、『続後拾遺集』）のパロディとして見事に俳諧化した。

679　時雨がパラパラと落ちかかる。誰もいないはずなのに、呼応するようにサラサラと琴が鳴る。寝かし琴の上を鼠が走り過ぎたものらしい。琴の糸を爪で擦《す》り払うと、琴はサラサラと鳴る。「松風入ル二夜琴ニ一　琴の音《ね》に峰の松風かよふらしいづれの緒《を》よりしらべそめけむ」（斎宮女御《さいぐうのにょうご》、『拾遺集』）の風趣を、時雨と鼠を取り合わせて俳諧化した。初案は下五「琴の音」（明和八年、蓑虫説）。「音」と言わなくてもよい。

680　冬の月夜にこぼれてきた時雨。古傘をぱっとひらくと時雨がばさばさと打ってくる。「ばさと云《いふ》響き古傘に取合《とりあはせ》よろしき歟《か》と存候《ぞんじさうらふ》。何にもせよ人のせぬ所」（几董《きとう》宛書簡）と自注。初案は中七以下「婆娑としぐるゝ月夜哉」（同上）。
◇婆娑　舞うさま。ここは古傘の影の乱れ動くさまと時雨が傘を打つ音の形容。書簡に服部南郭《なんかく》先生説として冬の月の形容と自注するが、李滄溟《りそうめい》も「薊門《けいもんノ》城上月婆娑」（「寄ス元美ニ」）と秋の月に使用した。

681　夜の時雨のわびしい音を聞いていると、人生は「時雨待つ間の一宿り」と言った宗祇《そうぎ》やそれに共感した芭蕉の句の通り、無常観を超えた風狂性に同感され、古人の心を追体験することができるようだ。◇古人　宗祇「世にふるはさらにしぐれの宿りかな」、芭蕉「世にふるもさらに宗祇のやどり哉」を指す。

682　夏の景物・蟇もやがて冬眠に入る。夕時雨降る庭の片隅で、うれわしげに鳴く蟇の哀音。夕時雨降るい音の調整など巧みだが、やや語呂合せめく。

一　高雄とも。六三五参照。「山ぶみ」は山歩きのこと。

683　人びとが贈ってくれた美しい高雄の紅葉は、やがてハラハラと散ってしまった。その紅葉を草庵の炉に焚《た》いて立ちのぼる煙を握ってみても、それは虚空《こくう》をつかむようにはかない。安永三年十月尾張の加藤暁台《きょうたい》が几董らと高雄へ吟行、蕪村は同行できなかった時の句。五十九歳の老詩人の「煙を握る」美の幻影は、人生夢幻の観想である。

684　陰気な天候を心配しながら、京の町中を過ぎて南の郊外にさしかかると、急に空模様が変って暖かい初冬の日射しが洩《も》れてきた。これで今日の天候は大丈夫という安堵《あんど》感と、心理的には南郊へ進むにつれて暖かい感じを覚える地理的感覚が躍動する。環境の変化を鋭敏に捉《とら》えた情感が優れている。二七六参照。

682
夕時雨蟇《ひき》ひそみ音《ね》に愁《うれ》ふ哉

句帳

人〳〵[一]高尾の山ぶみして一枝《いっし》の丹楓《たんぷう》を贈れり。頃は神無月《かんなづき》十日まり、老葉《ろうえふ》霜に堪へず、やがてはら〳〵と打《うち》ちりたる、ことにあはれふかし

683
炉《ろ》に焼《たい》てけぶりを握《にぎ》る紅葉《もみぢ》哉

ゐぼし桶
句帳

684
初《はつ》冬《ふゆ》や日和《ひより》になりし京はづれ

明和五句稿
落日庵・句帳

685 居《ゐ》眠《ねぶ》リて我にかくれん冬ごもり

安永五几董初懐紙
安永五鷺喬除元集
安永五五雲歳旦

685 浮世の塵にまみれた我を忘れて、しばし夢中の世界に清遊しようという心。現実逃避の方法が、炬燵《こたつ》の居眠りという安直な日常性に見出された俳諧の妙味。「居眠リて」が「我にかくれん」の飄逸《ひょういつ》さに適応する。几董《きとう》・鷺喬《ろきょう》歳旦に上五「いねぶりて」。五雲《ごうん》歳旦の「燈《ひ》をけちて」は別案だが未熟。

686 冬ごもり壁をこゝろの山に倚《よる》

安永四句稿
（句帳）

686 底冷えのためか、冬籠《ごも》りも落ちつかぬ。机辺を離れて背を壁にもたせかけてみると、まるで山によりかかったかのように心が落ちついてくる。芭蕉の「冬籠りまたよりそはん此はしら」、「ひや〳〵と壁をふまへて昼寝哉」を踏む。「壁（をこゝろの山）に倚」という比喩《ひゆ》のはめこみがスムーズで観念臭を感ぜしめない。気品の高い、心理的な離俗の句。

687 冬ごもり燈下に書《しよ》すとかゝれたり

召波資料・落日庵
句帳

687 貴人・先生といった人が書簡の末尾などに「冬籠りの燈下に書す」と書かれたという敬語説、冬籠るのは作者で、ある書の序文を見て「燈下に書すと書いてあるは」と感銘したとする説などがある。表現がやや明確さを欠く。

688 勝手まで誰《たれ》が妻子ぞ冬ごもり

召波資料・落日庵
（句帳）

688 台所で何やら話し声が聞える。どこの細君が子連れで話しこんでいるのだろう。冬籠りのわが身は、明るい賑やかなその話し声に心ひかれる。「勝手には」（落日庵）よりも「勝手まで」のほうが家妻との親近関係を的確に表現する。家庭生活の片鱗《へんりん》を描いて豊かな人間感情が表出されている。

689 冬ごもり仏《ほとけ》にうときこゝろ哉

句帳

690 東山の梺《ふもと》に住《すみ》どころ卜《ぼく》したる[一]一音《いっとん》法師に申遣《まうしつかは》す

嵐雪とふとん引《ひき》合《あ》ふ侘《わび》寝《ね》かな

691 いばりせしふとんほしたり須《す》磨《ま》の里

夜半叟・（句帳）
忘れ花

692 古《ふる》郷《さと》にひと夜《よ》は更《ふく》るふとんかな

夜半叟
（句帳）

689 寒さに心までかじけた冬籠りの老人。寺参りは無論のこと、仏壇に向うこともなく、ただ無為に日を暮す物うさ。老い先短いのに、後生《ごしよう》を願うべき仏にも疎遠になったわい。

簡明にして率直な反省と感懐が、よく老境の冬籠りを描き出している。

一 一音法師は建部涼袋《たけべのりようたい》門の俳人。越後出身で諸国を行脚《あんぎや》し、京都の東山に卜居《ぼつきよ》したのは安永三年頃。同五年刊『左比志遠理《さびしおり》』に蕪村は序文を与えた。

690 一音法師が東山の麓《ふもと》に住所を定めたというが、「ふとん着て寝たる姿や東山」（『玄峰集』）と詠《よ》んで名高い嵐雪とせんべい蒲団《ぶとん》をひっぱりあって侘び寝をしているようだ。

貧居の懶惰《らんだ》ぶりを戯画化した諧謔《かいぎやく》の句。奇人一音に与えた句として、作者のユーモアと愛情が認められる。類句に「嵐雪にふとん着せたり夜半の秋」（夜半叟）。

691 須磨は古来屈指の文学遺跡、代表的な歌枕。それも今は荒廃して昔の面影は残らぬ。海浜の漁師のあばら屋には、子供の寝小便ぶとんが乾してあるという雅中の俗な光景。須磨に「いばりせしふとん」を点出したところに自在な滑稽《こつけい》性がある。雅の句には五三〇・六四〇がある。

692 久しぶりに故郷に帰り、積る話に夜更《ふ》くるまで話しこむさま。蒲団《ふとん》に人情の暖かみがあるから、床の中で眠られぬ思いではあるまい。上五「古郷の」（夜半叟）は初案。

693 かしらへやかけん裾《すそ》へや古《ふる》衾《ぶすま》

あけ烏
句　帳

694 大《だい》兵《ひやう》のかり寝あはれむ蒲《ふ》団《とん》哉

明和五句稿
五畳敷・新　選
落日庵・句　帳

695 虎《とら》の尾《を》を踏《ふみ》つゝ裾《すそ》にふとんかな

落日庵
句　帳

十一夜

696 あなたふと茶もだぶ〳〵と十夜哉

五畳敷・落日庵
句　帳

693　魯《ろ》の黔婁《けんろう》先生の屍《しかばね》が「覆《ヘバ》ㇾ頭《ヲ》則《チ》足 見《あらハレ》、覆《ヘバ》ㇾ足《ヲ》則《チ》頭見《ハル》」という状態だったので、曾子《そうし》が邪《ななめ》にすれば斂《おさ》まると言ったのに対し、先生の妻は「生時不ㇾ邪《よこしまナラ》、死《シテ》而邪《ニスルハ》ㇾ之《ヲ》、非《ザル》二先生之意《ニ》一也」とはねつけた『列女伝』の故事を踏んで、作者青年期の貧居のさまを述べ、裏に黔婁夫妻の毅然《きぜん》たる態度に心を寄せる。大魯宛書簡に「愚老三十年前の作に、かしらにやかけむ裾にやふるぶすま、とわび寝の屈伸をさだめかね候」とあるのが初案。延享《えんきょう》頃の江戸における作であるが、改作「へや」のほうが表現に無理がない。

694　うたた寝の大男。寒いのに蒲団が小さくて両足が出ている。蒲団のほうが申し訳《わけ》なさそうだ。擬《ぎ》人《じん》法の軽妙な滑稽《こっけい》句。蕪村は小柄《こがら》であった。

695　高貴な人或いは気むずかしい主人などが酔って仮眠している時、目をさまさせぬよう、恐る恐るそっと蒲団をかけるさま。奇抜な比喩《ひゆ》を使って俳諧味を出した。中七「踏つゝ裾へ」（落日庵）は初案。
一　洛東真如堂から始まり広く浄土宗の行事となった十夜念仏法要のこと。陰暦十月五日から十夜の勤行《ごんぎょう》。

696　善男善女が本堂いっぱいにつめ、「なんまいだーぶ」とお十夜の念仏に余念ない。帳場で聞いていると、おや、番茶を注《つ》ぐ音までも「だぶだぶ」と唱えているではないか。何とありがたいことだ。
「だぶだぶ」は番茶をそそぐ音と、「南無阿弥陀仏《なむあみだぶつ》」の称名《しょうみょう》との擬音《ぎおん》。十夜には茶まで念仏するとの滑稽な見立てに止《とど》まらず、庶民の法悦の場における、香煙や灯影もなごやかな雰囲気が捉《とら》えられている。底本に「だぶ」と濁音を表記。

二 勝見二柳《じりゆう》は加賀山中（石川県山中市）の人。初め桃夭《とうよう》門。のち伊勢の中川乙由《おつゆう》門、また金沢の綿屋希因《きいん》門。三四坊・不二庵等の別号がある。京・徳島を経て大阪に定住し、安永二年遊行寺《ゆぎやうじ》の芭蕉塚を修理し、松風会を興した。享和《きやうわ》三年没、八十一歳。

697 あなたが主催される芭蕉忌は、蓑《みの》と笠の行脚《あんぎや》に生涯をかけ、この時雨月に大阪で亡くなった芭蕉翁の正統を継ぎひろめることになるでしょう。几董《きとう》は安永四年に参列して「此日《このひ》こゝに小春の梅を探りけり」（几董句稿三）と詠んだが、蕪村の句には臨場感がなく、やや観念的な挨拶句になっている。◇衣鉢 エハツ・エハチとも。受け伝えた法・学問・技芸の奥義《おうぎ》をいう。

698 夜興引（冬夜の猟）に行く途中、犬が狐狸《こり》の住家めく荒れた塀の内を嗅《か》ぎつけて、一しきり鳴きたてる場面。村はずれの山寺などであろう。

699 枇杷の木に白い小花がかたまって咲いている。目だたぬ地味な花だから、鳥のおとずれもなく、やがて冬空もとっぷりと暮れてしまった。「山高み人もすさめぬ桜花いたくなわびそ我見はやさむ」（『古今集』）の心で、心とめる人もない、わびし過ぎる枇杷の花を賞美した句。冬の夕空を背景に、鳥も宿らぬしばしの静寂感が素晴らしい。三六参照。

697
二 浪花遊行寺《なにはゆぎやうじ》にてばせを忌をいとなみける二柳庵《じりうあん》に

簑《みの》笠《かさ》の衣《い》鉢《はつ》つたへて時《し》雨《ぐれ》哉

句帳

698
夜《よ》興《こ》引《ひき》や犬のとがむる塀《へい》の内

（句帳）

699
枇《び》杷《は》の花鳥もすさめず日ぐれたり

安永四句稿
句帳

700
茶の花や白《しろ》にも黄《き》にもおぼつかな

701
茶のはなや石をめぐりて路《みち》を取《とる》

702
咲《さく》べくもおもはであるを石蕗《つはの》花《はな》

几《き》董《とう》にいざなはれて、一岡崎なる下村氏
の別業に遊びて

700　茶の花は白というべきか、黄というべきか、何とも覚束《おぼつか》ない。雄蘂《おしべ》の黄が大きく目立つ茶の花の姿態を、複雑な色彩感覚でとらえた軽妙な句。類句に「茶の花のわづかに黄なる夕かな」(落日庵)もある。新選・落日庵・句帳に中七「黄にも白にも」。◇おぼつかな　西行法師に用例多く、芭蕉にも「ほたる見や船頭酔《ゑ》うておぼつかな」がある。四一五参照。

701　清楚《せいそ》な茶の花が咲きそめた。この庭園の道は石をめぐって路がつけてあり、歩を進めると、冬枯れの庭に茶の花が一きわ印象深い。冬の主役を茶の花において設計された石の多い庭園。隠士の風雅である。暁台《きょうたい》・士朗宛書簡に「又春の句にしては、道を取て石をめぐればつゝじ哉……」とある。

702　石蕗《つわぶき》の葉肉は質が厚く、深緑色で光沢のある腎《じん》臓《ぞう》形。晩秋から初冬にかけて長い花茎を出して黄色い頭状花を開く。気にもとめず、咲こうとも思わなかった石蕗の黄色い重厚な小花。精細な観察と自在な表現力が秀《すぐ》れている。

一　京都市左京区岡崎にあった下村春坡《しゅんぱ》の別荘。春坡は京の呉服商大丸屋の主人。文化七年没、六十一歳。

703　京は岡崎の春坡の別荘の口切に招かれた。几董も私もほのかに五山の詩僧を気取って、厳粛な口切の茶事の客となろうよ。落日庵に前書《まえがき》なく、「五山宗」と誤記。◇口切　新茶を初冬まで茶壺に密封して保存し、その封を切ること。これを抹茶に挽《ひ》いて客に振舞うのを口切の茶事という。「口切や北（喜多）も召されて四畳半」（明和七句稿）。◇五山衆　京の五山の禅僧たち。◇ほのめきて　「ほのめく」は物事を髣髴《ほうふつ》する。

704　小藩ながら領主の茶事好みで、城下の町家で催される口切も、尋常ならず奥ゆかしい。丸亀城下の情景か。「只ならね」は四七〇にも使われた作者得意の用語。「小城下」が効果的である。

705　江戸の雪中庵の炉開きでは、嵐雪以来庵号にちなんで霰酒を振舞う慣習があったか。雪と霰の縁語的使用、威勢のよい句調が成功している。◇炉びらき　冬季に入り初めて炉を用いること。慣例は十月の亥《い》の日、風炉《ふろ》をしまって炉を切る。◇雪中庵　服部嵐雪の庵号。桜井吏登《りと》が二世、蕪村の旧友大島蓼太が三世を継承した。ここは嵐雪であろう。◇霰酒　奈良の名産だが諸国にあった。酒の中に糯米《もちごめ》の糀《こうじ》を浮べたもの。霙《みぞれ》酒とも。冬季。

706　遠く闇の中にチラチラと燃える青い狐火、近くの森かげの墓地には冷たい冬の雨が髑髏にたまっていることであろう。この遠近法仕立ての、無気味な幻想的怪奇性は、蕪村にはやや珍しい趣向。三六・七三六参照。◇狐火　大晦日《おおみそか》の「王子の狐火」から冬季に許容されたというが、この句は冬の季感十分。◇髑髏　されこうべ。「(狐が）妖《ばけ》んとするには必《かならず》髑髏を戴《いただき》て北斗を拝し、則《すなはちけし》化て人となる」（「享和雑記」）。

703 口《くち》切《きり》や五《ご》山《ざん》衆《しゅ》なんどほのめきて　落日庵句帳

704 口切や小城下ながら只《ただ》ならね　落日庵句帳

705 炉《ろ》びらきや雪中庵の霰《あられ》酒《ざけ》　夜半叟

706 狐火や髑《どく》髏《ろ》に雨のたまる夜に

707
[一]一条もどり橋のもとに柳風呂《ぶろ》といふ娼《しやう》家《か》有《あり》。ある夜、[二]太祇《たいぎ》とともに此楼《このろう》にのぼりて

羽《は》織《おり》着て綱《つな》もきく夜や川ちどり

耳たむし・落日庵
句　帳

708
風《かぜ》雲《くも》の夜《よ》すがら月の千《ち》鳥《どり》哉《かな》

落日庵
句　帳

709
磯《いそ》ちどり足をぬらして遊びけり

明和五句稿
耳たむし・落日庵
続明烏・句　帳
古今句集

710
打《うち》よする浪《なみ》や千鳥の横ありき

落日庵
句　帳

一 落日庵の前書「一条戻り橋の娼家にあそびて」。戻橋は一条堀川にかかる橋、この下で小川と合流する。安倍晴明《あべのせいめい》・三善清行《みよしきよゆき》の伝説で名高い（『都名所図会』）。 二 三四一頁注一二参照。

707　勇士渡辺の綱にちなんだ名の妓女綱が、客の羽織を借り着して、哀れ優しい川千鳥の鳴く音を、客とともに聞き耳立てている。小柄で可憐《かれん》な妓女に勇猛な伝説的勇士の俤《おもかげ》をダブらせた俳諧。古来、水商売の女は客席で羽織を着ない。借り着の羽織が夜気の寒さのみならず、親しみあふれる座の雰囲気をも実感的に描き出す。其角《きかく》の「綱が立《たち》てつなが噂《うはさ》の雨夜かな」を意識するか。

708　風を呼ぶ雲がしきりに去来し、そのたびに蒼《あお》く冴《さ》えた冬の月が見え隠れする。夜もすがら鳴きかわす千鳥。やや道具立てが多過ぎる感もあるが、広々とした月下の海辺の景を生動させる千鳥の哀音は鮮烈である。◇風雲　風の吹く前兆となる雲。几董《きとう》に「貫之が船の灯による千鳥哉」（『井華集《せいか》』）もあり、『土佐日記』の「かぜくも」に拠《よ》るか。「これこそかざくもよと申しも果てねば、大風落ち来たる」（『義経記《ぎけい》』）。

709　静かに寄せては返す白波にたわむれながら、二、三羽の千鳥が遊んでいる。波頭《なみがしら》を避けて千鳥足で逃げるが、たちまち波に足をとられてしまう。向井去来の「荒礒《あらいそ》やはしり馴《なれ》たる友千鳥」（『猿蓑《さるみの》』）

の概念臭を去り、無心に遊ぶ磯千鳥を童詩ふうにまとめた佳作。波と千鳥足の軽快なリズムの交錯の面白さ。「遊びけり」の擬人《ぎじん》法が成功している。

710　前句の別案と思われるが、去来の「郭公《ほととぎす》なくや雲雀《ひばり》と十文字」(『去来発句集』)に似た理知の操作が働いていて、前句の純粋さに及ばぬ。初案は下五「横あるき」(落日庵)。

711　百姓が水鳥を射るところを見て、百姓ながら物物しい弓矢取だと諷刺《ふうし》した句。一説に「鴨《かも》啼くや弓矢をすてゝ十余年」(去来、『五子稿』)を踏み、もとは武士であったとする解もある。

712　平凡な冬枯れの村里と由緒ありげな古い入江との対照。そこに目も覚めるような鴛鴦《おしどり》のつがいを見つけた感動が、下五「見付たり」に読みとれる。

713　川岸につながれた小舟から身を乗り出すようにして、せっせと百姓女が菜を洗っている。その波紋の彼方《かなた》に二、三羽の水鳥が浮んでいる。穏やかな冬の日の水辺風景。季題は「水鳥」、上五の別案「冬川や」(夜半叟)から推すと、近景の主題は冬菜洗う女で、水鳥は遠景か。

714　暗い宵の賀茂川べりに千鳥が鳴き、折から賀茂の社家《しゃけ》が火打ち石で火を切る鋭い音がひびく。火打ち石の音に類似する千鳥（季題）の哀音は背景。本来は因果関係のない二物を取り合わせた、情感豊かな生活詩。初案は下五「夕ちどり」(夜半叟)。「夕」よりも「小夜」のほうがこの情景にふさわしい。

711
水鳥や百姓ながら弓矢取　落日庵　句帳

712
里過《すぎ》て古江に鴛《をし》を見付たり　句帳

713
水鳥や舟に菜を洗ふ女有《あり》　夜半叟

714
加《か》茂《も》人《びと》の火を燧《きる》音や小《さ》夜《よ》鵆《ちどり》　夜半叟

715 [一]泰里《たいり》が東武に帰《かへる》を送る

嵯《さ》峨《が》寒しいざ先《まづ》くだれ都鳥　句帳

716 早《さう》梅《ばい》や御《お》室《むろ》の里の売屋敷　（句帳）

717 宗《むね》任《たふ》に水仙見せよ神《かん》無《な》月《づき》　落日庵 句帳

[二]うかぶ瀬に遊びて、むかし栢《はく》莚《えん》[三]が此所《このところ》にての狂句を思ひ出《いで》て、其《その》風調に倣《なら》ふ

一　橋本泰里は江戸における蕪村の親友馬場存義門。明和六年十月から一年間上京。記念集に『五畳敷』。

715　今はもう嵯峨は寒いばかりで見所もありません。さあ、一まず江戸へお帰りなさい、都鳥さん。

「都鳥」は『伊勢物語』九段により、ここは客人泰里をさす。送別の句。嵯峨の桜か鮎の頃にまたどうぞ、の意を含む。安原貞室の「角田川にて　いざのぼれ嵯峨の鮎《あゆ》食ひに都鳥」（『阿《あ》羅《ら》野《の》』）を転換。

716　早梅は信を守って開花したのに、御室の里の家は主《あるじ》もない売屋敷になっている。

風雅を知らぬ家主を責めているわけではない。事実関係の面白さに俳趣を認めたのである。

◇早梅　冬至以前に咲く梅。品種は寒梅か（『華実年浪草』）。地名の「室《むろ》」と縁語。◇御室　京都市右京区御室。宇多天皇が仁《にん》和《な》寺《じ》内に御室（法務をとる御所）を建てられたので御室といった。

717　梅花によく似る水仙花を神無月（十月）に見せたなら、さすがの宗任もまごつくであろう。

前九年の役で源頼義に捕えられた奥州の安部宗任《あべのむねとう》に、殿上人が梅花を示して問うと、「我が国の梅の花とは見つれども大宮人はいかゞいふらん」と答えた俗伝によるユーモア。浄瑠璃《じようるり》などにも取材された。

二　浮瀬。大阪高津新清水《しんきよみず》の隣にあった料亭。「浮瀬」と名づけた、七合五勺入りの鮑貝《あわびがい》の大盃を蔵した。

三　二代目市川団十郎の俳号。其角《きかく》門栢莚の句は「高

津宮にて　冬枯ものぼりて見ればいろはに帆《ほ》」(「日記発句帳」・楠元六男「二世団十郎の俳諧」)。

718　小春日の凪で海上もおだやか。この大盃を一気にというわけにもいかぬが、よい気分に酔った。沖の真帆もちょうど七合五勺の張り加減だ。「七合五勺」は「浮瀬」の容量と八合帆に近い真帆の張り加減とに掛けた。裏に酔い加減をも寓《ぐう》し、高台の料亭の展望の明るさを、栢莚の句を踏んで興じた。

719　早咲きの冬の梅は花も弱く散り急ぐようだ。咲いたと思ったら、昨日はもう石の上に散った。七〇一・七四三とともに当時流行の隠逸的な愛石趣味の句。「や」は疑いのや。初案は「石の上に……冬のうめ」(落日庵)。

720　千葉殿の陣屋に旗じるしが勇ましくはためいていたのもついこの間のこと。今はその仮家も撤去されて枯尾花のみが風に吹かれている。頼朝の富士の裾野の巻狩(『曾我物語』八)等から、事後の光景を想像した句。千葉氏は坂東八平氏《ばんとうはちへいじ》の一。過去の気勢と現在の静寂との対比は四八三と同想だが、この句は中七の用語の面白さに頼り過ぎている。八四六の緊張感もない。

721　「わすれ花」(「帰り花」とも。冬の小春日に木や草の花が帰り咲くことをいう)「霜」、ともに冬季だが、この句の季題は「霜」。平面にうっすらと見える霜と背丈《せたけ》の低い黄花との対比が感覚的に鋭い。関西に多いシロバナタンポポではなかろう。

718
小《こ》春《はる》凪《なぎ》真《ま》帆《ほ》も七《なな》合《がふ》五《ご》勺《しやく》かな
句帳

719
冬の梅きのふやちりぬ石の上
落日庵
句帳

720
千葉どのゝ仮《かり》家《や》引ケたり枯尾花
夜半叟
(句帳)

721
たんぽゝのわすれ花あり路の霜
夜半叟
(句帳)

722　老女の火をふき居る画に

小野《をの》ゝ炭匂《にほ》ふ火《ひ》桶《をけ》のあなめ哉《かな》

落日庵
句帳

723　われぬべき年もありしを古火桶

夜半叟

724　うづみ火や終《つひ》には煮《にゅ》る鍋《なべ》のもの

召波資料
落日庵・鏡の華
句帳

725　炭うりに鏡見せたる女かな

召波資料・落日庵
（句帳）

722　上等な小野炭だというのに、どうしたことかいぶって匂う。吹けば吹くほど、髑髏《どくろ》めく火桶の穴から煙がわき出て、ああ目が痛いよ。絵の内容から連想した奇想。火桶を髑髏に見立て、火桶の「穴」と「あな目」と言い掛けた。◇小野ゝ炭　洛北大原（愛宕《あたご》郡小野郷、京都市左京区大原町）の東方、小野山で焼いた炭。鞍馬《くらま》炭と共に名産。◇あなめ　小野小町の髑髏の目に薄《すすき》が生え、夜になると「あなめ、あなめ」と言うので、在原業平《ありわらのなりひら》が「秋風の吹くにつけてもあなめあなめ小野とはいはじ薄生ひけり」と詠んだ故事（『江家《ごうけ》次第』）による。「あな目痛し」の意という。

723　「時」とせず「年」と言ったので、いかにも古びた火桶のイメージがある。単なる詠物ではなく、人生的感慨を寓《ぐう》しているのがよい。◇われぬべき　当然われてしまったであろうはずの。

724　炭火を灰に埋めた上に小鍋がかけてある。何がいつ煮えるとも分らぬが、気の長い老人は落ちついたもので、安心しきって書見に余念がない。孤独な老人閑居の態《てい》。平常のことだから「終には煮る」ことを確信している。中は粥《かゆ》か豆だろう。明和年間の離俗の俳境。中七に巧まないユーモアがある。句帳に中七「つゐには煮ュる」と表記。

725　勝手元へきた炭売が、色黒の下女をからかったりするので、賢い下女は黙って鏡をさし出す。蕪村の女性描写にはいつも精彩がある。この句も無言劇のような鋭さと面白さがある。

726　京の底冷えはきつい。火桶を裾《すそ》に置いて手をあぶっていても、心まではなかなか暖まらぬ。それを「心に遠き」と表現した形式的遠近法。

727　蓋《ふた》付きの火桶（行火《あんか》）に丸い炭団が生けてある。火の玉になった炭団法師が秘《ひそ》かに来客の人品骨《じんぴんこつ》柄《がら》を品定めするかのように横穴から窺っている。丸い炭団を坊主頭の法師に見立てて擬人《ぎじん》化した滑稽《こっけい》。着想秀抜な隠逸離俗の句。初案「窓より覗《のぞか》レけり」（落日庵）は単純な事実（火がついたかどうか、と人が窓から覗く）と解されるが、新選（「窓から窺けり」）、句帳（「窓より覗ひけり」）になると炭団法師が主格となり、百鬼夜行《やぎょう》ふうの化物《ばけもの》めかして俗物は寄せつけぬぞ、といった気概を寓《ぐう》した。

一　蕪村の讃岐《さぬき》行は明和三年秋から五年四月（その間一度帰京）。前書《まえがき》の事実は三年冬高松から琴平への途次のこと。

728　御厚情はあの炬燵《こたつ》のように暖かくありがたいことでしたが、お宅を出るとすぐ足もとに野河が流れていて、冷たい水を渡って行かねばなりません。画業を主とした讃岐滞在中には、俳諧に熱意なく句数も少ない。この留別の吟、炬燵—足—野河への移行が滑《なめ》らかで、全体が緊密に組み立てられている。

◇野河　高松の西端香東川《こうとう》で、当時橋はなく飛び石伝いに渡った。「川の香や石の飛石足袋《たび》ながら」（塵々塢、『象山影《きさやまかげ》』寛延元年刊）。

726
裾《すそ》に置《おき》て心に遠き火《ひ》桶《をけ》かな

句帳

727
炭団《たどん》法師火桶の穴より窺《うかが》ひけり

落日庵・新選
句帳

728
一 讃州《さんしう》高松にしばらく旅やどりしけるに、あるじ夫婦の隔《へだて》なきこゝろざしのうれしさに、けふや其《その》家を立出《たちいづ》るとて

巨《こ》燵《たつ》出《いで》て早あしもとの野河哉

落日庵・新選
句帳

729　炬燵に入りびたりの妻を「腰ぬけの」と形容したので、病妻ではなかろう。対座密語の態《てい》。「うつくしき」は情愛をそそぐ気持をいう。「山鳥の病妻へだつ巨燵哉」（召波）。

730　早朝からの勤行《ごんぎよう》に疲れて、沙弥も律師も転がるように蒲団《ふとん》ひっかぶって寝てしまった。坊主頭だから、どれが小僧で、どれが師匠かも分らぬ。「ころり〱」の擬態《ぎたい》語は坊主頭からの連想。下五の「臥す」と「衾《ふすま》」（掛け蒲団）の掛け詞による連鎖法が軽妙である。「律師沙弥相剃《あひぞ》りをして月見哉」（其角《きかく》）の転換だろう。
◇沙弥律師　沙弥は戒を受けた男子の出家、律師は二百五十戒を受けた僧。

731　冬の夜もふけ寒さが身にしみる。炭もなくなったので薄暗い土間へおりて鋸で炭をひく。ギーギーというその鈍い音がいかにも貧寒なひびきだ。「冬の夜」「夜半の冬」は「寒夜」よりも、深夜を強調する季語。隣家から聞えるのではなく、作者自身の動作だから、「貧しさよ」と愛憐《あいれん》の情を詠嘆した。

732　質屋は人目を避ける客が多いから、遅くまで店を開いている。今は飛驒高山の質屋も店の錠《じよう》をおろしてしまい、山国の夜はしんしんと凍《い》ててゆく。「質屋とざしぬ」は完全な外部との遮断《しやだん》性のみでなく、氷点下十何度という強烈な寒気をも思わせる。質屋があったのは代官所のある高山であろう。底本「飛弾山」と誤る。

729
腰ぬけの妻うつくしき巨《こ》燵《たつ》かな
日発句集
落日庵

730
沙《しや》弥《み》律《りつ》師《し》ころり〱とふすま哉《かな》
落日庵
新五子稿

731
鋸《のこぎり》の音貧しさよ夜《よ》半《は》の冬
連句会草稿
落日庵・句　帳

732
飛《ひ》驒《だ》山《やま》の質屋とざしぬ夜《よ》半《は》の冬
落日庵
句　帳

一 春夜楼は几董《きとう》の堂号。三二参照。
733 枯野の荒寥《こうりよう》感を主題とする季題趣味の句。八〇一参照。
◇むさゝび 鼯鼠。リスに似て大型で、肢間に皮膜があり、木から木へ滑空する。夜行性。
734 黄褐色《こうかつしよく》に枯れた野っ原。その草陰に何か黒いものが動く。なーんだ旅の和尚《おしよう》の野ぐそか。超俗の大徳と醜を美化する枯野の清浄さとの取り合せだが、新奇な取材である。「おはす」という尊敬語も滑稽《こつけい》味をかもす。一遍上人も西行上人もみんな生理的要求に従われたはずだ。
◇大とこ 高徳の僧だが、転じて一般の僧をもいう。ここは並以上の高僧のほうが面白い。
735 郊外の大寺（例えば龍安寺《りようあんじ》）に参詣した主従か夫婦か。駕籠《かご》かきの姿も見えない。数羽の水鳥のみが游泳《ゆうえい》している光景。しかし水鳥は背景で、主題は「駕二挺」、その主に対する推理的興味が作意の中心。中七「枯木の下に」（落日庵）は初案。
736 かわいそうだが、この子を捨てなくては一家は共倒れだ。竹藪でもあればと、さまよい歩いても、それすら見当らぬ平坦な冬枯れ野である。どこにも恰好《かつこう》の子捨て場所がない。裏には俚諺《りげん》「子を棄つれども身を棄つる藪はなし」（『毛吹草』）の連想がきいていて、わが身をも捨てたいような水呑百姓の生活苦を代弁した佳句。奇抜な発想の底に社会性もある。

一春夜楼会

733 むさゝびの小鳥はみ居る枯野哉　句帳

734 大《だい》とこの糞《くそ》ひりおはすかれの哉　句帳

735 水鳥や枯木の中に駕《かご》二挺《ちやう》　落日庵

736 子を捨《すつ》る藪《やぶ》さへなくて枯野哉　耳たむし 句帳

737 草枯《かれ》て狐の飛《ひ》脚《きやく》通りけり

蓮華会集
落日庵・(句帳)

738 狐火の燃《も》えつくばかり枯尾花

安永三句稿
万家人名録四篇

739 息《いき》杖《づゑ》に石の火を見る枯野哉《かな》

安永八不夜庵歳旦

一 金福《こんぷく》寺芭蕉翁墓

740 我《われ》も死して碑《ひ》に辺《ほとり》せむ枯尾花

から檜葉
新五子稿

737　野面は茶褐《ちやかつ》色に冬枯れた。そのためにかえって明るく広々と感じる午後の枯野の彼方《かなた》を、何か動き走るものがみえた。あれは狐の飛脚であろう。

738　「燃えつくばかり」の理知的な趣向と表現が非難されたが、作者は承知の上で「塩からき様なれども、いたさねばならぬ事」(大魯宛書簡)と述べた。枯尾花が白髪の老婆を連想させる怪奇な幻想句。◇狐火　三六参照。鈴木牧之《ぼくし》の雪夜の実見談に「狐、雪の掘場の上に在りて口より火をいだす。よくみれば呼息《つくいき》の燃《もゆ》るなり。その態《さま》、口よりすこし上にもゆる事、まへにいへる寒火のごとし」(『北越雪譜《ほくえつせつぷ》』)。

739　駕籠《かご》に乗って枯野を揺られてゆく。夕闇も迫ってきて、駕籠かきの息杖がカチカチと石に当っては火花を散らすのがみえる。息杖(息をつくための支え棒)の先端には金具がつくから石に当れば火を発する。新奇な素材を求めた句であるが、「石切の飛火《とびひ》流るゝ清水哉」(句帳)よりもこの枯野の背景のほうが躍動的である。

一　墓は安永六年九月建立された「祖翁之碑」をさす。金福寺に現存。この句、晩年作か。六七四参照。

740　いずれ私も死ぬであろう。その時には、枯尾花が風にそよぐ金福寺丘上の、この芭蕉翁の墓のほとりに葬ってもらいたい。偉大な蕉翁の遺魂に永久に仕えることができるから。「我も死して」という確信的表現は、蕉翁の墓辺に奉仕したいという強い願望を格調高く歌いあげた。

741 冬枯れ野になると、今まで隠れていたいばら（とげのある木や草の総称。荊棘《けいきよく》）が目につくし、またよく手足にひっかかる。「馬の尾のいばらにかかる」でなく、いばらを主格とした擬人法は、いばらの触手の主体性を表現して委曲を尽した。

742 「蕭条として」（ひっそりとしてもの寂しいさま）という班固《はんこ》や陶淵明などの使った漢語が一句の眼目。上五の字余りに風の音をも擬音《ぎおん》化して平板さを破った。「石に日の入」る文人画の境地。

二 吉分大魯は安永七年秋、兵庫（神戸市兵庫区）から病気治療のため上京、十一月十三日没した。

743 病み衰えた大魯が寒ざむとした病床に立ち上がると、骨と皮ばかりの瘦せずねで痛ましい限り。それでもどこか毅然《きぜん》として病鶴が片足で立ったさまに似る。再起を祈らずにはおられない。病者を鶴に喩《たと》える詩は「病《ニ》瘦《セシ》形如《シ》レ鶴《ノ》」（白居易「新秋病起」）など多い。哀れな愛弟子の再起を切願する、温情にあふれた悲痛の句。士川《しせん》ら宛書簡参照。

744 ある女性を心待ちにしている。時おり烈《はげ》しい風に落葉の降る音が聞える。やがてその人らしい足音が近づく気配がしたが、その幽《かす》かに遠い足音は落葉の音にまぎれて定かでない。山口素堂の「人待《まつ》や木の葉かた寄ル風の道」（『翁草《おきなぐさ》』）を踏み、「待つ恋」を歌って「待人《まちびと》来らず」を内容とした机上の恋の句。この句は、落葉の音を恋人の足音かと疑う、夢うつつの恋愛心理を主題とする。

741 馬の尾にいばらのかゝる枯野哉

742 蕭《せう》条《でう》として石に日の入《いる》枯野かな

二 大魯が病の復常《ふくじやう》をいのる

743 瘦《やせ》脛《はぎ》や病《やまひ》より起《た》ッ鶴《つる》寒し

744 待《まち》人《びと》の足音遠き落葉哉

夜半叟

745 菊は黄に雨疎《おろそ》かに落葉かな　　夜半叟

746 古寺の藤あさましき落葉哉《かな》　　夜半叟

747 往《ゆき》来《き》待《まち》て吹《すい》田《た》をわたる落ば哉　　夜半叟

一 堕《だ》葉《えふ》を拾ひて紙に換《かへ》たるもろこしの貧しき人も、二 腹中の書には富《とめ》るなるべし。さればやまとうたのしげきことのはのうち散《ちり》たるを、三 かきあつめて捨《すて》ざるは、我《わが》はいかいの道なるべし

745　意想は晩秋・初冬の推移にあるが、素材が多すぎてまとまりが悪い。杜甫《とほ》の「淡雪疎雨過《グ》ニ空城《ヲ》一」(『詩林良材』)など、「疎雨」の直訳「雨疎かに」で時雨《しぐれ》の風趣を出そうと意図したが、失敗作か。この菊は十月の寒菊(冬菊)であろう。夜半叟に「雨疎そかに」と表記。

746　古寺の境内の藤の巨木。今はすっかり落葉してしまい、黒い曲線の錯綜《さくそう》する蔓《つる》ばかりがあらわで、何ともけったいな姿になったことよ。花時の美観と比べて「あさまし」(意外で興ざめ)と断定した面白さである。梅の画家蕪村の美意識は、曲線的な藤蔓には否定的だったかもしれない。円山《まるやま》応挙には安永五年の傑作・藤図屏風(根津美術館蔵)がある。

747　落葉が渡舟の往来を待っては対岸に渡る、と見た擬人法の滑稽句。用語は慎重に選択されている。下五「落葉かき」(夜半叟)の初案では、人が往来する意で平凡だ。◇吹田　吹田(大阪府吹田市)の、神崎川の渡し。一「唐《ノ》鄭虔《ていけん》好《ム》レ書《ヲ》。苦《シム》レ無《キニ》レ紙。慈恩寺貯《フルコト》ニ柿葉《ヲ》一数屋。日《ニ》取《リテ》レ肄《ひこばえヲ》書《シ》。歳久《シクシテ》殆《ド》遍《あまねシ》」(『唐書文芸伝』)。底本「隋葉」と誤る。二「郝隆《かくりゅう》。七月七日。出《テ》ニ日中《ニ》一仰臥《ス》。人問《フ》ニ其故《ヲ》一。答曰。我曬《さらセリ》レ書《ヲ》」(『世説』一八)。三「かきあつめて」から句中の「柿」へ続く。

748　腹中の詩に富めば、やまと歌の数かずをかき集めて利用するのが俳諧の道である。柿の木のもとの、ありふれた落葉ですら捨てずに利用すべきだ。

和漢の故事・序詞・縁語・掛け詞の技巧ずくめの句。前書《まえがき》とも有機的に関連せしめ、利用できるものは広く活用すべきだという俳諧観の核心を示す。
◇もしほ草　製塩に用いた海藻。掻き集める意から同音の「書き」に冠する。◇柿　「掻き」と掛け、鄭虔《ていけん》の故事と、後鳥羽院の頃の有心連歌《うしんれんが》作者「柿本衆《かきのもとしゆう》」を暗示した。

749　西風が吹き荒れて落ちるだけ落ちた落葉。風も静まってみると、まるで掃き寄せられたかのように、東の隅の一つ所にかたまっているよ。
物にさからわぬ、風まかせの自然の境涯をたたえた意想。上五中七「北吹《ふけ》ば南あはれむ」（耳たむし・落日庵）の初案形では、通俗的観念が嫌味《いやみ》になる。「南風ふけば北になびき、西風吹ば東にと」（其角《きかく》『類柑子《るいこうじ》』）等、東西・南北の対語は漢詩・俳句に非常に多い。

750　鰒の毒にあたって死ぬことなど一向頓着《とんじやく》せず、赤々と燈《ひ》をともして、かつくらいかつ飲む。燈火は蒸気にけむり、宴はたけなわである。
冬の珍味ふぐ汁の一情景を視覚的にとらえた佳作。第三者として外から見たのではあるまい。
◇赤〱と　燈を明るくしての意だが、ここは燈油の燈が視覚的に赤く見える状況をいう。

751　「あら何ともなやきのふは過てふくと汁」（芭蕉）と類想。中七に蕪村らしい意識と声調があり、翌朝の感慨として実感的である。独喰《ひとりくい》（寛政十二年刊）に上五「ふぐ喰て」。

748　もしほ草《ぐさ》柿のもと成《なる》落葉さへ

749　西吹ケば東にたまる落葉かな
草津集・続明烏
落日庵・句帳
古今句集

750　鰒《ふく》汁《じる》の宿《やど》赤〱と燈《とも》しけり
落日庵
句帳

751　ふく汁の我《われ》活《い》キて居る寝《ね》覚《ざめ》哉
日発句集・其雪影
耳たむし・落日庵
句帳・独喰

752　わが鰒汁の美味は、秋風たって機を見るに敏な呉人《ごひと》・張翰《ちようかん》先生もさすがに御存じあるまい。中華思想に対して日本の風土的優越感をうたった。◇秋風の呉人　呉人張翰は斉《せい》に仕えていたが、秋風の起るをみて呉中の鱸《すずき》の鱠《なます》の美味を思い官を辞して帰郷。たまたまその直後に斉王《せいおう》が敗れたので、時人は張翰の「曠達《こうたつ》（心が広く物にこだわらぬこと）」を貴んだという（『蒙求《もうぎゆう》』張翰適意）。

753　静かにしたまえ、きっとあの和尚《おしよう》だよ、鰒汁の最中に殺生戒《せつしようかい》に厳しい和尚に踏みこまれては困るから、みんな寝たふりをしよう。軽妙な句調によって内容が生きる。推敲《すいこう》の語源である「僧敲《ハタタク》月下ノ門」（賈島《かとう》）を利用し雅趣を出した。

754　河豚は面は悪いが美味だから人間に食われる。反俗精神を王維の詩句を借りて表現した。◇世上の人を白眼ム　王維の「白眼ニシテ看ル二他《たノ》世上ノ人ヲ一」（『唐詩選』七）による。青眼・白眼は晋の阮籍《げんせき》の故事（『蒙求《もうぎゆう》』阮籍青眼）に出る。「能ク為シ二青白ノ眼ヲ一、見レバ二礼俗之士ヲ一、以テ二白眼ヲ一対スレ之ニ」による。

755　鰒を食って死んだ故人の霊にこの鰒を供養し、賑やかに楽器を鳴らして弔ってあげよう。「缶うつて」の中国古代趣味がいささか大げさで空転の嫌いがある。句稿・蓑虫説に「缶鼓《ホトキウツ》て」と表記。「鰒になき」と「なき世の友」と連接させる。◇缶　中国で酒など入れた胴太く口小さい瓦器《がき》。古く秦《しん》人は楽器とし、これを撃《う》って歌った（『史記』藺相《りんしよう》

752
秋風《しうふう》の呉人《ごひと》はしらじふくと汁
落日庵句帳

753
音なせそ叩《たた》くは僧よ鰒《ふくと》じる
蓑虫説・新選
（句帳）

754
河豚《ふぐ》の面《つら》世上《せじやう》の人を白眼《にら》ム哉《かな》
蓑虫説・あけ烏
（句帳）

755
缶《ほとぎ》うつて鰒《ふぐ》になき世の友とはむ
明和八句稿
蓑虫説・耳たむし
（句帳）

如《じよ》伝)。「君子有《バ》レ酒、鄙《ひ》人《じん》鼓《ッ》レ缶《ヲ》」(『淮南子《えなんじ》』説林訓)。

756　葬儀の帰途であろう。袴を着用のまま鰒料理に舌鼓をうつ町人のさま。死ぬかもしれぬから、気軽にはなれないのだが、それでも鰒の美味にひかれる欲望に弱い人間。死と生との間にペーソスがある。

一　笹部鶴英《かくえい》は伏見の人。妻柳女《りゆうじよ》・子賀瑞《かずい》も蕪村門。明和八年秋没(蓑虫説)。一向宗は浄土真宗のこと。

757　仏前のお蠟燭《ろうそく》の融けて流れた蠟涙も氷りついてしまう厳寒の朝夕、亡き子の供養のため読経《どきよう》を怠らぬ鶴英。その親としての深い悲嘆は、あの「夜の鶴」の諺《ことわざ》通りで、何とも慰めの言葉もない。「蠟涙《ろうるい》」と「夜鶴」のイメージを季語「氷る」で結合させた構成だが、哀傷の情は切実に出ている。◇らふそくの涙　漢詩の「蠟涙」の直訳。融けた蠟が涙に似るからいう。◇夜の鶴　諺「焼野の雉子《きぎす》、夜の鶴」。子を思う親心をいう。鶴英の鶴にもきかせた。

二　吉分大魯が兵庫(神戸市兵庫区)に隠栖したのは安永六年夏。この吟行は同年冬か。

758　木枯し吹きすさぶ海辺の漁家に大きな魚が鉤につるされている。頭でっかちの魚のいかつい鰓が木枯しを吸いこんで干乾びてゆく。大魯は大阪の弟子と紛争を起し、兵庫へ移転した。『芦《ろ》陰《いん》句選』の「感懐八句」の心境は殊に哀れ深い。弟子を見舞った師の句も、嘱目《しよくもく》の景物に寄せて悲愁が濃い。◇鰓『和名抄《わみようしよう》』に「阿《あ》木《ぎ》止《と》。魚《ノ》頰也」。魚のえら。

756
袴《はかま》着て鰒《ふぐ》喰うて居る町《ちやう》人《にん》よ

夜半叟
句帳

一鶴英《くわくえい》は一向宗《いつかうしゆう》にて、信《しん》ふかきをのこ也けり。愛子を失ひて悲しびに堪《た》へず、朝暮《てうぼ》仏につかうまつりて、読経《どきやう》おこたらざりければ

757
らふそくの涙《なみだ》氷るや夜の鶴《つる》

句帳

二大魯が兵庫の隠栖《いんせい》を、几董とゝもに訪ひて人々と海辺を吟行しけるに

758
凩《こがらし》に鰓《あぎと》吹《ふか》るゝや鉤《かぎ》の魚《うを》

句帳

759 こがらしやひたとつまづく戻《もど》り馬

耳たむし・落日庵
句　帳

759 終日こき使われた駄馬《だば》がとぼとぼと引かれて帰る。突然、どうと木枯しが吹き起った拍子に、馬は蹴《け》つまずいて前のめりになった。「ひたと」が一句の眼目で実感がある。「戻り馬」は夕暮を思わせ、作者の心情が深く移入されている。

760 こがらしや畠《はたけ》の小石目に見ゆる

落日庵・句　帳
新五子稿

760 烈《はげ》しい木枯しに砂が吹き飛ばされ、畑の小石があらわに目立つ光景を観察した写実的作風の句。落日庵に中七下五「畑にちいさき石も見し」をこの句形に改めている。初案形では説明的である。

761 こがらしや何に世わたる家五軒

召波資料・新　選
落日庵・（句帳）

761 木枯しが吹き抜ける寒村に、数えてみると家は五軒のみ。いずれも古びたあばら屋で、田地も僅《わず》か、山林も豊かではない。一体、何を以て生計を立てているのであろうか。「何に世わたる」により、荒寥《こうりよう》たる寒村を強調した。この句には水辺の感じはない。「家五軒」は中国の隣保組織に学んだ五人組制度により、何とか助けあって暮してゆける限界を暗示する。三六の「家二軒」では少なすぎ、七八軒では孤立感が弱い。三六よりも作為性が目立たぬのがよい。

762 凩《こがらし》やこの頃までは荻《をぎ》の風

召波資料・落日庵
（句帳）

762 つい近頃までは荻吹く風（すなわち秋風）だったのに、いつしか荒涼たる冬の木枯しになってしまった。荻はカゼキキグサともいい、和歌に多く風を詠《よ》む。「きのふこそさなへとりしかいつのまにいな葉そよぎて秋風の吹く」（『古今集』）は夏から秋への推移。この句はそれを踏まえ、秋風から凩へと転換した。

763 木枯《こがらし》や鐘《かね》に小石を吹《ふき》あてる　夜半叟　句帳

764 こがらしや岩に裂《さけ》行《ゆく》水の声　句帳

晋子《しんし》[一]三十三回

765 擂《すり》盆《ばち》のみそみめぐりや寺の霜　桃桜　落日庵

766 麦蒔《まき》や百まで生《いき》る貌《かほ》ばかり　耳たむし・落日庵　句帳

763 鐘に当る石が大きい程風力は強いわけだが、実際には砂利程度だろう。作者は一室に籠《こも》っていても、風の音と落葉の舞う影が身辺にせまるといった状況にある。四つのk音による乾いた感じ。

764 さざ波を立てて水面を走る木枯し。岩につき当っては二つに裂けて流れ落ちる水音のみが、狭い谷間に響きわたる。召波の「こがらしや滝吹きわけて岩の肩」は写実的だが、蕪村は「木枯し」を背景とする二つの水声の交響を意識的に構成した。「水の音」でなく「水の声」とした漢詩調が情景にふさわしい。

一 宝井其角《きかく》。宝永四年二月没、四十七歳。元文四年、蕪村の師宋阿《そうあ》は其角・嵐雪三十三回忌集として『桃桜』を刊行した。宰鳥《さいちょう》(蕪村若年の俳号)も協力した。

765 霜の白くおりた寒い朝、広い寺の台所で小坊主が摺鉢《すりばち》で軽く三《み》めぐりほど味噌を摺る。今日は其角三十三回忌の法要が勤まるからだ。底本に「みそみくりや」と誤る。桃桜に上五「摺鉢の」。◇みそみめぐり 「味噌」と「三十《みそ》」と言い掛ける。赤味噌は摺りすぎると粘着するので軽く摺る。◇霜 季を表すために置かれたのだが、「星霜」の意もこめる。

766 小春日和の暖かい初冬の麦蒔き作業。百姓たちはいずれも健康そのもので、百まで生きそうな顔つきの老人ばかりだ。麦蒔きは農作業としてはやや軽いので、そののどかな情景を朱陳村《しゅちんそん》(七六九参照)ふうに理想化した。

767 初雪や消《きゆ》ればぞ又草の露

落日庵・句帳
ゐぼし桶・続明烏

768 初雪の底を叩《たたけ》ば竹の月

明和七句稿
新選・耳たむし
句帳

題一七歩詩《しちほの》

769 雪折《をれ》や雪を湯に焚《たく》釜《かま》の下

明和八句稿
其雪影

770 雪の暮鴫《しぎ》はもどつて居るやうな

767 初雪がすぐ消えるのは惜しいが、消えるからこそ、時ならぬ草の露を結び、雪の風情《ふぜい》と露の風情と一物にして二様の役割を果してくれるのだ。「本《もと》是《レ》同根《ニシテ》生《ズ》」の七六九の七歩詩的手法により、季節現象としては逆行する新奇さをねらった句。七六二参照。

768 初雪が一時《いつとき》降って間もなく止んだのを「底を叩」いたとみ、空を仰ぐと竹林の上に冬の月が出ていた、という時間の経過を詠《よ》む。「底を叩く」(払底《ふつてい》の意)という俗語を用いて俗を離れた佳作。

一 七歩の間に詩を作らねば殺すと魏《ぎ》の文帝が命じた時作った弟曹植《そうしよく》の詩。「煮《ルニ》レ豆《ヲ》燃《たク》二豆萁《ノからヲ》一、豆在《テ》二釜中《ふちゆうニ》一泣《ク》、本《もと》是《レ》同根《ニシテ》生《ズ》、相煮《ルコト》何《ゾはなはダ》太急《ナル》。如《ク》レ此《ノ》作《ル》心ハ豆ハ曹植我《ガ》身ヲイヘリ。其《まめがら》ハ兄ノ文帝ヲイヘリ。豆モ其モ本是同根ナルヲ、相煎《せんズ》ルコト何《ノ》太急ナル、御ナサケナキヨシノ詩也。奇特ナル才智也」(『連集良材』)。

769 雪の重さに耐えかねて折れた枝を拾って釜の下に焚き、雪をつめこんだ釜の水を湯にわかす。雪を湯にたくのは雪中の隠遁《いんとん》生活。雪折れの枝も釜の水ももとは「雪」という同根から生じた二物である。其角の「かたずみも其木葉《そのこのは》より発《おこ》りけり」も七歩詩による先例。其雪影に作者を霞吹《かすい》とするのは代作。

770 蕪村には珍しい口語調に細やかな情念がこもる。田鴫(秋季、五九三・五九四参照)を友とする隠逸生活の諷詠《ふうえい》のようで、裏に、帰ってきた娘と母親とのひそひそ話を連想する、という生活実態の暗喩《あんゆ》説(安東次男)もうなずける。心ひかれる句。四九一・八五六参照。

771　灰をかぶせて炭火を埋める。わが隠れ家も雪の中に埋もれてしまい、これなら誰にも見つかるまい。雪の中は案外に暖かいのだ。
埋み火と雪中の隠れ家とは同じように深く籠《こも》る。その類似性に思い寄せた隠逸趣味の句だが、東北地方の雪中の体験が生きている。

772　さあこれから雪見の装束を整えよう。と言っても蓑をつけ笠をかむるのみだが。
「容す」（底本に振仮名。身ごしらえをする）と大げさに言い、華麗な装束でもつけるかのように思わせ、簡素な蓑笠の風流に帰着せしめたところに諧謔《かいぎゃく》がある。芭蕉の「たふとさや雪ふらぬ日も蓑と笠」を踏まえる。

773　黒い鍋をさげて雪降りしきる淀の小橋を渡る蓑笠の人影。雪見酒に豆腐の買出しであろうか。
「小橋を行き」と「雪の人」と掛けた。
◇淀の小橋　淀城の上手、宇治川にかかる橋。長さ七十六間。木津川にかかる大橋に対する。南・北の両岸に茶店等商家も多く繁昌《はんじょう》した（『淀川両岸一覧』）。

774　雪が白く積った京の朝。競《くら》べ馬の名手・加茂の神官よ、馬に乗って都大路の雪を蹴散《けち》らせ。
「馬でうて」と命令形にしたから、雪を蹴散らして疾駆する加茂の氏人のイメージが浮びあがる。
◇加茂の氏人　京都賀茂神社の神官・社人。二騎で競技する競べ馬は五月五日上賀茂社の馬場で行われた。

771　うづみ火や我《わが》かくれ家《が》も雪の中　　落日庵

772　いざ雪見容《かたちづくり》す簑《みの》と笠《かさ》　　五車反古　句帳

773　鍋さげて淀《よど》の小《こ》橋《ばし》を雪の人　　新花つみ（文章篇）

774　雪白し加《か》茂《も》の氏《うぢ》人《びと》馬でうて

775 雪折《をれ》やよし野《の》ゝ夢のさめる時　雪の翁

776 漁《ぎよ》家《か》寒し酒に頭《かうべ》の雪を焼《たく》　雪之集

777 朝霜や室《むろ》の揚《あげ》屋《や》の納《なつ》豆《と》汁《じる》　（句帳）

778 入《にふ》道《だう》のよゝとまゐりぬ納豆汁　句帳　新五子稿

775　雪の吉野山は花にも劣らぬ絶景。やがて雪の重みに堪えかねて枝折れがする。その音響に驚いて目覚める。今の雪景色は夢だったのか。夢中の吉野山は雪踏みわける苦労もない。花と雪との重層性により中七を花の夢とも解し得る。雪の翁（天明三年刊）に下五「さむる時」。一六四参照。

776　寒々とした漁家に、白髪の老翁が一人酒を酌《く》んでいる。酔いを発して顔は火のように赤く、それが雪のような白髪に燃え移りそうだ。これは雪＝白髪の直喩《ちよくゆ》で、漢詩や和歌の伝統的な手法。「頭の雪を焼」が新奇な着想である。雪之集（天明七年刊）に上五「漁家寒く」。

777　厳冬で室津《むろのつ》にも霜のおりた朝、揚屋の台所から納豆汁の香がほのぼのと漂ってくる。二物取り合せの典型だが、霜は背景、納豆汁が主題。a・i・oの音の配置が絶妙で、落着いた声調がよい。◇室の揚屋　二九参照。揚屋は置屋から遊女を招いて遊興する家。◇納豆汁　「なっとうじる」。納豆を叩き刻み、菜・豆腐また魚鳥の肉を入れた味噌汁。

778　歯の衰えた老入道が鄙《ひな》びた納豆汁を喜んですするさま。文学・歴史上の人物の俤《おもかげ》か。◇よゝと　酒や汁物を盛んに飲み食う形容。酒の例、「さし受けさし受けよよと飲みぬ」（『徒然草』八十七段）。

779　釣瓶縄《つるべなわ》が氷っていて手が切れそうだ、という平凡な内容を、つの頭韻を重ねて表現したのみ。

上五「寒月や」（落日庵）は初案。

780　夕暮近くなっても雪は小やみなく降り続く。路傍の家で宿を乞うたが、すげなく断られる。宿場までの道を急がねばならぬ。ふり返ってみると、非情な雪中の家々には明るい燈影《ほかげ》が点々と点《とも》っている。「宿かさぬ」無情をも、降る雪は美化する。ひたすら雪中の燈影を讃嘆する唯美《ゆいび》主義の秀作。東北行脚《あんぎゃ》の体験に基づく作と思われ、感情は抑制され著しく客観的である。謝寅《しゃいん》（蕪村晩年の画号）の傑作「夜色楼台図」の雪景も想起される。句稿に「灯影の雪や」と書いて改める。

一 この事実、安永四年・五年両説がある。句帳の前《まえ》書《がき》は「淀夜船」。 二「帰さ」は「帰るさ」、三一七参照。

781　淀川を夜舟で遡《さかのぼ》ってきた。長い百里の間、いずこも降る霜で身もひきしまる冷気がみなぎる。月はいよいよ冴《さ》えわたり、舟中の私は月光世界の真中に坐って、まるで月を宰領するかのようだ。
雲一つない淀川上空の冬の月、長い長い淀川上り舟にヒシヒシとおりる霜夜の冷気を、見事に表現し尽した壮絶な秀吟。「霜百里」は「方百里」（新花つみ五七）と違い、淀川（伏見豊後橋《ぶんごばし》より大阪西川口まで十三里四町十三間〈約五五キロ〉）の距離感をおさえた地理的表現で、凜然《りんぜん》たる淀川の大観をとらえる。「漢水旧《もと》如《ク》レ練《ノ》、霜江夜清澄」（李白）や「舟経《テ》ニ故園《ヲ》一歳時改《マリ》、霜落《チテ》ニ寒江《ニ》一波浪収《ル》」（蘇東坡《そとうば》）等を意識して、別趣を出した漢詩調の代表作。

779 朝霜や劔《つるぎ》を握るつるべ縄《なは》
落日庵
句帳

780 宿かさぬ火《ほ》影《かげ》や雪の家つゞき
明和五句稿
落日庵・句帳

一 几《き》董《とう》と浪華《なには》より帰《かへ》さ 二
781 霜百里舟《しう》中《ちゆう》に我《われ》月を領《りやう》す
句帳

782
[一]故人暁台《けうたい》、余が寒炉《かんろ》[二]を訪《と》はずして帰郷す。知是《しんぬこれ》東山西野に吟行して、[三]荏苒《じんぜん》として[四]晦朔《くわいさく》の代謝《たいしや》をしらず、帰期のせまりたるをいかんともせざる成《なる》べし

牙《きば》寒き梁《うつばり》の月の鼠《ねずみ》かな　　落日庵

783
[五]陶弘景賛

山《さん》中《ちゆう》の相《しやう》雪中のぼたん哉《かな》　　耳たむし・落日庵

784
町はづれいでや頭《づ》巾《きん》は小風呂敷　　句帳

一 親しい友。二 寒廬の誤りか。三 月日が次第に移りゆくこと。四 晦朔は晦日《みそか》と朔日《ついたち》。月日の移り変り。

782 尾張の友人暁台は遂にわが家を訪《と》わずに帰郷してしまった。待っていた私は、梁《はり》に出没する月夜の鼠が牙をむいて寒餓をかこつようなものだ。彼は京の吟行に暇がなくなったのだろうが、「月の鼠」の喩《たと》えのように、私の行末の寿命も覚束《おぼつか》ないのだ。

「余が寒炉を訪《とは》んとおもふこと切なり」(落日庵)とする初稿前書《まえがき》によると、李白にも比すべき暁台に対する好意は明白である。期待をはずされた作者の感慨であって、暁台を非難した句ではない。安永七年冬の作か。◇梁の月　杜甫「夢《ム》二李白《ヲ》一」に「落月満《チ》二屋梁《ニ》一、猶疑《フラクハ》照《スカト》二顔色《ヲ》一」による。◇月の鼠　月日の早く移って人命のはかないのに喩《たと》えた譬喩譚《ひゆたん》から出た仏説。「月日の鼠」とも。『万葉集』以下和歌・俳諧にも多く詠《よ》まれ、『太平記』などにも出る。「行くとしや月日の鼠どこへやら」(召波)。

五 致仕《ちじ》して茅山《ぼうざん》に隠居した陶弘景《とうこうけい》に、梁《りよう》の武帝は大事あるごとに諮問《しもん》したので、時人は山中の宰相《さいしよう》と称した(『梁書』・『南史』・『列仙全伝』)。

783 権貴の人など住むはずもない「山中の宰相」と、絢爛《けんらん》たる花王の咲くべくもない「雪中の牡丹」を対照し、ともに世に稀《まれ》なことを讃《たた》えた。二物を併列しただけの機知的な句。季語は「雪中の牡丹」を冬牡丹の意に使った。「大井河の上流に遊んで陶弘景が詩を感《ズ》　行水《ゆくみづ》にちればぞ贈る花の雲」(夜半叟)もある。

784　町中ではさすがにはばかられたが、町はずれに来たから、さあこれより小風呂敷を頭巾代りにかむって風を防ごう。うるさい世間からの解放感にはずむ心と足どり。

785　耳たぶが切れそうに冷たいので、頭巾を引きかぶって耳を覆うさまを、「耳をあはれむ」と他《ひ》人《と》事《ごと》のように表現したユーモア。

◇引かうて　ひきかぶって。「引き替えて」（姿を変える意）の訛《なま》りか。蓑虫説、新花つみ等にも用例がある。「頭巾耳のきはまで引かうて大手鉢を杖につき」（『義経記《ぎけいき》』二）。「引かうて桟敷《さじき》に忍ぶ頭巾哉」（召波）。

786　母親に手を引かれる幼児。やや大きすぎる頭巾が眉の辺までかむさっているあどけなさ。パッチリとした両眼の汚れなき輝き。何ともかわいい。

◇いとほしみ　いとおし、かわいい、と思う心。

787　紙子が破れたが、今から糊《のり》を煮るのも面倒。当座しのぎに、飯粒を練りつぶして破れをつくろっておこう。隠士独居の気安さ。初案は「めし捻《ねぢ》て」（耳たむし）。

◇紙子　「紙衣《かみころも》」の下略。厚紙を崑蒻《こんにゃく》糊でつなぎ、柿渋を塗って夜露にさらし、揉《も》み柔らげて作った衣服。もと僧が着用し後には貧民の防寒用となった。軽くて暖かい。白石《しろいし》・安倍川《あべかわ》・華《け》井《い》・大阪などで製造。

788　元禄時代には貴《き》賤《せん》ともに用いたが、この頃は概して貧民用になっていたから、紙子着用には相当な決意を要した。そこに離俗の風趣がみえる。

785
引《ひき》かうて耳をあはれむ頭巾哉

耳たむし・落日庵句帳

786
みどり子の頭巾眉《ま》深《ぶか》きいとほしみ

落日庵句帳

787
めし粒《つぶ》で紙子の破れふたぎけり

耳たむし・落日庵句帳

788
此《この》冬や帋《かみ》衣《こ》着ようとおもひけり

耳たむし・落日庵句帳

789　昔はあの姥捨山《おばすてやま》や棄老国の伝説もあったのに、今この泰平の御代には老人はみんな軽く暖かい紙子を着て、まるで生死を超越したようなのどかな顔つきで生活を楽しんでいるよ。

白居易の詩に名高い朱陳村《しゅちんそん》ふうの理想郷を謳歌《おうか》した離俗の世界。字余りが平板を破って成功している。初案は上五「老を山に」（召波資料）。「宿老《しゅくろう》の紙子の肩や朱陳村」（句帳）もある。

790　我が頭巾の形や冠り方が、ありふれた世上の流行と違った独自性を願うハイカラな反俗精神。

791　男女二人が寄りそい、男は羽織を女の頭巾の上にかぶせて、何事かささやきあっている。

芝居めいた趣向だが、色町には珍しくない風情《ふぜい》であった。恋の句。底本は「羽折」。

◇さゝめごと　私語。多く男女のむつごとに言う。「夜半無レクレ人私語ノ時」（白居易「長恨歌」）。

792　目ばかり出した僧兵頭巾を冠っているので、初瀬法師の声が口ごもって、よく分らないよ。

荒くれ「山法師」（下五の初案、月渓画証句稿）を「こもりくの初瀬法師」と改作して、優雅な風情を出した。

◇こもりくの　初瀬の枕詞。「隠国の」（両側から山が迫っている所の意）は、「声こもり」に言い掛ける。

◇初瀬法師　大和《やまと》国磯城《しき》郡初瀬にある長谷寺《はせでら》の法師。初案の「山法師」は比叡山延暦寺《ひえいざんえんりゃくじ》の僧徒。

793　顔見世見物のため、未明から寝床を離れて馴染《なじ》みの愛人のもとを立ち去るてい。後朝《きぬぎぬ》を惜しむ

789
老《おい》を山へ捨《すて》し世も有《ある》に紙子哉《かな》

召波資料
落日庵・句帳

790
我《わが》頭巾《づきん》うき世のさまに似ずもがな

続明烏
句帳

791
さゝめごと頭巾にかづく羽織《はをり》哉

792
頭巾着て声こもりくの初瀬《はせ》法師

月渓画証句稿

題恋

793 貌《かほ》見《み》せや夜着《よぎ》をはなるゝ妹《いも》が許《もと》　句帳

794 かほ見せや既《すでに》うき世の飯《め》時《じ》分《ぶん》　落日庵　句帳

かの暁の霜に跡つけたる晋子《しんし》が信に背《そむ》きて、嵐雪が懶《らん》に倣《なら》ふ

795 貌見せやふとんをまくる東山　明和五句稿　俳文「顔見世」　蕪亭画讃集付録

796 新《しん》右衛《ゑ》門《もん》蛇《じゃ》足《そく》を誘ふ冬《とう》至《じ》かな　落日庵　句帳

情と早く劇場に行きたい心との相剋《そうこく》（正岡子規）。
◇貌見せ　歌舞伎年中行事の一。万治・寛文頃から行われた新契約による十一月一日から十二月十日までの新顔ぶれ披露《ひろう》の興行。京阪では宝暦期より十二月一日から行った。芝居関係者には正月に相当する。

794　顔見世で俳優も観客も異常な興奮につつまれている。時のたつのも忘れているうちに、ふと今頃は「浮世」の飯時分だったと気づく。劇場は庶民にとって別世界の栄華であった。

一　其角の「顔みせや暁いさむ下邳《かひ》の橋」による。下邳の圯橋《いきょう》は張良が早暁を約して二度遅れ、三度目に黄石公から兵書を授かった所。二　嵐雪の「ふとん着て」の句（六九〇参照）による。蕪村の俳文「顔見世」参照。

795　今日は顔見世初日。早起きは全くつらいが、京中の芝居好きはまるで東山の蒲団《ふとん》をめくりとられたかのように飛び起き、勇んで劇場に集まる。其角・嵐雪の句を表裏に利用し、京の東山に程近い芝居小屋周辺の熱気をはらんだ情況を大らかに詠んだ。

796　冬至は陰暦十一月末頃、この日からだんだん春めくので仕事を休んで祝った。特に医者と禅僧の祝日。禅者は悟道への一点の光明を願うからだ。二人が連立って紫野の大徳寺に一休禅師を訪《と》うところ。
◇新右衛門　蜷川親当《にながわちかまさ》。智蘊《ちうん》。足利義教に仕えた武人で連歌《れんが》は梵燈《ぼんとう》に学んだ。一休に参禅。文安五年没。
◇蛇足　蛇は蛇と同字。曾我宗誉。曾我派の祖といわれる画家。周文門。一休とは師檀関係（『本朝画史』）。

797 書記典《てん》主《す》故園に遊ぶ冬至哉《かな》

明和五句稿
落日庵・句帳
呉江奇覧

798 水仙や寒き都のこゝかしこ

夜半叟
句帳

799 水仙や美人かうべをいたむらし

落日庵
句帳

800 水仙や鵙《もず》の草《くさ》茎《ぐき》花咲《さき》ぬ

句帳

797 今日は一陽来復の冬至。書記も典主も、かつて痛棒《つうぼう》をくらった懐かしい僧堂に集まって、みんなのびのびと一日を遊び暮しているよ。句稿に上五「禅僧の」を抹消して改作してある。「書記典主」と禅家の役僧名を具体的に使って初めて親睦《しんぼく》の実情が活写された。「故園」も禅家の道場を指す。◇書記典主　書記は文書・記録を司《つかさど》る役。典主（殿司）は仏殿の清掃・荘厳《しょうごん》等を司る役。

798 大局を把握し、その雰囲気を描く巧みさ。底冷えの京の人心を明るくする清楚《せいそ》な水仙花。「こゝかしこ」を中心とする全体の韻律が成功している。「すゐせんや先《まつ》揚屋から生けそむる」（召波）。

799 清楚可憐《かれん》な水仙の花の感じを、美人がうつむき加減に思い悩む風情に喩《たと》えた句。単なる頭痛ではなく心痛だろうが、なまめかしさはない。「陽炎《かげろふ》や美しき妻の頭痛かな」（召波）。

800 長い茎の上にふくらむ水仙の蕾《つぼみ》は、包皮に包まれているうちは干からびた鵙の草茎のようだがその奇怪な姿から美しくも清らかな花が咲いたよ。奇抜な比喩《ひゆ》の句。包皮が破れて花が咲いたから「草茎（の上に）花咲ぬ」とみた。造化の魔術。◇鵙の草茎（秋季）　鵙が蛙やとかげなどを捕食し、獲物を高く伸びた枝の先に突きさして置くのを「鵙の早贄《はやにえ》」という。「鵙の草茎」は鵙が春におおかた山地に移り目立たなくなるのを、草に潜《くぐ》り込むと誤解したところから由来する。

801 陰暦二月に種《たね》を蒔く韮は十月刈り取った後わら灰を二、三寸覆い、その上に土を少しかけておくと、二十日もすれば長く茂る（『農業全書』）。冬のさ中で餌《え》の乏しい小鳥が韮畠をあさる嘱目《しょくもく》の景。

802 冷えこみ厳しく、畠の野菜は霜に傷《いた》めつけられる。霜にやられた韮を老翁が刈りとっている。冬、韮の株をおこし、屋かげに並べおき馬屋肥《まやごえ》で培うと、葉が黄色にやわらかくなる。これを韮黄《きゆうおう》という（『農業全書』）。「刈取」のだから右のように解され、この翁はその作業をしているところ。

803 一束の葱《ねぎ》を買って帰ってくる。寒林に覆われた路にさしかかると、一際《ひときわ》鮮やかなその緑色が目にしみ、ささやかなわが家の夕餉《ゆうげ》の楽しさも思われる。流動感のある下五は軽快な足どりを思わせ、わが家へ急ぐ楽しさを歌う。家に待つのは妻子か雅友か。寒林の中の葱の色彩感は新鮮である。
◇葱 「冬葱、ねぎ。関西にてねぶかと云《いふ》、近江《あふみ》にてひともじと云。関東にてねぎといふ」（『物類称呼』）。

804 葱の古葉が枯れて北側へ折れ臥している、という眼前の景。初案は「葱《ひともじ》の北へ折レふす」（夜半叟）。「折れ」から「枯れ」への改案は音調上の効果からであろう。
◇ひともじ 葱の和名きが一音だから、女房詞《ことば》で「一文字」と異名した。「ひともじのき」と言い掛ける。

801
冬ざれや小鳥のあさる韮《にら》畠《ばたけ》　夜半叟（句帳）

802
霜あれて韮を刈《かり》取《とる》翁《おきな》かな　夜半叟 句帳

803
葱《ねぶか》買《かう》て枯木の中を帰りけり　句帳

804
ひともじの北へ枯《かれ》臥《ふす》古葉哉　夜半叟

805 易《えき》水《すい》にねぶか流るゝ寒《さむさ》かな　落日庵　句帳

806 皿《さら》を踏《ふむ》鼠《ねずみ》の音のさむさ哉《かな》　落日庵　句帳

郊外

807 静《しづか》なるかしの木はらや冬の月　落日庵　句帳

808 冬こだち月に憐《あはれ》をわすれたり　落日庵

この句は夢《む》想《さう》に感ぜし也。

805　芭蕉の「葱《ねぶか》白く洗ひたてたるさむさ哉」の詩想を転換して、中国古代の故事に取材し、蕭々《しようしよう》たる易水の寒さを俳諧化した卓抜にして壮大な佳吟。この時の荊軻《けいか》らは皆白衣を着、冠をしていた（『史記』）というから、流れゆく葱の白さに、荊軻その人の面影を重ね合せ、流転《るてん》する歴史観がこめられている。◇易水　中国河北省保定の北にある川。戦国時代荊軻が燕《えん》の太子丹のため秦《しん》の始皇を刺そうと旅立つ時、水辺で壮行の宴が催され、荊軻は「風蕭蕭《トシテ》兮易水寒《ク》、壮子一去《タビ》兮《テ》不二復《また》還《ラ》一」と歌った（『史記』刺客列伝）。

806　人気《ひとけ》のないはずの夜半の台所で、カチカチと物音がする。皿を踏む鼠の音らしい。そのひそかな音を聞いていると、なんとも寒々としてくる。寒夜と鼠との取り合せは季題趣味に陥っている。

807　召波に「しづかなる柿の木はらや冬の月」があるが、樫《かし》はブナ科の常緑喬木《きようぼく》で大木になる。風趣は全く異なるから等類ではない。召波句の反転か。

808　黒々と寒月下にひそまりかえる冬木立を見ていると、古人が月に感傷の涙をこぼしたことなど忘れてしまい、ひたすらその夢幻《むげん》的な美しさに心打たれることだ。落日庵に中七「月にあはれを」とあるから、底本の「隣」は誤写とみる。板下筆者几董《きとう》が、「何となく冬夜隣を聞かれけり」（其角）、「瓜刻《きざ》むあした隣を聞れけり」（召波）にひかれて誤ったか。

一　落日庵に「夢想三句」として八〇九・八一〇・八〇八の順

で並ぶ。三句の連作。「夢想」は夢中に詩想を得ること。和歌・連歌以来、神仏が夢に示現して句を感得した例は多い。ここは中世的な神仏とは無縁。正岡子規はしばしば夢中に作り覚めても記憶していたという。

809　冬木立の美しさに見とれながら行くと、やがて隣村の入口に一軒の質屋がまだ店を開いている。こんな山家《やまが》にも二村に一軒、質屋があるのか。女房に質屋通いをさせたであろう作者の現実体験が夢にも現れる。飛騨山の印象であろう。七三三参照。

810　質屋はあっても不思議に人間の姿はみえない。冬木立の間で喜遊するのは猿猴《えんこう》ばかりだ。離俗の芸術を追求した作者の理想境は、この句に至って一種の幻想世界であることが明らかになる。中七「此村や人も」（落日庵）は初案。

◇猿　ここは字義通り動物の猿。愚かな人間の戯画や寓意《ぐうい》などではない。六四六参照。

811　冬木立を背景に色どりも美しい鴛《おしどり》が游泳《ゆうえい》している。造化の美がここに凝集したかのようだ。錦秋《きんしゅう》のあとの冬の女王。中七が絶妙。宝暦元年の書簡に前書《まえがき》「鴛見」。百歌仙の前書「洛北に遊ぶ」とし、中七「美を尽すらん」は初案。

◇美を尽してや　「てや」は終助詞てに間投詞やの複合した連語。自他に言い聞かせる気持で使った。「尽《シ》レ善《ヲ》矣又尽《ス》レ美《ヲ》矣」（『論語』）。「誠に耳目《じぼく》を驚す。其美を尽し善を尽すも理《ことわりなるかな》哉」（『太平記』二十八）。

809　同二句

二《ふた》村《むら》に質屋一軒冬こだち　落日庵

810

このむらの人は猿《さる》也《なり》冬木だち　落日庵

811

鴛《をしどり》に美を尽してや冬木立　百歌仙・落日庵　句帳

812　枯れ木かと二、三撃斧を打ちこんだところ、むせるような木の香に驚く。木々はみな葉を落しているが、冬木の内部生命は脈々と生きているのだ。新鮮な嗅覚《きゅうかく》の句。「斧入て」は瞬間ではなく二、三撃の間を持たせた表現である。「おどろく」という特異なひびきの語がよく落着いている。

813　お布施《ふせ》とてあげられぬわが侘《わ》び住居の夜を、慰めに来てほしい。鉢叩よ。

◇鉢叩　空也上人の弟子定盛法師に始まるといわれ、空也忌の十一月十三日より四十八日間、夜二、三人で瓢や鉦《かね》を叩き唱名念仏して洛中洛外の墓所を廻った。昼は茶筅《ちゃせん》売りを業とした（去来「鉢扣《はちたたきノ》辞」）。

814　鉢叩よ、その一瓢に酒を入れてあげるから、厳寒の今夜は一杯飲んで寝《やす》みなさいよ。

◇一瓢のいんで　『論語』の「一箪食《いったんノし》、一瓢飲《いっぺうノいん》」は、僅かな飲食物の意で、顔回が清貧に安んじた形容。「飲」と「去《い》んで」と掛ける。

815　清少納言は尊い仏弟子を「木の端」などと思ってはかわいそうと同情したが、半僧半俗の鉢叩は「木の端」の坊主のそのまたはしと言われるかもしれぬ。それではあまりに気の毒だ。重畳する語の韻律を利用して、聖と俗との中途半端な凡夫の嘆きをユーモラスに表現した佳吟。

◇木のはし　取るに足らぬもの。「木にもあらず草にもあらぬ竹のよのはしにわが身はなりぬべらなり」（『古今集』）、『枕草子』四段、『徒然草』一段参照。

812
斧《をの》入《いれ》て香《か》におどろくや冬こだち
秋しぐれ
句帳

813
鳴らし来て我《わが》夜《よ》あはれめ鉢《はち》叩《たたき》
古選
句帳

814
一《いっ》瓢《ぺう》のいんで寝よやれ鉢たゝき
落日庵
句帳

815
木のはしの坊主《ばうず》のはしやはちたゝき
平安二十歌仙
五畳敷・日発句集
耳たむし・続寒菊
落日庵・句帳

816 ゆふがほのそれは髑髏《どくろ》歟《か》鉢敲《たたき》

明和七句稿
耳たむし・其雪影
句帳

817 花に表《へう》太《た》雪に君あり鉢叩

夜半叟
句帳

818 西《さい》念《ねん》はもう寝た里をはち敲

安永五句稿
夜半叟・句帳

一 御《お》火《ほ》焚《たき》といふ題にて

819 御火焚や霜うつくしき京の町

落日庵
句帳

816　一休の持ち歩いた髑髏は無常の象徴である。鉢叩の叩き歩く瓢はすなわち夕顔の実の髑髏に他ならぬと、単的に強調した諷《ふう》刺《し》的な滑《こっ》稽《けい》句。晩年の傑作鉢叩図自画賛に「乾鮭《からざけ》も空也の痩《やせ》も寒の内」「長嘯《ちやうせう》の墓もめぐるか鉢たゝき」（芭蕉）以下去来・百川の句とともに八一六・八二五を「此二句蕪村」と自讃した。◇ゆふがほ　ウリ類の一種。秋に実る果実が「瓢《ひさご》」。

817　昔は花下に銀の瓢酒を酌《く》んだ表太の風流あり、今も雪夜に「からびたる声」（去来）の鉢叩がある。君らあってこそ京の風雅は大いに充実したのだ。鉢叩の哀音を愛した芭蕉の風雅を踏まえ「君あり」と称揚した句。去来「鉢扣辞」（『風俗文選』）参照。◇表太　『近世畸人伝』に出る貞享《じようきよう》・元禄頃の京の表具屋太兵衛。花下に銀の瓢酒を酌むのを楽事とした。

818　軟弱な小坊主西念がぬくぬくと寝てしまった寒い京の郊外を、今夜も鉢叩は巡り歩いているよ。◇西念　「西念坊が夜の衾《ふすま》に糊《のり》せられ」（宝暦元年、古今短冊集跋《ばつ》）。ありふれた凡僧の名。

一　京の神社で十一月中の縁日に庭に柴《しば》を積み、中に斎《いみ》竹《だけ》を立て神酒《みき》を供えて焼く。「児童ら『某《なにがし》の神のおほたき』と唱和して拍す」（『日《ひ》次《なみ》紀《き》事《じ》』）。鍛《か》冶《じ》職・料理屋など火を扱う商家でも行う。オヒタキとも。

819　子供らの楽しみにしている御火焚の日の早朝、京の町に霜が一面に美しく下りた。厳寒の京の町と、元気あふれる子供たちの気配が豊かに連想される。清潔なイメージを持つ秀吟。

820 御火たきや犬も中《なか》〳〵《なか》そゞろ貌《がほ》

耳たむし・落日庵
句　帳

821 足《た》袋《び》はいて寝る夜ものうき夢見哉《かな》

落日庵
句　帳

822 宿かせと刀投《なげ》出《だ》す雪《ふ》吹《ぶき》哉

明和五句稿
落日庵・句　帳

823 寺寒く樒《しきみ》はみこぼす鼠《ねずみ》かな

安永三句稿

820　神社の御火焚に参集する群衆の中で、犬も何となくそわそわとしている情景。「御火焚なうなう、蜜《み》柑《かん》饅《まんぢゆう》頭欲しやなうなう」(中川四明による。『講義』参照)と、大勢の子供がはやす。犬もその分け前にあずかるわけだ。脇役の犬の姿態を描いて御火焚の雰囲気を見事に把《とら》えた秀吟。

821　俗に、足袋をはいて寝ると怖《おそ》ろしい夢を見るという。「物うき」は苦しい、つらいの意。

822　吹雪の夜、雪まみれになって飛びこんできた一人の男。「一夜の宿を」と言いもあえず、大小の刀をガラリと上がりがまちへ投げ出した。劇的な一瞬間が描出されていて、小説的というよりも芝居の一場面らしい。中七は具象的描写で、全体に場面にふさわしい急調子である。代表作の一。

823　季題趣味ふうの配合の句。上五は説明に終る。「鐘老《おい》声饑《うゑ》て鼠樒を食《はみ》こぼす」(安永六年刊、新《しん》虚《みなしぐり》栗)は漢詩調で描写ふうに改作した別案。

824　いくら時間をかけても、今日はさっぱり杜父魚《かじか》がとれない。年老いた漁翁は腰を伸ばして長嘆息する。
◇杜父魚　かじか。京大阪では「いしもち」、加茂川で「ごり」等方言が多い(『物類称呼』)。
一　八三三を記した大魯《たいろ》宛書簡により、安永六年以前と推定。「八詠」は杜《と》甫《ほ》の「秋興八首」等の漢詩に倣《なら》った連作。素堂の「荷興十唱」(『虚栗』)等の先例もあり、門人大魯の「感懐八句」(安永六年)は佳作。「我」が八句を通じて「貧生独夜感」の主人公で、時間の推移に従って主題が展開される。自画像である。

825　雪空は早くも暮れ、雪にたわんだ竹が窓を暗く覆う。雪の重味に無言で耐える竹の姿は、世俗に妥協せず、愚直に生き抜けと教えてくれるようだ。「愚直」(正直でかけひきがないこと)は清貧孤高を貫いた詩人の生活信条で、老荘的無為自然とやや異なる、円熟した思想の表現である。「愚にくらく棘《いばら》をつかむ螢哉《ほたるかな》」(芭蕉)を意識するか。

826　閑古鳥は高士らしく深山に籠《こも》っていて賢明だが、思わせぶりが賤しい。私はむしろ無常身を自覚して永遠に巣造りしない寒苦鳥の懶惰《らんだ》を尚《たつと》ぶ。老荘的閑古鳥を排斥し、仏教経典中の架空の鳥に同調する、作者の独自な思想が窺《うかが》える。

◇寒苦鳥　インドの大雪山(ヒマラヤ)中の架空の鳥。夜は寒苦のため巣を作ろうと鳴くが、昼になると無常の身に巣など無用、と作らない。其角《きかく》は「貧苦鳥明日餅つこうとぞ鳴ケル」(『虚栗』)とひねった。

827　冬の日はとっぷりと暮れて夕食の時分だ。自分だけの一人前のそば湯を作るには、数本の柴で事足りる。紅い炎がチロチロと燃えあがる。この「そば湯」(冬季)はそば粉か団子をゆでるのであろう。「我のみの」により初めて独居的存在を提示する。関東時代の独身貧居の体験が下敷きにある。

824
杜父魚《かくぶつ》のえものすくなき翁哉

一 貧居八詠

825
愚《ぐ》に耐《たへ》よと窓を暗《くらう》す雪の竹
句帳

826
かんこ鳥《どり》は賢にして賤《いや》し寒《かん》苦《く》鳥《てう》
句帳

827
我のみの柴《しば》折《をり》くべるそば湯哉
句帳

828　簡素な夕食でも、まあ腹は満ちて暖まった。しかしこの寒さではゴロ寝もできぬ。見れば貧相な紙衾《かみぶすま》に折目がきちんとついていて、それがかえってうそ寒い感じをそそる。八二七の「折くべる」から「折目」へと畳みかける。折目正しさに「あはれ」を感ずるのも普通の貧者の捉《とら》え方ではない。寒夜の孤燈下に自らを憐《あわ》れみ痛む心。◇紙ぶすま　中に綿など入れた紙製の粗末な夜具。下層の貧民用であった。

829　夜もふけて寒気は一段と身にしみる。暗い片隅から一匹の鼠が現れ、寒燈の凍る油をなめようと窺《うかが》う。餓えた鼠も孤独な私にはかわいい友だ。時刻は夜更けて人も寝静まる頃。鼠が燈油を窺いに出るほど、読書に没頭している貧居の主《あるじ》。◇氷る燈　漢詩の「寒燈」の転。寒夜の孤燈。

830　火桶に暖をとりながら読書に余念がない。炭をつごうと傍らに目をやると、瓢《ひさご》の炭取りが寂然《じやくねん》と落着いて、火桶の隣におさまりかえっている。瓢の炭取りは楕円《だえん》形で尻が坐っている（五六九参照）。連作中のこの即物描写の迫力。影が黒々と壁にある。

831　平素から私を疎んじ嫌う隣家である。寒夜もふけて何か暖かい夜食を作ったらしく、聞えよがしに鍋を鳴らしている。小憎《こにく》らしい俗物どもめ。「隣家」は世俗、「我」は反俗の象徴である（新花つみ七七・八二参照）。第五詠の鼠から、ここに至って劇的な葛藤《かつとう》を思わせる構想力の妙味がある。破調も成功。

828
紙ぶすま折《をり》目《め》正しくあはれ也《なり》　句帳

829
氷る燈《ひ》の油うかゞふ鼠《ねずみ》かな　句帳

830
炭取のひさご火《ひ》桶《をけ》に並び居る　句帳

831
我を厭《いと》ふ隣家寒《かん》夜《や》に鍋《なべ》を鳴ラす　句帳

832　やがてやかましい隣家も寝静まり、心に浮んだ想念を書きとめようとすると、筆の穂先は固く凍っている。白い出っ歯もあらわに、凍った穂先を噛みしめる。

◇歯豁　韓愈《かんゆ》の「進学解」（『古文真宝』）に「冬暖ナレドモ而児ハ号《さけ》ビレ寒ニ、年登《みの》レドモ而妻ハ啼クレ飢ニ、頭童《かむろ》ニ歯豁《あらは》ニシテ竟《つひ》ニ死ストモ何ノ裨《たすけ》カアラン」による。頭髪が落ち、歯がまばらに抜けたさま。ここは作者自身の出っ歯の形容。

833　一しきりパラパラと音立てて大地をうつ霰《あられ》。やがて矢種が尽きたように突然降り止む。霰の降り止んだあとの、妙にひっそりとした感じを、省略をきかせて巧みにまとめた。落日庵に上五の別案「戸障子に」また「夜の戸に」ともあり、推敲《すいこう》の成功した一例である。七六八参照。

834　若い韓信《かんしん》に食事を恵み与えた洗濯婆《せんたくばあ》さんの鍋《なべ》を、玉のような霰が音たてて打つ。そんなこともあったか、と想像したシナ趣味の句。カラッとした洒脱《しゃだつ》な味が、「大丈夫不レ能《あたハ》ニ自ラ食スルコト一、吾哀ンデニ王孫ヲ一而進ムレ食ヲ。豈《あに》望マンヤレ報ヲ乎」（『史記』淮陰侯《わいいんこう》伝）と韓信を叱りつけた剛気な漂母の気性にふさわしい。

◇漂母　「古キ綿ヲ水ニ洗フ老女」（『蒙求《もうぎゅう》国字解』漂母進食）。母は婦人の意。

835　霙《みぞれ》のために草履が沈んだのではないが、霙の重たい感じがよく響いている。古池に破れ草履はいかにもつき過ぎ。初案「みぞれけり」（召波資料・落日庵）よりも、哉止めは霙の主題性を明確にした。

832
歯豁《あらは》に筆の氷を噛《か》ム夜哉《かな》
句帳

833
一しきり矢《や》種《だね》の尽《つく》るあられ哉
耳たむし・落日庵
句帳

834
玉《たま》霰《あられ》漂《へう》母《ぼ》が鍋をみだれうつ

835
古池に草《ざう》履《り》沈ミてみぞれ哉
召波資料
落日庵・句帳

836
山《やま》水《みづ》の減《へ》るほど減りて氷かな

明和五句稿
召波資料・五畳敷
新選・瓜の実
耳たむし・落日庵
（句帳）

837
倣《ならフ》二素堂一

乾《から》鮭《さけ》や琴《きん》に斧《をの》うつひゞきあり

続明烏
句帳

838
から鮭に腰《こし》する市《いち》の翁《おきな》かな

夜半叟・遺稿稿本
句帳

839
からさけや帯《た》刀《ち》殿《はき》の台所

句帳

836　山から湧き出す水がだんだんと冬涸《が》れてきて、ある朝とうとう固く結氷してしまった。これ以上減ることもないという頃になって、「山水」から「氷」への生成過程を、大胆な表現で定着させた意欲的な句。四二参照。「へつて氷《こほり》けり」（新選）が初案か。落日庵には別案「川水の尽んとすれば氷哉」もある。

837　枯れきった固い乾鮭を斧で打つように切りさくさまを、戴安道《たいあんどう》が「王門ノ伶人《れいじん》トナラズ」と琴を打ち破った故事に事よせた句。意想は形よりも両者の発する清響が似るところにある。

一　素堂の「荷興十唱」の第一詠「浮葉巻葉此蓮《このれん》風情《ふぜい》過《す》ぎたらん」（『虚栗《みなしぐり》』）を指す。

◇琴に斧うつ　底本、「琴」の右傍に音読符号。『蒙求《もうぎゆう》』の「戴逵《たいき》破琴」に「戴逵　字《あざなハ》安道。……武陵王晞《き》聞《キ》二其《ノ》善《ク》鼓《スルヲ》一レ琴《ヲ》、使《ム》二人《ヲシテ》召《サ》一レ之《ヲ》。逵対《シテ》二使者《ニ》一、破《ツテ》レ琴《ヲ》曰《ク》、戴安道不《ラ》レ為《ラ》二王門《ノ》伶人《ト》一。……」。

838　市中へ買物に出てきた老翁が、枯木のような乾鮭を杖《つえ》にして、休み休み腰を伸ばしている。◇腰する　腰を伸ばし、またさするさまか。◇市の翁　市中に立ちまじっている老人。隠逸の老翁。

839　乾鮭は禁裡警固の帯刀の舎人殿《とねりどの》の台所にあるのが一番似合わしい、の意。裏に、能因の鉋屑《かんなくず》に対して、井出の干蛙を示して好事《こうず》を競いあった帯刀節信を連想させ、蛙よりも太刀に似る乾鮭が一層ふさわしい、と転じた滑稽《こつけい》。一四一・八六七参照。

840 侘《わび》禅師乾《から》鮭《さけ》に白《はく》頭《とう》の吟《ぎん》を彫《ゑる》

新虚栗
句帳

840 物わびた老禅師が、厨《くりや》の隅の乾《ひ》からびた乾鮭に隠逸の境涯をみてとり、白頭吟の詩句を彫りこんで、わしの命のある限り仲よくしようと契る。似た者同士の、からびた滑稽感。「こなた百までわしや九十九まで、髪に白《しら》髪《が》の生《は》ゆる迄《まで》」（明和九年刊『山家鳥虫歌』和泉《いずみ》）の隠逸版である。◇白頭の吟　楽府《がふ》の曲名。司馬相如《しょうじょ》が茂陵の女を妾にしようとした時、妻卓文君が離婚覚悟で作った詩に、「願《ハクハ》得《テ》二一心人《ノ》一《ヲ》、白頭《マデ》不二相離《レ》一」がある（『古詩源』）。

841 二鉄骨といふは梅の枝を写《しや》する画法也

寒《かん》梅《ばい》や火の迸《ほとばし》る鉄《まがね》より

句帳

二「鉄骨」は梅の幹や枝の形容。劉《りゅう》雪湖『梅譜』に幹の画法を「屈鉄」とし、『芥子園《かいしえん》画伝』に「鉄骨生《ズ》レ春《ヲ》」（題字）等とある。

841 鉄骨のような枝にチラホラ咲き初めた寒梅（寒紅梅）の花は、まるで鍛冶《かじ》が鉄を打って飛び散った火花のようだ。鉄《まがね》（枝）から火（花）が散るという見立て。底本、迸・鉄に振仮名がある。四君子のうち竹と梅を生涯描いた画家らしい句である。

842 寒梅を手《た》折《をる》響《ひびき》や老《おい》が肘《ひぢ》

連句会草稿
落日庵・句帳

842 細いが鉄のように勁《つよ》い寒梅の枝を折る。その大きな響きがまくりあげた痩《や》せ肘にこたえる。

843 三感遇

寒月や門《もん》なき寺の天高し

句帳

三『唐詩選』に張九齢の「感遇」の詩、『李太白詩集』に「感遇」の分類があり、底本「偶」は誤り。「ヨイコトニ逢《あひ》テモ作レドモ、大涯《たいがい》ハ心ニ思ヒヨラヌ迷惑ナコトニ逢テ、ソレニ感ジテ作ル」（南郭『唐詩国字弁』）。

843 高壮な山門が焼け落ちたかして、本堂ばかり残り、それだけ寒月の天が高くみえる意。

844　昼間はそれほどにも思わぬ鋸岩が、寒月の下では、その名の通り鋸の歯のようにありありと鋭くみえる。寒月下という状況を設定した視覚的な佳作。二五三参照。◇鋸岩　安房《あわ》と上総《かずさ》の国境にある鋸山（三二九メートル）、信州浅間の牙山《ぎっぱやま》など幾つもの峰が鋸歯《きょし》状に連なる山、或いは大岩。謝寅《しゃいん》（蕪村の最晩年の画号）の「峨《が》眉露頂図《びろちょうず》」参照。

845　周囲は冬枯れの木々、その中に竹三竿のみが葉も落さず、皓々《こうこう》たる寒月の光をあびている。優れた文人僧・元政上人讃仰《さんぎょう》の意想。中七下五の清らかな美しさは、寒林の画家蕪村ならではの表現。◇竹三竿　洛南深草の瑞光寺《ずいこうじ》（京都市伏見区深草極楽寺町）にある元政上人（寛文八年遷化《せんげ》）の墓には、遺命により石塔を建てず、竹三竿を植えるのみ（『都名所図会』・『続近世畸人伝《きじん》』）。

846　僧兵の軍評定《いくさひょうじょう》も終って、もとの静寂に返った。大杉の木の間に一輪の寒月が澄み、御堂の影は黒々と地にしき、夜はしんしんと更けてゆく。明暗の陰影が効果的で、凄味《すごみ》が出る。時間の経過を表現した軍記物ふうの趣向。黒白映画の味がある。◇衆徒　大衆《だいしゅ》。僧兵。ここは比叡山《ひえいざん》のそれか。

847　流行の小歌でなく、今の若者など知らぬはずの古歌を寒声に歌うのは誰か、とゆかしく思う。◇寒声　歌曲を学ぶ者が、寒中の朝夕特に声を鍛え練習することを「寒声つかふ」「寒習《ならひ》」ともいう。

844 寒月や鋸《のこぎり》岩《いは》のあからさま

845 寒月や枯木の中の竹三《さん》竿《かん》　（句帳）

846 寒月や衆《しゅ》徒《と》の群議の過《すぎ》て後《のち》

847 寒《かん》声《ごゑ》や古うた諷《うた》ふ誰《たれ》が子《こ》ぞ

848 細道になり行《ゆく》声や寒《かん》念《ね》仏《ぶつ》

明和五句稿
日発句集・新　選
落日庵・句　帳

848　数人連れ立った寒念仏を、家の内で聞いていると、細い路地に入ったことが、一きわ高まる鉦《かね》と念仏の合唱によって手にとるように分る。新花つみ一三と類想だが、それほどの詩情はない。◇寒念仏　寒行。寒中、鉦をたたき念仏を唱えて歩く修行、またその修行者。宝永頃から京の在俗男女の間に盛んになる（『滑稽雑談《こっけいぞうだん》』）。

849 極《ご》楽《らく》の近道いくつ寒念仏

落日庵
句　帳

849　他力念仏門では、極楽往生の近道はただ念仏一筋なのに、寒念仏たちが京のあちこちを廻り歩くのは多岐に失する。極楽への近道は一体幾筋あるというのだろうか。戯れに問うた、理詰めの軽い諧謔《かいぎゃく》。

850 寒《かん》垢《ご》離《り》や上《かみ》の町まで来たりけり

落日庵
句　帳

850　島原の廓内《くるわうち》であろう。上之町に寒垢離をする共同井戸があって、そこまで乗りこんで水垢離をとる若者の勢《きお》いである。◇寒垢離　寒中、道路や橋の上で水を浴びて身心を清め神仏に祈願する行《ぎょう》。職人の弟子も技術の上達を祈った。◇上の町　島原廓内の小名《こな》。中之町の南、太夫町の東。不夜庵太祇《たいぎ》の後援者となった俳人呑獅《どんし》の桔梗屋《ききょうや》（安政七年焼失）があった。

851 寒ごりやいざまゐりさふ一《ひと》手《て》桶《をけ》

落日庵
句　帳

851　「さふ」は「候ふ」の約。「さあ、もう一杯かけてやるぞ」を軍記調で言った。初案は中七「いざ参らさう」（落日庵）。「寒垢離の耳の水ふる勢《きほひ》かな」（炭《たん》太祇）が句解の参考になろう。

一　几董《きとう》が判者をつとめた句合《くあわせ》。安永末年頃か。

852　鯨売りが市にたった。群衆のむらがる中で、包丁を巧みに鳴らしながら、山のような鯨肉をあざやかに切りさばいてゆく。包丁の戛然《かつぜん》たる響きに食欲をそそられるような、活気あふれる情景。「刀を鼓《ナラ》しけり」（底本）に鯨売りの勇ましさも出る。包丁は『荘子《そうじ》』に出る牛切りの名人・庖丁《ほうてい》に由来する。その俤《おもかげ》を転換した俳諧でもある。◇刀　刀は片刃のもの。割刀《かつとう》（包丁）も刀。

853　外聞《がいぶん》をはばかる薬喰だから、五徳を据《す》えるのもそうっと事を進めねばならない。◇五徳　炉や火鉢の中にすえて鉄瓶・鍋などをかける脚のついた輪型。鉄または陶製。◇薬喰　体力をつけるため、寒の内に鹿・猪・兎などの肉を食べること。

854　主人は獣肉を滋養食いする通人。細君はそれを汚穢《おわい》として忌み嫌っている。招かれた隣の亭主は、万事心得ているから箸を御持参である。其角《きかく》の「この花に誰誤つて瓜持参」の語調にならい、「箸持参」とした軽妙さに滑稽味が出る。初案の中七「隣家の主《あるじ》」（落日庵）に比べるとやや川柳調に近い。

855　鹿ヶ谷に集まってひそかに薬喰い。『平家物語』以来縁起の悪いところだから、よほど心して口を慎まぬと露顕するぞ。有名な故事を活用した、密事の楽しさの諧謔《かいぎゃく》。◇鹿ヶ谷　俊寛僧都《そうず》の山荘があった所。ここでの平家倒滅の密議が露顕した（『平家物語』一）。

一几董判句合

852　鯨売市《いち》に刀《かたな》を鼓《なら》しけり

853　しづ〱と五徳居《す》ゑけり薬《くすり》喰《ぐひ》　　耳たむし・落日庵　句帳

854　薬喰隣《となり》の亭主箸《はし》持参　　落日庵　句帳

855　くすり喰《ぐひ》人に語るな鹿《しし》ヶ《が》谷《だに》　　句帳

856 妻や子の寝《ね》貌《がほ》も見えつ薬喰

落日庵 句帳

857 客《きやく》僧《そう》の狸《たぬき》寝《ね》入《いり》やくすり喰

評巻 句帳

858 二 春泥舎に遊びて

霊《れい》運《うん》もこよひはゆるせとし忘《わすれ》

安永四句稿 句帳

859 にしき木《ぎ》の立《たち》聞《ぎき》もなき雑《ざ》魚《こ》寝《ね》哉《かな》

句帳

856 女性は潔癖だから薬喰いを忌み嫌う。妻子の安らかな寝顔に安心しながら、寒夜もふけて一人こっそりと獣肉を食う亭主。眼を覚ましはしないかという不安感もある。妻子に内緒のスリルは家庭内における蕪村の立場を暗示する。

857 旅の修行僧は殺生《せつしょう》の仲間入りはできぬ。ここは寝たふりをするしかない。薬喰いの中身は猪か鹿、対するジレンマの客僧は狸寝入の滑稽《こっけい》。作者自身も「狂句」と自注（評巻）した。『宇治拾遺物語』の「児《ちご》のかいもちするに空寝したる事」を踏むか。

二 春泥舎は召波（明和八年没）の亭号（三八参照）。ここは嗣子維駒《これこま》を指すか。

858 平常はともかく年忘れのことだから、今宵は仲間はずれにせず、霊運にも一座させてくれ。召波没後は等持院の春泥舎を訪《と》うこともなかったので、久しぶりの訪問を戯画化して言ったものだろう。

◇霊運 晋《しん》の詩人謝霊運。法華経漢訳の筆録者。白蓮《びゃくれん》社《しゃ》に加入を許されなかった。『徒然草』百八段参照。

859 大原の雑魚寝のことだから、介添人の「錦木《にしきぎ》」を立ててわざわざ立聞きをする者もいない。

「立ち」は「立聞」に掛け、また「寝」と縁語。

◇にしき木 婚礼の時花嫁の世話をする介添人をいい新枕の夜は屏風《びょうぶ》の外で消息を窺《うかが》ったという（『全集』）。

◇雑魚寝 「大原《おおはら》雑魚寝」（季題）。節分の夜、大原村の江文《えぶみ》神社参籠時の乱交の風習。早く禁止された。

860　神聖な年木だから、小枝もおろそかにせず拾い集める老人のさま。「おとろひ」と「とし木樵」との調和がよい。初案「おとろえや小枝も捨ず」(句稿・落日庵)では三段切れになる。「うれしさよ御寺へ年木まゐらせて」(召波)。
◇とし木樵　年木はもと正月祭用の木の総称で、神への供え物として新年用の薪を年内にきっておくこと。

861　あわただしい師走の市中を逃れてくると、鄙《ひな》びた羅生門の跡あたりに、冬鶯《ふゆうぐいす》が早くも鳴いているのどけさ。もう梅と柳の春も近い。
◇羅生門　羅城門。平安京の外郭の総門。朱雀《すざく》通り四《よつ》塚《づか》(京都市南区八条四ッ塚町)にあった。鬼も追剝《おいは》ぎも遠い王朝の懐かしい物語。都良香《みやこのよしか》と楼上の鬼との詩の唱和の連想があるか。

862　今年も無事に終ろうとしている。座右にして一年中世話になった、この折本《おりほん》の古暦も、水に流したり破り棄てるには忍びぬ。御経のようなゆかしさ尊さをすら感ずることだ。
◇古暦　「暦の果」とも。昔の暦は折本仕立て。比喩《ひゆ》と率直な詠嘆が成功した年末の感慨。秀吟。

863　静かに雪の降り積る小町寺。今年も月日が積り積って一年が移り行こうとしているのだなあ。
小野小町の「色見えでうつろふものは世の中の人の心の花にぞありける」(『古今集』)の花を雪に転換した、流転《るてん》と無常の人生観。景としての「雪の小町寺」を詠《よ》んだのではない。乙二《おつに》も「雪の字大きによし。気を付《つけ》

860
おとろひや小枝も捨《すて》ぬとし木《ぎ》樵《こり》
明和五句稿
落日庵・(句帳)

861
うぐひすの啼《なく》や師《し》走《はす》の羅《ら》生《しやう》門《もん》
歳旦説
(句帳)

862
御《おん》経《きやう》に似てゆかしさよ古《ふる》暦《ごよみ》
句帳

863
としひとつ積るや雪の小町寺

てみる…（『発句手爾葉草《ほっくてにはぐさ》』）と評した。◇小町寺　こ…は伝小町草庵趾《あと》という洛北市原野《いちはらの》（左京区市原町）普陀…寺。◇としひとつ積る　「としひとつ又もかさねつ梅の…」（鬼貫《おにつら》）もあるが、「年積る」は季語として成立して…ない（『華実年浪草』）。「積る」は「雪」（この句の季題）…縁語。

864　年の瀬の金飛脚だから急を要す…、大事をとって危険な矢走《やばせ》の渡しを避け、安全…路瀬田の長橋をまわってゆく。「急がば廻れ」だ。「武士《もののふ》の矢走の渡し近けれど急がば廻れ瀬田の長橋」という教訓歌も行われた。「年の瀬」と「瀬田」と掛ける。

865　除夜には一族うち揃《そろ》って新年を迎える。老人の豊かな経験が尊ばれ、氏の長者らしく振舞っているさま。初案は下五「見られけり」（続明烏）。

866　恩義ある黄石公（金主）に、この歳末になってやっと一貫目の借銭の半分を返したのみ。もと拾ってあげた沓は片足だから、それでよかろう。もと借金を半分だけ返したことを張良の故事によって滑稽《こっけい》化した句。石公が落したのは片足の沓だったろうという、『史記』にも出ていない推理で、石公生前にその大恩に報い得なかった張良の遺恨をも踏まえた奇抜な着想である。「石公に……師走《しはす》哉」（落日庵）、「張良が……師走哉」（しばふく風）の句形もあった。◇石公　張良が黄石公の沓を拾ってやったのが縁で、太公の兵書を授かった故事（『史記』留侯世家）。

864　ゆく年の瀬田を廻《まは》るや金《かね》飛《び》脚《きやく》

865　と…守《もる》夜老《らう》はたふとく見られたり　　続明烏

866　題　沓《くつ》
…公《こう》へ五百目もどすとしのくれ　　落日庵・句帳
しばふく風

867 とし守《もる》や乾《から》鮭《さけ》の太《た》刀《ち》鱈《たら》の棒《ぼう》

明和辛卯春
耳たむし・句帳

一 笠着てわらぢはきながら

868 芭蕉去《さり》てそのゝちいまだ年くれず

歳末弁

867 大晦日の夜を起き通して新しい年を守る。尊い増賀《そうが》上人をまねて台所の乾鮭を太刀に、棒鱈を棒に見立てて。これなら無事「とし守《もり》」を果せよう。「守《も》る」は警衛の意だから、干乾びきった乾鮭と棒鱈をともに武器にとりなした、自在にして卓抜な機知性。特に棒鱈をもち出したところに俳諧味がある。明和七年十二月の几董宛書簡に「此棒にて懸鳥（掛取）ども追廻し、あるひは白眼《にら》み凌《しのぎ》可レ申と存候」と戯れた。◇乾鮭の太刀 『発心集《ほつしんしゆう》』の「多武峰《たふのみね》増賀上人、遁世《とんせい》往生の事」による。八三九参照。

一 芭蕉の「年暮ぬ笠きて草鞋《わらぢ》はきながら」による。

868 「笠着てわらぢはきながら」という旅寝のうちに年を送り迎えされた芭蕉翁が亡くなって以後、その尊い伝統を受けつぐ私なども、世俗に追われて悔いのない年を送ったためしがない。そんなことでは俳諧の新しい年は明けぬだろう。風雅の道において悔いのない仕事をしなければ、精神的な負債を残していて、晴々とした気持になれぬ。その気持を「年くれず」と反省したのは、古来蕪村一人であろう。秋之部（六七四）についで、冬之部の最後も蕉翁景仰の一句で結んだ。これは几董《きとう》の『井華集《せいかしゆう》』にも真似《まね》られていないから、それだけ蕪村には芭蕉を意識するとともに、蕉風復古の自信もあったのだ。文章篇「歳末ノ弁」参照。

蕪村句集下巻終

二 夜半翁《やはんをう》常にいへらく、「三 発句集はなくてもありなんかし《出版しなくてもよかろうと思うよ》、世に名だゝる《名高い》人の、其《その》句集出《いで》て、日来《ひごろ》の声誉を《名声と栄誉を》減ずるもの多し。況《いはんや》、四 汎々《はんばん》の輩《やから》をや」と。しかるに門派《門人》に五 一人の書肆《しよし》ありて、あながちに《いちずに》句集を六 梓《あづさ》にちりばめむことをもとむ《出版することを望んだ》。翁《をう》、七 もとよりゆるさず《むろん承諾しない》。翁滅後《めつご》《亡くなって後》にいたりて、八 二三子が書《かき》とめおけるをあつめて、是《これ》を前後の九 二編に撰分《えらびわ》ケて、一〇 小祥《せうしやう》・大祥二忌の追福のためとす《追善のため刊行するそうだ》と也。其《その》志又浅からずといふべし。されば句集を世に弘《ひろ》うすることは、一一 あなかしこ《決して》、翁の本意《ほい》にはあらず、全《また》く是をもて《これのみを以て》此翁《このをう》を議《ぎ》すべからず《論議すべきでない》といふ事を、一二 田福《でんぷく》しるす。

天明四 甲辰《きのえたつ》之冬十二月

二 蕪村の号。晩年はみずから夜半翁と称した。
三 自家の発句を集めた句集。新花つみ文章篇二九四頁参照。田福はそれによってこの跋文《ばつぶん》を書いたか。他に「芦陰句選序」(安永八年)にも同旨がみえる。
四 凡庸の連中においては、句集など出さぬがよい。
五 奥付《おくづけ》に「京寺町五条上ル町　書肆汲古堂」とある本がある。一一頁序文注七参照。
六 梓《あずさ》の板木《はんぎ》に文字を彫って出版すること。「鏤《ちりば》める」は刻みつける、彫りこむ。
七 実は最晩年には、佳棠《かとう》のすすめもあり、自分で句稿類の整理をして、自選句集の刊行を計画していた。解説参照。
八 門人の田福・百池《ひゃくち》・几董《きとう》・月居《げっきょ》らの記録・句稿類を指す。
九 題簽《だいせん》(表紙の標題)に「蕪村句集前編　上(下)」とある。後編は刊行されなかった。解説参照。
一〇 「小祥」は一一頁序文注八参照。「大祥忌」は三回忌(天明五年十二月二十五日)。当初はそのような計画もあったらしい。
一一 慎むべきことだ、の意で、ここは副詞で「決して」(下に禁止の意をふくむ語が照応する)。
一二 川田氏。京都五条室町の呉服商井筒屋《いづつや》庄兵衛《しょうべえ》。百池の寺村家とは姻戚《いんせき》関係にあった。池田に出店があり、月渓《げっけい》を援助した。俳諧は初め福田練石《れんせき》門、宝暦初年に蕪村を知り、京における最古参の門人。寛政五年没、七十三歳。

俳詩

「北寿老仙をいたむ」について

北寿老仙は『新花つみ』狐狸談《こりだん》（三一一頁参照）に登場する早見晋我《はやみしんが》の隠居後の号と認められる。名は素順、通称次郎左衛門、代々下総国《しもうさ》結城《ゆうき》郡本郷（茨城県結城市）の素封《そほう》家であった。俳諧《はいかい》は其角《きかく》門の大先輩、若い蕪村に対する、年齢を超えたよき理解者（四十五歳の年長）であり、その息子たちも宋阿《そうあ》門として蕪村と親交があった。

一世晋我は延享《えんきよう》二年（一七四五）正月二十八日七十五歳で没した。「北寿老仙をいたむ」はその直後の挽歌《ばんか》である。後嗣《こうし》桃彦《ももひこ》が寛政五年（一七九三）八十一歳の時、亡父五十回忌に当り晋我を襲名し、その記念集として『いそのはな』（半紙本一冊。獅子《しし》眠雞口序《みんけいこう》）を出版した。その中に「庫《くら》のうちより見出《いで》つるまゝに右にしるし侍《はべ》る」と付記して収録されたので、三十歳の釈蕪村の、この清新な抒情詩《じよじようし》が後世に伝えられるに至ったのである。

美濃派の各務支考《かがみしこう》に漢詩を形式的に模倣《もほう》した仮名詩（和詩）の提唱と実作があり、享保《きようほう》～元文の頃には江戸の俳壇にも数年間の流行をみた。荻生徂徠《おぎうそらい》・服部南郭《はつとりなんかく》の擬古詩《ぎこし》の流行に対応する現象であり、蕉門以来の短詩形に対する不満の発露でもあった。特に遊里歌謡を導入した情歌ふうの作品に、やや愛誦に足る「風流」な佳作もあったが、根底は仮名詩の域を出ない。蕪村のこの抒情詩のみが、本質的に長詩形を要求する挽歌として、仮名詩圏外に孤立する不朽の名作である。思想・内容において陶淵明の影響もあるが、形式の上では日本文学史上の一奇《き》蹟《せき》であろう。和漢融合のユニークな詩形と用語を以て発想されたところに、模擬漢詩を超える日本人としての創造性が輝いている。名称は、昭和十三年頴原《えばら》退蔵博士の提唱された「俳詩」（『俳句研究』所載論文など）という呼称に従う。

「夜半楽」三部作について

安永六年（一七七七）蕪村六十二歳の春興帖《しゆんきようちよう》として橘仙堂《きつせんどう》から刊行された『夜半楽』は、編集も板下《はんした》も蕪村一人の手に成った小冊子（半紙本一冊）である。標題は河東節《かとうぶし》の正本《しようほん》『夜半楽』（享保《きようほう》十年刊）から由来したものと思われる。目録に「歌仙一巻・春興雑題四十三首（社中の発句）・春風馬堤ノ曲十八首・澱河ノ歌三首・老鶯児《ろうあうじ》一首」とあり、『夜半楽』のすべてである。「安永丁酉《ていゆう》初会」の巻頭歌仙の序は、和漢句四行を並べ、「さればこの日の俳諧は　わかくしき吾妻《あづま》の人の　口質にならはんとて」と宣言し、三部作最後に「老鶯児」と題した「春もやゝあならぐひすよむかし声」という懐旧句を置き「門人宰鳥校」と署名した。「宰町」に続く若き日の蕪村の旧号である。青春回想のロマンチシズムから、故園への郷愁の俳詩「春風馬堤ノ曲」と「澱河ノ歌」が成ったもののようだ。前年の暮一人娘を結婚させた作者は、その安心感と空虚感とから「容姿嬋《せん》娟《けん》。凝情《ちじやう》可レ憐」き藪入《やぶい》り娘を造型したものに違いない。「浪花を出《いで》てより親里迄《まで》の道行《みちゆき》にて、……実は愚老懐旧のやるかたなきよりうめき出たる実情にて候」（二月廿三日付書簡）と自ら制作の動機を解説した。

彼は日本の詩人としての誇りを持って和漢諸体の詩形をないまぜ、親友太祇の発句《ほつく》まで活用するという離れ業をみせて、空前絶後の連作叙事詩を創作し、またその郷愁を一篇の情詩に託した。それらは決して漢詩の模倣や追随ではなく、海彼《かいひ》国の影響を超えた、見事な日本文学史上の達成であった。

北寿老仙をいたむ

1 君あしたに去《い》ぬゆふべのこゝろ千々《ちぢ》に
何《なん》ぞはるかなる

2 君をおもふて岡のべに行《ゆき》つ遊ぶ
をかのべ何《なん》ぞかくかなしき

＊ 詩の本文の改行は底本のままだが、八聯《れん》構成だから便宜上各聯に番号をつけた。この現代語訳は次の「春風馬堤ノ曲」の現代語訳とともに、拙著『蕪村の解釈と鑑賞』（昭和三十一年刊）および鑑賞日本古典文学『蕪村・一茶』（昭和五十一年刊）に拠《よ》って改訂したものである。

1 あなたは卒然として、今朝この世を去ってしまわれた。長い春の一日も暮れようとするこの夕べ、残された私の心は、さまざまに思い乱れて、悲しみに耐えません。どうしてあなたはそんなに遙《はる》かなところへ行ってしまわれたのでしょう。

◇去ぬ　句集九三・新花つみ七六等の例により「いぬ」と読む。◇千々に　「月見ればちぢに物こそ悲しけれわが身一つの秋にはあらねど」（大江千里、『古今集』）等の古歌の心が含まれる。中村鯉長追善句（句集五四〇）参照。◇何ぞはるかなる　漢詩的発想。遙・遠など陶淵明の作に頻出。「愁人難《シ》ㇾ為《シ》ㇾ辞《ヲ》、遙遙秋夜長《シ》」（「雑詩其十二」）の心。

2 あなたのことをしのびながら、あの岡のべに行きました。ともに遊んだ在りし日の面影が目の前を去りません。この岡のべは、どうして今日はこうももの悲しいのでしょうか。

◇岡のべ　北寿老仙の早見家は結城《ゆうき》本郷、四・六に出る小川をはさんで対岸に城趾《じようし》の丘陵があり、「岡」はその丘陵を指す。

3　夕暮の淡い光の中で、今もたんぽぽは黄に、なずなは白く咲いています。しかしそれを共に眺めたあなたは、もはやこの世の人ではありません。
◇蒲公　岡の辺の景物の黄と白の色彩感は印象的であり、後の発句にも多く認められる。後年の「春風馬堤ノ曲」に出るシロハナタンポポは関東地方には分布しなかった。◇見る人ぞなき「君」の呼びかけを一転して、「見る人ぞなき」とした簡潔な表現は、万感をこめて痛切である。

4　どこに雉子《きじ》がひそんでいたのでしょう。ひたすら悲しげに鳴き続けるのを聞いていますと、親を呼ぶ鳴き声のように思われます。でも私には親とも頼んだあなたを親しくお呼びすることもかないません。思えば、今朝までは得がたい老友がその河向うに住んでいらっしゃいましたのに。
◇雉子のあるか「焼野の雉子」の連想もあろう。「ほろほろと山吹散るか滝の音」（芭蕉）と同じく詠嘆。◇ひたなき　いちずに鳴くこと。哀切極まる鳴きかた。作者の気持を感情移入する。◇友　北寿老仙を指す。

5　どうにも哀傷に耐えがたく、私はまた人里のほうへ帰って参りました。お宅のあたりで、この世ならぬ薄紫の煙がぱっと散ります。するとそれは折からの烈《はげ》しい西風にあおられて、たちまち夕暮の空へと消えてしまいました。小竹原《おざさはら》や真菅原《ますげはら》のどこにもこもりようもありません。人間の一生など、まことそのようにはかない夢幻《ゆめまぼろし》かもしれません。

3
蒲公《たんぽぽ》の黄《き》に薺《なづな》のしろう咲《さき》たる
見る人ぞなき

4
雉子《きぎす》のあるかひたなきに鳴《なく》を聞《きけ》ば
友ありき河をへだてゝ住《すみ》にき

5
へげのけぶりのはと打《うち》ちれば西吹《ふく》風の
はげしくて小竹原《をざさはら》真すげはら

のがるべきかたぞなき

6 友ありき河をへだてゝ住《すみ》にきけふは

ほろゝともなかぬ

7 君あしたに去《い》ぬゆふべのこゝろ千々に

何ぞはるかなる

◇へげ　変化《へんげ》のン無表記。神仏が仮の姿で現れること、またそのもの。「御身は仏のへんげの人と申しながら」(『竹取物語』)。ここは「変化住《すむ》やしき貰《もら》ふて冬籠《ふゆごもり》」(明和五句稿)のような妖怪変化の類ではない。◇はと　煙がパッと散ること。「トウシミヲアツメテ火ヲツケタルガゴトク、ハトモエアガリ……」(「日蓮盂蘭盆《うらぼん》御書」)の注に「今俗にぱッともえ上り」(『松屋筆記』)。

6　またもや思い出深い岡のべにやってまいりました。そうしてあなたという得難い老友が、ついこの間まで河をへだてて住んでいらっしゃったのに、と追憶にふけることです。しかし今日はあの雉子はほろろとすら鳴きません。

◇ほろゝ　「ほろほろ」と同じく古来雉子の鳴き声の形容。「春の野の繁き草葉の妻恋ひに飛びたつ雉のほろろとぞ鳴く」(平貞文、『古今集』誹諧《はいかい》歌)、「滝壺もひしげと雉子のほろゝかな」(去来、『続猿蓑』)。老仙が雉子と化して浄土へ引摂《いんじょう》されたことを寓《ぐう》する。極楽の諸鳥は阿弥陀仏の変化《へんげ》(『仏説阿弥陀経』)である。

7　あなたはあの日の朝、突然この世を永久に去ってしまわれました。それからの私は毎日夕べの悲しみに、心は千々に思いくだけるばかりです。あなたはどうしてそんなに遥かな遠いところへ旅立ってしまわれたのでしょう。

＊「繰返し」手法は陶淵明の詩などから学んだ。一は強く七はやや弱く、主題としての哀悼《あいとう》の情を深く印象づける巧みな配置である。

8　親とも頼んだあなたへの追慕の情に耐えません。せまいわが草庵《そうあん》の阿弥陀仏にお蠟燭《ろうそく》もあげず、花もお供えしないで、うす暗くなるまで、こうしてしょんぼりとたたずんでお念仏を唱えていますと、西方《さいほう》極楽浄土の蓮華座にいますあなたのお姿がまぶたに浮んでくるようで、満中陰《まんちゅういん》の今宵はことさら尊い限りでございます。

◇あみだ仏　西方極楽浄土の教主。浄土教の本尊で四十八願を立てて衆生《しゅじょう》を救済される仏。その名を唱えるだけで極楽に往生できるという。◇今宵　死後四十九日目の満中陰をさすか。中陰（中有《ちゅうう》）が終って死者は三界・六道のいずれかに赴くことがきまると信じられ、その日僧を招いて冥福《めいふく》を祈る。

一　当時釈氏を称し法体《ほったい》をしていた。釈氏は釈迦《しゃか》氏の略。晋の道安が仏弟子は「仏氏の姓に従うべし」と言い、初めて釈氏を姓とした。釈蕪村は結城の弘経寺《ぐぎょうじ》（関東十八檀林の一、浄土宗）二十九世大玄上人によって剃髪《ていはつ》したものと推定される。

＊　月渓によると『陶淵明全集』は蕪村生涯の愛読書であった。ここに浄土三部経の教理と人生夢幻の淵明哲理とを摂取して、すぐれた和文調の抒情《じょじょう》詩を創作した。淵明詩もあからさまな模倣ではなく、五に「帰二田園居一其四」、四・六の雉子に「答二龐《ろう》参軍一」の倉庚《そうこう》（鶯《うぐいす》）と霰雪《あられゆき》との詩情などの影響が認められる。「明治新体詩より遙かに近代的」な佳作であることは、萩原朔太郎が証言している。

8　我庵《わがいほ》のあみだ仏《ぶつ》ともし火もものせず
花もまゐらせずすご〳〵と彳《たたず》める今宵《こよひ》は
ことにたふとき

一 釈蕪村百拝書

春《しゅんぷうばてい》風馬堤ノ曲《きょく》

謝《しや》蕪《ぶ》邨《そん》

余一日問フ二耆《き》老《らう》ヲ於故園ニ一。渡リ二澱《でん》水《すい》ヲ一過《よぎ》ル二馬堤ヲ一。偶《たまたま》逢フ下女ノ帰二省スル郷ニ一者ニ上。先後シテ行クコト数里。相顧ミテ語ル。容姿嬋《せん》娟《けん》。癡《ち》情《じやう》可レ憐シム。因テ製シ二歌曲十八首ヲ一。代テレ女ニ述ブレ意ヲ。題シテ曰フ二春風馬堤ノ曲ト一。

春風馬堤ノ曲　十八首

1 やぶ入や浪花《なには》を出《いで》て長柄《ながら》川

＊序及び一〜一六の番号は便宜上つけた。原文には一〜一六の所に〇印がある。

二 与謝《よさ》蕪村を中国風に署名した。邨は村の異体字。

序　私はある日昔馴染の老人を訪ねて故郷に帰りました。淀川を渡り毛馬《けま》堤にさしかかりますと、偶然在所に帰省する一人の娘に出あいました。先になり後になりして行くこと数里、時々ふりかえっては言葉をかわしました。容姿はまことに美しく、そのあだっぽさには引きつけられるものがありました。そこで歌曲十八首を作り、娘の身になってその意中を述べてみました。題して「春風馬堤ノ曲」といいます。

◇耆老　六十を耆、七十を老という。老人。◇澱水　淀川のこと。澱はよど、よどみ。『蕪村翁文集』所収の書簡に「馬堤は毛馬塘《とう》也。則《すなはち》余が故園也」という。難波橋から北長柄まで四キロ、毛馬渡しは西成郡北長柄村から東成郡毛馬村への舟渡しで長さ三四五メートル。◇代レ女　徐禎卿《じよていけい》「江南曲八首代リテレ内ニ作ル」（荻生徂徠『絶句解』所収）等漢詩に多い。

1 （発句体）今日こそ待ちに待った藪入《やぶい》りの日です。わが家へ帰る喜びに足取りも軽く、繁華な大阪の町を離れて、春光うららかな長柄川辺までやって来ました。ああ、なつかしい長柄川よ。相変らず豊かにやさしく、流れていますね。◇やぶ入　春の季語。正月十六日奉公人が主家から三日二夜の暇を貰って帰省すること。◇長柄川　新淀川の前身である中津川の称。

2　（発句体）毛馬の渡しをあがると、快い春風がそよそよと吹いてきます。堤は長々とのびており、わが家は遥《はる》か向うの森かげにぼうっと霞《かす》んでいて、遠くてまだ見えません。
◇家遠し　家は生家の意。「君行《きみゆく》や柳緑に道長し」（落日庵）。徐禎卿「江南曲八首」に「江南道里長《シ》」。実際は毛馬渡しを上がれば毛馬の集落までは遠くなかった。

3　（楽府体《がふたい》）堤からおりて、かぐわしい春の草を摘もうとすると、いばらが路をふさいでしまいます。憎らしいいばら、どうしてそんなにやきもちをやくのでしょう。わたしの着物のすそを引き裂いたり、その上ももを引っかいたりしてさ。痛いったらありゃしないわ。
◇芳草　蓬《よもぎ》や芹《せり》など。◇荊与レ棘　とげのある灌木《かんぼく》の総称。◇裙　すそ。◇股　足の膝《ひざ》より上の部分。大腿部。

4　（楽府体）細い枝川には石が点々とあります。その石を踏んでかんばしい芹《せり》をとりました。ほんとにありがとう、水上の石よ。お前のおかげでわたしは大事な晴れ着のすそをぬらさずにすみましたわ。
◇渓流　谷川。ここは淀川の実景ではなく、本流沿いの小流を見立てたか。◇儂　穴に底本「ワレ」と振仮名。中国江南の呉人の自称（『書言字考』、『絶句解』）。

2
春《はる》風《かぜ》や堤《つつみ》長うして家遠し

3
堤ヨリ下《おり》テ摘メバ二芳草ヲ一　荊《けい》ト与《と》レ棘《きよく》塞《ふさ》グレ路ヲ
荊《けい》棘《きよく》何ゾ妬《と》情ナル　裂キレ裙《くん》ヲ且ツ傷ツクレ股《こ》ヲ

4
渓流石点々　踏ンデレ石ヲ撮《と》ル二香《かう》芹《きん》ヲ一
多謝ス水上ノ石　教《し》ムルヲ二儂《われ》ヲシテ不ラレ沾《ぬら》サレ裙ヲ

5 一軒の茶見世の柳老《おい》にけり

6 茶店の老婆子儂《われ》を見て慇懃《いんぎん》に

無恙《ぶやう》を賀し且《かつ》儂《われ》が春衣《しゅんい》を美《ほム》

7 店中有《リ》㆓二客《かく》㆒　能《ク》解《ス》㆓江南《ノ》語《ヲ》㆒

酒銭擲《なげうチ》㆓三緡《びんヲ》㆒　迎《へ》㆑我《ヲ》譲《ツテ》㆑榻《たふヲ》去《ル》

5　（発句体）道草をくいながら参りますと、やがて一軒家の茶店の前へやってきました。しばらく見なかったうちに、軒に垂れている柳も、心なしか老木になったような気がいたします。◇茶見世『淀川両岸一覧』に渡場の上に一軒家の茶店が描かれ、煮売船も出て田楽餅《でんがくもち》を名物としたとある。

6　（漢文訓読体）茶店のおばあさんは、すぐにわたしを見つけて、くすぐったいほどていねいなあいさつをし、元気で何よりだったね、などと喜んでくれ、その上うれしいことに、わたしの晴れ着をほめてくれました。◇老婆子　老婆を中国風にいう。句集六三参照。◇無恙　呉音でムヨウとも。無事。つつがなし。◇春衣　春の晴れ着。漢詩に頻出《ひんしゅつ》する。

7　（楽府体）店の中には二人の先客がいて、南の廓《くるわ》言葉など使いながら色っぽい話を声高にしゃべっていました。もじもじしていたものだから、茶代を三さしポイと投げ出して、「さあさあこれへ」とわたしに席をゆずって、店を出て行きました。◇江南語　浪華詞《なにわことば》、毛馬の土俗語説もある。中国の江南地帯に擬した。「大坂人は島の内や坂下などを南と呼ぶ」（『守貞漫稿』）。◇三緡　緡は銭さし。銭百文をつなぎ一緡《ひとさし》という。一軒—二客—三緡と数詞の展開は以下にも見える。◇榻　「しぢ」と読み、牀《とこ》の狭くて長いものをいう（『和漢三才図会』）。ここは茶店用の四脚台であろう。

8　（発句体・虚栗《みなしぐり》調、以下四首田園小景）茶店を出てさらに行きますと、古い在所とは名ばかり、ひっそりと家が二、三軒しかありません。崩れ土塀《どべい》の辺りでおす猫がしきりにめすを呼んでいます。どうしたものか、猫の妻は姿を現しません。かわいそうに。
◇猫児　ここは単に猫のこと。「猫の恋」は春季。

9　（楽府体）少し離れた次の家では、親鶏が生垣の外から雛たちを呼んでいます。垣の外には柔らかい若草がいちめんに生えています。かわいい雛たちは、ピヨピヨと鳴きながら先を争って生垣を越えようとしますが、生垣が高いのでそのうちの三、四羽は落ちてしまいました。あら、あぶない。
＊恋猫から鶏の親子に転じた。初めて主題である親子の愛情が提起される。

10　（発句体・虚栗調）やがて春草の道が三本にわかれているところまでやってまいりました。真ん中の小道がまるで私を迎えてくれるかのように、足は何のためらいもなく、その近道を選びます。
◇捷径　近道。三叉路に来て熟知した近道をためらいなく選びとる感じを擬人法で活写した。

11　（漢文訓読体）その近道にはたんぽぽの花が咲いていました。三々五々、あちこちに一団ずつかたまっていますが、こちらのいくつかは黄に、あちらのいくつかは白いというふうです。おぼえていますわ。確かに、いつかもこのようなたんぽぽの道をたどって、大阪へ奉公に出たものでした。

8
古駅三両家猫児《べうじ》妻を呼《よぶ》妻来《きた》らず

9
呼《ブ》レ雛《ヲ》籬《り》外《ぐわいノ》鶏《とり》　籬外草満《ツ》レ地《ニ》
雛《ひな》飛《ビテ》欲《ス》レ越《エント》レ籬《かきヲ》　籬《かき》高《クシテ》堕《ツルコト》　三四

10
春《しゆん》艸《さう》路三《さん》叉《さ》中に捷《せふ》径《けい》あり我を迎ふ

11
たんぽゝ花咲《さけ》り三々五々五々は黄に
三々は白し記《き》得《とく》す去年此路よりす

12　（発句体・虚栗調）たんぽぽの花を眺めていますと、子供のときのことが懐かしくなり、昔したようにポキリと折り取ります。すると短く折れた茎の切り口から、真っ白な乳がタラタラとあふれ出てくるのでした。

◇蒲公　安永六年二月十日夜半亭月並会の兼題に「蒲公」（月並発句帖）。当時タンポポの独立句は少ない。

◇浥　底本に振仮名「アマセリ」。

13　（漢文訓読体、以下二首述懐）たんぽぽの乳は指を伝って流れ落ちました。遠い昔、幼いわたしをいつくしみ育ててくださった、あのやさしいお母さんの恩愛をしきりに思い出すことです。お母さんのふところには、この世のどこにもないような暖かさがあり、それこそ別天地の春のようでした。

◇懐袍　「懐抱」（ふところに抱くこと）の誤りか。

＊「慈母の恩」以下の尻取り法や同語の繰返しは中国古詩の法。

14　ほんとにあのころは春のように幸福でした。そのわたくしも、今は成長して大阪に奉公に出ております。お金持の主人の家は難波《なにわ》橋のほとりにあって、広い邸内には百花にさきがけて早くも梅が白く咲いていました。おしゃれな娘ごころは、まるで早咲きの梅のように、いち早く大阪の時勢粧《ニュー・ルック》を身につけて得意になっていました。

◇成長　「生長《シテ》在《リ》二江南《ニ》一」（徐禎卿「江南曲八首」）。

◇浪花橋　難波橋。両岸は当時の大阪の中心地。

12

憐みとる蒲公《たんぽぽ》茎短《みじから》して乳を浥《あませり》

13

むかし〱しきりにおもふ慈母の恩

慈母の懐袍《くわいはう》別に春あり

14

春あり成長して浪花《なには》にあり

梅は白し浪花《らうくわ》橋《けう》辺《へん》財主の家

15　思えば、親里を去り、小さい弟をも捨てて、自分一人だけ華やかな大阪の春に浮かれていたのも、もう三年の長い年月になります。それではまるでもとの親木を忘れ顔に、末の枝にいい気に咲き誇っている接木《つぎき》の梅の花のようなもの。お母さんや弟のことを忘れていたのは、ほんとにすまないことでした。◇三春　春三カ月と春三たびの両説があるが、奉公して三年目の春と解する。◇本をわすれ　類句に「若草の根をわすれたる柳かな」（句集一四）。

16　（漢文訓読体、以下二首叙景）故郷の春は今たけなわ、目にふれるものみな深い春の中に息づいています。なつかしい風物に心躍らせながら、こうして歩き歩きしてまいりました。もうすぐですわ。柳の立ち並ぶ長い堤の道も、ようやくわが家のある部落のほうへ下って行きます。◇行々て又行々　「行行重行行」（『文選《もんぜん》』「古詩」）。句集三五参照。◇楊柳　「楊」は川柳。下から上へ枝を伸ばし水辺に多い。「柳」は枝垂《しだ》れ柳。蕪村は明和以後柳の名画を多く描いた。

17　その坂道を下りながら、首をのばして、垂れこめたたそがれの中に初めて故郷のわが家をみました。顔ははっきり見えませんが、白髪の人が小さい弟を抱いて表戸に寄りそって立っています。うれしい、お母さんだわ。しばらくのうちに、あんなに白髪がふえてしまわれて、お父さんが亡くなられてから、きつい苦労をなさったんだわ。春たけなわの今日この

春情まなび得たり浪花風流《なにはぶり》

15
郷を辞し弟に負《そむ》く身三春《さんしゆん》
本《もと》をわすれ末を取《とる》接木《つぎき》の梅

16
故郷春深し行々《ゆきゆき》て又行々《ゆきゆく》
楊柳《やうりうノ》長堤道漸《やうや》くくだれり

17
矯《あゲ》レ首《かうべヲ》はじめて見る故園の家黄昏《くわうこん》

ごろ、今日は帰るか、明日は帰るか、と待ちわびていて下さったのに相違ありません。◇矯首　「時ニ矯《あ》ゲテㇾ首ヲ游観ス」（陶淵明「帰去来辞」、『古文真宝』）。◇戸に倚る　「倚テㇾ門ニ而望ム」は斉《せい》の王孫賈《おうそんか》の母の故事（『戦国策』）以来、朝家を出た子を待ちわびる母情にいう。蕪村の付句《つけく》に「秋をうれひてひとり戸に倚《ヨル》」（『桃李』）。

18　（漢文訓読体と発句体）さて、皆さんはご存じではありませんか。旧友太祇にこういう句があることを。「藪入の寝るやひとりの親の側」あとはもうこの句にすべてをまかせておきましょう。◇君不ㇾ見　「君不ヤㇾ見滄浪老人歌フ㆓一曲ヲ㆒」（李白「笑歌行」）等、「君不見」は古楽府《こがふ》の常套文句で唐人の歌行中に多い。◇太祇が句　『太祇句選』（明和九年）に「やぶ入や琴かき鳴す親の前」等とともに載る。〈つらい勤めの奉公先から帰省した藪入りの子供には、寝ることと食うことが最大の欲望。親許《おやもと》へ帰って、何の気がねもなくスヤスヤと寝入ってしまったわが子の穏やかな寝顔を見つめる一人きりの母親〉太祇については句集七〇七、文章篇「馬提灯ノ図賛」参照。

＊太祇の句は人情のねばりがありやや感傷的だが、この連作叙事詩の結びとしては、安定感と深い余情をかもし出している。藪入りの句に始まり、他作の藪入りの句で終る構成も巧妙を極めている。

戸に倚《よ》る白髪の人弟を抱き我を
待《まつ》春又春

18 君不《ヤ》ㇾ見古人太祇が句
藪《やぶ》入《いり》の寝るやひとりの親の側

澱《でん》河《が》ノ歌《うた》

澱河ノ歌[一]　三首

1
春水浮《べ》ニ梅花ヲ一　南流シテ菟《と》合フレ澱《でん》ニ
錦《きん》纜《らん》ヲ君ヨ勿《なか》レレ解ク　急《きふ》瀬《らい》ニハ舟如シレ電《でん》ノ

2
菟水合ヒニ澱水ニ一　交流シテ如シニ一身ノ一

＊詩の本文の改行は底本のまま。三首の連作で上部に○印があるが、便宜上一～三の番号をつけた。この現代語訳は日本古典鑑賞講座『蕪村・一茶』(昭和三十二年刊)及び鑑賞日本古典文学『蕪村・一茶』(昭和五十一年刊)に発表した拙訳による。

一『蕪村翁文集』所収本文に異同なく、初案と思われる扇面自画賛に「遊《ビ》ニ伏見百花楼ニ送《ル》下帰《ル》ニ浪花ニ人《ヲ》上、代《ル》レ妓《ニ》」と前引があり(代は擬《ぎ》の意)、最後に「右、澱河曲」とする。

1　豊かな春の水は梅花を浮べ、南へ流れて宇治川は淀川に合流します。あなたよ、舟をつなぎとめている錦《にしき》のとも綱を解いて下さいますな。疾《はや》い流れに舟は稲妻のように流れ下ってしまうでしょうから。

◇菟合レ澱　「菟」は宇治川、「澱」は淀川を中国風にいう。また男女の性的象徴を寓《ぐう》する。「菟糸《とし》」は薬草のネナシカズラ。六朝《りくちよう》の古詩に「与《と》レ君為《ス》ニ新婚《ヲ》一、菟糸附《ク》ニ女蘿《ニ》一」。◇錦纜　錦のともづな。杜甫「秋興八首」の「錦纜牙檣《がしやう》起《ル》ニ白鷗一」を踏む。服部南郭にもその擬作がある。

2　宇治川の水は淀川の水と相合い、交わり流れてまるで一身のようになります。その上を流れ下る舟の中で、願わくはあなたと共寝をして、末長く浪花人となりたいものです。

◇一身　「与《と》レ君相向《ツテうたた》転《タ》相親《シミ》、与レ君双棲《ビンデ》共《ニセン》ニ一身《ヲ》一」(劉廷芝《りゆうていし》「公子行」、『唐詩選』二)。

舟中願ハクハ同《とも》ニシテレ寝ヲ　長ク為ラン二浪花人一ト

3 君は水上の梅のごとし花水に
浮《うか》みて去《さる》こと急《すみやか》也
妾《せふ》は江頭の柳のごとし影水に
沈《しづみ》てしたがふことあたはず

3　でもあなたは水上の梅花のように自由なお身の上、花は水に浮んでひとりすみやかに流れ去ってしまいます。

あたしは川岸の柳のように不自由な身の上、影は水中に沈んで流れ去る花（あなた）に従うことができません。

◇柳 「陌頭楊柳ノ枝、已ニ被ニ春風ニ吹一カ、妾ガ心正ニ断絶ス、君ガ懐那ンゾ得レ知ルコトヲ」（郭振「子夜春歌」、『唐詩選』六）。

＊「馬堤ノ曲」の先行作品として直接の影響関係を持つと思われるのは、明《みん》初の擬古派詩人・徐禎卿《じよていけい》の「江南曲八首」（荻生徂徠編『絶句解』）と江戸の詩宗・服部南郭の「潮来《いたこ》詞二十首」（『南郭集三編』）とである。ともに唐以後、古詩の一体として盛行した古楽府《こがふ》体を範として模擬《もぎ》した佳作で、それぞれ郷愁と恋情を主題とし、その展開と構成に意を用いた連作詩であった。日本にも流行した楽府題に宛てるならば、「馬堤ノ曲」は士女の情を歌う「江南曲」、「澱河ノ歌」は閨情《けいじよう》を歌う「子夜歌」「梅花落」の世界に他ならない。

「馬堤ノ曲」は明治三十年代から注目され特に佐藤紅緑《こうろく》が高く評価したが、「澱河ノ歌」は全く無視されてきた。最近になり小林太市郎説を受けて安東次男が女体幻想説を展開したが、「馬堤ノ曲」ほどの独創性や構成力に乏しく、曹植《そうしよく》の「七哀詩」（『文選《もんぜん》』）等中国情詩に先例も多い。

新花つみ

大本一冊の俳諧句文集『新華摘（他筆の外題《げだい》）』は、寛政九年（一七九七）大阪の塩屋忠兵衛により刊行が出願された。天明四年の月渓跋文《ばつぶん》によると、「続花つみ」と題して、毎日十章ほどを夏行《げぎょう》の句として制作したが、四月の末病のため中絶したという。月渓も詳しい制作事情を知らなかったようだが、元の冊子を解いて横巻とする時、蕪村真蹟《しんせき》の証として月渓が挿絵七葉を描いたことは確かである。多分摂津池田で物されたらしく、所蔵者は最古参の門人川田田福《でんぷく》であろう。

先例としての其角《きかく》『華摘』（元禄三年刊）等が亡母追善のための一夏百句であったから、中村俊定氏は蕪村の一夏千句の夏行の動機も亡母年回らしいと指摘、五十回忌とすれば、母の没年は蕪村十三歳の享保十三年とみる大礒《おおいそ》義雄氏仮説も提出された。夏行の年次が安永六年（一七七七）であることは「米侯一周忌」の句（一〇〇）によって早くから考証された。なお表面には全く現れぬが、七回忌相当の召波遺稿が机上にあり、『春泥《しゅんでい》句集』（年内に刊行）の選をしていたこともあって、秘《ひそ》かに召波追善のための改作・反転作が多い。また夏行中絶の理由は本文及び解説に述べるように、娘の離婚問題によるのであり、病気のためではない。

発句篇の群作的構成と回顧感は文章篇にも及んでおり、京都定住以前の修業時代の回想も、最初と最後に其角にかかわる話を置くなど、全体に構成的意識が強い。文章篇執筆の時期を明らかにし難いが、『宇治拾遺物語』に学んだユニークな文体は、素朴簡潔にして造型性豊かな俳文であり、全体が発句と散文による二重奏曲のようである。かつて河東碧梧桐《かわひがしへきごとう》は蕪村生涯の「絶頂期」と評した。春興帖『夜半楽』に引き続き彼の文学的感興の最も高潮したのが安永六年であり、「春風馬堤ノ曲」とともに前人未踏の創造性が見事に開花した作品である。

新花つみ

1 灌仏《くわんぶつ》やもとより腹《はら》はかりのやど

2 卯《う》月《づき》八《やう》日《か》死ゝで生《うま》るゝ子は仏《ほとけ》

3 更衣《ころもがへ》身にしら露のはじめ哉《かな》

1 釈尊でさえ人間の女の腹を仮の宿として誕生されそ、その灌仏会《え》の花御堂が仮の宿であるように、もともとこの人生は一時の仮の世に過ぎない。其角の『華摘』巻頭句は「灌仏や墓にむかへる独言《ひとりごと》」。◇灌仏　四月八日釈尊誕生会に小さい花御堂を仮設して誕生仏を安置し甘茶を注ぐ。仏生会《ぶつしようえ》。花祭。◇腹はかりのやど　『吾吟我集』などに出る諺《ことわざ》。「借り」「仮」を掛ける。普通母の胎内は一時の借りもので、生れた子の身分は父の貴賤《きせん》によると解されるが、妾《めかけ》の場合にいうとの説（『俚諺《りげん》集覧』）もある。言い伝えでは、蕪村の母は丹後出身の稼《かせ》ぎ奉公の身分であったという。句集三五七参照。

2 四月八日釈尊降誕の当日、死児となって生れた子は、俗世の悪も穢《けが》れも知らぬから、そのまま真の仏であるよ。厭離穢土《おんりえど》の人生観。晩婚（宝暦十年頃）の蕪村に一人娘がいたが、他に死産・流産の子があったかもしれない。追善の句。四八参照。

3 四月一日の更衣に身も心も軽くなったが、思えば露置きそめる初めでもある。人生は予測できぬが、一歩一歩無常身へ近づくことだけは確かだ。◇身にしら露　「身に知らず」を掛ける。「露」（季語としては秋）は古来無常観の象徴。「白玉か何ぞと人の問ひしとき露とこたへて消えなましものを」（『伊勢物語』六段）。

＊一〜三の仏教的無常観がこの群作の主題である。

卯月廿九（安永七）書簡

4 ころもがへ母なん藤原氏《うぢ》也《なり》けり

5 ほとゝぎす歌《うた》よむ遊女聞《きこ》ゆなる

6 耳うとき父入道よほとゝぎす

八日

4 『伊勢物語』十段の「父はなほびとにて、母なむ藤原なりける」に拠《よ》り母系貴種を誇る。「父は賤《いやしう》して母なん藤原なりければ」（『太平記』十五）ともある。古典につき過ぎたので卯月廿九日付書簡（安永七年）に「母人は藤はら氏也更衣」と改作。原形のほうが、母の形見の白襲《かさね》に藤原氏の紋章を見て、出自《しゅつじ》の高貴さを誇る気持がよく出る。改作形は説明調。

＊十郎の「小袖ごひの事」（『曾我物語』七）の連想とも解され、以下三句一連の作。

母系貴種でも父が賤《いや》しいため落ちぶれた遊女。

5 素姓は争われぬもので、近頃その遊女の詠んだ時鳥《ほととぎす》の和歌が評判になっているとか。

時鳥は勧農鳥だが、『古今集』の「しでの田長《たをさ》」からゆがめられ、不吉の鳥とする俗信（冥途《めいど》鳥・魂迎《たまむかえ》鳥・無常鳥）もある。ここは後者の意を含むか。

◇歌よむ遊女　高級な遊女は古くから和歌など文雅の嗜《たしな》みがあった。ここは曾我五郎の恋人で歌の名人という鎌倉化《け》粧坂《わいざか》の遊君の俤《おもかげ》。十六歳で出家、廻国修行して兄弟の怨霊《おんりょう》を慰めて歩いた（『曾我物語』五）。

6 耳の遠い老父入道にいくら教えても時鳥を聞き得ない老残の哀れさ。

時鳥は王朝文雅を象徴する。伊東入道祐親《すけちか》が文雅を解したならば、同族間の血みどろの悲劇は起らなかったであろう。また入道の二女は工藤祐経《すけつね》と離縁、三女は源頼朝と離縁という史実から、母の処遇を誤った蕪村の父を戯画化したか（『曾我物語』一）。

7 小《を》原女《はらめ》の五人揃《そろ》うてあはせかな

8 更衣《ころもがへ》矢《や》瀬《せ》の里《さと》人《びと》ゆかしさよ

一 金《こがね》の扇《あふぎ》にうの花画《ゑがき》たるに句せよと、のぞまれて

9 白がねの花さく井《ゐ》出《で》の垣根哉《かな》

10 うの花も咲《さく》や井出の里

＊一から六まで、家族に対する追善の連作。「一とせの茶も摘《つみ》にけり父と母」（落日庵）。

7 紺の揃いの袷《あわせ》に赤い襷《たすき》がけ、白脚半《きゃはん》を前結びにした小原女が五人も揃って、早朝の京の町を「買わんかにゃあ」と、呼声も涼しく売り歩く。
◇小原女 「おおはらめ」とも。愛宕《おたぎ》郡大原村（左京区大原町）から黒木や花などを頭上にのせ京の町に売りに出る。八瀬・鞍馬《くらま》・白川女をも含めて総称する。

8 矢瀬（矢背・八瀬）村は大原村のすぐ南に当るから、小原女から八瀬の里人（男）を連想した。「ゆかし」と思うのは歴史的懐古感。天武天皇が流れ矢に負傷され釜風呂で治療されたと伝えられ、ここは「耕《たがへ》し矢背《やせ》は王氏の孫なりと」（召波）という王孫伝承による。月代《さかやき》を剃《そ》らぬ総髪など、特異な習俗があった。

一 金扇に白い卯の花を胡粉《ごふん》で描いた絵。「ある御方よりあさがほ書たる扇にさんせよとあり　舜《あさがほ》や扇のほねを垣根哉」（其角）を模擬《もぎ》した転換。

9 山吹（黄金色《こがね》）の名所井出の農家の生垣には、今は白銀《しろがね》の花（卯の花）が咲いているよ。「卯の花」と言わずに、「金の扇」に対して「白がねの花」といい、扇面の金地を豪華な山吹の花に見立てた光琳ふうの機知的な画法に対応した句作り。
◇井出　句集四一参照。

10 前句の左傍に中七下五を細字で記入。無季の画賛句仕立ての句を「うの花」の句に改作した。平明になったが、説明調に終る。

11　卯の花が白く咲き連なる貴船神社の境内。巫子《みこ》が白い練絹の袖を翻しながら、その落花を掃きよせている。
「卯の花に貴船のみこの箒《はうき》かな」（召波）の改作か。箒を抜いて、無心に落花を掃く巫子の袖《そで》を生動させた。明るい色彩感の句。三以下白のイメージが優越する。◇貴布禰　貴船とも。愛宕《おたぎ》郡鞍馬《くらま》村（京都市左京区鞍馬貴船町）の貴船神社。『延喜式』に出る王城鎮護の名神大社で、水の女神。例祭は四月と十一月の朔日《ついたち》（今は六月一日）。二五参照。

12　距離の遠近により滝の音の響きがちがう。音のみによって山の奥行きの深さを現し、眼前の若葉の生命力と量感を暗示した秀句。「月影や田ををちこちの水の音」（召波）の転換か。「若葉」は四月十日夜半亭月並会の兼題の一であった（几董句稿五）。

13　雨雲が晴れ上がってゆく。小雨に洗われた山畑周辺の新緑が目覚めるように生々と美しい。「春光晴雨図」等、蕪村の絵の世界に通ずる素材で、山水図よりも近代的な風景画に近い。

14　大般若経を大勢の僧侶が読誦《どくじゅ》する荘厳な光景。庄司の権勢を象徴する前庭の若葉の威勢と呼応する。謡曲「道成寺《どうじやうじ》」の真名子《まなご》の庄司の連想説がある。◇般若　大般若波羅蜜多経の略。大乗仏教の根本思想「空」を説く。六百巻。古来その書写と読誦が盛んに行われた。◇庄司　荘官《しやうくわん》。荘園における年貢徴収や治安維持などに領主を補佐した。

11 うの花や貴《き》布《ぶ》禰《ね》の神《み》女《こ》の練《ねり》の袖

12 をちこちに滝の音聞く若ばかな

13 山《やま》畑《はた》を小《こ》雨《さめ》晴《はれ》行《ゆく》わか葉かな

14 般《はん》若《にや》よむ庄《しやう》司《じ》が宿《やど》の若葉哉《かな》

九日

15 夜《よ》走《ばし》りの帆《ほ》に有《あり》明《あけ》て若ばかな

16 筍《たからな》や五助畠《ばたけ》の麦の中

17 葉ざくらや草《くさ》鹿《じし》作る兵《つはもの》等《ら》

18 みじか夜や八《や》声《こゑ》の鳥は八《や》つに啼《なく》

落日庵
夜半叟

15　夜をこめて帆走する白帆にまず暁の色がほのめき、有明月は西空に傾いて、岸の若葉もよみがえろうとしている。暁闇から浮び上がる若葉と白帆との微妙な色相の対比。軽快な舟足を思わせる表現である。◇有明て　月が空に見えたままで夜が明けることを有明といい、ここはその動詞化。

16　村はずれの新開の五助畠。瘦《や》せた青麦の中から二、三本の竹の子が頭をもたげているわびしさ。◇五助畠　五助（ありふれた百姓名）の開墾した畠。若い頃滞在した結城《ゆうき》の町はずれに五助という大字《おおあざ》があった。この回想句は一三に比べると一種のユーモアもあるが、心象的には一〇三の「芦《あし》の中」と呼応するか。

17　日ざしも強くなった葉桜の木かげで、砦《とりで》を守る兵どもが標的の草鹿を作るのに余念がない。「月か（欠）けて砦築くや兵等」（召波）の転換。ともに軍記物に取材した精緻《せいち》な作風で、甲乙はつけられぬ。◇草鹿　草の上に見える鹿の姿に模した弓の標的。享保十七年九月将軍吉宗は草鹿騎射の儀を復興した。

18　短か夜の明け易さを一番鶏《どり》が八つ時には早くも八声鳴く、と語呂を合わせた趣向。大磯の虎が曾我の庄で十郎と別れを惜しむ場面を踏むか。其角の「宵の蚊も枕をわたる八声かな」（『華摘』）もある。◇八声の鳥　鶏。一番鶏は八声鳴く故にいう（『袖中《しゅうちゅう》抄《しょう》』）。「八つ」は丑《うし》の刻で午前二〜四時。「八声といふも鶏の夜やしりふるとあけやすく」（『曾我物語』六）。

19　日光東照宮の欄間《らんま》の彫刻美は名高い。その牡丹の彫り物を真の牡丹の上に転じ、地上にも牡丹が彫ってあると見立てた句。自然美よりも芸術美を優越させる。蕪村は日光の珠明《しゆめい》（文章篇三〇一頁参照）と交渉があったから東照宮を実見している。

20　短か夜の空は早くも白《しら》んできたが、葛城山には今朝も雲がかかっている。醜い一言主神《ひとことぬしのかみ》が朝になると身を隠したという伝説のせいだろう。

◇葛城山　大和国南葛城郡、金剛山脈の主峰（一一一二メートル）。山上に葛木神社を祭る。役行者《えんのぎようじや》が金峰《きんぶ》山《せん》と葛城山との間に岩橋を渡そうとして神々や鬼神を使役した時、葛城の一言主神は醜貌を恥じて夜間のみ働き、明けると身を隠した（『本朝神仙伝』）。『万葉集』以下、葛城山に多く雲を詠《よ》む。以下三まで連想法。

21　夏山に鎮座まします小祠。祭神の名も知らぬが、新しい白和幣《しらにぎて》の神々しくも涼しげなこと。前句の名高い伝説から無名の小社を反転連想した句。

◇いさ　さあ。分らぬことを質問された時の返事。

◇しらにぎて　白和幣。穀《かじ》などの皮の繊維で織った白布の幣帛（麻製の青にぎての対）。「いさ知らず」に掛ける。

22　膝行《いざ》る不具者の三熊野詣でを蝸牛《かたつむり》がのろのろ這《は》う状態に喩《たと》えた。いつかは目的地に達する不退転の執念と神仏の加護。説経「をぐり」の連想か。

◇蹇　いざり。びっこ。◇三熊まうで　和歌山県熊野の三所権現（本宮・新宮・那智）巡拝が白河院の頃か

19
日光の土にも彫《ゑ》れる牡《ぼ》丹《たん》かな

20
みじか夜や葛《かづら》城《き》山の朝曇り

21
夏山や神の名はいさしらにぎて
白幣

22
蹇《あしなへ》の三《み》熊《くま》まうでやかたつぶり

ら栄えた。◇かたつぶり「蝸牛」は四月十日夜半亭月並会の兼題の一（几董句稿）。

23　前句の別案。三熊野詣でには通行税をとる幾つかの関があり、車輪つきの土車に乗り、自力または他力で嶮路を越えていった（五来重『熊野詣』）。◇ゐざり車　説経「をぐり」には、土を運ぶ土車に餓《が》鬼《き》阿《あ》弥《み》を乗せ綱をつけて曳いたとある。

24　美少年の射手がけなげに通し矢を射続ける。時時その側へ近寄っては、何かと励まし心をくばる兄分の大人びた姿。
◇少年の矢数　十五歳以下の少年が京・江戸の三十三間堂で行った半堂の通し矢。この夏行《げぎよう》の前年、安永五年三月、十三歳の窪田金次郎が通し矢一万十三本の新記録を出した（『及瓜漫筆《きゆうかまんぴつ》』）。句集三〇参照。◇念者　男色関係で兄分の者をいう。

25　夜を徹して射通した矢数。日本一の新記録が出そうだ。ほのぼのと東の空も白み、粥を炊《た》く大《おお》釜《がま》からは白い湯気が盛んにふき出している。競技の終了も近い夜明けの情景。「ほの〴〵と」は「明ゆく」にかかるが、粥の湯気の熱気をも形容して効果的な修辞である。前句と二句一連か。

26　矢数の大篝火《かがりび》に照らし出された若楓よ、そのまま紅《あか》く紅葉してしまえ。
と呼掛けて、意気盛んな射手への声援の気持をこめる。これは深夜の光景で、前句とは時間的には逆だから、ここの矢数四句は連作ではない。

23 関《せき》越《こゆ》るゐざり車や蝸牛《かたつぶり》

24 少年の矢《や》数《かず》問《とひ》寄《よ》る念《ねん》者《じや》ぶり

十日

25 ほの〴〵と粥《かゆ》に明《あけ》ゆく矢数かな

26 若《わか》楓《かへで》矢数の篝《かがり》もみぢせよ

27 大矢数弓《ゆみ》師《し》親子もまゐりたる

28 葉ざくらや南《な》良《ら》に二日の泊客《とまりきやく》

29 麦《むぎ》秋《あき》や鼬《いたち》啼《なく》なる長《をさ》がもと

30 麦秋や遊《ゆ》行《ぎやう》の棺《ひつ》ギ通りけり

27　威儀を正した弓師親子の羽織袴《はかま》の姿。親だけでは平凡だが、端麗な瑞々《みずみず》しい少年も居並ぶところに、緊張感に加えて新鮮な生気がみなぎる。
◇大矢数　少年の矢数でなく、正式のものをいう。
◇弓師　大矢数用の弓は京都四条下ル羽津半兵衛の製したもの。当日列席する慣習であった（『全集』）。

28　葉桜の奈良は閑静だ。ゆっくり二日も奈良泊りの旅人は、隠者か古寺詣での老人か。「春の夜や足洗はする奈良泊」（召波）の転換か。句集三六七参照。

29　麦の刈入れに出払った広い庄屋の邸内に、鼬が出てしきりに鳴く。安心しきって。人気《ひとけ》のない静寂さは、前句からの連想。
◇長　長百姓の略。村方三役の一で年寄《としより》とも。一村の名望家が藩より地方《じかた》のことを命ぜられた。蕪村の生家も「村長」をつとめたらしいから、その回想か。

30　踊念仏の鉦《かね》の音が空しく響き、遊行の棺《ひつぎ》がまるで他界の行列のように物わびしく遠ざかっていった。麦の収穫に忙しい人々は誰も見向きもしない。生と死との対照（『新花つみ』の主題）。
◇遊行　ここは一遍上人を祖とする時宗《じしゅう》遊行派（総本山は藤沢市の清浄光寺で遊行寺ともいう）の聖《ひじり》の行き倒れの場合。曾我兄弟の怨念《おんねん》を鎮めようと富士の裾野に寺社を建てたのも遊行上人。この派の聖が曾我説話を諸国に伝播《でんぱ》した（『曾我物語』十二）。

31 朝比奈《あさひな》が曾我を訪《と》ふ日や初がつを

32 麦秋や狐のゝかぬ小百姓

卯月廿九（安永七）書簡

33 麦の秋さびしき貌《かほ》の狂女かな

卯月廿九（安永七）書簡

34 麦刈《かり》て瓜《うり》の花まつ小家哉《かな》

31 朝比奈三郎義秀（和田義盛の子）が曾我の庄に十郎を訪《と》うた時、五郎と力競《くら》べをした。二王立ちの五郎の草摺《くさずり》が引きちぎれたのみで、五郎は微動だにしなかった（『曾我物語』六）。歌舞伎でも名高い「草摺引」の酒宴に、勇ましい初鰹《はつがつお》を配した意想。

32 麦の収穫時で村中忙しい。狐つきの離れぬ小百姓がキョトンとした顔で一人うろついている。其角『華摘』六月十八日の条に、伊勢国の無筆の狐つきが突如として「仁あれば春も若やぐ木目《コノメ》哉」とよんだことが出る。それと「痩麦や我身ひとりの小百姓」（召波）からの発想か。

33 四・六や七・八と違い、ここは逆に前句の小百姓（男）から狂女を連想した。「さびしき貌」が狂女の特性をつかみ、前句とは好対照をなす。離俗の象徴としての蕪村の狂女は概して謡曲ふうで、物さびしい憂愁をたたえる。「昼舟に狂女のせたり春の水」（夜半叟）は謡曲「隅田川」からの着想。

34 忙しかった麦刈りも終って百姓は田植まで一息つく。やがて瓜の蔓《つる》も花をつけるだろう。小家の百姓も何となくくつろいだ様子である。これから咲く瓜の花が実に清々《すがすが》しく連想される佳吟。肥沃地《ひよくち》を択《えら》ぶ瓜は、麦と同じ畠には作らぬ。

◇瓜 甜瓜《あまうり》・菜花《さいか》・越瓜《あさうり》・胡瓜《きゆうり》・冬瓜《とうが》・西瓜《すいか》・南瓜《ぼうぶり》・糸瓜《へちま》・瓠瓜《ゆうがお》が瓜の類。ここは甜瓜（真桑瓜）であろう。胡瓜は「諸瓜に先立ちて早く出来るゆへ、いなかに多く作る物なり。都にはまれなり」（『農業全書』）。

十一日

35 初《はつ》鰹《がつを》観《くわん》世《ぜ》太《だ》夫《いふ》がはし居《ゐ》かな

36 殿《との》原《ばら》の名《な》護《ご》屋《や》貌《がほ》なる鵜《う》河《かは》かな　句集三七二

37 たもとして払《はら》ふ夏《げ》書《がき》の机哉《かな》

38 ねり供《く》養《やう》まつり貌なる小《こ》家《いへ》哉

35 広縁に出て端居《はしい》する観世太夫の、演能のあとのくつろぎ。「端居」に若葉のイメージがある。前句と対照的な連想転換。由緒ある観世宗家の台所に初鰹が持ちこまれたことは先刻から承知の、爽《さわ》やかな初夏の一日。巧みな人物描写である。

36 面長な貴族ふうの観世太夫と名護屋貌の類似による連想か。底本に「名護屋も見」と書き「名護屋貌なる」と改める。◇名護屋貌　句集三七二参照。

37 袖の袂《たもと》で朱の経机の上の、あるかなきかの塵《ちり》を念入りに払う夏書の女性の、優雅な仕ぐさ。怠惰な仕ぐさではない。清浄を尊ぶ写経は口にマスクをあてて行った。「雪信が蠅《はへ》うち払ふ硯《すずり》かな」（句集三六四）も女流画家である。◇夏書　夏行《げぎよう》（夏安居《げあんご》）の一として、精進《しようじん》潔斎して一室にこもり写経する行をいう。

38 仏は一切衆生《しゆじよう》を差別されぬから、練供《ねりく》養《よう》の今日は大家も小家もない。尊い練供養をお迎えするために、路傍の小家も清掃されてさわやかである。当麻寺《たいまでら》門前町の清楚《せいそ》な光景をユーモラスによんだ句。「小家」は三二にもよまれ、作者の庶民的関心を示す。◇ねり供養　「迎接会《ごうしようえ》・来迎会《らいごうえ》」の俗称。弥陀の来迎に擬《ぎ》し、諸菩薩に仮装して練り歩く法会。有名なのは奈良県当麻寺のそれで、旧四月十三・十四日に修した。

39 「橘の香をなつかしみ郭公《ほととぎす》花散る里をたづねてぞとふ」（『源氏物語』花散里《はなちるさと》）に拠《よ》り、大宮人が甘い恋をささやいた京郊外の地も、今は渋柿の花がしたたかに散り続くわびしい光景。華やかな王朝の恋を裏返してみた俳諧手法。

40　瀟湘《しょうしょう》八景に名高い長沙の裏町の借家。そのどぶ溝《みぞ》に孑孑《ぼうふら》がわき、今しも盛んに浮沈運動。美の裏側の醜を洞察した俳諧の眼は前句と共通する。◇長沙　中国湖南省の省都。洞庭湖の南、湘水東岸の港市。

41　画室には朱をとかして大火焔《かえん》が描かれつつあり、庭前には真紅の牡丹《ぼたん》が見事に咲いている。同色系統の対照で豪華《ごうか》な着想だが、不動明王は「葵上《あおいのうえ》」や「道成寺」に見えるように、人間の怨霊《おんりょう》を調伏《ちょうぶく》するから、深層に亡母鎮魂の意図がよみとれる。四五参照。◇不動　一切の鬼霊・煩悩《ぼんのう》を調伏する仏教の守護神。忿怒《ふんぬ》の形相猛々《ぎょうそうたけだけ》しく、右手に降魔《ごうま》の利剣、左手に捕縛《ほばく》用の縄《なわ》を持ち、背に火焔を負う。◇琢摩　宅間とも。平安末〜鎌倉期の京都の絵仏師。琢摩派は為基（勝賀）が新風を開き鎌倉期に特色ある作品を残した。

42　老いた女房たちはみんな毛虫嫌い。袖笠をして堪《た》え忍びながら、葉桜の下道をこわごわと通ってゆく。「しのぶ」（じっとこらえる）という語が巧みに選ばれている。七・一一・三・三七と精緻《せいち》な女性描写が多い。◇袖笠　「笠のかはりに袖をかづく也」（『和歌八重垣』）。◇古御達　年老いた女房たち。「使ふ人、古御達など」（『源氏物語』帚木《ははきぎ》）。

39　渋《しぶ》柿《がき》の花ちる里と成《なり》にけり

40　ぼうふりの水や長沙《ちやうさ》の裏《うら》借家《じやくや》

41　不動画《ゑが》く琢摩《たくま》が庭のぼたんかな

42　袖《そで》笠《がさ》に毛むしをしのぶ古《ふる》御《ご》達《たち》

43 討《うち》はたす梵論《ぼろ》つれ立《だち》て夏野かな

44 柚《ゆ》の花やゆかしき母屋《もや》の乾隅《いぬゐずみ》

45 笋《たかうな》や垣のあなたは不動堂

十二日

46 橘《たちばな》やむかし屋かたの弓矢《ゆみや》取《とり》

43　宿河原の道場でめぐりあったいろをし房としら梵字の梵論が、二人だけで河原へ出て「心ゆくばかり貫き合ひて、ともに死ににけり」という『徒然草』百十五段の話を過不足なくまとめた小説的趣向の名作。「討はたす」の現在形はこれから決闘しようとするの意だが、結末をも暗示する。「つれ立て」に黙々と並んで歩みゆく姿を描き、季題「夏野」は二人の異常な殺気を象徴する背景である。『徒然草』の作者兼好を感動させた壮絶な死を短詩形にまとめた非凡な表現力は目覚ましい。
◇梵論　梵論師《ぼろんじ》。ぼろぼろ。虚無僧《こむそう》の前身といわれる。底本「梵倫」と誤る。「七夕の暮露《ぼろ》よび入れて笛をきく」（其角『華摘』）。

44　母屋の北西の一隅に、何代も前からの柚《ゆず》の花がひっそりと香気を放っていて奥ゆかしい。
柚の花（花柚とも）は寒地にも生育するが、成長は遅い。夏、白色五弁の小花を開く。この「ゆかし」は芭蕉の「柚の花や昔しのばん料理の間」（『嵯峨《さが》日記』）を踏むか。毛馬《けま》村の生家の回想かもしれない。
◇乾隅　北西隅。屋敷神を祀《まつ》る方位。

45　竹の子時の竹林（季題「竹の秋」）は透けてみえる。京都郊外、西山辺の実景であろう。
◇不動堂　不動明王（四一参照）を祀る御堂。京郊外には不動堂が多かった。

46　数代続く武家屋敷。古い城館は昔のままで、花橘の香に先祖の武勲の香《か》わしさも偲《しの》ばれる。

「五月待つ花橘《はなたちばな》の香をかげばむかしの人の袖の香ぞする」（『伊勢物語』六十段）による懐古感。秋田藩の重臣梅津家の俤《おもかげ》か。三一四頁参照。句集三三参照。

47　谷路をゆく人の俯瞰《ふかん》景。人が小さく見えるのは谷が深いのみでなく、若葉の威勢に圧倒されるからだ。文人画でいう「寸馬《すんば》豆人《とうじん》（画中の遠い馬と人の形容）」の画趣。

48　蓬色《よもぎいろ》（萌黄《もえぎ》）の蚊帳の中に透けてみえるわが子の健康そうな顔の白さに、ほくそ笑む親の愛情。色白を喜ぶのだから、女の子とすれば、一人娘または失った子に対する父親蕪村の実感であろう。◇まくら蚊帳　枕辺だけを覆う小児用の小さい蚊帳。庶民の用いたもので、大人も借用した（『雍州府志《ようしゅうふし》』）。

49　床低く水はけの悪い商人宿のじめじめする不快さ。安くてもこんな宿に泊るものではない。明快な句から突如暗鬱《あんうつ》なかげがさす。前句が娘への回想とすれば、これは現実の不安と不快感である。

50　昨夜は大よそ十日ぶりの雨が降った。干天《かんてん》の慈雨も上がって、静かな夜明けの若竹の瑞々《みずみず》しい美しさ。若竹の最も美しい場面をとらえた句。前句から一転したこの爽快《そうかい》さに、願望の寓意《ぐうい》があるか。◇十日の雨　十日に一度降る雨。「風不レ鳴レ条《えだ》ヲ、雨不レ破ラ塊《つちくれ》ヲ、五日ニ一風、十日ニ一雨」（王充『論衡』）。「五風十雨」は豊年の兆。ここは久しぶりの慈雨の意。

47 谷《たに》路《ぢ》行《ゆく》人は小《ちひさ》き若葉哉《かな》

48 貌《かほ》白き子のうれしさよまくら蚊帳《がや》

49 床《ゆか》低《ひく》き旅のやどりや五月《さつき》雨《あめ》

50 若竹や十日の雨の夜《よ》明《あけ》がた

51 金屏《きんびやう》のかくやくとしてぼたんかな

卯月十三書簡
卯月廿九（安永七）書簡

52 南蘋《なんぴん》を牡丹《ぼたん》の客や福済寺《ふくさいじ》

卯月十三書簡

53 ぼうたんやしろがねの猫こがねの蝶

卯月十三書簡

54 ぼたん有《ある》寺行過《ゆきすぎ》しうらみかな

卯月十三書簡
卯月廿九（安永七）書簡
遺稿稿本

51 座敷には豪華な金屏風が輝き、庭前には牡丹が明るい太陽のもとに咲き誇っている。牡丹の気力を強調する。壮麗なものが内外に相対して妍《けん》を競う手法は四一と同じであり、金碧障壁画《きんぺきしょうへきが》の感覚。◇かくやく（赫奕）『文選《もんぜん》』に「赫奕章灼《トシテ》、若《ごとシ》ニ日月之麗《ツケルガ》レ天《ニ》也」。光り輝くさま。カクエキとも。

52 シナ寺福済寺の住職が折から長崎に滞在中の清《しん》国《こく》の花鳥画家・沈《しん》南蘋を招いた。庭前の牡丹は真っ盛りである。南蘋には牡丹画も多いゆえの想像句だが、画人蕪村ならではの新奇な着想である。◇南蘋　沈氏。享保年間長崎に来遊、その写実風の画態が全国的に流行し、蕪村も影響を受けた。◇福済寺　長崎市下筑後町にある黄檗《おうばく》宗の寺（底本に福西寺と誤る）。明《みん》僧覚悔の開基。来朝中国人の菩提《ぼだい》寺。シナ寺の一。

53 牡丹花のまわりを白猫と黄蝶とがたわむれているという中国風の図案・画題をそのまま一句にまとめた句。有田焼の図案にことに多い。上五の「ぼうたんや」と延ばした響きが豊麗な感覚で中七以下に対応する。其角の「猫の子のくんづほぐれつ胡蝶哉」に比べると、この句は著しく絵画的。

54 上地不案内のせいで行き過ぎてしまったが、あとで寺の牡丹園のことを聞き残念に思う。見てしまえばそれまで、見ぬうらみの浪曼《ろうまん》性。芭蕉の「紅梅や見ぬ恋つくる玉すだれ」の転換か。

十三日

55 やゝ廿日《はつか》月も更行《ふけゆく》ぼたむかな

句集三三
卯月十三書簡
日付不明几董宛書簡（安永七か）

56 山蟻のあからさまなり白《はく》牡丹

57 方《はう》百里雨《あま》雲《ぐも》よせぬぼたむ哉《かな》

卯月十三書簡

58 詠《えい》物《ぶつ》の詩を口ずさむ牡丹哉

55 月もおよそ二十日月になろうか。有明け月の幽光にほのかな散りぎわの牡丹花の風情《ふぜい》。月の満ち欠けと牡丹の開落とを重ねた幽玄の趣。◇廿日　白楽天の「花開《キ》花落《ツ》二十日」（「牡丹芳」）により牡丹を廿日草ともいう。開落の期間が約二十日間。

56 大輪の白牡丹の花弁を這《は》う漆黒の大きな山蟻。その触角や四肢の動きさえ明白にみてとれる。白と黒の明晰《めいせき》な対比による細密描写。山蟻を生動させ牡丹を浮きたたせる。白昼ふとよぎる恐怖心の心象か。

57 満開の牡丹の威勢のため、上空百里四方に雨雲を寄せつけない、とみた大胆で豪放《ごうほう》な漢詩的発想の秀吟。「白髪三千丈」ふうの誇張とは違って、好天続きの花時の実況をよく把握している。壮麗な牡丹花の超人間的気勢は俗気（雨雲）をよせつけぬ、の寓意《ぐうい》は観念臭味を絶つ。其角の「五月雨《さみだれ》の雲も休むか法《のり》の声」の手法を学ぶか。◇よせぬ　寄せつけぬ。書簡の中七「雨雲尽《つき》て」（初案）から、「ぬ」は打消の助動詞「ず」の連体形。

58 唐代から花王ともてはやされた牡丹花。その詠物詩を口ずさみながら牡丹園を徘徊《はいかい》すると、まるで異国の詩人になったかのようだ。「炉ふさぎや招隠の詩を口ずさむ」（召波）を反転し、当時流行した詠物詩を以てしたシナ趣味の句。伊藤栄吉選『日本詠物詩《えいぶつし》』は安永六年春刊行された。◇詠物の詩　禽獣・花木など諸物の形と心を写生する漢詩の一格。

59 山蟻の覆《ふく》道《だう》造る牡丹哉《かな》　卯月十三書簡

60 草の戸によき蚊《か》帳《や》たるゝ法師かな　落日庵・夜半叟・日付不明几董宛書簡（安永七か）

61 木《こ》がくれて名誉の家の幟《のぼり》哉　皐月二書簡

62 柚《ゆ》の花や能《よき》酒蔵《ざう》す塀の内

59　山蟻が黒々と列をなして牡丹の幹から枝を伝って続く。その上には枝葉が覆っている。山蟻は牡丹の枝を蟻王宮《ぎおうきゆう》の覆道のつもりでいるようだ。シナ趣味による見立ての句。一〇四と類想。◇覆道　書簡に「屋根のある廊下」と自注。「阿房宮賦」（『古文真宝』）の「複道」の誤りか。阿房宮より南山に架けた高架廊下をいう。「複道行《ケルハ》レ空《ヲ》不《ルニ》レ霽《レ》何《ノ》虹《ゾ》」。

60　明け放った草庵の窓から見えるのは、優雅な上等の紗《しや》の蚊帳。人里離れた草庵に似合わしくないので、いかなる法師かと関心を抱く。句集二九五参照。

61　古い館は新緑の木立に深々とこもっていて、端《たん》午《ご》の白い幟のみが高く爽《さわ》やかに風にはためく。いかにも名誉の家にふさわしい。白い幟が印象的で絵画的な句。四六・九五参照。「花あやめ幟もかをるあらし哉」（其角『華摘』）、「蚊やりして武士《もののふ》守りぬ崩れ塀《べい》」（召波）を踏むか。◇名誉の家　先祖が武勲を立てた名門。四六および「梅津半右衛門ノ尉」の項（三一四頁）参照。

62　塀の外からも見える古木の柚の花が妙《たえ》なる香を放っている。塀の内では評判の銘酒《めいしゆ》蔵《ぐら》に美酒がかもされつつあるのだ。古い酒造家の奥ゆかしさを感覚的にとらえた句。伊《い》丹《たみ》の俳人・上島鬼貫《うえしまおにつら》の「のり懸《かけ》や橘《たちばな》にほふ塀の内」を踏むか。底本に上五「桐の花」を「柚の花や」に修正。

日付不明几董宛書簡（安永七か）

63 浅《あさ》河《かは》の西《にし》し東《ひが》シす若葉哉

十四日

64 夏山や京尽《つく》し飛《とぶ》鷺《さぎ》ひとつ

65 売《ばい》卜《ぼく》先生木《こ》の下闇《やみ》の訪《とは》れ貌《がほ》

66 柿の花きのふ散《ちり》しは黄《き》バみ見ゆ

63　岸辺の若葉が微風に揺れる中を浅い小川が西に東に曲りながら流れる。さらさらと軽快な水音を立てながら。東西南北の語は漢詩に頻出《ひんしゅつ》。これは「宜陽城下草萋《せい》萋《せい》。澗水東流ニ復《また》向フレ西ニ。芳樹無クレ人花自ラ落ツ。春山一路鳥空シク啼ク」（李華「春行寄スレ興ヲ」、『唐詩選』七）の転換だが、漢詩とは別趣を出した風景画ふうの佳作。一三参照。

64　緑したたる東山を背景に、一羽の鷺がくっきりと白を印しつつ、京の南方へと飛んでゆく。「京尽し飛」という巧妙な断定によって、夏山の鷺一羽が永遠に定着された。賀茂川ぞいに飛び行くのであろう。句集三六と双璧《そうへき》。
◇京尽し飛　京中を満遍なく飛び尽す意ではなく、ここは北から南（東から西）の涯《はて》へと飛び去るさま。

65　深々とした木陰の床几《しょうぎ》に坐り、筮竹《ぜいちく》サラサラと鳴らしながら客待ち顔の、白髯《はくぜん》の易者。人生を達観した老人の顔がユーモラスに描かれる。
◇売卜先生　「売卜」は卜筮《ぼくぜい》を業として報酬を受けること。前漢の厳君平は成都で卜筮を業としたが、「栽《わづか》ニ日ニ閲シ二数人ヲ一。得二百銭ヲ一足ラバ二自ラ養フ一。則チ閉ヂレ肆ヲ下シテレ簾ヲ而授ク二老子ヲ一」という（『蒙求《もうぎゅう》』）。安永六年、知足安分を説く手島堵庵《あん》の心学書『売卜先生糠俵《こぬかだわら》』も出版された。

66　昨日散って黄ばんだ柿のむだ花の上に、今日もまた新しく白い花がこぼれ散りつぐ。この視覚的な眼前の景は詩情に富む。また白と黄の色彩感覚は蕪村好みである。佳作。

67 口なしの花さくかたや日にうとき

68 ごつ〳〵と僧《そう》都《づ》の咳《せき》やかんこ鳥

69 掘《ほり》喰《く》ラふ我《わが》たかうなの細きかな　皐月二書簡

70 笋《たかうな》を五本くれたる翁《おきな》かな

67　とかく日当りの悪い場所に植えられる梔子《くちなし》。その白い花もあまり人に顧みられないが、甘い芳香を強く放つのでその所在はすぐわかる。人にあまり珍重されぬ花が、日陰に黙然《もくねん》と甘い香を放つさま。「口なし」に無言の意を掛け「日にうとき」に照応させる。底本に「花ちる」を「花さく」と訂正してあるが、清書の際の不用意の誤りだろう。梔子は落花しない。

68　山居の老僧の咳の音に、折からの閑古鳥の鳴き声を取り合せた句。郭公《かっこう》は時に「オワオワ、オンオン、ゴワゴワ」と荒っぽい吠《ほ》え声で鳴く（中西悟堂、『図説俳句大歳時記』）から、洒脱《しゃだつ》な「ごつ〳〵」の擬《ぎ》音《おん》は実況に近い。
◇僧都　僧正に次ぎ律師の上に位する僧綱《そうごう》の一。大小等の四階級がある。

69　竹の子を自分で掘って自分一人だけが食べる、痩せたみすぼらしい竹藪《たけやぶ》。自業自得《じごうじとく》ながら、十分な施肥《せひ》も手入れもしないわが竹の子の細さよ。前句からの連想。隠士の細々とした生活のわびしさ。京都周辺の竹林は孟宗竹《もうそうちく》が多い。底本に「堀」と誤る。

70　五本という数量は、ここでは豊かである。五本もくれた老翁の温情。前句の貧寒さから反転して、福徳な隠居の翁の姿。この竹の子は太って柔らかそうだ。

十五日

71 麻《あさ》を刈《か》レと夕日このごろ斜《ななめ》なる

72 藻《も》の花や小舟《をぶね》よせたる門《かど》の前

73 閑《かん》居《こ》鳥《どり》歟《か》いさゝか白き鳥飛《とび》ぬ

74 辻《つじ》堂《だう》に死せる人あり麦の秋

71 高さ二、三メートルになる麻は土用の始め、晴天に刈り取る。漢詩に頻出《ひんしゅつ》する「斜日」は、ここでは晴天続きを意味する。夕日が催促しているのだから、直立する麻畑の成熟状態も思われる。近江路《おうみじ》晩夏の景。漢詩調の秀吟。

72 門前を流れる小川に田舟が寄せてあり、近寄ってみると水面には小さい藻の花がいっぱい咲いているよ。人影も見えぬ、真昼の明るい農村小景。作者は小舟に引かれて近寄ったのである。写生風の佳句。

＊三の滝の音、二三の小雨、四九の五月雨、五〇の十日の雨、六三の浅河から、漸次水（水辺）の句が多くなり、鮓《すし》の句群をへて一〇五以下の五月雨につながる。

73 あれは閑古鳥であろうか。ほんの少し白いものが山林のほうへ飛んで忽《たちま》ち見えなくなった。麦林舎乙由《おつゆう》の「かんこ鳥我も淋しい歟《か》飛んで行《ゆく》」（『古選』）から感情語を捨て写実風に転換した句。近世まで正体不明だった閑古鳥（郭公）の本意を具象化した。句集三五五など参照。

74 路傍の辻堂に行き倒れの死人を仮に安置してある。そんなことは忘れたように、忙しく立ち働く麦秋（麦の収穫期）の人々。白日下の死と生との対照。三〇と類想。
◇辻堂　もと道の辻（十字路）に建立されることが多く、観音・不動・十王などを祀る小堂をいう。

75　琵琶湖を眼下にする三井寺なればこそ、この若楓の描写が溌剌《はつらつ》とした生気を持つ。七一と同じく湖畔の光景。漢詩的世界を超えた日本の短詩の傑作。「僧正の青きひとへや若楓」（其角『華摘』）の遊びは、この純粋な詩境に遠い。◇日は午にせまる　句集六五参照。

76　爽《さわ》やかな夏の朝風が毛虫の毛を一本一本吹きそよがせているよ。主題は清涼感。「吹見ゆる」は吹くのが見える、という写実ふうの姿勢だが、やや口調が悪いので、八一に改作するか。早く「朝風に吹《ふき》さましたる鵜川哉」（明和八句稿）があった。

77　「我水」は手水鉢《ちょうずばち》でも小池でもよい。大嫌いな毛虫が隣家の桃の木から落ちて水面に浮んでいるのを怒る。桜や桃にはよく毛虫がつく。この毛虫は俗物の象徴であろう（八三参照）。

78　魚屋が鮮魚の鮓を黙々と樽《たる》につけこんでいた。作業が終ると、やがてひそかに消えるようにその場から去って行った。◇去ニ　その場にいたものが見えなくなる意。句集九三参照。

＊以下の鮓十句は、琵琶湖畔の鮒鮓と上方《かみがた》ふうの一夜鮓（篠田統氏によると、ともに馴れ鮓）を詠《よ》む。一夜鮓は魚肉を薄くし暖かい塩水に浸してしぼり、半ばさめた飯をまぶし、酢《す》を加えて桶に入れ重石《おもし》をして、暖かい所に置く。

75
三井寺や日は午《ご》にせまる若楓
句集六五
皐月二書簡

76
朝風の毛を吹《ふき》見ゆる毛むしかな

77
我《わが》水に隣家の桃の毛虫哉《かな》

78
鮓《すし》つけてやがて去《い》ニたる魚《とと》屋《や》かな
皐月二書簡

79　句集三三の中七「彦根が城に」が治定形。早く「鮒鮓の便りも遠き夏野哉」（明和五句稿）また「江の蛙生駒の雲のかゝる也」（召波）があった。◇鮒ずし　琵琶湖畔の名物。春から土用にかけてつけ込む。まず鮒の鱗《うろこ》と内臓をとり塩につける（塩きり）。本づけは土用中で、塩出しした魚を水洗いして陰干しにし、硬めに炊《た》いた近江米を魚につめ、まぶす。すし飯を樽の底に敷き、その上に魚と交互に重ね、密閉して重石を置く。粥状になったすし飯は何度もとりかえる（飯《いい》ずし）。一年以上つけると柔らかくうまくなる（朝日新聞「味国記」）。

80　七六は魚屋に依頼した場合、これは自分で鮓を圧したあとの寂寞《せきばく》感。句集三二一参照。

81　七五を改作した別案。物みな美しい爽涼《そうりよう》の夏の朝の感じが、軽快な声調の中にとらえられている。上五「風寒く」を消し「朝風に」と修正。

82　清貧のわが家では世間並みに鮓を圧すのがせいぜいのところ、富裕な隣家はその上に酒を醸造している。この「我レ」と「隣」とは雅俗の対立意識である。羨《うらや》むのではない。「鮓を圧す我レ」が強調されている。底本に「醸《カモ》す」と振仮名。

79 鮒《ふな》ずしや彦根の城《じやう》に雲かゝる　句集三三（句帳）皐月十七書簡

圧

80 鮓おしてしばし淋《さび》しきこゝろかな　皐月二書簡

81 朝風に毛を吹《ふか》れ居《ゐ》る毛むし哉

十六日

82 鮓を圧《お》す我《わ》レ酒醸《かも》す隣《となり》あり

83 鮓《すし》をおす石上《せきじやう》に詩を題すべく

84 すし桶《をけ》を洗へば浅き游魚《いうぎよ》かな

85 真《ま》しらげのよね一升や鮓のめし　精

86 卓《たく》上《じやう》の鮓に目寒し観《くわん》魚《ぎよ》亭《てい》

皐月十七書簡
卯月廿九（安永七）書簡
日付不明几董宛書簡（安永七か）

83　「題すべく」は題したいものだ、題しよう、の意。白楽天の「林間煖《メテ》レ酒《ヲ》焼《ク》ニ紅葉《ヲ》一。石上題《シテ》レ詩《ヲ》払《フ》ニ緑苔《りよくたい》ヲ一」（『和漢朗詠集』秋興）等により、一夜鮓の重石《おもし》に詩を書きつけようかと興じた文人趣味の句。

84　一夜鮓であろう、すし桶を背戸川で洗うと、飯を慕って小魚が水面に浮び上がるさま。因果関係が自然で、観察眼の鋭い佳作。句集三七〇と双璧《そうへき》。◇浅き游魚　魚が水面に浮び上がること。楊承鯤《ようしようこん》ノ「春日泛爽亭《へんそうてい》」の転結句に「南山雨歇《ヤンデ》 春流急《ナリ》。多少遊魚上《ル》ニ浅沙《ニ》一」（『明詩《みんし》俚評《りひよう》』）。

85　白銀色に輝くような上等の精米一升。これを鮓の飯に使えば、うまい鮓ができそうだよ。視覚と味覚の複合した期待感の佳作。上等の江州米で一夜鮓を仕込むところ。飯を食べる早鮓であろう。◇しらげ（精）　精白米。しらげよね。

86　卓上の鮒ずしは薄く切って元の姿に並べられ、観魚亭下の水中には生きた魚が泳いでいる。鮓の冷たい感触とはかない情趣とを「目寒し」と形容した。水中の遊魚を意識しているから、これも魚だけ食べる馴《な》れ鮓（鮒鮓《ふなずし》など）であろう。◇観魚亭　服部南郭一派の詩人がよく詩会を催した金井侯の聴濤館《ちようとうかん》後園の水亭。「相看《みて》但《ただ》有《リ》ニ江湖《ノ》趣一。忘却観《ス》魚亭下游《ノ》」（『南郭文集』四）。蕪村が同詩会に参加したことはあるまいが、青春時代の回想に連なる一句。

87　庭の若楓が青々と茂る窓辺。青い坊主頭の若い僧が紙背に徹する眼光で経典に目をさらす。

「若楓」は背景だが、読書に余念ない青年僧の意気込みを暗示する。前句とともに釈蕪村時代或いはそれ以前の回想であろう。「僧正の青きひとへや若楓」（『其角『華摘』）を意識する。◇学匠　ここは学問修行を専門とする学侶ではなく、仏道を学ぶ学徒・学生《がくしよう》をいう。

88　一夜鮓の重石に酢《す》もなれてきて甘酸っぱい香がひろがる。その重石に暁近い五更の鐘が殷々《いんいん》と響く。

皐月二日付書簡に上五「鮓の石」、同十七日付に「鮓の石に」とし「是は暗に一夜ずしの句に候。しかし初五置がたく候」と自注、助詞「に」があるほうがよいが、蕪村にしては珍しく些細《ささい》なことに迷っている。◇五更　夜間を一更から五更まで二時間ずつに区切る中国の時刻制度。寅の刻（今の午前四時前後の二時間）。平旦。日出（卯の刻）前。

89　一夜鮓がうまくなれてきた状況。前句から時刻は昼間に転ずる。二句一連の作か。◇寂寞　ジャクマクは呉音。清浄、無声の意。吉野で紺青《こんじよう》の鬼にあった日蔵上人の和歌（『新古今集』）等、仏教関係は呉音に読む。

90　端午の日（五月五日）を「薬日《くすりび》」と称し、この日薬草を採る。またこの日雨が降れば「薬降る」といい、明年作物が大いに熟するという。

＊この句から次の句は卯月（四月）へ季節が大きく逆転する。

87　若《わか》楓《かへで》学《がく》匠《しやう》書《ふ》ミにめをさらす　　眼

88　鮓《すし》の石に五《ご》更《かう》の鐘《かね》のひゞきかな　　皐月二書簡　皐月十七書簡

89　寂《じやく》寞《まく》と昼間を鮓のなれ加減

90　薬《やく》園《ゑん》に雨ふる五《さ》月《つき》五《いつ》日《か》かな

十七日

91 巫女《みこ》町《まち》によき丶ぬすます卯《う》月《づき》哉《かな》

92 一八《いちはつ》やしやがち丶に似てしやがの花　皐月二書簡

93 かはほりのかくれ住《すみ》けり破《やぶ》れ傘《がさ》

94 篝《かがり》たく矢《や》数《かず》の空をほと丶ぎす

91 梓弓《あずさゆみ》を鳴らして生霊《いきりょう》・死霊《しりょう》の意中を述べる巫女《みこ》たちの住む巫女町に、洗濯された上等の衣裳が初夏の風に翻っている。

表面は爽快《そうかい》の中に艶《えん》を含む句のようだが、実は母の死霊を呼び戻したい、という秘《ひそ》かな願望が、謡曲「葵《あおいの》上《うえ》」に出る梓巫女を連想させたのであろう。◇巫女町　『浪華百事談』等によると、大阪天王寺林町は巫女町で黒格子の誰々などと呼んだという。◇すます　「清ます」で洗い清めること。底本頭書《かしらがき》「絹ヲ水ニヒタス也」は誤り。以下、後人の頭書すべて省略。

92 大きく白い一八の花は父で、その父に似た子のように、著莪《しゃが》の花はやや小ぶりである。

謡曲「歌占《うたうら》」の「鶯《うぐひす》のかひこの中の時鳥《ほととぎす》、しやが父に似てしやが父に似ず」（『万葉集』巻九の長歌による）を踏み、「己《し》が父」の意の「しやが父」を著莪にきかせ、その花が一八に酷似すると述べた洒落《しゃれ》。「花になけしやが父に似ば時鳥」（北村季吟）等、先例は多い。裏に謡曲の文句のような宿命的な親子関係を痛切に意識している。「歌占」の父子の巡りあいは卯月だから、前句とも連なる。冒頭と同じパターンとみれば、九一の句は確実に生母に関《かか》わり、地獄の呵責《かしゃく》を謡う「歌占」の曲舞《くせまい》も想起されているか。

93 表面は妖怪趣味の句だが、遠い過去の両親の幻影からふっと我に返った意想を寓《ぐう》するか。

94 前の矢数四句の余響のようだが、これも「歌占」からの着想で姿は見せぬ「時鳥」の句。

95 家ふりて幟《のぼり》見せたる翠微《すいび》哉

96 ぬなはとる小舟《こぶね》にうたはなかり鳧《けり》 歌

97 酒を煮《に》る家の女房ちよとほれた

十八日

一魚赤《ぎよせき》二たのうだる人の三七回忌追福のために、しれるどちの発句《ほつく》を乞《こひ》て手向《たむけ》ぐさとなすも 則《すなはち》四讃仏乗の因なるべし

98 梢《こずゑ》より放つ後光《ごくわう》やしゆろの花

95 六二の変想。幾代も続く山麓の旧家。端午の白い幟の一際《ひときわ》目覚ましい印象を、翠微（山の中腹、青い山）が幟を見せたと視覚的に表現した。◇家ふりて 幾代も続く旧家。寂《さび》れているのではない。

96 「蓴菜《ぬなわ》取る」（夏の季題）日本の田舎の小舟からは、あの採蓮《さいれん》曲・採菱《さいりよう》曲（楽府《がふ》の江南弄《こうなんろう》）のような優雅な女の歌声は聞えてこない。「わかめ刈る乙女に袖はなかりけり」「わかめ刈《かる》竹詞のことば習ひけり」（召波）二句の転換。

97 召波の「覆面の内儀しのばし麦の秋」「麦秋や聟《むこ》殿ことしはじめじやの」二句からの転換。酒《さけ》煮《に》の祝いに顔を出したのは気前のよい美人の奥さん。◇酒を煮る 新酒火入《ひいれ》・酒煮《さかに》とも。酒煮の祝いといい、一般庶民にも無料で振舞った。◇ちよとほれた 宝暦十一年刊『童唄《わらべうた》古実今物語』等にある子供の手毬《てまり》唄の語を転用した諧謔《かいぎやく》（浜田啓介説）。

一 京の人。几董《きとう》門。安永九年～天明六年の『初懐紙』に入集。安永五年の入門か。「新塚にかりの香炉や蕗《ふき》のとう」（魚赤、『から檜葉』）。二 「頼うだる人」で主人。三 七回忌は五月二日か。この頃「七兵衛」を襲名して養嗣子となる（几董句稿五・六）。四 底本「讃仏場」。

98 棕櫚《しゆろ》の花序は金銅仏のように黄金色に輝き、放射状の葉は高い梢《こずえ》から後光を放っている。魚赤の主人の邸内に棕櫚の木があったのだろう。遺徳を偲《しの》んだ追善句。奇抜で巧妙な比喩《ひゆ》である。

＊ 以下一〇四まで従来の制作態度と調子を異にする。

99 青梅や微雨《びう》の中行《ゆく》飯《いひ》煙《けぶり》

米侯《べいこう》一周忌 一

100 ゆかしさよしきみ花さく雨の中

右題《ス》二学寮《ニ》一 二

101 芍《しやく》薬《やく》に紙《し》魚《み》うち払ふ窓の前

皐月二書簡

102 青むめやさてこそしりぬ豊《ぶん》後《ご》橋《ばし》

99 青梅が葉かげに隠見する頃。小雨の中を、夕べの炊煙《すいえん》が静かに横になびきつつ消えてゆく。雨中の薄青い炊煙の美しさ。「微雨の中行」は直上しない煙の状況を的確に表現した。「漁村《ノ》路《ハ》帯《ビテ》二平蕪《ヲ》一曲《ル》、時《ニ》見《ル》炊煙一縷《いちる》青《キヲ》」（清田儋叟《たんそう》、『孔雀楼文集《くじやくろう》』）と同趣。「青んめや黄なるも交る雨の中」（召波）の転。◇微雨 小雨《こさめ》。細雨。潘岳《はんがく》「閑居賦」（『文選《もんぜん》』）に「微雨新晴。六合《りくがう》清朗」。漢語を俳句に活用した好例。

一 大魯門米侯は大阪の人、晩年とら雄と改号。安永五年五月二十一日没。この前書《まえがき》により『新花つみ』の成立年時が正しく推定された。この一周忌悼句《とうく》は命日以前の作。大魯編『とら雄遺稿』（安永五年刊）に蕪村の「雨の日やまだきにくれてねむの花」が入集。

100 墓前には淡黄色の樒《しきみ》の小花が雨に濡れていることだろう。その花のように、地味で誠実だった故人の人柄がゆかしく偲ばれるよ。「樒《しきみ》の花」は古来三月とするが、花期は夏にかかる。

101 不殺生戒を守る若い僧が紙魚《しみ》を窓の外にうち払う。その庭先には芍薬が美しく咲いている。牡丹ではふさわぬ。ただ「に」が強すぎるようだ。八七の変想で、弘経寺《ぐぎようじ》か増上寺の学寮の回想か。底本「帋魚」。

＊ 七回忌と一周忌の句に続くこの句に左注した（書簡に前書）のは、「学寮や祖師の鏡のあぶり喰《ぐひ》」（召波）に擬《ぎ》し暗に召波七回忌追善句としたか。

二 学寮は江戸時代の寺院で僧侶が修学する所。浄土宗関東十八檀林にはすべて学寮があった。

十九日

103 若竹や是非《ぜひ》もなげなる芦《あし》の中

聯珠詩格巻十五

三 春草

春草綿々《トシテ》不レ可《カラ》レ名《ヅク》　水辺《ノ》原上乱《レテ》抽《ぬきンヅ》レ栄《はなヲ》
似《テ》レ嫌《フニ》二車馬繁華《ノ》地《ヲ》一　纔《わづカニ》入《レバ》二城門《ニ》一便《すなはチ》不レ生《ぜ》

右　四 劉原甫《りうげんぽ》

五 蟻垤《ぎてつ》

104 蟻《ぎ》王《わう》宮《きゆう》朱門を開く牡丹哉《かな》

皐月二書簡
皐月十七書簡

102 九州に多い品種で花は淡黄色で八重の大輪、果実は大きく酸味の少ない豊後梅の実（ウメとアンズの中間形）から豊後橋への連想。◇豊後橋　伏見の南で宇治川にかかる今の観月橋。近くに伏見の梅渓《うめたに》がある。秀吉が豊後の大友宗麟《そうりん》に架橋させたのでこの名がついた。「御公儀橋。長百四間、幅四間五寸」（『京羽二重織留』）。「朝霧やゐのころひとつ豊後橋」（落日庵）。

103 威勢のよい若竹も、水辺に繁茂する芦の間に二、三本だけではどうしようもなさそうだ。愛娘くのの絶望的な離縁問題を暗示する。離婚止むなしの気持の表出。擬人《ぎじん》的な「是非もなげなる」は、次の漢詩の「不レ可《カラ》レ名《ヅク》」に対応し、俗人どもの中に孤立無援の娘（若竹）の哀れな風情に喩《たと》えた。

三「前の句の素材或は類似作として見せたるならん」（志田義秀編『俳文学三種選』）。四 宋の新喩《しんゆ》の人。名は敞《しよう》、字《あざな》原父。慶暦の進士。著作に『春秋権衡』等。＊春草の下に隠れる栄《はな》を、娘の不幸と読みとるか。

五「蟻垤」は蟻塚。蟻が穴の周囲に土や落葉を塚のように積み上げて作った巣。「春草」に対応する詩題。

104 蟻垤を南柯《なんか》の夢の故事に出る槐安《かいあん》国蟻王宮に、紅牡丹をその朱塗り門に見立て、蟻がせっせと活動しているから「朱門を開く」とした幻想句。漢詩に対立する意識で作った。皐月《さつき》二日以前の作（書簡）。＊一〇四と一〇五との間にある一行分の空白は、第一次中絶の痕跡。

廿日

105 さみだれや田ごとの闇《やみ》と成《なり》にけり　句集 三五〇

右の句は去年《こぞ》[一]の夏云《い》ひすてたる句也。[二]百池月居が日記にも書《かき》もらしたるべし。あへてよき句といふにはあらねど、いさゝかおもふしさい[三]あれば、かいつけ侍《はべ》るなり

106 うきくさも沈《しづ》むばかりよ五月《さつき》雨《あめ》

107 ちか道や水ふみわたる皐《さつき》雨《あめ》

105 五月雨が降り続いて田毎に水は満ちたが、月は厚い雨雲にとざされ、どの田も闇夜のように暗くなってしまったよ。
暗澹《あんたん》たる心情の表出。安永四句稿（八月十日兼題「おとし水」）、津守船三篇（安永九年蓼太《りようた》序）、句帳に上五「落し水」（秋季）。句集三五〇に上五「さつき雨」。

一 安永五年夏。 二 門人寺村百池と江森月居。「落日庵句集」（田福・百池交筆）、「夜半叟句集」（執筆月居、後段は蕪村自筆）の他にも句録・句稿があった。

三「しさい（子細）」は事のわけ。
＊この左注によると、安永四年の「落し水」の旧作を「さつき雨」に改作したのは翌五年。それをここに再録したのは娘の離縁問題が終局にきたことを暗示する。また四月二十日は金福寺《こんぷくじ》写経社第三会の当日だが、蕪村出席の確証はない。
一〇五以下は中絶以後、五月雨《さみだれ》の頃の制作と推定され、上の日並と関係はない。皐月《さつき》廿四日付まさな・春作宛書簡に「さても霖雨《りんう》こまりはて候」とあり、その前後かなり長期間五月雨が続いた。

106 増水した池の浮草が今にも沈みはしないかと思われるほど、一きわ強く降る五月雨の雨脚。
「沈むばかり」は作者の危機感の表出である。実際に多雨だったようだが、以下の五月雨の句は、父親としての苦悩を託した心象風景でもある。

107 近道を選んだら途中で水没していて、用心しながらゆっくりと草の根を踏み渡ってゆく。

中七は昔の田舎道の的確な表現である。不幸な娘の結婚に対する後悔の思いを託したか。旧作に「秋雨や水底の草を踏《ふみ》わたる」（明和五句稿）があった。

108　鳥羽田の農道をゆく蓑笠の人影は百姓の水見廻りであろう。洪水にならねばよいが……。

洪水になりそうな不安感。旧作の「五月雨や御豆《みづ》の小家の寝覚がち」（明和六句稿）も同想。淀川左岸の毛《け》馬《ま》村に生れた作者には、淀川の洪水の恐ろしさは身に沁《し》みていたであろう。

◇鳥羽　旧大阪街道沿いの集落。京都市南郊の水田地帯。今、上鳥羽は南区、下鳥羽は伏見区に属する。

109　雨に煙って見えなくなったのか、或いは水没したのか、いずれにしても小道が見えなくなるのは、暗い心のかげりを暗示している。

110　五月雨に増水した濁流が、青い海原に衝き入るように流れこみ、徐々にひろがってゆく。

高みから眺めた河口の光景で、一見豪快な秀句に思えるが、京に住む作者が単なる五月雨の句としてこの句を詠《よ》んだとすればやや唐突であろう。直接には「海に入る川の濁りや五月雨」（富永、『新選』）を改作して、「滄海《アヲウミ》を衝《ツク》」（底本）の語に家庭的事件の衝撃の強さを寓《ぐう》した。この漢詩的表現が成功している。

111　五月雨が降り続き渉し舟には水が溜《たま》っている。水の中に落ちていた小銭を踏みつけた素足の感触。冷《ひ》んやりとした衝撃が脳天に走る。

前句と一連の句。このほうが実感が深く一層痛切だ。

108　さみだれや鳥羽《とば》の小路を人の行《ゆく》
径

109　さみだれに見えずなりぬる径《こみち》哉《かな》　皐月十七書簡

廿一日

110　五月雨や滄《あを》海《うみ》を衝《つく》濁《にごり》水《みづ》

111　さみだれや水に銭《ぜに》ふむ渉《わた》し舟　皐月十七書簡

112　五月雨に増水した濁流がとうとうと岸を圧し、水に浮ぶ鵜の命さえ危うく思われる。一〇六と類想。「玉の緒《お》」の命のはかなさを暗示するか。◇玉のを「一には人の命をいふ。一には玉をつなげる緒也。いづれもながき・むすぶ・たゆる・たえぬなどによせてよむ也。みな緒の縁也」（『和歌八重垣』）。◇濁江　水に濁った入江や川。暗い感じの歌語。

113　五月雨煙る夕刻。褄端折《つまはしより》してもじきにずり落ちてしまい、また搔《か》きあげながら、憑《つ》かれたように裸足《はだし》参りを続ける女のひたむきな執念。遠くは亡母、今は一人娘に現実の問題となった女性の苦悩と妄執。その死霊《しりよう》・生霊《いきりよう》の怨念《おんねん》に思いを致さざるを得ない、作者の苦く暗い情念の表出である。◇摂あへぬ「カヽゲ」（底本振仮名）は「搔き上げ」の約。高くあげる。「摂」は取り持つこと。「予乃《すなはチ》摂《ゲテ》レ衣《ヲ》而上《リ》」（「後赤壁賦《のちのせきへきのふ》」）。「あえぬ」はしとげることができぬ。◇はだし詣り　素足で神仏に参詣祈願すること。百度詣り。「神々様へ立願《りゆうがん》やら、はだし参りのかいもなふ」（明和七年『神霊矢口渡《しんれいやぐちのわたし》』）。「粟しまへはだし参りや春の雨」（夜半叟・句帳）。

114　淀川と桂川との合流点付近は濁流の勢いが非常に強いので、あの水の強者・鵜さえ恐れて姿を隠してしまった。一一三の別案。同じ主題を繰返さざるを得ぬ作者の心境が痛ましい。◇見えなき「見え」は「見ゆ」の名詞形。「見え逢ふ」

112
濁江《にごりえ》に鵜《う》の玉のをや五月雨《さつきあめ》

113
摂《かゝげ》あへぬはだし詣《まゐ》りや皐雨《さつきあめ》

114
さみだれや鵜さへ見えなき淀桂《よどかつら》

115
皐雨《さみだれ》や貴布禰《きぶね》の社燈消《きゆ》る時

(『宇治拾遺物語』)の用例もある。

115　卯《う》の花を掃く清純な巫子《みこ》の姿(二一参照)に比べ、同じ神社の油燈の消える時とは、恐ろしい神秘の闇の到来を意味する。鬼と化して「我にうかりし人」を呪い殺そうと祈る謡曲「鉄輪《かなわ》」の女は七夜丑《うし》の刻《とき》参りをする。娘の離婚の因が婚家の金もうけ主義にあったとは、弟子に対する父親の弁明に過ぎぬ。能や芝居の、身の毛もよだつ怨念《おんねん》の世界に通ずる情念が、圧《おさ》えきれぬ怨霊の顕示として作者の想像力を刺戟《しげき》したか。

116　以下、家庭的苦悩からの気分転換をはかる。小田原や箱根権現は『曾我物語』の舞台である。

117　「うちわたすをちかた人にもの申すわれそのそこに白く咲けるはなにの花ぞも」(『古今集』旋《せ》頭歌《どうか》)により、祖霊供養のため雨中にも供華《くげ》を怠らぬ尼僧《にそう》(或いは妻)のゆかしさを讃《たた》える。句集三四七参照。

◇閼伽　梵語《ぼんご》の音訳。功徳《くどく》・功徳水。仏に供える水や花をいう。

118　葉にへばりついていた山蛭が、火串の火中に落ちてジーと音たてて焼け焦げる。「葉を落て」が山蛭の生態を把握していて、写実的で無気味な句である。

◇火串　照射《ともし》(句集三七三参照)。

119　猟師が雨の止み間に急いで宿近くに照射を設けた。「宿近く」が独自な着想、雨はまだ降りそうだ。「わが宿にもの忘れ来て照射哉」(遺稿稿本)。

116　小田原で合羽《かつぱ》買《かう》たり五月雨　句集三四八

廿二日

117　閼《あ》伽《か》棚《だな》に何《なに》の花ぞもさつきあめ

118　葉を落《おち》て火《ほ》串《ぐし》に蛭《ひる》の焦《こげ》る音

119　宿近く火串もふけぬ雨のひま

120　照射《ともし》を設けて河津三郎祐通《すけみち》（曾我兄弟の父）を待ち伏せする近江と八幡《やわた》の二人が、「来たぞ」「ぬかるな」等と囁《ささや》いて、遠矢を射かけようとする。◇照射　底本「射干」と誤る。書簡に「トモシ」と振仮名。◇近江やはた　工藤祐経の郎等、近江小藤太と八幡三郎。七日間待ち伏せのあげく、河津三郎を遠矢にしとめた。後、伊東入道方に捕えられ斬首される（『曾我物語』一・二参照）。

121　葉の先端にたまる雨滴が、火串に光る。あれは果して雨滴か、それとも白い花であろうか。前句の暗殺者の疑心暗鬼の心理を踏まえた連想か。『新花つみ』に多かった白のイメージはここで終るが、一二七とともに鎮魂供養の意を変幻の美に寓《ぐう》するか。

122　すべての葉裏が火串の光を反映して、花のように白く光ってみえるよ。前句を客観的で素直な叙景句に改作した独立句。ともに現実の花でないところに、作者の切ない心情がのぞく。底本に上六音のみ左傍に記す。

123　これも写実的な句。「吹ちる」は火串に火をつけようとしても、谷から吹き上げる強い風に付木が吹き消されるさま。

124　皐月《さつき》十七日付書簡に一二〇と並記し「案じ所同じ句也」、日付不明几《き》董《とう》宛書簡に「此句も（連句の発句に）よろしく被《し》レ存《ぜ》候」と自注する。『曾我物語』巻八富士野の狩場の条に、「遥《はる》かに遠く敵を見付け十郎につげ、たがひに心をかよはしけり」とある。気心

120　照射《ともし》して囁《ささや》く近江やはたかな

皐月十七書簡

121　雨やそも火串《ほぐし》に白き花見ゆる

122　葉《は》うら〳〵《はうら》

123　谷風に付《つけ》木《ぎ》吹《ふき》ちる火串かな

124　兄弟のさつを中よきほぐしかな

皐月十七書簡
日付不明几董
宛書簡（安永
七か）

の合った曾我兄弟の俤《おもかげ》。前句のような苦難の際にも協力して事を成就するさま。ここは火串の設けをする場合。「探題、虎御前」と題する「祐成《すけなり》をいなすや雪のかくれ簑」（夜半叟）もある。

125 五月雨に溜《たま》った船底の水を掻《か》き出しながら、雨が降ればすぐまた溜るであろう小舟を憐《あわ》れむ。自然に対する人間の無力感。或いは工藤祐経を射損じた五郎の「貧よりおこる」無念さを寓するか。また蕪村一家の心情を詠《よ》むか。

◇あか 淦。船底の溜《たま》り水。一三四参照。

126 水は暗緑、早苗は浅緑。前句の「田舟」を使わねば田植もできなかった沼田の景。苦労して植えた深田の苗が生々と風にそよぐ嬉しさ。

＊以下一三七まで「早苗」「田植」の句が多いが、季節的順序に従わない。また旧友百万（旨原）に「関東農民の心情を詠《よ》んだ『曾我殿田植 神事田を寄《より》て植《うう》るや曾我贔屓《びいき》』（『新選』）がある。

127 今日の田植は総出、平常は農作業もさせない大百姓の新嫁も、身支度かいがいしく出で立つ。盛装した家早《いえさ》乙女《おとめ》の特別な役目として、田植飯を神の供物として畔《あぜ》へ運ぶおなりどの風習もあった。

128 田植の手伝いのため泊りがけできた伯母、その貫禄ある中年の早乙女姿が一きわ目立つ。曾我兄弟の叔母の俤か。蕪村の少年時代の回想とすれば、父の姉であろう。冒頭を意識して「娵」「伯母」の一家眷族《けんぞく》を出す。

125 あか汲《くみ》て小《こ》舟《ぶね》あはれむ五月《さつき》雨《あめ》　遺稿稿本

126 水古き深《ふか》田《だ》に苗《なへ》のみどりかな

廿三日

127 けふはとて娵《よめ》も出《いで》たつ田植哉《かな》

128 泊《とま》りがけの伯《を》母《ば》もむれつゝ田うゑ哉

獺

129 をその住む水も田に引ク早苗《さなへ》哉《かな》

130 参河《みかは》なる八橋《やつはし》もちかき田植かな

一此日より所労《しよらう》二のためによろづおこたりがちなり。発句など案じ得べうもあらねば、いく日《にち》もいたづらに過《すご》し侍《はべ》る

廿四日

131 さみだれの大井《おほゐ》越《こえ》たるかしこさよ

句集二四九

129 田植時には水不足になり易《やす》いので、川獺《かわうそ》の住む深い貯水池の水まで田に引く。早苗は水を喜ぶように立ち上がり、風に揺れている。

「をそ(獺)の住む水」で農村風景が立体化される。◇をそ 『和名抄』に「乎曾《おそ》」。かわおそ・かわうそ。水辺に穴居し夜行性で魚を捕食する。俗説に淵底《ふちぞこ》に住み人語をまねて人をたぶらかし、水中に引き込むという。

130 名高い歌枕三河の八橋の近くで、田植歌にぎやかに今しも田植が行われているよ。

◇八橋 愛知県知立《ちりゆう》市八橋町にある歌枕。東海道の宿駅・知鯉鮒《ちりふ》の北。『伊勢物語』九段参照。

一「此日」は上の日付とは無関係。娘をとり戻したのは五月中旬であろう(皐月《さつき》廿四日付書簡)。二「所労」は月渓跋文《ばつぶん》に「四月の末病のため」とするが、病気の形跡はない。精神的打撃による第二次中絶宣言。

* 王朝文雅への懐古感をもこめ(四〜六参照)、最初はこの挙句《あげく》(連句の最後の句)ふうの句で打ち止めにする計画だったらしい。一三以下の七句は時日を経た補遺であろう。一三が皐月十七日付書簡に記されるから、その頃には一三以下が「追加」(其角《きかく》『華摘』参照)され、夏行《げぎよう》の発句は断絶した。

131 娘の問題に決着をつけ、やや沈静した心境を寓《ぐう》するか。二六の小田原と対応する意識がある。

* 『新花つみ』中『蕪村句集』所収句は全八句、そのうち二句まで以下七句のうちに出る。未発表句が原則だが、既成の資料からの採取か。

132 午《うま》の貝田《かひ》うた音なく成《なり》にけり　皐月十七書簡

133 獺をそを打《うち》し翁《おきな》も誘ふ田うゑかな

134 五月雨《さみだれ》の堀たのもしき砦《とりで》かな

135 鯰《なまづ》得てもどる田植の男哉　句集三五八

132　ぼうぼうと正午を知らせる法螺貝《ほらがい》の音が鳴ったかと思うと、今まで聞えていた花やかな田歌がぴたっと止んでしまった。しーんとした初夏の真昼。作者の位置は室内。聴覚のみによって田植の昼餉《ひるげ》時の状況を描き出した傑作。類似の方法による三よりも、無限の時間性を包みこむこの句の寂寞《じゃくまく》さは深味をたたえている。その迫力は、晴れの行事に参加できぬ不幸な身の上を、亡母のイメージに重なる愛娘《まなむすめ》の立場として表現したからではないか。句集三五七参照。

133　一三九の連想。夜行性の獺を見た人は少ない。恐ろしい獺打ちの翁は近郷の武勲者だ。農家の式日としての田植には、老翁の参加そのものがめでたい。毛馬村の祖父の幻影でなければ、「雨ほろ〳〵曾我中村の田植哉」(新五子稿)の情景にふさわしい。

134　砦をめぐる堀の水は、降り続く五月雨に満ちみちている。これなら敵が攻めてきても大丈夫だ。平地の中世の砦跡であろう。「絶頂の城」(句集二九〇)と好一対。城と砦との違いを的確に表現。召波の「うのはなやかきあげ城《じやう》の堪水《たたへみづ》」から触発され、親子三人の家庭の砦を寓意するか。句集三二六参照。

135　「鯰得て」は提《さ》げて帰る道すがらも、不意の所得を喜ぶ心が持続している。その高揚した感情には「帰る」(句集三五八)のほうがふさわしい。一三三からの連想とすれば、系譜上の父の俤《おもかげ》であろう。

136　暑い日ざしを避け葉桜の木蔭を選んでたどる賑《にぎ》やかな田草取りの一家族。故郷毛馬《けま》村の家の回想（実際には大勢の雇人も使ったらしい）。田植後二十日ほどして一番草、土用のうちに三番草まで取る。一番草の情景か。插絵参照。

137　『伊勢物語』八十七段の古歌「芦の屋の灘《なだ》の塩焼きいとまなみ黄楊《つげ》の小櫛もささず来にけり」を踏み、化粧するひまもない早乙女の忙しさをいう。サ行音による整調及び濁音の配置が軽快なリズム感を出す。直前の田植男・田草取一家から田植女へと逆行するのは、最後の「早乙女」に亡母の晴れの姿を偲んだものと解される。生母は丹後与謝《よさ》村から摂津毛馬村へ植え女《め》として出稼ぎにきた旅早乙女《さおとめ》であったらしい。其角『華摘』の満百の句が「有明の月に成りけり母の影」であったことからも、『新花つみ』夏行《げぎよう》の最初と最後は、前後対応する母のイメージと解すべきだ。◇早乙女　田植女の意で植え女といい、插秧《しつけ》は女の仕事である。田の神に奉仕する聖女だから、晴着に新調の単衣《ひとえ》・手拭・襷《たすき》・菅笠などを用いる（山本健吉『最新俳句歳時記』）。黄楊の小櫛も女性の嗜《たしな》みとして用意されたか。「雇人《やとひど》のあいさつうたふ田うゑ哉」（一笑、『華摘』）、「雇はれて老なるゆひが田歌かな」（几董《きとう》『井華集』）。

136 葉ざくらの下《した》陰《かげ》たどる田草取《とり》

137 早乙女《さをとめ》やつげのをぐしはさゝで来《こ》し

其角自選句集『五元集』出版のいきさつのこと

『五元集《ごげんしふ》』[一]は角《かく》が自選にして《其角の自撰俳諧集で》、もとより自筆に浄写《清書》して剞劂氏《きけつし》[二]《版元に》にあたへ《渡して》、世にひろくせん《出版しようと》とおもひとりたる《心に決めていたものであるから》物なれば、芟作《さんさく》[三]の法《取捨のし方も厳》も厳なるべし《格であろう》。さるを《ところが》其集《そのしふ》も閲《けみ》する《よく読むと》に、大かた解しがたき句のみにて、よきとおもふ句はまれ〳〵《非常に少ない》なり。それが中に世に膾炙《くわいしや》[四]せるは、いづれもやすらかにしてきこゆる《句形もおだやかで意味もよくわかる》句也。されば作者のこゝろに、「これは妙にし得たり《うまくできた》」などうちほのめくも《得意に思っている句でも》、いとむつかしく聞えがたきは、[五]闇夜《やみよ》ににしき着たらん類《たぐ》ひにて、無益《むやく》のわざなるべし《役に立たぬしわざであろう》。
家々の句集《諸家の発句集》を見るに、多く没後に出せるものなり。ひとり『五元集』のみ現在に出せる《生前に選び出したものだ》也。
[六]発句集は出《いだ》さずともあれなど覚ゆれ《出版しない方がよいと思われる》。句集出《いで》てのち、すべて日来《ひごろ》[七]の声誉を減ずるもの也。『玄峰集《げんぽうしふ》』[八]『麦林集《ばくりんしふ》』などもかんばせなき《世間に面目がたたない》こゝちせらるれ。況《いはんや》、汎々《はんぱん》[九]の輩《やから》は論ずべくもあらず。よき句といふ

＊「新花つみ」文章篇の頭部に「廿五日（四月）〜廿九日」「五月朔〜廿九日（四日脱落）」「六月朔〜十六日」までの日付があるが、日並と関《かか》わりなく中絶以後に執筆されたものだから、他筆と認められる三十カ所の頭注とともに省略した。底本の振仮名及び本文改訂はすべてを注記できなかった。

一 百万坊旨原編『五元集』は、旨原序・其角序があり延享《えんきょう》四年刊。「角」は其角の略。榎本氏、のち宝井氏を称する。晋《しん》其角とも。芭蕉の高弟で芭蕉没後、都会的な洒落風《しゃれふう》を強め江戸座俳諧の源流となった。宝永四年没、四十七歳。

二 版木に彫刻すること。「剞」は曲刀、「劂」は曲鑿、ともに文字を彫刻するのに使用した。

三 「芟」は草を刈ること、「柞」は木を伐《き》り除くこと。『詩経』周頌《しゅうしょう》に「戴《すなはち》芟《シ》戴柞《ス》、其《ノ》耕沢沢《たくたく》」。服部南郭《はっとりなんかく》の『唐詩選』付言に「芟柞《さんさく》益厳《ナリ》」。「柞と云ふは林の中で大木にもならず、大木の邪魔になる木を云ふ、まだ選びがたらぬと云ふて、厳密にゑらむを、邪魔になる木をかりすつるが如くなるにたとへた」（『唐詩国字解』）。

四 『礼記《らいき》』曲礼、『孟子』尽心などに出る語。なますとあぶり肉でともに人が賞味するもの。転じて人々が口々に言いはやして称賛すること。「人口に膾炙す」。

五 「富貴《ニシテ》不《ルハ》レ帰《ラ》二故郷《ニ》一、如《シ》二衣《きテ》レ繡《しうヲ》夜行《クガ》一」（『史記』

ものは、きはめて得がたきものなり。其角は俳中《俳人中の》の李《り》青蓮《せいれん》《李白》と呼れたるもの也。それだに百千《多くの》の句のうち、めでたしと聞ゆるは《思われる句は》二十句にたらず覚ゆ。其角が句集は聞えがたき《わかりにくい》句多けれども、読むたびにあかず覚ゆ《興深く思われる》。是《これ》、角がまされるところ也《他の俳人より優れたところだ》。とかく句は[一〇]磊落《らいらく》なるをよしとすべし。

『麦林集』などはよき句もあれど、よみもて《読み進むと》行《ゆく》うち、やがて《間もなく》いとはしきこゝち《好ましくない》せらるれ。

『五元集』は其角が現世《げんせ》《生存中に》に出さんとはかりたるものにて、みづから精選《えりすぐって》して、さて灰《あく》うち紙のつやゝかなるに《灰汁を引いて美しく光った紙に》みづから浄書し、やがて木にのぼすべきほどに《本屋に渡して板木に彫るばかりに》なりて世を去り、ほいとげずありしを《本意を果さないままにあったのを》、[一一]芝神《しん》明《めい》の社僧某《なにがし》、其遺書《遺作の書》を秘《ひ》めをさめもちて世にも出さず有《あり》けるを、我[一二]友百万坊旨《し》原《げん》といふもの貴《たと》き価《あたひ》をつのり《代償として》、とかく《あれこれ》[一三]すかしこしらへて其書《そのしょ》をゆづり得たり《譲り受けることができた》。さて余《よ》にはかりて《私に相談して》、「[一四]毫釐《がうり》もたがはず《少しも違わず》此書をうつし得させよ《書き写してくれよ》」といへるを、容易にうけがひつゝ《たやすく引受けながら》、いまだ業もは《仕事に手を》

項羽紀）。その栄誉を世間に知られない意。

六『蕪村句集』二三七頁田福跋文及び解説参照。

七 三一四〜五頁底本に「ヒゴロ」と振仮名がある。「声誉」は評判。「資《とり》二三家ノ声誉ヲ一」（『唐詩選』付言）。

八『玄峰集』は服部嵐雪の句集。小栗旨原編、寛延三年刊。『麦林集』は中川乙由《おつゆう》の句集。麦浪編。

九 凡庸の仲間。汎は「ウカブトヨム字ニテ……泛ト同字ナリ、浮言ト区別ナシ」（荻生徂徠《おぎゆうそらい》『訳文筌蹄《せんてい》』）。

一〇 志大にして小事にかかわらぬさま。心がさっぱりしていること。韓愈「磊落奇偉之人」（「与二于襄陽一書」）、「玉石磊砢《らいらく》タラバ、愚者奚《なんゾ》別《タン》」（『唐詩選』付言）。

一一 飯倉神明宮のこと。増上寺に東接する。神領十五石、別当金剛院実円、神主は西東刑部・同中務（享保十七年刊『江戸砂子』）。旨原が自筆本『五元集』を入手したのは元文年間と思われるから、「社僧某」は右の金剛院実円と推定される。

一二 小栗氏、江戸の人、超波門、初号其川。『延享二十歌仙』の作者の一人。其角・嵐雪に傾倒。蕪村の親友。百万とも号する。安永七年六月没、五十四歳。

一三「すかし（賺し）」は勧めてその気にさせる。「こしらへ（拵へ）」は言葉を尽して人の気を誘う。

一四「毫」は一釐《り》の十分の一で極めて小量の名。「厘《てん》」は釐の省字。国訓「りん」は一銭の十分の一。物事の極めて少なく小さく細かいこと。「毫厘出入《がうりん》」（『唐詩選』付言）。白隠禅師（三三三頁注一六参照）もこの語を常用した。

一 寛保二年六月恩師早野宋阿（巴人）の死没を指す。
二 下総国結城（茨城県結城市）。砂岡《いさおか》雁宕は宋阿の高弟。蕪村と最も関係の深い先輩俳人。安永二年没、七十余歳。
三 タマサカとも。「不《シテ》レ期《セ》而会《スル》也。邂逅《ニ》相遇《フ》」（『卓氏藻林』人事類）。
四 佐久間氏。幕府の旗本。初め沾徳《せんとく》門のち伊勢風の麦林《ばくりん》門。享保《きようほう》十六年刊『五色墨』の中心人物。元文末年柳居と改号。延享五年五月没、五十四歳。
五 常盤《ときわ》氏。名貞尚。下野《しもつけ》国那須郡烏山の人。其角門。医を業とし庶民教育の著書もあった。延享元年七月没。
六 「松島は扶桑第一の好風にして」（『おくのほそ道』）、「星有《リ》二好風一」（『書経』）。
七 ソトガハマとも。津軽半島（青森県）の東岸をいう。謡曲「善知鳥《うとう》」の伝説で名高い。
八 ガッポとも。中国の合浦郡の太守が貪欲《どんよく》なため、その海の明珠が他へ移った。後漢の孟嘗《もうしよう》が太守となると再び還ってきたという故事（『後漢書』孟嘗伝）により、「帰る」の序に用いた。津軽地方を合浦ともいう。
九 「かやうにあまたゝび、とざまかうざまにするに、露ばかりさはぎたるけしきなし」（『宇治拾遺物語』）。
一〇 寛保二年秋冬の頃から上野《こうずけ》・下野経由奥羽一円の旅をして、同三年冬宇都宮・結城に帰り江戸で百万に再会するまでの大よその期間。「其角句稿賛」（天明元年）には「野総《やそう》のあいだに客遊すること二とせあまり」とある。

じめずありけるほどに《つけないでいるうちに》、一いさゝか故ありて《事情があって》、余は江戸をしりぞきて《退出して》、二しもつふさゆふきの雁宕《がんたう》がもとをあるじとして《に身をよせて》、日夜はいかい《俳席》に遊び、三邂逅《かいこう》にして《偶然に》四柳居《りうきよ》がつく波《ば》までに逢《あひ》てこゝかしこに席をかさね、或《ある》は五潭北《たんぼく》と上野《かうづけ》に同行して処々《ところどころ》にやどりをともにし、六松島のうらづ《海岸を巡》たひして《歴して》好風《かうふう》におもてをはらひ《素晴しい風景に目を見はり》、七外《そと》の浜の旅寝に八合浦《かつぽ》の玉のかへる《帰るべき》さ《折》をわすれ、九とざまかうざまとして《あちこち遊歴しているうちに》、既《すでに》一〇三とせあまりの星霜をふり《年月を経てしま》ぬ《った》。

さればかの百万、いかで我《わが》帰江《江戸》を待べき《に帰るのを待てようか》。やがて一一亀成《きせい》なるものに謄《とう》写《しや》せしめ、木にゑ《版木に彫》りて《って》つひに世にひ《ひろ》ろうせり《めることにした》。すなはち今の世に行はる

る『五元集』是《これ》なり。原本《げんぽん》と引《ひき》あはせ見《み》る《たところが》に、いさゝか一二秋毫《しうがう》のたがひも《細かい筆遣いま》あらず《で少しも違わず》、よく其角が一三手沢《しゆたく》を失はざるものなり。其《その》原本、いま又一四海友玉峨《ぎよくが》が

家にをさめもてり。

一五発句《ほつく》とひら句とのわいだめ《区別》をこゝろ得ること、第一の修行《しゆぎやう》なり。ゆるがせにおもひとるべからず《いいかげんに思いこんではならない》。

鍋《なべ》提《さげ》て淀《よど》の小《こ》橋《ばし》を雪の人

右は蕪村が句

一六平句《ひらく》の姿なれども発句に成る也

一一 山本氏。江戸の人。馬場存義門。宝暦六年六月没。「亀成といふが……、氷の下なる魚を画くがごとく一点をたがへずうつして梓行《しかう》し」(『五元集』旨原序)。
一二 きわめて微細なこと。わずかなこと。秋に生えかわった獣類の毛先が非常に細くなるのでいう。
一三 手あかによってついたつやをいう。ここは書風・筆跡の意。「みのゝ紙を中よりおり、かりそめに草稿のやうになしたる本……を一冊とせるものにて、晋子の手択、今なをうごくがごとし」(『五元集』旨原序)。
一四 文化十二年版『平安人物志』に出る東洋は「字《あざな》大洋、号玉峨《ぎよくが》」とありこの人か。宮城県北部金成《かんなり》出身で、初め江戸の御絵師狩野梅笑(栄信)門、法眼《ほうげん》位を得て晩年は仙台藩の画員となった。「書画骨董雑誌」二一七四号の自伝によると、十九歳(安永二年)上京、池大雅《いけのたいが》を訪《と》い『芥子園《かいしえん》画伝』の講釈などを聞いたという。天明五年八月厳島神社に虎図絵馬《えま》を奉納し「玉峨斎東洋謹写」と落款《らつかん》した(『厳島絵馬鑑《いつくしまえまかがみ》』)。「海友」は姓か。

発句と平句の区別のこと

一五 連歌・連句の巻頭句を発句《ほつく》、次が脇句《わきく》、次が第三、最後を挙句《あげく》といい、その他の句を平句という。
一六 句集七三参照。一見切字がないから平句のようだが、句体がのびのびと穏やかで、雪景の風趣もよく描かれているから発句になる。

一 発句に似たる平句也

近江《あふみ》のや手のひらほどな雲おこる

右は雪堂二が句也

三丸山主水《もんど》が画《ゑがき》たる蝦夷《えぞ》の図に

四昆《こ》布《ぶ》で葺《ふく》軒の雫《しづく》や五月雨《さつきあめ》

ある人、五咸陽宮《かんやうきゆう》の釘《くぎ》かくしなりとて短剣の鍔《つば》に六物数奇《ものずき》て、腰もは《いつも腰》なたずめ《にさして》で興《きよう》じける《愛玩していた》。いかにも金銀銅鉄をもて花鳥《はなとり》を鏤《ちりば》めたる古物にて、千歳《せんざい》のいにしへもゆかしきものなりけらし《遠い昔も何となく慕わしくなるような物であったわい》。されど何を証《しよう》として咸宮《かんきゆう》の釘かくしといへるにや、荒唐《くわうたう》のさたなり《とりとめない話だ》。中〳〵《かえって》に咸陽宮の釘隠《かくし》と云《い》はずはめでたきものなるを《言わなければ結構なものだのに》、無念の事におぼゆ。七ながらの橋杭《くひ》・井出《ゐで》のほしかはず（干蛙）も、今の世の人持《もち》つたへたらましかば、あさましくおぼつかなき事に人中《まうし》八あさみ侍らめ《さげすむであろう》。常盤潭北《ときはたんぼく》が所持したる九高麗《かうらい》の茶碗は、一〇義士大高源吾が秘蔵したる

一 切字があるから発句のようだが、季語がなく、近江らしい趣向もなく、余韻がないから発句とならぬ。

二 木村氏、笠家を称す。初号一志のち逸志。点者となって雪堂。江戸の人。延享《えんきょう》四年没、七十三歳。

三 丸山主水は句集三八〇・六〇三参照。「蝦夷」は平安朝以来アイヌ民族の古称。

蕪村、応挙画く「蝦夷の図」に賛句のこと

四 アイヌの家は昆布で屋根をふくという伝承により、五月雨《さみだれ》の雫《しずく》がその長い昆布を伝って落ちている、と興じた。「蝦夷松前のあたりに、昆布を以《もって》苫屋《とまや》を覆ふとかや」（延宝八年刊『常盤《ときわ》屋《や》の句合《くあわせ》』）。『日本山海名物図会』（宝暦四年刊）松前昆布の条に「人家のやねにほす」図があり、「又家のやねを昆布にてもふく也」とある。

蕪村、骨董を論じて名取川の埋れ木の話に及ぶこと

五 秦《しん》の始皇帝が咸陽《かんよう》に都して造営した宮殿。「釘隠し」は長押《なげし》などに釘をうったあとを隠す化粧金具。

六 特殊な事物に関心や趣味をもつこと、またその人をいう「物数奇」の動詞化。

七 句集一四一参照。この頃でも「長柄の橋木を持ちたる人の句を求めけるに」（横井也有《やゆう》『蟻つか』明和七年刊）という人物が存在した。「干蛙」は底本の傍書。

八 「あさむ」はさげすむ、軽んずる。「これを見る人あざけりあさみて」（『徒然草』四十一段）。

九 朝鮮の李朝時代に焼かれた日常の陶碗を、桃山時

代抹茶《まつちや》茶碗として珍重した。井戸茶碗の類をいう。
一〇 赤穂四十七士の一人。名忠雄。俳諧は沾徳《せんとく》門、初め沾葉、のち子葉と号し、其角にも親しむ（三一五頁注一五参照）。また茶事を好んだ。底本に「源五」。
一一 陸前国（宮城県）松島村元松島にあった臨済宗妙心寺派の寺。寛文三年伊達《だて》政宗の一女天麟院《てんりんいん》を弔うため建立。瑞巌寺の右方に天麟・円通二院があった。
一二 元松島にある妙心寺派の青龍山瑞巌円福寺。承和五年慈覚大師創建、のち禅宗。『おくのほそ道』参照。
一三 禅宗で住持または和尚の敬称。第六世勅謚神通妙用禅師曹源水和尚（天明五年示寂《じじやく》）であろう。
一四 底本「大守」。ここは伊達吉村、従四位上左中将。寛保三年まで在職四十一年。宝暦元年十二月没、七十二歳。『奥羽観蹟聞老志』を編集させ、学問所を起し、余暇に狩野派の絵を描く。歌集『隣松集』がある。
一五 陸奥国名取郡を流れる川。「埋れ木」は樹木が久しく地下に埋もれてできた炭化度の低い黒褐色《こつかつしよく》の有機岩。質は緻密《ちみつ》。名取川や広瀬川の名産。
一六 仙台の萩の名所。歌枕。
一七 和歌の家筋の一。藤原為氏系統で保守派の正系。
一八 程度が普通でないこと。「泣くさま、おぼろけならず」（『宇治拾遺物語』）。
一九 一斤は約六〇〇グラム。
二〇 「今世風呂敷といふものは中古ひらづゝみといへり」（『松屋筆記』）。衣類などを包む布または絹。
二一 宮城県白石市。当時片倉氏の城下町。

ものにて、すなはち源吾よりつたへて又余《〔潭北が〕私に》にゆづりたり。まことに伝来いちじるき《はっきりしたものだけれども》ものにて侍れど、何を証となすべき、のち〳〵はかの咸陽の釘かくしの類《た》グひなれば《になるから》、やがて《間もなく》人にうちくれたり《やってしまった》。

松しまの[一一]天麟院《てんりんゐん》は[一二]瑞岸寺《ずいがんじ》と甍《いらか》をならべて尊《たふと》き大禅刹《ぜんさつ》也《禅寺》。余、其寺に客たりける時、[一三]長老《ちやうらう》古き板の尺余ばかりなる《一尺余りほどのものを》を余にあたへて曰《いはく》、「仙台の[一四]太守中将何がし殿は、さうなき《並びなき》歌よみにておはせし《あられました》。多くの人夫して[一五]名取河《なとりがは》の水底《みなそこ》を浚《さぐ》らせ、とかくして《あれこれ手を尽し》埋《うも》れ木を掘もとめて、料紙、硯《すずり》の箱にものし《製し》、それに[一六]宮城野《みやぎの》の萩の軸つけたる筆を添《そへ》て、[一七]二条家へまゐらせられたり《献上なさいました》。これは其《その》板の余りにて、[一八]おぼろけならぬもの也《いい加減な物ではありません》」とてたびぬ《下さった》。槻《つき》の理《あや》のごとくあざやか也《年輪のように木目がくっきりしている》。水底に千歳をふりたるものなれば、いろ黒く真がねをのべたるやうに《鉄をのばしたようで》、たゝけばくわん〳〵と音す。重さ[一九]十斤《きん》ばかりもあらん、それを[二〇]ひらづゝみして肩にひしと負ひつも《ぴったりと背負って》、からうじて《ようやく》[二一]白石《しろいし》の駅《うまや》までもち出《いで》たり。長途《ちやうど》の労《つか》れたゆべくもあらねば《耐えられそうもないので》、其夜《そのよ》やどりたる旅舎《たびや》のすの子の下に押《簀子縁の下に押しこん》

《で》やりて一まうでぬ《帰ってきた》。

そのゝちほどへて、結城《ゆふき》の雁宕《がんたう》がもとにて潭北《たんぼく》にかたりければ、潭北はらあしく《気短かに》余を罵《ののしり》て曰《いはく》、「やよ《やあ》、さばかりの《それほどの珍品を》奇物うちすて置た《捨ててきた》る二むくつけ《無風流な》法師よ、其物我レ得てん《わしが貰うことにしよう》、人やある《誰かいないか》、ただゆけ《すぐ行け》」と三須賀《すか》川《がは》の晋流《しんりう》がもとに告《つげ》やりたり。晋流ふみを添《そへ》て其人《その使いの者》にをしへて白石《しろいし》の旅舎《たびや》を尋ね、「いつ〳〵法師のやどりたるが、しか〳〵の物遣《わす》れおけり。それもとめ《探しに》にまかでぬ《参上しました》」といはせければ、駅《宿屋》亭のあるじ四かしこ《幸いに》くさがし得てあたへければ、得てかへりぬ《受取って》。後、雁宕《〔潭北から〕》つたへて《もらって》「魚鶴《ぎよかく》」

一 詣でぬ。「詣で」は来るの敬語。八行目に出る「まかでぬ」（「まかりでぬ」の約）の誤記説もある。「いとかしこく、あはれ、とぶがごと走りて、まうで来たる童かな」（『宇治拾遺物語』）。

二 非常識な行動を罵《のの》った言葉。蕪村は当時釈氏を称し、法体《ほったい》をしていた。「むくつけし」は不気味なことを形容する語。

三 岩代国（福島県須賀《すか》川《がわ》市）。晋流は須賀川の本陣・藤井半左衛門の俳号。其角門。宝暦十一年十一月没、八十二歳。三〇八頁注一参照。

＊ 潭北同行の上野《こうずけ》・下野《しもつけ》巡遊に続く、蕪村の奥羽巡歴は寛保二年秋冬の頃から同三年冬の一年間ほどと思われる。『寛保四年歳旦帖《さいたんちょう》』を編集する頃には宇都宮まで帰っており、埋れ木話の潭北は延享元年七月、六十八歳で没した。奥羽行脚《あんぎゃ》中の事蹟としては、俳文「月夜の卯兵衛ノ図賛」により、夏に秋田を北上した事実が知られ、その前後の内容を持つ発句《ほっく》「秀ひらのむかしながらの夏のかな」（夜半叟）、「柊《ひらぎ》さすはてしや外の浜びさし」（夜半叟・津守船三）もある。

四 ありがたいことに。連用形の副詞的用法。『宇治拾遺物語』に頻出《ひんしゅつ》。

五 松木氏。大阪の商家の出で、元禄六年頃江戸に出て芭蕉にまみえ呂国《ろこく》の号を得たという。その後、不角《ふかく》について因角と改め、元禄十四年頃には其角門に入って渭北《いほく》と号し嵐雪・沾徳《せんとく》らとも交友があった。其角没後は淡々と改号、宝永五年京都に行き、鷲峰山《じゆぶせん》下に半時庵を営んだ。享保十九年大阪に帰住し、宝暦十一年没、八十八歳。異形な浪花《なにわ》ぶり・半時庵流を流行させ、上方において俳諧を職業とすることに成功した。京住時代の早野巴人とも交友があり、この文章によると蕪村は江戸で淡々と対面したことが知られる。淡々門麦天の条（三一五頁）参照。

六　ナホザリとも。いい加減。深く意に介しないさま、また本気でないこと。「等閑の輩」は俗輩とみる説もある（藤村作註解『新花摘』昭和十年）。

七　芭蕉翁を中央に晋其角と雪中庵嵐雪の二大弟子を左右に描いた三尊像形式の画像。現存しない。

八　古今伝授の百千鳥・稲負鳥《いなおおせどり》・呼子鳥の三鳥を並べたのみで三俳仙に擬《ぎ》した機知の句。『延享二十歌仙』（延享二年刊）中、渭北（三一五頁注二〇参照）の独吟歌仙の付句《つけく》に出る。渭北が師淡々の発句を付句に借用したものか。逆に淡々が弟子の付句を活用したとする説もある。

九　「しもつふさ」（下総）は誤り、日光は下野国（栃木県）。珠明は斎藤三郎右衛門益信。今市の富豪。安永六年十二月十二日四十歳代で没した（志田義秀博士「日光の珠明」及び古川清彦「日光の珠明」、「宇都宮大学研究論集」昭和二十八年度号参照）。

といへる硯《すずり》の蓋《ふた》にしてもてり《持っていた》。結城より白石までは七十里余ありて、ことに日数《ひかず》もへだたり《経ってい》ぬるに《たのに》、得てか《手に入れて》へりたる《帰ってきたのは》、けうの事也《非常に珍しいことだ》。

淡々、三俳仙の賛句のこと

[五]淡々《たんたん》は[六]等閑《とうかん》の輩《やから》にはあらず。むかし余《私が》、[七]蕉翁《せうをう》・晋子《しんし》・雪中《せつちゆう》を一幅の絹に画《ゑが》キて賛《さん》をもとめければ、淡々、

[八]もゝちどりいなおふせ鳥呼子《よぶこ》どり

三俳仙の賛は古今淡々一人と云《いふ》べし。今[九]しもつふさ日光の珠明《しゆめい》といへるものゝ家にをさめもてり《所蔵されている》。

結城の丈羽《ぢやうう》[一]、別業《べつげふ》《別荘》をかまへて、ひとりの老翁をしてつねに守らせけり。市中《しちゆう》ながらも樹おひかさみ《高く生いかさなり》草しげりて、いさゝか世塵《せぢん》《世間の俗》をさくる便りよければ《塵を避けるのに好都合なので》、余もしばらく其所《その》にやどりしにけり。翁《おきな》は洒掃《しやさう》[二]のほかなすわざもなければ、孤燈のもとに《一つきりの燈下に》念珠《ねんじゆ》つまぐりて《数珠を爪先で繰って》秋の夜の長きをかこち、余は奥の一間《ひとま》にありて句をねり詩をうめきゐけるが《発句を推敲し漢詩を苦吟していたが》、やがてこうじ[三]《ひどく疲れたので》にたれば、ふとん引かふて[四]とろ〱と《引きかぶってうとうとと》睡《ねぶ》んとするほどに《寝入ろうとすると》、広椽《ひろえん》のかたの雨戸をどし〱どし〱とたゝく。約《やく》するに《おおよそ》二三十ばかりつらねうつ音す。いとあやしく胸とゞめきけれど[五]《どきどきと鳴ったが》、むくと起出《おきいで》て、やをら《そっと》戸を開《ひら》き見るに、目にさへぎるものなし。又ふしど《寝床》に入りてねぶらんとするに、はじめのごとくどし〱どし〱とたゝく。又起出《おきいで》見るにもの ゝ影だになし《さえない》。いと〱おどろ〱し[六]ければ《気味が悪かったので》、翁に告ゲて「いかゞはせん《どうしたらよろしいか》」などはかりけるに《相談したところが》、翁曰《いはく》、「こざめれ[七]《よしきた》、狸の所為《しよゐ》《しわざだ》なり。又来りうつ時《雨戸を叩いたら》、そこ[八]（足下）はすみや

蕪村、結城の丈羽別荘にて狸に戸を叩かれること

一 宋阿の「辛酉歳旦」（寛保元年刊）に素順（晋我）・雁宕らとともに入集する結城連中の一人。没享年など不明。
二 「洒」は水をそそぐこと。「掃」は塵をはくこと。洗濯と掃除。
三 「困じ」で疲れるの意。「極《ごう》じ」（極度に疲れる）説もある。「あゆみ困《こう》ぜさせ給て」、「物も食はで困じたるに」等『宇治拾遺物語』に用例は多い。
四 「引替て」（姿を変える意）と「引き被《かつ》く」との混用による訛用《かよう》か。句集七五参照。「引かうて桟敷《さじき》に忍ぶ頭巾《づきん》かな」（召波）。
五 「とどめく」はそうぞうしく騒ぐ。「とゞめき来る音す」（『宇治拾遺物語』）。
六 恐ろしい。気味が悪い。「雨おどろ〱しくふりて、物おそろしげなるに」（『宇治拾遺物語』）、「波の音のおどろ〱しきを聞」（上田秋成『春雨物語』樊噲上）。
七 「こそあるらめ」の約「ござんめれ」の転。手ぐすねひいて待つさまにいう。よしきた。「ざ」の濁点、底本のまま。
八 「そこ」に「足下」と傍書。そなた。目下の者を呼ぶ場合（ここは年下）に多く用いる。「そこのまたこそ、さかれんずらめ」（『宇治拾遺物語』）、「足下《そこ》の命も旦夕《あきゆふ》にせまる」（上田秋成『雨月物語』吉備津の釜）。

かに戸を開《ひらき》て逐《おひ》うつべし《追っ払って下さい》。翁は背戸《せど》のかたより《裏戸の方から》廻《めぐ》りて、九くね垣のもとに《垣根の下に》かくれ居て待《まつ》べし《待とう》」と、一〇しもとひきそばめつゝうかゞひ《むちを体に引きよせながら様子をうかがっ》ゐたり《ていた》。余も狸寝いりして《寝たふりをして》待《まつ》ほどに、又どし〳〵とたゝく。「あはや《さては》」と戸を開《ひら》ケバ、翁も「やゝ」と声かけて出合《いであひ》ける《〔二人が〕》に、すべてものなければ《何もいなかったので》、おきなうちはらだちて《腹を立てて》、くま〳〵《すみずみまで》のこるかたなくかりもとむる《探し求めたが》に影だに見えず。

かくすること、連夜五日ばかりに及びければ、こゝろつかれて今は一一住《すま》うべくもあらず覚えけるに、丈羽が家の一二おとな（長）ゝるもの

九 垣のこと。単に「くね」とも。「蔓性《つろ》の農作物などをはいからませるために結う垣」（『狂言辞典』）。関東・東北地方の方言（『全国方言辞典』）説もある。

一〇「しもと」は刑具の笞《むち》。「しもとをまうけて、打べき人まうけて」（『宇治拾遺物語』）。

＊ 新花つみ文章篇の半ば以上を占める狐狸談は以下五話に及ぶ。第一と第二話が作者の体験談であり、他の三話は下館の中村風篁家衰微の兆としての怪異の聞き書である。体験談はより俳諧味に富み、聞き書は怪談ふうの凄味を意識する。ともに細部には虚構性が認められよう。伝統としての説話性を意識していたことは、『宇治拾遺物語』の文体的影響からも確かめられる。家畜とは違うが、狐狸が人間生活に接近していた時代の、彼らに対する親近性が、体験談に最もよく窺《うかが》える。第一話の片仮名の注記は、骨董論における合理主義とともに、作者が単なる妖怪趣味に溺れていない、実証的性格を明示している。上田秋成『雨月物語』や橘南谿『東・西遊記』とも異質の文学的想像力が働いており、一言でいえば大人の童話であって、覚めた蕪村の眼は決して妖怪変化の類いを実在と信ずることはなかった。発句・付句に多い蕪村の狐狸は浪曼《ろうまん》的な文学素材に過ぎない。

一一「住み得べくも」とも読める。

一二 底本「おとな」に「長」と傍書。奴婢《ぬひ》の長。

来《きた》りて云《いふ》、「そのもの今宵《こよひ》はまゐるべからず、此あかつき藪《やぶ》下タといふところにて、里人《りじん》[一]狸の老《おい》たるをうち得《え》たり。おもふに、此《この》ほどあしくおどろかし《ふざけてびっくりさせ》奉《たてまつ》りたるは、うたがふべくもなくシヤツ[二]が所為也《そいつのしわざです》。こよひはいをやすくおはせ《ゆっくり安眠して下さい》[三]」などかたる。はたしてその夜より音なく成《なり》けり《音沙汰がなくなった》。にくしとこそおもへ《憎いとは思うものの》、此ほど旅のわび寝のさびしきをとひよりたる《慰めようと尋ねてくれた》、かれが心のいとあはれに《ひどくかわいそうで》、かりそめならぬちぎりにや《一時的ではない深い因縁だったかもしれないなどと》など、うちなげかる《悲しく思われた》。されば《そこで》善空坊[四]といへる道心者《だうしんもの》をかたらひ《頼んで》、布《ふ》[五]施とらせつ《を与えて》、ひと夜念仏してかれがぼだいをとぶらひ侍りぬ《冥福を祈ってやったことだ》[六]。

秋[七]のくれ仏《ほとけ》に化《ばけ》る狸《たぬき》かな

狸ノ戸ニオトヅルヽハ、尾ヲモテ扣《たた》クト人云メレド《いうようだが》、左《さ》ニハアラズ、戸ニ背《せ》ヲ打《うち》ツクル音ナリ。

むかし丹後宮津[八]の見性寺《けんしやうじ》といへるに《という寺に》、〔私は〕三とせあまりやどりゐにけり《滞在していたことがあった》。秋のはじめより、あつぶるひ[九]《おこりの病で》のためにくるしむこと五十日《いそか》ばか

一 底本に音読符号がある。
二 其奴《そやつ》の転。第三者を罵っていう語。あいつ。きゃつ。「やがて、しやつが口を裂け」（『平家物語』一二）。
三 「寝《い》を安くおはせ」の意。「何事にか、つぶつぶと、夜一夜いもねず」「いもねられざりければ」（『宇治拾遺物語』）、「いも寝られぬを」（上田秋成『雨月物語』青頭巾）。
四 「善空坊」は不詳。「道心者」は仏道を求める人で、ここは正式の僧侶でなく、道心坊主（乞食坊主）であろう。
五 梵語ダーナ（贈与・贈物）の漢訳。利欲を去って仏菩薩・僧または貧者に金銭または品物衣服等を施すこと。「お布施」。
六 梵語ボーディの写音。仏果を得て浄土に往生すること。さとり。転じて極楽往生の意。死後の冥福を祈ること。
七 〈晩秋の旅寝のわびしさを慰めに訪れてくれた狸は、村人に殺されてしまった。仏に化けたと思って、その冥福を祈ることとしよう〉別案に「秋をしむ戸に音づるゝ狸かな」（平安二十歌仙・落日庵）、「戸を叩く狸も秋をおしみけり」（落日庵・遺稿稿本）がある。類句に「若葉山ほとけとみしは古狸」（『暁台《きようたい》句集』）など。
八 丹後国宮津は京都府宮津市。蕪村の丹後行は宝暦四年夏から同七年秋の三年余り。一心山見性寺（浄土

蕪村、宮津見性寺にて狸におびやかされること

宗）は火災のため、当時の面影の残るのは山門のみ。当時の住職は、宝暦初年からの友人竹渓法師で、蕪村より一歳年長。宝暦六年は四十二歳。次頁注四参照。

九 「熱震《あつ》ひ」は瘧《おこり》。間欠的に発熱する熱病。

一〇 午前一時から三時の間。丑《うし》の刻《こく》。

一一 榑縁。縁側の長さと直角に根太《ねだ》を置き、その上に敷居と平行に板を長く張った縁。

一二 「左り」に合わせた語。「我両眼を左手《ひだり》の指《おゆび》にてつよくとらへ、右手《みぎり》に礪《とぎ》すませし刀をとりて」（上田秋成『雨月物語』夢応の鯉魚）。

一三 「おとろし」は「おそろし」の訛《なまり》。

一四 「胸拊《う》ち」。拊つは手で軽くたたく。撫《な》でる意。度胸を決める動作。

一五 寺院の台所。ここは住職の居室などのある建物。

一六 寝こんでいる。「ごつ」は接尾語。コト（事・言）の動詞化。名詞や動詞の連用形を承《う》けて四段活用の動詞をつくる。「ひとりごつ」「まつりごつ」等。

り、奥の一間《ひとま》はいと／＼ひろき座しきにて《たいそう広い座敷であって》、つねにさうじひしと戸ざして《障子をぴったりと閉めてあったから》、風の通ふひまだにあらず《すき間すらなかった》。其次《そのつぎ》の一間に病床をかまへ、へだての《部屋の境の》ふすまをたてきりて有《あり》けり。ある夜一〇四更ばかりなるに《午前二時ごろに》、やまひやゝひまありければ《熱が少しおさまっていたので》、かはやにゆかんとおもひてふらめき起たり《便所に行こうと思ってふらふらしながら起き上がった》。

かはやは奥の間の一一くれえんをめぐりて、いぬゐの《北西の》隅にあり。ともしびもきえていたうくらきに《たいそう暗いので》、へだてのふすまおし明《あけ》て、まづ一二右《みぎ》りの足を一歩さし入ければ、何やらん《何であろうか》むく／＼と毛のおひたるものをふみ当《あて》たり。おどろ／＼しければ《こわかったので》、やがて《すぐに》足をひきそばめて《引き寄せて》、《〔しばらく〕》うかゞひゐたりけるに、ものゝ音もせず。あやしく一三おとろしけれど、一四むねうちこゝろさだめて《胸を軽く押え心を決めて》、此たびは《今度は》左りの足をもて、こゝなんと思ひて《この辺だと思って》、はたと蹴たり《ぱっと蹴った》。されど露さはるものなし《少しもさわるものがない》。いよゝこゝろえず《ますます不可解で》、《〔恐ろしさに〕》みのけだちければ《総身の毛が逆立ったので》、わなゝく／＼《震えながら》一五庫裡《くり》なるかたへ《のあるほうへ》立こえ《行き》、法師・しもべなどのいたく一六寝ごちたるをうちおどろかして《ぐっすり熟睡していたのを起して》、かく／＼と《こうこうだと》かたれば、みな起出《おきいで》つ。ともし火あまたてらして奥の間にゆきて見るに、ふすま・さうじ（障子）はつねのごとく戸ざしありて《いつものように閉めきってあって》、のがるべきひま《隙間》なく、もとより《むろん》あやしきもの丶影だに見えず。みな云ふ、「わ一どのやまひにをかされてまさなく《あなたは熱病に〔頭を〕おかされて正気でなく》、二そゞろごといふなめり《でたらめを言っているようだ》」と、いかりはらだちつ丶みなふしたり。

中〳〵にあらぬこと《なまじっかつまらぬことを》いひ出《いで》けるよと、おもなくて《面目なく思われて》、我もふしどにいりぬ。やがて眠らんとする頃、むねのうへ三ばんしやくをのせたらんやうに《大きな石を乗せているように》おぼえて《苦しくて》、たゞ《ひたすら》うめきにうめきける。其《その》声のもれ聞えけるにや、住侶《住職》四竹渓師いりおはして《入ってこられて》、「あなあさまし《ああ あきれた》、こは何ぞ《これは何事ですか》」と、たすけおこしたり《〔私を〕》。や丶人ご丶ちつきて、かくとかたりければ、「さ《そん》ることこそあなれ《なことはあるに違いない》、かの《例の》狸沙弥《たぬきしやみ》が所為なり《狸小僧のしわざだ》」とて、五妻戸おしひらき見るに、夜しら〳〵と明ケて、あからさまに《はっきりと》見認《みとめ》けるに《認められたのには》、椽より簀《す》の子のしたにつゞきて、梅の花のうちちりたるやうに跡付たり《散らばったように足跡がついていた》。扨《さて》ぞ《そこで》、先キにそゞろごと云たりとて《さっきでたらめを言うといって》の丶しりたるものども《〔私を〕罵った者たちも》、「さなん《そうであ》有けり《ったのか》」とてあさみあへり《驚きあきれあった》。

一「和殿」（吾殿）は対等の身分の者に対していう対称の人代名詞。きみ。あなた。
二「そぞろごと」は漫言。とりとめもないこと。つまらぬこと。「それはそぞろごとなれば、言ふにも足らず」（『徒然草』百三十五段）。
三 三〇八頁に「盤石」とあり、ここは底本「ばんしやく」。バンジヤク（『古節用集』）とも。
四 見性寺《けんしょうじ》第九世、触誉芳雲和尚。俳諧にも遊び、当時の宮津三俳僧の一人で最も飄逸《ひょういつ》な人物（蕪村筆「三俳僧図」参照）であった。のち摂津国武庫《むこ》郡守部（兵庫県尼崎市守部北町）の来迎寺《らいごうじ》に転住し、安永八年六月示寂《じじゃく》、六十五歳。
五 端戸の意。寝殿造りの殿舎の四すみにある両開きの板戸をいい、外側にあける。
六「ふくらか」は「ふくよか」に同じ。いかにもふっくらしているさま。「ふくらかなる手して」（『宇治拾遺物語』）。
七 底本の振仮名「ベイノウ」。米袋。「嚢」は袋。
八 底本の振仮名「シヤウ」。「種」はショウ・シュ。ジョウジョウと訓《よ》むか。物のたくさんあるさまをいう。「穣々《じょうじょう》」（『詩経』）に同じ。竹渓はまだ老衰の年齢ではない。
九 本格的な物の意で男根のこと。ここは『宇治拾遺物語』「中納言師時、法師の玉くき検知の事」の条による。「衣の前をかきあけて見すれば、誠にまめやか

竹渓師はあはやといそぎ起出給ひけるにや《それっと急いで起きて来られたためであろうか》、おびも結ひあえず《ろくろく結ばず》、ころも《衣の前を》うち抜きつゝ《開いたまま》、[六]ふくらかなる《ふっくらした》睾丸《かうぐわん》の[七]米嚢《べいのう》のごときに《米袋のようなのに》、白き毛[八]種々《しようしよう》とおひかぶさりて《房々と覆っていて》、[九]まめやかものはありとも見えず《男根がどこにあるかもわからない》。わかきより《若い時から》痒《かゆが》りのやまひ《いんきん》ありとて、たゞ睾丸を引《ひき》のばしつゝひねりかきておはす《捻ったり掻いたりしておられる》。其有《そのあり》さまいとあやしく《奇怪で》、かの[一〇]朱鶴《しゆかく》長老の聖経にうみたる《仏教経典を読み飽きた時》にやと《の様子かと》、いとどおそろしくこゝろおかれければ《〔あからさまにいうのを〕遠慮していると》、竹渓師うちわらひ《大笑いをして》て、

[一一]秋ふるや楠《くす》八畳の金閣寺　竹渓

[一二]ひたちのくに下舘《しもだて》といふところに、[一三]中むら兵左衛門《ひやうざゑもん》といへる有《あり》。古夜半亭《故夜半亭宋阿》の門人にて俳諧をこのみ風篁《ふうくわう》とよぶ。ならびなき福者《資産家》にて、家居つき〴〵しく《家造りも似合わしく》方弐町ばかりにかまへ《二町四方もある屋敷を》、[一四]前栽《せんざい》後園には奇石異木をあつめ、泉をひき鳥をはなち《池に泉水を引きこみ鳥を飼い》、[一五]仮山《かざん》の致景《ちけい》、自然のながめをつくせり《景観を模写し尽していた》。[一六]国の守《かみ》もをり〳〵入おはして《藩主も時々おいでになるほどで》、又なき長者にて有けり。妻は阿《お》

のはなくて、ひげばかりあり。……はやう、まめやか物を下のふくろへひねり入れて、続飯《そくひ》にて毛をとりつけて、さりげなくして人をはかりて物を乞はんとしたりける也」。

一〇 文福茶釜の伝説に名高い上州（群馬県）茂林寺《もりんじ》の守鶴和尚のこと。「聖経」は聖者が説いた経典の意。

一一 〈秋もたけた今日この頃、古雅な金閣寺の楠造りの八畳の間に楠がよくにおうよ〉裏の意は「ふる」に「古る」「振る」を掛け、「楠八畳」に「狸の睾丸《きんだま》八畳敷」を匂わし、「金閣」に「きんだま」を利かせ、「わしのがそんなに匂うかな」とおどけてみせた滑稽《こつけい》句。「遊金閣寺　八畳の楠の板間をもるしぐれ」（其角）を踏まえた蕪村の代作か。金閣寺（鹿苑寺《ろくおんじ》）の第三層は「板敷三間四面一枚板」（『都名所図会』）の楠であった。

一二 常陸《ひたち》国真壁《まかべ》郡下館（茨城県下館市）。

一三 俳号風篁は夜半亭宋阿の門人。安永八年六月没、七十四歳。「象《きさ》かたの夢のあまりや雲の峰」（嘉永六年刊『俳林小伝』）。

下館の風篁邸、妻女狐の怪異に平然たること

一四 底本「前載」と誤る。前庭や中庭などの植込み。

一五 「仮山」は築山。「致景」は景色。「さて難波の浦の致景の数々」（謡曲「弱法師《よろぼうし》」）。後人の書き入れに「つき山などよきけし（き）なり」とある。

一六 当時の下館城主は石川内膳正総侯。二万石（元文六年『武鑑』）。

満《みつ》といふて、藤井[一]某《なにがし》といへる大賈《たいか》の女《むすめ》にて、和歌のみち・いと竹[二]《音曲の》のわざ《技術にもすぐれていた》にもうとからず。こゝろざま《気だても》いう[三]《優雅で》にやさしき女也けり。さばかり《それほどの》の豪族なりけるに、いつしか家おとろへ、よろづものさびしく、たち入る人《出入りする》もおのづからうと〳〵しく《疎遠になっていった》なりぬ。

其《その》家のかくおとろへんとするはじめ、いろ〳〵のもつけ[四]《怪しいことが続いた》多かりけり。それが中に、いと〳〵身のけだちて《身の毛もよだつほど》おそろしきは、一とせの師走《ある年の十二月》、春待《まつ》れう[五]に、もちひ[六]いつ〳〵よりも多くねりて、大《おほい》なる桶にいくらともなく蔵《をさ》め置ぬ。そのもちひ夜ごとに減り行きければ、何ものゝぬすみ去けるにやとうたがひつゝ、桶ごとに門扇《もんせん》[七]のごとき板を覆《おほひ》て、そのうへにしたゝかなる盤石《ばんしゃく》をのせ置たり。つとめてのあさ《翌朝早く》、こゝろにくみて《不安な気持で》打ひらき見るに《開いてみたところが》、覆ひは其まゝにて有つゝ《ありながら》、もちひは半バ過《すぎ》《半分以上》へりうせたり《無くなっていた》。其頃、あるじの風篁は、公ケの事にあづかりて《藩政の公事に関与して》江府にありけり《江戸に行っていた》。されば妻の阿満《おみつ》[八]、よろづまめやかに家をもりて《こまめに家事を守って》、まゐりつかふる《出入りして仕える》ものまでにもなさけふかく、じひごゝろ有けれ《あわれみの心を施したので》

一 須賀川の藤井半左衛門晋流の娘。宝暦二年五月没。三〇〇頁注三参照。「大賈《タイカ》」（底本）は豪商。
二 「糸竹」。「糸」は琴など絃楽器、「竹」は笛など管楽器をいう。楽器の総称。また音楽・音曲をいう。
三 底本「ゆうに」。「優に」で、やさしくしとやかなこと。
四 「物怪・勿怪」と書く。思い設けぬこと。不吉なこと。異変。
五 底本「りやう」と誤る。「料」は形式名詞。ため、ためのものの意。ここは正月の支度。「何の料ぞと見る程に」（『宇治拾遺物語』）。
六 餅。「もちいひ」の約。底本「もちゐ」と誤る。
七 底本、左傍に振仮名「モンノトビラ」。「扇」は扉に同じ。
八 底本「阿満《オミツ》」と振仮名。

九 底本「まふけ」。設け。正月の用意。
一〇「隈々《くまぐま》」はあちこちの奥まった所。「紙燭《しそく》さして、くまぐくまを求めし程に」(『徒然草』二百十五段)。「方《かた》」はあちこち。「あやしくおぼえければ、やはらおきて、かた〳〵を見れば、さま〴〵のへだて〳〵あり」(『宇治拾遺物語』)。
一一 正しくは「瑕隙」。すきま。「瑕」は空間的なわれめ、「仮」は時間的ないとま。底本振仮名「カゲキ」。
一二 水時計の一種。銅の壺《つぼ》に水を入れ、底から水が漏るようにし、壺中に漏箭《ろうせん》という矢を立てる。その矢の目盛りを読んで時刻を知る機械。一昼夜を四十八刻、一時《いつとき》を四刻とする。
一三「瞻《みル》二彼《ノ》闋《むなシキヲ》一者《ハ》、虚室《ハ》生《ジ》レ白《ヲ》、吉祥《きつしやうハ》止《とどマル》レ止《むなシキニ》」(『荘子』人間世)による語。暗室中に一つの穴を見ると、室内に白光を生ずる。虚心になれば真理に到達することができるの意。ここはすき間の意に用いる。唐詩、特に白居易の作にこの語を用いることが多い。

ば、人みないとほし《お気の毒なことと》となみだうちこぼすめる《同情の涙をこぼしたようだ》。

ある夜、春の[九]まうけ《正月の用意に》にいつくしき《美しい》きぬ《衣裳》をたち縫《ぬひ》て有けるが、夜いたくふけにたれば、けごども《下男下女たちは》はみなゆるし《許して》つ、ねぶらせたり《早くやすませてやった》。我ひとり一間に引《ひき》こもり、[一〇]くま〴〵かた〴〵とざし《部屋の隅々あちこちをしめきり》、つゆうかゞふべき《どこにも忍びこむような》[一一]仮隙《かげき》もなくして《ないようにして》、ともし火あきらかに《明るく》かゝげつゝ《掲げたまま》、心しづかにもの縫《ぬひ》て有けり。[一二]漏刻《ろうこく》声し《落ちる音がして》たゝり、やゝうしみつならんとおもふをりふし《ようやく午前二時頃かと思うちょうどその頃》、老さらぼひたる《老いてやせ衰えた》狐のゆら〳〵と尾を引て、五ツ六ツうちつれだちて、ひざのもとを過《すぎ》行《ゆく》。もとより妻戸・さうじ《障子は》かたくいましめあれば《しめきってあるから》、いさゝかの[一三]虚白《きよはく》だにあらねば《隙間すらないので》、いづくより一鑽《きり》入べき《侵入できようか》。いとあやしくて、めかれもせずまもりゐたるに《目も離せず見守っていたところ》、〔狐は〕ひろ野などの二碍《さゆ》るものなきところを《さえぎるもののない所を》三ゆきかふさまにて《往き来するようなふうで》、やがてかきけつごとく出さりぬ《そのうちかき消すように出ていってしまった》。阿満《おみつ》はさまでおどろしともおぼえず《それほどおそろしいとも思わず》、はじめのごとく物縫うて有けるとぞ。

あくる日かの家に《〔私は〕その家を》四とぶらひて《見舞って》、「いかにや《どうですか》、あるじの帰り給ふことのおそくて、よろづ心うくおぼさめ《万事心配なことでしょう》」など、とひなぐさめけるに、阿満いつ〳〵よりも《平常よりも》かほばせ《顔つき》うるはしく、のどやかにものうちかたり、「よべ《昨晩》、かく〳〵の《これこれの》五けいありし《怪異がありました》」とつぐ《つげた》。聞《きく》さへえり《首筋》さむく、六すりよりて《いざり寄って》、「あな《ああ》あさまし《あきれた》、さばかりのふしぎ有《ある》を、いかに家子《けご》どもをもおどろかし給はず《お起しにならず》、ひとりなど《一人でどうして》かた七ゆべき。八にげなくも《見かけによらず》剛におはしけるよ《剛胆でいらっしゃることよ》」といへば、「九いやとよ《いえいえ》、つゆおそろしきとも覚えず侍りけり《思いませんでした》」と一〇かたり聞ゆ。日ごろは窓うつ雨、荻《をぎ》ふく風のおとだにおそろしと、引かづきおはすなるに《物を引きかぶっていらっしゃるそうだのに》、その夜のみさともおぼさゞりけるとか《恐ろしいとも思われなかったとかいうのは》、いと〳〵《ほんとうに》ふしぎなること也。

一 錐《きり》で穴をあけるように侵入する。
二 底本「さユ」と振仮名。「障《さ》ふ」の訛語か。さえぎり止める。妨害をする。
三 底本「ゆきこふ」。
四 「訪《とぶら》ひて」。慰問する。
五 「怪異《けい》」（ケは呉音）。怪しく不思議なこと。
六 摩《す》り寄る。摩りあうほどに近寄る。いざって近寄る。男（蕪村）の動作としては不自然である。
七 「堪《た》ふ」の訛語。じっとこらえる。
八 「似気無く」。ふさわしくない。似つかわしくない。
九 「否とよ」。相手の言葉を強く打ち消していう。「いや」の強意語。いやいや違う。「いやとよ、弓を惜しむにあらず」（謡曲「八島」）、「翁のいはく、いやとよ、しひて修行の人ならず」（お伽草子「鶴の翁」）。
一〇 語って聞かせてくれた。「聞ゆ」は動詞の連用形について謙譲の意を表す。「きはめて心ざしふかく思ひ聞ゆ」（『宇治拾遺物語』）。

同じく風篁邸にて晋我老人狐に化されること

又、一一晋我《しんが》《介我門人》といへる翁有けり。一夜《ある夜》風篁がもとにやどりて《泊って》、一二書院《座敷》にいねたり。長月《九月》十八日の夜なりけり。月きよく露ひやゝかにて、前栽《せんざい》の千ぐさにむしのすだくなど《前庭の植込みの草々に虫がしきりに鳴くなど》、ことに一三やるかたなくて《感にたえないので》、雨戸はうちひらきつ《あけたまま》、さうじ《障子》のみ引たてふしたり《閉めて寝ていた》。四更《午前二時頃になって》ばかりに、一四はしなく《ふと》まくらもたげて見やりたるに《枕から頭をあげて外の方に目をやったところ》、月朗明にして《明るく照って》宛《あたか》も白昼のごとくなる《ような所に》に、あまたの《多くの》狐ふさ〱としたる尾をふりたてゝ、一五広椽《ひろえん》のうへにならびゐたり。其影あり〱《はっきりと》とさうじにうつりて、おそろしなんどいふばかりなし《恐ろしいといったら言いようもない》。晋我も今はえぞたふべき《どうして我慢できようか》。くりやのかたへ《台所の方に向って》たゞはしりにはしりいでつ《夢中になって走り出ていって》、あるじのふしたる《寝ている》居間ならんとおぼしき《であろうと思われる部屋の》妻戸をうちたゝきて、「一六くは〱おき出給へ《さあさあ起きて下さい》」と、声のかぎりとよみければ《大声でわめいたので》、しもべ等《ら》めさまして、「すは《それっ》、賊《ぞく》のいりたるは」と、一七のゝしりさわぐ《大騒ぎになった》。そのものおとに晋我もこゝろさだまり《心が落ちついて》、まなこうちひらき見れば《眼をひらいてよく見ると》、一八厠《かはや》の戸をうちたゝきて、「あるじとくおきて《早く起きて》、たすけた《助けて下さい》

一一 早見氏。結城の人。其角門、のち佐保介我門（雁《がん》宕《とう》の父砂岡我尚《いさおかがしよう》も同門）。介我は江戸の蕉門、享保三年六月没、六十七歳。晋我は延享二年正月没、七十五歳。「北寿老仙をいたむ」参照。

一二 室町中期に成立した書院造りの中心となる部屋で儀式や客間に使用された。

一三 「遣る方なく」は心のやり場がない、気ばらしする方法がない意。ここは感に堪えずしての意に用いた。

一四 「端無く」。これといったきっかけもなく。なんとなく。

一五 広縁。広い縁側。

一六 底本「くわ〱」と表記。「くは」は「こは」に同じ。相手の注意をうながす感動詞。ほれ。これ。「くは、これを御覧ぜよ」(『宇治拾遺物語』)。

一七 罵り騒ぐ。「罵る」はわめく、大騒ぎする。底本「さはぐ」。

一八 底本「起」に「タ」と振仮名。次の「とくおきて」に引かれた誤記であろう。

ばせ」と、一どよみゐたるにてぞありけり《どなっていたのであった》。「我ながら、いとあさましかりけり《たいそうみっともないことであった》」と、のちものがたりしけり《〔私に〕後から話してくれたことだった》。

同じく風篁邸にて酔月老人怪異にあうこと

又、二白河の城主三松平大和守《やまとのかみ》殿の家士《家臣》に、四秋本五兵衛といへる撃剣《げきけん》者《しや》有けり《剣客がいた》。いさゝか主君のむね《意向》に背《そむ》くこと有て、五仕を致し《退職して》国をさりて名を酔月《すいげつ》とあらため、俳諧をこのみ、六野総《やそう》の際《あはひ》を歴遊して《へめぐって》、こゝかしこの豪族にまじはり、七漂萍飛蓬《へうへいひほう》のごとく住ゝどころを定めず、まことに風流の翁也けり。

此翁も風篁《ふうくわう》が家の奥の間にふしゐ

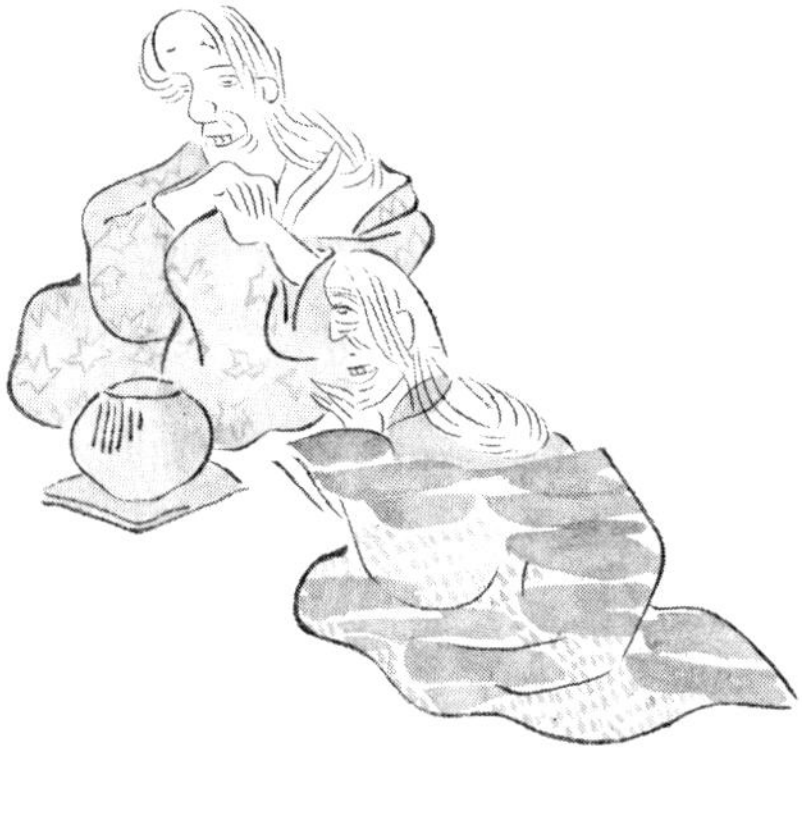

一 大声をあげて騒ぐ。「上下の人、どよみて泣きあひけるを」(『宇治拾遺物語』)。

二 磐城国西白河郡白河(福島県白河市)。

三 従四位侍従松平大和守義知、十五万石、奥州白川(元文六年『武鑑』)。中納言秀康の越前家の流でその五男直基から始まる。元禄五年直矩が白河城主となり、寛保元年義知が姫路十五万石へ転封、その後へ松平越中守定賢が越後高田(十一万石)より入封。

四 伝不詳。酔月は俳号。夜半亭宋阿編『桃桜』(元文四年十一月自跋)の「中里川岸」興行の歌仙に一座する。享保末~元文初年致仕《ちし》か。雁宕《がんとう》の「雫《しずく》の森《もり》」(宝暦末年成)によると、宝暦初年頃に死去。

五 致仕。官職を辞して退くこと。

六「野」は上野・下野の両国。「総」は上総・下総の両国。「際」(底本振仮名「アハイ」)は二物の間、ここはその両方にかけての意。

七 萍《うきくさ》の水に漂い、蓬《よもぎ》の風に散るように、所定めぬ漂浪生活をいう。

八「嫗」はおうな、ばば。「媼」とも書く。オミナの転。老女を親しんで呼ぶ語。「翁《おきな》」の対。

九 底本「けはい」。気配。

一〇「えも寝ねず」。「えも」は連語。後に否定の語を伴い、何とも（できない）。「又何事にか、つぶ〳〵と夜一夜いもねず、声だにもせず」（『宇治拾遺物語』）。

＊ この徒然草ふうの箴言《しんげん》は以下の回想談の序と思われ、末尾に対応するか。「大事を思ひ立たん人は、去りがたく心にかからん事の本意《ほい》を遂げずして、さながら捨つべきなり」（『徒然草』五十九段）、また百八十八段登蓮《とうれん》法師の条など参照。

一一 底本「しゐて」と誤る。無理やりに。しゃにむに。

一二 機会。底本「おり」と誤る。

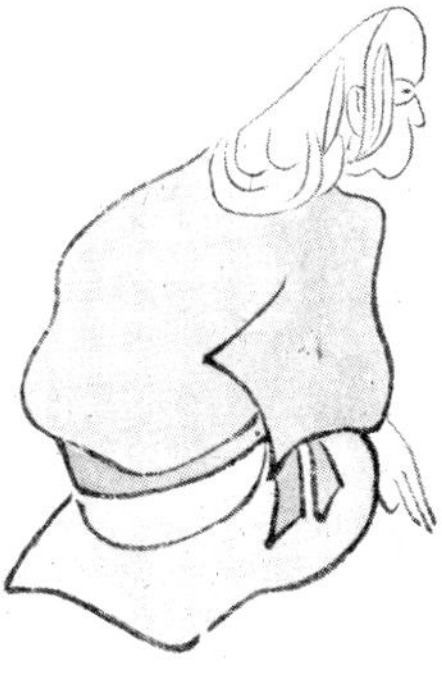

たりけるに、広椽《ひろえん》の下にて八老媼《らうあう》《老婆》の三夕人《り》ばかりつどひ《集まって》たる《いる》けはひ九《ようすで》にて、よすがら《夜通し小声で話す声が聞え》つぶやく声す《る》。何事をかたるにやと、耳そばだてうかゞひゐたるに、ひとつも聞とむべき事なし《聞きとめることができない》。たゞ夜いたくふけ行《ゆく》につけつゝ《つれて》、あさましくかなしくおもはれて《嘆かわしく心ひかれるように》、夜明《あく》るまで一〇えもいねずありけると《眠ることもできずにいたという》ぞ《ことだ》。

序、徒然草ふうの箴言

得たきものは《ほしいものは》しひて得るがよし《一一 無理にも手に入れるがよい》。見たきものはつとめて見るがよし《努力して見るのがよろしい》。又かさねて《もう一度》見べく得べきをりもこそ《一二 機会もあろうと》と、等閑《とうかん》に過すべからず《ゆるがせにしてはならぬ》。

かさねてほい[一]（本意）とぐる事はきはめてかたきものなり。

梅津半右衛門《はんうゑもん》[二]ノ尉《じよう》は、ある家のコ[三]ヽウにて、難波《なには》[四]の役《えき》にも絶倫《ぜつりん》のはたらきありて感状を給《たまは》り、名誉の家也。されば俸禄《ほうろく》[五]も一万石を領して、かの家の元老《げんらう》[六]にて有《あり》けり。俳諧をこのみて、公務のいとま其《き》角《かく》が門に遊びて其雫《きてき》[七]といへり。角が集《其角の俳諧撰集》にも句多き人なり。此人、武《江戸》江在勤《での勤務》の事卒《をへ》て、本国秋田に帰らんとす。角と別離することをかなしび、角を将《ゐ》て行んとす《連れてゆこうとした》。角、したがふことあたはず。角が門人に紫紅[八]といへる有《あり》。俳諧老連《らうれん》[九]のものなれば、角すゝめて其雫に陪従《ばいしゆう》[一〇]して、秋田にくだらしめたり。されば、其雫と角と書信絶《たゆ》ることなかりけりとぞ。それが中にめでたき《愛賞に値する》文章の角が[一一]ふみ有。起居・寒暖《日常の暮しや時候の》を問ふことはもとより也《挨拶は言うまでもない》。次にをりからの発句二三章かいつけ《書きつけ》、さてその次の段に曰《いはく》、「こたび何月某《なにげつそれ》の日は、義士四十七士式[一二]家の館《たち》を夜討《ようち》して、亡君[一三]のうらみを報い、ねんなうこそ《心残りなく》泉岳寺《せんがくじ》[一四]へ引とりたり。子葉《しえふ》[一五]・春帆《しゆんぱん》など、ことに比類なきはたらき有たり。かの両士は此日《ひ》

一 底本「ほゐ」と誤り右傍に「本意」。「ほい」はホンイのン無表記。本来の意向。

二 梅津半右衛門忠昭。秋田藩の重臣（知行一万石）。寛文十二年生れ、享保五年没、四十九歳。江戸在勤中俳諧を其角に学び、其雫と号し、致仕後は撫松と号した。其角の撰集に多く入集。

義士討入りを報じた其雫宛其角書簡のこと

三 漢字をあとで書き込むつもりで、右傍に「コ、ウ」とある。「股肱の臣」は最も頼みとすべき補佐の臣。

四 慶長十九年の大阪冬の陣で軍功を立てた（『徳川実紀』一）。「梅津氏の祖父、大坂表の軍功によりて御感状・御太刀を頂戴せらる。正月十七日（元和元年）の朝とかや……」（『五元集』）。蕪村に鏡開俳画賛（俳人真蹟全集『蕪村』）がある。

五 底本「捧禄」と誤る。職務に対する扶持《ふち》。知行。

六 重臣。家老の意ではない。『武鑑』によると、梅津半右衛門（代々襲名）が家老職に就任したのは、佐竹義処《よしずみ》時代の寛文・天和《てんな》から元禄に至り、義格《よしただ》時代の宝永二年の家老は其雫の父らしい。

七 キサンとも、キダとも読む説がある。

八 田代氏、名通元。江戸の人。其角門。この元禄十四年冬の秋田行後、止子山人とも号した。宝永四年其角追善集『其蓮《そのはちす》』を編み、秋田では其雫を助け俳書を刊行した。正徳五年没（『秋田俳諧史』）。

九 底本「老達」とも読める。「老練」の誤記か。

一〇 底本「倍従」と誤記し、振仮名「バイシウ」。べ

来《ごろ》、我几《わがき》辺《へん》になれて《俳諧に親しんで》、風流の壮士《若武者》なれば、わけて《とりわけ》意気感慨に堪《たへ》ず」など、書つゞけたり。まことにたときふみ也とて《尊い書簡であるというので》、其雫さうなく《またとない物と》秘蔵せられたり。

　そのころ[一六]深見新太郎といへる有。[一七]何晏《かあん》・董賢《とうけん》も恥《一日置く》べきほどの美童《美少年》也けり。其雫、此少年をあはれみ、[一八]蘇李《そり》のちぎりふかゝりけり。此新太郎はいかいを好《す》キて丈菖《ぢやうしやう》といへり。かの角がふみを得まくおも《得たいものと思》ひて《って》、口にはえ云《い》ひも出《いだ》さで有しを、其雫その心を悟《さと》り、やがて其ふみを得させたり《くれてやった》。

　其後年経[一九]て、淡々が弟子に[二〇]麦天《ばくてん》といへるあり、浪花《なには》より秋田に行《ゆき》てしばらく客居せり《居候をしていた》。丈菖、麦天がはいかいに心酔して《傾倒して》、又そのふみを麦天にゆづりたり。それより麦天東都《江戸》に来り、[二一]柳原《やなぎはら》といふ負郭《ふくわく》の地に、あやしきやどり《そまつな借家》をもとめて住《すみ》けり。もとより貧しくて、衣食に給《きふ》するてだても尽キ《まかなう手段も尽き》、相《あひ》しる人もなければ《知人もなかったので》、たのみよるべきよ《頼ってゆくべき縁者》すがもなくて《もなくて》ありしを《〔困って〕いたのを》、余わかゝりし時、いさゝかこゝろざしをは《少しばかり厚意を寄せて》

イジウとも。目上の人につき従うこと。
一一 類似の文鱗宛其角書簡が流布するが、疑わしい。
一二 従来「或家」と読まれたが、底本「式家」。幕府の職名「高家《こうけ》」の誤記か。吉良《きら》上野介《こうずけのすけ》は高家の筆頭。
一三 播州赤穂《あこう》城主（五万石余）浅野内匠頭長矩《たくみのかみながのり》。
一四 東京都港区高輪《たかなわ》にある曹洞宗の寺。浅野長矩及び四十七士の墓所。「こそ」の結びの法則は無視される。
一五 「子葉」は大高源吾の、「春帆」は富森助右衛門《とみのもりすけえもん》の俳号。四十七士のうちで、ともに沾徳《せんとく》門。『五元集』参照。
一六 秋田藩能楽師。「新太郎」は新八郎が正しい。其雫門の重鎮。貞佐編『そのはしら』（享保八年夏跋《ばつ》）に「暖《あたたか》な枕蹴《け》て行くちどり哉　秋田丈昌（ママ）」。元文五年六月没（『秋田俳諧史』）。
一七 ともに中国の代表的美少年。何晏は三国時代魏《ぎ》の人。観る人が道路に満ちた。董賢は漢の人。哀帝の寵《ちょう》を受け、行住坐臥その傍を去らなかった。
一八 漢の蘇武と李陵との深い友情をいう（『文選』）。
一九 底本「抱て」とあり、「経て」の書き損じか。
二〇 右江氏、大阪の人。初め淡々門（三〇一頁参照）。丈菖を頼って秋田来遊か。象潟《きさかた》を経て或る年の冬頃から翌年六月まで滞留（渭北編『若俵』自序）、松島・日光を経て江戸へ行く。元文元年頃（志田義秀博士）か。
二一 東京都千代田区神田の地名。其角座渭北の住所は「柳原佐久間丁三丁目海岸」（寛延二年刊蜂巣編『宗匠点式并宿所』〈綿屋文庫本〉）。「負郭の地」は城郭を背後にする土地の意で、ここは江戸城に近いからいう。

こびて、轍魚《てつぎよ》一のうれひ《その困窮を》をたすけ、とかくして《あれやこれやして》月並《つきなみ》《月例の》の俳席をまうけ、西に東に奔走《走り廻って》して皷吹《こすい》二《宣伝したので》しければ、巴人《はじん》三・吏登《りとう》・寥和《れうわ》・午寂《ごじやく》などをはじめとして、たれかれあつまりける《参会する》ほどに、のち〳〵は草庵に《うちに》こぼ《人々が》るゝばかり《あふれるほど集まって》なみ居つゝ、めでたき《立派な》俳席となれり。

麦天本意《ほい》とぐべきをりを得て、やがて黙斎青峨《もくさいせいが》四が門に属して、名を渭北《ゐほく》五と更《あらた》め、万句《まんく》六の式ことゆゑなく《さし障りなくつとめ》、文台《ぶんだい》のあるじ《俳諧点者の列に加わった》となれり。おのづから作家の名高く、諸侯の門にも出入《いでいり》て、ことにときめきたり《とりわけ世にもてはやされた》。されば渭北、故人七恋々《れんれんの》情《私》を《の友情を》謝せんがために、右の角がふみを余にゆづらんといふ。余曰《いはく》、「子が家長物《ちやうぶつ》八なし。」たゞ此ふみをもて

一　わだちの水溜りの中で苦しむ鮒をいい、困窮のせまるのに喩《たと》える（『荘子』雑篇、外物）。「轍鮒《てつぷ》の急」ともいう。

二　鼓《つづみ》と笛。鳴り物を鳴らして応援する意。

三　早野巴人は下野烏山の人、江戸に出て其角・嵐雪に学ぶ。元文二年夏、京都から江戸に帰り夜半亭を営んだ時、蕪村は入門した。寛保二年六月没、六十七歳。桜井吏登は江戸の人で嵐雪門。雪中庵二世。宝暦五年五月没、七十五歳。大場寥和（底本「寥扣」と誤る）は江戸の人、嵐雪門。『五色墨』の一人（咫尺《しせき》）。宝暦九年没、八十三歳。人見午寂は其角門。寛保元年高齢で没した。四人とも江戸における其角・嵐雪系の長老俳人で、蕪村は夜半亭の執筆《しゆひつ》役として接触があった。

四　一世青峨（鴛田氏、享保十五年没）の門人で二世青峨。前田氏。延享三年二月（四十九歳）佯死し、紫隠春来と号した。宝暦六年『東風流』（存義・米仲・渭北編）の大著がある。没年不明。

五　志田博士「蕪村と淡々の三俳仙讃」によると、渭北の改号は元文二年、万句の式は同年六月四日浅草寺前藤亭において執行された。穎原博士『蕪村全集』頭注は元文二年改号、万句興行は同四年六月とする。巴人が江戸へ帰ったのは元文二年四月三十日だから、『新花つみ』本文の記述が正確なら、改号（元文三年夜半亭歳旦帖に渭北として入集）と立机とは別の年とするのが妥当。秋田から江戸へ出たのは元文元年、改号は二年、立机は三年か。翌四年時々庵渭北歳旦帖刊

[九]青氈《せいせん》とす。いかでたび得ん《どうして頂けましょうか》。[一〇]無聊《ぶれう》の事《こと》也《なり》」とて、ひたすら[一一]避《ひ》して《遠慮して》うけざりけり。

そのゝち[一二]余は東都を去り、渭北は古人となれり。そのふみ、今誰《た》が家《いへ》に蔵《をさ》めけるにや、いと《たいそ》こゝろにくき《う心がかりなことだ》事なり。

行。渭北は「夜半亭懐旧　めぐり来る空や蚊の声鐘の声」(宝暦五年刊『夜半亭発句帖』)と宋阿に親しんだ。

六 連歌・俳諧において百韻を百巻重ねたもの。実際は千句を一単位として十回興行したらしい。宗匠になるためには万句興行の儀式が必要であった。「文台」は俳席で短冊や懐紙をのせる机をいう。

七 故人は旧友。ここは蕪村を指す。友情に対して親愛と謝意を示す気持。『史記』范雎《はんしょ》伝に魏の須賈《しゅか》が友人范雎の窮境を憐れんで綈袍《ていほう》を与えた故事に「綈袍恋恋有《リ》二故人之意一」とあるのによるか。

八 無用のものはない。「長物」は冗物。無用の物。「吾平生無二長物一」(『晋書』王恭伝)。

九 青色の毛氈。家の旧物のことにもいう。「青氈《ハ》我家《ノ》旧物」(『晋書』王献之伝)。

一〇 心苦しいことです。ムレウとも。心に憂えるところがあって楽しめないこと。李陵の「答《フル》二蘇武《ニ》一書」に、「与《と》レ子別《レテ》後、益《ますます》復無聊《ぶれう》」(『文選』)。

一一 底本のまま。「辞して」か「避けて」の誤記。

一二 蕪村が江戸を去って上京したのは宝暦元年秋八月の頃(文章篇三二三頁参照)。渭北が江戸に没したのは同五年四月十一日(五十三歳)。

先師真蹟の証としての月渓筆奥書

右は一先師夜半翁自書《じしよ》也。翁《をう》、二ひとゝせ《ある年》一夏《いちげ》中のほ句かいつくるとて《発句を書きつけたいと思って》、かりそめの《まず一時的な》冊子《さうし》をつくり《帳面を用意し》、「三続《ぞく》花つみ」と題して、日毎に十章斗《ばかり》《毎日約十句》を記す。四四月の末、病《やまひ》のために其業《そのげふ》いたづらに《未完成に》成《なり》たり。されども五六月半《なから》なるまで、日並《ひなみ》の書《かき》つけ有《ある》にぞ、其まゝにうちすて置《おか》んことほいなしとて《不本意だというので》、病やゝ愈《いえ》ての後、六雲遊《うんいう》のむかし記得《きとく》のことゞも《覚えている事などを》、そこはかとなく《何ということもなく》書つらねて怠リ《〔夏行の〕》の責をふさぎ《責任を果し》、其後は長く等閑に成て《なおざりにされて》、終《つひ》にそのこと止《やみ》たり。翁七物故《ぶつこ》《没後》の後、其冊子を解《とき》て八横巻《わうくわん》となし、聊《いささか》文章の意を画《ゑがき》て、先師真蹟の証とする《直筆であることを証明する》。

九天明 甲辰《きのえたつの》夏仏生《ぶつしやう》の日

一〇月《げつ》渓《けい》誌《しるす》

一 亡くなった恩師蕪村。

二 「ひとゝせ」は安永六年のこと。「一夏」は夏安《げあん》居《ご》・夏行《げぎよう》の期間をいう。必ずしも一定しないが、普通四月八日から九十日ないし百日間。其角の『華摘』（元禄三年刊）は四月八日から七月十九日までの百日間。夏行はもと僧が行脚《あんぎや》せずに坐禅修行に励むことで、連歌師以来俳人も文学の修業として行った。

三 内題に自筆で「新花つみ」とある。底本の外題《げだい》の有無は不明。其角の例はむろんのこと、巽窓湖十《そんそうこじゆう》の『続花摘』（享保二十年刊）の先例も蕪村は知っていたであろう。ここの「続花つみ」は月渓の恣意か。「日毎に十章斗」は蕪村の創《はじ》めた新形式。

四 四月二十三日、一三〇の次に「所労のために」とあるのに拠《よ》るか。病気の形跡は認められず、中絶は娘の離縁問題による精神的苦悩によると推定される。

五 文章篇の日付けは、四月二十五日から六月十六日までである。

六 「雲遊」は仏教語。あてもなく旅することを、雲が移り動くさまにたとえた。「記得」は記憶していること（「春風馬堤ノ曲」参照）。回想記の内容は関東から丹後までの修業時代の話のみである。

七 蕪村は天明三年十二月二十五日没、六十八歳。

八 巻子本《かんすぼん》。巻物。冊子を解体して横巻とする時に、月渓が挿絵を描き、この奥書を書いて「真蹟の証」としたのは、どこにも蕪村自筆の明証がないからである。遺族救済資金のために月渓や梅亭（九老）が蕪村遺稿類に画証した作品が多く伝存する。

九　天明四年夏四月八日。「仏生の日」は釈尊の誕生日。

一〇　松村嘉右衛門豊昌。宝暦二年三月京都に生れた。絵は初め大西酔月門、安永初年蕪村に入門して画・俳を学び、天明二年摂津国（大阪府）池田（古名、呉服の里）に春を迎えたので呉春《ごしゅん》と称した。天明八年正月の京大火後は円山応挙の写生派の影響をうけ、やがて四条派の開祖として画名をあげた。文化八年七月没、六十歳。天明三年十二月には蕪村の臨終に侍座し、四年二月頃まで夜半亭にいたが、この奥書は夜半亭において物されたものではないようだ。

＊夏行の発句が断絶してから、いつ文章篇が執筆されたか、月渓も全く関知しなかったらしい。他の文章との文体的比較も決め手となるものがなく、大よそ安永六年度内に成ったであろう、というほかはない。亡母追善の意図から、発句篇にもまま回顧的心情に基づく句や生家の面影らしい句も認められ、両篇に多少の関連性を跡づけ得る。

なお文章篇には松尾靖秋氏の全訳注（『近世俳句俳文集』）があり、学恩を蒙った。

文章篇

『蕪村句集』は天明四年（一七八四）十二月、一周忌までに刊行されたが、『蕪村翁文集』（内題「蕪村文集」）は蕪村門人月居閲、其《き》独亭《どくてい》忍雪と酔庵其成（菊舎《きくや》太兵衛）の共編で、ようやく文化十三年（一八一六）に京都菊舎太兵衛によって出版された。上巻（詩篇と書簡一通を含む）に「歳旦辞」「檜笠辞」等一三篇、下巻に「春泥集序《（ママ）》」「芦陰句選序」等序跋類《じょばつるい》一三篇を収めるが、校訂は厳密とはいえぬ。

明治二十九年に、春秋庵幹雄編『校訂蕪村句文集』（明倫叢書乙集）のなかに『蕪村翁文集』が活版で翻刻され「拾遺」三篇を付す。三十年には阿心庵雪人編『校註蕪村全集』は頭注を加え、三十一年には大野洒竹《しゃちく》編『蕪村 暁台《きょうたい》全集』と続くが、子規一派は蕪村の文章を俳句ほど重視しなかった。やがて大正末期の河東《かわひがし》碧梧《へきご》桐《とう》・乾木水《いぬいぼくすい》らの研究成果は、穎《え》原退蔵《ばらたいぞう》編『蕪村全集』（大正十四年、有朋堂書店）に、序跋類二〇篇、短篇類二二篇、画讃類一一篇と結集され、昭和二十三年刊の創元社版『蕪村全集』第一巻には、序跋類二一、短篇類三〇、画讃類一六と増加された（多少の偽作をも含む）。

書簡の発掘のめざましさに比し、最近まで蕪村の文章の紹介は極めて乏しい。碧梧桐説のように、蕪村は散文をあまり得意としなかった（「写経社集」解題、『蕪村新十一部集』）と言えようか。発句・詩篇の発想と用語の自在性に比べ、和文系・漢文系どちらの文章も語彙《ごい》が少なく、同一語が頻用《ひんよう》される。兼好や芭蕉、或いは友人上田秋成などの文章を抜くだけの抱負と熱意を持たなかったためであろう。几《き》董《とう》周辺に文集刊行の意図や形跡がないのも、蕪村自身が文章を重視しなかったからとも考えられる。この文章篇には、俳論として重要な序跋類と独自な風趣を持つ俳文とを年次順に精選して掲げた。

名月《めいげつ》摺物《すりもの》ノ詞書《ことばがき》（宝暦元年）

写本「聞書《ききがき》[一]花の種」

予《よ》、洛《らく》[二]に入りて《京都に来て》先づ毛越《もうをつ》[三]を訪《と》ふ。越《をつ》、東都に客たりし時《毛越が江戸に客遊していた時》、莫逆《ばくぎやく》[四]の友也《なり》。曾《かつ》て相語る日、いざや共に世を易《えき》して《俳壇を改革し》、髪《かみ》[五]を薙《な》ぎ、衣《ころも》を振《ふる》つて、都の月に嘯《うそぶ》かむと契りしに《吟詠しようと約束したが》、露たがはず《少しも違反なく》、けふより姿改めて《僧形になって》、或ひは名を大夢《たいむ》[六]と呼ブ。浮世の夢を見はてんとの趣《見尽そうという主旨は》、いとたのもし《大へん心強い》、など往時を語り出でける折ふし《昔の心意気を語りだしたところへ》、虹竹《こうちく》[七]のぬし、榲桲《まるめろ》[八]を袖《そで》にして供養《くやう》[九]せられければ、即興

[一〇]まるめろはあたまにかねて江戸言葉　　蕪　村

一　大礒《おおいそ》義雄蔵写本。この俳文は最近同氏によって紹介された（「評伝・蕪村」、「国文学解釈と鑑賞」昭和五十三年三月号）。

二　釈蕪村の上京は宝暦元年冬とされていたが、この文章で中秋八月毛越を真っ先に訪問したことが判明。

三　京の人。路通《ろつう》門。蕪村の師巴人《はじん》とその京都時代から交渉があり、江戸では夜半亭に出入りした（『桃桜』）。雪尾《ゆきお》―毛越―大夢と改号。編著に『曠野菊《あらのぎく》』（寛保二年刊）、『古今短冊集』（宝暦元年刊）がある。

四　意気投合して少しも衝突しない友人。

五　髪をおろし、僧衣を振って活動し。剃髪《ていはつ》の時期は夏、「大夢」の額を掲げて判者となった（聞書花の種）。

六　長い間の夢、転じて迷える人生に喩《たと》えた俳号。

七　「妹山《いもやま》は背山《せやま》なるべししかの声　虹竹」の短冊が『古今短冊集』にある。

八　『和漢三才図会』（正徳三年刊）に、最近長崎に将来され、畿内《きない》の処々に見るとある。晩秋九月実る。実は林檎《りんご》より微大だが醜く、たくさんは結実しない。

九　仏または死者の霊などに物を供えて祀《まつ》ること。ここは僧体の二人に食物などを贈ったこと。

一〇〈丸い果実の榲桲を供養されたが、その名は我らの頭に兼ねて言えば、頭を「まるめろ」に通じる。かねての言明通り、あなたも頭を丸めた。聞きなれた江戸言葉で懐かしいでしょう〉。榲桲を「頭をまるめろ」と江戸弁に掛けた即興句。京上り早々の蕪村は毛越と江戸言葉で話がはずんだことであろう。

[一]俳人真蹟全集『蕪村』

天《あま》の橋立《はしだて》ノ図賛（宝暦七年）

[二]八僊観《はつせんくわん》百川《ひやくせん》、[三]丹青《たんせい》をこのむで[四]明風《みんぷう》《明代の画風》を慕ふ。嚢道人《ならだうじん》蕪村、画図《ぐわと》《絵》をもてあそんで《画を愛好して》漢流に擬《ぎ》す。はた俳諧《はいかい》に遊むで、ともに蕉翁より糸ひきて、彼は[五]蓮二《れんじ》に出でて蓮二によらず《支考門から出て美濃派ではない》。我は晋子《しんし》にくみして晋子にならはず《其角に加担したが其角の模倣をしない》。されや《だから》[六]竿頭《かんとう》に一歩をすゝめて、[七]落つる処はまゝの川なるべし《結末はどうなろうとかまわない》。又俳諧に名あらむことをもとめざるも同じおもむきなり鳧《けり》《俳諧で世間に名をあげようとは考えないのも》。されば、百川いにしころ《だいぶ前に》この地にあそべる帰京の吟に、

[八]はしだてを先にふらせて行《ゆく》秋ぞ

わが今の[九]留別《りうべつ》の句に、

[一〇]せきれいの尾やはし立をあと荷物

かれは橋立を[一一]前駈《ぜんく》《さきがけとし》として、[一二]六里の松の肩を揃《そろ》へて平安の西にふりこ《京都の西に繰り込み》

一　河東碧梧桐《かわひがしへきごとう》編、昭和五年平凡社刊。「天橋立ノ図賛」（紙本水墨、池田・小林治一蔵）とある。下部に描かれた橋立の松は簡単な略画ふう。この一文で、蕪村が丹後から去った時期が明らかになった。

二　名古屋本町の薬種商の出身。本姓榊原に因《ちな》み彭城《さかき》姓を用い伊勢・大阪を経て京に住む。俳諧は各務《かがみ》支考門で『本朝八僊集』（享保十一年刊）を刊行したが、伊勢風化した。草創期の南画家として歴史的評価も高い。宝暦二年八月没、五十六歳。この文章によると、画・俳の先輩として百川に相当な敬意を払っている。

三　赤と青。転じて彩色画をいう。次の「画図」が図柄を指すのに対する語。以下すべて対句仕立て。

四　「明風」は、『元明画人考』（宝暦元年刊）によるか。「漢流」は「和画」に対して中国画全般をいう。

五　美濃派の各務支考には蓮二房の変名がある。

六　さらに向上工夫して前進する意味の禅語。「百尺《ひやくせき》竿頭進《ム》二一歩《ヲ》一」（『無門関』）。

七　手段なく「儘《まま》よ」と投げ出すのを「ままの皮」「ままの革財布《かわざいふ》」という。ここは「落つる」の縁で「川」。

八　〈海中長くつき出ている天の橋立を先触れとしてこの秋も行こうとしているよ〉。季題は「行秋」。

九　旅立つ人が残る人に告げる別れ。「送別」の対。

一〇　〈橋立名物の鶺鴒《せきれい》が長い尾を振って別れを惜しんでいる。私は今去ろうとしているが、橋立が振りわけのあと荷物のようで、名残り惜しいことよ〉。「先」「あと」、「ふる」「せきれいの尾」と、百川の句を踏む。

み、われはしだてを殿騎《でんき》《しんがりとして》として洛城の東にかへる《平安京の東に帰る》。ともに此《こ》の道の一三酋長《しうちやう》《かしらであって》にして、花やかなりし行過《ぎやうくわ》ならずや《道行きではないか》。

丁丑《ひのとうし》九月嚢道人蕪村書ス二於一四閑雲洞中ニ一

一五『香世界』

宋《そう》屋《をく》追《つい》悼《たう》ノ辞《じ》（明和四年）

一六宋屋老人、予が画《ゑが》ける一七松下箕居《しようかききよ》の図を、壁間《床の間に》にかけて常に是《これ》を愛す。されば《そんなわけで》こそ忘年の交《年齢を超越した交友も親密であったのに》はりもうとからざりしに、かの終焉《しゆうえん》の頃は一八いさゝか故侍りて《少し事情があって》余所《よそ》に過ぎ行き、春のなごり《晩春は》もうかりけるに《〔ひとしお〕もの憂かったが》、やがて一周《一周忌がめぐってきた》に及べり。今や碑前《ひぜん》《墓前に》に其の罪を謝す。請ふ、一九君我を看て《〔白い眼で〕私》他世上の人となすことなかれ《を別世界の俗人と思って下さいますな》。

二〇線香の灰やこぼれて松の花　　蕪村

「尾」と「あと」は縁語。季題は「鶺鴒」で秋。

一一 馬に乗って先導すること。次の「殿騎」の対語。

一二 句集二六六参照。「六町の一里〳〵や桃の華」（昇角『本朝八僊集』）。「肩を揃へて」は橋立の松の丈《たけ》が同じようなさま。

一三 未開人や盗賊の首領をいう。近世文人画は百川時代には一般に認められていなかったのでいうか。明和・安永年間に、大雅・蕪村により大成される。

一四 宮津の俳僧・鷺十《ろじゆう》が住持した閑雲山真照寺。

一五『香世界』は門人望月武然《もちづきぶねん》が宋屋一周忌に編んだ追善集。明和五年冬（跋《ばつ》）の刊行であろう。

一六 望月宋屋は京都における巴人《はじん》門の長老。明和三年三月十二日没、七十九歳。蕪村の西帰後は密接な交渉があり、句集『瓢簞集《ひようたんしゆう》』（明和六年刊）の巻頭に「蕪村写《うつす》」宋屋像を掲げる。

一七 両足を投げ出して坐ること。王維の詩意による図柄であろう。この作品は明和二年以前の制作。

一八 宋屋死没の頃、蕪村は他行して京にいなかったので、一周忌墓参のため讃岐《さぬき》から一時帰京した。

一九 王維の詩句による。句集七五四参照。

二〇〈墓前に線香がこぼれて白く重なっている。私の拙《つたな》い絵を愛賞して下さったあなたのことだから、それがそのまま松の花粉に見えますよ〉。松下箕居図に俗人を白眼視した阮籍《げんせき》の風流を慕った宋屋の高風を追慕し、「線香の灰」すなわち「松の花」と讃《たた》えた意想。

其《その》雪《ゆき》影《かげ》ノ序（明和九年）

『其雪影』[一]

今や上《かみ》侯伯《諸大名から》より、下漁樵《しもぎよせう》《漁夫や木こりまで》におよぶまで、俳諧《はいかい》せざるものなし。そ《そん》れが中に《な世相のなかで》、一家をもて世に称せらるゝことは《一家をなした俳諧師として世間に認められることは》、きはめてかたし。京《京》摂の際三四指を屈するだにもいたらず《大阪の間で一流の作者は三四人を数えるにも至らない》。そも〳〵三四者は誰《たれ》、几圭《きけい》[二]其の大指《だいし》[三]を領《りやう》せり。圭、はじめ巴人庵《はじんあん》の門に遊びて、その真卒《しんそつ》[四]に倣《なら》はず、かたはら半時庵《はんじあん》[五]の徒に交はりて《門人たちと一座し》、其の聱牙《がうが》[六]に化せられず《影響されず》、ひとり俗談平話[七]をもて、たくみに姿情を尽せり《物の形と心を表現し尽した》。たとはゞ小説[八]の奇《白話小説の伝》なることばは諸史のめでたき文よりも興あるがごとし《奇的な言葉遣いはもろもろの史書の立派な文章よりも面白いようなものである》。圭去りて《亡くなって》又圭なるもの出《い》でず。人或ひはたま〳〵人情世態のをかしき句を得れば、則《すなは》ち云《い》ふ圭流也《なり》と。こゝにおいて一家の論尽きぬ《几圭一人に加える評語はない》。

ことし十三回《十三回忌に当り》、其の子几董《きとう》、小冊子を編みて父の魂《たま》を祭る。世の《世間並》

一　夜半亭二世を継ぐはずだった几圭《きけい》十三回忌に、几董編集・蕪村監修で刊行された句集。几圭色が強いが蕪村七部集の第一とされる。巻頭に芭蕉・其角《きかく》・嵐雪の三尊像及び巴人《はじん》・几圭師弟像を蕪村が描いて俳系を明らかにした。

二　高井几圭。几董の父。巴人門の高弟。金春《こんぱる》流太鼓方。宝永二年刊『京羽二重』に出る高井小七は几圭の父か。宝暦八年薙髪《ちはつ》記念集『咄相手《はなしあいて》』刊。宝暦十年十二月没、七十四歳。

三　巨指。親指。指算は親指から始めることから、先ず第一に数えられる地位にあることをいう。

四　蕪村の「取句法」に「去来之《カ》真卒」。左傍に「ツクロヒナキ句」とある。正直で飾りけのないこと。真率。

五　松木淡々《たんたん》。新花つみ三〇一頁注五参照。

六　難渋の文字を並べて読むに堪えないこと。

七　卑近な俗語や平常の話し言葉。芭蕉の俳諧から発して支考の美濃派や伊勢風の俳諧の理念とされた。

八　中国白話小説。宝暦・明和の書籍目録には「小説」の分類があり、『忠義水滸伝』『西遊記』等が流行した。宋屋門三宅嘯山にも『通俗酔菩提全伝』（宝暦九年刊）があった。

九　弥陀の来迎の時の紫の雲、極楽の青い蓮の葉。これは抹香《まつこう》臭くない普通の追善の句をいう。

一〇　花を弄び、月に酔う意で、四季の花鳥を吟詠した風雅な句。「嘯月賞花」（取句法）、「煙霞花鳥」（天明二年「檜笠辞」、『花鳥篇』）。

追善集《みの追善出版とは》つくれるにはやうかはりて《様子が違って》、あながち《強いて》[九]紫雲青蓮の句をもとめ《抹香臭い追善句を求めない》ず、ひとへに《主として》[一〇]弄花《ろうくわ》酔月の吟を拾ふ《風流の句を集めた》。魚肉[一一]蘋蘩《ひんぱん》、雑俎《ざつそ》にして供するも《何でもまぜこぜにして》のゝごとし《供えるようなものだ》。余曰《いは》く、さはよし又父が意也《それもよい父の遺志にかなうものだ》。かの闇室にこもり《暗い仏間に》、[一二]しやうじ《仏に仕える心もいかにもまじめに》いとまめやかに、手念珠をはなたず《手にまく数珠も離さず》、称名こと〲しく《念仏を大げさに唱えて尼さんにお》尼法師にこび仕へて《世辞たらたら奉仕して》、あやしく着ぶくれたらんよりは《見苦しく着ぶくれて坐っているよりは》、[一三]鶏骨床《けいこつしやう》を支《ささ》ユれども、かたちかじけ《姿もやつれ衰え》眼《まなこ》うちくぼみたるかたにこそ《王戎の孝心に》、もろこしの識者《唐土の心ある人士は》は与《く》ミし侍れ《同情したものだ》。[一四]几董之此篇其幾乎《このへんそれちかきか》。

明和　壬辰《みづのえたつ》秋　夜半亭蕪村書

むかしを今ノ序（安永三年）

『[一五]むかしを今』

亡師《ばうし》[一六]宋阿の翁《おきな》は業《俳諧を》を[一七]雪中庵《嵐雪》にうけて、[一八]百里《ひやくり》・琴風《きんぷう》が輩《やから》と鼎《かなへ》の如く《三つ足状に三人がそびえたち》そばだち、ともに新意をふるひ《人々に示し》、俳諧の聞えめでたく《名家として評判よく》、当時の人ゆ[一九]

一一「蘋」はうき草、「蘩」は白よもぎ、ともに鬼神への供物《くもつ》。「魚肉」に対して粗末な供え物をいう。「雑俎」は諸種の物ごとを書いた句を拾い集める意にいう。

一二「精進《しやうじん》」。シヤウジ・サウジとも。身を清めて心を慎むこと。努力して仏道を修めること。

一三「鶏骨支床」はやせ衰えて床《しよう》（牀に同じ。寝台、腰かけ）によって体を支えること。「王戎・和嶠同時ニ遭ヒ二大喪ニ一、倶ニ以テレ孝ヲ称セラル。王ハ雞骨支ヘレ牀ヲ、和ハ哭泣シテ備フレ礼ヲ」（『世説』一、徳行）。劉仲雄が王戎の真情による孝道の現し方に同情した故事による。

一四几董編集のこの『其雪影』は形式的な儀礼を備えていないが、亡父追善の誠意がこもっている点で、和嶠よりも王戎に近いであろう。

一五 蕪村編、宋阿三十三回忌集の小冊子。安永三年夏刊。乾猷平『蕪村と其周囲』の翻刻に拠る。

一六 早野巴人は元文二年江戸へ帰って宋阿と改号した。其角及び嵐雪門。ここは百里・琴風が其角よりも嵐雪系だったので、其角のことは省略するか。

一七 服部嵐雪。江戸の人。芭蕉門。宝永四年十月没、五十四歳。雪中庵は庵号。

一八 高野百里は江戸小田原町の魚問屋。嵐雪に学び琴風とともに高弟。別号雷堂。享保十二年没、六十二歳。生玉《いくたま》琴風は摂津国東成郡の人。早く江戸へ出て不卜《ふぼく》門、のち其角・嵐雪に従う。享保十一年没、六十歳。

一九 衝撃を受けその震動を広く及ぼす意。

すりて《こぞって》三子の風調に化しけるとぞ《ならったということだ》。おの〳〵《三人それぞれ》流行の魁首《くわいしゆ》にして《指導者で》、尋常《常》のくわだて望むべきにはあらざめり《人が望んでもできることではなかったようだ》。

師や《先生は》、昔武江《ぶかう》の石町《こくちやう》一なる鐘楼の高く臨めるほとりに《鐘楼が遠くから望めるあたりに》、二あやしき《見苦しい》舎《やど》りして市中に《家に住み町なかでも》閑三をあまなひ、霜夜《しもよ》の鐘におどろきて《目をさまして》、老のねざめの《眠れなくて》うき中にも《つらい時には》、予と丶もに俳諧をかたりて、世の上のさかごと《〔私が〕世間の俗事》などまじらへきこゆれば《とりまぜて申しあげると》、耳つぶしておろかなるさまにも見えおはして《聞えぬふりをして老いぼけたような振りをしていらっしゃって》、いといと高き《高潔な》翁にてぞありける。ある夜、危坐《きざ》して《正坐して》予にしめして曰《いは》く、「夫《それ》、俳諧のみちや、かならず師の句法に泥《なづ》四む《こだわるな》べからず。五時に変じ時に化し《時に応じて作風をかえ》、忽焉《こつえん》として前後相かへりみざるがごとく有るべし」《突如として句ができ前例も後のことも頓着しないようであるべきだ》とぞ。予、此の六一棒下《いちぼうか》に頓悟《とんご》して、や丶はいかいの自在を知れり《少しは俳諧の自由自在の心というものを知った》。

されば今我が門にしめすところは《この頃私が門人に教え示す》、七阿叟《あそう》の磊落《らいらく》なる語勢《句の勢い》にならはず、もはら蕉翁の《もっぱら芭蕉翁の》八さびしをりをしたひ、いにしへに《昔の蕉風に》かへさんことをおもふ。九是《これ》、外虚《そときよ》に背《そむ》きて内実《うちじつ》に応ずるなり。一〇これを俳諧禅と云ひ、一一伝心の法といふ。わきまへざる人は《〔それを〕心得ぬ人は》、師の道にそむける《〔私が〕師宋阿の句法に従わぬ》罪おそろし

一　「本石町三丁目北の新道に時の鐘在《あり》」（寛延四年刊『江戸惣鹿子《そうがのこ》名所大全』）。東京都中央区。

二　宋阿が元文二年四月二十日江戸へ帰着し、旧友豊島露月（本石町住）の世話で鐘楼下の「夜半亭」に入ったのは六月十日頃。蕪村は早く内弟子として随仕し、俳諧の執筆役《しゆひつやく》をつとめた（『つかのかげ』・『続一夜松後集』）。

三　「あまなふ」は甘んじて受け入れる。閑静なのに満足し、の意。「清貧を憩《あまな》ひて」（『雨月物語』菊花の約《ちぎり》）。

四　其角《きかく》編『花実集《かじつ》』に「仮令《たとへ》先師の風たりとて一風になづみて変化を知らざるは、却《かへ》つて先師の心にたがへり」。「泥む」は執着する。

五　「春泥句集序」に同旨の論がみえる。

六　禅僧が弟子を棒で打って教え導くことに喩《たと》える。「頓悟」は「頓悟直路《じきろ》の法」とも言い、修行段階を経ずに突然悟得すること。南宗禅において強調した。

七　宋阿翁。「叟」は老人の敬称。「磊落（二九五頁注一〇参照）」は志大きく小事にこだわらぬこと。その師其角の影響をいうか。

八　連俳用語。「寂・栞《しをり》」とも書く。芭蕉が特に重視した理念。『去来抄』など参照。蕪村の「左比志遠理序」（安永五年）に「世人さびといふはさびしきをいひ、しをりとは一句のなよらかなるをいふとのみこころうるは、ひがことにや侍らん。言をもて説《とき》うることかたし、意をもてさとすべきことにこそ」と説く。

九　文学は写実を根柢《こんてい》とするが、虚（花）実相応とい

う関係において風流を実践すること。芭蕉の説いた俳諧理念で、支考が新しい展開を試みた。ここは宋阿流の磊落を「虚」(虚構)、芭蕉の「さびしをり」を「実」(事実)とみた。

一〇「論《ズルコト》ニ俳句《ヲ》一如《シ》レ論《ズルガ》レ禅《ヲ》」(其角『句兄弟』)は「論レ詩如レ論レ禅」(『滄浪《そうろう》詩話』)に拠《よ》る。禅・詩ともに妙悟に在る点が似ているのをいう。芭蕉・其角・嵐雪すべて深く禅にかかわった。

一一 妙悟。言葉や文字を媒介とせず、心から心に伝える法。

一二「啼《なき》ながら川越す蟬《せみ》の日影哉 宋阿居士」から脇《わき》起《おこ》しにした蕪村一門と、几董《きとう》一門との二歌仙を指す。

一三 み霊《たま》のよります所。位牌。

一四「在《いま》すかり」に同じ。いらっしゃる。「か」を濁音に読む説もある。「看」は目をその方へやること(皆川淇園《きえん》『虚字解』)で、ここは待遇、もてなしの意。

一五 京都市左京区一乗寺才形町にある金福寺はもと天台宗、近世初期から臨済宗。この冒頭の文章は芭蕉の「幻住庵記《げんじゅうあんき》」を模している。

一六「翠微に登ること、三曲二百歩にして八幡宮立たせ給ふ」(芭蕉「幻住庵記」)。「翠微」は句集三〇四参照。

一七「幽」は隠・微・深などの意。「篁《たかむら》」は竹叢。奥深い竹藪。「独《リ》坐《ス》 幽篁《いうくわう》 裏《ノうち》」(王維「竹里館」)。

一八「かく言へばとて、ひたぶるに閑寂を好み、山野に跡を隠さむとにはあらず」(「幻住庵記」)。

など沙汰《さた》し聞ゆ《評判する》。しかあるに《そうは思うが》、いまこの一二ふた巻の歌仙はかのさびしをり《芭蕉流の》をはなれ、ひたすら阿叟《宋阿翁》の口質《こうしつ》に倣ひ《口調をまねて》、これを一三霊位に奉《たてまつ》りて、みそみめぐり《三十三回忌》の遠きを追ひ《慕い》、強ひて師のいまそかりける時《一四 御在世の時と同じように》の看《かん》をな《師に》すといふことを《対する礼遇を尽すのだと》、門下の人々とゝもに申《まう》しほどきぬ《弁明することとした》。

洛東芭蕉庵《らくとうばせうあん》再興ノ記(安永五年)

『写経社集』

四明山下《比叡山の麓の》の西南一五一乗寺村に禅房《禅宗の寺》あり、金福寺《こんぷくじ》といふ。土人口称して《土地の人は口々に称えて》芭蕉庵と呼《よ》ぶ。階前より《石段の前から》一六翠微《すいび》に入ること二十歩《青い木立まで二十歩ほど上ると》、一塊の丘あり《一つの丘がある》。すなはちばせを庵の遺蹟也とぞ《ということだ》。もとより閑寂玄隠の地にして《閑静で奥深く隠れた所であって》、緑苔《緑の苔がほぼ百年前の人の足跡を埋めてしまったけれども》やゝ百年の人跡をうづむといへども、一七幽篁《いうくわう》なほ一炉《いちろ》の茶煙をふくむがごとし《茶を焙じた炉の煙がこもっているようだ》。水行《ゆ》き雲とゞまり《水は流れて雲の影を映し》、樹老《お》い鳥睡《ねむ》りてしきりに懐古の情に堪《たへ》ず。やうやく長安名利の境を離るゝといへども《〔私も〕この頃繁華な都で名利を競う気持から遠ざかったとはいえ》、一八ひたぶるに俗《ひたすらに俗世》

塵をいとふとしもあらず《間をいとうというわけでもない》。[一]鶏犬《けいけん》の声籬《まがき》をへだて、樵牧《せうぼく》の路《みち》門をめぐ《山門を廻っ》れり《ている》。〔一方〕豆腐売る小家もちかく、酒を沽《か》ふ肆《みせ》も遠きにあらず《そう遠くはない》。されば《したがって》詩人吟客の《詩人や俳人が》相往来して《ゆききして》、[二]半日《はんじつ》の閑を貪《むさぼ》るたよりもよく《楽しむにも便利であり》、飢《う》ヱをふせ《腹の減らぬよ》ぐまうけも自在なるべし《う食事の設けも望み次第である》。

抑《そもそも》いつの比《ころ》よりさはとなへ来りけるにや《〔芭蕉庵と〕そのように唱えてきたのか》。草かる童《わらべ》麦うつ女にも、芭蕉庵を問へばかならずかしこを《あそこだと》指《さ》す。むべ《なるほど》古き名也《なり》けらし。さるを《ところが》人其のゆゑをしらず。窃《ひそか》に聞《き》く、いにしへ[三]鉄舟といへる大徳《だいとく》、此の寺に住みたまひけるが、別に一室を此のところに構へ、手自《てづから》雪《せつ》炊《すい》の貧をたのしみ《洗濯や炊事の清貧を楽しみ》、客を謝して《来客を断わって》ふかくかきこもりおはしけるが《隠遁しておられたが》、蕉翁の句を聞《き》きては、泪《なみだ》うちこぼしつゝ《涙をこぼしこぼし》、あなたふと《ああありがたい》[四]忘機《まうき》逃禅《たうぜん》の郷を得たりとて、つねに口ずさみ《〔芭蕉の句を〕》給ひけるとぞ。其《そ》の比《ころ》や、蕉翁山城《やましろ》の東西に《あちこちに》吟行して、[五]清滝《きよたき》の浪に眼裏《がんり》の塵を洗ひ《俗塵を洗い清め》、[六]嵐山の雲に代謝《たいしや》の時《時の》を感じ《推移を感得し》、或は[七]丈山の夏衣に薫風万里《くんぷうばんり》の快哉《くわいさい》を賦《ふ》し、[八]長嘯《ちやうせう》の古墳に寒夜独行の鉢たたきを憐れみ、あるは「[九]薦《こも》を着てたれ人います」とう《う》

一 平穏な村のさま。「曖曖《あいあいタリ》遠人《ノ》村、依依《いいタリ》墟里《ノ》煙、狗《ハ》吠《ほユ》深巷《ノ》中、雞《ハ》鳴《ク》桑樹《ノ》顛《いただき》」（陶淵明「帰園田居」其一）。「樵牧」は木こりと牛飼い。

二 「長嘯隠士の曰《いはク》、客は半日の閑を得れば、主《あるじ》は半日の閑をうしなふと。素堂、此言葉を常にあはれむ。予も亦《また》、うき我をさびしがらせよかんこどり、とは或寺に独居して云《い》ひし句なり」（芭蕉『嵯峨《さが》日記』）。「半日の閑」は隠士の理想。

三 金福寺中興・鉄舟玄珠は臨済宗中峰派の僧。寛文九年沢雲祖兌《たくうんそだ》長老の命により金福寺を再建。元禄十一年十月二十二日寂。「大徳」は高僧。一般に僧を言う。

四 心が平静で淡泊の境地をいう。妄想を去って心を一つに集注して真理を探求すること。「バウキ」とも。

五 「清滝や波にちり込《こむ》青松葉」（『笈《おい》日記』）。元禄七年作。以下、芭蕉が京周辺で詠《よ》んだ句を引例。

六 「六月や峰に雲置くあらし山」（『句兄弟』）。元禄七年嵯峨野逍遥《しようよう》の時の吟。「代謝」は新旧の移り変り。

七 石川丈山の夏衣像に薫風が吹き渡る爽快《そうかい》さを歌い。「丈山の像　風薫る羽織は襟もつくろはず」（『芭蕉句選』）。元禄四年作。詩仙堂は金福寺から近い。

八 「長嘯の墓もめぐるか鉢たゝき」（『泊船集《はくせんしゆう》』）。元禄二年作。木下長嘯子の墓は東山の高台寺境内にある。

九 「都ちかき所に年をとりて　薦を着て誰人います花の春」（『泊船集』）。元禄三年作。

一〇 「京にのぼりて三井秋風が鳴滝の山家をとふ。梅

ちらめかれしより《めき出されてから》、[一〇]「きのふや鶴をぬすまれし」と、孤山《〔林和靖の〕》の風流を奪ひ、[一一]大日枝《おほびえ》《比叡山麓を》の麓に杖を曳《ひ》きては《散策しては》、麻のたもと《麻衣の》に暁天《げうてん》の霞《かすみ》をはらひ、〔京都から〕白河の山越[一二]《ごえ》して、湖水一望のうちに《琵琶湖を一望する眺めに》杜甫《とほ》[一三]が眥《まなじり》を決《さ》き、つひに辛崎《からさき》[一四]の松の朧々《ろうろう》たるに《おぼろの夜景に》、一世の妙境を極め給ひけん《一代の妙境をきわめられたのであろう》。されば都《都から》径徊《けいくわい》のたよりよければとて《往来するのに便利だと》、をり／＼此の岩阿に憩ひ給ひけるにや《この岩の丘に休息されたのであろうか》。さるを《ところが》[一五]枯野の夢のあとなくなりたまひしのち《枯野の夢の句を最後として〔大阪で〕亡くなられて後》、かの大徳ふかくなげきて《鉄舟大徳は非常に悲しんで》、すなはち草堂を芭蕉庵と号《なづ》け、なほ翁の風韻をしたひ《風雅の趣を慕い》、遺忘にそなへたまひけるなるべし《後世忘れ去ることのないようになさったのであろう》。[一六]雨をよろこびて亭に名いふなど《雨を喜んで自分の住居を喜雨亭と名づけるなど》、異《こと》くに《中国の昔にもそのような例が多いそうである》、もさるためし多かるとぞ。

しかはあれど《そうではあるが》、此のところにて蕉翁の口号也と《口ずさみであると》、世にきこゆるもあらず《世に知られた句はない》。ましてかい給へるもの《書かれたものが》ゝ筆のかたみだになければ《筆跡としてすら残っていないから》、いちじるく《はっきり》あらそひはつべくも覚えね《論証できるとも思われない》。[一七]住侶《ぢゆうりよ》[一八]松宗師の曰《いは》く、「さりや《それよ》、『[一九]うき我をさびしがらせよ』《もの寂しい趣の句は》と、《〔吟じて〕》わび申されたるかんこどりのおぼつかなきは《世俗から遠ざかられた》、此の山寺に入りおはしてのすさみなるよし《慰みの作であるということを》、此のころまで《最近まで》

林　梅白し昨日や鶴を盗まれし」(『甲子吟行』)。貞享二年作。「孤山」は中国浙江《せっこう》省杭川《こうせん》市西湖にあり、秀麗な孤峰が聳《そび》える清幽の地。宋の処士・林和靖《りんなせい》が鶴を養い梅を植えて隠棲《いんせい》した。

一一「大日枝やしの字を引《ひき》て一かすみ」(『泊船集』)。延宝五年作。「大日枝」は比叡山《ひえいざん》の美称。

一二「大津に至る道、山路をこえて　山路来て何やらゆかしすみれ草」(『甲子吟行』)。貞享二年作。

一三　杜甫が洞庭湖に対したと同じく、大きく目を見はり。底本「決」はサキと振仮名。「杜詩」は「登岳陽楼」(『唐詩選』三)を指す。

一四「湖水の眺望　辛崎の松は花より朧《おぼろ》にて」(『甲子吟行』)。貞享二年作。朧《おぼろ》は夜景(穎原退蔵説)。

一五「病中吟　旅に病《やん》で夢は枯野をかけ廻る」(『笈日記』)。元禄七年作。

一六「亭以《テ》レ雨《ヲ》名《ヅク》、志《しるス》レ喜《ヲ》也。古者《ハ》有《レバ》レ喜、則《チ》以《テ》名《ヅク》レ物《ニ》。示《ス》レ不《ルヲ》レ忘《レ》也」(蘇子瞻《そしせん》「喜雨亭記」、『古文真宝』)。

一七「日は没《いり》しほどに、山深き夜のさま常《ただ》ならね」(『雨月物語』白峯)等、上田秋成も慣用。句集四七〇参照。係り結びを無視した当時の慣用。

一八「住侶」は住僧、ここは住職。『続明烏』「写経社集」『から檜葉《ひば》』等に入集。鴨東《おうとう》とも号した(連句会草稿)。金福寺五世。享和元年六月二十八日寂。

一九　注二参照。通説は真蹟《しんせき》色紙により伊勢長島の大智院での作とされる。

世にありし《生きていた》[一]耆老《きらう》の、ふみのみちにも心かしこきが《学問の道にも造詣のあった人が》、ものがたりし侍りし《物語っていたことであるよ》。されば《だから》[二]露霜《つゆじも》のきえやらぬ墨の色めでたく、[三]年月《としつき》流《なが》れ去《さ》る水くきの跡《蕉翁の筆跡が》、などかのこらざるべき。さるを《ところが》[四]無功徳《むくどく》の宗風こゝろ猛く《禅宗の風習は心たけだけしく》、[五]不立字《ふりふじ》の見解まなこきらめき《考え方から心眼をきらめかせ》、仏経聖典もすてゝ長物とす《無用の物とする》。いかで《どうして》さばかりのものたくはへ蔵《をさ》むべきなんと《そんな芭蕉の筆跡などをしまいこむ必要があろうかと》、いとさう〴〵しき狂漢のために《たいへん無趣味な気違い男のために》、いたづらに《むなしく》塵壺《ぢんこ》の底にくち《ごみ箱の底で腐り》、等閑《なほざり》に紙魚《しみ》のやどりとほろびにけむ《住みかとなり滅びてしまったのであろう》、びんなきわざ也《けしからんことだ》」、などかなしみ聞ゆ《嘆き語るのである》。

よしや《ままよ》、さは追ふべくもあらず《滅びたものは追求しても仕方がない》。たゞかゝる勝地に《ただこのような景勝の地に》、かゝるたとき名ののこりたるを《このような尊い名が残っているのを》、あいなく《わけもなく》うちすておかんこと、罪さへおそろしく侍れば《その罪だけでも恐ろしく思われるから》、やがて同志の人々をかたらひ《誘って》、かたのごとくの《かたちばかりの》一草屋を[六]再興して、ほとゝぎす待つ[七]卯月のはじめ《四月の初め》、をじか啼《な》く長月のすゑ《九月の末に》、かならず此の寺に会して《集まって》、翁の高風を仰ぐことゝはなりぬ《芭蕉翁の高雅な風趣を景慕することになった》。再興発起の[八]魁首《くわいしゅ》は、[九]自在庵道立子《だうりふし》なり。道立子の大祖父《曾祖父》坦庵《たんあん》先生は、蕉翁のもろこしのふみ学びたまひける師にておはしけるとぞ《漢学を学ばれた先生であられたということだ》。されば道

一　老人で。二四五頁三行参照。
二　「露霜の」はここでは「消ゆ」の枕詞に使う。
三　「水茎の跡」は手跡、筆跡。「水茎の」は「流れ」「行方知らぬ」等の枕詞。「流れ去る水」から掛けた修辞法。長い年月が流れ去った後にも残る芭蕉の筆跡。
四　善を行っても功徳がない、の意。禅の行為は無心無作で、果報をあてにしないことをいう。梁《りょう》の武帝に達磨《だるま》大師がそのように答えた（『会元一達磨章』）。
五　禅家の悟道（真理）は文字文句に表せない、心を以て悟るべきものだから、禅の根本的立場として不立文字教外別伝などと唱う（『無門関』など）。
六　ここはまだ再興の計画のみである。芭蕉庵が実際に再興落成したのは天明元年五月（第十一会）の時で、それまでは残照亭が使用された。
七　安永五年から初夏と晩秋の年二回、写経社会が金福寺で開催された。『写経社集』はその初会の記念集であるが、出席者は少数であった。
八　「首魁」に同じ。首謀者。『写経社集』附録には、「丙申夏社会管事　道立」とある。
九　樋口氏。名敬義、通称源左衛門、字道卿、号芥亭。川越侯京留守居役。伊藤坦庵の曾孫で、江村北海の長子。宝暦末年から蕪村と交友があった。自在庵、のち柴庵（安永九年几董初懐紙）と号す。文化九年没、七十五歳。金福寺芭蕉庵の再興は明和五年頃から道立が首唱し、安永六年九月建立された「祖翁の碑」（現存）も叔父清田儋叟《たんそう》の撰文である。坦庵が松尾芭蕉の師と

立子の今此の挙にあづかり給ふも《この事業に関係されるのも》、大かたならぬ《並々ならぬ》すくせのちぎりなりかし《前世からの因縁であるよ》。

[一〇]安永丙申《へいしん》五月望前二日《五年五月十三日》

平安　夜半亭蕪村　慎《つつしミテ》記《ス》

春《しゆん》泥《でい》句《く》集《しふ》ノ序（安永六年）

『春泥句集』

[一一]柳維駒《りうこれこま》、父の遺稿[一二]を編集して、余に序を乞ふ。序して曰《いはク》、

[一三]余、曾《かつ》テ[一四]春泥舎召波《せうは》に洛西《らくせい》の別業《べつげふ》に会す《別荘で会った》。波すなはち余に俳諧を問ふ《召波はすぐさま私に作句の法を質問した》。答《ヘテ》曰《ク》、「俳諧は俗語[一五]を用ひて俗を離るゝを尚《たふと》ぶ《日常語を用いながら高雅な句を得る》。俗を離れて俗を用ゆ《精神的に離俗の立場で俗を生かす》、離俗ノ法最もかたし《離俗の方法が一番難しいのだ》。かの何がしの禅師[一六]が隻《せき》手《しゆ》の声を聞ケといふもの、則《すなは》ち俳諧禅にして《であって》離俗ノ則也《法則である》」。波、[一七]頓悟《とんご》す。

いうのは誤伝（中村幸彦「芭蕉と伊藤坦庵」、「かつらぎ」昭和三十二年三月）。

一〇 天明元年五月二十八日（第十一会）は芭蕉庵再興落成記念の日であり、同日付で蕪村は再び「再興ノ記」を揮毫《きごう》して金福寺に奉納した（現存）。『句集』夏・秋の部に関連の句が多く出る。

一一 召波の嗣子、黒柳清兵衛の略姓と俳号。

一二 京都大学潁原《えばら》文庫蔵「春泥亭召波草稿」（写本）は召波遺稿の一部と認められ、内容は夏の部二百三十八句（このうち『春泥句集』に収録されたのは三十九句）。『春泥句集』（題簽《だいせん》は蕪村自筆板下、内題は「春泥発句選」）は実際は蕪村の選句、編集と考えられる。

一三 底本に「余」以下三三六頁一三行まで「　」でくくる。

一四 黒柳清兵衛。京都の人。春泥舎は別号。「洛西の別業」は等持院付近にあった別荘。句集二八参照。

一五 和歌・連歌に使われない日常の言葉。

一六 白隠禅師。明和五年十二月示寂《じじやく》、八十四歳。「隻手の声」は禅師が提唱した名高い公案。「即今両手打合せて打つ時は丁々《ちやうちやう》として声あり。隻手を唯挙ぐる時は音もなく香もなし」（宝暦二年『藪柑子《やぶこうじ》』）。蕪村は白隠禅に心酔しているのではない。直観的な詩の心法が不可説の禅の悟りと一致するために援用したのである。

一七 直観的に悟る。三二八頁注六参照。以下四則の問答は禅問答の形式に近い。

却《ツテ》問《フ》、「叟《そう》が示すところ《師翁のおっしゃる》の離俗の説、其の旨《むね》玄なりといへども《主旨は奥深いものでしょうが》、なほ是《こ》れ工案《こうあん》[一]をこらして《ひたすら工夫しようが》、我よりしてもとむるものにあらずや《自分自身でその真髄を求めるものではないでしょうか》。しかじ、彼もしらず我もしらず《相手も考えず自分も意識せずいっそのこと》、自然に化して俗を離るゝの《自然に同化して離俗の境地に至り得る》捷径《せふけい》《近道》ありや」。答《ヘテ》曰《ク》、「あり、詩を語るべし《漢詩を研究するがよい》。子[二]、もとより《前々から》詩を能《よ》くす。他にもとむべからず《他に近道を探すべきではない》」。波、疑《ヒ》敢《ヘテ》問《フ》、「夫《それ》、詩と俳諧《はいかい》といさゝか其の致《ち》《趣》を異《こと》にす。さるを《であるのに》俳諧をすてゝ詩を語れと云ふ、迂遠《うゑん》なるにあらずや《廻り道ではありませんか》」。答《ヘテ》曰《ク》、「[三]画家ニ去俗論あり、曰《ク》『画去《ルコト》レ俗《ヲ》無《シ》ニ他法《ノ》一、多《ク》読《メバ》レ書《ヲ》則《チ》書巻之気上升《シ》、市俗之気下降《ス》矣。学《ブ》者《ハ》其《レ》慎《つつしメ》レ旃《これヲ》哉《やト》』。それ、画の俗を去るだも《画の道で離俗境に至るにすら》、筆を投じて《絵筆を捨てて》書を読ましむ《読書をせよと教えている》。況《いは》んや、詩と俳諧と何の遠しとする事あらんや」。波、すなはち《即座に》悟《ご》す《理解した》。

或日又問《フ》、「いにしへより俳諧の数家《宗匠たち》各々門戸《流派》を分ち、風調《作風》を異にす。いづれの門よりして《どの流派によって》歟《か》、其の堂奥《だうあう》をうかゞはんや《奥儀を探ればよろしいか》」。答《ヘテ》曰《ク》、「俳諧に門戸なし。只是《ただこ》れ俳諧門《ただ一つの俳諧門》といふを以《テ》門とす。

一 白隠禅の「公案」に近い意。『藪柑子《やぶこうじ》』によると、行住坐臥、隙間《すきま》なく参究すること。

二 あなたは、の意。召波は若い頃江戸で服部南郭に詩を学び、帰京後柳宏《りゅうこう》と号して宝暦―明和の龍公美社中に属し、詩人として知られた。漢詩作品は穎原《えばら》退蔵著『蕪村』(昭和十八年刊)に集成されている。『滄浪《そうろう》詩話』に、詩を学ぶにはまず俗体・俗意・俗句・俗字・俗韻の五俗を除かねばならぬと説く。

三 清の李笠翁論定の画論・画譜の集『芥子園画伝《かいしえんがでん》初集』を指す。和刻本もあり文人画の宝典とされた。この去俗論は「画に穉気《ちき》があっても滞気はよくない。覇《は》気《き》が出ても市気はよくない。滞《とど》こおると生気がなくなる。市気があれば俗っぽくなる。俗には最も侵されてはならぬ」として本文へ続く。「旃」は助辞。

四 「所謂諸大家者、不ニ必《シモ》分《チ》レ門《ヲ》立《テ》レ戸《ヲ》、而門戸自在《ラリ》」(『芥子園画伝初集』)。諸大家は必ずしも門戸を立てぬが、伝統を継承しているから門戸はおのずからできる、の意。蕪村は「必」を落し、「其中」を加えて原意と違う解釈をしている。

五 宝暦初年釈蕪村は囊道人と号したから、この囊は頭陀袋の意であろう。麦水『俳諧蒙求《はいかいもうぎゅう》』に「諸席文宴有《ル》毎に、必《ズ》一囊を携え来《ッテ》傍に置《ク》。偶《たまたま》可《シ》レ善《ヨミス》の句聞ゆるとき。我頭《アタマ》を囊《フクロ》にさし入て。幾度か吟じて貯る事有がごとし。唾《ヨダレ》を以て囊をひたすにいたる。己が吟といへども又如《キ》レ此《ノ》。」(為憲囊唾)。

又是れ画論曰《ニク》四、『諸名家不㆓分《チ》㆑門《ヲ》立《テ》㆒戸《ヲ》、門戸自在《ラリ》㆓其中《ノ》㆒《ニ》』。俳諧又かくのごとし。諸流《各流派の》を尽シて《〔長所を〕学び尽して》これを一嚢中《いちなう》五《胸中に蓄積し》に貯へ、みづから其《そ》のよきものを撰《えら》び用に随ひて出す《必要に応じて利用する》。唯《ただ》自己ノ胸中いかんと《心が俗を離れ得たか》顧みるの外《どうか反省する以外に》、他の法なし《方法はない》。しかれども常に其の友を撰びて《いつも良い友人を選んで》、其の人に交はるにあらざれば《人と心を通わすようにしなければ》、其の郷に至ることかたし《離俗の境地に到達することは難しい》」。

波問《フ》、「其の友とするものは誰《た》ソや」。答《フ》、「其角を尋《求め》ね、嵐雪を訪《と》《探り》ひ、素堂を倡《いざな》六《唱え》ひ、鬼貫に伴《ともな》《随う》ふ。日々此の四老に会して七《四先達に会って》、酒を酌《く》みて談笑し、句を得ることは専《もは》ラ不用意九を貴《たふと》ぶ。如《ク》㆑此《かくノ》す《毎日心がけ》る事日々、或日又四老に会す《また四先達を思う》。幽賞雅懐《いうしやうがくわい》一〇はじめのごとし《いつもの通りである》。眼《まなこ》を閉ぢて苦吟し《目をつぶり句作に苦心し》、句を得て眼を開く《句ができて目をあける》。忽《たちま》一一ち四老の所在を失す《四老の姿は消え失せている》。しらず《いったい》、いづれのところに仙化し去るや《四老はどこへ仙人のように消え去ったのか》一二、恍《くわう》として《うっとり》一人自らイ《たたず》ム。時に花香風に和し《その時風が花の香をかぐわしく薫らせ》、月光水に浮ぶ《月が水に映る》。是れ、子が俳諧の郷也《君が遊ぶべき俳諧の芸境だ》」。波、微笑《みせう》一三す。

六 誘引・倡引ともに「イザナフ」(『書言字考』)。「倡はイザナフトヨム、オンドヲトリテイザナフコトナリ、ダマス意ナシ」(荻生徂徠《おぎゆうそらい》『訳文筌蹄《せんてい》』)。
七 「五子の風韻を知らざるものは、ともに俳諧を悟るべからず」(鬼貫句選跋)の五子は、其角・嵐雪・素堂・去来・鬼貫。「取句法」に其角・嵐雪・去来・素堂をあげ、芭蕉は諸家を包括する者と見なす。
八 「長安名利の境」(「洛東芭蕉庵再興ノ記」)に同じ。市城は「市朝」(市中、まち)の意で用いたか。
九 強《し》いて作意してもよい句はできない、自然に句が口に出るのをよしとする。『唐詩選』李攀龍《りはんりゆう》序に、李白の絶句を絶賛し、「蓋以《シテ》㆓不用意《ヲ》㆒得《ヲ》㆑之。即太白亦不㆔自《ラ》知《ラ》㆓其所《ノ》㆒至《ル》。而《シテ》工《ナル》者顧《テ》失《セリ》焉」と評した。
一〇 静かに風景を楽しむ風雅の心。「幽賞未《ダ》㆑已《やマ》。高談転《うたた》清《シ》、開《イテ》㆓瓊筵《けいえんヲ》㆒以坐《シ》㆑花《ニ》、飛《バシテ》㆓羽觴《うしやうヲ》㆒而酔《フ》㆑月《ニ》。不㆑有《ンバ》㆓佳作《ラ》㆒、何伸《ソのベン》㆓雅懐《ヲ》㆒……」(李白「春夜宴《ス》㆓桃李園《ニ》㆒序」)。
一一 「疇昔《ちうせき》之夜。飛鳴《シテ》而過《ギ》㆑我者。非《ズ》㆑子《ニ》也耶。道子顧《ミテ》笑《ヒ》。予亦《モ》驚悟《キさム》。開《テ》㆑戸《ヲ》視《レバ》㆑之《ヲ》、不㆑見㆓其処《ノヲ》㆒」(蘇子瞻《そしせん》「後赤壁賦《のちのせきへきのふ》」、『古文真宝』)の神仙思想に拠《よ》る。
一二 前の「自然に化して俗を離るゝ」方法である。「弄《ろう》翫《がん》して跡なく。香あつて無味なり。ケ様《かやう》の対作に遊びたきにこそ。水村市人無尽の風景。尤《もつとも》清意を得ッべし」(麦水『俳諧蒙求』鄭崇比水)と類似の境地。
一三 禅宗で伝える「拈華微笑《ねんげみせう》」の故事による。霊鷲山《りようじゆせん》で説法した釈尊が華を拈《ひね》って大衆を見た時、摩訶迦葉《かしよう》のみがその意を悟って微笑したという。悟得のさま。

つひに我《わ》が社裏《しやり》に帰して句を吐くこと数千《社中の一員となり作った句が数千に及ぶ》。最《もつと》も麦林《ばくりん》[一]・支考を非斥《ひせき》す。余曰《いはク》、「麦林・支考其の調賤《てうせん》しといへども《低俗ではあるが》、工《たく》みに人情世態を尽ス《表現する》。されば、まゝ《時には》支・麦の句法に倣《なら》ふも又工案《こうあん》の一助ならざるにあらず《なにかの手助けにならぬこともない》。詩家に李《り》・杜《と》[三]を貴ぶに論なし《異論はないが》、猶元《げん》・白《ばく》をすてざるが如くせよ《詩人が元稹と白楽天でも取るべきはとれ》」。波曰《ク》、「叟《そう》、我をあざむきて野狐禅《やこぜん》に引くことなかれ《生悟りの禅に導き給うな》。画家に呉《ご》[四]・張《ちやう》を画魔とす。支・麦は則ち俳魔ならくのみ《としか言えません》」。ますゝゝ支・麦を罵りて、進《つき進んで》んで他岐《たき》を顧み《わき見を》ず《せず》、つひに俳諧の佳境を極む。

をしむべし。一旦《ある日》病にふして起《た》ツことあたはず。形容日々にかじけ《やせ衰え》、湯薬《たうやく》ほどこすべからず《薬を与えようもなかった》。預《あらかじ》め終焉《しゆうえん》の期《ご》をさし《死期を悟り》、余を招きて手を握りて曰《ク》、「恨《うら》むらくは《残念に思うのは》、叟とゝもに流行[五]を同じくせざることを《新しい運動に参加できぬことです》」と言ひ終りて、涙潸然《なんださんぜん》[六]として泉下《せんか》に帰しぬ《亡くなった》。余三たび泣きて曰《ク》「我《わ》[七]が俳諧西せり《私の俳諧は西方浄土へ去った》。我が俳諧西せり」。

右のことばは「夜半茗話《やはんめいわ》」[八]といふ冊子《さつし》の中に記せる文也。「夜半

一　麦林は中川乙由。元文四年没、六十五歳。別号麦林舎。通俗軽妙の調を以て大衆の支持を受け伊勢風と称された。各務支考は美濃派の祖。享保十六年没、六十七歳。芭蕉没後の地方俳壇に通俗平明調を普及させた。両派を合せて「田舎蕉門」と評された（取句法）。

二　「麦林支考雖《モ》㆓句格賤陋《せんろうナリト》㆒各々為《ス》㆓一家《ヲ》㆒。亦有《リ》㆓可《キ》㆑取《ル》者㆒。」（取句法）。

三　「李・杜」は李白と杜甫、ともに唐の大詩人。「元・白」は元稹《げんじん》と白居易（楽天）。蘇子瞻《そしせん》（東坡《とうば》）によって「元軽白俗」（「祭㆓柳子玉㆒文」）と評された。

四　呉偉（号、小仙）と張路（号、平山）。ともに明の画家で、南宗画《なんしゆうが》の正統に喜ばれない北宗画派。

五　召波が蕪村に入門したのは宝暦後半期と推定され、明和三年以後の三菓社で最も熱心な同人だったから、安永・天明俳壇の新動向は十分予測していた。

六　涕《なみだ》の流れるさま。潸は「潸」の略字。底本の「潛然」（蕪村板下）は誤り。

七　明和年間の蕪村は画業に大わらわで、漢詩文に造詣深い召波を指導して、漢詩の世界を俳諧の中に転換させた。この師弟二人は一心同体ともいうべき関係にあり、明和七年春蕪村が夜半亭二世を継承したのも、福徳の隠居俳人召波の物心両面における援助に期待するところが大きかった。「我が俳諧」とは「愚老半臂《はんぴ》を殺《ソガ》れ候心地」（安永七年布舟宛書簡）の意である。

八　この冊子、今伝わらない。師弟の問答は明和初年のことと推定される。

茗話」は余が几辺《きへん》の随筆《身辺の随筆で》にて、多くもろ〳〵の人と討論せしことを雑録したるもの也。しかるに其の文を其のまゝにて、此の集の序とすることは、まことに故あり《理由のないことではない》。此の文を見て波子が[九]清韻洒落《せいゐんしやらく》なるや、其のひとゝなり《〔ひたむきな〕人格を》を知りてその句のいつはりなきことを味はふべし《その通りであることを味解してほしいものだ》。[一〇]かの虎の皮を引きかうだる羊に類すべからず《上からかぶった羊の類いでは絶対にない》といふことを、洛下の夜半亭に於《おい》て、六十二翁蕪村書《ス》。

于《に》レ時　[一一]安永丁酉《ていいう》冬十二月七日

俳《はい》諧《かい》桃《もも》李《すもも》ノ序（安永九年）

[一二]『俳諧もゝすもゝ』

[一三]いつのほどにか有《あ》りけむ、四時《しいじ》四《し》まきの歌仙《かせん》《四季四巻》有り。[一四]春秋はうせぬ《なくなった》。[一五]夏冬はのこりぬ。壱人《いちにんこ》請うて木にゑらんと云《い》ふ《板木に彫刻しよう》、壱人制して曰《ク》、この歌仙ありてやゝとし月を経たり《出来上がってからだいぶ年月がたった》、おそらくは流行におくれたらん《流行おくれになっていよう》。

九「清韻」は清らかな響き。「洒落」はさっぱりしてわだかまりのないこと。

一〇 外見は美しいが、その実のないことの喩《たと》え。見かけ倒し。「有《リテ》レ文無《キ》レ実、曰《フ》二羊質虎皮《ト》一」（『書言故事』不学類）。安永七年の蕪村書簡に「平安にめづらしき高邁之風流家にて候。それ故格調尋常のものにて無レ之候。随分と嵐雪・其角・素堂などを擬し候て、古人に恥ぬ作家にて候」（緫屋《かせや》清三郎宛）。

一一 明和八年、四十五歳で没した召波七回の正当日。

一二 この題簽《だいせん》および序（原題）の板下蕪村、本文二歌仙の板下几董。巻末に「安永九庚子冬霜月　橘仙堂」と刊記がある。

一三 往復書簡及び「桃李草稿　几董端書」（天明七年）により、安永九年。後者に「此頃おもふに汝が俳諧既に熟せり。試に余と両吟すべしと。こゝにおいて夏冬の二句をたてゝ師と弟と句を吐事百有余章、……月をわたりて二歌仙成ぬ」という。これも三巻の句数であり、当初四季四巻の計画だったが、最初に着手された一〜二巻は、不出来で捨てたと推測される。

一四 几董（推定）宛書簡（日付不明）によると、「花茨故郷の路に似たる哉」等を発句として試作されたが、未完成に終るか。その書簡、安永七〜八年か。その頃から几董との両吟歌仙の企画があったと思われる。

一五『桃李』の二歌仙は、夏の「牡丹散《リ》て」（蕪村）の巻と、冬の「冬木《こ》だち」（几董）の巻。

余笑つて曰《いはく》、夫俳諧《それはいかい》の活達《くわつたつ》[一]《規模の広さは》なるや、実に流行有りて実に流行なし、たとはゞ一円廓《いちゑんくわく》[二]に添うて、人を追うて走るがごとし。先ンずるもの《先頭を走る者が》却《かへ》つて後《おく》れたるものを追ふに似たり《一周遅れて走る後の者を追うのに似ている》。流行の先後何を以てわかつべけむや《流行というものは何が早いのか遅いのか単純には言えぬ》。たゞ日々におのれが胸懐《きやうくわい》をうつし出でて《心の中を表現して》、けふはけふのはいかいにして、翌《あす》は又あすの俳諧也《なり》。題してもゝすもゝと云《い》へ、め[三]ぐりよめどもはしなし《どちらから読んでもはみ出さない》。是れ此の集の大意也。[四]

蕪村識《しるす》

『五車反古』

五車反古《ごしやのほうぐ》ノ序（天明三年）

維駒《これこま》[五]、父の十三回忌をまつるに、集えらみて《撰集を編集して》[六]五車反古といふ。ふかき謂《いひ》あるにあらず《訳があるのではない》、父の冬ごもり[七]の句によりて号《なつ》けたる成《な》るべし。はた《また》父の筆まめに書きあつめたるものを、よゝとねぢこみたる[八]袋の

一 正しくは豁達、また闊達。俳諧というものは心広く物事にこだわらぬものである、の意。

二 円形の競技場（馬場など）で競走をするようなものだ。「廓」は外がこい。

三 上から読んでも、下から読んでも同音の文。「たけやぶやけた」の類。和歌以来のいわゆる「廻文《かいぶん》」（「かいもん」とも）。

四 「ももすもも」が廻文であるように、本集は流行を超越した俳諧であるとの意。

五 黒柳清兵衛。三三三頁注一一、一四参照。

六 『五車反古』首・尾の半紙本二冊。序は蕪村自筆板下、本文は几董板下。維駒編・几董協力。この序は蕪村最後の執筆に成る。また「天明三歳卯《う》十一月　春夜楼晋明《しんめい》書」と署名する几董跋《ばつ》に「此編は古春泥居士《こじ》の遺訓を追ふて息維駒志願を発し、……かの良材金石をもて一集を供養せんとなり。予みづから筆を採《とり》て此行に微力を添《そへ》、撰成てこれを先人の牌前《はいぜん》に供す」とあり、蕪村生前に刊行された。

七 召波の「冬ごもり五車の反古のあるじ哉」を指す。下巻末にこれを発句とした脇起し一巡半歌仙がある。五輌の車に満載すべきほど蔵書の多いことを「五車之書」（『荘子』天下）といい、書損じや不用の反古

紐《ひも》ときて見れば、九贈答《ぞうたふ》の詩の稿有り、或《ある》は花に来たれといふ一〇天狗《てんぐ》のふみあり、今宵《こよひ》の雪をいかにやなどそゝのかす《今夜の雪をさかなに一献いかがと誘う》一一高陽《かうやう》の徒《飲み仲間》の手紙有り。又は云《い》ひすてたる歌仙の、半バばかりにして《ほどで中絶していて》ところ〲墨引き《墨で消し》たるあり《たのもある》。其の裏には多く人の句も、みづからの句もかいつけたり《書きつけてある》。それをとかく《あれこれ》爪揃《つまぞろ》へして《整理して》、今の世の人の句も打ちまじへ、ならべもてゆくほどに《編集を進めて行くうちに》、上下二冊子となりぬ。序を余にもとむ。一二余病ひにふして、月を越ゆれども起《た》つことあたはず、一三筆硯《ひつけん》の業を廃することひさし《筆を捨て書くことをやめてから久しい》。故をもて其のことを《そういうわけで序の執筆を》不果《はたさず》。これこま、一四忌日のせまりちかづく《十二月七日がだんだん近づく》をかなしみ《のを心配して》、しば〲来《きた》りもとむ《催促にきた》。余曰《ク》、明日を待チて稿を脱せむ《明日一日あったら序文を書き上げよう》。明日《みやうにち》すなはち来る《ちゃんと取りに来る》、病ひます〲おもし。〔そこで〕又曰《ク》、明日《みやうにち》を待ちて稿を脱せむ。維《これ》こま終に卒業の期なきを悟りて《この調子ではいつ出来るか分らぬと観念して》、窃《ひそか》に草稿を奪ひ去る《内緒で下書きを持ち去った》。余も又追はず《私も取り戻しはしない》、他日そのことを書して《後からその事情を書き足して》序とす。

病　夜　半　題

が一杯たまっていることを「五車の反古」と言った。

八 句集七六参照。ここは無造作に捩《ね》じ入れてあるさまにいう。「僕等《しもべら》のよゝと盛りけりねぶか汁」（召波）。

九 詩歌をやりとりすること。この詩稿は召波（漢詩の号柳宏《りゆうこう》）の、人に贈った詩稿である。「褌《ふんどし》に贈別《ぞうべつ》の詩や九月尽」（召波）。

一〇 謡曲「鞍馬天狗《くらまてんぐ》」に僧正ヶ谷の大天狗が花見案内の文を使者に持たせてやることが出る。「初桜天狗のかいた文見せん」（其角）。

一一 酒飲み仲間の意。酈食其《れきいき》が漢王に見《まみ》えて、みずから言った語「吾《ハ》高陽《ノ》酒徒也。非《ル》ニ儒人《ニ》一也」（『史記』列伝三十七）。

一二 几董の「夜半翁終焉記」（『から檜葉《ひば》』）に「ことし秋のすゑ、門人毛条に招かれ、宇治のおく田原といふ所に杖を引、……かくてその秋も過、冬枯の空もしぐれがちに、朝ゆふの風衣を透す比《ころ》ひより、何となく気力安からず、腹痛老身を苦しめ、日毎に悩みがちなりければ、あはやと人々訪ひよりて服薬怠る事なく、介抱大かたならずもてかしづき侍りぬ」とあり、発病は十月早々持病の胸痛を病む（十月五日付正名宛書簡等）。病中の霜月十日付几董宛書簡には「今日は腹かげんもこゝろよく候」と言い、「五車反古の跋、ざつと見申候。尚とくと見候て御返事可ㇾ致候。甚よろしく見受候」と記した。

一三 筆と硯《すずり》。書簡文で、文筆に親しむ生活をいう。

一四 キジツ・キニチ。人が死亡した当日。命日。

弁慶ノ図賛[一]

『日本名画鑑』[二]

余むかし[三]はじめて京うちまゐりしけるに《京都に上った時》、月しろき夜《月の明るい夜》鴨河《かもがは》の流《なが》れに添《そ》ひつゝ《沿うて》、二条を北のかたへ吟行しけるに《二条通りから北へ向って発句を案じながら行くと》、色黒くたけたかき《背の高い》法師のすみのころもまくりでにして《法師が墨染の衣を腕まくりして》、あづまぶりの小うた《江戸ふうの小唄を》声をかしく《よい声で》うたひ行《ゆ》く有りけるに、堤のもとより[四]辻君《つじぎみ》とおぼしきが《思われる女が》、つとはしり出でてたもとをひかへ《その袂をおさえ》、「いとこゝろにくき《大そう奥ゆかしい》御有さまかな《御様子ですこと》、我がやどの《私の宿で仮寝をして》草の枕、露ばかりのいとまを《ほんの少しのおひまを過すのを》、などていとひ給ひそ《どうぞお厭いなさいますな》、無下《むげ》にはえこそ過しまゐらせじ《たやすくはここをお通しいたしませんよ》」と、月におもてをそむけて《月の光に顔を隠すようにして》うちほのめきければ《ささやきかけた》、「ひが目にも見給ひつるものかな《(法師)見損いをなさったものよ》、我は[五]比枝《ひえ》の西塔《さいたふ》何がしの坊に、阪東《ばんどう》太郎と呼ばれたる[六]顕密《けんみつ》の法師なり《二教に通じた学僧だ》。さあるたとき《そのような尊い》仏の御弟子《みでし》をいかにけがし奉らんや《どうして汚してよいものであろうか》。かしこくもゆるしたばせ《勘弁してここを通してください》」とひた《ひたす》

一　七《ななつ》道具を背負った弁慶の袖を辻君が引いている絵に賛したもの。于当《うとう》『関清水物語《せきのしみず》』（文化六年刊）にほぼ同文を載せる。また「牛若弁慶自画賛」（逸翁美術館蔵）もある。ともに紙本淡彩。

二　田中茂一編『日本名画鑑』蕪村上・下巻は明治三十三年、田中槃磚《はんせん》堂刊。

三　宝暦元年八月上京（三三三頁「名月摺物《すりもの》ノ詞書」参照）。この事実を蕪村が目撃したのは宝暦初年であろう。

四　夜、辻に立って客を誘う下級の売笑婦。立君。江戸の夜鷹《よたか》。「立君、声を立て呼ぶなし。みな鼠なきなり」（『見た京物語』）。

五　比叡山延暦寺（天台宗）の一山を東塔・西塔・横川《よかわ》の三塔十六谷に分け、東塔を一山の中心とした。

六　顕教と密教。顕教は禅宗・浄土宗など、教義が言語文字の上に明らかに説き示されたもの、密教は天台宗・真言宗など、教法が秘密に説かれ、表面からははかり知れぬ教え。

七「何んだ」を「涙弁慶《なんだ》」に掛けた秀句（同音利用の洒落《しゃれ》）。涙弁慶は「泣弁慶」のことで、泣いて勝ちを制すること。辻君が憐《あわ》れっぽく誘ったのでいう。

八　力を入れた足。また足に力をこめること。「力足を踏む」（『平家物語』九）は力強く足を踏みしめる。

わびにわびけれども《ら言葉を尽して詫びたけれども》、とかくうけひかざりければ《何のかのと承知しなかったので》、法師今はとて《今はこれまでと》、だみたる声うちあらゝげて《東国訛りの大声を荒々しく張り上げて》、七「なんだ弁慶、理《ことわり》しらぬ奇異のくせものよ《道理も知らぬ奇妙な怪物よ》」と、やがて《そのまま》袖《そで》打ちはらひて、八力足どゞと《どんどんと》ふみならし、たゞはしりにはしりける《ひた走りに走って逃げていった》。いと尊くをかしかりければ、

九 梅翁《ばいをう》が風格にならひて

一〇 花すゝきひと夜はなびけむさし坊

一一 馬提灯《うまぢやうちん》ノ図賛

俳人真蹟全集『蕪村』

師走の廿日あまり《十二月二十日過ぎの或る日》、ある人のもとにて一二太祇《たいぎ》とゝもにはいかいして、四更《午前二時ごろ》ばかりに帰りぬ。雨風はげしく夜いたうくらかりければ、一三裾三のづまでかゝげつゝ《すそを高く尻からげしながら》、からうじて《苦労して》一四室町《むろまち》を南に只《ただ》はしりに走りけるに、風どと《どうと》吹き落ちて小とぼしの火はたとけぬ《小提灯の火がぱっと消えてしまった》。夜いとゞくらく雨しき《降りし》

九 談林俳諧の中心人物・西山宗因。天和二年没、七十八歳。「いろはにほへの字形なる薄《すすき》哉」（『梅翁宗因発句集』）を指す。

一〇 句集五〇〇参照。なお元文二年大阪竹本座初演『御所桜堀河夜討』三段目「弁慶上使」の段に、弁慶が播《はり》磨《ま》国（兵庫県）書写山に修行中、一度だけ契って子を成したという色懺悔《ざんげ》があり、その伝説をも踏む。

一一 河東碧梧桐《かわひがしへきごとう》によって紹介された戯画ふう人物図の傑作の一。そこに描かれた太祇《たいぎ》画像は迫真、蕪村自画像も貴重である。紙本墨絵。碧梧桐はこの文章の末段及び書体から、太祇没後の年忌の席上などで追懐して描いた作品であろうとした。現存。

一二 炭《たん》太祇。江戸生れの俳人。宝暦初年四十五歳頃京に上り、やがて島原廓内に不夜庵《ふやあん》を営んだ。蕪村の江戸在住時代から面識があったと推測され、明和年間の三菓社句会には密接な交渉を持った。明和八年八月九日没、六十三歳。蕪村は「太祇句選序」（明和九年）、十三回忌の「追慕辞」（天明三年、『蕪村翁文集』）等を書いた。

一三 「三のづ（頭）」は馬の臀《しり》の上部をいう。人の場合は高く尻からげをする意。「裾三のづまでひつからげ」（近松門左衛門『女殺《おんなごろし》油地獄《あぶらのじごく》』）。

一四 平安京の東洞院通と西洞院通との中間にあった南北の小路。「自《より》二御霊通一至ル二東本願寺一」（『和漢三才図会』）。

り《きり》におどろ〳〵しく《恐ろしくて》、いかゞはすべき《どうしたらよいか》、など[一]なきまどひて《混乱してしまって》、

蕪村云

かゝる時には馬[二]ぢやうちんと云《い》ふものこそよけれ。かねて心得《平常から用意し》有るべき事也《ておくとよい》。

太祇云

何、馬鹿な事云《い》ふな。世の中のことは馬ぢやうちんが能《よ》いやら、何がよいやら一ッもしれない。

太祇がはいかいの妙《妙味は》、すべて理屈にわたらざる事《理屈っぽくない所にあることは》、此の語のごとし。かのよし田の法師《吉田の兼好法師》が[三]白うるりといへるものあらば、といへるに[四]伯仲《はくちゅう》すべし《匹敵しよう》。

夢[五]ノ説

夜半写

『蕪村翁文集』

一 激しく泣いて理性・分別を失う意だが、ここは「まどふ」に重点がかかる。「はら〳〵と泣きまどひしを」(『宇治拾遺物語』)。

二 馬上で腰にさすため、長い鯨の柄をつけた丸提灯。乗馬用の「馬上提灯」の略。風雨の夜など愛用された。

三 『徒然草』六十段に、盛親僧都がある法師を見て、「しろうるり」とあだ名をつけた。その理由を問われて、「さる物を我も知らず。もしあらましかば、この僧の顔に似てん」と答えた故事。

四 伯は長兄、仲は仲兄。兄たり難く、弟たり難い意で、優劣のないことにいう。

五 『蕪村翁文集』(文化十三年刊)以外には見えない。同集の「歳旦ノ説」も夢について語った俳文として注目される。夢想句については、句集八〇八〜八一〇参照。

六 播磨国(兵庫県南部)の海岸。「がた」は遠浅の干潟《ひがた》をいう。「舟ぢのどけき春風の、いくかきぬらん跡末も、いさしら雲の遥々と、さしも思ひし播磨がた、高砂の浦に着きにけり」(謡曲「相生《あいおい》」)。

七 「坤軸」(地の極軸)または「根軸」の誤りか。

八 鰐目ワニ科の爬虫類動物の総称。日本には生存し

夢に六播磨《はりま》がたに舟をうかぶ《舟を浮べていた》。風おもむろに《風は静かに》浪あらそはず《浪は先を争わない》、悠々たる春光、其の興いふばかりなし。さあるほどに《そうしているうちに》、此の舟つゆも《少しも》うごかず、只鉄索をもて《鉄のくさりで》七金軸《こんぢく》に繋ぎたるがごとく《地の極軸につながれたように》、舟子《かこ》どもとかくすれど《水夫たちがあれこれしてみたが》、やりぬべくもあらず《舟を進めることができない》。思ふに、八鰐《わに》てふもの丶ねたく見入りたるにこそと《鰐が人間をねたましく思ってとりついたに違いないと》、舟中の人々たゞ泣きになきつ《泣くより他のことはなく》、おの／＼《それぞれ》九身にそふ宝をと《身につけた貴重品を》きて海中に投じ《はずして海に投げこみ》、かの魚の執はらさせよ《執念をはらさせろ》、などひそめき聞ゆるに《一〇ささやくのが聞えるので》、夢うちおどろきて《夢がはっと覚めて》、

帆《ほ》一一虱《じらみ》のふどし流さん春の海

『蕪村全集』

一二歳末ノ弁

一三名利《みやうり》の街《ちまた》にはしり《走り廻り》貪欲《どんよく》の海におぼれて《迷いこんで》、かぎりある身をくるしむ《有限の人間の一生を苦しめてきた》。

なかった。『古事記』の「和邇《わに》」はさめ類の古称、或いは出雲地方の方言という。わにざめ。

九『土佐日記』住吉沖の条に、逆風が荒れて舟は進まず、沈没しそうになった時、楫《かじ》とりが住吉明神は例の袖《そで》の下がきく神様だから、お気に召すものを献上するようすすめる。「眼《まなこ》もこそ二つあれ、ただ一つある鏡をたいまつる」と、海が鏡のように凪《な》いだ。

一〇「私語く」。ささやく。「はるかに夜更けて、内陣にひそめきたり」(『義経記《ぎけいき》』三)。

一一〈船中のことだから帆にわいた虱《しらみ》がわが褌《ふんどし》についたのに違いない。大切な虱の観音様も海神《わにざめ》を慰めるためには海に流してしまおう〉。「帆虱」はシラミ目の昆虫の総称。舟の帆を畳んだままにしておくと発生する。「帆虱に花見をかこつ潮路かな」(太祇「西国紀行」)。人体に寄生して衣服に産卵するコロモジラミはやや大きくて白い。「ふどし」は「ふんどし(褌)」に同じ。虱を俗に千手観音という(横井也有《やゆう》「百虫譜」、『鶉衣《うずらごろも》』)。軽妙な滑稽《こっけい》句。

一二『蕪村全集』(初版本)に「この遺草、今所在不明、某氏の手写せるものによりて掲ぐ。随て多少の誤写あるやもしれず」という。最晩年の執筆であろう。蕪村の「檜笠辞《ひのきがさのじ》」(天明二年刊『花鳥篇』)参照。

一三名誉と利欲。「名利につかはれて閑《しづ》かなる暇《いとま》なく、一生を苦しむこそ愚かなれ」(『徒然草』三十八段)を踏まえた発想。

わきて《とりわけ》一くれゆくとしの夜《大晦日の》のありさまなどは、いふべくもあらず《取り上げて言うまでもなくひどく》いとうたてきに《いやなものだが》、人の門《かど》たゝきありきて《たたいて歩きまわって》、こと〴〵しく《仰々しく》のゝしり《騒ぎたてて》、あしをそらにして《足も地につかぬありさまで》のゝしりもて《大声あげて》ゆくなど、あさましきわざなれ《情けないしわざであるよ》。さとて《と言って》おろかなる身は《凡夫愚人である者は》、いかにして塵区《ぢんく》二をのがれん《逃れ得よう》。「三としくれぬ笠着てわらぢはきながら」。片隅《かたすみ》によりて《よりかかって》此の句を沈吟《ちんぎん》四し侍れば《小声で吟じていると》、心もすみわたりて《澄んできて》、かゝる身にしあらばといと尊く《このように超俗の生き方のできる身ならばと尊く思われ》、我がための摩訶止観《まかしくわん》五ともいふべし。蕉翁去りて蕉翁なし《芭蕉翁亡き後風雅に徹した人はいない》。とし又去るや又来たるや《俗物の私など虚心に年を送迎できようか》。

六芭蕉去《さり》てそのゝちいまだ年くれず

一 「つごもりの夜、いたうくらきに、松などともして、夜半《よなか》過ぐるまで、人の門《かど》たたき走りありきて、何事にかあらん、ことことしくののしりて、足を空にまどふが」(『徒然草』十九段)に拠る。
二 塵の世。人間界。塵界。
三 芭蕉の『甲子吟行』中の句。「爰《ここ》に草鞋《わらぢ》をとき、かしこに杖を捨て、旅寝ながらに年の暮けれぱ」と詞書がある。貞享元年の作。
四 小声でつぶやく。漢詩に用例が多い。
五 中国天台宗の根本教典。隋《ずい》の天台智顗《ちぎ》大師の口述を章安が筆録した書。十巻或いは二十巻。伝教大師により日本に伝えられた。「摩訶」は大・多・勝の意。「止」は妄念を押えて心に平静を保つこと。「観」はそれによって智慧を起し対象を正しく観察し判別すること。悟りに到達する修行の基本とされる。
六 句集六六参照。

＊ 蕪村が「文章家」(まさな宛書簡)と称した上田秋成は、蕪村の「はいかい文」(馬南宛蕪村書簡)を「洒落《しやらく》」と評し、その発句の「麗藻《れいさう》」と相似ないとし、「うちよめて唯から歌を女文字してかいつけたるさましたるは、むかし蕉窓にゐぐゝまりて杜律《とりつ》をうまく読《よみ》、笠着てわらぢはきながら、山家《さんか》を懐《ふところ》にしたる人の一すぢの教《をしへ》なるべし」と理解し、「かな書《がき》の詩人西せり東風《こち》吹《ふき》て」(『から檜葉』)と追悼《ついたう》した。

解説

『蕪村句集』と『新花つみ』の成立

清水孝之

『蕪村句集』の成立——それは几董編集か

『蕪村句集』と「蕪村遺稿」

宝暦元年（一七五一）秋、江戸から京に上って以後の蕪村は、画家意識が優先したから、みずから句稿類を座右に置いて綿密に記録することをしなかったようだ。従って没後に刊行された『蕪村句集』と未刊の「蕪村遺稿」（稿本）に関して、潁原退蔵《えばらたいぞう》博士の「蕪村句集について」（岩波文庫『校註蕪村俳句集』昭和十年刊）の概要を示しておく。潁原博士は周知のように俳諧史全般にわたり大きな業績を残されたが、特に『蕪村全集』（初版は大正十四年、有朋堂刊）の編集は画期的な大業であった。岩波文庫本（現在は絶版）は、『蕪村句集』の原形を前篇、これに洩《も》れた代表句を後篇として編集され、句作年次と語注とを加え、また『寛保四年蕪村歳旦帖』の翻刻を付録としたものである。

『蕪村句集』は半紙本二冊。題簽《だいせん》は「蕪村句集前編上下」（几董筆ではない）。内題は「蕪翁句集巻之上下　几董著」、以下巻末の「蕪村句集上下巻終」まで、本文は几董の板下。序は雪中庵蓼太《りょうた》、跋は川田田福《でんぷく》。田福跋により天明四年（一七八四）十二月刊行と推定される跋文のあとの奥付に「夜半翁発句集後編　近刻」「京寺町五条上ル町　書肆　汲古堂［佳棠］」とある。天理図書館綿屋文庫には汲古堂版一部、献可堂版三部を蔵するが、すべて題簽は右と同じである。蓼太序（一一頁参照）により、最初の版元は汲古堂であったことが確かめられる。田福跋によると、小祥・大祥二忌に前編・後編を刊行する計画もあったようだ。忠実勤勉な几董が恩師の追福のためになすべき業を怠るはずはないから、後編未刊の理由を、潁原博士は次のように推定された。蕪村が生前会心の作に圏点を付した資料などに拠《よ》り、編者几董が前編を厳選したため、後編に遺漏を拾う余地がなくなった。選句水準を下げて「句集出《いで》てのち、すべて日来の声誉を減ずるもの也」（『新花つみ』）ということになっては、師恩に背く。後編を公刊して師の声価を墜《おと》すことがあってはならぬと反省した几董は、遂に後編の編集に踏みきらなかった。「珠玉のみではないとしても、決して瓦礫《ぐわれき》の類を混ずる事はなかつた」『蕪村句集』がほぼ完璧《かんぺき》に蕪村の声価・真面《しんめん》目《ぼく》を後世に伝えるべき労作であったことに、多く異論はないであろう。その功績を編者几董の双肩に帰してよいものであろうか。定説ともいうべき、示唆に富む右のご意見に敢《あ》えていどみたいのである。

『蕪村句集』のほかに、早くから稿本として「蕪村遺稿」なるものが伝えられていた。「その人を崇《たつと》ぶことが深ければ深いほど、断簡零墨をも珍重する」人情に乗じて「蕪村句集二篇」の刊行を企てたのが、大阪の書肆《しょし》献可堂塩屋忠兵衛であったという。潁原博士によると、仮綴の半紙本一冊で、表紙中央に「夜半翁蕪村遺稿全一冊」、その左右に「集者北久太郎町五丁目塩屋忠兵衛」「開板人（以下同上）」とあった。巻末に「享和元酉年（一八〇一）四月」の奥書があり、前半には書簡・文章等も集録されていた。寛政九年（一七九七）『新華摘』を刊行し、かつ「蕪村句集前編」の版権をも得た献可堂に出版の意図が存したことは確かであろう。しかしこの「後編」（「蕪村遺稿稿本」）もまた未刊に終り、明治三十三年（一九〇〇）に至って、大阪の水落露石が『蕪村遺稿』（露石本とも言われる和装本）を刊行した。稿本に基づいたものらしいが、句の出入りも多く、句形の異同もあり、露石本『蕪村遺稿』（昭和三十二年、日本古典全書『與謝蕪村集』に翻刻）の実体は解明されていない。「遺稿稿本」とも呼ばれる塩屋本のほうは「蕪村遺稿　塩屋忠兵衛輯」と題されて、河東碧梧桐編『蕪村新十一部集』（昭和四年刊）に翻刻された。最近、本間美術館蔵「蕪村自筆句稿貼交屏風《はりまぜびょうぶ》」を中心とする、尾形仂《おがたつとむ》氏編著『蕪村自筆句帳』（昭和四十九年刊）の詳細な研究によって、それは「蕪村自筆句帳」から『蕪村句集』未収録句を、順序もそのままに抜き出したものであることが分り、「幻の蕪村句集後編」などと呼ばれた「遺稿稿本」の正体があっけなく判明した。しかし『蕪村句集』は几董編集という通説に執着し、新出の「自筆句帳」こそ生前の蕪村自撰という考え方から解放されていない。

個人句集刊行の見解と意図

個人句集刊行に関する蕪村平常の意見なるものに影響されて、従来、彼自身の自撰句集刊行の意図までも無かったかのように誤解されかねなかった。それは『新花つみ』（二九四頁参照）に拠ったと思われる『蕪村句集』田福跋（二三七頁参照）に因由するところ大きい。『新花つみ』によれば、『五元集』一〇〇四句の自撰句のうち、「めでたしと聞ゆるは二十句にたらず覚ゆ」と蕪村は厳しく判定し、それでも読むたびに飽きないのは、『玄峰集』や『麦林集』に比べて其角の句法が「磊落《らいらく》」だからだと説く。ここに其角の豪放《ごうほう》な機知性を貴んだ、彼の自由でおおらかな発句観が率直に示されている。それは芭蕉と蕉風からはみ出した其角の歴史的位置の確認であり、むろん自撰句集『五元集』を肯定しているのである。

蕪村の句集刊行に対する見解は、まず明和九年の「太祇《たいぎ》句選序」に述べられる。等身大の句稿を前にして困却した編集者嘯山《しょうざん》と雅因は友人蕪村に相談する。「大かたにこそあらまほしけれ。たゞ四時《しいじ》のはじめごとに出《いだ》せる五六帋（紙）がほどをゑらみ取て初稿と題し、木にきざみて世にひろうし、二稿三稿といへるものは、年を経てもほゐとぐるべきわざなれ」と、蕪村は示唆した。一家の句集というものは名句佳吟のみを並べるべきものではない、という句集編集法を教えた言葉であり、大本において親友太祇の作品の総体的レベルを高く評価し公刊に値するものと確信していたのである。

例の『新花つみ』に続いて、安永八年執筆の「芦陰句選序」にも、「遺稿は出さずもあらなん、いにしへより作者のきこえあるもの、遺稿出て還《かへっ》て生前の声誉を減ずるものすくなからず」と同じ言葉を繰返す。しかし結局は、「遺稿出すべし、遺稿出て人いよ〳〵その完璧をしるべし。是《これ》、大魯《たいろ》が身後の栄、ます〳〵そのひかりを加ふるに足らん」と推賞した。『太祇句選』や『芦陰句選』が刊行されなかったならば、彼らの業績は、今のように高く評価されるのに時日を要したことであろう。

これより早く安永六年、師は愛弟《まなで》子《し》・召波の七回忌を期して「春泥句集序」を書き、みずから編撰に当った遺句集『春泥句集』（原題簽も蕪村筆）を刊行した（拙稿「蕪村と召波（上・下）」、「国語と国文学」昭和三十六年1・3月参照）。その本文板下の揮毫を几董に命じ、表向きは遺子維駒《これこま》の「編集」（蕪村序）とした。明和年間、画業懸命の師の指導助言に従って「清韻洒落」の佳境を極めた円満風雅の徳人・召波の句集と、「摂播維陽（ママ）の一大家と呼《よば》れて我門の嚢錐《ならすい》」であった性格破《は》綻《たん》者・大魯の遺句集を堂々と江湖におくったのだ。蕪村が門人の遺句集を刊行せしめたのは、俳諧史的展望から、それらの公刊の意義を認めた上でのことであり、太祇を初め、召波・大魯に比して自分がどのような位置にいるかを正しく認識していないはずはなかった。「愚老句御加入被ㇾ下候とも、京師宗匠家同例（ママ）に御加入被ㇾ下義は御容捨願（ママ）入候。」（安永四年閏十二月十四日付山肆宛、書簡二八一）という自負は決して傲慢《ごうまん》ではない。もし自分が手を着けなければ、没後のわが句集は、後継者几董の手にまかせるほかはないであろう。

晩年の蕪村は門人の独吟歌仙の点評（俳人真蹟全集『蕪村』所収）に、「近年蕪村口質を奪ふ句多し。蕪村早ク句集を出して陳腐をのがるべし」と述べ、また「句評」（『蕪村集』所収）に「よき句なれども蕪村が句に……」という感慨を繰返し発している。意識的な模倣《もほう》でなくとも、口コミを通じた蕪村作風の一般的影響かと思われるが、結果において等類・同巣の類似句が個性の展開を停滞させる。自句の模倣を感情的に嫌忌《けんき》しているのではなく、俳壇的視野のもとに『蕪村句集』刊行の必要性を痛感したものであろう。蕪村は第一義的に画人を意識したが、中興俳壇における一俳諧師としても、「取句法」（几董編『点印論』所収）に言明した「包二括スル諸家ヲ一者」としての芭蕉に次ぐ、「近世俳諧第二風流」（安永七年十二月二十七日付雨遠・玄沖宛、書簡二四一）の自負を抱いていたのだ。

偖《さて》又句帳は来春迄《まで》御予《おあづか》り申置候。春に至り愚老句集、佳棠《かたう》世話にて急々出版いたし申つもり（ママ）候故、句帳とも引合せゑ（ママ）らみ中度候。……（十二月二十二日付百池宛、書簡一〇八）

蕪村が生前に句集を出版するというのだから、当然自撰であり、『五元集』などを「羨望」する必要は全くない。直ちに決意を実行さえすればよいことだ。それは晩年の遊蕩費《ゆうとうひ》や遺族の生活費のためなどではなく、決意は俳諧師としての使命感に基づくものでなければなるまい。

佳棠は『花鳥篇』（天明二年刊）『五車反古』（天明三年刊）に入集、その頃の蕪村・几董の句会に顔を出すから、蕪村との交渉は安永末～天明元年からと思われる。かつて私は右の書簡を天明二年十二月と推定した（「蕪村の老いらくの恋」「俳句」昭和三十五年6月）。かなりなスピード感を持つ速筆の「自筆句帳」は、佳棠の要請による第一次作業の成立を思わせるものであり、遅くとも天明三年春のことであろうか。この四季別年次順「自筆句帳」を基として、独自の編撰に成る『蕪村句集』原本が、その後没年までに編集を完了していたものと、私は推定する。

「自筆句帳」と『蕪村句集』の関係

この問題については、すでに高橋庄次氏が「蕪村俳句基本資料考㈠〜㈣（「俳句」、昭和五十二年2〜5月）において『蕪村句集』「自筆句帳」「蕪村遺稿」「落日庵句集」「夜半叟句集」等諸本の、句形及び詞書の異同を子細に比較検討されて、「自筆句帳」→『蕪村句集』という先後関係を結論づけられた。おおむね私も賛同する。

『蕪村句集』二五四（「自筆句帳」八九七）の前書が、㈠「自在庵主」（「落日庵」四〇五・「写経社集」）㈡「自在庵の主人」（「自筆句帳」八九七）㈢「柴庵の主人」（『蕪村句集』二五四）の順序で改変され、金福寺本「洛東芭蕉庵再興ノ記」（天明元年五月下八日奉納）にも「写経社集」のそれと同じく「自在庵道立子」とあることから、高橋氏は、樋口道立の自在庵から柴庵への改号は天明元年夏以後と推定し、その後蕪村の死までに「蕪村句集の底本」が成立したとみる。右の「柴庵」の使用は安永八年十一月二十日興行の五吟歌仙に見える（安永九年『几董初懐紙』及び「連句会草稿」参照）から修正を要するが、「自筆句帳をさらに改稿した蕪村句集の底本」の存在を指摘されたことに注目される。それは「自撰句集刊行の準備のために執筆された最初の草稿」であり、蕪村の死によって頓挫《とんざ》したこの自撰句集第二次稿（高橋氏は「前編草稿」ともいう）は、「几董がそのままの型では刊行し得ないほど、まだ未整理の状態だった」ため、それを編集し直したのが、現在に伝えられる几董編の『蕪村句集前編上下』二冊であった、と高橋氏は推論する。果してそれは正しいであろうか。

さてここに、「蕪村自筆句帳」を主体として（句頭の洋数字は「自筆句帳」の句番号）、『蕪村句集』と前書・句形に異同ある例のみを列挙する。（表記の違い、前書の小異、送り仮名の有無等は除く）。

春

5 うぐひすのあちこちとするや小家がち　句集四前書「離落（ママ）」。

15 春雨や人住ミてけぶり壁を洩る　句集六七前書「西の京にばけもの栖て久しく……」。

17 ゆく春や白き花見ゆ垣のひま　句集二八前書「召波の別業に遊びて」。

18 筋違にふとん敷たり宵の春　句集四六前書「几董とわきのはまにあそびし時」。

21 妹が垣根三味線草の花咲ぬ　句集一〇六前書「琴心挑美人」。

57 畑うつやうごかぬ雲もなくなりぬ　句集九六前書「芭蕉菴会」。

63 閉帳の錦たれたり春のくれ　句集一九九下五「春の夕」。

暁台とゝもに嵯峨伏見に遊ぶ

98 夜桃林を出《いで》て暁嵯峨の桜人　句集一六六前書「暁台が伏水嵯峨に遊べるに伴ひて」。

110 陽炎や名もしらぬ虫の白き飛　句集九四前書「郊外」。

117 月に聞て蛙ながむる田面哉　句集一三〇前書「几董が蛙合催しけるに」。

123 七くさやはかまの紐の片結び　句集四三前書「人日」。

135 河内路や東風吹送る巫女の袖　句集一三九下五「巫女が袖」。

145 なの花や月は東に日は西に　句集二〇九前書「春景」。

166 春の夜や宵あかつきのその中に　句集五三中七「宵あけぼのゝ」、前書「もろこしの詩客は……」。

205 炉ふさいで南阮の風呂に入身哉

日くるゝほど嵐山を出る

214 嵯峨へ帰る人はいづちの花に暮れし

夏

222 半日の閑を榎やせみの声

224 腹あしき僧こぼしゆく施米哉

231 あま酒の地獄もちかし箱根山

234 廿日路の背中に立や雲の峰

240 更衣野路の人はつかに白し

かも河のほとりなる田中といへる里にて

250 ゆふがほに秋風はやし《そよぐ》御祓河

253 祇《(ママ)》園会や真葛が原の風かほる

319 弓取の帯の細さよたかむしろ

365 みじか夜や六里の松に更たらず

青飯法師にはしだてに別る

367 負腹の守敏も降ラす旱かな

386 花茨故郷の路《ミチ》に似たるかな

401 誰住ミて樒流るゝ鵜川哉

句集二二前書「春夜盧会」。

句集一八四中七「人はいづこの」。

句集四〇八前書「寓居」。

句集四三五前書「施米　水粉」。

句集四〇五前書「箱根にて」。

句集四三八前書「旅意」。

句集二二九前書「眺望」。

句集四五七中七「秋風そよぐ」。

句集四二〇前書「七日」。

句集四〇三前書「あるかたにて」。

句集二六六前書「雲裡房に橋立に別る」。

句集三五四前書「夏日三句」のうち。

句集三三五前書「かの東皐にのぼれば」。

句集三六九前書「春泥舎会東寺山吹にて有けるに」(「夏より」明和六年六月十五日不夜庵ニ而八文舎興行の兼題「鵜」の作)。

秋

420 菊つくり汝はきくのやつこなる　句集六三四下五「奴かな」。

430 渡鳥こゝをせにせよ寺林　句集五九五中七「こゝをせにせん」。

461 四五人に月落かゝるおどり哉　句集四一三前書「英一蝶が画に賛望れて」。

468 大文字やあふみの空もたゞならね　句集四七〇前書「十六日の夕、加茂河の辺りにあそぶ」。

480 梶の葉を朗詠集のしをり哉　句集四六五前書「七夕」。

504 旅人よ笠嶋かたれ雨の月　句集五三三前書「探題雨月」。

洛東残照亭晩望

528 鹿ながら山影門に入日哉　句集五五〇前書「残照亭晩望」、中七「山影門に」。

538 落水田ごとのやみと成にけり　句集三五〇上五「さつき雨」（夏の部）。

558 餉にからきなみだ《ママ》とうがらし　句集六五八中七「からき涙や」、前書「探題」（「月並発句帖」安永五年九月十日夜半亭兼題）。

590 貧乏に追つかれけれけさの秋　句集四六〇中七「追つかれけり」。

600 日ごろ中よくて恥あるすまひ哉　句集四八〇前書「春夜に句をとはれて」。

冬

618 炭団法師火桶の窓より覗ひけり　句集七二七中七以下「火桶の穴より窺ひけり」。

651 茶の花や黄にも白にもおぼつかな　句集七〇〇中七「白にも黄にも」。

703 臽《かほ》見世や夜着を離るゝいもがもと　句集七九三前書「題恋《ママ》」。

706 寒月や門なき寺の天高し　句集八四三前書「感偶《ママ》」。

708 静なるかしの木原や冬の月　句集八〇七前書「郊外」。

765 霊運も今宵はゆるせとしわすれ　句集八五八前書「春泥舎に遊びて」（この春泥舎は維駒か）。

792 口切や五山衆なんどほのめきて　句集七〇三前書「几董にいざなはれて岡崎なる下村氏の……」。

795 あなたうと茶もだぶ〳〵と十夜哉　句集六九六前書「十夜」。

淀夜船

800 霜百里舟中に我月を領ス　句集七八一前書「几董と浪華より帰さ」。

805 凩に鰓ふかるゝや鉤の魚　句集七五八前書「大魯が兵庫の隠栖を几董と……」。

以上が「蕪村自筆句稿貼交屏風」からの抄出である。引用が多くなったので断簡三例、武田本六例は省略する（表I参照）。武田本九〇五・九五五に前書なく、句集三一七・六六四には大魯・几董の人名を挙げた前書が加わる。

『蕪村句集』と「自筆句帳」との間における句形の異同は極めて少ない。それは明らかに両者の成立年時と関係の深さを示すものであろう。右に挙げた以外の、両者の句形は一致するのである。ここでは詳しく検討するゆとりがないが、二四・二五〇・四二〇・四三〇・五九〇・六一八・六五一などは『句集』の句形が優れていることは明白であり、特に「句帳」に両句形を併記している二五〇が、『句集』段階で決定されたことが容易に理解されよう。

句形よりも一層顕著なのは、前書の場合である。断簡・武田本を加えて四十三例のうち、几董（「春夜」を含む）に関する九例が、召波（「春泥舎」を含む）三例、金福寺関係二例よりも著しく多い。「几董が蕪村の句帳によって句を採録しながら、自分とのかかわりの上から前書に手を加えた」と想像された尾形仂氏は、また「几董がかなり丁寧に付した前書の中には、成立事情の説明や句解を助けるために、几董が私に施したものがあったか」とも疑われた。そういうことが、蕪村―几董師弟の間にあり得たであろうか。例えば「几董句稿」にも書留めのない八〇〇の前書を『句集』のように書きかえたとすれば、几董は極めて不遜《ふそん》な人物であり、自家宣伝に抜け目のない人物とみられても仕方がない。右のうち三六五の「青飯法師」を几董が知っていたかどうか、四〇一は明らかに蕪村の記憶違いで几董の関知しないところ、四六二の「英一蝶」も他人には書けない前書、五五八の兼題句を「探題」と変更するくらいは蕪村ならあり得るであろう。

表Ⅰ

	前書の改変	句形の異同
春	13	4
夏	11(＋2)	1(＋3)
秋	7(＋2)	4(＋1)
冬	8	2(＋1)
計	39(＋4)	11(＋5)

（注1）春166は前書・句形両方に数える。
（注2）断簡・武田本の例を（　）内に加えた。

次の表Ⅱは蕪村編『春泥句集』、『蕪村句集』、几董自撰『井華集』三集の四季別句数に対する前書句数、及び前書句における人名入り前書句数と各比率を示したもの（人名前書には、歴史的人物を除く）である。

前書の多いのは、『井華集』『蕪村句集』『春泥句集』の順である。『春泥句集』に最も少なく、完全な類題別で季題名を標示したのは、編者蕪村が参与した『太祇句選』に前書が少なく、季題を挙げなかったため、著しく読みにくいことからの反省であろう。太祇・召波の句稿にはともに前書付きの句はごく少なかったものと思われ、召波の場合は、蕪村先生ですら、他人の句に勝手に前書を加えることは遠慮されたことを示している。類題標示法はそのための便法として採用されたものと思われる。板下をものした几董もそのくらいの事情は関知していたであろう。

几董の自撰句集に前書句が非常に多いこと『蕪村句集』の約二倍である。これは句日記（「几董句稿」）に拠ったためと、『五元集』を範としたからであろう。特にⅡの表には除いた地名と歴史的人名の多いこ

	春泥句集(安永6年)	蕪村句集(天明4年 汲古堂)	井華集(寛政1年 橘仙堂)
春	229句	224句	256句
前書句	13(0.06)	41(0.18)	88(0.34)
人名前書	3(0.23)	6(0.15)	5(0.06)
夏	185	233	175
前書句	7(0.04)	51(0.22)	56(0.32)
人名前書	0(0.00)	15(0.29)	7(0.13)
秋	230	217	212
前書句	11(0.05)	48(0.22)	85(0.40)
人名前書	3(0.27)	11(0.23)	13(0.15)
冬	260	194	199
前書句	5(0.02)	34(0.18)	79(0.40)
人名前書	1(0.20)	13(0.39)	27(0.34)
総句数	904	868	842
前書句	36(0.04)	174(0.20)	308(0.37)
人名前書	7(0.19)	45(0.26)	52(0.17)

表II　(注) 括弧内は、前書句の場合は四季別句数に対する、人名前書の場合は前書句数に対する各比率を示した。

とも『五元集』に類似している。前書句の多い割には人名前書が少なく、『蕪村句集』よりも頻度《ひんど》数が低い点に注目される。この点からも『蕪村句集』の几董関係前書を几董が加筆したとする見解は大いに疑わしい。自宅を指す「塩山亭」「新居会」もわずか二例、亡父追善句三、亡母二十五回忌一、大魯も二回、先師蕪村ですら追悼《ついとう》句を含めてわずか四例のみであった。几董に自家顕示欲など、毛頭なかったことは推察に難くない。

人名前書(改訂を含む)を除いて、「自筆句帳」になく、『蕪村句集』にのみ存する前書を概観すると、

(一)詩題ふう――四「離落(ママ)」、九四・八〇七「郊外」、二〇九「春景」、三九「眺望」、四三八「旅意」、八四三「感偶(ママ)」。

(二)地理的場所の提示――六七「西の京……」、九六「芭蕉菴会」、四〇八「寓居」、四七〇「十六日の夕、加茂河の辺りにあそぶ」。

(三)同(虚構と思われるもの)――三五「かの東皐にのぼれば」、四〇五「箱根にて」。

(四)季題・探題――四三「人日」、三九三「夏日三句」、

四二〇「七日」、四三五「施米　水粉」、四六五「七夕」、五三三「探題雨月」、六五八「探題」、六九六「十夜」、七九三「題恋」。

㈤歴史的人名・故事——五三「もろこしの詩客……我朝の哥人……」、一〇六「琴心挑美人」、四七三「英一蝶が画に……」。

㈠や㈣のように無くてもよい前書は、句集編集上の必要から加えられたものとみてよい。編集者のさかしらが入る余地があるとすれば、それはむしろ㈣であった。しかし恩師の句集にわざわざその程度の手を加えるメリットはほとんど認め難い。ちなみに『井華集』に㈠㈣の例が非常に多いのは、『五元集』『蕪村句集』の模倣に他ならぬと思われる。その他の㈡㈢㈤は作者以外に加筆することはほとんど不可能というべきである。

ここらでいちおう結論を述べよう。現在に伝えられている刊本「蕪翁句集巻之上下　几董著」（内題）の本文は作者蕪村の自撰句集であった。ほとんど整備された自筆稿本が完成しており、几董は師命ない し遺言に従って、仮名遣いの誤り、約二十カ所に及ぶ誤字も大むね忠実に清書し、先師の友人蓼太《りょうた》に序文執筆を懇請し、最古参の門人田福《でんぷく》に跋文を依頼し、内題の「蕪村句集」を「蕪翁句集」と改めたのみであろう。まだ面識のない江戸の蓼太は、高弟几董が「門人のために一集を撰《えら》」んだように書いたが、それは外交辞令と解してよい。残念ながら『蕪村句集』の自筆原本の片鱗《へんりん》すら伝存を聞かぬのは、天明八年一月の京大火に堺町通二条の几董居で烏有《うゆう》に帰したためであろうか。『蕪村句集』自筆草稿の存在を推定された高橋氏の説は尊重されるが、それが著しい未整理状態であったため、几董が編集し直したという憶測《おくそく》は「几董著」を編と解する通説に禍いされたものと思われる。二、三の補説を加えたい。

補説㈠　几董の性格・人物

『五元集』の洒脱《しゃだつ》な筆致を模し、また晋子《しんし》の闊達《かったつ》を慕って晋明とも称した几董の其角崇拝ぶりはよく知られている。潁原博士は『新雑談集《しんぞうだんしゅう》』（天明五年刊）翻刻本（古俳書文庫第四篇大正十三年五月刊）の「はしがき」に次のように説かれた。

几董の著は其角の『雑談集』（元禄五年刊）をモデルとしたのであるが、㈠『雑談集』に「月次臨時会文通見聞記レ之」の一項を設けて四季発句を集録する。几董もまたそれを模倣したのみでなく、前者に夏・秋・冬の部立《ぶだて》があって春の部のみ欠落する不体裁をもその通りまねた。㈡『雑談集』下巻はほとんど連句集で、名実相副《そ》わぬというべきだが、そんな不都合に頓着《とんじゃく》なく、几董はお手本通り連句で大部分を満たしている。この「無定見ともいふべき模倣家」几董について、「自ら崇拝してゐた其角や師の蕪村などのやうな才気煥発の人ではなかつた。『新雑談集』一巻も平凡な人の平凡な一著作にすぎない」と断定された。

几董研究の専門家・池上義雄氏も『俳諧大辞典』（昭和三十二年七月刊、明治書院）に「人物は極めて温和質実で、知友同門のすべてと相親しんだ。性来酒を好み、其角の豪放に傾倒したが、その器は大ではなく、作風は性格そのままを反映して鋭さ新しさは全く見えないが、半面駄作も少なく、雅趣掬《きく》すべきものが多々ある」と評された。

『井華集』に即していえば、上田秋成序に「其雅致を師にまなび、洒落《しゃらく》は父に伝ふるのみならず、かねては晋子が風韻を宗とせり」と指摘され、「擬二晋子活達一句」が天明元年『几董初懐紙』に見える。また「晋子自撰の如き花実配当、変化自在なるは彼《かの》五元集を権輿《けんよ》と謂《いひ》つべし」という門人下村春坡《しゅんぱ》の跋は「吾師や春夜といひし弱冠の比《ころ》より蕉門の深きを探り、晋子のひと丶なりを摹(ママ)て筆意を摸し風韻を学のこゝろざし大なりしかば、彼五元集に倣ひ家の集を筆記せり」と伝えた。
『五元集』は元・亨・利・貞四冊のうち元・亨二冊が自撰句集で、四季別であるが春・夏・秋・冬の部を立てない。几董もまたそれを模して、『井華集』（半紙本二冊）の題簽《だいせん》に「春夏」・「秋冬」と区分するのみで、本文には四季の部を標示しない。内容は其角よりもむしろ蕪村作風を追うものだが、前書には其角・蕪村両家に倣った例が多く見られる。春坡のいう「花実配当、変化自在」というのは、画一的な季題別分類法をとらぬ、時節に応じた変化・自在の配列法を言うものかと思われ、そのような編集法も几董は其角・蕪村を学んでいる。

前書に関して、蕪村は几董に宛てて次のようにいう（三月七日付、書簡一五）。

いなりのすり物（稲荷の刷り物）もはや彫刻のよし、不レ及ニ是非一。先日之兮《しけい》草稿御持参、草々見申候所、愚老句のことば書ニ

しばらく憩ひて花下に榻《たふ》を下《くだ》す

とやら有レ之候。此ことば書甚てづゝ（拙劣）ニ候故、きのどく（困るの意）ニ候。即座ニ其事を之兮子へ可レ申の所、何やら心中に取紛候事有、失念いたし候。もし右の通に彫刻出来候はゞ、暫憩ひて、此所御削可レ被レ下候、只、花下に榻をくだすとばかりニ而よろしく候。必々無ニ御失念一、早々橘仙へ御かけ合可レ被レ下御たのみ申候。

とある。几董を叱責するふうでもないから、これは之兮のエラーと推測されるが、片々たる小刷物掲載の句に対しても、かなり厳しい神経を使っている。蕪村のそのような良心的態度を、愛弟子几董は身に沁みて感じたことであろう。

右のような形式的模倣家であり、また温厚篤実にして勤勉な実務家几董に、あの『蕪村句集』の自主的編集など到底期待することはできまい。或いは几董の不注意による誤字・誤写もあろうが、おおむね原本通り忠実に筆写したのではあるまいか。

補説(二)　蕪村の親心

もっぱら漢画を業とした蕪村が、明和七年（一七七〇）春、京において夜半亭二世を継承することを周囲から懇請された時、「余が師の俳諧を前に継《つげ》る（予定の意か）几圭《きけい》が男几董、我門に在《あり》て永く先師の教を守らば、勧《すすめ》に応ずべし」（天明六年刊『続一夜松後集』重厚序）という条件を出した。この時蕪村に入門した几董は自筆句帖の第一冊「日発句集」から始めて筆録を続け、安永二年（一七七三）以後は春夜楼社中の『初懐紙』を没年（寛政元年）まで刊行し続ける。師翁没後の天明五年（一七八五）秋初めて東行の途に上り、義仲寺芭蕉堂で薙髪《ちはつ》して詐善居士《さぜんこじ》と称し、やがて木曾路を経て江戸へ下る。早野巴人（宋阿）が夜半亭を結んだ石町《こくちょう》に旅寓し、蓼太を後見人として夜半亭三世を継ぐ（『続一夜松前・後集』参照）という篤実さであった。先師蕪村の遺志をつぐ『続一夜松集』（前・後編、天明五～六年刊）編集のためでもある。

そのような几董を蕪村はひたすら育成に努めた。まず安永元年、几圭十三回忌集として『其雪影』を若い几董（三十一歳）に編集させる。この前後、京の門人間に不満がありトラブルが表面化した。

其頃ハ野子もいまだ廿五六歳之時ニ而、未練《みれんに》候へ共、巴人ずいぶんと片腕のごとく相談ニ被レ及候。況《いはん》ヤ貴子ハ俳諧之呑込《のみこみ》甚宜《よろしく》、京師ニおゐ（い）て外々《ほかほか》へ相談いたす所存ハ無レ之候。されども、自慢《マン》をするの、大言を吐《はく》のと云《いふ》筋ニハ至《いたら》ぬ事ニ候。いか成《なる》様子ニ候や、とくと　承届《うけたまはりとどけ》中度候。社中之存念ニかなハぬ事も候ハヾ了簡《れうけん》も有レ之候。（日付不明几董宛、書簡二）

と憤慨した蕪村は、「京師之人心、日本第一之悪性」とまで断じた。

次いで安永二年秋刊『あけ烏』、同五年冬刊『続明烏』といった蕪村一派の主要な対外的撰集はすべて几董まかせ、几董の板下で刊行させ、みずからは校閲者の立場を保持した。出句数も几董を下回るよう配慮し、蕪村のほうが几董を上回るのは、没年天明三年冬に刊行された『五車反古』（召波十三回忌集、几董板下）においてである。

その間、安永二年九月刊、蕪村・嵐山・几董・樗《ちょ》良四吟の『此ほとり一夜四歌仙』（蕪村序、本文とも几董板下）、安永九年冬刊『俳諧桃李』（本文のみ几董板下）二部の連句集がある。後者は天明七年の几董の文章によると、「此頃おもふに汝が俳諧既に熟せり。試に余と両吟すべし」（「蕪村・几董交筆桃李草稿」几董端書）とすすめられた両吟歌仙二巻で、安永元年冬の興行と思われる「頭へや」の歌仙（安永二年刊『あけ烏』所収）以後、絶えて久しい師弟練磨の両吟のさまは、多くの蕪村書簡によってつぶさに知り得る。それは不惑の歳に達した俳諧師几董の円熟に対する、師の印可と見なされよう。

どふ（ママ）みても我家《わがや》之几董ほどの才子はなきものにて候。此程《このほど》も暁台《けふたい》ゟ《より》之文通ニ……とかく几董ほどの曲せものニ出あハず候、行々《ゆくゆく》蕉門の風格を定メ可レ被レ申人と不レ堪二驚嘆一候。……（安永四年閏十二月二十一日付霞夫・おとふさ宛、書簡一七四）

などと、田舎の門人に几董を喧伝《けんでん》することに努めた。明和七年春以後、几董に対する師蕪村の甚深な親心からすれば、「自筆句帳」になく、『蕪村句集』に付加された人名前書は、几董が編集者として恣意的に書き加えたものなどでは決してなく、実は蕪村が最終段階（天明三年であろう）の自撰句集（『蕪村句集』の自筆原本）においてみずから加筆し、早逝《そうせい》した召波や大魯とともに、他ならぬ後継者「我家之几董」をそれとなく尊重するという深慮に出たものと考えねばなるまい。

従来、内題の下に記された「几董著」は編の意に解されて全く疑われなかったが、その語意についていささか考えてみたい。

俳諧の世界で最初の自撰句集と目される『五元集』（延享四年刊）に「其角著」などとは記されなかった。「五元集拾遺」や『玄峰集』（寛延三年刊）の編者百万旨原《ひやくまんしげん》はそれぞれの巻末に「全編校訂成」「校訂」と記した。元禄の俳論書には例えば李由《りゆう》・許六《きよりく》撰『宇陀法師』（元禄十五年刊）のように「撰」が多いが、「著」の例は元文六年刊『誹諧一言庭訓』に「東都竹隠祇徳著述」とあるのが早い。ただしこれも安永四年刊『俳諧附合小鏡』に「雪中庵蓼太編、門人牛家著」とするのと同じく論集であり、明らかに「著」は編の意ではない。

蕪村周辺では、明和六年刊『瓢箪集』（門人の嘯山・貫友編）に「瓢箪集初編　平安望月宋屋著」とあり、蓼太の例とともに編者と著者とを区別した、珍しい現代風の用例で、これも「著」は編の意ではない。同年の『鬼貫句選』には各巻に「不夜庵太祇校訂」とあり、他人が先人の句集を編集する場合の通例とみなされる。また安永三年刊『俳諧玉藻集』（「安藤八左衛門梓」）には「平安夜半亭蕪村輯」とする。この名高い女流句集の板下も几董か（河東碧梧桐説）と目され、門人八文舎自笑のために蕪村は何らかの労をとったであろう。次いで安永六年刊『太祇句選後篇』には「不夜庵五雲撰」とあり、『蕪村句集』のように作者以外の門人が「几董著」とするような用例は管見に入らぬ。

「著」は荻生徂徠《おぎゆうそらい》の『訳文筌蹄《せんてい》』（前篇、正徳五年刊）に、「アラハル・アラハス・イチジルシトヨム。明ニ見ユル義ナリ。彰・顕ト同義ナリ。又書ヲ作ルヲ著ト云フ。紙上ニアラハス義ヨリ転用ス」と解され、編

（アムアツム）の意はない。

天明四年以後になると、同時代俳人の句集に、門人が「著」と称する三例が見出される。

㈠『樗良発句集』天明四年刊。甫尺序・秦夫跋。内題に「樗良発句集　天　甫尺著」。

㈡『しら雄句集』寛政五年刊。みちひこ序・碩布跋。表紙裏に「橿寮碩布著、春秋庵蔵板」、各巻首に「碩布著」。

㈢『青蘿発句集』寛政九年刊。玉屑序・成美序・花県序・鈴木政則跋。表紙裏に「栗本玉屑宗匠著、成章堂蔵版」。

㈠の甫尺序は「天明辰（四年）春」だから、刊行は『蕪村句集』より早いかと思われる。㈡と㈢とは模倣関係にあるであろう。しかし三著とも序跋に詳しい成立事情が述べられており、「著」は編の意とほぼ同意になるが、むしろ徂徠流の意に従うのが妥当である。

なお『続一夜四歌仙』（天明七年几董序・板下。菊舎太兵衛刊）の後刷りに付された「蕉門俳諧書目録」（文化年間か）によると、前掲『俳諧玉藻集』も「蕪村著」とし、『梅翁宗因発句集』（寛政十二年浪華一炊庵序）も「一炊庵著」とする。文化頃になると、むやみに「著」とする例がふえたらしい。

ご本人の几董の編著はどうか。『新雑談集』（天明五年刊）『遊子行』（天明八年刊）に「著」の一字を使用することなく、『附合てびき蔓』（天明六年刊）の自序に「稿」、『点印論』（同年刊）の自序に「述」としたのみで、他ならぬ自撰句集『井華集』にすら「著」を踏襲しなかったのだ。蕪村―几董の理解もまた「著」は編の意ではなかったことが確かめられる。

『蕪村句集』こそは著者與謝蕪村が、生涯の発句およそ三千の中から、その最晩年（天明三年）の一時期に自撰し編集した発句集であった。秀吟佳作に全く遺漏がないわけではないが、俳諧師として果した歴史的業績を後世に伝えるには、必要にして十分な内容である。完結した作品集をみずからの手で編集し得たことに、ほぼ快心の笑みを洩《も》らしたに違いない。『蕪村俳句集』（岩波文庫）後篇に、「蕪村遺稿」から拾われた句は春八一句、夏四七句、秋九三句、冬五九句、総計二八〇句に及ぶ。しかし『蕪村句集』に収めたいようなユニークな作品は、甘く見てもそのうち四〇句に満たないであろう。「遺稿」が『句集』の選び残しとすれば、蕪村にも後篇刊行の意志など、最初からなかったことは歴然としているのである。

『蕪村句集』が自撰か他撰かについて、従来ほとんど疑いを持たれなかった。この問題を解決しなければ、『春風馬堤ノ曲』や『新花つみ』夏発句のように、自律性のある文学作品としての、総体的な鑑賞も研究も不可能ではないか。例えば「春夏の句がやや多く、配列には季節の推移をこまかく考慮している」（市川三枝子、『俳諧大辞典』）と気づいても、その主体性が誰にあるのか不明のままでは、編集法や季題観・季節感の問題を、蕪村の作品集として総体的に分析することはできない。或いはまた秋四九三〜四九八までの六句、すべて色彩を主題とする句が続くことに気づいても、それが偶然の現象か、それとも作者の編集意識のもとに統制されているのか、判断に苦しむであろう。蕪村自筆原稿（原本）の一部でも出現しない限り、私の論証も推論や仮説の域を出ないかもしれぬが、困難なこの問題に敢えて挑戦してみた理由である。用字法をも含めて、『新花つみ』『春泥句集』『井華集』等における相互の編集法や季題観の比較研究は今後の課題であろう。

〔付記〕刊本『蕪村句集』の板下《はんした》筆者が几董であったことは何人も疑い得ない事実である。しかし『其雪影』（安永元年刊）以後の几董板下撰集、また前後六年ずつの開きはあるが、『春泥句集』（安永六年刊）『井華集』（寛政元年刊）、またほぼ同時の執筆と思われる追善集『から檜葉』（天明四年刊）等の筆跡・書風と比較すると、『蕪村句集』には著しく几董ふうでない傾向が随処に認められる。その理由は蕪村自筆原本に規制されたものと思われ、原本を忠実に模写しようとする意識が強く働いていたからであろう。しかも「蕪村自筆句帳」と『蕪村句集』とを比較すると、書体・書風がいかにも酷似することが歴然としている。蕪村自筆原本の出現はほとんど期待できぬが、『蕪村句集』板下の筆跡が蕪村自筆原本のそれを忠実に追うものであったことは証明に難くない。

『新花つみ』の成立——その背景と主題

「夏発句」と「百句立発句」

亡母追善

蕪村の『新花つみ』（内題）が其角（宝永四年没、四十七歳）の『華摘』（元禄三年刊）に倣っていることは、其角の門人巽窓《そんそう》湖十（元文三年没、六十三歳）の『続花摘』（享保二十年刊）の存在からも推測に難くない。「続花つみと題して日毎に十章斗《ばかり》を記す」という月渓跋（三一八頁参照）に根拠があるとすれば、蕪村の内題は湖十の一集を想起した改題であろう。其角は蕪村の先師早野巴人の師であり、若い蕪村は其角編『虚栗』（天和三年刊）に心酔したものである。その其角の一夏百日間の夏行は亡母妙務尼五回忌追善の意図に成った。従って、

灌仏や墓にむかへる独言《ひとりごと》　（前書「上行寺」、四月八日）
夜あるきを母寝ざりけるくひな哉　（前書「自愧」、四月十九日）
　あはれ成る哉や、親の子をおもふ
涼しいか寝て髣《ツムリ》剃る夢心　（五月廿日）
母の日や又泣出《いだ》すまくは瓜　（六月八日）
有明の月に成りけり母の影　（前書「満百」、七月十九日）

と亡母を慕う蕩児《とうじ》其角の深い恩愛の句がみられる。当然の如く祖父・父を詠んだ句もまじっている。

　湖十の場合も亡母花千尼七回忌追善のため一夏発句を手向けたのであった。蕪村もまた亡母追善を志願したであろうことは、従来推測されてきた通りであろう。『新花つみ』が四月八日の巻頭を其角らと同じく「灌仏」の句で始め、最後の七句をそれとなく追加するのも、其角が満百のあとに「追加（七月）四日五日のおこたりにつきて申し侍る」とした形式を追うものに違いない。また中絶後の回想記に、青年時代から敬愛した其角に関する二話が、その初めと終りに置かれて首尾相応の構成をとっている点からも、『新花つみ』が孝子其角の流風を慕うものであったことはほとんど疑う余地がないであろう。

　其角は宗祇の日次《ひなみ》発句に学び、「その日其の夜の見聞の句々、結縁《ケチエン》として予が句の下にこれをとりなしつゝ、見ん人々のにぎはひと成りぬ。高位高徳・師弟親疎をわかつ事なきは、日記なれば也」（『華摘』自序）と述べ、当初から刊行を目的とし、自句は一日一章が原則であった。湖十も其角の形式を襲ったのみならず、発句の内容にも其角の影響を受けているのである。

灌仏や飦《てばな》に母の顔を見ん　（四月八日）
萱艸や花を仏のひたし物　（四月廿七日）
母の日や翌《あす》まてまたぬ泪雨《なみだあめ》　（五月廿七日）
腹懸《はらかけ》は母の教の寝巻哉　（六月廿七日　前書略）
　母在す時一炷を修して巧夕を祭られしを忘れず。今又星夜を同じうす。
梶の葉の軒もる月や南無大悲　（七月七日）
　摘華一夏速
長《なが》の夜も夢は短し母の影　（七月十九日満百吟）

『続花摘』末尾によると、七月二十七日が亡母七回忌正当であり、直接的な追善句は其角よりも多い。それが当時の孝子の一般的心情であったと思われる。蕪村にも、

　一とせの茶も摘にけり父と母　（耳たむし　落日庵）
　父母のことのみおもふ秋のくれ　（耳たむし・落日庵・句帳・句集五酉）

といった、世の常の孝子らしい発想の句もあった。『新花つみ』冒頭の六句が肉親に関する何らかの寓意性を持つと解されたのも当然であろう。同時に、『華摘』『続花摘』から『新花つみ』に至れば、肉親への慕情が著しく陰微になり、光と影を蔵する蕪村独自の美の世界が構築されていることに気づかねばならない。

　亡母追善という本旨を其角の伝統を襲いながら、その意図はあからさまでなく、高度の文学性の中に朧化《ろうか》してしまう。従ってまた親友旨原や後人騏道の夏行のように、単なる俳諧修行の方便ではなかった。蕪村のとった形式は一日十章、従って一夏千句が意図され、先人其角の猿真似に終りたくない

という、ユニークな創意を持っていたのである。それは明らかに世間的な亡母追善という習俗と次元を異にする世界のものであったと思われる。

夏発句を報じた書簡

『新花つみ』夏発句制作中にかかわる書簡は現在三本が知られている。他に黒柳清兵衛宛四月二十九日付（書簡二九二）に四・五一・三一・三三・八五・五四の順で六句記載されるが、「山伏刷物」及び写経社会会頭百池の記事内容から、翌安永七年の書簡であることが明白。また几董（推定）宛日付不明（書簡一六）にも八五・一三・五六・六三・六〇の順で五句記されたが、他の「花茨」など三句とともに、歌仙の発句を選定するための候補作であり、この書簡を安永六年夏と推定して、後の『桃李』（安永九年刊）両吟歌仙の最初の企画であったとするのは早計であろう。さすがの蕪村も夏行断絶の直後に、彫心鏤骨《ちょうしんるこつ》の師弟両吟を試みる精神的ゆとりはなかったはずだ。私は少し遅れて安永七年か八年のことと思う。

さて三本を列挙する（すべて前文が切断されている。句頭の番号は『新花つみ』句番号である）。

(一)四月十三日付宛名（大魯か）不明（書簡三三九）

51 金屛のかくやくとして杜（ママ）丹哉
54 ぼたん有寺行過しうらみかな
56 山蟻のあからさま也白ぼたん
57 方百里雨雲尽（ママ）てぼたん哉
53 ぼうたんやしろがねの猫こがねの蝶
59 山蟻や覆道造るぼたん哉

覆道ハやねの有廊下也。
外之分志慶《しけい》（大阪高麗橋の苧屋吉右衛門。大魯社中）へ書付遣《つかはし》候。いづれ成共と申遣候。皆々夏発句急作（破損）す候。
餘ハ御めニかゝり可二申承一候。以上
卯月十三日

右の六句、すべて『新花つみ』四月十三日の条（牡丹九句）に在り、そこから順に抜書きしたもの。五七の句形により、現行本が再稿か三稿本であったことが確かめられ、現行本以前の形態の一部が推測できる。「夏発句急作」という言葉も、四月十三日の当日これらの句々が出来上がったばかりの状況を窺うに足るであろう。

㈡五月二日付宛名（几董か）不明（書簡三四〇）

蟻垤

104 蟻王宮朱門を開く杜（ママ）丹哉

学寮

101 芍薬に紙魚打払ふ窓の前
92 一八やしやがちゝに似てしやがの花
88 鮓の石五（ママ）更の鐘のひゞきかな
78 すしつけて頓テ去ニたる魚屋哉
80 鮓圧シてしばし淋しき心かな
75 三井寺や日ハ午にせまる若楓
69 堀（ママ）くらふ我たかうなの細き哉（「堀くろふ」を改める）

61 木がくれて名誉の家の幟哉
右の句ども此ほど夏行也。さて〳〵多用ニ而最早百句ほどの未進《みしん》ニ相成候てこまり申事ニ候。貴
句いかゞ。
　皐月二日
この九句は一〇四から遡って抜書きし、六二に至った。八六の「鮓の石」は初案形であろう。重要なことは、夏行が五月二日の時点で約百句未進になったという事実だ。一〇四「蟻垤」の一句が日並通り四月十九日に成ったとみて、五月二日はそれから十三日目に相当する（四月は大）。「百句ほどの未進」は概略一日十章の計算に相当するから、『新花つみ』一〇四に至る数句の成立は日並通りと認められ、従ってまた四月八日から十九日までの十二日間の日並は概して正確であったと推定される。
㈢五月十七日付芦陰主人（大魯）宛（書簡九八）
79 鮒ずしや彦根の城に雲かゝる
　此句解スべく解すべからざるものニ候。とかく聞得る人まれニて、只几董のみ微笑《みせう》いたし候。

　いかゞ、御評うけ給りたく候。
88 鮓の石に五更の鐘のひゞき哉
　是ハ暗ニ一夜ずしの句ニ候。しかし初五置がたく候。
85 ましらげのよね一升やすしの飯（上五の右傍に「真精」）
109 さみだれに見えずなりぬる径哉
111 五月雨や水に銭ふむわたし舟
120 射干《トモシ》して吁く近江やわた哉

124 兄弟のさつお(を)中よきほぐしかな
　右の二句ハ案じ所同じ句也。
132 午の貝田うた音なく成にけり
104 蟻王宮朱門を開く杜(ママ)丹哉
その外句も有ㇾ之候へども、おもひ出《いだし》がたく候。あとゟ《より》又々書付可ㇾ申候。
一、御令内へも御息へもよろしく御伝声可ㇾ被ㇾ下候。ともぶじニ候。きぬもかハらず候。毎度御尋ね被ㇾ下、かたじけながり候。餘ハ重便。以上
　　皐月十七日　　　　　　夜半
　芦陰主人　　　　　（以下、追伸省略）

これは七九から一三まで大むね順形式で摘記されている。八六と一〇四の二句が皐月二日付と重複するから、二通は同一人宛ではあるまい。ただし八六の初五は現行本と同句形になっており、苦心のさまが注記された。注目されるのは、四月二十日以後第一次中絶（二八四頁参照）後の五月雨二句（一〇九・一二一）、また照射（一二〇）ほぐし（一二四）の「案じ所同じ」二句、及び第二次中絶（二九〇頁参照）以後に追加された一三三が記されていることだ。即ち五月十七日までに、第一次中絶後の二十六句のみならず、第二次中絶後の七句も大よそは成っていたであろうことが推測される。「五月雨」十三句や特に一三〇の「田植」、一三七の「早乙女」の句がいつ出来たか、現存資料からは早計に判断できないが、「さても霖雨こまりはて候」という五月二十四日付まさな・春作宛（書簡二六四）に最早《もはや》『新花つみ』夏行の句が記載されないところからも、五月十七日頃までに夏発句全体の形《かた》はつけられていたと推定してよかろうか。

さてこの夏も果てようとする六月二十七日付霞夫宛書簡（書簡一八〇）に、

愚亭此ほどは百句立《だて》発句に而《て》おもしろき事に候。初心の輩《やから》も百句の都合二時《ふたとき》ほどの内に満尾《まんび》、扨《さて》も奇特《きどく》の事と不レ堪ニ感慨一、浄写出来候て相分《あひわかち》可レ申候。……

と説明し、その百句立の考案句のうちから思い出すままに、

蟬鳴や僧正坊の浴《ゆあ》み時　（句集四二一）

ゆふがほや黄に咲たるも有べかり　（句集三六五）

葛を得て清水に遠きうらみかな　（句集四四七）

等七句を挙げ、「中にも僧正坊のゆあみ時、いさゝか蟬の実景を得たるこゝ地に候」と自解した。

また九月七日付柳女・賀瑞宛（書簡一八六）にも、

花守は野守に劣るけふの月　（句集五四一）

以下二十句を挙げ、「毎月並百句云《（ママ）》の発句会相つとめ候。五歩《（ママ）》線香にていたしたる句にて候故、早卒の作……」と述べる。

これを「几董句稿」にみると、安永四年六月五日道立と同行して浪花へ下る舟中の探題が「線香一寸即案」の形式で行われ、「合三十句」が記録された（句稿三。「自在庵句集」参照）。後にも天明元年の「寸線発句」が記録される。時間制限の競作は珍しいことではない。ところが、安永六年度（句稿五）には「百題即案之内、春雑、題陶淵明」（春四十三句）「夏雑、百題即案之内」（この三十五句は、四月十日夜半亭会よりも前に出る）が記録され、四月二十六日から五月十四日に及ぶ二柳東行の送別俳諧などをはさんで、「百題ホ句之内」（夏三十句）「夜半亭宿題」「二

百題両月之内」（秋二十五句）等とある。この「百題即案」は翌安永七年（句稿六）には姿を消してしまう。百句立の発句とは、「五歩（五分か）線香」ないし「線香一寸」の燃え尽きる間に一題一句を作り、二時《ふたとき》（約四時間）を限って百題百句を制作するのであろう（一寸は一尺の十分の一。曲尺（かねじゃく）の場合は約三・〇三センチ。一寸の線香の燃える時間は約八分）。『新花つみ』の夏行は、一日十章＝一夏千句という多作を発企したものだが、その企画と事実とは極く一部の高弟にしか知らせなかったようだ。しかし「百句立」＝「百題即案」は、初心者にも実行させた、夜半亭の新しい教育法であり、それは安永六年春から始まったと覚しく、蕪村の秘かな夏行開始以前、すでに弟子の几董は師命を奉じて春と夏の「百題即案」を実践していたのである。

「一日十章」と「百句立」とは、蕪村の精神においては異質のものと思われるが、ともに方便的な速吟の多作法である点において、方法的に共通するものがあろう。「百句立」という多作法の中から、蕪村は夏行としての『新花つみ』を自発的に制作したが、几董は師命に追従してよろよろと苦吟を続けたのみである。何故、安永六年の春から秋にかけて、普通の弟子には無理と思われる百句立を夜半亭門下に強制したのか。几董を後継者として育成することを唯一の念願とした蕪村の、安永六年という時点における、専ら几董に焦点をあわせた教育法ではなかったか、とさえ思えてくる。考え過ぎの果ての模倣に陥り易い几董に、季題の本質を直感的に素早く把握する修練を課したのではなかろうか。

それはともかく、われわれは「百句立」の実施という事実から、蕪村が『新花つみ』の群作において、実に基づく虚の、絢爛《けんらん》豪華な詩的世界を創造したことを正確に認識しなければなるまい。少なくとも「百句立」を基盤として『新花つみ』夏行の群作が制作された、とだけは言えようか。実は蕪村も夏行を途中で放棄してしまうが、それは多作や速吟のせいではなく、全く別の理由によるところであったのだ。

娘の嫁入りと離縁

嫁入りまで

晩婚の蕪村に一人娘があって安永五年冬十二月結婚したことが知られている。その時の年齢を江戸時代の通例に従って十六歳くらいとみることによって、蕪村の結婚年次も推定されてきた。妻帯を宝暦十二年（蕪村四十七歳）ころまで遅らせてもよいという説も出されたが、今は通説に従い宝暦十年（四十五歳）に妻帯して、翌十一年娘くのを得たと算定しておこう。格別の根拠はないが、宝暦十年秋、雲裡房《うんりぼう》に筑紫行脚をすすめられたが同行できなかった（句集五三五）理由を新婚前後と推定できなくもないからである。画業のほうでもこの年初めて謝長庚《しゃちょうこう》を称し、三菓軒の主となって明和七年春に至る。

妻ともの年齢は推定の手がかりが全くない。のちの與謝清了尼は、天明三年（一七八三）六十八歳で蕪村が没してから、なお三十一年存命して文化十一年（一八一四）三月五日に没したことは、金福寺の過去帳に明示されている。しかし残念ながら彼女の享年は記されていない。晩婚の夫との年齢差が大きいから、宝暦十年の結婚年齢を二十歳と仮定してみると、天明三年四十三歳、文化十一年七十四歳没ということになる。

蕪村書簡に出る娘の称呼は、「嬰児《えいじ》・小児・娘」の三種がある。最も早いのは、明和三年九月と推定される讃岐行直前の召波宛書簡（書簡七一）で、「殊更嬰児も在レ之候故、留主中心細き事ニ御座候」と嘆きながらも、一大決意を抱いて遠く南海に旅立った。六歳の女児を、幼児の意で「嬰児」と言ったものと解してよかろう。次いで明和七年三月夜半亭二世を継承した頃には、門人召波から人形を貰って喜ぶ十歳の童女の姿を「小児雀躍仕候」（春泥宛、書簡七三）と記した。翌年十月に早くも手の痛みの症状が出たらしく、「小児事御尋《たづね》被レ下忝《かたじけなく》奉レ存候。当分のいたみニ而御座候」（春泥宛、書簡七七）と答えている。

貌白き子のうれしさよまくら蚊帳　（新花つみ四八）

みどり子の頭巾眉深きいとほしみ　（句集七六六）

などは必ずや愛児に対する体験に基づく作品であろう。

安永二年（推定）四月三日付一鼠宛（「連歌俳諧研究」四六号）に、「むすめ儀はしかおもく候而老心をいため候所、仕《し》合《あはせ》と快気を得候て大慶仕《つかまつり》候」と、通常よりも遅れたための重い麻疹《はしか》の症状に心を痛めた。同年（推定）一月十八日付馬南（大魯）宛（書簡九六）に、「むすめ琴のけいこニこまり申候。近年は画はかゝせ不レ申候」とあって、琴の稽古のみでなく、みづから絵の勉強もみるという教育パパぶりであった。大雅堂夫人玉瀾《ぎよくらん》のような女流画家の誕生を夢みて娘に画を教えたかと思うと微笑ましいが、才能に恵まれないので諦めたのであろう。同三年九月大阪住の門人大魯（書簡九三）に、手習いに行く娘にもはかせたいからと、革足袋《かわたび》の注文をしている。既に明和年間に始まっている腕の痛む持病については、一連の霞夫宛書簡に詳しい。

○娘も琴組入《くみいり》いたし候て、餘ほど上達いたし候。寒中も弾《ひき》ならし耳やかましく候。されども無事ニひとゝなり候をたのしみ申事ニ候。（安永四年閏十二月十一日付霞夫・おとふさ宛、書簡一七四）

○むすめ事、二月中ゟ《より》左右之腕《かひな》だるくいたみ候而《て》、今ニしか〴〵無レ之、老心をいため候。御憐《ごれん》察《さつ》可レ被レ下候。併《しかし》気遣《きづかひ》なる病気にては無レ之由医師被レ申候ゆへ《(ゑ)》、安心いたし候。(安永五年四月十五日付、書簡一七五)
○内のもの、むすめも無事ニ而、琴ハけしからず上《あ》ゲ申候。御上京ならば御聞せ申たく候。(安永五年六月十三日付、書簡一七六)
○尚々宿《やど》之者もくれ〴〵御伝申上候。むすめ事も成長いたし候而、琴を出精《しゅつせい》、餘ほど上達いたし申候。(安永五年八月一日付、書簡一七八)

見事な子煩悩ぶりであり、大画人兼俳人蕪村も、子を思う情においては凡夫野人のそれと全く変らない。

右の八月一日付書簡のあと、手の痛みはまたまた再発し、大黒町の小児科・鈴木多門に掛っている。「全快可レ致と被レ申候故、安心いたし候。今日も右の医家へ連れて参り候」(安永五年八月二十七日付几董宛、書簡一一一)という状態で、晩秋九月にかけて「はか〴〵しく無レ之」(安永五年九月六日付まさな宛、書簡一六〇)、ようやく下旬になって、「むすめ事も此三四日ハ甚《はなはだ》こゝろよく、手の自在《じざい》も大かたニよく成《なり》候て、琴のけいこもちとづゝはじめ申体《まうすてい》ニ御座候間、御安意可レ被レ下候」(安永五年九月二十二日付まさな宛、書簡一六一)と記した。琴の稽古と相関関係にありそうな手の痛みにもめげず、娘は天性の音楽好きだったと思われる。音感的にもすぐれて鋭敏であった父親も、病気再発をおもんぱかって琴の稽古を禁止したふうもみえない。

茨老すゝき痩萩おぼつかな　(句集四九一)

とは、娘が結婚適齢期も近づいた安永四・五年の家庭生活の感慨であろう。たびたび手の痛みの再発を繰返しながらも、娘は専ら琴の稽古に精進する。それは芸術家としての父親の共感を得たであろうが、娘の志を尊重すればするほど、親子は世間的常識の世界から遠ざかるであろう。「娘」と記されたのは安永二年(十三歳)以後らしいが、一向に世間を知らぬ、うぶな娘の感じを否めない。まさに父親が心配する通り、「おぼつかな」い風姿だ。

『新花つみ』の冒頭に詠まれたような兄弟姉妹の死児ないし夭折児の有無を実証すべくもないが、この鍾愛《しょうあい》の一粒種を手放したのは安永五年十二月初めのことである。口碑によると、その嫁入り先は三井の料理人で、西洞院椹木町《さわらぎ》下ル柿屋伝兵衛と伝えられるが、人名などは後の再婚時のそれと混同もあり（穎原退蔵「与謝蕪村」著作集13参照）、詳細は不明というほかない。

先日ハ預《あづかり》二御細書一候処、其節ハ愚宅ニ三十四五人之客来《きやくらい》、京師無双之筝（箏）之妙手、又ハ舞妓《まひこ》の類《たぐ》ひ五六人も相交《あひまじり》、美人だらけの大酒宴にて雞明《けいめい》ニ至り、其四五日前後ハ亭主大草臥《おほくたびれ》、只《ただ》泥のごとくニ相くらし申候。……愚老も此節驀地闇《まつしぐら》ニ画ニ取かゝり候て、一向発句も出不レ申、殺風景ニくらし申候。（安永五年十二月十三日付東菑宛、書簡一六三）

例の通り多少の誇張が交るであろうが、盛大な披露宴であった。「京師無双之箏之妙手」は娘の琴の師匠と無関係ではあるまい。羽目を外した老蕪村の喜びようは大変なものだ。

愚老義も当月むすめを片付《かたづけ》候て甚《はなはだ》いそがしく、発句も無レ之無念《むねん》ニくらし申候。併《しかし》良縁在レ之、宜所《よろしき》へ片付《かたづけ》、老心をやすんじ候。来春ゟ《より》身も軽く相成候故、よし野曳杖《えいぢやう》のおもひしきりニ候。さ候ハヾ浪花《なには》へも立寄《たちより》、寛々《ゆるゆる》御めニかゝり可レ申とたのしび申候事ニ御座候。（安永五年十二月二十四日付延年宛、書簡一五七）

念願の良縁を得て、老心を安んじた蕪村は、来春は吉野の花見に出かけたいと言い、翌安永六年正月晦日《みそか》付霞夫宛（書簡一七九）には城崎《きのさき》入湯を希望している。

右の出石《いずし》（兵庫県）の富豪俳人・芦田霞夫宛には、春に春興帖を出版することを予告し、霞夫・乙《おと》総《ふさ》両子の代作を入集させることを伝えている。それがあの『夜半楽』に他ならない。安永六年二月二十三日付柳女・賀瑞（推定）宛（書簡二三八。『蕪村翁文集』所収）に、さてもさむき春ニて御座候。いかゞ御暮被レ成候や、御ゆかしく奉レ存候。しかれば春興小冊漸《やうやく》出板ニ付、早速御めニかけ申候。外《ほか》へも乍《ながら》ニ御面倒一早々御達《おたつし》被レ下度《たく》候。延引《えんにん》ニ及《および》候故、片時《へんしも》はやく御届《おとどけ》可レ被レ下候。

一、春風馬堤ノ曲　馬堤ハ毛馬塘也。則余が故園也。

余幼童之時、春色清和の日ニハ必《かならず》友どちと此堤上ニのぼりて遊び候。水ニハ上下ノ舩アリ、堤ニハ往来ノ客アリ。其中ニハ、田舎娘ノ浪花《なにわ》ニ奉公して、かしこく浪花の時勢粧に倣《なら》ひ、髪かたちも妓家の風情《ふぜい》をまなび、□伝しげ（ママ）太夫の心中《しんぢゆう》のうき名をうらやみ、故郷の兄弟を恥《はぢ》いやしむもの有《あり》。されども流石《さすが》故園ノ情ニ不レ堪《たえず》、偶《たまたま》親里に帰省するあだ（ママ）者成べし。浪花を出てより親里迄の道行にて、引道具《ひきだうぐ》ノ狂言、座元夜半亭と御笑ひ可レ被レ下候。実ハ愚老懐旧のやるかたなきよりうめき出たる実情ニて候。（以下省略）

「娘」を意識するようになってからでも、五〜六年を経過している。女の幸福が良縁に在ることは昔も今も変りはない。親としての軽からぬ精神的負担からの解放感と、最愛の分身を手放した空虚感、——それが蕪村をしてあの「容姿嬋娟、癡情《ちじやう》可レ憐」き藪入り娘を造型させたとしても唐突ではあるまい。「正月中旬ゟ以之外《もつてのほか》所労、漸《やうやく》此一両日復常」（一月晦日付霞夫宛、書簡一七九）と報じたから「春風馬堤ノ曲」は遅くとも正月上旬には完成、『夜半楽』板行も二月二十日頃と推定される。なお詳説のゆとりはないが、安永六年二月十日の夜半亭月並句会（兼題「乙鳥」「春雨」）のあと、十三日に完成した「秋景山水図」（紙本淡彩「謝春星」）は蕪村生涯の傑作の一つであった。

さて、その娘の幸福も束の間のはかない夢に終った。「其のちは御物遠打過《おんものどほに》候。さても霖雨こまりはて申候」と書き始めた、安永六年五月二十四日付まさな・春作宛（書簡一六四）に次のような痛恨の報告を記した。

むすめ事も、先方爺々《ぢぢい》専ラ金もふ《（まう）》けの事ニのみニ而しほ《（を）》らしき志し薄く、愚意ニ齟齬《そご》いたし候事共多《おほく》候ゆへ《（ゑ）》、取返《とりかへし》申候。もちろんむすめも先方の家風しのぎかね候や、うつ〳〵と病気づき候故、いや〳〵金も命ありての事と不便《ふびん》ニ存《ぞんじ》候而、やが《（ママ）》て取もどし申候。何角《なにか》と御親節（切）ニ思《おぼし》召《めし》被レ下候故、御しらせ申上候。

これは娘を取り戻したのであって離縁されたのではない。しかしその主因を先方の父親の金銭万能主義に帰しているが、それだけではないであろう。

雪の暮鴫はもどつて居るやうな　（句集七〇）

を、家庭状況の心象風景と解し得るならば、父親には話しにくい悩みを抱いて、秘かに勝手口からわが家に戻った、哀れな愛娘の姿が思い浮ぶであろう。

右の書簡により、娘の離縁を五月二十日頃と推定するのが通説である。『新花つみ』夏発句の解読に重大な関連性を持つ事件であるが、現存資料からは取り戻した月日を特定することは不可能のようだ。四月二十日金福寺写経社第三会があり、同二十二日には大阪の旧国《ふるくに》が上洛して三本樹水楼において五吟（道立・蕪村・旧国・大魯・几董）五歌仙が巻かれた。間もなく大阪の二柳《じりゆう》が上京、二十六日は几董の春夜楼において三吟（蕪村・几董・二柳）歌仙、二十七日は夜半亭において二柳・几董・道立と四吟歌仙を巻いたから、娘の離縁が四月中とは考えられない。

五月になって十二日には荷葉楼における二柳東行の送別歌仙（二柳・几董・蕪村・百池・道立・田福・維駒の七吟）を興行し、一日おいて十四日には春夜楼においていて「五月雨」の両吟歌仙が巻かれた（蕪村は参加しない）。

さみだれや麦粒もゆるはしりもと　二柳

なめくじり這ふ壁の古竹　几董

この前後には実際に五月雨が降り続いていたであろう。そうして他ならぬ芦陰主人（大魯）宛五月十七日付書簡（切断された前文は大魯にかかわることか）にそれらしい報告の形跡が読みとれないから、離縁はそれ以後五月二十日までの間とみるのが穏当であろうか。

『新花つみ』夏行中絶の真相は、作者の「病のため」（月渓跋）などではなく、右のような家庭悲劇に起因したことは疑うべくもなかろう。

若竹や是非もなげなる芦の中　（新花つみ一〇三）

さみだれや田ごとの闇と成にけり　（新花つみ一〇五）

前句は「離縁止むなし」の判断を寓したものであり、後者は離縁が決定的となった段階を率直に表白したものと読みとれる。後者がいつであったかは推断できぬが、前者が四月十九日であったことは確かである。とすれば、大阪の旧国・二柳が相ついで上京した俳諧興行に小まめに付き合っているのは、一種の気晴らしであったと思われる。

以下後日談として触れておく。几董宛六月二十八日付（書簡六八）及び七月十二日付（書簡一一六）の二通の書簡によると、離縁して帰家後のくの（結婚時にきぬと改名したか）は、几董ともう一人誰かの家庭に保養のために相当期間を預けられたもようである。手の痛みなども再発しており、身心に受けた痛手の深さを推察するに足る事実であった。

死と生の鎮魂

愁いの中の発句

娘の嫁入り直後の書簡として前にもちょっと触れた安永六年一月晦日付霞夫宛（書簡一七九）は、早春霞夫の父有橋の訃報に接した悔みが主文である。その終りに、「御愁ひの中ニも発句ハ折々可レ被レ成候。詩歌ともニうれい《(ひ)》の中ニ多き物ニ候。杜甫が妙句も多くハ愁《うれひ》のうちニ候」と句作をすすめている。また追伸に、

水にちりて花なくなりぬ崖《(ママ)》の梅　（仮日記・遺稿稿本・夜半叟に下五「岸の梅」）

以下四句を挙げ、特にこの句に詳しい注解を加えて、それとなく追悼の意をも寓した。

此《この》江頭の梅ハ水ニ臨ミ、花が一片ちれば其《その》まゝ流水が奪《うばひ》て流れ去《さり》〳〵て、一片の落花も木の下ニハ見えぬ。扨《さて》も他の梅とハ替りて、あわれ《(は)》成《なる》有さま、すご〳〵と江頭ニ立《たて》るたゝずまゐ《(ひ)》、とくと御尋思候へば、うまみ出候。御噛《かみしめ》メ可レ被レ成候。

もともと追悼句として制作されたものでないことは、『仮日記』や何来宛書簡（書簡二九七。下五「岸の梅」）に明らかである。自然の推移や運行に無常を観ずる思想は珍しくないが、『夜半楽』中の「澱河ノ歌」の恋々の情の発想にも通ずるであろう。

ところで、娘を取り戻した皐《さつき》廿四日付（書簡一六四）のあの痛恨の書状に、

さみだれや大河を前に家二軒　（句集三四六）

涼しさや鐘を離るゝ鐘の声　（句集四二七）

雨後の月誰《た》そや夜ぶりの脛白き　（句集四三九）

の三句（書簡三二七。也好宛には他に一句を記す）が記載されたことを、どう解すべきであろうか。「月並発句帖」五月十日の夜半亭月並句会（兼題「五月雨」「蚊」、探題「瓜畠」等）における蕪村の出句は、

五月雨や大河を前に家二軒

蚊の声すにんどうの花の散ルたびに　（句集三〇三）

しの〻めや雲見えなくに蓼の雨　（句集二八二）

の三句。四月十日（兼題「若葉」「蝸牛」、探題「扇」）・六月十日（兼題「蓮」「毛虫」、探題「苦熱」「古今物名」）は記録を欠く。有名な「家二軒」の一句は五月十日の作で、娘を取り戻したのが二十日頃とすれば、十日にはまだ『新花つみ』に終止符は打たれていない。「月並発句帖」の他の二句は憂愁の情を含むものであり、「家二軒」の句も悲劇的な家庭状況の不安感を象徴して『新花つみ』一〇五以下の「五月雨」句群に共通するものがあろう。五月十日の「月並発句帖」三句や五月二十四日付書簡の三句が『新花つみ』に組み込まれなかったのは、寓意性や唯美性という発句の内容によるよりは、むしろ句会に公表されたからではないか。或いはそこに群作としての『新花つみ』の持つ構想力の自律性を憶測すべきかもしれない。一〇五のような特殊な改作句は別として、『新花つみ』にみえる『蕪村句集』の七句、「遺稿稿本」の二句、ともに『新花つみ』以外の出典は知られていないのである。また一八・六〇の二句、ともに「落日庵」・「夜半叟」両句集に見えるが、これも他に出典は知られない。

さて、「愁の中の詩」については、今一つの資料がある。安永六年七月三日付大魯宛（書簡九九）に、

一、日来《ひごろ》御たのみの拙画之事、相心得候。しかし御存之《ごぞんじ》通、筆を取候事むつかしく候故《ゆゑ》、おのづから延引《えんにん》ハ意外之事ニ候。御照量《ごせうりやう》可レ被レ下候。

一、内ノものへ御伝書　辱《かたじけなく》　候。くのも無事ニくらし候。しかし土用故歟《か》、手のいたみ少々再発のキミニ候。されども軽き事ニ候。御安意可レ被レ下候。御うち様息《さまむすこ》達もよろしく御伝可レ被レ下候。

一、樗良《ちよら》も此節浪花行《なにはかう》と承り候。二柳《じりう》ハ此ほど迄名古屋客居のよし、いづれも飛蓬《ひほう》浮雲のごとき人々とお《(を)》かしく候。

一、御ほ句　甚《はなはだ》　おもしろく、中ニも旅人の銭おとしたる（下五「清水哉」）お《(を)》かしみ、清水の致景《ちけい》見るがごとくニ候。先達之《せんだつて》御句ども、みなく\めでたく承《うけたまはり》　申候。窮途之愁《きゆうとうれひ》、句々実情故、不レ堪《たえず》ニ感慨一候。愚老此せつ一向得がたく、新涼を得候て工案いたすべくと、相休み居申候。何事も追々可ニ申承一《まうしうけたまはるべく》　候。　頓首

ふみ月三日　　夜半

大魯様

蟬啼や僧正坊の浴み時　（句集四二一）

ゆふがほや黄に咲たるも有べかり　（句集三六五）

画業渋滞の理由が大魯の承知のような事情からだというのは娘の問題が尾を引いているのかもしれない。妻子ともまずハ無事と述べてはいるが、樗良や二柳の、気儘な「飛蓬浮雲」の境涯を羨《うらや》んでいることも確かだ。

「先達之御句ども」というのは、大魯の「感懐八句」を指す。蕪村が「大魯一件」（五月廿四日付正名・春作宛書簡）と呼

んだ内容不明の事件によって、安永二年秋以来五年も住みなれた大阪を退去して兵庫へ三遷《さんせん》しなければならなかった。「我にあまる罪や妻子を蚊の喰《くら》ふ」「長明がやどりさへなし皐月雨」など、身から出た錆とは言え、沈痛な実情を率直に詠んでいる。遊びがないと言えば、言い過ぎであろうが、「窮途之愁、句々実情故、不レ堪ニ感慨一候」というのが、師蕪村の受けとめた実感であった。蕪村自身は娘の離縁問題にまつわる深刻な実情をストレートに吐露することをほとんど回避したとみてよい。霞夫に「愁いの中の詩」をすすめ、三遷の住居を得た大魯境涯の連作を「窮途之愁」と賞揚したが、いつ頃からか現実化した娘の問題に苦悩したはずの蕪村自身は、『新花つみ』(七〜九七)に率直に苦悩を表出することをしなかった。明るい夏の光に満ちあふれた、若葉類(一〇句)や牡丹(一二句)や鮓(一〇句)などの絢爛《けんらん》たる句群を読むと、もっぱら陰鬱《いんうつ》さを排除して心の浄化に努めているかの如くであった。娘の破鏡という厳然たる事実を知れば、それをしも現実逃避と非難するのは、傷心の父親蕪村に対して酷というべきではないか。『新花つみ』の主題と方法は、まさに家庭悲劇からのカタルシスであり、光が強ければ強いほど陰影は濃く深い。いつの作品か分らぬが、

妻や子の寝貌も見えつ薬喰　(句集八五六)

の一句、実情ではなく虚構性が濃い。しかしそこに現実を見すえ、現実を超えた蕪村の文学世界の秘密を垣間見ることができよう。

夏発句の深層心理

大魯の「清水の致景」を賞した蕪村は、またみずから「蟬の実景」を自負したが、「田ごとの闇」(一〇五)以後の『新花つみ』五月雨吟や、その頃の「家二軒」の名作には、単なる実景を超えた実情が、

憂愁と痛恨の中に歌いこまれていて、そこに蕪村の実と虚を止揚した詩の世界が存したと思われる。

大略、本文頭注に説いたが、以下に夏行の作品に即していささか考察してみたい。

『新花つみ』冒頭六句は、直接の先行作品として其角の『華摘』（元禄三年刊）における亡母追善の夏行という主題を意識していることは、前に説いた。蕪村は亡母のみでなく、近い肉親にかかわる生と死の意識を連想的に詠んで新機軸を出す。特に四は『伊勢物語』を踏まえるが、「幟立つ母なむ遊女なりけらし」（『太祇句選後篇』）等もあり、一般教養圏内のもので、そのこと自体は特筆すべき事例ではない。それが、

130 参河なる八橋もちかき田植かな

137 早乙女やつげのをぐしはさゝで来し

に至ると、何らかの構成的意図や深層心理の表現が推測されなければなるまい。初めと終りに何故『伊勢』が引用されたか、不遇の貴公子を主人公として、さまざまな男女関係の機微を描いた古典的参考書くらいにしか、今の私には思い及ばぬが、少なくともそれが無意識的ではあり得なかった、とだけは言えよう。

『曾我物語』の場合はどうか。蕪村の友人・百万に「曾我殿田植」と前書する「神事田を寄《より》て植るや曾我贔屓《びいき》」（『俳諧新選』雑の部）の句があったように、悲劇的な曾我兄弟に対する同情は全国的に拡まって、歌舞伎の曾我狂言は庶民層に大歓迎された。

31 朝比奈が曾我を訪ふ日や初がつを

120 照射《ともし》して囁《ささや》く近江やはたかな

123 兄弟のさつを中よきほぐしかな

後の二句は第一次中絶後の作であるが、早く夏行の四日目（三〇と三一の間に半行分の空白があるので、四月十一日の条とみる）に曾我兄弟が出現

することに注目したい。

『伊勢』が前後照応して配置されたのだから、三以前に『曾我』取材作品を求めるならば、冒頭六句のうち、五の遊女は五郎の恋人・鎌倉化粧坂《けわいざか》の遊君が和歌の名人であったこと（巻五）が想起され、また六の「父入道」も十郎・五郎兄弟の祖父・河津（伊東次郎）祐親の入道姿であろう。そう読んで四を『曾我』流に読み直すと、実母の形見の小袖（巻七及び謡曲「小袖曾我」）にも通じ、

29 麦秋や鼬啼なる長がもと

30 麦秋や遊行の棺ギ通りけり

41 不動画く琢摩が庭のぼたんかな

の鼬の怪異（巻二）も遊行派廻国僧（巻十一）も三に接続し、泣き不動絵像（巻七）も後続するのだから、『曾我』からの連想と読めぬこともない。

四月二十日の条下に記された「田ごとの闇」（一〇五）の句と左注が日並通りかどうかは分らない。一〇四と一〇五の間に明白な一行の空白が存し、それが第一次中絶の痕跡と思われるからである。それはともかく、以下一二五までの「五月雨」一一句は、従来の明るさからガラリと暗転して、陰鬱《いんうつ》極まる五月雨世界となる。その異常さは作者の心理状況を率直に反映するものでなければなるまい。「田ごとの闇」は突如として襲ってきた最大の家庭的不幸を暗示し、「あえてよき句といふにはあらねど、いさゝかおもふしさひ（ママ）」は、次の一〇句とともに父親蕪村の心象を痛切に表出しようとした力作であろう。「うきくさ」（一〇六）も「鳥羽の小路」（一〇八）も水没する「径」（一〇九）もすべて悲傷と痛恨と不安の象徴ではないか。

110 五月雨や滄海《アオ》を衝《ツク》濁水

111　さみだれや水に銭ふむ渉《わた》し舟

の秀吟、特に前者は京の町なかに在って河口を想像する唐突さを否み難い。ともに痛烈な精神的衝撃の表現と解するのが妥当であろう。また一一三・一一四に繰返される、水の猛者・鵜さえ恐れるほどの濁流は、現実に押し流されて消え入らんばかりの一家の沈痛な危機感を寓したのに相違ない。淀川の洪水の恐ろしさは、左岸・毛馬村に生い育った少年蕪村の身に沁みていたはずである。

同じ「五月雨」の句も、「小田原で合羽買たり」（一一六）、以下「あか汲で小舟あはれむ」（一二五）までの一〇句に至ると、やや沈静した心境が認められ、「深田に苗のみどり」（一二六）から「八橋もちかき田植」（一三〇）に至れば、ほとんど悲劇の痕跡をとどめぬような、明るい平和な田植の景情が展開される。その次に第二次中絶宣言がくる。以下の七句は其角に倣《なら》って怠りの責をふさぐ追加で、一三一が皐月十七日付書簡に記されたから、大略その頃に成ったものであろう。

前に引用した離縁報告（皐廿四日付まさな・春作宛）は表向きのもので、先方の爺々が金もうけ専一で一片の風雅の志もないことなど、先刻承知で嫁にやったはずで、今さら理由にはならぬ。娘が「うつ〳〵と病気づ」いたのは、決して金のためのみではあるまい。うぶな嫁と相手の男との愛情問題が最大唯一の理由でなければならぬ。そこに他人には言えぬ、男の放埒《ほうらつ》な女性問題が介在していたのではないか。

娘の離縁問題の経過を『新花つみ』の中に探れば、四月十九日の条「是非もなげなる」（一〇三）の絶望段階を経て、「田ごとの闇」（一〇五）の第一次中絶は離婚の決断によるところかと推察され、やがて第二次中絶宣言となり、七句を追加して夏行は締めくくられたのである。初志には反したが、首尾照応の終結と見ることができる。

さて巻頭句が其角に触発されているのみでなく、途中にも『華摘』から取材ないし触発された句は多い（一八・二一・三三・四三・六一・六五・八七・一一七・一二九）。『華摘』の満百吟は「有明の月に成けり母の影」であった。蕪村にも亡母追善の意図は否定し難いから、中絶しながらも形態を整えた最後の七句、表面はさり気ない句であっても、裏には深い意味が隠されているかもしれない。

一三二の「大井越」には一人娘がともかく無事に戻ってきた安堵《あんど》感が息づいているし、一三四の「砦《とりで》」こそは温かい思いやりにつつまれた家庭そのものではないであろうか。一三三「午の貝」の名吟も出戻った娘の立場で詠んだものと解すれば、その何はともなき空虚感の本質も把握できそうだ。

最後の二句は季節の順序が逆になっている。そのような例は集中に珍しくない（特に九〇・九一）。田家の式日である田植がすんで、一番草を取るには約二十日間の日数を必要とする。自然の順序を逆転してまでも、何故『伊勢』の本歌取り句を最後に据えたのか。まずは連句の挙句ふうに処理したとも考えられ、更には巻頭に照応して生母の出自をそれとなく寓し、その不幸な愛の生涯の鎮魂としたのではないか。古典としての『伊勢』と『曾我』が初めと終りに対応するのは、決して偶然の結果ではあり得ない。それは目的に従って当初から意識されていたはずだ。『華摘』を直接のモデルとした夏行であってみれば、当然最後の「早乙女」姿は遠い昔の亡母の晴れの影像ということになる。春の『夜半楽』以後、老蕪村は回想の季節を迎えていたのである。

「腹はかりのやど」（一）と最後の「早乙女」の句（一三七）とを考え合せると、朧《おぼ》ろげながら不幸な蕪村生母像が浮び上がってくる。奇しくもそれは口碑伝説（河東碧梧桐・穎原退蔵・野村一三氏たらの説参照）に近いのである。「雇人《ヤトヒド》のあいさつうたふ田うゑ哉」（加賀一笑、『華摘』）のような「旅早乙女」「渡り田人」として重労働に服し、やがて蕪村を身籠ったとすれば、正妻でない実母の、女性としての悲惨な生涯は推察に難くないであろう。「午の貝」（一三三）の秀吟は、

離別《さら》れたる身を踏込《ふんごん》で田植哉　（句集三五七）

とともに、恋の破綻《はたん》後の母の姿とも解され、遥かな少年の日の俤《おもかげ》の母と現実のわが娘との二重像が成立するのである。

亡母追善を第一義とした九七までの夏発句中にも、

14 般若よむ庄司が宿の若葉哉　（道成寺）
20 みじか夜や葛城山の朝曇り　（葛城）
91 巫女町によきゝぬすます卯月哉　（葵上）
92 一八やしやがちゝに似てしやがの花　（歌占）

等が謡曲を典拠としているとすれば、説経「をぐり」や謡曲「歌占」に見られるような、母の霊魂の蘇生復活が願望されたであろう（三・三参照）。一二の貴船神社境内の明媚な光景も、第一次中絶後の暗澹たる一句の中に、「はだし詣り」（一三）や「皐雨《さみだれ》や」（一五）の句として繰返されると、作者が古典的な女の執念を正面に見据えたことは疑えない。昼間の巫女の無邪気な美しい姿態は一転して、神秘的な恐ろしい闇黒の中に消える。「貴布禰の社燈消る時」とは即ち丑の刻参りの時刻でなければならぬ。亡母の死霊と娘の生霊との、「あだ人」に対する重なる怨念の深さが、子であり親である不幸な蕪村の詩的想像力の中に、圧えても圧え切れずに形象化されたのだ。一五に至れば、謡曲「鉄輪《かなわ》」の女の、妄執が鬼女と化す、恐ろしい情念を想起せざるを得ぬであろう。

『新花つみ』には当然のことながら仏神にかかわる句が多い。「灌仏」（一・二）はむろんのこと、「般若」（一四）、「三熊まうで」（三二）、「遊行」（三〇）、「ねり供養」（三八）、「不動」（四一・四五）、「三井寺」（七五）等も、当初から作者の目的とした鎮魂意識から発想されたはずだ。『曾我』が兄弟の瞋恚《しんい》執心を取り鎮めるべく遊行派の廻国僧によって語られたように、『新花つみ』の夏発句は、亡母のみならず、途中からは愛娘の、死と生の二重の怨念に対する鎮魂の群作であったと言えるのではないか。

漢詩文の場合と違って、日本の古典を利用する蕪村の方法は、伝統的な本歌取り手法を応用して、表裏・陰陽の二重のイメージを重層させるのみならず、個々の句の表の表現とは別に、群作的な新解釈をも可能にする。裏の解というだけではなく、一つの全体としての群作的照明を与えなければ、容易に浮び上がってこないような、新しい形象と情念の創造である。それは漢詩の連作法を応用して新詩形を得た三詩篇とともに、日本文学史上稀有の、特異な作品ではなかったか。

老蕪村に残された時間はあと六年である。俳諧基盤の上に、個人の詩の世界でなすべき新しい創造は成し遂げた。安永九年の『桃李』の両吟歌仙は形式的には旧套を追うものに過ぎない。文章の部をも含めて『新花つみ』を完成した蕪村は、心置きなく貴重な残生を独創的な画業の開拓という大事業に勇猛精進するのである。

付録

與謝蕪村略年譜

一、この年譜は潁原退蔵校訂・清水増補『與謝蕪村集』（日本古典全書、昭和三十二年十二月刊、朝日新聞社）所載の「蕪村年譜」を補訂したものである。
一、画作品は主として潁原退蔵著『蕪村』（創元選書、昭和十八年一月刊、創元社）の「蕪村画作年譜」により、重要な作品はなるべく掲げた。作品名の下の括弧内は落款名である。
一、○印を付したものは蕪村自身に関する事項、△印を付したものは蕪村と関係深い人物に関する事項であるが、スペースの関係で多くを省略した。

享保元年（一七一六）丙申　一歳
○摂津国東成郡毛馬村（大阪市都島区毛馬町）に生れる。本姓谷口氏は母方の姓か、宝暦十年頃から與謝《よさ》（「よざ」とも）氏を称する。出自については不詳。

享保十三年（一七二八）戊申　十三歳
○母没するか（安永六年『新花つみ』の夏行《げぎょう》を母の五十回忌とみる大礒義雄仮説）。
△この頃早野巴人《はじん》江戸を去って大阪に赴き、ついで京に上る。

享保二十年（一七三五）乙卯　二十歳
○この頃までに単身郷里を去って江戸へ下る（「夜半翁終焉記」）。『五色墨』（享保十六年刊）後の江戸座俳壇に支考創始の仮名詩が流行していた。初め俳諧を内田沾山《せんざん》に学ぶか（大江丸説）。早く蓼太《りょうた》と交友があった（『蕪村句集』序）。○書を佐々木文山（享保二十年没、七十七歳）系、観世流謡曲を豊島露月（宝暦元年没、八十五歳）、漢詩を服部南郭《はっとりなんかく》（宝暦九年没、七十七歳）に学ぶか。

元文二年（一七三七）丁巳　二十二歳
△在京十年余の早野巴人、四月三十日江戸に帰り、六月露月の世話で日本橋本石町三丁目の鐘楼下に夜半亭の居を定め、宋阿と改号。
○〈宰町〉入門、内弟子として夜半亭に同居、薪水の労を助け、執筆《しゅひつ》役をつとめた。

元文三年（一七三八）戊午　二十三歳
○夜半亭歳旦帖《さいたんちょう》に〈宰町〉号で発句「君が代や二三度したるとし忘れ」入集。
○夏刊、豊島露月編『卯月庭訓《うづきていきん》』（序は前年十月）に「宰町自画」に題した発句「鎌倉誂物　尼寺や十夜に届く鬢葛《びんかづら》」入集。
○七月九日夜半亭臨時の百韻興行に宰町一座する。会する者、宋阿・雪童・風篁・渭北・少我ら十余人（「句巻」）。
○九月十二日湯島で催された一日十百韻《とっぴゃくいん》に高点付句六を得る（寛保元年刊『千々の秋』）。

元文四年（一七三九）己未　二十四歳
○夜半亭歳旦帖に発句一、渭北歳旦帖に発句二、楼川歳旦帖に発句一入集（〈宰町〉号）。
○十一月宋阿編、其角・嵐雪三十三回忌集『桃桜』（安井小洒説――下巻板下《はんした》は宰鳥）に〈宰鳥〉号で発句一入集。宋阿興行の歌仙に宋阿・雪尾（後の毛越）・少我と、百太興行の歌仙に宋阿・百太・故一・訥子《とつし》と一座する。

元文五年（一七四〇）庚申　二十五歳

○冬、筑波山麓で春を待ち、「行く年や芥流るゝ桜川　宰鳥」（寛保元年夜半亭歳旦帖）。

△十月、成誉《じょうよ》大玄上人、結城《ゆうき》弘経寺二十九世住職となる（延享二年五月大光院に転住、宝暦三年増上寺貫主《かんす》となり同六年示寂）。

○元文年間、俳仙群会図を描く（『蕪村翁文集』所収「俳仙群会の図賛」）。

寛保二年（一七四二）壬戌　二十七歳

△六月六日、夜半亭宋阿（巴人）没す（宋屋編『西の奥』六十七歳説、丈石編『俳諧家譜』等は六十六歳説）。

○宋阿没後、その遺稿を「一羽鳥」に編もうとしたが果さず、江戸を去って下総結城の同門・砂岡雁宕《いさおかがんとう》を頼る。以後、釈蕪村と称して野総奥羽の間を歴行十年。奥羽遊歴は寛保二年秋冬から約一年間と推定（『新花つみ』）。

寛保三年（一七四三）癸亥　二十八歳

○五月刊、望月宋屋編『西の奥』（宋阿追善集）に追悼《ついとう》句一（宰鳥）入集。

△芭蕉五十回忌。

延享元年（一七四四）甲子　二十九歳

○春、宇都宮にあって寛保四年蕪村歳旦帖を刊行、初めて〈蕪村〉号を用いた。

△七月三日、常盤潭北《ときわたんぼく》（六十八歳）没。

延享二年（一七四五）乙丑　三十歳

○一月二十八日、結城の早見晋我《しんが》（七十五歳）没し、「北寿老仙をいたむ」（釈蕪村）を手向《たむ》く（『いそのはな』）。

△十月十三日、宋屋奥羽行脚《あんぎゃ》の途次、結城に蕪村を尋ねたが、不在（『杖の土道之部』）。

△湖十・存義・旨原《しげん》ら『江戸廿歌仙』刊。

延享三年（一七四六）丙寅　三十一歳

△十月二十八日、宋屋帰途再び結城・下館を訪《と》うも、蕪村は不在。十一月頃蕪村は江戸、増上寺裏門辺りに住した（『杖の土道之部』）。

○この頃、江戸中橋に夏行《げぎょう》中の渡辺雲裡房《うんりぼう》（句集三五一青飯法師）を訪う。

寛延元年（一七四八）戊辰　三十三歳

○冬刊、浅見田鶴樹編『西海春秋』に下総の阿誰《あすい》との両吟歌仙及び発句一入集。

○歴行十年時代の画業は、弘経寺蔵、襖《ふすま》四枚表裏、梅花図、山水図（以上無款）、中村家蔵陶淵明三幅対（子漢）・漁夫図（浪華四明）など結城・下館地方に多く遺る。また三俳仙図を描き松木淡々に賛句を求めた（『新花つみ』）。

宝暦元年（一七五一）辛未　三十六歳

○木曾路を経て八月京に上り、まず毛越を頼る（文章篇三一三頁参照）。

○秋、宋屋を訪《と》い、宋屋・稲太と三吟歌仙を巻く（『杖の土洛之部』）。

○冬、毛越編『古今短冊集《ここんたんざくしゅう》』に跋文《ばつぶん》（東都嚢道人蕪村）を寄せ、また短冊一入集。

○霜月□二日付書簡（宛名不明）に、江戸の平林静斎の書を当地庵中に掛けたいから入手して欲しい、その返礼には大黒画像を送ると述べ、また京都廻見の近況を報じた。

宝暦二年（一七五二）壬申　三十七歳

○三月刊、一瓢《いっぴょう》還暦賀集『瘤柳《こぶやなぎ》』に毛越・一瓢・虹竹《こうちく》との四吟四十四《よよし》一巻（二月興行）、賀句一入集。

○三月十三日、洛東雙林寺における練石ら主催、貞徳百回忌の法楽十百韻《とつぴゃくいん》に列席、川田田福と接近（十一月序『雙林寺千句』）。

○夏、大徳寺に遊び「時鳥《ほととぎす》絵になけ東四郎二（ママ）

郎」(『菅の風』)の句を得た。
○七月刊、雁宕・阿誰編『反古衾《ほごぶすま》』に李井《りせい》(存義)・百万(旨原)との三吟歌仙三巻(延享・寛延頃成るか)、発句二入集(釈蕪村)。
○宋屋編『杖の土洛之部』に蕪村の連句・発句入集。
△八月十五日、彭城《さかき》百川(五十六歳)没。

宝暦四年(一七五四)甲戌　三十九歳
○雁宕ら編『夜半亭発句帖』(五年二月刊)に跋文《ばつぶん》(釈蕪村)を送る。
△宋屋、宋阿十三回忌集『明《あけ》の蓮《はちす》』を編むも蕪村は入集しない。
○春・夏の頃、京を去って丹後宮津に赴き、見性寺(浄土宗)竹渓のもとに寄寓《きぐう》する。三《み》宅《やけ》嘯山《しょうざん》送別の宴を催し、五言律詩「送㆔朝滄遊㆓丹後㆒」を贈る(稿本『嘯山詩集』)。

宝暦五年(一七五五)乙亥　四十歳
△四月十一日、右江渭北(五十三歳)没。
○五月二十八日、雲裡房を迎え宮津の俳人らと歌仙一巻興行(俳人真蹟全集『蕪村』)。
○李白観瀑図《かんばくず》(四明朝滄)を描く。

宝暦六年(一七五六)丙子　四十一歳
○三月、宮津の凝視亭《ぎょうしてい》にて同地連衆と歌仙一巻興行(俳人真蹟全集『蕪村』)。
○四月六日付嘯山宛書簡に「浦島之仙郎、龍宮三年の客遊」と言い、自作の漢詩(七言絶句)一、発句一を報ずる(或いは七年か)。
○この年刊『東風流《あずまぶり》』(春来編)に春来・大済・雁宕・存義との五吟歌仙一巻入集。

宝暦七年(一七五七)丁丑　四十二歳
○前年からこの年夏まで宮津藩に官遊した陶《す》山《やま》南濤、蕪村の山水図に着賛。
○九月、三俳僧図戯画に描かれた一人鷺十《ろじゅう》の閑雲洞中に天の橋立図自画賛(三二四頁参照)を残して京に帰る。丹後時代はもっぱら画業に精励、神仙図・山水図を多く描いた。画号は〈四明〉〈朝滄〉〈四明朝滄〉、また〈孟溟〉〈魚君〉を用い、和画系統の田楽茶屋図六曲屏風半双に「嚢道人蕪村」と款した。
○宋屋古稀賀集『机墨』後篇に高点付句一入集。

宝暦八年(一七五八)戊寅　四十三歳
○四月、几《き》圭《けい》薙《ち》髪《はつ》賀集『咄相手《はなしあいて》』下巻に挿絵山水図(蕪村)を描き、発句二入集。
○六月、宋屋主催の宋阿十七回忌追善俳諧に上京した雁宕と共に出座、発句一入集。
○秋、平安城南朱瓜楼に渓山幽居図を描き〈馬塘趙居《ばとうちょうきょ》〉と款す。
○八、九年頃、陶淵明図(河南趙居写)、牧馬図(馬擬㆓南蘋㆒人用㆓自家㆒淀南趙居)等を描き、流行の沈南蘋《しんなんぴん》画風を学ぶ。

宝暦十年(一七六〇)庚辰　四十五歳
○六月、三菓園に洗足人物図を描き〈謝長庚《しゃちょうこう》〉と款識。この頃から與謝(また謝)氏を称する。
○秋、雲裡房の筑紫《つくし》行脚《あんぎゃ》に同行をことわる(句集五七五)。この頃、結婚か。
○仲冬二十二日、伏見千句興行の時、守武像(東成謝長庚)を描く。
○抄冬、三菓軒中に謝長庚落款で倣米南宮山水図・倣王叔明山水図六曲屏風一双を描く。
△九月十三日田河移竹(五十一歳)、十二月二十三日高井几圭(七十四歳)没。

宝暦十一年(一七六一)辛巳　四十六歳
○四月二十七日渡辺雲裡(六十九歳)没し、東桐舎山只の連衆に一座して雲裡追善の歌仙に加わる(文素編『烏帽子塚《えぼしづか》』明和二年刊)。

宝暦十三年(一七六三)癸未　四十八歳
○この頃、池田の田福居に往来して呉江の山水に心酔し、伊信という画生に逢い、少年時代の童遊談を語って留連する。また田福同行吉野山の花見に行く（田福編「夜半翁三年忌追福の刷物」）。

○夏、山水図（謝長庚、東成謝長庚）、八月、野馬図（東成謝春星、東成謝長庚）を描く。共に絖本六曲屏風。屏風講の伝説がある。

○宝暦八年以後この頃までに麦水編『鶉《うずら》たち』（刊年不明）に插絵二葉（鶉図、岩図）を描く。

○蝶夢編『松島道の記』に発句一、嘯山編『俳諧古選』に炭太祇（二句）とともに江都之部に発句四入集。

明和元年（一七六四）甲申　四十九歳

○夏六月、山水図（東成、謝長庚）、秋冬の頃、山水図（東成謝長庚、謝長庚）、十一月、柳塘晩霽図《りゅうとうばんせいず》（謝長庚）を描く（三作とも絖本六曲屏風一双）。

明和二年（一七六五）乙酉　五十歳

○三菓亭において何遜堂図（三月、謝春星）・羅浮仙女図（十一月、謝長庚）紙本二曲屏風一双を描く。夏六月、青楼清遊図（春星）絹本六曲屏風一双を描く。

明和三年（一七六六）丙戌　五十一歳

○祇徳歳旦帖に一句入集、「春過てなつかぬ鳥や子規」の句に〈落日庵蕪村〉と称す。

○三月、茶莚酒宴図（謝春星、謝長庚）絖本六曲屏風一双を描く。

○蘭亭曲水図（謝長庚、この年の堅承翠嵓の賛あり）絖本六曲屏風一双を描く。

△三月十二日、望月宋屋（七十九歳）没するも、その頃蕪村京不在。

○六月二日、寺村家の大来堂に炭太祇・黒柳召波らと初めて三菓社中の句会を開く。会者は他に鉄僧（百池の兄か）・竹洞・印南・峨眉・百墨（八文字屋自笑）の計八名。

○六月十日、峨眉亭に同句会を開く。

○秋、妻子を京に残して讃岐《さぬき》に赴く。召波宛書簡に「帰期はしれがたく候」と記す。

○鷺十編『橋立の秋』、入楚編『此あかつき』に発句各一入集。

明和四年（一七六七）丁亥　五十二歳

○讃岐より武然歳旦帖『春慶引《しゅんけいいびき》』に発句一を寄せる。

○三月京に帰り、宋屋一周忌に墓参、『香世界』に追悼句一入集（三二五頁参照）、再び讃岐に赴く。この時海路安芸の宮島に参詣か（句集四五三）。

○琴平において、五月、秋景山水図（春星）、冬、山水図（長庚）を描く。

明和五年（一七六八）戊子　五十三歳

○春、武然歳旦帖に発句一入集。

○三月刊『平安人物志』画家の部に登録、住所「四条烏丸東へ入ル町」。

○四月、讃岐丸亀妙法寺の襖絵完成。同寺の襖絵は寒山拾得図四枚、山水図四枚、蘇鉄岩図八枚、山水図六枚（明和戊子夏四月謝春星写）。滞讃中の落款は他に〈三菓居士〉〈虚洞〉〈謝春星〉〈長庚〉。

○四月二十三日讃岐を去り、月末か五月初め帰京する（四月二十二日付玄圃宛書簡）。

○五月六日、大来堂に三菓社句会を再開、以後五月十六日、同二十七日、六月八日、同二十日、同二十五日、七月四日、同二十日、八月二日、同十四日、九月朔日、同十一日、同十四日（移竹九年忌追悼句会、句集五六五参照）、同二十七日、十月八日、同二十三日、十一月四日、同二十四日、十二月十四日と続く（句稿「夏より」）。

○六月、三菓軒中に春秋山水図絹本六曲屏風一双（謝春星、東成謝春星）を描く。

明和六年（一七六九）己丑　五十四歳

○一月、太祇編『鬼貫句選』に跋文（三菓軒蕪村）を寄せる。
○五月刊、太祇ら編『平安二十歌仙』に序（三菓散人蕪村）を与え、四句入集する。
○五月刊、嘯山・賈友編『瓢簞集』に宋屋行脚像を描く。
○三菓社中の句会を一月十日、同二十七日、二月十日、三月十日、四月十日、五月十日、同二十日、六月十五日、七月一日、八月三日、同十四日、同二十七日、九月十六日、十月五日開催（「夏より」）。
○江戸の存義門・橋本泰里（十月二十一日入洛、約一年間滞京）を迎えて太祇・図大・嘯山・五雲らと俳諧を催す。泰里編『五畳敷』に右の歌仙二巻、発句三入集。また「定盛法師画像賛」（蕪村写於落日庵中）を泰里に与う。

明和七年（一七七〇）庚寅　五十五歳
○春、不夜庵（太祇）の春帖に発句一入集。
○一月、鉄僧の大来堂新居（東洞院）落成祝賀会に和漢人物図を描き、社友の賛句を掲げた小刷物を板行（「芭蕉研究」四）。
○二月、六祖図（謝春星）を描く。
○三月、夜半亭二世を継ぐ（『続一夜松後集』）。この頃室町通綾小路下ル町に居住（明和八年刊、十口編『誹諧家譜拾遺集』）。
△六月、几董句稿第一冊「日発句集」起稿。
○六月、夜半亭において名士言行図（東成謝春星）六曲屛風一双を描く。
○六月十五日、俳優慶子の病気全快を祝って富士画賛を贈る（句集三七六参照）。
○六月某日、三菓社中句会を開き、七月朔日、八月朔日（この二会に几董・馬南出席）、九月朔日、同二十六日と開催（「夏より」）。
○秋、酔李白図（皆川淇園題詩）を描く。
○十月一日、三菓社中句会を夜半亭社中と改め、句会を不蔵亭に開催（「高徳院発句会」）。
○十一月成る『孝婦記』（三宅宗春編）に発句一入集、また挿絵三葉を描くか。

明和八年（一七七一）辛卯　五十六歳
○夜半亭の歳旦帖『明和辛卯春』刊。
○不夜庵歳旦帖に入集。武然の『春慶引』に太祇・竹護・馬南らとの歌仙一巻・発句一入集。
○四月十八日（七観音寺、百雉出席）夜半亭社中の句会を開催、以後五月十六日、六月三日、七月三日、八月四日、九月三日、十月三日、十一月三日と続行。以上で「高徳院発句会」の記録終る。
○八月、大雅の十便図に対し、十宜図（春星）を描く。
○冬、小刷物『夜半亭月並』板行。
○銅脈『勢多唐巴詩《せたのからはし》』に挿絵一を描く。
△八月九日炭太祇（六十三歳）、十二月七日黒柳召波（四十五歳）没す。その間秋に伏見の鶴英没す。

安永元年（一七七二）壬辰　五十七歳
○春、夜半亭歳旦の三ツ物・春興歌仙等を興行（「紫狐庵聯句集」）。『明和壬辰春』刊か（以下、安永四年まで同じ）。
○武然の『春慶引』に武然・竹護・馬南・五雲らとの歌仙一巻、発句一入集。
○五月―六月朔、四季山水図小品四幅（謝春星）を描く。
○夏、春渓帰漁図（謝春星）を描く。
○秋、几董編、几圭十三回忌集『其雪影』（蕪村七部集）に序文（夜半亭蕪村、三二六頁参照）を寄せ、巻頭に芭蕉・其角・嵐雪三尊像、宋阿・几圭対座図を描く。
○九月、『太祇句選』に序（蕪村）す。
△十二月十五日、箱島阿誰（六十三歳）没。
○雨人編『秋しぐれ』に入集。

安永二年（一七七三）癸巳　五十八歳
△門人几董はこの年から、寛政元年（天明八年休刊）に至る毎春『初懐紙』刊。

○武然『春慶引』に連句・発句一入集。
○一月二十七日不蔵庵、三月七日羅雲亭（月渓出座）、四月四日不蔵庵に句会を開催（「耳たむし」）。
○春、四季山水図小品四幅（蕪村・謝春星・三菓居士・謝春星）を描く。
○四月、「夜半翁三句之転」成る。蕪村の前《まえ》句《く》に諸子をして二句つがしめ、三句の転を評したもの、几董序を書く（「几董句稿」）。
△四月二十一日、湯浅随古（五十四歳）没。
△五月、馬南（大魯）上京。夏、三本樹にて剃髪（「几董句稿」・句集三七参照）。
○六月、下河原の睡虎亭に大阪の旧国《ふるくに》主催、諸国の俳士呑溟《どんめい》・丈芝《じょうし》・一音《いっとん》・西羊と会し、几董とともに歌仙興行、またこの時、呑溟は刷物を刊行した（「几董句稿」・句集三三参照）。
△七月三十日、砂岡雁宕《いさおかがんとう》（七十余歳）没。
○夜半亭句会——三月下旬、五月、八月、九月十五日、十一月（「几董句稿」）。
○九月初旬、伊勢の三浦樗良《ちょら》を迎え、竹護窓嵐山の家で、几董とともに四吟歌仙を催し、『此ほとり一夜四哥仙』（蕪村七部集）刊、蕪村序（花洛紫狐庵蕪村）。
△九月二十四日、嵐山（前号竹護）没。
○秋、几董編『あけ烏』（蕪村七部集）成る。連句・発句入集。
△秋、大魯大阪へ移住して芦陰舎を結ぶ。
○大魯の需《もと》めにより「あしのかげ」跋を草す（十月二十一日付大魯宛書簡）。
○嘯山編『俳諧新選』に四十六句入集。五雲編『石の月』（太祇三回忌集）・其答編『沢村生渥追善集』・浙江編『その人』（阿誰追善集）等に入集。

安永三年（一七七四）甲午　五十九歳

○武然『春慶引』に連句・発句一入集。
○一月下旬、無腸（上田秋成）著『也哉抄』に序（平安夜半亭蕪村）を与える。
○樗良『甲午仲春むめの吟』に正月三日付樗良宛書簡と発句一（句集一九）入集。
○春、三菓堂に「福禄寿」（東成謝寅）の三大字を書く（俳人真蹟全集『蕪村』）。
○三月二十三日、樗良・几董と三吟歌仙二巻を巻く（几董「宿の日記」）。
○四月七日、夜半亭に尾張の加藤暁台《きょうたい》を迎え、丈芝・几董と四吟歌仙を巻く（「宿の日記」・「夏衣」）。同十日、几董亭で丈芝・几董・暁台と四吟歌仙一巻を巻く（「夏衣」）。同十二日頃、暁台・士朗らと嵯峨に吟行（『幣袋』・「几董句稿」）。同十五日、東山紋阿弥亭に尾張連中と歌仙一巻を巻く（『幣袋』・「宿の日記」）。
○紫狐庵例会——四月十七日、五月、七月、八月、九月十五日（「几董句稿」）。
○六月、宋阿三十三回忌追善法要を営み『むかしを今』を編む（三二七頁参照）。また同門盛住庵浄阿編『つかのかげ』にも入集。
○六月、四季山水図四幅（謝春星）を描く。
○八月、紫狐庵蕪村選『芭蕉翁付合集』に序（平安紫狐庵蕪村）す（安永五年九月刊）。
○八月、夜半亭蕪村輯『玉藻集』（千代尼序・田女跋）刊。
○夜半亭月並句会——二月、四月十七日、五月九日、七月（「几董句稿」）、八月十日、九月十五日、十月十日、十一月十日（「月並発句帖」）。九月十六日、洛東一乗寺村に社中の茸狩《たけがり》を催す（柳女・賀瑞宛書簡）。
○十月、暁台粟津の義仲寺を経て上京、一音・蕪村・美角・几董・百池・定雅・呑溟と芭蕉忌追善の一順俳諧を催す（『ゑぼし桶』）。
○「十一月尽夜」以前、竹裡のために芭蕉翁像を描く（「几董句稿」）。
○一鼠編『瓜の実』、士朗編『幣袋』、二柳編『氷餅集』、丈芝編『片折』等に入集。

安永四年（一七七五）乙未　六十歳

○武然『春慶引』に入集。
○一月十日、夜半亭歳旦開を催す（東菑宛書

簡）。蕪村・月渓・我則三ツ物（「紫狐庵聯句集」）。
○春、道立・几董・蕪村・大魯四吟歌仙興行。一月二十五日、帯川・蘭洞・李蹊・月渓・致郷・自笑・我則・百池と歌仙一巻を巻く（「紫狐庵聯句集」）。『安永乙未歳旦』刊か。
○樗良『春興俳諧発句』に入集（句集九五）。
○三月以来病気、夏・秋を経て小康を得たが、十一月下旬より不快（霞夫・乙総宛書簡）。
○夜半亭月並句会――二月十日、四月十二日、六月十日、七月二十二日、八月十日、九月十日、十月二十四日、十一月二十日、十二月二十二日（「几董句稿」・「月並発句帖」）。
○十月十二日、二柳《じりゅう》、浪花遊行寺に芭蕉忌を営み、几董とともに句を寄せる（「几董句稿」）。
○十一月刊『平安人物志』画家の部に住所「仏光寺烏丸西へ入ル町」とあり、春頃の転居か（句集二八六）。
○冬、水辺帰笻《ききよう》図（雨森章廸題詩）を描く。
○「当年は病中ゆへ例の春帖相休ミ申候。……春ニいたり梅花帖と申ものを出して春帖の代りにたのしみ可レ申歟《か》と心がけ居申候」（閏月十一日付霞夫・おとふさ宛書簡）。
○閑鵝編『果報冠者』、蓼太編『付合小鏡』、青雨編『いしなとり』等に入集。

安永五年（一七七六）丙申　六十一歳

○几董『初懐紙』、五雲歳旦帖、鷺喬『除元集』に入集。
○一音編、二月暁台後序『左比志遠理《さびしおり》』天巻に序を書く（平安の紫狐庵において蕪村）。
○夜半亭月並句会――二月二十日、三月十日、四月十日、五月十日、六月十六日、七月二十日、八月二十二日（暁台出席）、九月十日、十月、十一月、十二月十日（「月並発句帖」等）。
○暁台、二月中旬上京し呑溟の仮寓に滞在。二月二十七日東山山下に暁台・道立・呑溟・几董・我則と半歌仙を巻く（「几董句稿」）。
△四月十三日、池大雅（五十四歳）没、『続明烏』に大雅堂の一句入集。
○四月、樋口道立の発起により一乗寺村金福寺境内の芭蕉庵再興を企て小数同人の写経社会を結成（管事は道立）。初会は二十六日と推定（卯月念六日付東瓦宛書簡）。
○五月十三日「洛東芭蕉庵再興ノ記」（三二九頁参照）を作り「写経社集」を刊行（以下、毎年初夏と秋の二回開催）。
△五月二十一日、大魯門米侯没（大魯編『とら雄遺稿』）。
△六月、樗良上京、木屋町三条に無為庵を構えた（『月の夜』）。
○八月十一日付几董宛書簡に「はいかい物之草画」を誇示する。
○八月、樗良・暁台と交遊（『月の夜』等）。
○九月二十日、写経社第二会開催。
○九月、樗良小刷物に入集。
○十月五日、大阪へ行き東菑方にて病臥。
○冬、几董編『続明烏』（蕪村七部集）刊。
○十二月、一人娘くの結婚する（十二月十三日付東菑宛書簡）。
○一音編『左比志遠理』、大魯編『とら雄遺稿』、夜兎編『秋山家』、樗良編『月の夜』、五晴編『津守船初篇』、蓼太編『蓮華会集附録』、江涯編『張瓢《はりふくべ》』、畊波《けんぱ》編『仏の座』等に入集。

安永六年（一七七七）丁酉　六十二歳

○一月中旬より二月にかけて病む（一月晦日付霞夫宛書簡）。
○二月十三日、秋景山水図（絖本淡彩、雨森章廸題詩）を描く。
○二月、春興帖『夜半楽』刊行、「春風馬堤ノ曲」「澱河ノ歌」「老鶯児」三部作を発表する。
○夜半亭月並句会――二月十日、四月十日、

五月十日、六月十日（春以後、この年の例会に「百句立」を催す）、八月、十一月十四日（「几董句稿」・「月並発句帖」）。
○四月八日、亡母追善のため一夏千句を期して『新花つみ』の夏行《げぎょう》を発企、四月二十日頃中絶、理由は娘くのの離縁問題（皐廿四日付まさな・春作宛書簡）による。五月二日、百句ほどの未進を嘆ずる（皐月二日付書簡）。五月十七日以前に第一次（二十五句）第二次（七句）の追加の句を作る。後（年内か）、余白に修業時代の回想記を記す。
○四月二十日、写経社第三会（「几董句稿」）。
○四月下旬、大阪より旧国《ふるくに》及び二柳上京俳諧興行。四月二十七日、夜半亭にて二柳・几董と三吟歌仙一巻を巻き、終り頃道立も加わる（「几董句稿」）。五月十二日、荷葉楼に二柳東行送別歌仙を興行（「几董句稿」）。
○七月刊『狂歌ならびの岡』（仙果亭嘉栗編、安永三年成）に插絵二葉を描く。
○九月初、季遊本奥の細道図巻成る（九月四日付季遊宛書簡）。
○九月二十二日、写経社第四会。「祖翁之碑落成」（「几董句稿」）。
○春夏の頃より編集していた召波遺句集『春泥句集』刊。蕪村序文（三三三頁参照）は十二月七日付。
○麦水『新虚栗《しんみなしぐり》』、樗良『花七日』、江涯『仮日記』、巨洲『桐の影』（雲裡十七回忌集）、徐英『蕭条篇』（都貢一周忌集）等に入集。

安永七年（一七七八）戊戌　六十三歳

○一月十五日、暁台上京、同十九日維駒主催、三本木玉柳にて夜半亭小集を催した（二月一日付白図・子東宛暁台書簡）。
○「当春帖は相休申候而、さくらのすり物出申候」（二月二十一日付仏心子宛書簡）。
○夜半亭月並会――二月十日・四月十日・五月十日（「几董句稿」）。
○三月九日～二十二日、几董とともに兵庫に大魯を慰問する（「几董句稿」）。
○「山伏刷物」（俳人真蹟全集『蕪村』）板行（卯月二十九日付維駒宛書簡）。
○五月、野ざらし紀行図巻一巻（蕪村）、六月、奥の細道図一巻（夜半翁蕪村）、十一月、奥の細道図二巻（六十三翁蕪村）を描く。
△五月七日、写経社第五会から百池会頭となる。
△六月十六日、百万坊旨原（五十四歳）没。
△七月二日、京洪水、四条橋流失（『京都坊目誌』下・句集四五六）。
○七月、山水図（謝寅）を描き、以後〈謝寅〉と落款。
○十月二日、百池の微雨楼に暁台・士朗を迎え七吟歌仙興行（寺村家蔵句稿）。
△十一月十三日、吉分大魯没。
○冬、夜半亭中に寒林孤亭図を描き〈寒林翁蕪邨〉と款す。
○山幸『鏡の華』、南瓜『神こゝろ』、秋来『封の儘』等に入集。

安永八年（一七七九）己亥　六十四歳

○『安永八年春若菜一枚刷』『不夜庵歳旦』に入集。
○一月・杜口七十賀の俳諧一巡に加わり、また杜口と両吟歌仙を巻く（『ふたりづれ』）。
○大和の何来に還暦の賀句を送る（『遊津里《ゆづり》葉《は》』）。
○蕪村を宗匠、几董を会頭、道立・百池・月居らを常連とする連句修行の学校（檀林会）を結成、四月二十日初会を開き歌仙一巻興行。以後、毎月二十日を定日とする（「連句会草稿」の記録は九年十月二十五日まで）。
△六月十四日、摂津武庫郡守部（尼崎市）の来迎寺において竹渓和尚寂。
○九月十二～十三日、几董・百池を伴い、粟津の幻住庵に暁台・臥央を訪《と》い、同夜三井寺に月を賞した（尾形仂説）。
○九月二十一日、木屋町の宿に大阪の木村蒹《けん》葭堂《かどう》を訪問（「蒹葭堂日記」）。
○九月、島原角屋の襖・山村晴畊図、秋、奥の細道図六曲屏風半双、冬、維駒本奥の細道図二巻を制作。十月十三日、芭蕉翁像を描く。
○十月、『芦蔭句選』に序（夜半翁）を書く。
○杜口『ふたりづれ』、泰里・古友『そのしをり』等に入集。

安永九年（一七八〇）庚子　六十五歳
○几董『初懐紙』、駅道歳旦帖『はるのあけぼの』に入集。
○一月二十日、檀林会初会。連衆、蕪村・几董・道立・百池・田福・維駒・正白・月居。以後、一月二十一日、二月十五日、三月二十日、四月二十日、同二十五日、七月二十日、九月二十五日（金福寺にて）、十月二十五日に開催（「連句会草稿」）。
○七月〜十一月まで、几董と書簡の往復を重ね『桃李』両吟二歌仙を巻く（逸翁美術館蔵書簡）。十一月上旬『俳諧桃李』（蕪村七部集）序成り（三三七頁参照）、「霜月」刊。
△春、伊勢山田に帰郷した樗良、十一月十六日没（五十二歳）。
○春渓帰牛図・秋山遊鹿図双幅に初めて〈日本東成謝寅〉と落款する。
○定雅『はなごのみ』（美角一周忌）、五晴『津守船三篇』、白雄『春秋稿初篇』、仏庵凡夫『雪の声』等に入集。

天明元年（一七八一）辛丑　六十六歳
○一月二十日、几董の春夜楼における檀林会に出座（『初懐紙』）。
○一月刊『俳諧関のとびら』（集者・吹田の一実）に雪月花各五十章の選句をなす。
○二月、武陵桃源図双幅、樵夫伐木図、山水図六曲屏風一双（すべて東成謝寅）を描く。
○五月、郭子儀図、孟夏、春夜宴桃李園図（角屋蔵）、老松図金地六曲屏風一双（日東々成謝寅）、六月、桃源図（角屋蔵）を描く。
○五月二十八日、写経社第十一会に際し芭蕉庵再成（句集三八）。「洛東芭蕉庵再興ノ記」を揮毫して金福寺に寄進。
○八月十四日、几董・月居の十番句合に判す（『反古瓢』二篇）。
○九月十三日、金福寺芭蕉庵会（湖嵓「工案稿」）。
○十月下浣、暁台のために「風羅念仏序」（蕪村）を書く（曾落『新幽蘭集』）。
○十二月中旬、其角句稿を得てその像を描きこれに賛す（其角句稿画賛）。
○江涯『浪速住』に発句一入集。
○白兎園宗瑞の歳旦帖に発句一入集。

天明二年（一七八二）壬寅　六十七歳
○一月中浣、松林孤亭図、農家飼馬（春景）図（ともに謝寅）を描く。
○几董『初懐紙』、臥央『初懐紙』に入集。
○春、「花桜之帖」を企画（一月二十六日付正名・春作宛書簡等）。
○三月、吉野行十七日帰京（三月十八日付梅亭宛書簡）。
△四月十二日、第十三回金福寺会（「工案稿」）。会頭我則は芭蕉庵什物として蕪村の意匠に成る二見形文台を寄進する。
○五月、『花鳥篇』（蕪村七部集）に序（蕪村）し刊行する。挿絵として檜の木笠図自画賛を描く。
○六月、鷺喬編『俳題正名《せいめい》』に序（夜半亭蕪村）を与える。
○六月、白雪堂に四季山水図四幅を描く。
○七月刊『平安人物志』画家の部に住所「仏光寺烏丸西入ル町」とする。
○九月十五日、金福寺写経社第十四会（「工案稿」）。
○十月十二日、金福寺芭蕉庵にて芭蕉忌（湖嵓「工案稿」）。下村春坡、芭蕉庵什物として蕪村意匠の海松《みる》・貝の硯箱五重二組を寄進する。
△十月三十日、馬場存義（八十一歳）、十一

月二十九日、谷口楼川（八十四歳）没。
○十二月十日、芭蕉翁像（蕪村）を描き芭蕉の発句四を題賛する。
○晩冬、白雪堂に百老聚星図を描く。
○六十七翁謝寅、農家飼馬（秋景）図を描く。
○其成『都枝折』、『里虹卅三回追善集』、白雄『春秋稿二篇』等に入集。

天明三年（一七八三）癸卯　六十八歳

○一月二十一日、几董の春夜楼に檀林会興行（『初懐紙』）。
○一月、雪斎において義仲寺の襖八枚に衡岳露頂図（夜半翁、蕪村）を描く。
○雪中庵旦暮帖、巴牛歳旦帖に入集。
○一月、買山・自珍・橘仙三人の初老を賀し大黒天像を描く（小刷物）。
△二月二十三日、大来堂句会に月居・雪居・佳棠・百池・鉄僧・半桂・羅城（「耳たむし」）出席し、「風羅念仏」法会を打ち合せたか。
○三月三日、北原吾琴のために桃林草屋図（雛一句題賛「右二章蕪村」）を描く。
○三月、粟津幻住庵（十一〜十二日）、東山安養寺端寮（十四〜十七日）、金福寺芭蕉庵（二十三日）において暁台主催の芭蕉百回忌取越し追善俳諧興行。蕪村これを後援する。
○夜半亭月並会――四月二十四日、五月八日（「月並発句帖」）。
○八月九日、不夜庵（呑獅）の太祇十三回忌追善俳諧に風雨の中を出座する（「追慕辞」）。
○九月一日、田福・維駒とともに召波十三回忌追善脇起俳諧興行（『五車反古』・月渓宛書簡）。
○夜半亭月並句会――九月十日、十月十日（「月並発句帖」）。
○九月、毛条に招かれ宇治田原に遊び、「宇治行」成る（九月十七日付毛条宛書簡）。
○秋、寒林山水図（日本東成謝寅）、九月、百老図（謝寅）を描く。
○夜半亭月並集『花のちから』（天明四年刊）に一月より十月までの選句を発表。
○晩秋初冬より持病の胸痛に悩む（十月三日付二柳宛書簡等）。
△十月十四日、堀麦水（六十六歳）没。
○冬、病中維駒編『五車反古』（蕪村七部集）の序（三二八頁参照）を書き、生前に刊行（霜月十日付几董宛書簡）。
○句集五六〇の句を賛した自画像を、滅後几董に与えよと遺言する（『新雑談集』）。
○十二月二十五日未明、没。門人月渓が臨終に侍坐した。遺族は妻とも（後、清了尼。文化十一年〈一八一四〉没し蕪村の墓に合葬）と娘くの（後、甲田氏に再婚か）。その夜、遺体を火葬にして密葬（『から檜葉』等）。
○香風『笠やどり』、葛人『物の親』、陸史『まだら雁』、風化房『雪の翁』『花の翁』等に入集。

天明四年（一七八四）甲辰　小祥忌

○一月二十五日（五七日）金福寺において再葬、尾張の暁台の悼句を発句として一順追善俳諧あり（『から檜葉』）。
○一月二十七日、遺骨を金福寺に収める。二十八日、田福・月渓主催追悼俳諧興行。几董は金福寺に参詣（「晋明集二」・『から檜葉』）。
○閏一月七日（七七日）金福寺において追善俳諧（「晋明集三」・『から檜葉』）。
○門人月渓は二月中旬頃まで夜半亭に滞留し、蕪村画像（寺村家・鈴木家）を謹写する。
○十月十一日、几董ら金福寺にて芭蕉忌を営む。この時現存する蕪村墓碑（碑文の揮毫は雨森章廸）が落成（「金福寺法楽帖」）。
○一周忌までに追善集『から檜葉』（孟春門人村百池跋）刊。巻頭に几董の「夜半翁終焉記」を掲ぐ。同じく几董著《（ママ）》『蕪村句集』刊（二集ともに几董板下）。
○鬼子『古今句集』等に入集。

『蕪村句集』『新花つみ』季題一覧

一、この一覧表は、蕪村の季題観や編集法を考える一助として、『蕪村句集』（八六八句）、『新花つみ』（一三七句）の各句の季題を素材とともに本文掲出順に列挙したものである。
一、前書（詞書）を有する句は最初に、後書を有する句は後に「　」を付け簡約して出した。
一、各句の素材を体言を主としてあげた。その際、句頭（上五）は必ず掲げるようにした。
一、素材のうち、季題に〰〰を付し、（　）内に通行の季語を注記した。一句の中に季題（季語）が二つないし三つ入っている場合もあるが、それは近世期の発句では通常のことである。その中には併立季題とも称すべきもの（例三五一・四九一・五七八等）もあり、また蕪村には強く主題と背景という画家意識があって季題は背景に過ぎぬ場合も多い。
一、すべて本文の表記通りで、読みにくい漢字には振仮名を付けた。

蕪村句集

春之部

1 ほうらい・山まつり・老の春（初春）
2 日の光・今朝（初日）・鰯のかしら
3 三椀・雑煮・長者
4 「離落」うぐひす・あちこち・小家
5 鶯・声・日
6 うぐひす・麁相・初音
7 鶯・雀・春

8 「画賛」うぐひす・軒の梅
9 鶯・日枝・高音
10 うぐひす・家内・飯時分
11 鶯・茨
12 うぐひす・ちいさき口
13 「禁城春色暁蒼々」青柳・大君・艸《くさ》・木
14 若草・根・柳
15 梅ちりて・やなぎ
16 捨やらで・柳・雨
17 青柳・芹生の里・せり
18 出《で》る杭《くひ》・柳

19 「草菴」二もとの梅・遅速
20 うめ・皺手・薫
21 白梅・墨・鴻臚館
22 しら梅・むかし・垣の外
23 舞／＼・場《には》・梅
24 出《いづ》べくとして・うめの宿
25 宿の梅・折取ほど
26 「摺子木…」隈／＼《すみずみ》・残る寒さ・うめの花
27 しら梅・北野・すまひ取
28 うめ散・螺鈿・卓《しよく》
29 梅咲て・帯・室の遊女

30 源八・梅のあるじ
31 燈を置ヵで・人・梅が宿
32 「あらむづかし…」梅咲ぬ・むめ・うめ
33 しら梅・枯木・月夜
34 小豆・小家・梅のつぼみ
35 梅・南・北
36 「早春」なには女・京・御忌詣
37 御忌の鐘・谷の氷
38 やぶ入・夢・小豆
39 藪いり・よそ目・愛宕山
40 やぶいり・守袋・わすれ草
41 養父入・鉄漿《かね》・傘
42 やぶ入・中山寺・男
43 「人日」七くさ・袴・片むすび
44 これきりに・径《こみち》・芹
45 古寺・はうろく・せり
46 「几董と…」筋違《すぢかひ》・ふとん・宵の春
47 肘《ひぢ》・僧・かり寝・宵の春
48 春の夜・御所・守身《もるみ》
49 春月・印金堂・木間《このま》
50 「春夜聞琴」瀟湘・鴈・おぼろ月
51 折釘《をりくぎ》・烏帽子・春の宿
52 公達・狐・宵の春
53 「もろこしの…」春の夜・宵・あけぼの
54 女・内裏・おぼろ月
55 薬・女・おぼろ月

56 よき人・小家・朧月
57 さしぬき・足・朧月
58 「野望」草霞み・水・日ぐれ
59 指南車・胡地・霞
60 高麗舟・霞
61 橋なくて・日暮・春の水
62 春水・四条五条の橋
63 足よわ・はるの水
64 春の水・背戸・田
65 春の水・鶏縄の稽古
66 蛇《へび》・鱒・春の水
67 「西の京に…」春雨・人・烟・壁
68 物種・袋・春のあめ
69 春雨・身・ふる頭巾
70 春雨・小磯・小貝
71 滝口・燈・春の雨
72 ぬなは・池・春の雨
73 「夢中吟」春雨・もの書《かけ》ぬ身
74 はるさめ・暮・けふ
75 春雨・ものがたり・簑と傘
76 柴漬《ふしづけ》・春の雨
77 春雨・いざよふ月・海
78 はるさめ・綱・袂・小でうちん
79 「ある隠士…」古庭・茶筌《ちやせん》・椿
80 あぢきな・椿・にはたづみ
81 玉人《たますり》・座右・つばき

82 初午・家〳〵・袖だゝみ
83 はつむま・鳥羽四塚・鶏
84 初午・物種うり・日
85 苔・なれ・蕗のたう
86 「ある人…」命婦・ぼた餅・彼岸
87 そこ〳〵・京・田にし売
88 なつかしき・津守の里・田螺あへ
89 静《しづか》さ・水・たにし
90 鴈立て・田にし・戸
91 鴈行て・門田
92 帰る鴈・田ごとの月・夜
93 きのふ・けふ・鴈のなき夜（雁行く）
94 「郊外」陽炎・虫・白き
95 かげろふ・簀《あじか》・土・人
96 「芭蕉菴会」畑うつ・うごかぬ雲
97 はた打・在所・鐘
98 畑打・木間の寺・鐘供養
99 「小原にて」春雨・おぼろの清水
100 日くるゝに・雉子・春の山
101 柴刈・砦・雉の声
102 亀山・大工・きじの声
103 兀山・何・きじのこゑ
104 むくと・雉・犬・宝でら
105 木瓜・貌・きゞす
106 「琴心挑美人」妹・桓根・さみせん草の花
107 紅梅・比丘・比丘尼寺

108 紅梅・落花・馬の糞
109 垣越・もの・接木
110 裏門の寺・逢着・蓬
111 畑うち・法三章・札
112 きじ啼・草・武蔵の八平氏
113 きじ鳴・坂・駅舎《たびやどり》
114 「西山遅日」山鳥の尾・春の入日
115 遅キ日・雉子・橋
116 「懐旧」遅き日・遠きむかし
117 春の海・終日
118 畠うつ・鳥・山かげ
119 耕・五石の粟・あるじ
120 飛かはす・やたけごゝろ・親雀
121 大津絵・糞・燕
122 大和路・宮・わら屋・つばめ
123 つばくら・水田・風
124 燕啼て・夜・蛇・小家
125 「無為庵会」曙《あけぼの》・幕・春の風
126 野ばかまの法師・春のかぜ
127 片町・さらさ・春の風
128 のうれん・東風・いせの出店
129 河内路・東風・巫女
130 「几菫が蛙合…」月・蛙・田面《たのも》
131 閣・遠き蛙・夜
132 苗代・色紙・かはづ
133 日・夜・啼蛙

134 連歌・夜・鳥羽・蛙
135 独鈷・鎌首・水・かはづ
136 うつゝなき・つまみごゝろ・胡蝶
137 暁・雨・すぐろの薄
138 よもすがら・雨・種俵
139 古河の流・種おろし
140 しのゝめ・小雨・焼野
141 「加久夜長帯刀…」山吹・井手・鉋屑《かんなくづ》
142 居《すわ》りたる舟・すみれ
143 骨《こつ》拾ふ人・菫
144 わらび野・物・枯つゝじ
145 野とゝもに焼る（野焼）・地蔵・しきみ
146 つゝじ野・あらぬ所・麦畠
147 つゝじ咲て・石・嬉しさ
148 近道・うれし野・躑躅
149 つゝじ咲て・片山里・飯
150 岩・我《わが》頼光・つゝじ
151 「上巳」古雛・むかしの人・袖几帳
152 箱を出る貌・雛二対
153 たらちね・雛の鼻
154 出代・春さめ・古葛籠《つづら》
155 雛見世・灯・春の雨
156 雛祭る・都はづれ・桃の月
157 喰うて寝て・牛・桃花
158 商人《あきんど》・犬・もゝの花
159 さくら・桃・小家

160 家中衆・さむしろ・もゝの宿
161 几巾・きのふ・空・ありどころ
162 やぶいり・几巾の糸
163 「風入四蹄軽」木《こ》の下《した》・かぜ・散さくら
164 手まくら・夢・かざしの桜
165 剛力・山ざくら
166 「暁台が伏水…」夜・桃林・嵯峨・桜人
167 暮んとす・春・をしほ・山ざくら
168 銭買て・よしの・山ざくら
169 「糸桜賛」ゆき暮て・宿・いとざくら
170 歌屑の松・山ざくら
171 まだきとも・山桜
172 嵯峨・閑院様・さくら
173 みよし野・ちか道・山桜
174 旅人の鼻・初ざくら
175 海手・日・山ざくら
176 「吉野」花・桜・よしの川
177 花に暮て・我家・野道
178 花ちる・笈
179 花の御能・夜・浪花人
180 阿古久曾・さしぬき・落花
181 「高野を…」かくれ住・花・真田が謡
182 玉川・高野・花
183 なら道・当帰・花一木
184 「…嵐山を出る」嵯峨・人・いづこ・花
185 花の香・嵯峨・ともし火

186 「雨日嵐山…」筏士・簑・あらし・花衣
187 傾城・後の世・花見
188 花に舞ハで・帰《かへる》さ・白拍子
189 花に来て・いねぶるいとま
190 「なには人の…」花・草履・朝寝
191 居《すゑ》風呂・後夜・花
192 鶯・たま〳〵・花の山
193 ねぶたさ・春・御室の花
194 「一片花飛減却春」さくら狩・美人の腹
195 花の幕・兼好・女
196 「やごとなき…」小冠者・花見る人
197 にほひ・衣《きぬ》・春の暮
198 誰《たが》・ひくき枕・はるのくれ
199 閉帳の錦・春の夕
200 うたゝ寝・春の日ぐれ
201 春の夕・香
202 花ちりて・木間の寺
203 苗代・鞍馬の桜
204 甲斐がね・雲・梨の花
205 梨の花・月・書《ふ》ミ・女
206 人なき日・藤・法師
207 山もと・米踏ム音・藤のはな
208 うつむけ・春・藤の花
209 「春景」菜の花・月・日
210 なのはな・筝・小風呂敷
211 菜の花・鯨・海

---

212 「春夜盧会」炉塞で・南阮の風呂・身
213 炉ふさぎ・床《とこ》・維摩
214 「暮春」ゆく春・逡巡・遅ざくら
215 行春・撰者・歌の主
216 洗足《せんそく》の盥《たらひ》・ゆく春
217 けふのみの春（三月尽）
218 「召波の別業…」行春・白き花・垣
219 春をしむ・座主の聯句
220 行春・むらさき・筑羽山
221 まだ長うなる日・春の限り（三月尽）
222 ゆく春・横河・いもの神
223 「ある人に…」返歌・青女房・くれの春
224 春惜しむ・あふみ・置火燵

夏之部

225 絹着せぬ・家中・更衣
226 辻駕・よき人・ころもがへ
227 大兵・廿チあまり・更衣
228 ころもがへ・印籠・所化二人
229 「眺望」更衣・野路の人
230 たのもしき・矢数のぬし・袷
231 瘦臑《やせずね》・微風・更衣
232 御手討・夫婦・更衣
233 「しれるおうな…」橘・かごと・あはせ
234 更衣・はした銭
235 鞘《さや》・友切丸・ほとゝぎす

---

236 ほとゝぎす・平安城・筋違
237 子規・柩《ひつぎ》・雲間
238 春過て・杜鵑
239 ほとゝぎす・都のそら
240 「大徳寺にて」時鳥・絵・四郎次郎
241 岩倉の狂女・恋・子規
242 稲葉殿・御茶・夜・時鳥
243 「箱根山を…」わするな・雲助・ほとゝぎす
244 歌・きぬ〴〵・時鳥
245 草の雨・祭の車（葵祭）
246 牡丹散て・二三片
247 「波翻舌本吐紅蓮」閻王の口・牡丹
248 寂《せき》として・客・絶間・ぼたん
249 地車《だんじり》・牡丹
250 ちりて後・おもかげ・ぼたん
251 牡丹切て・気・夕
252 山蟻・あからさま・白牡丹
253 広庭・ぼたん・天の一方
254 「柴庵の主人…」狂居士・首・鞨鼓鳥
255 閑居鳥・麦林寺
256 山人・かんこどり
257 食次《めしつぎ》・底・かんこ鳥
258 足跡・字・閑居鳥
259 うへ・笠置の森・かんこどり
260 むつかしき・鳩の礼儀・かんこどり

261 閑居鳥・さくらの枝
262 かんこどり・可・不可・なく音《ね》
263 「探題実盛」名のれ・雨・しのはら・ほとゝぎす
264 かきつばた・べたり・鳶《とび》
265 宵〳〵・雨・杜若
266 「雲裡房に橋立…」みじか夜・六里の松
267 鮎・夜半の門
268 みじか夜・毛むし・露
269 短夜・同心衆・川手水
270 みじか夜・枕・銀屏風
271 短夜・芦間・蟹の泡
272 みじか夜・二尺・大井川
273 「探題老犬」みじか夜・翁丸
274 短夜・浪・捨篝
275 みじか夜・いとま・白拍子
276 みじか夜・小見世・町はづれ
277 「東都の人…」短夜・一つ・志賀の松
278 みじか夜・伏見・淀
279 卯の花・藷の広葉
280 来て見れば・夕の桜・実（桜の実）
281 「円位上人…」実ざくら・死・菴の主
282 しのゝめ・雲・蓼の雨
283 砂川・蓼
284 蓼の葉・此君・雀鮓
285 三井寺・日は午《ご》・若楓

286 「あらたに居を…」釣しのぶ・幮《かや》・住居
287 蚊屋・奈良・若葉
288 窓の燈・梢・若葉
289 不二ひとつ・わかば
290 絶頂の城・若葉
291 若葉・水・麦
292 山・小舟・若ば
293 虵《だ》・谷路・若葉
294 蚊屋・ほたる・楽《らく》
295 尼寺・能キ幮・宵月夜
296 あら涼し・裾・蚊屋・根なし草
297 蚊屋・身・夜は明ぬ（明易し）
298 「よすがら三本樹…」明やすき夜・東山
299 古井戸・蚊・魚の音
300 うは風・蚊・野河
301 蚊やり・僧の坐右
302 「嵯峨にて」三軒家・大坂人・かやり
303 蚊の声・忍冬の花
304 「諸子比枝の…」蚊屋・翠微・家の内
305 若竹・橋本の遊女
306 笋・案内・おとしざし
307 若竹・夕日の嵯峨
308 筍・甥の法師・寺
309 けしの花・籬《まがき》
310 垣・蟇《ひき》・かやり
311 「嵯峨の雅因…」うは風・麦（青麦）・枕もと

312 長旅・駕なき村・麦ぼこり（麦刈り）
313 病人・駕・麦の秋
314 旅芝居・穂麦・鏡たて
315 「洛東のばせを菴…」蕎麦《そば》・京・穂麦
316 狐火・河内・麦畠（麦秋）
317 「大魯几董…布引滝…」舂《うすづく》・穂麦・水車
318 「丹後の加悦…」夏河・うれしさ・草履
319 なれ過た鮓・あるじ・遺恨
320 鮓桶・樹下・床几
321 鮓つけて・誰・身
322 鮒ずし・彦根が城・雲
323 「兎足三周の…」麦刈ぬ・近道・法の杖
324 かりそめ・早百合・谷の房
325 「かの東皐…」花いばら・故郷の路
326 路たえて・香《か》・咲いばら
327 愁ひつゝ・岡・花いばら
328 「洛東芭蕉菴…」耳目肺腸・玉巻ばせを
329 青梅・眉・美人
330 青うめ・散る青葉
331 かはほり・むかひの女房・こち
332 夕風・水・青鷺・脛《はぎ》
333 たちばな・かはたれ時・古舘
334 「浪花の一本亭…」粽・芦・風の音
335 夏山・若狭人
336 「述懐」椎の花・人・にほひ
337 水・利鎌《ときかま》・真菰刈

338 しのゝめ・露の近江・麻畠
339 採蓴・彦根の傖夫
340 藻の花・われから・月
341 路辺《みちのべ》・刈藻花さく・宵の雨
342 虫・柿の花
343 「浪華の旧国…」うき草・花むしろ
344 さみだれ・うつほ柱・老が耳
345 湖・富士・さつき雨
346 さみだれ・大河・家二軒
347 さみだれ・仏の花
348 小田原・合羽・皐月雨
349 さみだれ・大井越・かしこさ
350 さつき雨・田毎の闇
351 「青飯法師…」水桶・瓜・茄子
352 いづこ・礫《つぶて》・夏木立
353 酒十駄・夏こだち
354 おろし置笈《おひ》・地震《なゐふる》・なつ野
355 行々て・こゝ・夏野
356 「みちのくの吾友…」葉がくれ・枕・瓜
357 離《さら》別れたる身・田植
358 鮓・田植・男
359 狩衣・袖のうら・ほたる
360 「一書生の…」学問・尻・ほたる
361 でゝむし・角文字・にじり書
362 蝸牛・宿・うつせ貝
363 こもり居て・雨・蝸牛

---

364 雪信《せつしん》・蠅・硯
365 「画賛」こと葉・早瓜・女
366 関の戸・水雞・そら音
367 蝮《うはばみ》・鼾《いびき》・合歓の葉
368 蠅・身・古郷・昼寝
369 「春泥舎会…」誰・樒・鵜川
370 しのゝめ・鵜・魚
371 老・鵜飼・ことし
372 殿原・名古屋貌・鵜川
373 鵜舟・水・照射
374 夏百日・墨・こゝろ
375 日・筆・夏書
376 「慶子…」降かへて・日枝・化粧（夏雪）
377 「馬南…」脱かゆる・梢・せみの小河
378 石工《いしきり》・鑿《のみ》・清水
379 落合うて・音・清水
380 「丸山主水…」銭亀・青砥・山清水
381 二人して・濁る清水
382 我宿・いかに・しみづ
383 草いきれ・人死《しに》居る・札
384 昼がほ・道・唐の三十里
385 ゆふがほ・黄
386 夕貌の花・猫・余所ごゝろ
387 「律院を…」飛石・蓮のうき葉
388 蓮の香・水・茎二寸
389 吹殻・浮葉・蓮見

---

390 白蓮・僧のさま
391 河骨・二もと・雨
392 「座主の…」羅《うすもの》・蓮のにほひ
393 「夏日三句」雨乞・国司・なみだ
394 同　負腹の守敏・早
395 同　大粒な雨・祈・奇特
396 夜水・里人・夏の月
397 堂守・小草・夏の月
398 ぬけがけ・浅瀬・夏の月
399 河童《かはたろ》・恋する宿・夏の月
400 瓜小家・月・隠君子
401 雷・小家《こや》・瓜の花
402 あだ花・雨・瓜ばたけ
403 「あるかたにて」弓取・帯・たかむしろ
404 細脛《はぎ》・夕風・簟
405 「箱根にて」あま酒・地獄・箱根山
406 御仏・昼・ひと夜酒
407 愚痴無智・あま酒・松が岡
408 「寓居」半日の閑・榎・せみの声
409 大仏・宮様・せみの声
410 蟬啼・行者・午の刻
411 蟬啼・僧正坊・ゆあみ時
412 かけ香・何・せみ衣
413 かけ香・啞《をし》の娘・ひとゝなり
414 かけ香・わすれ貌・袖だゝみ
415 「雁宕久しく…」有と見えて・扇の裏絵

416 とかくして・笠・扇
417 絵団・清十郎・お夏
418 手すさび・団・草の汁
419 渡し・草・あなた・扇
420 「七日」祇園会・真葛原・風かをる
421 ぎをん会・僧・梶が許《もと》
422 「加茂の西岸…」丈山・口・夕すゞみ
423 網打・涼
424 すゞしさ・都・ながれ川
425 「葛圃が魂…」河床・蓮・便《たより》
426 川床・法師・立居
427 涼しさ・鐘・かねの声
428 「鴨河…」川狩・楼上・見しり貌
429 雨後の月・夜ぶり・脛《はぎ》
430 月・君・唐網の水煙
431 川狩・帰去来《きこらい》・声
432 「雙林寺…」ゆふだち・筆・一千言
433 白雨・門脇どの・人だまり
434 夕だち・草葉・むら雀
435 「施米　水粉」腹あしき僧・施米
436 同　水の粉・きのふ・草の菴
437 同　水の粉・あるじ・後家
438 「旅意」廿日路・背中・雲峰
439 揚州の津・雲の峯
440 雨・恋・雲の峯
441 雲のみね・四沢の水

442 飛蟻・富士の裾野・小家
443 日帰り・兀山・あつさ
444 居《すわ》りたる舟・暑
445 「探題寄扇武者」暑き日・刀・扇
446 宗鑑・葛水・大臣
447 葛（葛粉）・清水・うらみ
448 端居・妻子・暑
449 「花頂山に…」龐居士《はうこじ》・親父・竹婦人
450 虫干・甥の僧・東大寺
451 ところてん・銀河三千尺
452 「宮島」薫風・ともし・いつくしま
453 裸身・神・夏神楽
454 つくばうた禰宜・こと・御祓
455 灸のない背中・夏はらへ
456 出水《いでみづ》・加茂・橋・夏祓
457 「鴨河のほとり…」ゆふがほ・秋風・みそぎ川

秋之部

458 秋来ぬ・合点・嚔《くさめ》
459 秋たつ・何・陰陽師
460 貧乏・けさの秋
461 秋立・素湯・施薬院
462 初秋・余所の灯《ひ》・宵
463 「秋夜閑窓…」とうろう・三たび・露
464 高燈籠・あまたゝび

465 「七夕」梶の葉・朗詠集・しをり
466 恋さま〴〵・願の糸・白
467 つと入・しる人・拍子ぬけ
468 あぢきな・蚊屋・魂祭
469 魂棚・座敷
470 「十六日の夕…」大文字・あふみの空
471 相阿弥・宵寝・大文字
472 摂待・きせる・西
473 「英一蝶が画…」四五人・月・をどり
474 ひたと犬・町・躍
475 萍《うきくさ》・をどり
476 「かな河浦…」いな妻・八丈・きくた摺
477 いな妻・一網・いせのうみ
478 いなづま・堅田・宵の空
479 稲妻・音・竹の露
480 「春夜に句…」日ごろ・恥・すまひ
481 飛入の力者・角力
482 夕露・伏見の角力
483 負まじき角力・寝ものがたり
484 「遊行柳の…」柳散・清水・石
485 小狐・何・小萩はら
486 薄・萩・此ほとり
487 山・野・黄昏・薄
488 女郎花・茎・花
489 里人・さとも・をみなへし
490 「永西法師…」秋ふたつ・ますほの薄

491 茨《いばら》・すゝき・萩
492 猪《ゐのしし》・露・をみなへし
493 白萩・春・ちぎり
494 垣ね・薄ひともと・真蘇枋
495 きちかう・花屋・持仏堂
496 「澗水湛如藍」朝がほ・一輪・淵のいろ
497 朝貌・手拭・藍
498 夜の蘭・香・花
499 蘭夕・狐・奇楠《きやら》
500 「弁慶賛」花すゝき・ひと夜・武蔵坊
501 しら露・さつ男・胸毛
502 ものゝふ・露・弭《ゆはず》
503 「妙義山」立去ル・眉毛・秋の峰寒し
504 白露・茨《いばら》の刺《はり》・ひとつ
505 狩倉・露・うつぼ
506 市人・物・露
507 身にしむ・横川・きぬ
508 身にしむ・亡妻《なきつま》・櫛・閨《ねや》
509 朝露・霜・髪の落
510 「葛の棚葉…」葛の葉・うらみ貌・細雨《こさめ》
511 朝貌・ゆかり・木槿
512 朝霧・村千軒・市
513 朝霧・杭《くひぜ》打音
514 もの焚て・花火・かゝり舟
515 花火・淀の御茶屋・夕月夜
516 八朔・明日・二日月

517 初汐・小魚
518 「となせの滝」水一筋・月・桂河
519 虫売・かごと・朝寝
520 むし啼・河内通ひ・小でうちん
521 みのむし・秋ひだるし
522 蠹《むしばみ》て・下葉・たばこ
523 小百姓・鶉・老
524 鬼灯・清原の女・生写し
525 日は斜・関屋・鎗・とんぼ
526 「良夜…」中〳〵に・ひとり・月・友
527 名月・ゑのころ・下部《しもべ》
528 身の闇・頭巾・月見
529 月天心・貧しき町
530 「忠度古墳…」月今宵・松・やどり
531 名月・雨・池
532 名月・うさぎ・諏訪の海
533 「探題雨月」旅人・笠嶋・雨の月
534 月今宵・あるじの翁
535 仲丸・魂祭・けふの月
536 名月・人・峰の茶屋
537 山の端・海・月・今
538 庵・月・主・芋掘
539 かつまたの池・闇・けふの月
540 「鯉長が酔る…」月・なみだ・千々の玉
541 花守・野守・けふの月
542 「雨のいのり…」名月・神泉苑・魚

543 「探題雁字」一行の鴈・端山・月
544 紀の路・夜・鴈ひとつ
545 「雨中の鹿…」雨の鹿・恋・角《つの》
546 鹿寒し・角・身・枯木
547 鹿啼て・はゝその木末
548 菜畠・霜夜・鹿の声
549 三度啼て・鹿の声
550 「残照亭晩望」鹿・山影・門・入日
551 「ある山寺へ…」鹿の声・小坊主・角
552 折あしく・門《かど》・鹿の声
553 「老懐」去年・秋の暮
554 父母・秋のくれ
555 あちらむき・鴫《しぎ》・秋の暮
556 「猿丸太夫賛」我がでに・我・秋の暮
557 門・我・行人・秋のくれ
558 弓取・歌・秋の暮
559 淋し身・杖・秋の暮
560 「故人に別る」木曾路・とし・秋ひとり
561 かなしさ・釣の糸・あきの風
562 秋の風・書《ふみ》・むし
563 金屏・羅《うすもの》・あきのかぜ
564 秋風・干魚・浜庇
565 「古人移竹…」去来・移竹・いく秋
566 順礼・目鼻・ふくべ
567 腹・歯・種ふくべ
568 「四十に…」あだ花・恥・種ふくべ

569 人の世・尻・ふくべ
570 我足・かうべ・案山子
571 「武者絵賛」御所柿・たのまれ貌・かゞし
572 姓名・号・案山子
573 三輪の田・頭巾・かゞし
574 山陰・呼子鳥・引板の音
575 「雲裡房…」秋かぜ・案山子
576 水落て・細脛・かゞし
577 故郷・酒・そばの花
578 宮城野ゝ萩・更科の蕎麦
579 道のべ・手・蕎麦花
580 落る日・蕎麦の茎
581 「題白川」黒谷・隣・そばのはな
582 なつかしきしをに・野菊
583 綿つみ・たばこの花
584 三径・十歩・蓼の花
585 甲斐がね・穂蓼・塩車
586 沙魚釣・小舟・窓
587 百日の鯉・鱸
588 釣上し・鮖・巨口・玉
589 「ひとり大原野…」水かれ(秋の水)・蓼・蕎麦
590 小鳥来る・音・板びさし
591 此森・鵙おとし
592 山雀・榧《かや》の老木
593 「竹渓法師…」たつ鴫・眠る鴫・法師

594 鴫立て・秋天・ながめ
595 わたり鳥・せ・寺林
596 わたり鳥・雲の機手・にしき
597 瀬田・志賀の夕日・江鮭
598 駒迎・ゆゝし・額白
599 秋の暮・辻の地蔵・油
600 秋の燈・奈良・道具市
601 追剝・弟子・秋の旅
602 秋雨・水底・草
603 「丸山氏が…」おのが身・闇・夜半の秋
604 甲賀衆・賭《かけ》・夜半の秋
605 枕上・秋の夜・刀
606 身の秋・今宵・翌《あす》
607 「我則…」小路・きぬた
608 うき人・手・砧
609 遠近・きぬた
610 うき我・砧・今
611 石を打《うつ》・狐・夜・きぬた
612 鳥羽殿・五六騎・野分
613 門前・老婆子・薪・野分
614 梺《ふもと》・我蕎麦・野分
615 市人・よべ・のわき
616 客僧・二階・野分
617 「三井の山上より…」秋寒し・藤太・鏑
618 角文字・月・牛祭
619 うら枯・からきめ・漆の樹

620 物書《かく》・葉うら・芭蕉
621 「斗文…」稲かけて・風・老の松
622 「広沢」水かれて・ひづみ・後の月
623 山茶花・木間・後の月
624 泊る気・ひとり・十三夜
625 十月の今宵・しぐれ・後の月
626 「十三夜…」唐人・此花・のちの月
627 日でりどし・伏水・小菊
628 「山家の菊…」きくの露・硯のいのち
629 いでさらば・投壺・菊の花
630 「菊に古笠…」白菊・呉山の雪・笠
631 手燭・色・黄菊
632 村百戸・菊・門
633 あさまし・桃の落葉・菊畠
634 菊作り・汝・菊の奴
635 「高雄」西行・夜具・紅葉
636 ひつぢ田・紅葉・夕日
637 谷水・こがるゝもみぢ
638 よらで・藤沢寺・もみぢ
639 むら紅葉・会津商人
640 「須磨寺にて」笛の音・波・須磨の秋
641 雨乞・小町・おとし水
642 村〳〵・寝ごゝろ・落し水
643 毛見・舟・最上川
644 新米・酒田・もがみ河
645 落穂拾ひ・日あたる方

646 「山家」猿どの・夜寒・兎
647 壁隣・もの・夜さむ
648 欠〳〵て・月・夜寒
649 起て居て・夜寒
650 夜を寒み・小冠者・北枕
651 長き夜・連歌・こぼれ月
652 山鳥・枝・夜長
653 子鼠・ちゝ・夜半の秋
654 秋風・酒肆・詩・漁者樵者
655 秋はものゝ・そばの不作
656 「幻住菴に暁台…」丸盆・椎・むかし
657 椎拾ふ・横河の児《ちご》・いとま
658 「探題」餉《かれいひ》・涙・たうがらし
659 俵して・蕃椒
660 折くるゝ心・梅もどき
661 梅もどき・念珠
662 にしき木・垣根・蕃椒
663 稚子《をさなご》・寺・いてふ
664 「几董と鳴滝…」茸狩・頭《かうべ》・峰の月
665 茯苓・松露
666 うれしさ・箕・むかご
667 鬼貫・新酒・貧
668 栗・恵心・弥陀仏
669 にしき木・鶏頭花
670 「ある方にて」くれの秋・有職の人・宿
671 いさゝか・おひめ・暮の秋

672 行秋・よき衣・掛リ人
673 跡・師の行方《ゆきがた》・暮の秋
674 「洛東ばせを庵…」冬ちかし・時雨の雲・ここ

冬之部

675 みのむしの・初時雨
676 初しぐれ・眉・烏帽子・雫
677 楠の根・静に・時雨
678 時雨るゝ・簑買ふ人・まこと
679 しぐるゝ・鼠・琴
680 古傘・月夜・時雨
681 しぐるゝ・我・古人の夜
682 夕時雨・蟇《ひき》・ひそみ音
683 「人〳〵高尾…」炉・けぶり・紅葉
684 初冬・日和・京はづれ
685 居眠リ・我・冬ごもり
686 冬ごもり・壁・こゝろ・山
687 冬ごもり・燈下に書す
688 勝手・誰が妻子・冬ごもり
689 冬ごもり・仏・こゝろ
690 「東山の梺…一音法師…」嵐雪・ふとん・侘寝
691 いばり・ふとん・須磨の里
692 古郷・ひと夜・ふとん
693 かしら・裾・古衾

694 大兵・かり寝・蒲団
695 虎の尾・裙《すそ》・ふとん
696 「十夜」あなたふと・茶・十夜
697 「浪花遊行寺にてばせを忌を…二柳庵に」簑笠・衣鉢・時雨
698 夜興引・犬・塀
699 枇杷の花・鳥・日ぐれ
700 茶の花・白・黄
701 茶のはな・石・路
702 咲べくも・石蕗花
703 「几董に…下村氏…」口切・五山衆
704 口切・小城下
705 炉びらき・雪中庵・霰酒
706 狐火・髑髏・雨・夜
707 「一条もどり橋…太祇と…」羽織・綱・川・ちどり
708 風雲《かぜくも》・月・千鳥
709 磯ちどり・足
710 打よする浪・千鳥
711 水鳥・百姓・弓矢取
712 里・古江・鷺
713 水鳥・舟・菜・女
714 加茂人・火を燧《きる》音・小夜鵆
715 「泰里が東武に…」嵯峨寒し・都鳥
716 早梅・御室の里・売屋敷
717 宗任・水仙・神無月

718 「うかぶ瀬…」小春凪・真帆・七合五勺
719 冬の梅・きのふ・石
720 千葉どの・仮家・枯尾花
721 たんぽゝ・わすれ花・路の霜
722 「老女の火…」小野ゝ炭・火桶・あなめ
723 われぬべき年・古火桶
724 うづみ火・鍋のもの
725 炭うり・鏡・女
726 裙《すそ》・心・火桶
727 炭団法師・火桶・穴
728 「讃州高松…」巨燵・あしもと・野河
729 腰ぬけ・妻・巨燵
730 沙弥律師・ふすま
731 鋸の音・夜半の冬
732 飛驒山・質屋・夜半の冬
733 「春夜楼会」むさゝび・小鳥・枯野
734 大とこ・糞・かれの
735 水鳥・枯木・駕二挺
736 子を捨る藪・枯野
737 草枯て・狐の飛脚
738 狐火・枯尾花
739 息杖・石・火・枯野
740 「金福寺芭蕉翁墓」我・死・碑・枯尾花
741 馬の尾・いばら・枯野
742 蕭条・石・日・枯野
743 「大魯が病…」瘦脛・病・鶴寒し

744 待人・足音・落葉
745 菊は黄・雨・落葉
746 古寺・藤・落葉
747 往来《ゆきき》・吹田《すいた》・落ば
748 「堕葉を…」もしほ草・柿のもと・落葉
749 西・東・落葉
750 鰒汁・宿・燈し
751 ふく汁・我・寝覚
752 秋風・呉人・ふくと汁
753 音なせそ・僧・鰒じる
754 河豚の面・世上の人・白眼ム
755 瓫《ほとぎ》・鰒・なき世の友
756 袴・鰒・町人
757 「鶴英は…」らふそく・氷る・夜の鶴
758 「大魯が兵庫…」凩・鰓《あぎと》・鉤《かぎ》の魚
759 こがらし・戻り馬
760 こがらし・畠・小石
761 こがらし・何・家五軒
762 凩・この頃・荻の風
763 木枯・鐘・小石
764 こがらし・岩・水の声
765 「晋子三十三回」擂盆《すりばち》・みそみめぐり・寺・霜
766 麦蒔・百まで生る貌
767 初雪・草の露
768 初雪・底・竹の月

769 「題七歩詩」雪折・雪・釜
770 雪の暮・鴫
771 うづみ火・我かくれ家・雪
772 いざ雪見・容《かたちづくり》・簑と笠
773 鍋・淀の小橋・雪の人
774 雪・加茂の氏人・馬
775 雪折・よし野・夢
776 漁家寒し・酒・頭の雪
777 朝霜・室の揚屋・納豆汁
778 入道・納豆汁
779 朝霜・劔・つるべ縄
780 宿・火影・雪の家
781 「几董と…」霜百里・舟・我・月
782 「故人暁台…」牙寒き・梁《うつばり》・月の鼠
783 「陶弘景賛」山中の相・雪中のぼたん（冬牡丹）
784 町はづれ・頭巾・小風呂敷
785 引かうて・耳・頭巾
786 みどり子・頭巾・眉・いとほしみ
787 めし粒・紙子・破れ
788 此冬・帋衣
789 老《おい》を山へ・世・紙子
790 我頭巾・うき世
791 さゝめごと・頭巾・羽織
792 頭巾・声・初瀬《はせ》法師
793 「題恋」貌見せ・夜着・妹

794 かほ見せ・うき世・飯時分
795 「かの暁の霜…晋子…嵐雪…」貌見せ・ふとん・東山
796 新右衛門・虵足《じやそく》・冬至
797 書記典主《でんす》・故園・冬至
798 水仙・寒き都・こゝかしこ
799 水仙・美人・かうべ
800 水仙・鵙の草茎・花
801 冬ざれ・小鳥・韮《にら》畠
802 霜・韮・翁
803 葱買て・枯木の中
804 ひともじ・北・古葉
805 易水・ねぶか・寒
806 皿・鼠・さむさ
807 「郊外」静・かしの木はら・冬の月
808 冬こだち・月・憐《あはれ》・「この句は夢想…」
809 「同二句」二村《ふたむら》・質屋・冬こだち
810 同　このむら・猿・冬木だち
811 鶩・美・冬木立
812 斧・香・冬こだち
813 鳴らし来て・我夜・鉢叩
814 一瓢のいん・鉢たゝき
815 木のはし・坊主・はちたゝき
816 ゆふがほ・髑髏・鉢敲
817 花に表太・雪・鉢叩
818 西念・里・はち敲

819 「御火焚…」御火焚・霜・京の町
820 御火たき・犬・そゞろ貌
821 足袋・寝る夜・夢見
822 宿・刀・雪吹
823 寺寒く・樒・鼠
824 杜父魚・えもの・翁
825 「貧居八詠」愚・窓・雪の竹
826 同　かんこ鳥・賢・寒苦鳥
827 同　我のみの柴・そば湯
828 同　紙ぶすま・折目
829 同　氷る燈・油・鼠
830 同　炭取・ひさご・火桶
831 同　我・隣家・寒夜・鍋
832 同　歯豁《あらは》・筆の氷・夜
833 一しきり・矢種・あられ
834 玉霰・漂母・鍋
835 古池・草履・みぞれ
836 山水・氷
837 「傲素堂」乾鮭・琴《きん》・斧・ひゞき
838 から鮭・腰・市の翁
839 からさけ・帯刀殿・台所
840 侘禅師・乾鮭・白頭の吟
841 「鉄骨と…」寒梅・火・鉄《まがね》
842 寒梅・嚮・老が肘
843 「感遇」寒月・門なき寺・天
844 寒月・鋸岩・あからさま

845 寒月・枯木・竹三竿
846 寒月・衆徒・群議
847 寒声・古うた・誰が子
848 細道・声・寒念仏
849 極楽・近道・寒念仏
850 寒垢離・上の町
851 寒ごり・一手桶
852 「几董判句合」鯨売・市・刀
853 しづ〳〵・五徳・薬喰
854 薬喰・隣の亭主・箸
855 くすり喰・人・鹿ヶ谷
856 妻や子・寝貌・薬喰
857 客僧・狸寝入・くすり喰
858 「春泥舎に…」霊運・こよひ・とし忘
859 にしき木・立聞・雑魚寝
860 おとろひ・小枝・とし木樵
861 うぐひす・師走・羅生門
862 御経・ゆかしさ・古暦
863 としひとつ・雪・小町寺
864 ゆく年・瀬田・金飛脚
865 とし守・夜・老
866 「題沓」石公・五百目・としのくれ
867 とし守・乾鮭・鱈
868 「笠着て……」芭蕉・年くれず（年の暮）

新花つみ

1 灌仏・腹はかりのやど
2 卯月八日（仏生会）・死・仏
3 更衣・身・しら露・はじめ
4 ころもがへ・母・藤原氏
5 ほとゝぎす・歌・遊女
6 耳うとき・父入道・ほとゝぎす
7 小原女・五人・あはせ
8 更衣・矢瀬の里人
9 「金の扇に…」白がねの花・井出・垣根
10 白がね・うの花・井出の里
11 うの花・貴布禰・神女・袖
12 をちこち・滝の音・若ば
13 山畑・小雨・わか葉
14 般若・庄司が宿・若葉
15 夜走り・帆・若ば
16 笋・五助畠・麦
17 葉ざくら・草鹿・兵
18 みじか夜・八声の鳥・八つ
19 日光の土・牡丹
20 みじか夜・葛城山・朝曇り
21 夏山・神の名・しらにぎて
22 蹇《あしなへ》・三熊まうで・かたつぶり
23 関・ゐざり車・蝸牛
24 少年の矢数・念者

25 ほの〴〵・粥・矢数
26 若楓・矢数の篩《かがり》・もみぢ
27 大矢数・弓師親子
28 葉ざくら・南良・泊客
29 麦秋・鼬・長《をき》
30 麦秋・遊行の棺《ひつ》ギ
31 朝比奈・曾我・初がつを
32 麦秋・狐・小百姓
33 麦の秋・貌・狂女
34 麦刈て・瓜の花・小家
35 初鰹・観世太夫・はし居
36 殿原・名護屋貌・鵜河
37 たもと・夏書・机
38 ねり供養・まつり貌・小家
39 渋柿の花ちる・里
40 ぼうふり・長沙・裏借家
41 不動・琢摩・ぼたん
42 袖笠・毛むし・古御達
43 討はたす・梵論・夏野
44 柚の花・母屋・乾隅
45 笋・垣・不動堂
46 橘・むかし屋かた・弓矢取
47 谷路・人・若葉
48 貌白き子・まくら蚊帳
49 床低き・やどり・五月雨
50 若竹・十日の雨・夜明がた

51 金屛・かくやく・ぼたん
52 南蘋・牡丹・福済寺
53 ぼうたん・猫・蝶
54 ぼたん・寺・うらみ
55 やゝ廿日・月・ぼたむ
56 山蟻・あからさま・白牡丹
57 方百里・雨雲・ぼたむ
58 詠物の詩・牡丹
59 山蟻・覆道・牡丹
60 草の戸・蚊帳・法師
61 木がくれて・名誉の家・幟
62 柚の花・能酒《よき》・塀
63 浅河・西・東・若葉
64 夏山・京・鷺
65 売卜先生・木の下闇・訪れ貌
66 柿の花・きのふ・黄
67 口なしの花・日
68 ごつ〳〵・僧都・かんこ鳥
69 掘喰ラふ・たかうな
70 笋・五本・翁
71 麻を刈レ・夕日・斜
72 藻の花・小舟・門の前
73 閑居鳥・白き鳥
74 辻堂・死・麦の秋
75 三井寺・日は午《ご》・若楓
76 朝風・毛・毛むし

77 我水・隣家・桃の毛虫
78 鮓つけて・魚屋
79 鮒ずし・彦根の城・雲
80 鮓おして・淋しきこゝろ
81 朝風・毛・毛むし
82 鮓を圧す我レ・酒醸《かも》す隣
83 鮓をおす・石上・詩
84 すし桶・浅き游魚
85 真しらげ・よね一升・鮓のめし
86 卓上・鮓・観魚《ふ》亭
87 若楓・学匠・書ミ
88 鮓の石・五更の鐘
89 寂寞《じゃくまく》・昼間・鮓
90 薬園・雨・五月五日
91 巫女町・よきゝぬ・卯月
92 一八・しやがちゝ・しやがの花
93 かはほり・破れ傘
94 篝《かゝり》・矢数の空・ほとゝぎす
95 家・幟・翠微
96 ぬなはとる・小舟・うた
97 酒を煮る・女房

---

98 「魚赤…」梢・後光・しゆろの花
99 青梅・微雨・飯煙
100 「米侯一周忌」ゆかしさ・しきみ花・雨
101 芍薬・紙魚・窓「右題学寮」
102 青むめ・豊後橋
103 若竹・是非・芦
「春草」（七言絶句）劉原甫
104 「蟻垤」蟻王宮・朱門・牡丹
105 さみだれ・田ごとの闇「右の句は…」
106 うきくさ・五月雨
107 ちか道・水・皐雨
108 さみだれ・鳥羽の小路・人
109 さみだれ・径《こみち》
110 五月雨・滄海《あをうみ》・濁水《にごりみづ》
111 さみだれ・銭・渉《わた》し舟
112 濁江・鵜・玉のを・五月雨
113 摂《かゝげ》あへぬ・はだし詣り・皐雨
114 さみだれ・鵜・淀桂
115 皐雨・貴布禰・社燈
116 小田原・合羽・五月雨
117 閼伽棚《あかだな》・何の花・さつきあめ

---

118 葉を落て・火串・蛭《ひる》
119 宿・火串・雨のひま
120 照射・近江やはた
121 雨・火串・白き花
122 葉うら・火串・白き花
123 谷風・付木・火串
124 兄弟・さつを・ほぐし
125 あか・小舟・五月雨
126 水・深田・苗
127 けふ・娵《よめ》・田植
128 泊りがけ・伯母・田うゑ
129 をそ・水・早苗
130 参河・八橋・田植
「此日より所労のために…」
131 さみだれ・大井越・かしこさ
132 午《うま》の貝・田うた・音
133 をそ・翁・田うゑ
134 五月雨・堀・砦
135 鯰《なまづ》・田植・男
136 葉ざくら・下陰・田草取
137 早乙女・つげのをぐし

新潮日本古典集成〈新装版〉

與《よ》謝《さ》蕪《ぶ》村《そん》集《しゅう》

令和二年九月二十五日　発行

校注者　清《し》水《みず》孝《たか》之《ゆき》

発行者　佐藤隆信

発行所　株式会社　新潮社

〒一六二―八七一一　東京都新宿区矢来町七一

電話　〇三―三二六六―五四一一（編集部）

〇三―三二六六―五一一一（読者係）

https://www.shinchosha.co.jp

印刷所　大日本印刷株式会社

製本所　加藤製本株式会社

装画　佐多芳郎／装幀　新潮社装幀室

組版　株式会社ＤＮＰメディア・アート

ISBN978-4-10-620877-5　C0392

浄瑠璃集　土田衞 校注

義理を重んじ、情に絆され、恋に溺れる人間の、哀れにいとしい心情を、美しい詞章にうたいあげて、庶民の涙を絞った浄瑠璃。『仮名手本忠臣蔵』等四編を収録。

三人吉三廓初買　今尾哲也 校注

封建社会の間隙をぬって、颯爽と立ち廻る三人の盗賊。詩情あふれる名せりふ、緊密に絡み合う人と人の絆。江戸の世紀末を彩る河竹黙阿弥の代表作。

東海道四谷怪談　郡司正勝 校注

江戸は四谷を舞台に起った、愛と憎しみの怨霊劇。人の心の怪をのぞく傑作戯曲に、正統迫真の演出注を加えて刊行、哀しいお岩が、夜ごと軒先に立ちつくす。

雨月物語　癇癖談　浅野三平 校注

帝の亡霊、愛欲の蛇……四次元小説の先駆『雨月物語』。当るをさいわい世相人情に癇癪をたたきつけた風俗時評『癇癖談』は初の詳細注釈。孤高の人上田秋成の二大傑作！

春雨物語　書初機嫌海　美山靖 校注

薬子の血ぬれぬれと几帳を染める「血かたびら」大盗悪行のはてに悟りを開く「樊噲」——。死を目前に秋成が執念を結晶させた短編集。初校注『書初機嫌海』を併録。

本居宣長集　日野龍夫 校注

源氏物語の正しい読み方を、初めて説いた「紫文要領」。和歌の豊かな味わい方を、懇切に手引きした「石上私淑言」。宣長の神髄が凝縮された二大評論を収録。

源氏物語（全八巻） 石田穣二 清水好子 校注

一巻・桐壺～末摘花 二巻・紅葉賀～明石 三巻・澪標～玉鬘 四巻・初音～藤裏葉 五巻・若菜 上～鈴虫 六巻・夕霧～椎本 七巻・総角～東屋 八巻・浮舟～夢浮橋

伊勢物語 渡辺実 校注

引きさかれた恋の絶唱、流浪の空の望郷の思い——奔放な愛に生きた在原業平をめぐる珠玉の歌物語。磨きぬかれた表現に託された「みやび」の美意識を読み解く注釈。

方丈記 発心集 三木紀人 校注

痛切な生の軌跡、深遠な現世の思想——中世を代表する名文『方丈記』に、世捨て人の列伝『発心集』を併せ、鴨長明の魂の叫びを響かせる魅力の一巻。

枕草子（上・下） 萩谷朴 校注

華やかに見えて暗澹を極めた王朝時代に、毅然と生きた清少納言の随筆。機智が機智を生み、連想が連想を呼ぶ、自由奔放な語り口が、今、生々しく甦る！

落窪物語 稲賀敬二 校注

姉妹よりも一段低い部屋〝落窪〟で泣き暮す姫が貴公子に盗み出された。幸薄い佳人への惜しみない優しさと愛。そして継母への復讐。甘美な夢をささやく王朝のメルヘン！

とはずがたり 福田秀一 校注

初めて後深草院の愛を受けた十四歳の春から、様々な愛欲の世界をへて仏道修行に至るまで。波瀾に富んだ半生と、女という性の宿命を赤裸裸に綴った衝撃的な回想録。

今昔物語集本朝世俗部（全四巻）　阪倉篤義・本田義憲・川端善明 校注

爛熟の公家文化の陰に、新興のつわものたちの息吹き。平安から中世へ、時代のはざまを生きる都鄙・聖俗の人間像を彫りあげた、わが国最大の説話集の核心。

古今著聞集（上・下）　西尾光一・小林保治 校注

貴族や武家、庶民の諸相を神祇・管絃・好色等に分類し、典雅な文章の中に人間のなまの姿を写して、人生の見事な鳥瞰図をなした鎌倉説話集。七二六話。

日本霊異記　小泉道 校注

仏教伝来によって地獄を知らされた時、さまざまな説話、奇譚が生れた。雷を捕える男、空飛ぶ仙女、冥界巡りと地獄の業苦——それは古代日本人の幽冥境。

宇治拾遺物語　大島建彦 校注

誰もが一度は耳にした「瘤取り爺」や「藁しべ長者」、庶民の健康な笑いと風刺精神が横溢する「芋粥」「鼻長き僧」など、一九七編のヒューマンドキュメント。

古事記　西宮一民 校注

千二百年前の上代人が、ここにいる。神々の哄笑は天にとどろき、ひとの息吹は狭霧となって野に立つ……。宣長以来の力作といわれる「八百万の神たちの系譜」を併録。

平家物語（全三巻）　水原一 校注

祇園精舎の鐘のこゑ……生命を賭ける男たちの戦い、運命に浮き沈む女人たち、人の世の栄枯盛衰を語り伝える源平争覇の一部始終。八坂系百二十句本全三巻。

■新潮日本古典集成

古事記　西宮一民
萬葉集　一〜五　青木生子　井手至　伊藤博　清水克彦　橋本四郎
日本霊異記　小泉道
竹取物語　野口元大
伊勢物語　渡辺実
古今和歌集　奥村恆哉
土佐日記　貫之集　木村正中
蜻蛉日記　犬養廉
落窪物語　稲賀敬二
枕草子　上・下　萩谷朴
和泉式部日記　和泉式部集　野村精一
紫式部日記　紫式部集　山本利達
源氏物語　一〜八　石田穣二　清水好子
和漢朗詠集　大曽根章介　堀内秀晃
更級日記　秋山虔
狭衣物語　上・下　鈴木一雄
堤中納言物語　塚原鉄雄
大鏡　石川徹

今昔物語集　本朝世俗部　一〜四　阪倉篤義　本田義憲　川端善明
梁塵秘抄　榎克朗
山家集　後藤重郎
無名草子　桑原博史
宇治拾遺物語　大島建彦
新古今和歌集　上・下　久保田淳
方丈記　発心集　三木紀人
平家物語　上・中・下　水原一
金槐和歌集　樋口芳麻呂
建礼門院右京大夫集　糸賀きみ江
古今著聞集　上・下　西尾光一　小林保治
歎異抄　三帖和讃　伊藤博之
とはずがたり　福田秀一
徒然草　木藤才蔵
太平記　一〜五　山下宏明
謡曲集　上・中・下　伊藤正義
世阿弥芸術論集　田中裕
連歌集　島津忠夫
竹馬狂吟集　新撰犬筑波集　木村三四吾　井口壽

閑吟集　宗安小歌集　北川忠彦
御伽草子集　松本隆信
説経集　室木弥太郎
好色一代男　松田修
好色一代女　村田穆
日本永代蔵　村田穆
世間胸算用　金井寅之助　松原秀江
芭蕉句集　今栄蔵
芭蕉文集　富山奏
近松門左衛門集　信多純一
浄瑠璃集　土田衞
雨月物語　癇癖談　浅野三平
春雨物語　書初機嫌海　美山靖
與謝蕪村集　清水孝之
本居宣長集　日野龍夫
誹風柳多留　宮田正信
浮世床　四十八癖　本田康雄
東海道四谷怪談　郡司正勝
三人吉三廓初買　今尾哲也